le sorcier

Éditeurs:
LES ÉDITIONS LA PRESSE, LTÉE
44, rue Saint-Antoine ouest
Montréal H2Y 1J5

Conception graphique:
JEAN PROVENCHER

Illustration de la couverture:
FRANCINE OUELLETTE

Tous droits réservés:
LES ÉDITIONS LA PRESSE, LTÉE
©Copyright, Ottawa, 1985

Dépôt légal:
BIBLIOTHÈQUE NATIONALE DU QUÉBEC
4ᵉ trimestre 1985

ISBN 2-89043-163-0

6   90 89 88

Au nom du père et du fils

le sorcier

roman

Francine Ouellette

la presse

À mon homme, Gast,
et à ma fille Metchinou

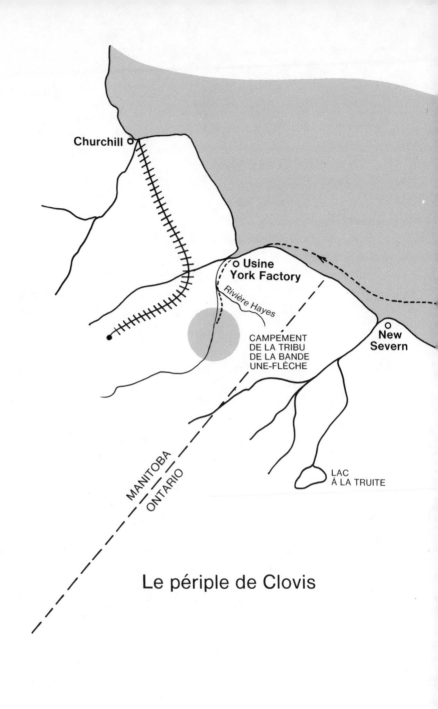

Churchill

Usine York Factory

Rivière Hayes

CAMPEMENT
DE LA TRIBU
DE LA BANDE
UNE-FLÈCHE

New
Severn

MANITOBA

ONTARIO

LAC
À LA TRUITE

Le périple de Clovis

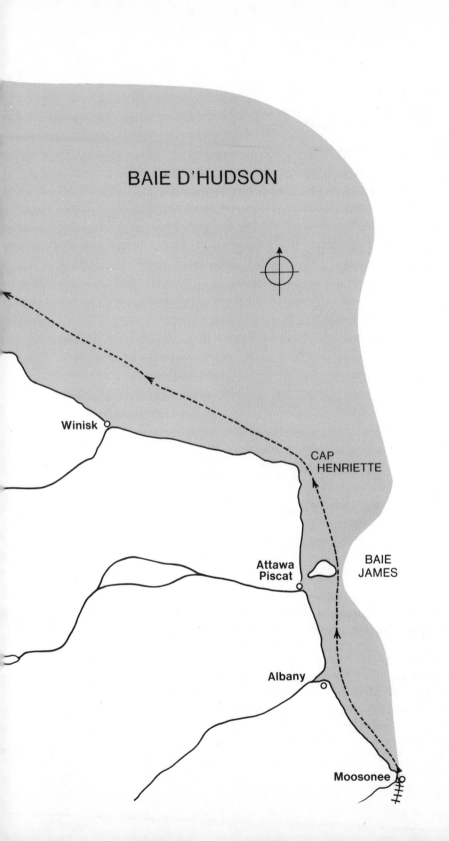

Remerciements

J'aimerais remercier ceux et celles qui ont collaboré à ce livre en me fournissant gracieusement les informations concernant la période historique dont il est ici question, à savoir : M. Denys Chouinard, chef du Service des archives historiques de l'Université de Montréal ; Mlle Leslie Hoffman, service d'Histoire pour la Compagnie de la baie d'Hudson ; M. J. Norman Lowe, agent de recherches historiques, Canadien National ; Daoust Lalonde Inc. ; M. Urbain Nantel, Montréal ; Mme Jeanne Guérard, Terrebonne ; M. Henri Guérard, Terrebonne.

« Le roman Le Sorcier s'inscrit dans un contexte historique réel. Cependant, pour les besoins du récit, j'ai dû avancer la date de fondation de l'hôpital de Mont-Laurier, qui ne vit le jour qu'en 1936, sous les auspices d'un jeune chirurgien de Montréal, le docteur Gustave Roy. Toute ressemblance avec des personnes existant ou ayant existé n'est donc que pure coïncidence. »

Le bout du monde

Le père Roncelli dépose devant eux deux plats fumants de spaghetti et, arborant un fier et sympathique sourire, leur souhaite bon appétit avec un fort accent italien. Débonnaire, il s'en retourne à sa cuisine d'un pas lourd et léger à la fois. Lourd à cause de son embonpoint mais léger de sa réussite remarquable: il a introduit ce mets italien dans la ville de Montréal. Situé à l'angle des rues Craig et Saint-Laurent, son restaurant attire une clientèle d'élite composée de journalistes, d'avocats et d'hommes d'affaires qui n'ont qu'à consentir quelques pas de la rue Saint-Jacques pour venir déguster cette nouveauté. Mais les deux clients qu'il vient de servir personnellement ont fait plus que quelques pas. Ils semblent venir de loin, de très loin, et le fils, dont les cheveux et les yeux très noirs lui rappellent son pays natal, n'arrête pas d'observer tout autour de lui avec la naïveté et l'excitation particulière aux immigrés. Alors, le coeur de père Roncelli a fait un petit tour dans sa poitrine pour ces deux hommes venus de très loin; pour le jeune surtout, qui se grise de la ville et d'un avenir qui brille pour lui.

— Qu'est-ce que grand-papa Gros-Ours aurait dit de ça? questionne Clovis d'un ton enjoué, souriant candidement devant l'exotique assiettée.

A-t-on idée, semble-t-il penser, de cuisiner un mets si coloré? Avec sa fourchette, il promène une boulette de viande dans la sauce rouge. L'arôme de l'origan, de l'ail et du basilic se dégage de l'écheveau de nouilles, le laissant tout impatient du jugement de son père qui, d'un air dogmatique, lui répond:

— Il n'y aurait pas goûté, j'en suis sûr. Il aurait dit: Ça, pas nourriture. Moé, pas connaître animal long et blanc comme ça.

— Comment ça se mange?

— Regarde à la table voisine. Ça se roule dans la cuillère.

— Je me risque le premier.

Aussitôt dit, aussitôt fait. Clovis n'a pas à se concentrer longtemps sur le goût relevé et savoureux qui enchante son palais et il approuve d'un expressif hochement de tête. Philippe, à son tour, s'offre cette saveur inédite et conclut:

— Excellent diagnostic, fils.

Et il lève un verre imaginaire. Léger, lui aussi, de ne plus être écorché par le mot fils. Conscient de le dire sans honte et sans remords.

Clovis pose sur lui des yeux affectueux qui l'embarrassent de leur sincérité.

— Mange, tu dois avoir faim après une journée comme celle-là.

— Et vous, vous êtes fatigué?

— Mais non, mais non. Qu'est-ce que tu vas chercher là? Je suis en pleine forme, ment Philippe en secouant ses épaules lasses.

— Quelle journée! Ça a été magnifique, papa. J'aime la ville.

— Tant mieux. Je peux te laisser ici en toute quiétude. Tu sauras te débrouiller.

— C'est plus facile de s'orienter ici que dans le bois. Les chemins sont tous indiqués. Et c'est tellement rapproché. Et puis, de la montagne, vous avez vu comme c'est beau? Le fleuve et les bateaux qui viennent de la mer.

— Ils t'ont impressionné, hein?

— Oui, et le port aussi avec toutes ces marchandises sur le quai. Vous avez vu les caisses de bananes?

— Oui.

— Ça vient de l'Afrique, vous imaginez? Il y en avait de pleines caisses sur le quai. Aïe! De l'Afrique! enchaîne Clovis en se remémorant leur visite au port.

Comment son père avait-il deviné l'attrait qu'exerçait sur lui cet endroit? Sans doute l'avait-il trop longuement convoité du haut de la montagne. Son père savait lire en lui et lui, en son père.

— Je dormirai dans le train, rassure Philippe.

Après quelques bouchées qu'il mastique longuement, il constate qu'il est trop fatigué pour avoir vraiment faim. Son fils a raison: cette journée magnifique l'a épuisé. Il n'est plus d'âge à trouver les distances rapprochées. Pour lui, la visite au port, c'était loin et probablement de trop, en plus de la quête d'une pension et des recherches infructueuses à Saint-Jean-de-Dieu pour retrouver sa fille Mathilde. Mais il tenait tant à faire visiter la ville à son fils qu'il ne regrette pas cette fatigue qui l'écrase subitement comme un coup de masse. Seulement, il la redoute. Il redoute les effets dépressifs que la fatigue engendre maintenant chez lui. Il sait n'avoir plus de force morale et, pour s'empêcher de sombrer dans le passé dramatique qui le lie à ce fils adultérin, il se concentre sur ce présent merveilleux et sur cet avenir plein de promesses.

Demain, Clovis débutera ses cours à la faculté de médecine. Déjà, cet été, lors de l'examen oral pour l'obtention des permis d'exercice provincial et fédéral, il a su impressionner ses juges par sa vivacité d'esprit et son amour réel pour la médecine. Ont-ils décelé en lui sa vocation indéniable? Tout jeune, Clovis rêvait de devenir médecin pour être plus fort que la mort. Et cette phrase l'avait surpris dans la bouche d'un enfant. Mais Clovis-enfant ne connaissait pas l'insouciance caractéristique de son âge. Clovis-enfant était sérieux, solitaire et malheureux. Orphelin de mère dès l'âge de six ans et non reconnu de lui, son père, il fut élevé par le curé Plamondon, dictateur incontesté du village. Clovis-enfant ne lui appartenait pas. Ou si peu. Seulement lorsqu'il était malade ou blessé. Un souvenir refait surface. Il jouait au cheval avec cet enfant convalescent, torturé par des gamins inconscients. Ses filles légitimes trottaient devant lui. Tout à coup, il s'était mis à chevaucher follement. Et il avait senti les petits bras se serrer à son cou et les jambes se souder à ses reins. Cela lui avait donné de l'élan et il courait de plus en plus vite sur le chemin caillouteux, rêvant d'atteindre le bout du monde où personne ne les souillerait de leur médisance. Aujourd'hui, il avait atteint ce bout du monde avec son fils. Personne, ici, ne les avait pointés du doigt, personne n'avait craché sur leurs pas ou maudit sur leur passage. Il avait atteint ce bout du monde, lui, l'homme-cheval, et l'enfant-cavalier mangeait de bon appétit ce plat nouveau en pensant aux caisses de bananes qu'il avait vues en se promenant dans le port.

Ses petites filles pleuraient lors de cette escapade inutile. Il se souvient. Marie et Judith n'avaient pu le rejoindre et il était allé les cueillir, tout en larmes et essoufflées qu'elles étaient. Elles aussi s'étaient agrippées à lui comme s'il était une île dans la mer. Que sont-elles devenues, ses petites? Bientôt, Judith, la benjamine, prononcera ses derniers voeux et il ne sait même plus où se trouve Mathilde, l'aînée. Quel prix, lui, l'homme-cheval, a-t-il donc payé cette chevauchée?

— Je vous la retrouverai, promet Clovis, devinant son état d'âme.

— Je te l'interdis. Je n'aurais jamais dû t'emmener là. C'est moi qui dois la retrouver.

— C'est plutôt à elle de revenir.

— Elle est trop orgueilleuse. Elle ne reviendra pas, je la connais.

Clovis soupire et pose sa fourchette. Il aimerait tant retrouver Mathilde pour son père, car il se sent responsable de tout ce qui est arrivé. Cet après-midi, lorsqu'ils étaient à Saint-Jean-de-Dieu, il avait pensé qu'il aurait pu être interné à l'asile. Il aurait pu être un de ces fous que personne ne croit, n'écoute ou ne comprend. Et la famille Lafresnière serait encore unie. Et Judith...

Son visage s'assombrit soudain. Ce matin, au port, il y avait une fille blonde qui lui ressemblait. Une pauvre fille à l'allure misérable. On aurait dit qu'elle avait faim. Elle lui avait souri et il avait eu le goût de lui offrir des bananes. Son père l'avait alors averti que c'était probablement une fille de joie. Cette remarque l'avait chagriné. Il s'était attardé à l'éclat doré des cheveux sous le bon soleil de septembre qui ravivait ses amours avec sa demi-soeur.

— À quoi penses-tu? s'inquiète Philippe de voir s'amonceler les nuages en cette journée magnifique.

— À la fille du port... J'aurais aimé qu'elle ne soit pas une... Elle avait l'air d'avoir faim.

— C'est curieux. Tu as remarqué cette fille et pas les dames distinguées qui te dévoraient des yeux sur la montagne.

— Il y avait tant d'autres choses à voir de là-haut. C'est joli comme ville. Vous y veniez souvent lorsque vous étiez petit?

— Petit, j'y venais glisser avec ma luge. Je me sentais un vrai roi en haut. Je regardais mon royaume; toutes ces maisons, tous ces clochers et toutes ces rues. Je passais des journées entières à glisser. Devant moi, c'était la ville et derrière, la forêt ou ce que je pensais en être une. Les arbres, les bosquets, les sentiers m'attiraient. J'avais l'impression que derrière, c'était le pays.

Le pays à conquérir. Devant, c'était fait, c'était conquis ; mais derrière, mais au loin... Je m'amusais à regarder très loin, là où il n'y avait plus de maisons... Ça m'attirait vraiment. Plus tard, quand j'ai eu des raquettes, je raffolais de battre mes propres sentiers. Et plus vieux, j'y emmenais ma fiancée en promenade. Dans le temps, il y avait un funiculaire. Elle avait le vertige, je me souviens, et s'agrippait à moi.

— C'était madame docteur ?

— Oui, c'était elle.

Une fugitive tristesse chez l'homme en deuil récent de sa femme. Il n'aurait pas dû évoquer ce nom.

— Excusez-moi.

— Tu n'as pas à t'excuser de m'avoir rappelé ces bons souvenirs.

— C'est la montagne qui vous les a rappelés.

— C'est vrai. J'aime bien cette montagne, cette ville où je suis né.

— Oh ! Moi aussi, j'aime bien, approuve Clovis en reprenant sa fourchette.

Mais il hésite à poursuivre son repas. Son père le considère curieusement, avec une insistance dont il devine la raison. Finalement, celui-ci exige :

— Promets-moi de ne pas retourner à Saint-Jean-de-Dieu.

— J'irai incognito.

— Non. Je veux de toi cette promesse.

— Mais... proteste Clovis, désappointé d'abandonner son fabuleux projet.

Son père s'avance alors au-dessus de la table et lui chuchote : « Elle sait tout. »

Et ce tout, soudain, le glace, lui coupe l'appétit. Oui, c'est vrai que Mathilde sait tout ce qui peut lui nuire et lui fermer les portes de la connaissance. Elle sait qu'il fut baptisé à cinq ans et non à cinq jours comme l'atteste l'acte de baptême falsifié par le curé Alcide

Plamondon. Elle sait que sa mère était Biche Pensive, une Algonquine. Elle sait qu'il y a à peine deux ans, il apprenait l'identité de son père alors qu'il lui demandait la main de sa fille, Judith, qu'il ignorait être sa demi-soeur. Elle sait surtout qu'il a souffert d'épilepsie et que normalement, il n'aurait pas été accepté à l'examen médical de la faculté. Oui. Elle sait tout. Tout ce qui peut enrayer la machination complice de son père et d'Alcide pour lui permettre de poursuivre ses études. Elle sait tout et habite quelque part dans cette ville agréable et non dans leur rude pays de colonisation.

Où est ce danger qui le menace? En quoi consiste-t-il? Qui sait si Mathilde ne désire pas s'amender de sa fugue? Fugue qui a culpabilisé son père et gâché son bonheur naissant.

Quelque part, dans cette ville, existe un réel danger dont il ignore la gravité, la capacité et la vitalité. Tout dépend d'elle. De son état d'âme, de son remords, de cet amour excessif qu'elle vouait à son père et sur lequel elle avait axé toute sa vie. Un mot d'elle et il se retrouve sans avenir. Un mot d'elle et Clovis carabin n'existe plus.

Le vieil homme garde sur lui ses prunelles de miel qui l'avertissent du danger. Ne connaît-il pas sa fille mieux que lui?

— Très bien, je vous le promets.

— Promets-moi aussi de ne pas tenter de rejoindre ma famille.

— Oh! Je n'ai jamais éprouvé le désir de les connaître, mais si cela peut vous rassurer, je vous le promets également.

— Oui, cela me rassure. J'étais inquiet. J'ai tellement regretté de t'avoir emmené avec moi.

— Je tiendrai promesse, ne craignez plus. Mangez, cela va refroidir, conseille Clovis en donnant l'exemple.

Puis Philippe mâchonne une petite bouchée pour

l'accompagner. Mais son esprit trotte. Malgré la certitude qu'il a d'avoir mis son fils à l'abri, une crainte germe en lui. Qui viendra mettre fin à la course de l'homme-cheval? Quand viendra-t-on le désarçonner de son cavalier? Rouleront-ils, un jour, tous deux brisés par la vitesse sur les rues pavées de Montréal? Auront-ils toujours droit à cet anonymat qui leur permet de s'épanouir enfin? Car, aujourd'hui, dans cette ville chaude, bruyante et grouillante, ils se sont libérés de ces yeux de commères derrière les rideaux. Se sont libérés de leurs bouches qui se rappellent et inventent. Se sont libérés des oreilles tendues vers leurs fautes. Se sont libérés du carcan de l'imbécillité. Ils ont évolué de par les rues à leur guise, n'obéissant à personne d'autre qu'à eux et ne plaisant qu'à eux.

Après avoir trouvé la pension et réglé le versement du premier semestre de l'Université Laval, ils ont visité le Mont-Royal en calèche, rencontrant au sommet deux jolies dames qui faisaient discrètement de l'oeil à cet homme au coeur d'enfant. Cet homme qui découvrait avec une joie palpable le fleuve et ses bateaux blancs. Qui découvrait tous ces clochers, toutes ces tourelles et tous ces édifices en apprenant le nom des quartiers et des artères principales. Qui tendait l'oreille à ces sons inusités de trains, d'autos, de fiacres, de sirènes et de klaxons. Qui humait l'air encore frais du matin et contemplait l'éveil de la ville à ses pieds. Voilà pour toi, mon fils, a-t-il pensé lui dire en offrant d'un geste généreux le panorama des milliers de toits et de rues sur les berges du Saint-Laurent. Mais il s'était tu, immobile et gauche devant l'émerveillement de Clovis. Il n'avait plus rien à dire, car sa récompense brillait dans les yeux de l'homme-enfant. Alors, il a regardé, lui aussi, avec des yeux neufs. Oui, c'était beau ces milliers de toits, ce large fleuve et les monts au loin. C'était vaste, aérien. Son regard planait sur tout cela et il pouvait enfin relever la tête. Enfin respirer. Il se sentait rajeunir. Pas jusqu'au bambin avec sa luge, mais jusqu'à l'ivresse qu'il connaissait avant qu'un village mesquin ne se rétrécisse sur son âme jusqu'à l'étouffer. Et le spectacle de son fils, goûtant cette ivresse, le comblait. Il aurait dû dire: voilà pour toi, mon fils, car il avait le sentiment profond de lui donner tout cela.

Avec quel retard, cependant, il goûtait ces joies de la paternité! Il avait du mal à considérer Clovis comme un adulte. À ses yeux, il était demeuré ce petit sauvage qui s'émerveille de tout et apprécie la moindre gentillesse. Ce fils unique qu'il lui avait été interdit de reconnaître pour le bien-être de sa famille. La nature avait-elle pallié ce retard, en conservant l'allure étonnamment juvénile de Clovis? Avec ses joues imberbes et douces, ses cheveux soyeux, ses longs cils recourbés, on avait peine à voir en lui un universitaire de vingt-quatre ans. Surtout du haut de cette montagne où il cachait mal son excitation à détailler le port et les bateaux venus de si loin.

C'est pourquoi il a décidé d'aller les lui montrer de plus près. Le fiacre les a déposés au marché Bonsecours, rempli à craquer de charrettes, de cultivateurs et d'acheteurs. Ensemble, ils ont fait le tour des étals de carottes, de pommes de terre, de navets, d'oignons, de betteraves, de choux, de pains de ménage, de beurre, d'oeufs et de miel de qualité. Ils ont jasé avec les cultivateurs venus de Sorel et de Saint-Hilaire, ont comparé le prix des mannes de pommes et des barriques de lard salé et se sont amusés avec un jovial vendeur de bois de poêle qui prédisait un terrible hiver. «Certainement que nous aurons une grosse hiver, renchérissait une habitante jouflue, la pelure des oignons est épaisse.»

Ils étaient ravis de retrouver ces gens simples, vendant et louangeant leurs produits. Clovis avait repris tout naturellement son parler du terroir et rien, outre

ses vêtements soignés, ne laissait présager que le lendemain il débuterait son cours de médecine. Il allait et
venait, tapotant les fesses des chevaux au passage ou
croquant de petits cornichons salés que les fermières lui
donnaient de bon coeur comme à un gamin irrésistible.

Il se grisait des multiples senteurs de la marchan-
dise, mêlées à celles du crottin et de la paille, jusqu'à ce
qu'un vent aux parfums d'eau l'attire vers les quais où
s'empilaient des caisses de bananes. Des débardeurs ta-
citurnes besognaient durement et leur décochaient de
brefs regards fermés. Clovis admirait la coque des trans-
océaniques, les amarres, les ancres, les drapeaux étrangers. Il admirait les nombreuses mouettes criardes et la
tour du souvenir au quai Victoria, avec son immense
cadran indiquant l'heure aux marins. « C'est ici que les
bateaux arrivent et c'est d'ici qu'ils repartent, avait-il
dit d'un ton rêveur. C'est un point névralgique, poursui-
vait-il, aimant donner à son vocabulaire une teinte médicale. Vous vous rendez compte, papa? Tout ce qui
vient d'ailleurs et va ailleurs passe par ici. Par cette
eau. »

Comme ils venaient pour quitter cet endroit, Clovis
avait remarqué cette fille qui ressemblait à Judith par
la petitesse de la taille et la couleur dorée de la chevelure. Et, à le voir trop se recueillir, par la suite, dans la
chapelle Bonsécours, Philippe a deviné que les amours
incestueuses de son fils l'avaient assailli de leurs souvenirs passionnés. Heureusement que la toile représentant
les religieuses soignant les malades du typhus était
venue à son secours pour détourner son fils de ce passé
douloureux: elle lui permettait de raconter l'histoire du
docteur Charles-Eugène Lafresnière, son aïeul, mort en
soignant les pestiférés dans les huttes de bois de l'Hôpital général. Il en a profité pour expliquer comment les
immigrants irlandais étaient morts de ce fléau en arrivant au Canada. L'expression de Clovis démontrait clai-

rement qu'il était décidé, lui aussi, à soulager les souffrances. Sans doute voyait-il en ces immigrés des Sam en puissance. Clovis parlait rarement de cet homme qu'il affectionnait, sachant tout le remords que lui, Philippe, éprouvait à son égard, après l'avoir odieusement trompé en lui ravissant Biche Pensive et en laissant croire à tout le monde que Sam était l'amant et le père de l'enfant de Biche.

À pied, ils ont remonté la rue Saint-Sulpice et se sont reposés dans la somptueuse église Notre-Dame, fraîche et silencieuse à cette heure du jour. Ce lieu lui rappelait les dimanches et les jours de fête de la digne famille Lafresnière. Leurs toussotements pompeux et leurs habits chics. Lui rappelait le jeune médecin qu'il était, incongru, avec sa redingote usée et sa volonté de s'établir en pays de colonisation. Lui rappelait qu'il avait prié à ce banc pour ne plus revoir Biche Pensive. Lui rappelait qu'une petite fille trop sage entendait sa première messe de minuit en tenant son missel ouvert à la mauvaise page. Que cette petite fille trop sage lui avait un jour brisé le coeur en le traitant de dégoûtant, et l'avait fui parce qu'elle ne pouvait admettre le fruit de ses amours adultères. Et cette petite fille trop sage lui manquait énormément. C'est alors que lui est venue l'idée d'effectuer des recherches à Saint-Jean-de-Dieu puisqu'elle s'était destinée aux soins des malades mentaux. Si elle avait trop d'orgueil pour lui revenir, lui n'en avait plus assez pour l'attendre. Il se faisait vieux, malade, et il n'avait plus de temps à gaspiller en vaine fierté. Docilement, Clovis l'a suivi et ce n'est qu'à l'approche de l'asile qu'il a regretté sa présence. Connaissant ses antécédents médicaux, il a craint de l'ébranler par la vue de ces aliénés dont il aurait pu faire partie si Alcide avait continué de donner libre cours à ses pratiques sexuelles anormales.

Son coeur s'emballait dans le bureau de la supé-

rieure pendant qu'elle vérifiait le registre de ses employés, et tous ses espoirs se sont effondrés lorsqu'elle lui a certifié qu'il n'y avait pas de Mathilde Lafresnière parmi les infirmières de l'institut. « Vous êtes certaine ?
— Évidemment. Nos registres sont bien tenus, monsieur. » Il y avait eu un long silence sur le chemin du retour. Il aurait aimé être seul pour s'adonner à son chagrin. Mais Clovis, près de lui, l'épiait tendrement, se sentant fautif dans cette histoire.

— Elle a dû changer de nom, a-t-il conclu, maladroit à cacher sa peine et son dépit.

Et Clovis, si fier de porter ce nom qu'elle avait probablement changé, le serra contre lui pour compatir à sa douleur. Cela lui avait permis de se ressaisir et de chasser les nuages noirs qui s'amoncelaient en cette si belle journée.

— Si on allait souper à ce petit restaurant où on sert un mets nouveau !

Afin d'estomper complètement l'épisode de Saint-Jean-de-Dieu, ils s'étaient dépensés en visites touristiques : place Jacques-Cartier, hôtel de ville, Cour municipale, place d'Armes, Banque de Montréal, rue Saint-Jacques des hommes d'affaires, rue Saint-Paul des commerçants, Champ-de-Mars ombragé, fontaines, monuments et centaines de pigeons roucoulants achevèrent de convaincre Clovis qu'il était au pays des merveilles. Loin, très loin de ce village fermé et haineux. Loin des mensonges fomentés dans l'ennui. Loin de la méchanceté et de l'intolérance. Loin, dans la ville de l'avenir, couvant amoureusement le passé de ses vieilles pierres.

Finalement, ils avaient abouti chez le père Roncelli.

— C'est du libelle diffamatoire, accuse leur voisin de table, emporté par une discussion sur ce député de Sainte-Marie qui ose s'attaquer au maire Médéric Martin et à son protégé.

Son adversaire, à l'allure plus dégagée, soutient

avec vigueur que ce député clairvoyant ira beaucoup plus loin qu'on ne le pense et que son nom, un jour, marquera la ville.

— Houde! Marquer la ville! Camillien Houde!! Jamais! C'est un personnage burlesque tout au plus. Il fait un numéro, ça se voit.

— Je prédis qu'il fera mordre la poussière aux libéraux.

— Balivernes! hurle l'autre dont le visage s'empourpre rapidement.

Philippe sourit en entendant ces discussions animées qui lui rappellent sa jeunesse, son enthousiasme, ses adhérences politiques. Dans son temps, c'était la pendaison de Riel qui suscitait les discussions les plus enflammées, et quelquefois engagées physiquement puisqu'il se souvient d'avoir donné un coup de poing à un futur avocat qui avait approuvé le gouvernement Macdonald d'avoir pendu Riel, ce traître à la patrie. Riel, un métis, comme son fils. Moins métis que son fils même. Avait-il cette riche beauté des sang-mêlé? Était-il vraiment fou comme le soutenaient ses défenseurs? Il aurait aimé connaître cet homme qu'il avait défendu avec beaucoup de conviction. Souvent, il avait l'impression que l'engagement qu'il avait pris dans l'affaire Riel présageait les positions futures qu'il aurait à prendre dans sa propre vie. Car il l'avait son Riel pour lequel il avait tout sacrifié. Il l'avait ce sang-mêlé d'une riche beauté et d'une intelligence surprenante capable de sombrer dans la folie. Il mangeait à sa table, son Riel, joyeux, détendu, enthousiaste et déterminé.

— De qui parlent-ils? demande Clovis, intrigué.

— Ils parlent de politique. Un dénommé Houde.

— Qu'est-ce que vous en pensez, vous?

— Oh, moi! Jeune, j'étais libéral: je voulais faire bouger le pays. Aujourd'hui, je ne sais plus trop... je vote libéral, mais je crois que ça ne bouge plus... et je n'ai pas le temps de m'occuper de ces questions, alors je vote libéral.

— Jeune, vous étiez comme eux?

— Oui, admet Philippe. Et je m'emportais plus qu'eux.

— Moi, je n'aurai pas le temps de faire de la politique. Et ça ne m'intéresse pas.

— On se fait beaucoup d'amis en politique, et beaucoup d'ennemis aussi. Prends, dans ma famille, j'étais le seul libéral et il y avait un gros froid entre mon père et moi.

— Oui? Pour des idées seulement?

— Oui. Ça te surprend?

— Oui.

— Ça l'est lorsqu'on regarde avec tes yeux. Un père et un fils qui ne s'entendent plus à cause de la politique.

— Et les autres étaient comme votre père?

— Oui.

— Alors, je ne tiens pas à connaître les autres. Ne craignez rien, papa. Je ne chercherai jamais à connaître votre famille, affirme Clovis en posant de nouveau sur le vieux médecin un regard affectueux et admiratif.

Celui-ci rougit. Embarrassé et ému de cette tendresse évidente.

— Je crois que nous avons le temps de boire un bon café avant d'aller à la gare, dit-il avec une gêne qu'il s'explique mal.

Gare Viger. Active. Bourdonnante. Le train du Nord à la veille de son départ. « All aboard! »

— Je vous écrirai, assure Clovis en se dandinant devant lui.

La minute de la séparation approche et l'homme-cheval a tout à coup tant de choses à dire à son enfant.

Voilà, je t'ai déposé au bout du monde. J'ai réussi. Je suis fatigué, mais j'ai réussi.

Tout à coup, l'homme-cheval ne ressent aucun malaise à se laisser aimer par les yeux doux de son fils. Tout à coup, l'homme-cheval étrangle sa valise dans son poing, craignant cette seconde où il devra quitter ce bout du monde. Tout à coup, il se demande s'il n'a rien oublié, s'il a bien caché sa peine et son incertitude à trouver la somme requise pour payer le deuxième semestre.

Tout à coup, il voudrait exulter d'avoir touché le bout du monde avec lui et exprimer sa détresse de l'y laisser seul.

— Vous serez fier de moi, promet Clovis.

— Oh! Je sais que tu étudieras férocement. Je te fais confiance là-dessus.

— Et sur le reste aussi?

— Sur le reste aussi.

Si court, le temps, quand il y a tant de choses à dire. Et ces choses à dire ne se précisent et ne se précipitent qu'à la dernière frontière de l'adieu.

Clovis, maintenant, s'embarrasse comme s'il allait lui demander sa bénédiction.

Philippe, orgueilleux, redresse le torse pour se donner de la force et de l'assurance, mais son coeur languit de cette demande et se déchire de cette séparation.

« All aboard! » Le train bouge.

— Papa! s'exclame Clovis en le prenant dans ses bras et en le serrant contre lui, bénissez-moi.

La belle main de Philippe tremble sur la chevelure soyeuse.

— Prenez soin de vous.

Il le libère de son étreinte et l'aide à gravir le marchepied. La locomotive s'ébranle.

Philippe trouve une place près d'une fenêtre sale et tente de l'ouvrir. Mais le mécanisme se bloque et il ne peut qu'agiter la main à cet homme-enfant aux yeux humides qui lui sourit sur le quai.

Le train démarre, lui arrache cette image.

Voilà. L'homme-cheval a déposé son cavalier et regagne son bercail. Comblé. Fatigué. Esseulé.

Clovis se dirige d'un pas lent vers la sortie de la gare, sentant peser sur lui la fatigue immense de son père, son inquiétude à rencontrer les prochains versements et sa propre obligation à être digne du nom qu'il porte.

Des souvenirs le bombardent, l'atteignent en plein coeur. Lui font revivre sa désolation lorsqu'il avait surpris son père, ivre et désespéré. Réveillent son indignation devant l'attitude des villageois qui lui payaient ses honoraires de leur indulgence. Lui font endosser, encore une fois, cette vague et intolérable responsabilité dans le désir de Philippe d'abandonner la bénédiction paternelle. Et l'isolent de la famille devant la tombe récente de Mme Philippe Lafresnière, l'épouse et mère légitime. L'isolent de son père qui pleurait amèrement sa petite pâtissière. C'est ainsi qu'il appelait sa femme, avec douceur, avec besoin. Comme elle avait changé, madame docteur, après que son mari se fut publiquement confessé en venant ramasser son bâtard métis agonisant dans la rue! Il s'était même surpris à l'apprécier pour le bien qu'elle prodiguait à son père et pour cette présence qu'elle lui garantissait. Prévoyait-elle qu'elle allait bientôt le quitter? Possible. Mais elle avait vraiment piétiné son orgueil pour lui demander son aide, à lui, Clovis, le fils de Biche Pensive. N'est-ce pas elle qui l'avait mis au courant des tracas financiers de Philippe et lui avait suggéré de percevoir les honoraires dont Mathilde s'occupait auparavant? Il lui avait obéi, décidé à soulager son père de cette charge. C'est encore elle qui lui avait parlé de la bénédiction paternelle.

Ce premier jour de l'an dans sa famille adoptive jaillit dans sa mémoire. Il ralentit son allure, trouve un banc, s'assoit et, les yeux vagues, regarde les rails se dédoubler et se croiser. De lourds chariots roulent vers les entrepôts et lui rappellent le martèlement de son coeur alors qu'il marchait dans sa chambre en claudiquant, nerveux et déterminé. Un mois auparavant, il avait été administré et tenu pour mort. Puis, presque miraculeusement, il avait émergé du monde des ténèbres et avait subi la douloureuse métamorphose de la chenille en papillon. Il s'était réveillé Clovis Lafresnière et avait eu droit au petit hôpital attenant au cabinet de consultation, désormais considéré comme sa chambre. Son père, qui avait également frôlé la mort, se remettait mal de son attaque cardiaque et du don trop important qu'il lui avait fait de son sang. Dépressif, maladif, il se cloîtrait dans un silence obstiné que seule la boisson ébréchait. Alors, en ce premier jour de l'an 1922, pendant que ses demi-soeurs se soumettaient au voeu de Philippe d'abolir le geste solennel, lui, Clovis, arpentait sa chambre au rythme de son coeur affolé, résolu à désobéir en exigeant cette bénédiction à laquelle il avait droit et avait eu droit depuis sa naissance.

Madame docteur était venue le chercher: «On passe à table, Clovis.» Elle se doutait de son intention. La veille, elle lui avait appris que c'était habituellement Mathilde qui demandait la bénédiction, puis elle l'avait laissé sur cette phrase: «L'aîné des garçons peut aussi la demander.» Les yeux de cette femme quémandant son intervention lui donnèrent le courage nécessaire. Intentionnellement, il avait traversé le cabinet en se répétant: «Clovis Lafresnière»; sachant qu'il ne serait ce Clovis Lafresnière qu'en agissant comme tel. Cependant, dans la salle d'attente, il avait faibli devant les fleurs en verre dépoli qui avaient envoûté Small Bear, l'enfant des bois venu chercher le secours du médecin.

Devant le miracle de ce givre intérieur, il redevenait cet enfant de la sauvagesse qui était né et avait grandi en forêt. Il ne se sentait plus à sa place et commençait à envisager un refus. C'est pourquoi il s'est dépêché d'ouvrir la porte donnant sur le salon-salle à manger. Silence subit à son apparition. Il était un étranger pour les petits-enfants et une réalité humiliante pour les adultes. Le feu crépitait dans l'âtre de la cheminée. Un malaise indéfinissable flottait. Pour y remédier, son père les invitait à passer à table.

— Papa? Je suis bien votre fils?

— Oui, avait répondu Philippe, cherchant plus à s'excuser de ce fait qu'à poursuivre cette conversation devant la famille réunie.

— En tant que fils unique, je réclame de vous la bénédiction paternelle, avait-il demandé d'une voix saccadée, tombant à genoux parce qu'il tremblait trop.

— Je ne peux pas, voyons. Je suis indigne, mes enfants, balbutiait son père en les regardant s'agenouiller et baisser le front malgré son refus, espérant de lui cette protection qui leur viendrait du ciel par sa main. Mes enfants... je suis responsable du malheur qui nous frappe... c'est plutôt à moi de demander votre pardon.

Pas un ne bougeait, pas un ne parlait, même pas les tout-petits devant la gravité de leurs parents. Cette confession martyrisait cet homme affaibli. Clovis eut peur pour son coeur et insista:

— Bénissez-nous, papa.

La petite pâtissière s'agenouilla près de lui, le bâtard, signifiant à tous son pardon envers celui qu'elle aimait. Alors, la belle main se leva et, d'une voix difficile à contrôler, Philippe les avait bénis.

— Mes enfants, je vous bénis, au nom du Père, du Fils et du Saint-Esprit.

Ses demi-soeurs se signèrent. Puis, tour à tour, le remercièrent et l'embrassèrent. Puis, embrassèrent leur mère. Lui, il s'était assis dans un fauteuil parce que du sang lui coulait sur la jambe et il ne voulait pas tacher le tapis.

Clovis porte la main à son genou et tâte à travers le tissu une cicatrice épaisse au niveau de l'articulation. Cette blessure profonde avait pris bien du temps à guérir et l'avait contraint à boiter pendant des semaines, rouvrant sa plaie chaque fois qu'il pliait le genou. Dans l'émotion de sa demande, il n'avait même pas senti les points céder sous sa génuflexion. Ce petit incident lui avait permis de se retrouver seul avec son père, dans le cabinet où l'odeur des médicaments le grisait plus que l'encens des cérémonies religieuses.

C'est dans l'intimité de cette pièce sacrée qu'il l'avait remercié. Philippe lui avait ouvert les bras et ils s'étaient blottis l'un contre l'autre. « C'est moi qui te remercie, mon fils », avait-il prononcé à voix basse en le serrant sur son coeur épuisé. On aurait dit qu'il s'accrochait à lui et devenait dépendant de lui parce qu'il lui avait redonné sa dignité. Appuyant la tête contre son épaule, son père s'était mis à sangloter. Et il comprit que c'était à son tour, maintenant, de protéger cet homme qui avait si souvent recueilli son tourment. C'était à son tour de serrer les poings face aux ennemis possibles. C'était à son tour d'être droit, responsable et fort. Clovis secoue la tête et observe ces longs rails étirés jusqu'à Mont-Laurier. Présentement, ils longent le fleuve et les quais d'entrepôts avant de bifurquer vers le nord-ouest. À quoi pense son père? Est-il aussi remué que lui? Ses souvenirs lui remontent-ils à la gorge, lui donnant l'impression de suffoquer? Quand le reverra-t-il? Aux vacances de Noël? Tout dépend des finances. Qui fera la collecte des honoraires? Les villageois s'apitoieront-ils sur la mort de sa femme et daigneront-ils effacer ses erreurs passées? Il en doute. Esquisse le vague projet de travailler cet été. Au port peut-être.

Il se lève. Où trouveront-ils ce fichu cent quatre dollars du deuxième versement? Sam. Il suffit de le lui demander. Mais devant ce trappeur qui a assumé sa vengeance et sa paternité, Philippe ressent trop de honte pour lui laisser défrayer le coût des études de son fils.

Clovis hausse les épaules et reprend sa marche, calculant inutilement mille et une possibilités de gagner des sous. Bientôt, il débouche à l'air libre et s'émerveille du va-et-vient incessant de la ville. Les chevaux des calèches, le nez enfoui dans le sac d'avoine, reluquent les taxis d'un mauvais oeil, tout comme leurs maîtres bourrus qui présagent la fin de leur règne. «Taxi, monsieur?» offre justement un joyeux chauffeur à casquette blanche. Clovis refuse poliment et s'engage dans le parc Viger.

Bientôt, il arrive devant la statue du docteur Chénier, mousquet à la main, encourageant ses braves au combat. Cet après-midi, son père lui a raconté que ce patriote était mort dans l'église de Saint-Eustache lors de la rébellion de 1837. Et ces deux mots, patriote et rébellion, dansent à nouveau dans son coeur en y éveillant des interrogations nouvelles. Est-il un patriote, lui, Clovis? A-t-il une patrie pour laquelle il pourrait s'insurger? Après être devenu praticien, irait-il mourir dans un combat pour son pays? Le visage de Philippe s'éclairait intensément à ces mots de patriote et de rébellion et il admirait l'homme au-delà de la statue, adhérant à sa tendance politique. Que connaît-il, lui, en politique? Rien. À part ses études classiques et religieuses, le seul domaine profane qu'il s'est permis d'explorer c'est celui de la médecine, par le truchement des livres de son père. De se voir si ignorant le stimule à approfondir le pourquoi de ce manque d'intérêt. En cela, il ne ressemble pas à Philippe, réplique de ce docteur Chénier se vouant aux causes désespérées. N'a-t-il pas sacrifié deux de ses filles, sa réputation et son bien-être pour lui donner son nom et lui permettre d'entreprendre ses études? Et n'en est-il pas resté moralement atteint? Si on attaquait son père, il prendrait les armes pour le défendre. Mais son père, est-ce sa patrie? Ou sa patrie, est-ce cette forêt appartenant à son grand-père, monarque régnant en mocassins? Ou est-ce cette ville où se dépensait son ancêtre à soigner des pestiférés? Sa patrie, est-ce la cabane de rondins où il a vu le jour? Est-ce le visage de Biche Pensive qu'un gamin bombardait de balles de neige? Est-ce tout cela réuni dans son coeur? Lèverait-il son fusil pour tout cela?

Il hésite à se répondre et résume ses intentions à l'adresse de ce jeune médecin, mort dans la rébellion. « Je deviendrai praticien, comme toi. C'est ça, mon combat. »

Il s'éloigne rapidement de cette statue qui lui rappelle qu'il n'a pas et ne veut pas d'une couleur politique qui réussirait à l'éloigner de son père.

Pour faire diversion, il essaie d'imaginer son village avec des rues pavées, des tramways, des poteaux électriques et des parcs constellés de monuments. Il poursuit le rêve et se plaît à imaginer Honoré, sculptant l'imposante figure du curé Labelle dans le bois sec d'un immense pin, symbole de l'énergie et du courage des colons. Le juge Routhier, lors d'un congrès auquel participait son père, a fait la remarque suivante: « Saluez, messieurs, c'est un conquérant qui passe. » Philippe, alors âgé de dix-neuf ans, l'avait acclamé puis avait fait partie de l'armée de ce conquérant, faisant fi de la renommée et de la fortune pour soigner en pays de colonisation. Dans les pas de ce géant, il avait rencontré ceux de Biche Pensive, qu'il avait aimée et qui lui avait donné un fils. Et ce fils rêve à ce jour où l'on racontera l'histoire des colons et du légendaire curé. Rêve à ce jour où l'on érigera un monument à leur bravoure. Rêve à ce jour où l'on glorifiera ce nom qui englobe tous les vaillants soldats de son armée.

Rue Saint-Denis. Il émerge de son doux rêve, revoit la rue principale de son village, telle qu'elle est, longue bande de terre sablonneuse écorchée sur la mousse des forêts. Il la compare à l'artère grouillante et animée malgré l'heure tardive. Un ciel déjà sombre se tend au-dessus des maisons de maçonnerie et l'université, SON université, s'impose à lui, avec ses cinq étages de pierre grise, son perron monumental de forme ovale et ses six colonnes qui lui confèrent une allure classique. De tous les bâtiments qu'il a vus jusqu'à maintenant, c'est évidemment celui qu'il préfère. Qu'il a hâte à demain. Hâte d'étudier. Hâte de connaître. Qu'importe la susceptibilité de son père s'il ne réussit pas à dénicher l'argent du second semestre ! Il en demandera lui-même à Sam. Cette décision le ravigote et c'est d'un pas énergique qu'il redescend la rue Saint-Denis pour rejoindre sa maison de pension, rue Saint-Hubert près de La Gauchetière, cotée parmi les plus rigides et choisie en raison même de cette austérité et de cette sévérité. Car la moralité, plus que l'intelligence et l'argent, lui ouvrira bien des portes. N'exige-t-on pas deux certificats de moralité pour inscrire un élève à l'université ? Un du curé du village et l'autre, du dernier collège fréquenté. La lettre d'Alcide Plamondon fleurissait d'éloges à son égard et, l'ayant lui-même lue, il ne s'était pas reconnu. Nul n'aurait reconnu en ce Clovis Lafresnière, fils adoptif du docteur Philippe Lafresnière, ce bâtard métis chassé du village par le prêtre et forcé de courir les bois en compagnie de Sam. Nul n'aurait pu soupçonner la tare de ses origines et son inquiétante réputation d'homme vendu au diable. Quant aux louanges du supérieur de son collège, elles n'exprimaient qu'un vif regret : celui de le voir embrasser une carrière libérale. N'a-t-il pas, de plus, prêté serment de ne rien faire qui puisse nuire au prestige de l'université? Oh, oui! La moralité, voilà la clé du succès, pense-t-il en augmentant la cadence de son pas.

Que va penser Mme Dupuis de ce retard? Il entend d'ici sa voix autoritaire lui demander le compte rendu de ses allées et venues dans la traîtresse ville de Montréal. Ne raffolant pas d'avance de se charger d'un étudiant en médecine, elle le prendra peut-être en aversion et le dénoncera aux autorités toutes-puissantes et religieuses de l'université. Encore chanceux que son père ait pu plaider sa cause! Il jouait tellement bien le père inquiet au sujet de la chasteté de son fils, ne sachant à qui se fier dans cette grande ville et trouvant en Mme Dupuis le roc inébranlable dont il avait besoin, que la veuve s'était laissée fléchir puis convaincre en voyant leurs brassards noirs faufilés à la manche de leurs habits. « C'est votre femme qui est décédée? » s'était-elle informée sur un ton de condoléance. Elle les avait invités au salon pour les renseigner sur ses tarifs et ses exigences, et aussi pour déclarer une série de petits malaises à ce brave docteur de campagne aux manières distinguées. Philippe lui avait prescrit des repas plus légers et un peu plus de distractions. Elle avait acquiescé, charmée de l'attention qu'il lui portait.

Rue Saint-Hubert. Le voilà enfin rendu. Cette maison lui plaît. Elle ressemble à ces châteaux qu'il imaginait, enfant, avec ses longues fenêtres encadrées de figures géométriques, formées par différents agencements de pierres, et surmontées d'un linteau triangulaire. Elle diffère tellement des habitations de planches et de bardeaux de sa région. Il grimpe les escaliers et se retrouve sur une galerie fermée par une clôture en fer forgé compliqué. Que c'est joli! Il sonne, pénètre en admirant les vitraux de la porte d'entrée, plonge ses doigts dans le petit bénitier du vestibule et se signe, prenant bien soin de faire voir sa silhouette derrière la vitre opaque donnant sur le salon, au cas où la vigilante maîtresse de pension guetterait son retour.

— Il se fait tard, monsieur Lafresnière, débute-t-elle en l'accueillant sèchement au salon où deux autres pensionnaires le détaillent méticuleusement.

— Vous avez raison, madame. J'ai revisité l'église Notre-Dame. Elle est tellement belle... On dirait une vue du ciel à l'intérieur.

— À sept heures, nous récitons le chapelet. Vous l'avez manqué et notre église c'est la chapelle Notre-Dame-de-Lourdes.

— Je m'excuse. De toute façon, Dieu est dans toutes les églises.

— Bon! N'en parlons plus, coupe-t-elle en joignant nerveusement les mains à la hauteur de la taille.

Ce jeune homme piteux la charme soudain par sa candeur. Elle résiste mal aux longs cils recourbés et aux joues imberbes de cet étudiant qu'elle avait d'abord refusé à cause de la faculté choisie. Elle aurait préféré qu'il opte pour la théologie, car à la simple pensée d'École de médecine, un frisson l'avait traversée. Ce jeune homme à l'air si pur étudiera toutes les parties du corps et les touchera de ses mains. Bientôt, il connaîtra en détail l'anatomie d'une femme: son anatomie. Et s'il lui prenait la liberté de la déshabiller des yeux lors de cette étude? Elle joint plus fort ses doigts et exagère sa mine froissée.

— Je vais vous présenter vos voisins de chambre. Voici M. Jules Lagacé, de Sorel; il est en deuxième année de théologie.

Un petit homme au faciès anguleux offre une main molle et pique sur lui des yeux de détective manqué. Un «enchanté» hautain s'échappe de sa bouche serrée. Puis, d'un air supérieur, il lance cette boutade:

— En médecine, hein? Saviez-vous qu'en 1866,

l'École de médecine était affiliée à l'École de médecine de Victoria, une école protestante?

— Sainte mère du ciel! s'exclame Mme Dupuis en se signant. Je me rappelle maintenant. J'étais une jeune fille à l'époque et cela avait fait scandale dans tous les journaux.

Clovis la dévisage, interloqué, comme pris en défaut. La courte dame replète se mure derrière ses manières scrupuleuses en psalmodiant : «Doux Jésus! Doux Jésus! Si c'est pas dommage!» Instinctivement, elle porte la main à sa médaille de la Vierge et trouve le courage d'examiner à fond ce pensionnaire qu'elle a peut-être accepté à la légère.

Près de Jules, petit et maigrichon, il paraît encore plus grand, avec des épaules solides et un corps harmonieux. Ce matin, avec son père, il avait l'air d'un enfant, mais maintenant qu'elle le voit seul, elle frémit de constater qu'il est un homme. Et un bel homme. C'est la première fois qu'un si beau mâle loge sous son toit. Feu M. Dupuis, qu'elle avait marié sur le tard, était de trente ans son aîné et, un an après leur union, il succombait à la grippe espagnole. Quant à ses autres pensionnaires, tous destinés à la prêtrise, aucun n'avait cette particularité d'être séduisant et viril. Aucun n'avait pu éveiller ces petits chatouillements pleins de vertige qui l'assaillent et la privent de ses moyens jusqu'ici infaillibles. Les beaux yeux noirs l'ébranlent solidement. Elle succombe lorsque l'homme baisse les paupières pour avouer :

— Je le savais. Papa m'en avait parlé. Mais aujourd'hui, on exige les mêmes conditions des carabins que des étudiants en théologie. J'ai de bons certificats de moralité, termine-t-il en plongeant ses yeux veloutés dans ceux de la vieille dame prête à capituler à l'évocation de ce père veuf.

— Bien sûr. Si vous n'aviez pas eu de bons certificats, vous ne m'auriez pas été recommandé. Je n'accepte que des pensionnaires qui ont de bons certificats, précise-t-elle à l'égard de Jules, dont elle remarque soudain les joues ombragées d'une forte barbe.

Son regard revient à Clovis, si grand, si beau, avec son teint coloré, ses cheveux soyeux et cette peau douce d'enfant sur un menton volontaire. Le même menton que son père, pense-t-elle en se remémorant cet homme charmant. Il a dû faire ses études sous l'affiliation de l'École protestante: il n'en demeure pas moins un homme respectueux et un père attentif à la bonne conduite de son fils, dans cette ville de dévergondées où les jeunes femmes fument, se coupent les cheveux et dansent le charleston.

— Tout est une question de foi, tranche-t-elle avant de passer à Pierre, étudiant en Philo 1.

Obèse à l'air doux, Pierre lui offre une main beaucoup plus chaleureuse.

— Voici M. Pierre Dumoulin, de Saint-Eustache.

— Saint-Eustache! Mais c'est là qu'est mort le docteur Chénier lors de la rébellion.

Le gros chérubin aux boucles blondes fige au mot rébellion et bafouille:

— Oui... ça se peut... Je crois que non... en tout cas, ce n'est pas parent.

Pourquoi ce Clovis vient-il de marquer sa ville natale du sceau de la rébellion? Il en a honte et tente même de s'excuser.

— C'était il y a longtemps.

— J'ai vu la statue de Chénier dans le parc Viger avec mon père. C'est lui qui m'a expliqué ça. Il paraît qu'il était très courageux, poursuit Clovis afin de remonter le moral de ce garçon sensible et dépaysé.

Celui-ci apprécie les efforts déployés pour enlever au mot rébellion son horreur et affirme de son air inoffensif:

— En tout cas, moi, je ne suis pas un rebelle et je ne le serai jamais.

— Pierre se destine également à la prêtrise. Messieurs, voici M. Clovis Lafresnière. Il nous vient de très loin. Près de Mont-Laurier, je crois?

— Oui.

— M. Lafresnière est en première année à la faculté de médecine. J'espère que vous ferez bon ménage.

Elle rejoint sa chaise austère sous le portrait du pape Pie XI.

— Vous m'excuserez, dit Clovis, je crois que je vais aller réciter mon chapelet dans ma chambre.

Il les quitte, pressé de savourer ce M. Lafresnière qu'il est devenu... Mme Dupuis sourit avec satisfaction et décoche un coup d'oeil choqué à l'égard de Jules, décontenancé par l'échec de sa boutade qu'il avait si bien préparée. L'arrivée de ce Clovis Lafresnière lui déplaît car il devine qu'il sera éclipsé par lui. Aux yeux de Mme Dupuis, va sans dire. Tantôt, elle dévorait presque des yeux cet homme qui étudiera les misérables enveloppes charnelles. Lui ne se destine-t-il pas à guérir les âmes? Il se retranche derrière cette supériorité et aborde le sujet effrayant de la condamnation éternelle. Mme Dupuis bronche à peine dans sa chaise lorsqu'elle s'interroge sur ses chatouillements vertigineux. Elle se promet cependant de se confesser le lendemain et chasse le plaisir inconnu qu'elle y a goûté.

Comme chaque année pour le jour de la rentrée, elle leur a préparé un festin. Rôti de porc et patates brunes, tartes aux pommes et beignets. Sa cuisine embaume et c'est d'un pas alerte qu'elle sert ses trois pensionnaires. Après le bénédicité, Pierre s'attaque à son assiette avec sa voracité coutumière et Jules dissèque ses morceaux en mangeant du bout des dents. Il lui répugne, comme toujours, d'avoir à nourrir sa carcasse de pécheur.

— C'est bon, madame, complimente Clovis.

— Oui? Vraiment? C'est si simple à faire.

— Mais très bon.

Elle rougit. C'est la première fois qu'on marque de l'appréciation pour ce qu'elle fait.

— C'est vrai! renchérit Pierre, la bouche pleine.

— Aujourd'hui, c'est parce que c'est le jour de la rentrée. Ce ne sera pas comme ça tous les jours, avertit-elle en fronçant les sourcils.

— Avez-vous déjà mangé des bananes? questionne Clovis à brûle-pourpoint.

— Des bananes!

— Oui, des bananes. J'en ai vu sur les quais du port. C'est un fruit long dans une enveloppe jaune.

— Moi, j'en ai mangé, dit Pierre, et c'est très bon.

— Mais voyons, mon pauvre enfant, vous êtes allé au port! Quoi de plus malsain qu'un port! Toutes sortes de gens fréquentent les ports: des débardeurs en camisole, des marins, des ivrognes et des filles... Est-ce votre père qui vous a fait visiter ça?

Rusé, Clovis endosse aussitôt la responsabilité de cette escapade.

— C'est moi qui voulais voir les transatlantiques. Comme il ne peut rien me refuser, il m'a accompagné.

La maîtresse de pension s'amadoue.

— Il n'y a pas de gros bateaux comme ça, par chez vous, n'est-ce pas?

Sa voix se fait douce, maternelle pour cet homme-enfant attiré par les grands bateaux.

— Il n'y a que des canots et des chaloupes par chez nous. Ils sont tellement petits qu'on pourrait en mettre des milliers dans ces transatlantiques.

Elle sourit avec clémence tandis que Jules se pince les lèvres.

— C'est là que j'ai vu les bananes. Il y en avait de pleines caisses.

Tant de naïveté et de candeur chez un homme émeuvent Mme Dupuis. Elle se promet d'acheter des bananes d'ici quelques jours. La curiosité la pique, elle aussi, pour ce fruit qu'elle n'a jamais osé acheter, étant rébarbative à toute nouvelle vogue. La forme, la couleur et la provenance de ces fruits les entachent d'obscénité et elle se promet de bien les laver avant la consommation.

— Vous n'avez pas de sujets plus sérieux que les bananes! ricane Jules en abandonnant son plat à peine touché.

— Si, rétorque aussitôt Clovis, agacé par ce freluquet à grise mine, je pourrais vous parler des disciplines pastoriennes et des méthodes relatives à l'anatomie pathologique, si vous le désirez.

Pierre s'étouffe en riant de cette réplique et, pendant que Clovis lui tapote le dos, Mme Dupuis s'irrite du manque d'appétit de Jules.

— Vous pouvez bien être maigre; vous ne mangez presque pas.

— Je reviendrai pour le chapelet, promet-il en les quittant, défait.

Après son départ, l'atmosphère devient plus détendue et Mme Dupuis accorde même deux morceaux de tarte à chacun de ses pensionnaires, les mettant bien en garde que cette largesse n'est pas coutumière.

Puis, à l'heure de la prière, elle les retrouve tous trois agenouillés devant elle.

Jules, sec et nerveux, entame la première dizaine. Elle ferme les yeux. Pieuse. Pierre poursuit d'une voix lente et monocorde. Puis, vient le tour de Clovis. Le timbre grave et chaud de sa voix lui fait entrouvrir les paupières et une pointe de tendresse grandit en elle pour cet homme qui inspire la force, la pureté et la douceur. Elle pense au petit garçon en lui qui n'a jamais vu de transatlantique et jamais mangé de banane. Et elle voit ce petit garçon dans l'expression recueillie que donnent les longs cils recourbés. Malgré elle, son coeur s'apitoie sur cette cicatrice relevant le sourcil gauche. Quel grave bobo s'est-il fait là? Comme elle aurait aimé le soigner! Comme elle l'aurait dorloté s'il avait été son fils! Cette constatation la rassure: il n'y a pas de mal à aimer un homme comme son fils. Sa confession de ce matin était tout à fait inutile. En lui conseillant d'éloigner d'elle la tentation, le vicaire se trompait grandement. Clovis restera. Machinalement, elle vérifie qu'aucun cheveu ne s'est échappé de sa maigre toque grise avant de fermer les yeux pour répondre: « Sainte Marie, mère de Dieu », se sentant approuvée dans ce sentiment de maternité par cette mère bénie entre toutes, et encouragée à coudre le blason de Clovis comme il le lui a demandé si gentiment.

Précis d'anatomie et de dissection de Rouvières, *Abrégé d'histologie* de Bulliard et Champy, *Physique médicale* de Broca, *Chimie médicale* de Desgrez; c'est à lui. C'est tout neuf. Les titres d'or se détachent des sombres couvertures. Et ses doigts tremblent sur ces lettres, sur les pages, sur le papier qui les recouvrira. Ce sont ses livres. SES livres de médecine. C'est par eux qu'il atteindra les sommets de la connaissance. Avec un profond respect, Clovis enfouit son visage dans sa *Chimie médicale* et hume avec satisfaction l'odeur d'encre et de papier neuf. Combien de visites à domicile ou de peaux de castors pour le payer? Combien de pas dans la nuit silencieuse vers la femme en couches? Combien de gelures aux doigts sur les pièges d'acier? Il sait, lui, le prix de ce livre. Et celui des trois autres. Et c'est parce qu'il connaît ce prix qu'il recouvre ses manuels avec amour et attention.

Sa première journée à la faculté de médecine lui a ouvert toutes grandes les portes de l'université. Il baigne dans une euphorie difficile à décrire, difficile même à saisir. Il se sent à la porte du monde. De ce monde qu'est la médecine sans frontières, sans couleur de peau, sans race, sans classe. La médecine: exploratrice du sang de l'être humain. Salvatrice du sang de l'être humain. Ignorant ses guerres et ses préjugés, soignant le bon et le mauvais larron.

Ses livres. Ce sont ses livres. Ses doigts tremblent toujours sur ces pages qui, tour à tour, élargiront ses horizons pour en faire un citoyen du monde. Car la connaissance médicale est universelle et les chercheurs de tous les pays s'unissent pour vaincre la maladie: cette ennemie commune. Celle qui a arraché sa mère aux soins de Philippe, celle qui est venue prendre madame docteur, cet été. Son ennemie à lui aussi. Le voilà engagé dans ce combat sans éclat. Élèvera-t-on un monument, un jour, à Pasteur? À son père? Si Chénier n'avait pas pris les armes, lui aurait-on élevé un monument pour sa lutte contre la maladie?

L'évocation d'un combat lui fait porter la main à son flanc gauche où il sent le bourrelet des cicatrices le long des côtes. Voilà les vestiges de son combat avec la carcajou. Tout le long de sa cuisse aussi, jusqu'au genou. La bête l'a déchiré comme on déchire un bout de papier. Mais lui, il l'a tuée. Il ferme les yeux. Se rappelle la lente et douloureuse convalescence où il parvenait à oublier ses blessures en se réfugiant dans les livres de son père. En se réfugiant dans les siens, parviendra-t-il à oublier qu'en un cloître obscur, Judith consacre sa vie à prier pour eux? Parviendra-t-il à oublier comme il l'a aimée dans ce village de la haine? Parviendra-t-il à oublier comme il l'aime encore? À oublier ses yeux, sa voix, sa bouche, son corps? Parviendra-t-il à oublier le gâchis de ses jeunes années, attribuable au curé Plamondon? Parviendra-t-il à pardonner ce mensonge par lequel le prêtre s'est approprié de lui? En faisant signer à sa mère moribonde un papier d'adoption au lieu d'un certificat de baptême, il lui ravissait la possibilité de grandir dans la maison de son père naturel et de ses demi-soeurs, et il l'exposait au danger de cet amour interdit.

Non. Jamais. Jamais, il ne pardonnera. Jamais, il n'oubliera, fulmine-t-il en plissant la page entre ses doigts. Il constate le dégât et, du plat de la main, tente de presser les plis. De fines lignes sombres persistent à indiquer le froissement du papier. À écrire cette violence en lui. Qui gronde et rugit dans ses veines, dans sa tête, dans ses oreilles. Cette violence qui l'emplit de fiel et l'effraie grandement. Il n'a pas de contrôle sur elle. Elle arrive comme une poussée de fièvre et lui donne envie de hurler et de tout détruire. Lorsqu'elle l'habite, il se sent devenir fou et faible. Elle le dicte. Elle l'aveugle. Il n'est plus alors qu'un torrent de haine qu'aucun barrage ne peut plus harnacher. Voilà qu'elle lui a fait froisser la page de son beau livre. Cela n'augure rien de bon. Il lui faut s'extraire de son passé de vaincu s'il veut conquérir l'avenir. Il lui faut s'extirper du village d'Alcide s'il veut accéder aux portes du monde. Il lui faut oublier. Pour le moment du moins. Il s'occupera de sa vengeance plus tard, car avec son permis d'exercice fédéral, il pourra pratiquer au Manitoba où s'est réfugié Alcide.

Il se calme en se répétant ses décisions, une à une. Oublier son passé, s'extirper du village, s'occuper d'Alcide Plamondon plus tard. Un transatlantique surgit alors dans son esprit, enfonçant sa coque dans les eaux noires. Magnifique et puissant, il lui promet l'univers de la science. Clovis retrouve le mysticisme serein dans lequel il baignait avant d'avoir froissé sa page, et habilement, il recouvre son livre *Chimie médicale*. En voilà un!

Il s'empare de *Physique médicale*, taille son papier et répète la même opération, évaluant le prix de chaque livre, de chaque heure de cours, de chaque journée de pension. Le prix de ses vêtements aussi, qui le confondent aux autres universitaires et l'intègrent aisément dans ce tout cosmopolite. Comme il est heureux d'être un carabin! Heureux d'être des leurs et d'être comme eux. Il se sent léger sans cette épithète de bâtard pendue à son cou. Sans cette laisse serrée qui l'étranglait et le soumettait aux caprices de la société. Libre. Il est enfin libre. Inconnu et libre. Face aux autres, il n'est qu'un étudiant venant des Hautes-Laurentides, cette contrée pratiquement inconnue de ces fils de notables qui l'ont encerclé pour le questionner et lui proposer de faire partie de leur équipe de hockey. Comme il sera fier de représenter les carabins! Il sait déjà qu'il y mettra toute son ardeur. Oh! Que cela fait du bien d'être reconnu, apprécié, recherché. C'est la première fois qu'il entre dans le monde des Blancs avec une telle aisance et un tel accueil de leur part. Oh! Sûrement qu'il s'inscrira dans l'équipe de sa faculté.

Il sourit. S'empare machinalement de son troisième livre et, tout en brassant les émotions de la journée, commence à le recouvrir.

Le bateau surgit encore. Puissant. Capable de fendre les vagues de la mer. C'est son bateau. Il a son billet. Il n'a qu'à le prendre. Tantôt, lorsqu'il ouvrira son livre *Chimie médicale* pour l'étudier, il coupera les amarres et prendra le large sur la mer de la Connaissance. Il voguera vers toutes les eaux inconnues, vers toutes les îles vierges. Il explorera à fond l'incroyable et l'invisible. Il réussira. Il le sent. Comme il a réussi à amadouer Mme Dupuis et à débarquer Jules de son piédestal. Et comme il a réussi à répliquer au docteur Bernier, professeur de chimie médicale. C'est la première fois, de mémoire d'universitaire, qu'un étudiant a réussi à lui répondre sans être aussitôt tourné en ridicule ou humilié d'une façon cinglante. Clovis s'explique mal toute l'attention accordée à cet incident par les carabins. Après tout, il n'a fait que répondre la stricte vérité à ce professeur. Son cours se révélait des plus intéressants et, malgré la manière légèrement méprisante qu'il avait de le donner, le docteur Bernier l'avait captivé dès la première phrase. Il ne perdait pas son temps en d'éternelles entrées en matière et s'attaquait au vif du sujet sans détour. Tout à coup, il l'a pointé du doigt en disant:

— Vous, vous semblez douter. Quel est votre nom?

— Clovis Lafresnière.

— Alors, monsieur Lafresnière, dit le sceptique, donnez-moi donc votre point de vue sur le sujet.

— Je n'ai pas de point de vue, docteur. Je suis ici pour apprendre. Quand j'en saurai autant que vous, je me permettrai d'avoir un point de vue et d'être sceptique.

Cette réplique avait immobilisé l'homme sur place.

— Avancez ici, avait-il ordonné, en lissant les énormes favoris gris qui encadraient son visage sévère.

Tandis qu'il avançait, le professeur se redressait avec hauteur, mettant en valeur la chaîne d'or de sa montre et un silence de malaise planait dans la salle de cours. Quand il fut devant lui, le docteur Bernier le dévisagea longuement.

— Comment se fait-il que vous n'ayez pas eu de points ou d'agrafes sur votre sourcil? Votre père n'est-il pas médecin?

— Oui, docteur, mais c'est arrivé... aux chantiers. (Mensonge: c'est arrivé aux noces d'une de ses demi-soeurs... du temps où il ignorait l'identité de son père.)

— Une bataille sans doute.

— Oui, docteur. (Contre un géant débile qui avait outragé la mémoire de sa mère.)

Les yeux sourièrent sous la broussaille emmêlée des sourcils, le reste du visage demeurant imperturbable.

— Très bien. Allez apprendre. Dans cinq ans, vous me donnerez votre point de vue. Cette cicatrice vous donne vraiment l'air de douter.

Trois petits coups à la porte le tirent de ses pensées. Il ouvre. Mme Dupuis, aussitôt, lui présente son veston comme si elle voulait justifier sa présence.

— Voilà, monsieur Lafresnière.

— Je vous remercie beaucoup, madame. C'est joliment bien fait. Vous êtes certaine que vous ne voulez pas être payée?

— Allons donc, ça m'a fait plaisir. Bon, je vous laisse étudier.

— Merci.

Elle disparaît dans l'étroit corridor. Après avoir refermé la porte, il s'assoit sur le lit pour examiner le blason si adroitement piqué. Ce matin, le vice-recteur leur a expliqué la signification du dessin. La montagne représente le mont Royal; le fort à deux tourelles, c'est le bastion de l'enseignement, une tourelle symbolisant les sulpiciens et l'autre, Marguerite Bourgeois enseignant aux Indiens; les deux étoiles indiquent la foi. Comme Biche Pensive aurait aimé coudre cela! Elle aurait pleuré de joie sur les tourelles, la montagne et les étoiles. C'est fou ce que sa fierté de mère lui manque en cette minute même. Non. Il ne faut pas s'attarder chez les morts. Pourtant, le jeune homme se recueille et murmure tout bas: «Toi aussi, maman, tu seras fière de moi. Et toi aussi, Gros-Ours, que je n'ai jamais connu et qui dort quelque part dans un arbre de la forêt.»

Pour ne pas s'attarder inutilement chez ses ancêtres vaincus par les Blancs, il accroche son veston dans la penderie et termine le recouvrage de ses livres.

Puis, il s'installe à sa table de travail et ouvre son livre de chimie. Il enregistre tout avec une facilité qui l'étonne lui-même et prend de l'avance sur les prochains cours, se concentrant sur les points difficiles à comprendre. Ainsi, il saura sur quel item centrer son attention et ses questions. Ses doigts ne tremblent plus. Avec calme et assurance, il prend pied sur le vaste territoire de l'étude de l'être humain. Mot à mot et page par page, il y découvre des possibilités illimitées. Lui, le demi-sauvage, il s'aventure en ce sol inconnu plus vaste que l'Amérique. C'est sa revanche sur Jacques Cartier posant le pied à Gaspé et prédisant aux autochtones leur fin prochaine. Car aujourd'hui, il s'implante en ce domaine réservé aux Blancs et pousse ses découvertes aussi loin qu'il le peut. Tard dans la nuit de septembre, Clovis étudie férocement, animé d'un courage nouveau. De temps à autre, il rejette la tête en arrière, se frotte les yeux et somnole légèrement, laissant sortir des ténèbres le mont Royal, ses Iroquois illettrés et leurs canots renversés sur la berge du fleuve. Puis, surgit le bastion, les tourelles et Marguerite Bourgeoys enseignant aux petits sauvages. L'étoile de la foi brille comme l'étoile du berger au-dessus de la montagne. Tout s'embrouille ensuite sous une larme de Biche Pensive cousant son blason dans la cabane de rondins.

Ce Clovis Lafresnière. Grand, basané, musclé. Cette cicatrice sur l'oeil qui lui donne l'air de douter. Et ce regard lumineux, noir à n'en plus finir. Ce garçon n'a pas eu la vie facile. Il l'a remarqué. Les autres professeurs, non. Lui, oui. Parce que lui non plus n'a pas eu la vie facile. Parce qu'il a été obligé de travailler un an sur deux pour terminer ses études. Parce que maman faisait les ménages dans les maisons de Westmount. « Non, il n'a pas eu la vie facile », échappe le docteur Bernier en se calant dans son fauteuil. Dit-il cela pour lui ou pour ce Clovis Lafresnière? Pour les deux sans doute.

Et orphelin par-dessus le marché. De père et de mère probablement, pense-t-il intérieurement avec un sentiment coupable d'indiscrétion. Pourquoi s'est-il donc permis de fouiller dans le dossier d'admission de ce garçon? Connaissant la réponse, il n'ose se la formuler. C'était si routinier, avant, d'enseigner à ces bourgeois fils à papa. Il lui suffisait de leur lancer ses connaissances, comme on lance de la pâture à un bétail gavé jusqu'aux oreilles. Peu d'entre eux se donnaient la peine d'avaler cette grossière nourriture sans préambule et il se permettait de les dédaigner un peu plus. Mais ce garçon-là avalait ses moindres paroles, et ses yeux extraordinairement vifs suivaient ses moindres gestes. Chaque fois qu'il se retournait dans son va-et-vient habituel, il apercevait ces prunelles noires rivées à lui. Alors, il a eu l'impression d'enseigner pour la première fois. Il a eu la certitude d'être écouté et il s'est servi de l'arcade sourcilière pour jauger ce jeune homme intrigant.

Pourquoi se le cacher plus longtemps? Il s'est reconnu dans cet étudiant qui n'a pas eu la vie facile et c'est ce qui l'a poussé à vérifier ses présomptions. Lorsqu'il a lu tuteur au lieu de père, la sympathie qu'il avait déjà pour ce Clovis Lafresnière s'est amplifiée. Lui aussi, il a eu un tuteur au lieu d'un père, celui-ci étant mort avant même sa naissance. C'est le frère du curé, qui l'aida à poursuivre ses études. Non. Il n'a pas eu la vie facile, lui non plus, et il a travaillé dur pendant que les fils à papa alimentaient des discussions politiques ou faisaient du toboggan sur la montagne.

Anatole Bernier secoue une clochette. Un serviteur accourt avec un cigare de qualité sur un plateau d'argent.

— Merci, Oscar, dit-il sans arrogance. Madame vous a-t-elle dit à quelle heure l'attendre?

— Non, monsieur.

— Très bien. En ce cas, vous pouvez disposer de votre soirée.

— Merci, monsieur.

Avec des gestes de connaisseur, il mouille son havane, l'allume et en tire une bouffée voluptueuse. Bien sûr, aujourd'hui, il connaît la vie facile. Gloire et fortune, dit-on, dans les milieux huppés. N'est-il pas de ceux qui, s'étant formés aux disciplines pastoriennes en France, ont fondé, en 1910, leur titulariat sur une solide connaissance des sciences de base, telles que la physiologie, l'histologie, la chimie et la bactériologie? De plus, n'a-t-il pas contribué à la chaire de phtisiologie en 1913? La tuberculose! Quel ravage elle cause! C'est avec des jeunes comme ce Clovis Lafresnière qu'il espère la vaincre un jour. Il se dégage une telle puissance de travail de cet étudiant qu'il ébauche le projet de remettre en marche son laboratoire privé. Ainsi, tout en le soulageant des tracas financiers, il lui permettrait de se livrer corps et âme à ses études. Mais Pénélope, ah! oui, Pénélope, sa femme, tentera de le séduire. De vingt ans sa cadette, elle se permet de petites aventures par-ci par-là et ne résistera pas au désir de s'accaparer ce bel étudiant. Quelle sera la réaction de ce Clovis Lafresnière devant une nymphomane?

Bernier secoue brusquement la cendre de son cigare. Non. Il ne peut pas inviter ce jeune homme ici. Tout se saurait. Pour les universitaires, il incarne la réussite médicale, doublée de la réussite sociale. Ils n'ont pas à connaître les dessous de son identité ni ses problèmes de ménage.

Il se lève, pesant et soufflant, se reprochant son embonpoint, et se dirige vers son laboratoire. Il s'arrête devant un microscope et le caresse du bout des doigts.

Sa solitude règne dans tous ces instruments inanimés que personne ne touche. Elle règne dans le silence des éprouvettes et la propreté du local. Elle règne dans l'appréhension du retour de sa femme sentant l'alcool et le mensonge. Qu'il aimerait connaître quelqu'un à qui parler, avec qui travailler. Quelqu'un issu de la misère, comme lui. Que fait-il parmi les bien-nantis ? Il n'est pas des leurs et n'est plus des autres. Il appartient à la science ou, plutôt, il appartenait, car c'est à la solitude qu'il appartient à cet instant.

Ah ! si cet étudiant était là, près de lui, avec sa soif d'apprendre. Si.

La terre des bisons

Le mal est là, dans la bouteille. Incolore comme l'eau des sources et pourtant plus cruel que l'arme à feu. La main gauche de son père en étrangle le goulot et les doigts de sa main droite tremblent sur le bouchon noir. Un tout petit bouchon qu'il dévisse avec une envie incontrôlée. Et glou, glou, glou, le liquide glisse dans sa gorge en soulevant la pomme d'Adam au passage, et son père, yeux mi-clos sur le présent, retrouve le temps des bisons et le temps de la fierté, le temps du soulèvement contre les habits rouges et le temps de la condamnation. Une fois de plus, il lui raconte son enfance d'Indien, son enfance de fils de chef. Cette enfance qu'elle connaît par coeur tant il la lui a racontée. Cette enfance qui la déchire et lui fait maudire son sang. Cette enfance qui la bouleverse comme la charrue dans la terre des bisons.

La terre des bisons... si vaste à l'horizon. Chaude, ondoyante de verdure et parfumée de fleurs sauvages. La terre des bisons, immensément riche des grosses bêtes paisibles, broutant l'herbe derrière les collines paresseuses. La terre nourricière de tant de générations d'hommes libres, chassant sur leurs chevaux rapides, tuant ou se faisant tuer par le troupeau paniqué. La terre de l'audace, la terre des plus forts, des plus habiles, des plus endurants. La terre du pemmican d'échange. La terre de la fierté. Terre des bisons maintenant disparue sous les champs de blé.

— Je l'ai vue... je la vois..., psalmodie Georges Witaltook qui se berce d'avant en arrière en souriant tristement à sa bouteille.

Victorine apprête sa marmotte. Avec douleur, elle retrace cette terre bénie dans le cerveau imbibé d'alcool de son père. Cette vaste terre de la liberté, vivant uniquement dans le petit crâne pointu et noir comme la suie de l'ivrogne. Vaste terre ressuscitée à chaque gorgée d'eau de feu. Et ce vieux débris, qui a participé à la bataille contre les habits rouges, ouvre ses yeux bruns cerclés de mauve sur cette beauté perdue, cette fierté bafouée. Il regarde en lui, derrière lui, sur la plaine inondée de soleil où il file avec son cheval. Lui, Georges Witaltook, fils du chef de la bande Une Flèche des Cris des prairies. Fier et arrogant, paresseux mais chasseur comme pas un, satisfait de la monture qu'il a volée aux Métis et de la selle ornée de décorations que lui a brodées sa jeune femme.

— Derrière la colline broute le troupeau, poursuit-il en pointant gauchement son index vers un lieu que lui seul connaît dans l'infini.

Est-ce une mouche ou une sauterelle qui, dans son cerveau débile, prend l'apparence des bisons?

— Il n'y a plus de bisons, souffle-t-elle tout bas, pour le ramener à la réalité. Le ramener dans cette tente en lambeaux où elle s'affaire à apprêter la marmotte que Nicolas lui a donnée ce matin. Son orgueil souffre mais elle a faim. Et parce qu'elle a faim, elle a accepté cette charité que lui faisait l'impur aux yeux bleus. Elle le revoit jeter l'animal à ses pieds avec une expression cynique.

— Tiens, la fille du chef... prends donc ça!

Elle s'est agenouillée et l'a ramassée en serrant les dents. Il a ricané et, bien qu'il soit beau, elle l'a trouvé laid.

— N'oublie jamais que je t'ai nourrie, moi, l'impur.

Tu me dois. Un jour, lorsque tu seras femme, tu seras à moi.

Cette dette l'épouvante. Pourquoi l'a-t-il choisie, lui, déjà un homme? Pourquoi est-il venu la chercher dans son enfance, lui qui déjà s'est roulé dans le lit de Manon Nakoutchi? Elle réprime un frisson. Devra-t-elle réellement faire cela avec lui? Devra-t-elle se laisser déflorer par cet organe qui a visité tous les vagins de la tribu? Devra-t-elle se laisser inonder par la semence de l'impur, comme la terre des bisons que les Blancs ont rendue leur en étendant leur semence de blé dans sa chair fraîchement retournée?

— Il était agenouillé... les bras en croix... pendant des heures, poursuit son père.

— C'est l'impur qui m'a donné la marmotte.

— Lui aussi était métis... du sang blanc coulait dans ses veines... et du sang indien. Il était instruit, autant qu'un missionnaire. Il parlait bien, portait un habit noir et une chemise blanche... et il priait les bras en croix... Tout le long de la bataille. Dieu l'entendait, Dieu l'exauçait. Il priait comme ça... avec les femmes et les enfants autour de lui.

L'homme s'agenouille sur le sol, ouvre les bras et renverse la tête en arrière en fermant les yeux.

— Comme ça... les femmes disaient qu'on voyait Dieu sur son visage... Qu'on sentait Dieu dans ses mains. Il priait pour nous, pour la terre des bisons qu'il a nommée Manitoba: le Dieu qui parle... Manitoba... Manitoba... Le Dieu qui parle... À lui et par lui, Dieu nous disait de conserver la prairie, de lutter pour elle et pour notre fierté. Mais... le cheval d'acier est venu... il est venu, fille, et ils l'ont pendu. Les habits rouges l'ont pendu. La Puissance l'a pendu... Personne ne parle pour nous maintenant. Dieu ne parle de nous à personne, se lamente l'homme avant de verser une généreuse gorgée dans son gosier.

— Ne buvez pas, papa. C'est le mal du Blanc. Il ne buvait pas, lui.

— Non. Il ne buvait pas. Il avait l'espoir. Il priait et ils l'ont pendu. Moi, je bois et personne ne me pendra. Personne ne déclarera: voici l'heure de ta mort... Voici l'heure où ton coeur cessera de battre et où tes yeux se fixeront à jamais. La Puissance a décidé l'heure de sa mort... parce qu'il priait et que Dieu l'entendait... parce qu'il parlait pour nous qui ne connaissions pas son langage. Les habits rouges l'ont pendu, et nos chefs qui ne connaissaient pas les lois écrites ont signé des traités qui leur donnaient nos terres... Mon père a signé un traité. Sans le savoir, il a vendu la terre des bisons et nos territoires de chasse pour des miettes. Nous étions des hommes libres, fille, aujourd'hui nous sommes des esclaves... Nous avons faim et froid, et plus aucun bison ne parcourt la prairie... Morts... ils sont tous morts... Par centaines, par milliers... Leurs ossements entassés le long des gares... Leurs ossements broyés à l'est, paraît-il, par des monstres de métal... Broyés en poudre et étendus comme engrais pour faire pousser le blé... Les Blancs ont décidé de la mort des bisons, de la mort du métis, mais ils ne décideront pas de la mienne, rétorque l'homme en buvant de nouveau.

Victorine se désole, en dépeçant sa viande, hantée par la terre des bisons, l'homme à qui Dieu parlait et la dette qu'elle a contractée parce qu'elle avait faim.

— Il dit que je serai sa femme.

— Qui?

— L'impur. Il dit que je serai sa femme parce que j'ai accepté la marmotte.

— Tu seras la femme de Dieu, toi. Tu lui parleras de nous. Toi, il t'écoutera... je veux que tu sois pure comme l'homme qui priait. Va, va lui porter cette marmotte, ordonne le père en se traînant sur les genoux.

Celle-ci le dévisage craintivement avant d'avouer:

— J'ai faim, papa.

— Ne vends pas la terre de tes ancêtres pour une bouchée de viande...

— On aurait pu en acheter avec l'argent du traité, souligne-t-elle en lançant un regard oblique à la bouteille d'alcool.

La gifle brûle aussitôt sa joue. Et aussitôt, l'homme l'enlace dans ses bras.

— Pardonne-moi... ma princesse... pardonne-moi. Tu ne peux pas comprendre. Quand je bois l'argent du traité, je retrouve la terre des bisons. Jette-lui sa marmotte au visage. Ne dois rien à personne. Surtout pas à l'impur. Il a été engendré par un habit rouge... Il est de ceux qui l'ont pendu. Va... ma princesse.

La jeune fille se dégage des bras noueux qui la retiennent contre la poitrine osseuse. À regret, elle entasse les morceaux de viande dans son sac de cuir et se faufile hors de la tente.

Le vent d'octobre mord son corps rachitique sous sa robe déchirée et le froid du sol saisit ses pieds nus. Fièrement, elle relève son fin visage et rejette sa chevelure emmêlée derrière son épaule. Pour oublier la douleur au creux de son estomac, elle pense à cet homme à qui Dieu parlait. Elle l'imagine avec son habit noir et sa chemise blanche. Il devait être beau puisqu'on voyait Dieu sur son visage. Un jour, elle sera la femme de Dieu et lui parlera de son peuple. Elle se doit d'être pure afin qu'il l'écoute. Se doit de jeter cette viande au visage de Nicolas.

Elle se presse avant de s'arrêter pour mordre à belles dents dans la chair rouge.

Bientôt, la tente de l'oncle Baptiste se dresse, grande et confortable, confectionnée dans la toile que Nicolas a ramenée des postes de traite. Le voilà justement occupé à gratter une peau de loutre. Il lève la tête. Sourit. D'ici, elle voit ses yeux très bleus... que seule sa mère ose dire qu'ils sont très beaux... Les yeux de l'habit rouge.

Elle lui jette son sac. La viande s'éparpille sur le sol.

— Je ne te dois rien.

Calmement, il rassemble et entasse les morceaux dans sa main grande ouverte.

— Tu ne veux pas de moi?

— Non.

— Parce que je suis impur. C'est ton père qui t'a mis ces idées dans la tête. Ton père est fou. Tout le monde le sait.

— Je serai la femme de Dieu, un jour, réplique-t-elle en s'avançant vers lui.

— Tu seras la femme de rien du tout ou la mienne.

— Jamais.

— De toute façon, tu ne seras même plus vivante dans quelques semaines, conclut-il avant de siffler son chien. Je ne crois pas que Dieu te nourrira comme je nourris mon chien, ajoute-t-il en lançant les morceaux à la bête vorace.

— Oui, Dieu la nourrira d'une nourriture éternelle, répond une voix grave derrière lui.

Nicolas se retourne brusquement. Il tombe face à face avec un vieil homme à la stature imposante, vêtu d'une soutane poussiéreuse: un missionnaire. Il avait entendu parler de ces hommes, vêtus de robe, qui aiment les Indiens, parlent leur langue, souffrent de la faim et du froid et leur enseignent la religion de Jésus et de Marie. Et il connaissait vaguement ces esprits bénéfiques pour avoir vu les niches accrochées aux arbres, avec leur image à l'intérieur, dans les bois de la rivière Winisk. Mais c'était la première fois qu'un prêtre se rendait jusqu'à eux, petite tribu insignifiante, perdue dans les bois du nord du Manitoba. Et ce prêtre l'enveloppait d'un regard calme et compréhensif qui le rendait honteux et lui faisait tourner nerveusement la dernière cuisse de marmotte entre les doigts.

— Quel âge as-tu? (Il parle le cri des marais, mais parvient à se faire comprendre.)

— Dix-huit ans.

— Ton nom?

— Nicolas. On me nomme l'impur.

— Pourquoi?

— Parce que mon père était un Blanc: ça se voit dans mes yeux.

— Cela ne fait pas de toi un impur. Pourquoi es-tu méchant avec cette petite, Nicolas?

— Son père raconte à tout le monde que je suis le fils d'un habit rouge. C'est faux. Je le hais et je hais sa fille.

— La haine durcit ton coeur et ton visage, Nicolas. La haine empoisonne ta vie. Tu es malheureux d'haïr ces gens. Les aimer te procurerait une grande, grande joie.

— Personne ne m'aime, moi. Sauf ma mère, bien entendu.

— Moi, je t'aime, Nicolas. A mes yeux, tu es impur seulement lorsque la haine remplit ton coeur. Tu n'es pas responsable du sang qui coule en toi, mais tu es responsable de la haine que tu entretiens. Laisse-moi te bénir, Nicolas, et pardonne à tes ennemis comme je te pardonne ta méchanceté envers cette jeune fille, demande le prêtre en levant une main robuste sur son front.

Nicolas est intimidé, il rougit. C'est la première fois qu'on lui parle si doucement et avec tant de sagesse. Il ne sait que dire, que faire devant l'homme de Dieu qui prie sur sa tête. C'est vrai qu'il aimerait pouvoir aimer Victorine et son père qui s'est battu avec les Métis. Il aimerait pouvoir aimer Baptiste, le mari de sa mère, ses demi-frères et ses demi-soeurs et toute cette tribu qui l'isole à cause de ses yeux bleus.

— Je ne serai plus méchant, promet-il d'une voix inaudible.

— Va en paix, mon fils. Va en paix.

Nicolas recule de quelques pas, dérouté. L'homme l'impressionne. Où est ta force, vieil homme? lui crie son silence admiratif. Longuement, il analyse ce regard clair qui touche quelque chose en lui, qui rejoint et éveille ce quelque chose qui cherche à grandir. Ce quelque chose sans nom, sans forme qui, tout à coup, remue en lui et le dérange.

Des mèches blanches de vieillard tremblent sur le front basané où se creusent des rides profondes. D'une façon incompréhensible, il se retrouve dans ce missionnaire qui ne lui reproche pas sa méchanceté et ses origines. A-t-il déjà aimé, lui aussi, en faisant souffrir? De quel droit pardonne-t-il la faute? Pourquoi lui offre-t-il la paix? Cet homme éteindra-t-il le feu de la haine en lui? Il s'en éloigne, l'âme retournée. En passant près de Victorine, il lui offre la cuisse que le chien réclame.

— Tiens, tu ne me devras rien. Je te la donne.

Pour toute réponse, l'enfant la dévore goulûment, gardant sur l'homme à la soutane un regard mi-effrayé, mi-fasciné. Ne vient-il pas de mater Nicolas, l'impur, avec ses paroles? Son coeur bondit lorsqu'elle le voit s'approcher d'elle. Il s'avance tout près, caresse sa joue creuse, tente de remettre en ordre sa chevelure battue par le vent.

— Tu veux devenir la femme de Dieu?

— Oui.

— Où est ta mère?

— Elle est morte.

— Et ton père?

— Il habite là-bas, indique-t-elle d'un geste de la main.

— Comment t'appelles-tu?

— Victorine.

— Quel âge as-tu?

— Douze ans.

Alcide demeure surpris de la voir si chétive pour son âge et prend sa main glacée dans la sienne.

— Conduis-moi chez ton père. As-tu encore faim?

— Oui.

— Ton père aussi a faim?

— Oui, mais il boit l'argent du traité.

— J'ai du pain dans mon sac; nous en mangerons avec lui.

— Il ne chasse plus... son père était chef... et lui, il a connu l'homme à qui Dieu parlait.

— Dieu me parle aussi.

Elle s'arrête, interdite.

— Je te regarderai lorsque tu prieras les bras en croix.

— Connais-tu tes prières?

— Non.

— Je t'enseignerai; toi aussi, tu peux prier. Je t'enseignerai la parole de Dieu.

— Viens dans la tente de mon père... Viens nous parler de Dieu. Vite!

Elle l'entraîne d'un pas alerte, se découvrant des forces insoupçonnées. Lorsque la tente apparaît, claquant au vent, l'appréhension et l'excitation se partagent son âme.

— Papa... le Dieu qui parle est ici... Papa!

Elle paralyse d'horreur en pénétrant sous les peaux mal tendues. Le prêtre culbute sur elle, les projetant tous deux dans une mare de sang.

— Oh! Mon Dieu! s'exclame Alcide en couvrant les yeux de Victorine.

Mais elle a vu. Elle a vu son père, un couteau enfoncé dans le coeur, sa main rougie crispée dessus. Elle a vu les pupilles brunes cerclées de mauve ouvertes sur la terre des bisons. Elle a vu la bouteille d'alcool émiettée dans un coin et la bouche tordue dans une éternelle grimace d'humiliation.

— Nous allons l'enterrer et prier pour lui.

Voilà. Georges Witaltook repose dans la terre de l'Esprit qui parle. Ses os, comme les os blanchis des bisons, engraisseront de futures moissons.

Après avoir prié et pelleté, Alcide Plamondon contemple la petite croix et ses yeux se mouillent devant l'orpheline hypnotisée par le monticule de terre à ses pieds. Le voilà rendu à destination. Après avoir parcouru la baie James et le nord-ouest de l'Ontario, après avoir connu les différentes tribus et appris la langue crie et quelques dialectes, après avoir eu faim, soif et peur, le voilà rendu au but ultime de son voyage. Et ce but, c'est cette frêle enfant de sexe féminin sur qui il pose ses mains. Ce but, c'est ce visage rongé par la faim et la douleur. Ce but, c'est son ignorance dans son désir d'être la femme de Dieu. Ce but, c'est cette tribu égarée, sans grande importance: la bande Une Flèche des Cris des prairies, ayant traversé le lac Winnipeg et emprunté la rivière Hayes jusqu'à ce lieu inhospitalier à la recherche des bisons.

Il relève le petit menton pointu. Victorine le regarde. Small Bear, l'enfant des bois, se superpose à ses traits. Tout le mal qu'il a fait à ce petit métis qu'il aimait ressurgit et l'accable.

Réussira-t-il, par le truchement de cette fillette, à racheter son crime envers le peuple indien et les enfants orphelins? Elle seule peut le sauver par l'amour.

L'homme s'aperçoit que ses mains tremblent. La fillette les serre avec affection. Qui a le plus besoin de l'autre? Victorine, perdue par le délire religieux de son

père et abandonnée à elle-même? Ou lui, ce Caïn exilé,
marqué du sceau de Dieu et cherchant son pardon dans
le sacrifice et l'abnégation?

— Je reste avec toi, Victorine. Nous enseignerons
la parole de Dieu à ton peuple, promet-il en dessinant
avec son pouce une croix sur le front de l'enfant.

Le maître adoré

Novembre tout noir aux fenêtres épaissies de givre. Novembre qui s'obstine à geler la terre et à faire craquer la maison de bois. Novembre qui paralyse les eaux et endort les ours.

Le poêle ronfle chaudement dans la cuisine. Les reflets des lampes à huile baignent le visage du docteur d'une douce lueur. Azalée, assise en face de lui à la grande table, le contemple en sirotant son thé tandis qu'il lui relit la lettre de Clovis. Elle l'écoute avec un ravissement sans limite et des soupirs s'échappent de sa poitrine. Soupirs de joie, d'admiration, d'espoir et d'amour. Plein de soupirs lui procurent une félicité à laquelle elle ne croyait pas avoir droit. De temps à autre, il lui vient l'idée de se pincer le bras pour voir si c'est bien elle, Azalée, qui est assise à la même table que le beau docteur. Pour voir si c'est bien à elle qu'il lit sa lettre, si c'est bien d'elle qu'il dépend pour la préparation des repas et le ménage de sa grande maison.

« Cher papa. J'ai une bonne nouvelle et je commencerai par elle. Le professeur Bernier m'a engagé comme assistant dans son laboratoire privé après l'examen de chimie médicale que j'ai réussi haut la main. »

— Vous vous rendez compte, Azalée ? s'exclame Philippe en lui dédiant un regard par-dessus ses lunettes.

La femme sourit! C'est bien à elle qu'il s'adresse.

— Oui, docteur.

— Ce professeur Bernier est très connu. Clovis apprendra beaucoup avec lui. Écoutez bien ceci.

« Il affirme que j'ai obtenu la plus haute note qu'il ait jamais accordée à un étudiant et que j'ai toutes les qualités requises pour remplir ce poste. »

— Y est encore premier de sa classe, résume Azalée.

— Eh, oui! Il a obtenu les plus hautes notes, complète Philippe en la regardant encore par-dessus ses lunettes.

« Imaginez tout ce que j'apprendrai avec lui. Je travaillerai trois soirs par semaine. Il me paie cinq dollars par mois. »

— Aïe! C'est de l'argent, ça!

— Oh, oui! Payé en plus. Écoutez ce qu'il en pense.

« Jamais je n'aurais cru qu'un jour on me paierait pour apprendre et pour travailler avec une de nos sommités médicales. »

— Une sommité médicale, ça veut dire le meilleur parmi les médecins.

— Ah!

« Je me demande maintenant si j'aurai le temps de faire partie de l'équipe de hockey, car j'étudie beaucoup. Par contre, l'exercice physique repose l'esprit. Je verrai si je peux combiner les deux. Sinon, je laisserai le sport de côté. »

— C'est quoi du hockey ?
— Un sport qu'on joue avec des patins, une rondelle et un bâton. Ça lui ferait du bien, quoiqu'il ait l'air de bien se porter puisqu'il écrit :

« ... côté santé, je vais très bien. Aucune séquelle de mes anciens bobos. Je dors bien, je mange bien et je travaille bien. Je suis heureux comme un poisson dans l'eau mais vous me manquez beaucoup. »

La voix de l'homme chancelle légèrement, comme la flamme dans son globe de verre. Azalée comprend que le fils manque également beaucoup au père. Que son absence agrandit cette maison déjà si grande, aux pièces si vides.

Dans son for intérieur, elle épouse la solitude de Philippe, la faisant sienne avec tout l'attachement et le dévouement qu'elle comporte. Avec son âme simple, sa tête souvent défaillante et son coeur à peine habitué au bonheur, elle s'approprie cette solitude comme si Clovis était son fils. Ne l'a-t-elle pas adopté dès qu'elle a compris qu'il était de Philippe ? Dès qu'elle a su que c'était son petit qu'il tenait dans ses bras ? Que c'était sa propre chair qui s'était fait ouvrir par la bête, son propre sang qui tachait la neige dans la rue ? Que c'était son enfant que tous accusaient du meurtre de Napoléon Gadouas, la brute qui lui tenait lieu de mari et que leur fille avait fait égorger par Firmin, l'engagé imbécile ? Oui, elle l'a adopté dès qu'elle a compris qu'il était de lui. Sans l'ombre d'un blâme ou d'une jalousie. Et comme le maître s'en ennuie, elle s'en ennuie aussi, rayant de sa mémoire sa fille Éloïse emprisonnée à vie, rayant cette histoire macabre à laquelle elle a survécu, ce procès impressionnant où son témoignage a disculpé Clovis en incriminant sa propre fille. Les faits s'entremêlent, les dates se perdent dans la brume de son cerveau. Elle ne retient pas ce passé qui sombre. Elle le laisse couler à pic sans réagir, comme elle a laissé le Firmin trancher la gorge de son mari sans broncher de sa berceuse tant elle avait peur. Ne subsistent que les jolies choses : cet homme venu la chercher avec bonté, son fils et leur amour réciproque. Si clair, si facile à détecter.

« J'espère pouvoir vous visiter au temps des fêtes. Tout dépendra de mon travail chez le docteur Bernier et de l'argent dont nous disposerons. J'espère que votre santé va bien et que vous ne vous faites pas trop de soucis pour moi. Je vous embrasse très fort.

Votre fils affectionné.

P.S. : Un beau bonjour à madame Azalée, Rose-Lilas, Sam, Honoré, Jérôme et Léonnie. Dites-leur que je travaille très fort afin qu'ils soient fiers de moi, eux aussi. »

— Y m'a fait dire bonjour, à moé ?
— Bien sûr, c'est écrit ici.
— Où ça ?
— Ici, explique Philippe en prenant la peine d'aller le lui indiquer au bas de la feuille.

Comme elle ne sait pas lire, il prend son doigt et lui fait suivre les mots, un à un, avec patience et bonté.

— Voilà, Un beau bonjour à madame Azalée.
— Ah ! Oui ! C'est vrai. Je sais lire Azalée. Je sais

l'écrire aussi. Quand vous y écrirez, vous y direz le bon-jour de ma part.

— Bien sûr. Je le dis toujours.

— Vous êtes ben bon, avoue-t-elle, intimidée par les doigts chauds de l'homme sur les siens, rêches et osseux.

Ce contact lui donne envie d'être malade pour qu'il la soigne et se penche sur elle. Il est si beau, si doux.

— Y va-ti pouvoir venir aux fêtes? s'enquiert-elle, inquiète.

— Cela dépend de son travail... et de l'argent du second versement.

— L'avez-vous? se renseigne-t-elle en le voyant abandonner sa main et replier la lettre soigneusement.

Cette curiosité le surprend. Il fronce les sourcils. Mais Azalée est si désireuse de cette information qu'elle répète sa question sur un ton un peu plus obstiné, inconsciente de l'agacement qu'elle provoque.

Il s'assoit alors près d'elle.

— Qu'avons-nous mangé, ce soir?

— Du chevreuil.

— Et qui m'a donné le chevreuil?

— Numainville; à cause que vous avez soigné sa plus vieille.

— Et d'où viennent les oeufs?

— De tout un chacun. On vit bien.

— Oui... mais je ne peux pas payer l'université avec des oeufs et des quartiers de chevreuil.

— Vous avez pas l'argent, d'abord.

— Non, je ne l'ai pas, termine-t-il sur un ton las. Je ne l'ai pas.

Elle s'en doutait, il ne l'a pas. Clovis ne pourra donc pas venir aux fêtes. Philippe sera triste et renfermé, il boira peut-être pour oublier le démantèlement de sa famille; et elle, Azalée, aura un gros chagrin de le voir ainsi.

— C'est combien qui vous manque?

— Une cinquantaine de dollars. Je ne vois pas comment je pourrai les ramasser d'ici janvier.

— On vous doit beaucoup.

— Je sais, coupe le médecin, évitant de s'aventurer sur le sujet de la collecte de ses honoraires.

— Espérez-moé, dit-elle en se levant péniblement.

Shh! Shh! Shh! font ses vieilles savates sur le plancher de bois peint. Philippe entend grincer les marches de l'escalier qui mène au deuxième étage. Il hoche la tête. Que mijote cette vieille toquée qu'il s'est habitué à aimer? Cette pauvre vieille Azalée qui entretient le filet de vie dans sa demeure et lui permet de croire qu'il a encore un chez-lui. Après un long, mais très long moment, le shh, shh, shh des savates résonnent du haut de l'escalier et il la regarde descendre lentement, sachant que ce corps jadis roué de coups par une brute souffre de chaque pas et de chaque effort. Une expression de joie immense inonde le visage ravagé de la vieille et, encore une fois, la rend belle. Philippe devine alors qu'elle veut et peut lui faire plaisir. Et que cette possibilité lui procure cette grande joie. Que lui a-t-elle préparé, cette fois-ci? Une paire de mitaines? De bas? Une friandise? Qu'a-t-elle inventé pour le dérider? Il sourit déjà de la voir cacher la surprise derrière son dos comme une petite fille qui lui aurait cueilli des fleurs. C'est de cette façon gauche et enfantine qu'elle lui avait offert la paire de mitaines qu'elle avait tricotées à son intention. Avant même de connaître la nature du don qu'elle s'apprête à lui faire, il éprouve le désir de la prendre dans ses bras et de la remercier d'être là. Fidèle et loyale. Mais il se contient et dit d'un ton amusé:

— Tiens! Tiens! Tiens! Que cachez-vous là?

Elle rigole en secouant les épaules.

— Des bas? Du sucre à la crème?

N'y tenant plus, elle tend vers lui des papiers nota-riés.

— Qu'est-ce que c'est que ça?

— C'est ma terre.

— Vous avez trouvé à la vendre?

— Y a une semaine.

— Je ne savais pas. Je vous félicite. Vous avez ob-tenu un bon prix?

— Deux cents piastres. Poléon pis Firmin ont ben travaillé; a valait ça.

— Je suis très heureux pour vous, Azalée. C'est une grosse somme d'argent. Vous la méritez. Vous aussi, vous avez bien travaillé.

— Je vous le donne.

Incrédule, Philippe demeure bouche bée devant elle.

— C'est l'argent de mes vieux jours. Si vous me donnez la permission de passer mes vieux jours icitte, avec vous, je vous le donne. J'en ai pas de besoin.

— Vous ne pouvez pas faire ça, Azalée. C'est beau-coup trop.

— Je demande pas grand-chose, docteur. Juste prendre soin de vous. Quand je mourrai, vous devrez rien à personne.

— Et si je meurs avant vous?

— Oh! Non! Parlez pas de même. Je vivrai pas ben longtemps après vous. Le vent vire de bord, docteur. Prenez-le. Vous aussi, vous l'avez mérité. Faites-moé plaisir, supplie-t-elle, prenez le.

— Votre geste me... touche, réussit à formuler Phi-lippe en essuyant ses yeux sous ses verres.

— Pleurez pas, docteur. Clovis va venir au Jour de l'an. Y va réussir. Le vent vire de bord, je le sens dans mes os, certifie-t-elle en s'approchant et en fermant de ses mains celles de Philippe sur le contrat de vente.

— Je vous remercie, Azalée... j'accepte.

Comment s'est-elle retrouvée tout contre lui? Ça s'est fait si vite. Tient-il là une femme? Une enfant? Une vieille? Une folle? Tout à la fois, réuni dans ce corps qui n'a jamais connu de marques d'affection. Les cheveux frisottés lui chatouillent le nez et lui donnent envie d'éternuer. Il les peigne gentiment avec le plat de la main. Azalée se fait toute petite, tremblante, soumise, dévouée. Il sait qu'il peut l'emmener dans sa chambre pour donner une nouvelle tournure à leurs relations. Il sait qu'elle acceptera qu'il prenne possession de son corps pour tromper sa solitude. Il sait qu'elle l'aime en toute innocence et en toute ignorance. Et parce qu'il sait tout cela, il se permet de la tenir près de lui et de lui flatter la tête.

— Juste prendre soin de vous, docteur, demande-t-elle, le souffle coupé par le bonheur.

Va-t-elle défaillir entre ses bras, contre cette poitrine, le nez dans la chemise qu'elle a lavée et repassée? Quel autre désir pourrait-elle satisfaire? La main lui caresse la tête et la calme. Plus personne ne la battra. Plus personne ne se servira d'elle en remplacement d'une génisse. Plus personne... car il est là. Car il sera là jusqu'à sa mort. Car elle pourra baiser ses doigts jusqu'à son dernier souffle. Car elle pourra le servir jusqu'à sa dernière heure.

Il la libère progressivement de son étreinte. Elle le regarde avec adoration et reconnaissance. Il l'embrasse sur le front.

— Merci Azalée.

— Chus contente, docteur... vous me faites sentir comme une grande dame.

— Vous êtes une grande dame, Azalée, affirme Philippe d'un ton convaincu.

Pour toute réponse, elle sourit, comblée. Ne sachant comment s'exprimer devant lui. Ne sachant comment lui dire qu'elle apprécie qu'il n'ait pas utilisé son corps pour assouvir ses besoins, faisant ainsi d'elle une dame qu'on respecte.

Et d'être considérée comme une grande dame, au moment même où l'occasion se prêtait de la considérer comme une vulgaire marie-couche-toi-là, ne fait qu'amplifier et son bonheur et son respect envers le maître adoré.

L'heure du thé

C'est comme son père le lui avait décrit : des tasses de mince porcelaine bordées d'or, un service à thé sur un plateau d'argent, de petites cuillères finement ciselées, des fauteuils de satin, un lustre, des tapis épais, un foyer de marbre, des peintures au mur, des sculptures, des meubles aux pattes ouvragées, un valet raide et méticuleux qui les sert et une jolie dame qui boit si joliment son thé en levant le petit doigt et qui le convoite ouvertement. C'est comme son père le lui avait décrit et c'est comme il l'avait imaginé, enfant, dans le lit du petit hôpital.

— Vous semblez en extase, observe Pénélope avec un sourire charmeur.

— Oui. C'est comme on me l'avait décrit.

— Vous ne prenez donc pas le thé, chez vous ?

— On boit du thé mais sans cérémonie, explique-t-il avec simplicité.

— Ils n'ont pas de temps à perdre dans ce pays, intervient le professeur Bernier, n'est-ce-pas, Clovis ?

— C'est vrai qu'il y a beaucoup à faire par chez nous.

— Nous descendrons au laboratoire aussitôt que vous aurez fini votre tasse.

— Bien, docteur.

— Ah ! Non ! proteste Pénélope, laisse-le au moins bénéficier de mon invitation. Vous travaillez trop, tous les deux. Il faut vous détendre. Oscar, allez chercher les petits gâteaux.

Divisé par ces ordres contraires, le valet s'en remet au docteur Bernier qui abdique en bougonnant :

— Ce que femme veut, Dieu le veut. Allez chercher ces gâteaux, Oscar.

Puis, voyant sourire Clovis :

— Vous aimez les gâteaux, Clovis ?

— Oui, docteur. Et je suis heureux de prendre le thé. Mon père m'en a beaucoup parlé.

Son père ou son tuteur, s'interroge mentalement le professeur. De toute façon, il en a vraisemblablement rêvé puisque ses yeux trahissent un ravissement sincère et attachant auquel il se veut d'avoir voulu mettre fin. Ce jeune homme lui plaît, quoiqu'il renonce à le lui démontrer. Avec lui, il a repris goût à ses expériences et goût à la vie aussi. Son laboratoire est redevenu le temple sacré de l'Étude parce qu'il est là à ses côtés, assoiffé de connaissances. Parce qu'il enregistre tout ce qu'il dit. Parce qu'il apprend vite et travaille sans connaître la fatigue.

Inconsciemment, il lui communique son enthousiasme et sa jeunesse. Pourquoi donc Pénélope est-elle venue les déranger avec son heure du thé ? De quel droit s'est-elle introduite dans leur laboratoire pour s'approprier son assistant ? Car c'est lui qu'elle est venue chercher. C'est le jeune homme qu'elle veut étudier, qu'elle veut jauger. L'entraînera-t-elle dans son lit ? Se laissera-t-il séduire par elle ? Quelle expérience a-t-il auprès des femmes ? S'aperçoit-il seulement de tous les stratagèmes qu'elle utilise pour le conquérir, des petits gâteaux jusqu'aux insinuations ?

— Êtes-vous fiancé, Clovis ?

— Non.

— Je ne vous crois pas. Un jeune homme ravissant comme vous et plein de promesses. Vous me mentez. Vous devez bien avoir une fiancée qui vous attend dans votre village.

— Je vous assure. Je ne veux justement pas demeurer une éternelle promesse qui ne s'accomplit pas. J'aurai le temps pour les amours lorsque je serai médecin.

Et pan! Dans le mille. Sans même le vouloir. Quelle adresse! songe Anatole Bernier avec satisfaction.

Pénélope accuse le coup en pinçant ses lèvres roses. Le sang lui monte pourtant aux joues, et à voir son petit pied s'agiter sous sa robe d'hôtesse, son mari sait qu'elle est fortement contrariée. Ses tentatives de séduction échouent avec cet homme rompu à un mode de vie exigeant et austère. Anatole est tellement rassuré par l'attitude de son élève qu'il demande du gâteau et reprend la conversation avec lui au sujet des cultures qu'ils ont à préparer. L'intérêt que Clovis manifeste pour ce sujet ne fait qu'empirer la fureur de Pénélope qui avale trois gâteaux de suite sans même y goûter.

— Ce glaçage est beaucoup trop sucré. Renvoyez-moi ces gâteaux à la cuisinière, Oscar.

— Laissez le plateau à sa place, Oscar. Notre ami Clovis semble les aimer.

Mme Bernier se vrille dans son fauteuil. Quel nigaud que ce Clovis Lafresnière! Quel personnage mal dégrossi qui ne sait ni prendre le thé ni se comporter auprès d'une dame. Ça paraît qu'il vient de loin. Qu'il n'a pas vu grand-chose et n'a probablement jamais tenu de femme dans ses bras. Ce qu'ils peuvent être ennuyeux tous les deux avec leur langage scientifique!

Elle bâille inutilement à leur intention. S'occupe de l'ongle de son auriculaire, puis termine sa tasse de thé. À son grand mécontentement, elle aperçoit Anatole sortir deux cigares de la boîte. Comme il doit être sûr de lui pour oser contrecarrer ses désirs en empestant le petit salon, son appartement personnel. Croit-il vraiment qu'elle vient d'échouer auprès d'un campagnard sans manière, ébahi par sa première invitation à l'heure du thé? Son invitation. Croit-il vraiment qu'elle laisse ce jeune homme indifférent? N'est-elle pas jeune et jolie? Assez jolie et expérimentée pour initier ce superbe étalon aux jeux de l'amour. Trente-six ans, c'est encore jeune pour une femme. Son corps n'a pas été déformé par les grossesses et son ventre n'a connu que les plaisirs des ébats amoureux. Elle jette un regard dans la glace en face d'elle. Oui, elle est encore jolie, avec ses cheveux d'un blond roux, ses yeux verts et son petit nez retroussé qui lui donne un air taquin.

Ah! S'il était seul avec elle, seul dans un lit avec elle, nu sous sa main qui sait extraire la jouissance profonde du corps des hommes. Seul avec elle pour sombrer dans ce péché et lui livrer son pucelage. Oh, oui! cet homme n'a jamais possédé de femme. Il est pur, énigmatique et magnétique. On dirait un diamant: dur et beau. Son corps harmonieux inspire la même beauté tranchante qu'elle aimerait se voir damner en ses chairs voluptueuses. Elle le devine dur de ses muscles et inaccessible dans sa perfection. Et sa main désire le vaincre, rêve de le faire frissonner, de le rendre souple et sensuel comme un chaton. Et sa vulve appelle son membre bandé qui se perdra en son ventre. Qui se damnera. Hors de sa volonté. En elle et par elle. Soumis à elle. Soumis à la jouissance plus forte que ses remords. Plus forte que ces promesses qu'il veut tenir face à un petit village d'illettrés et à ce père dont il parle trop souvent. Elle veut s'octroyer ce pucelage, veut être le premier corps de femme qu'il pénétrera pour le marquer à tout jamais de son image. Pour demeurer à tout jamais inscrite sur sa peau, à tout jamais femme première à toucher son sexe, femme première à le caresser, femme première à faire de lui un mâle. Femme première à violer l'enfant en lui, trop apparent de candeur et de naïveté. À scandaliser et à chasser cet enfant pour ne laisser que l'homme. Oui. S'inscrire en lui, avec sa mûre jeunesse et sa beauté taquine. S'inscrire pour la vie, comme elle s'est inscrite en Anatole, le rendant esclave douloureux et redevable de sa première et folle passion d'homme plus âgé.

Drôle de mariage que le leur. Elle, fille d'une famille richissime, gâtée, pourrie jusqu'à l'os, belle et volage comme un papillon, agrémentant tant et si bien les salons des bourgeois aisés que son père a cru pouvoir y mettre le holà en lui faisant épouser Anatole Bernier, reconnu pour ses recherches médicales et hissé de la misère à force de travail et de volonté. Fou amoureux mille fois éconduit dont elle s'est amusée comme une chatte avec un mulot. Pauvre homme! Ce qu'il l'aimait! Et ce qu'il a souffert! Souffre-t-il encore de ses infidélités? Si oui, il le cache sous un masque d'indifférence arrogante, refusant de lui laisser croire qu'il l'aime encore. Mais il l'aime encore. Et il l'aimera aussi longtemps qu'il jouera maladroitement ce rôle. Voilà qu'il offre un cigare à Clovis et lui enseigne comment le mouiller. Quelle emprise il a sur ce garçon! Et quel gardien féroce il lui fait. Tant qu'il sera là, elle n'aura aucune chance.

Clovis s'étouffe bêtement. Anatole lui fait lever un bras tandis qu'elle s'esclaffe. Oscar accourt avec un verre d'eau. Voilà le brillant assistant, tout affalé dans son fauteuil, pâle et le front couvert de sueur. Elle s'en approche, se penche vers lui et dit d'un ton enjoué:

— Vous n'avez jamais fumé de votre vie. Pauvre enfant, il vous reste beaucoup, beaucoup à apprendre.

Ce disant, elle lui pince une joue pour ensuite l'effleurer du revers de la main.

— Veuillez m'excuser, poursuit-elle, je ne me sens pas bien. Ces gâteaux étaient vraiment trop sucrés.

Elle les quitte, décidée à reprendre contact avec cette joue si douce.

Kotawinow

Le missionnaire célèbre la messe de minuit. Marie-Victorine tremble d'émotion en tenant bien serrée sa petite boîte d'étain où survit la flamme de la mèche trempée dans la graisse d'ours. Tous les nouveaux baptisés, autour d'elle, assistent à la cérémonie avec la même ferveur naïve. Kotawinow, le père, parle avec le Tout-Puissant. Il lui parle de chacun d'eux, ses nouveaux enfants, lui parle de leur misère, de leur ignorance, de leur foi naissante. Il ferme les yeux en accomplissant des gestes très significatifs et d'une grande beauté. Marie-Victorine s'attache à ces cheveux d'argent qui luisent sous le reflet des lampes, à ce front ridé, cette bouche amère, ces yeux clos sur la communication avec l'au-delà, ces mains bénies qui bénissent, ces larges épaules osseuses qui soutiennent la soutane délavée. Il ouvre les bras en croix, renverse la tête vers le crucifix et remue les lèvres en fronçant les sourcils. Manitoba : le Dieu qui parle. Et lui qui parle à Dieu, comme le métis que les habits rouges ont pendu. Enfin, il est venu celui qui parlera d'eux au Tout-Puissant. Celui qui Lui expliquera leur exil à la recherche des bisons, que Georges Witaltook, son père, croyait enfuis vers le nord. Il les excusera de ne savoir ni prière, ni mystère. D'avoir faim et froid. D'être nés et d'être morts sans Sa parole.

Marie-Victorine se tourmente à cette idée : son père est mort sans la parole. Pire, il s'est enlevé la vie lui-même et n'ira jamais dans le paradis éternel. Elle serre sa vieille peau de loup autour de ses épaules et regarde avec adoration le prêtre quand il se retourne vers eux. Lui aussi, il la regarde, saisit sa supplique et lui fait comprendre par son expression charitable qu'il a aussi parlé de Georges Witaltook au Tout-Puissant. Qu'il lui a expliqué son désespoir et sa mauvaise habitude de l'alcool. Des larmes roulent maintenant sur les joues maigres de Marie-Victorine et tombent dans sa boîte. Éteindront-elles cette petite flamme à l'image de sa foi? Si minuscule encore, si tiède dans l'immense nuit froide de son pays.

Le missionnaire leur raconte maintenant la nuit de Noël en leur langue. Elle aime entendre parler de Marie, sa mère du ciel et la mère de Jésus. Son coeur se gonfle de joie pour son nouveau nom: Marie-Victorine. Elle entend encore le prêtre dire: « Je te baptise Marie-Victorine », en versant un peu d'eau sur son front. Et les yeux du prêtre étaient tout bouleversés, ses doigts tremblaient et sa voix aussi tremblait. Dieu était en lui. Dieu est en lui. Sur son visage, dans sa voix, dans ses paumes sacrées. Dieu l'a guidé jusqu'à eux, par un chemin difficile qu'il ne raconte jamais. Souvent, il dit: « Maintenant, je suis parmi vous, je reste parmi vous. » Par où est-il venu? Peu importe. Il est là. Intermédiaire nécessaire entre sa tribu perdue et le Dieu tout-puissant. Et elle se dévoue pour lui, dans cette cabane de rondins qui sert de chapelle, d'hôpital, d'école et de maison. Elle prépare son thé et sa nourriture lorsqu'il y en a, et elle le guide vers les familles. Il la suit sans difficulté malgré son âge. À chaque fois qu'elle en a l'occasion, elle l'observe à la dérobée, s'efforçant de pénétrer derrière son regard clair et de lire sur ses rides. Au repos, ses traits sont marqués par l'austérité et la fatigue. Il semble n'avoir pas souvent ri et souri. Ni souvent pleuré. Il semble aussi fait d'une autre matière qu'eux. Comme s'il avait plus d'esprit que de sang. Il inspire la résistance aux faiblesses de la chair. Oui, tout, jusque dans ses os durs que l'on devine sous l'habit clérical, inspire cette résistance aux douceurs, au plaisir sensuel des choses de la terre. Il endure le froid, la faim, la fatigue et la solitude avec une force mystérieuse. Il ne parle que du ciel et sa vie sur terre, toute misérable qu'elle soit, ne l'inquiète pas le moins du monde. Comment l'oncle Baptiste a-t-il pu douter de lui, en croyant qu'il allait de nouveau se faire voler sa femme par un Blanc? Cet homme-là n'a pas de femme, n'en aura jamais. Il a épousé plus qu'une femme. Elle aussi, un jour, elle épousera plus qu'un homme: le Christ. Elle s'unira à lui pour la vie et se gardera pure de tout contact. Et elle lui parlera de son peuple.

Quelle chance elle a de vivre près de l'homme de Dieu! D'avoir été sauvée par lui et recueillie par lui. D'être présente partout à ses côtés. D'entendre sa parole, jour après jour, de le voir prier, de le voir se dévouer pour les siens. Est-ce là la marque que Dieu l'a choisie, elle aussi?

Un gros soupir gonfle sa poitrine et met fin à ses larmes. Alcide parle de Marie, si joliment, si simplement. On dirait qu'il l'a connue et était de ceux qui avaient emmené des présents au petit Jésus. Les néophytes écoutent avec une attention soutenue et ne sentent plus ce froid, lourd et stable, qui cerne la cabane de toutes parts. Ils écoutent avec un sourire de ravissement au coin des lèvres. Conscients de l'heure solennelle et tenant fermement leur boîte de fer blanc où brûle leur mèche. Même Manon Nakoutchi, qui passe de l'alcool aux hommes et aime dormir avec eux, demeure pieusement attentive à la cérémonie. Dieu lui a remis ses péchés, a-t-elle dit, et le Père prend soin d'elle comme de tous les autres. Il pose sa main sur ses cheveux pouilleux et se penche à son oreille pour l'instruire des commandements de Dieu. Et Manon tombe à genoux, embrasse ses mains sans que cela le dégoûte. L'autre fois, il lui a dit: «Relève-toi, je ne suis pas plus digne que toi d'être debout devant le Seigneur.» Elle ne comprend pas cette phrase. Comment peut-il être aussi indigne que Manon, qui fut vendue à un Blanc pour la somme de dix dollars et que son père a retracée dans un poste de traite, alors qu'elle couchait avec les hommes pour une gorgée d'alcool ou un paquet de tabac? Lui, le Père, il ne peut pas avoir commis de péché grave, alors, pourquoi parle-t-il ainsi?

«Priez pour nos frères, afin que Dieu, dans sa bonté, leur accorde la foi», termine le Père en poursuivant la célébration de la sainte messe.

Elle ferme les yeux très fort sur l'image de Nicolas, parti pour la trappe. Se remémore son refus orgueilleux de rencontrer le Père et sa détermination à connaître les ministres de la puissance qui promettent des poches de farine aux nouveaux baptisés. Avec quelle arrogance il a passé devant la cabane du Père en criant: «Je te ramènerai de la farine, Victorine, et tu ne me devras rien.» Kotawinow est sorti pour le regarder s'en aller et elle l'a entendu dire: «Que Dieu te protège, Nicolas.» Reviendra-t-il avec de la farine?

Elle souhaite que non, consciente que le sort de Nicolas lui importe depuis l'arrivée du Père. Avant, il était l'impur que l'oncle Baptiste avait mis à dure épreuve depuis sa naissance et que tante Odette avait chéri secrètement. Il était cet impur qui endossait toutes les injustices et tous les crimes commis par les Blancs. Il était responsable de la famine, de la disparition des bisons, de l'alcool, des maladies et même de la pendaison du métis.

Élevé dans la haine et le mépris, il était devenu dur et méprisant. Obligé, dès son plus jeune âge, à travailler plus que ses demi-frères, il était devenu fort, adroit et indépendant.

Le Père se soucie beaucoup de lui. Chaque soir, il parle de lui au Tout-Puissant et espère sa conversion. Souvent aussi, il répète qu'il n'est pas impur à cause de son sang mais à cause de la haine en lui. Ça aussi c'est difficile à comprendre.

Le prêtre élève le pain au bout de ses doigts. Dieu est parmi eux. Elle tombe à genoux, baisse le front, s'accroupit sur ses talons. Son coeur se débat, elle suffoque. Dieu est parmi eux: les nouveaux chrétiens de la tribu égarée des Cris des prairies. Un jour, Dieu touchera sa langue, pénétrera son corps par le sacrement de la communion. Un jour, le Père lui fera manger de la nourriture sacrée. Un jour, elle comprendra l'impureté de la haine et l'indignité de l'homme. Un jour, le Père l'élèvera jusqu'à Dieu et elle lui en sera éternellement reconnaissante.

— Relève-toi, ordonne une voix douce, la messe est finie.

Deux bras solides la hissent sur ses pieds. Le Père écarte les mèches de ses cheveux pour dégager son petit visage enflammé. Comme il est beau, avec Dieu sur son front et sa vie difficile au creux de chaque ride!

— C'était beau, mon père, souffle Marie-Victorine.

Pour toute réponse, il lui caresse les cheveux de ses doigts, ces mêmes doigts qui tantôt tenaient le Tout-Puissant. Elle a l'impression que sa tête devient très légère, prête à basculer sur ses épaules comme la tête d'un pendu ou d'un homme en prière.

Dangereuse femme

— Madame vous fait demander au petit salon, lui annonce Oscar d'un ton morne. Veuillez me suivre.

Intrigué, il le suit à travers cette grande maison qui l'impressionne malgré lui. Pense à son ancienne cache dans la terre, infestée par la puanteur du glouton. Sourit pour lui seul en touchant le bois verni de la rampe d'escalier. Se croit sur la mousse spongieuse des forêts en enfonçant dans le tapis du petit salon.

Madame l'attend. Belle et poudrée sur son fauteuil de grand prix. Que lui veut-elle? Dans un coin de la pièce, trône un sapin alourdi de ses décorations de Noël. Quel genre de fête s'est déroulé en ce lieu il y a trois jours? Boissons, cigares, femmes offertes sous le couvert des politesses flatteuses, tintements de verre et rires mondains traversent l'esprit de Clovis. Noël chante autre chose dans ses souvenirs. Un chant de grelots sur la neige froide et bleue de la nuit. Un chant d'étoiles tremblantes sous les fausses notes de l'harmonium de mademoiselle Ernestine.

Il attend. Madame semble le regarder de haut. Il se refuse à faire des courbettes devant son joli minois.

— Mon mari est retardé par la tempête. Vous êtes venu à pied?
— Oui, madame.
— Il y a beaucoup de neige?
— Oui, madame.
— Anatole est retenu chez mon père qui souffre de

la goutte. Vous serez donc seul. Anatole vous a donné congé, je crois, pour le Jour de l'an.

— Oui, madame.

— Nous donnons une petite fête le trente et un au soir. Je compte sur vous.

— Je regrette de décliner votre invitation, madame. Je profiterai de mon congé pour aller chez mon père.

— Ce sera une fête comme vous n'en avez jamais vue. Ne me refusez pas cela.

— Je regrette, madame.

— Alors, accompagnez-moi aujourd'hui.

Ce disant, elle verse de la boisson dans deux coupes.

— Je ne bois pas d'alcool, madame.

— Juste une petite coupe.

— Je regrette.

— Vous regrettez souvent. Vous êtes plein de regrets, pauvre enfant.

Ah! Cette manière qu'elle a de le traiter comme un petit garçon l'agace.

Elle avale sa boisson puis fait tourner la coupe entre ses doigts pleins de bagues. Son regard d'émeraude le détaille des pieds à la tête avec satisfaction.

— Croyez-vous avoir choisi la bonne faculté?

— Je ne comprends pas, madame.

— Je vous aurais imaginé en théologie... une soutane vous irait à merveille. Ce serait beaucoup plus facile pour vous si vous portiez la soutane.

— Comment ça?

— Vous ne seriez pas obligé de tout refuser et d'être pleins de regrets. Elle ferait tout cela pour vous. On n'offre pas de boisson à un jeune prêtre et les femmes ne sont guère attirées à la vue d'un vêtement clérical.

Elle termine sa coupe et s'empare de la sienne.

— Vous permettez?

— Bien sûr.

— Ah! J'oubliais de vous dire: vous pouvez vous asseoir. Vous me faites penser à Oscar en restant debout comme ça.

— J'ai du travail au laboratoire.

— Anatole ne rentrera probablement pas aujourd'hui.

— Je dois mettre de l'ordre; je peux le faire sans lui.

— Assoyez-vous; moi, j'ai à vous parler.

Elle sort un béret caché dans le pan de sa robe.

— Vous l'aviez perdu, je crois, dit-elle en avalant une gorgée d'alcool, sachant très bien qu'elle le lui a subtilisé la semaine précédente.

— Oui, je l'avais perdu. Vous êtes bien aimable de me le remettre.

À ces mots, elle sourit curieusement et ferme à demi les yeux en buvant de nouveau. Un silence s'établit. Étrange pour lui. Amusant pour elle qui termine sa deuxième coupe et les remplit aussitôt en expliquant:

— Puisque je dois boire pour vous. Ça vous choque?

— Ça vous regarde, madame.

— Je fume aussi. Vous permettez?

— Oui.

— Je ne m'étouffe pas.

Elle installe une cigarette au bout d'un long porte-cigarettes en ivoire et s'allume avec des gestes étudiés.

— Habituellement, un galant homme s'offre pour allumer la cigarette d'une dame, mais vous n'êtes pas un galant homme et j'imagine que les femmes ne fument pas dans votre village.

— Alexinas Ouellette fume la pipe mais elle l'allume toute seule, répond Clovis, excédé, les yeux rivés au béret qu'elle tourne maintenant au bout de son doigt.

Pourquoi ne le lui remet-elle pas ? Qu'attend-elle de lui ? Qu'il se précipite pour allumer sa cigarette ?

— Y a-t-il des femmes dans votre village ?

— Bien sûr.

— Des vraies femmes, j'entends. Des dames. Pas des grosses ménagères.

Quelle question stupide, jongle Clovis en haussant les épaules. Pour qui se prend-elle ? La Femme. Unique dans tout Montréal, le Québec, le Canada ? Quant à celle qu'il croyait sienne, elle est quelque part, sur les dalles froides d'un cloître, toute délicate sous sa bure rigide, avec son coeur de petit moineau qui se débat ; elle prie pour eux.

Un rire enivré le tire de ses réflexions.

— Ce béret de carabin ne vous convient pas du tout. Je vais vous l'échanger contre une soutane.

Ce qu'elle peut être choquante ! Son béret de carabin ne pas lui convenir, lui qui en a rêvé depuis l'annonce parue dans *Quartier latin* et qui s'est permis de l'acheter en apprenant que madame Azalée avait donné l'argent de sa terre. Comme elle ne connaît rien au fond des choses. Et quel geste dédaigneux elle a envers la coiffure qu'elle tourne avec mépris. Comme une petite planète malsaine, prête à exploser au bout de sa main. Mme Dupuis serait sans doute exaucée de voir son béret transformé en soutane afin que les gens de sa paroisse ignorent qu'un de ses pensionnaires se destine à la médecine. Quel scandale il avait provoqué en étrennant ce couvre-chef spécifique ! Jules en avait profité pour envenimer la situation en rapportant à la bonne dame que Clovis faisait également partie de l'équipe de hockey de sa faculté. Autant il tenait à crier sur tous les toits qu'il serait un jour médecin, autant elle voulait laisser croire qu'il serait probablement prêtre. Ce n'est qu'à l'heure du chapelet, alors qu'il baissait pieusement ses longs cils en ombrageant ses joues imberbes, qu'il sentit sa maîtresse de pension s'amadouer dans le timbre de sa voix. Le soir même, elle lui permettait de ranger ses patins usagés et son bâton dans le coin de sa penderie.

Évidemment, vêtu d'une soutane, il ne serait pas empêtré dans une telle situation.

— Pourrais-je avoir mon béret? demande-t-il en la voyant se verser de nouveau à boire.

— Venez le chercher.

Elle roule la coiffure et l'insère dans le décolleté de sa robe.

— Ça se porte habituellement sur la tête, madame. Peut-être avez-vous abusé de la boisson.

— Vous vous croyez comique?

— À moins que vous n'ayez le cerveau à cet endroit.

— Vous êtes ignoble et grossier. Venez le chercher si vous n'avez pas peur de moi.

Elle se lève subitement en bombant la poitrine. Le béret noir s'érige suggestivement dans le creux nacré de ses seins. Ce spectacle ridicule déclenche le fou rire de Clovis.

— Taisez-vous paysan!

L'insulte ne le rejoint pas tant il rit. Quoi de plus drôle que cette poupée parfumée qui se dandine avec un béret entre les seins!

Le voyant rire, Pénélope adopte la même attitude et, s'approchant langoureusement de lui, elle le contourne avec un sourire amical. Elle s'arrête derrière lui.

— Calmez-vous, vous allez vous étouffer encore, pauvre enfant.

Elle se penche vers lui, s'empare de sa tête et l'approche d'elle en lui caressant les joues.

— Voilà... c'est sur cette tête-là qu'il va le béret. Satisfait, mon chéri?

Sa main caresse ses joues, son cou. Il cesse de rire aussitôt.

— Comme vous avez les joues douces. Vous me plaisez, Clovis, vous le savez?

— Vous êtes mariée, madame.

— Anatole est cocu depuis longtemps.

Choqué, Clovis se dégage d'elle et se lève d'un bond furieux.

— Donnez-moi mon béret.

— Venez le chercher... vous ne riez plus? Venez, venez le chercher.

Elle s'avance, lente et belle. Prête à se livrer à lui. Tendue vers lui avec toutes ses fibres.

— Anatole ne rentrera pas de la journée. Il n'a pas de bonnes jambes comme vous pour marcher dans la neige. J'aimerais voir vos jambes, elles doivent être belles et fortes. Venez, venez chercher votre béret, invite-t-elle en s'arrêtant juste devant lui. Et Oscar est tout ce qu'il y a de plus discret, rassure-t-elle en tâtant ses pectoraux à travers son veston.

Quelle différence entre cette femme et la fille de Napoléon Gadouas qui désirait ses caresses, si ce n'est la beauté et la richesse? Elle le dégoûte par son désir égoïste, sa volonté à satisfaire ses appétits sexuels au détriment de la réputation de son mari et de son avenir à lui. Elle l'avale des yeux, le déshabille mentalement et sa main, déjà, s'acharne sur le premier bouton de sa chemise.

Il lui tord les poignets, assez pour lui faire mal. Non! Cette femme ne gâchera pas tout ce que son père a mis en oeuvre pour lui payer ses études. Il ne la laissera pas agir en toute inconscience pour assouvir son ventre assoiffé. Tout détruire pour ses désirs à elle.

— Vous me faites mal.

— Donnez-moi mon béret et fichez-moi la paix.

— Lâchez-moi ou je hurle. Je dirai à Oscar que vous avez voulu me violer.

— Violer une vieille comme vous!

Il la libère.

— Allez, criez que je suis d'assez mauvais goût pour violer une femme sur son retour d'âge. Une femme qui pourrait être ma mère.

Le soufflet retentit. Sec, brutal. Sa joue brûle et un mince filet de sang la chatouille. Clovis replace ses cheveux et dit avec un petit sourire victorieux:

— Mon béret, s'il vous plaît.

— Je vous hais! Paysan, vous n'êtes qu'un paysan crasseux. Allez-vous-en. Sortez d'ici!

Elle lui lance son béret, trépigne rageusement puis s'en prend à l'arbre de Noël en le secouant violemment, criant dans sa furie: «Je vous hais, je vous hais.»

Je ne suis pas si vieille. Je ne pourrais pas être sa mère... pas si vieille, pleurniche-t-elle sur le coussin de velours.

Anatole parcourt la pièce d'un regard navré: le sapin de Noël renversé, les coupes brisées, les bouteilles vides sur le tapis, une tenture arrachée ici, un vomissage là. Et sa femme, soûle, blessée dans son orgueil, qui se lamente sur le canapé. Il aurait envie de la prendre dans ses bras pour la consoler de son gros chagrin de petite fille. Aurait envie de l'aimer tout doucement, paternellement, en prenant sa tête ivre entre ses mains. Aurait envie de lui démontrer combien il l'aime, mais elle hoquette de douleur de n'avoir pu séduire Clovis et le coeur du vieil homme se durcit. Souffre, souhaite-t-il mentalement, souffre d'être trop vieille pour l'aimer. Souffre comme je souffre d'être trop vieux pour t'aimer.

Et il cache sa douleur en secouant énergiquement sa femme pour qu'elle consente à aller se coucher.

— Quel âge a-t-il, Anatole? s'interroge-t-elle en ouvrant des yeux hébétés.

— Viens te coucher.

— Je veux savoir son âge... Il n'a pas de barbe... il ne peut pas être si jeune et fréquenter l'université... Quel âge a-t-il, Anatole?

— Je ne sais pas, vingt-deux, vingt-trois.

— Alors, je ne peux pas être sa mère, hein? Il a été grossier avec moi, tu m'entends, Anatole? Il a été grossier. Je veux que tu le congédies. Renvoie-le... je le hais. Renvoie-le, Anatole.

— Viens te coucher.

Elle le suit, lamentable, décoiffée. Soudain plus vieille que lui dans sa défaite. La bonne s'empresse de dévêtir madame, de la laver, de la coucher et de la rassurer en répétant: «Mais non, madame est toute jeune et si jolie.»

Anatole regagne son laboratoire, ne sachant quelle attitude adopter. Il est évident que Clovis a insulté son épouse et évident également qu'elle a échoué à le séduire. Oscar, qu'elle croit discret, certifie qu'il a entendu un bruit de gifle et que Clovis s'essuyait la joue avec son mouchoir lorsqu'il a quitté le petit salon. Que s'est-il passé? Quelle attitude aura-t-il face à ce jeune homme honnête et probablement trop franc? Le féliciter? Le blâmer? Le congédier?

L'ordre impeccable du laboratoire le charme et le distrait de ses pensées.

— Ah! Vous avez tout rangé et je vois que tout est prêt pour nos nouvelles expériences.

— Oui, docteur. Je viens juste de terminer l'aseptisation des éprouvettes, répond Clovis en déboutonnant son sarrau blanc.

Une légère boursouflure sur sa joue attire l'attention du professeur Bernier et lui rappelle ce pourquoi il était venu le rejoindre. Il fronce aussitôt les sourcils, insère les pouces dans les pochettes de son gilet pour se donner contenance. Il dit d'un ton sentencieux:

— Ma femme m'a demandé de vous congédier. Vous savez pourquoi, je suppose?

— Je crains d'avoir été impoli à son égard.

Voilà, c'est réussi. Le jeu de la demi-vérité est établi et ni l'un ni l'autre ne pourront discuter en dehors de ces limites. Le docteur Bernier n'aura pas à avouer l'infidélité de sa femme et Clovis contournera le sujet de la moralité, si chère au prestige de l'université. Soulagé, Anatole poursuit:

— Elle m'a avoué vous avoir giflé. C'est vrai?

— Oui, docteur.

— Vous avez dû être très grossier pour qu'elle en vienne à cela.

— Oui, docteur. Je n'ai l'habitude ni des dames de la ville ni de vos coutumes, explique Clovis, l'air penaud. J'ai dit à madame que je la croyais de l'âge de ma mère.

Une autre demi-vérité qu'il faut établir pour empêcher le sujet de s'enliser dans le motif réel de l'impolitesse.

— Vous n'avez pas voulu trinquer avec elle?

— Je ne bois jamais, docteur.

— Vous n'avez jamais bu?

— Une fois, et je me suis battu.

— Ah! Oui. Et vous êtes demeuré avec ce sourcil relevé. Donc, vous comprenez que la boisson fait faire des bêtises.

— Oui, docteur.

— Madame a trop voulu fêter le Jour de l'an avec vous. Elle a fait des bêtises, elle aussi.

— Je comprends, docteur, et je n'en veux pas le moins du monde à votre femme. J'aimerais lui présenter mes excuses avant de quitter votre service.

— Vous quittez mon service?

— C'est ce que vous m'avez dit, tantôt.

— C'est ce que ma femme m'a demandé. Quant à moi, j'aimerais plutôt vous garder: vous êtes intelligent et... discret, n'est-ce pas?

— Je suis très discret, docteur, affirme Clovis en regardant son professeur dans les yeux.

Passe l'étincelle de la communication muette. L'un comme l'autre faisant serment de garder ce secret sur lequel ils n'osent formuler de mots, de peur que ne subsistent que les mots et que ne meure le serment.

Oui, ce garçon lui plaît. Vraiment. Pourtant, il ne faut pas le lui montrer. Mais involontairement, une lueur de gratitude grandit sous les sourcils broussailleux du vieux chercheur.

— Dois-je conclure que je vais pouvoir continuer de travailler près de vous?

— Bien sûr! Il ne faut jamais se formaliser des actes engendrés par la boisson. Et puis, vous venez de la campagne... j'imagine que vous n'avez pas été élevé dans la dentelle.

— En effet, docteur.

— Demain, elle comprendra que vous n'avez pas l'habitude des dames de la ville. Je lui expliquerai.

— Merci, docteur.

— Je vous attends le trois au matin.

— C'est entendu.

Clovis le quitte de son pas souple. Il le regarde aller et soupire. Pénélope désirera-t-elle se venger de lui? Les femmes sont si méchantes parfois. Surtout Pénélope. Autant elle aime, autant elle déteste. Espérons que la boisson a effacé cet incident, souhaite-t-il en refermant la porte du laboratoire jusqu'au retour de son assistant.

L'enfant qui a gagné

Aréna du Mont-Royal. Période de réchauffement. Grattement des lames sur la glace. Petite buée de vapeur sortant de la bouche des joueurs de la ligue inter-facultés. Aujourd'hui, la théologie contre la médecine.

— Faudra surveiller Adélard Beaubien. C'est un joueur de centre, lui aussi, recommande Arthur, le capitaine. Il est rapide.

L'est-il autant que lui? Plus que lui? Clovis tente de le jauger tandis qu'ils patinent. Ils se rencontrent. Se toisent. S'évaluent l'un l'autre. Un calme serein émane de l'étudiant en théologie. Costaud et confiant, il évolue sur la glace avec aisance. Son puissant coup de patin ne semble pas exiger beaucoup d'efforts de sa part. Il passe tout près, pose sur lui des yeux tranquilles et sans malice. Aussi pacifiques que le bleu ciel de son chandail.

Nerveux comme un écureuil, Clovis s'emballe quelque peu, accomplit un virage serré. Vêtu de rouge, le regard vif, une couette noire lui barrant le front, il offre aux spectateurs une toute autre image. Il le sait. Et cette foule, aussi fébrile que lui, le galvanise. Il la sent vibrer en lui. Vit son attente, son enthousiasme, son anxiété. Que c'est bon! Lui seul, sur cette glace, apprécie à ce point cette communion avec les spectateurs. Car lui seul a connu autre chose.

Lui seul a vécu d'être broyé par la haine et l'ignorance. Physiquement et moralement. Il y a deux ans, dans la rue, alors qu'il revenait blessé de son combat avec le glouton et que les villageois se ruaient sur lui en l'accusant du meurtre de Napoléon Gadouas. Broyé! Il était littéralement broyé par eux et leur violence aveugle. Ces gens voulaient sa mort. Voulaient l'anéantir... Mais aujourd'hui, c'est bien vivant qu'on le veut. Et rapide. Pour se libérer complètement de tout cela, il s'élance sur ses patins. Qu'il est léger! Une rumeur l'encourage. Elle monte autour de lui, l'incite à augmenter sa vitesse. Il croise son capitaine mécontent sans ralentir. Qu'importe! Il ne saura jamais ce qu'il fuit à cette allure. Ne saura jamais que lui seul, sur cette glace, a vécu autre chose, quelque chose de très laid et de très lourd. Les acclamations le stimulent. Il pirouette, freine près des buts, entend quelques applaudissements.

— C'est fini le spectacle, Clovis. Garde-toi en forme pour la joute, gronde Arthur en lui descendant la tuque sur les yeux.

Il a raison. Mieux vaut ne pas gaspiller son énergie.

— Aïe, Clovis! lance la voix de Jules quelque part dans l'assistance.

Par politesse, il en cherche la provenance et demeure surpris en apercevant Mme Dupuis à ses côtés. Elle lui sourit, intimidée mais visiblement heureuse de se trouver en cet endroit. Il lui envoie la main.

— C'est la théo qui va gagner! lance Jules de sa voix aigrelette.

— On verra bien!

Mme Dupuis, là, dans les estrades. Est-ce pour lui qu'elle s'est déplacée? Ou pour assister à la défaite de la faculté de médecine que Jules lui a sans doute prédite? Il la regarde encore. Se convainc que c'est pour lui. C'est fou ce que ça lui fait chaud au coeur de la savoir là. Oui, c'est fou, vraiment fou, de la part d'un homme de vingt-quatre ans. Il s'approche de la bande. Lui sourit. Il jouera bien aujourd'hui. Mieux que d'habitude. Parce que des yeux de mère le couvent. Il remarque

Arthur qui lance une oeillade à Margot, sa fiancée, accompagnée de l'insistante Mme Bernier. Quel décalage entre lui et ses coéquipiers! Quel recul il accuse en matière d'amour et de sexe! Loin de lui plaire, la présence de la femme de son professeur le dérange, l'irrite. Sans doute est-ce pour cela qu'il est demeuré imberbe. Il y a en lui un petit garçon qui a terriblement besoin de la mère qu'il a perdue et, en Mme Dupuis, une mère qui a terriblement besoin d'un petit garçon. D'où cette complicité établie tacitement dès le premier jour et entretenue depuis par l'un et par l'autre.

— Arrive, peau de fesse! taquine amicalement Jacques Laflamme en lui donnant un petit coup d'épaule.

Le défenseur se détourne, l'air rassurant. N'est-il pas là pour le protéger en mettant en échec ceux qui menacent de lui enlever la rondelle? Cré Jacques! Pas trop doué pour les études, mais indispensable au sein de l'équipe. Étudiant de première année, il doit se faire aider par ses confrères et ceux-ci ne cessent de l'encourager et de lui faire répéter ses leçons, de peur de le perdre en le voyant embrasser la médecine vétérinaire.

La mise au jeu. Un rapide regard de concertation entre le capitaine et ses hommes. La rondelle sur la glace, sitôt enlevée par l'équipe adverse. C'est parti. Clovis talonne Adélard Beaubien, le rapide compteur de l'équipe de théologie. Sa vitesse le surprend, le défie. Trop tard. Adélard, après une montée fulgurante, compte son premier but et la moitié de l'assistance lance un formidable « hourra, Adélard! »

Clovis imagine Jules, trépignant de joie. Il risque un regard par-dessus son épaule. Mme Dupuis applaudit avec réserve. C'est vraiment pour lui qu'elle est venue. En elle, il voit tous les gamins de sa paroisse. Ces petits morveux aux joues rouges et à la voix forte, qui transforment la rue en aréna au retour de l'école et l'acceptent dans leurs jeux. Aimait-il les enfants auparavant? Il ne s'était jamais posé la question. N'avait jamais connu d'enfants à aimer, à guider, à soigner. Il pense aux Maillé et à leur superbe collection de pommes de route, bien rondes et bien gelées, qui servent de rondelles. Il pense à « baquet », le gardien de but, rigide et empêtré dans ses catalogues Eaton en guise de jambières, à Ti-Louis et à ses anciennes lames de bois, à Pet Thiffeault avec son bâton taillé dans une planche. Derrière les yeux de Mme Dupuis, ces enfants le regardent jouer. Il sait qu'ils la presseront de questions à son retour et qu'ils rapporteront ce témoignage à leurs parents. Ainsi, il s'intégrera davantage au sein de cette société qui, par le jeu et les jeunes, a appris à le connaître et à l'aimer. Mieux, elle a convaincu Mme Dupuis que c'était très utile d'avoir un étudiant en médecine à proximité. Que désirer d'autre?

Mise au jeu encore gagnée par l'adversaire. Clovis fonce, déjoue un ailier, s'empare de la rondelle et monte vers les buts. Où est Arthur? Là, derrière Adélard qui tente de le rejoindre. Clovis augmente la cadence, stimulé par la présence de Mme Dupuis. Il s'imagine entendre crier les gamins: « Vas-y, Clovis. » Il fonce. Un murmure grandit dans la foule. La sueur coule sur son visage. Le gardien l'attend, imperturbable, sûr de lui. Clovis pirouette pour le distraire et lance. Les hourras fusent. Les carabins, debout, applaudissent. Mme Dupuis aussi. Il discerne des « bravos, Clovis ». Arthur, le capitaine, lui cale de nouveau la tuque sur les oreilles. « C'est beau, mon Clovis. » Jacques le secoue rudement, amicalement. *Halte-là, halte-là, halte-là! Les carabins, les carabins! Halte-là, halte-là, halte-là, les carabins sont là. Les ca...ra...bins, les ca...ra...bins sont là!* chante un groupe. Que désirer d'autre? On l'applaudit, on l'aime, on le respecte.

Près de Mme Dupuis, excitée par les prouesses de Clovis, Jules broie du noir. Ses pieds gèlent, le bout de son nez gèle, ses doigts gèlent. Ce jeu lui paraît insignifiant, indigne même de sa faculté. Quoi de plus absurde et de plus inutile que de courir après une petite rondelle sur la glace! Il y a des choses tellement plus importantes à penser et à faire. Il conçoit mal que l'université tolère les sports. Alors, pourquoi est-il ici? Pourquoi a-t-il invité Mme Dupuis à venir voir évoluer la faculté de théologie? Sa réponse le glace davantage et il claque des dents. Trop prise par le spectacle, Mme Dupuis ne s'en aperçoit même pas. D'ailleurs, elle ne s'aperçoit plus de grand-chose à son sujet et l'a relégué à l'ombre depuis l'arrivée de ce Clovis. Comme elle a changé! Il ne serait pas surpris le moins du monde d'une augmentation appréciable de ses péchés d'impureté depuis l'arrivée de ce beau mâle dans la maison de pension. Le changement a d'abord commencé par les bananes, puis par le béret de carabin, et maintenant le hockey. Ensuite, étant donné que toutes les mères du quartier estimaient Clovis par le biais de leurs diables d'enfants, Mme Dupuis leur a emboîté le pas, appréciant à son tour qu'il y ait un futur médecin dans la paroisse. Quant à Pierre, il était devenu si familier qu'il en était rendu à pelleter la galerie et les escaliers. Cette simili-famille se formait sans lui, hors de lui. De toute façon, il ne voulait pas en faire partie et regrettait seulement le temps béni où il était traité comme un grand seigneur et où régnaient l'ordre et la discipline. Ce temps béni où Mme Dupuis demeurait suspendue à ses lèvres pendant l'heure des repas, n'osant toucher à sa nourriture de peur de commettre le péché de la gourmandise. Ce temps béni où le soin de l'âme avait plus d'importance que celui du corps.

Il claque des dents et sait pourquoi. Hier, il a dévissé le patin droit de Clovis et, au moyen d'une lime, il a brisé le fil des vis. Ainsi, il s'attend que d'une minute à l'autre la lame pivote et fasse trébucher Clovis. Il regrette son geste et ne trouve sa consolation que dans l'humiliation qu'y goûtera son rival, en s'étalant devant sa faculté et devant Mme Dupuis.

Rigide, il observe le va-et-vient du joueur, les yeux rivés à ses patins. Voilà qu'il refile une passe à Arthur qui compte un deuxième but. *Halte-là, halte-là, halte-là!* scandent encore les étudiants de médecine. L'équipe se félicite. La première période se termine. Deux à un pour la médecine.

— C'est amusant, lui confie Mme Dupuis.

— C'est très superficiel quand on y pense, rétorque-t-il en se frottant les mains l'une contre l'autre.

— Comment ça?

— Pensez-y, c'est une perte de temps de courir après cette rondelle. On pourrait faire des choses tellement plus sérieuses.

— Mais il faut se distraire. Et puis même la faculté de théologie a son équipe.

— Oh! Ce sont nos moins doués intellectuellement, ceux-là conclut Jules d'un ton pincé, avec l'envie formelle de mettre fin à la discussion.

Navrée, Mme Dupuis observe autour d'elle et s'inquiète à la vue des jeunes et jolies filles; elle se rassure aussitôt, lorsque des personnes de son âge croisent son regard. Le père de Clovis serait sûrement ici, s'il en avait l'occasion. Elle soupire. Cela lui fera un sujet de conversation si jamais il revient à Montréal. Pourquoi pas? Le don du cuissot de chevreuil qu'il lui a fait par l'intermédiaire de Clovis, au temps des fêtes, lui permet d'espérer qu'il désire peut-être lier connaissance avec elle lorsque son veuvage sera terminé.

À la deuxième période, Adélard Beaubien marque deux points en un temps record. La faculté de théologie s'enflamme et se met à scander: «Vive Adélard! Vive la théologie!»

— Dieu est avec nous, glisse Jules à sa maîtresse de pension, partagée par la victoire de la noble faculté et la déception de Clovis.

— C'est dommage qu'Adélard ne soit pas doué pour les études.

Piqué au vif, Jules pince les lèvres et reprend l'observation des patins de Clovis. Ceux-ci se déplacent si rapidement et font tant de pirouettes et de freins qu'il ne comprend pas qu'ils n'aient pas encore cédé.

Mise au jeu. Arthur enlève la rondelle, file vers les buts. Adélard s'engage à sa suite mais Jacques Laflamme le paralyse contre la bande. Arthur compte. Le décompte se maintient: trois à trois jusqu'à la fin de la deuxième période, avec la tactique intimidante de Laflamme, la vitesse de Clovis et l'habileté d'Arthur. Les partisans des deux équipes s'échauffent. Le ton monte et grise Clovis, assis dans le banc des joueurs. Les conseils que prodigue Arthur se mêlent à l'enthousiasme palpable des facultés respectives. Clovis communie à cette euphorie avec une joie enfantine. Ses confrères de classe l'interpellent pour le féliciter et l'encourager à battre cet Adélard Beaubien. Il ressent leur fierté et leur solidarité et, pour la première fois, s'identifie complètement à un groupe. Les cheveux collés sur le front par la sueur, un sourire dansant au coin des lèvres, il attend avec impatience la troisième période, rassuré par les signes de fatigue que présente Adélard. L'étudiant en théologie le regarde avec sympathie. Solide, le teint pâle et la carrure de paysan, il préfigure un bon curé de campagne. Clovis n'éprouve aucune agressivité à son égard. Aucune violence dévastatrice. Il aime cet adversaire de classe et le plaint de faire équipe à lui tout seul. La faculté de théologie mise tous ses espoirs sur lui. À preuve: elle scande son nom tandis que la faculté de médecine chante *les cabarins sont là*. Il est un de ces carabins. Il travaille avec eux, gagnera ou perdra avec eux. Ensemble vainqueurs ou vaincus, mais ensemble et non pas seul.

Enfin, la dernière période! Le public excité répond promptement. De la patinoire, Clovis n'entend qu'une rumeur, tantôt délirante et tantôt déçue, qui le pousse à se dépasser. Voilà qu'il intercepte la rondelle, réalise une passe précise à Arthur qui lance au but et compte. *Halte-là, halte-là, halte-là! Les ca...ra...bins, les ca...ra- ..bins,* retentit à ses oreilles. Arthur le colle contre lui. «C'est beau, mon Clovis.» Enfin être serré comme ça, en toute fraternité et solidarité. Enfin, n'être plus seul. Debout dans l'estrade, Mme Dupuis applaudit, près de Jules qui semble s'être transformé en statue de glace. La joute se poursuit.

Inquiet de constater l'abandon de Dieu au sein de son équipe, Jules s'en remet au Saint-Esprit afin que le patin de Clovis se détache. À le voir si fougueux et si ardent, il comprend que seule une malchance de cet acabit pourrait freiner son élan. Quant à Adélard, il s'est tellement donné au jeu qu'il ralentit son allure et envisage de ne compter un but qu'à la dernière minute. Le temps file. Le décompte se maintient: quatre à trois pour la médecine. La partie achève. Et voilà qu'Adélard, dans un regain d'énergie, s'empare de la rondelle. «Adélard! Adélard! Adélard!» Clovis le poursuit, suivi d'Arthur et de Jacques, bien loin derrière. Adélard s'apprête à lancer quand la lame du patin de Clovis pivote et le fait trébucher, l'entraînant à son tour. Tous deux se retrouvent dans les buts avec le gardien, sens dessus dessous. Riant de bon coeur, le théologien se relève, démêle le gardien de ses filets et s'agenouille près de Clovis pour l'aider à reprendre souffle.

— Quel choc! Que s'est-il passé? questionne Clovis, éberlué.

— C'est ton patin. On dirait que t'as perdu tes vis. Ah! Les voici.

On les trouve près de la rondelle demeurée hors des buts.

— Quelqu'un a limé tes vis, peau de fesse.

Il sait qui. Il l'aperçoit qui se dérobe comme une couleuvre. *Halte-là, halte-là, halte-là! Les carabins, les carabins.* Quatre à trois pour la médecine. Yaou! Adélart lui serre la main. Jacques et Arthur le hissent sur leurs épaules et le promènent. Il voit pendre sa lame. Grâce au sabotage de Jules, la médecine l'a emporté. Ce qu'il doit s'en mordre les doigts, le pauvre! «Attendez-moi, je reviens avec vous», crie-t-il à Mme Dupuis en mettant ses mains en porte-voix pour surmonter le vacarme des étudiants. Il se laisse porter, heureux, non pas comme un roi, mais comme un enfant. Un enfant qui a bien joué pour sa mère et ses amis. Un enfant qui a gagné, avec ses amis.

Douce la vie, au bras d'un jeune homme heureux à qui tout sourit. Agréable, l'attente du tramway en le regardant tracer des chemins dans la neige avec ses pieds. Touchantes, la politesse et les mille préventions dont il l'entoure.

Mme Dupuis goûte le charme de la vie simple. Clovis, debout devant elle, lui fait la conversation. Entre ses pieds, il tient le sac contenant son équipement. Étant friands de ce sport, les passagers le regardent avec indulgence et tolèrent son bâton en l'écoutant narrer l'incident du patin. Voici jusqu'au tramway qui est devenu une petite famille. Ça sent le linge mouillé, la sueur, le parfum, la brillantine et la neige fraîche quand les portes s'ouvrent.

Dehors, le ciel est d'un rose fatigué. À l'arrêt du tramway, les enfants s'offrent pour porter le sac de Clovis. Ils bombardent Mme Dupuis de questions. Jamais, auparavant, les enfants ne s'approchaient d'elle. Ils l'évitaient et craignaient Jules qui les traitait de pouilleux. Les voisines également négligeaient la veuve et ses sérieux pensionnaires, la croyant insensible à leur mode de vie. Les petites choses de chaque jour, tels l'étendage du linge sur la corde ou la cueillette des légumes dans le jardin, s'accomplissaient froidement, sans bonjour et sans sourire. Volontairement, les enfants faisaient du tapage à ses fenêtres, provoquant la sortie intempestive et injurieuse de Jules qui les faisait s'envoler en gloussant de rire. Mais un jour, cet étudiant en médecine, qui venait de très loin, a surpris les garçons à jouer au hockey avec des crottes gelées. Il s'est arrêté pour leur expliquer les règlements et s'est amusé avec eux. Dès lors, les gamins ont cessé de chahuter devant la maison pour respecter ses heures d'étude. Puis, il a soigné une foulure que s'était faite Ti-Louis avec ses lames de bois. Bien vite, sa simplicité lui a valu l'estime du vicaire, des mères et des pères de la paroisse tout entière, forçant Mme Dupuis à se dérider en osant un bonjour à l'épicier, un sourire à un garçon venu lui porter sa poubelle, un geste de la main à sa voisine déneigeant sa porte. Son teint, anciennement terreux, rosissait et lui donnait de belles joues tentantes à croquer. La prescription du docteur Lafresnière avait porté ses fruits.

— Bon, je m'en vais étudier, maintenant; vous savez ce que ça veut dire?

— Oui, Clovis, répondent les enfants avant de se disperser, les mains dans les poches.

— Vous avez le tour avec eux, constate Mme Dupuis.

— Suffit de les aimer un peu. Mon père dit qu'un bon médecin doit d'abord aimer les gens.

— Votre père doit être un très bon médecin.

— Ah! Oui. Il est le meilleur que je connaisse. J'aimerais être comme lui, un jour.

— Vous le serez, Clovis: vous aimez les gens.

Oui, c'est vrai. Il aime les gens de cette ville où il est anonyme et sans histoire. Aime jouer avec eux, devant eux, pour eux. Aime se dépasser, se surpasser, se donner corps et âme. Aime être cet enfant qu'ils adoptent et chérissent. A besoin d'être cet enfant qu'il n'a jamais été, dans ce petit village pétrifié dans la peur d'Alcide.

A besoin de cette paix, de cette joie profonde que lui procure cet amour tout neuf. A besoin de ce répit accordé par son statut de Blanc.

— Oui, je les aime.

— Ça a été une belle journée, dit-elle encore, s'appuyant au bras offert.

— Oui, très belle.

— Est-ce que j'ai été déplacée? Il y avait beaucoup de jeunes gens.

— Mais non. On vous a prise pour ma mère.

— Ah! Oui?

— Oui.

Il tapote la main posée sur son avant-bras pour la rassurer complètement. Elle retient le geste maternel de lui caresser la joue et ouvre la porte de sa maison à l'enfant qui a gagné.

Manon Nakoutchi

Elle a bu. S'est étendue sur sa couche et Nicolas s'est exercé à faire l'amour avec elle. Il n'y avait ni amour ni promesse dans les yeux de Nicolas. Rien qu'une pratique exigée par la nature. Un défoulement. Une explosion d'un pénis qui s'était trop longtemps retenu pendant les mois de trappe. Et il y avait plus que cela. Un défi dont elle ne saisit pas encore la nature. Un défi envers le Père. Une volonté de faire un péché, de faire le mal. De désobéir.

Au lieu de la farine, Nicolas avait ramené de la boisson et elle ne comprend pas pourquoi il répétait avec dépit qu'il aurait aimé mieux ramener de la farine. Elle ne s'est jamais soûlée à la farine. N'a jamais pu déverrouiller toutes ses portes avec de la farine. Selon elle, la farine c'est pour la bonne femme indienne, la vraie squaw qui cuit ses baniques sur des pierres chaudes. Elle, elle n'est plus une vraie squaw. Elle n'est qu'une outre à eau-de-vie, capable de s'offrir après la première gorgée.

Nicolas ronfle dans son lit. Nu, assommé par l'alcool et ses ébats. Elle le regarde, le trouve jeune et beau, elle qui est vieille et laide. Elle rabat la couverture mitée sur le sexe du jeune homme, passe sa main grasse dans ses cheveux et embrasse son front. Il pourrait être son fils. Aurait pu boire aux seins qu'il tétait goulûment tantôt. Il aurait pu être son fils. Mais elle n'a pas eu de fils, ni de fille. Pourquoi? Une punition du ciel sans doute.

Elle titube, s'écrase sur le rebutant plancher. Maladroitement, elle arrache quelques branches sèches qui lui piquent les genoux et jette un oeil découragé à ce plancher presque chauve qu'elle aurait dû refaire il y a bien des semaines. Quelle mauvaise squaw elle fait! Même Marie-Victorine, si jeune et chétive, réussit de meilleurs planchers que les siens. Elle a vu l'enfant aligner avec patience des petites branches d'épinette jusqu'à former un tapis si dense et si doux que la vieille Marie est venue la féliciter. Elle sourit béatement à la pensée de cette jeune fille qui a la chance de se dévouer auprès de Kotawinow. Elle hoquette et son gros visage ridé se rembrunit. Malgré elle, elle la jalouse. Que lui est-il arrivé, elle, à douze ans? «On m'a vendue, soliloque-t-elle. Pour dix piastres, à un homme blanc. Dix piastres et une bouteille d'eau-de-vie pour mon père.» Elle s'écrase sur ses jambes repliées.

Quand elle a bu, cette partie de son passé lui remonte à la gorge, lui donnant envie de vomir et de pleurer tout à la fois. Et quand son passé reflue ainsi, elle pense toujours à sa robe de mariée, fabriquée par sa mère dans l'ombre secrète du tee-pee. Sa mère qui racontait et décrivait ce merveilleux chasseur qu'elle marierait un jour: «Il sera fort, rapide et courageux, disait-elle. Tu lui donneras des enfants, prépareras sa viande et sa tente.» Elle l'écoutait, la croyait tout en apprenant à ses côtés. En grandissant, elle avait remarqué Jo Notaway, de trois ans son aîné, et avait vite compris qu'il était ce chasseur. Jo avait plus d'un regard pour elle et lorsque sa mère se mit à lui confectionner une robe avec des peaux de daim, des plus pâles et des plus souples qui soient, elle se mit à rêver à lui, se prit à imaginer un tee-pee pour eux seuls, jusqu'au jour où l'homme blanc est venu l'arracher à ses rêves pour dix dollars et une bouteille d'eau-de-vie. Elle pleurait en grimpant sur le cheval de l'inconnu et Jo Notaway serrait les dents et les poings près de sa mère qui lui tendait sa robe dans un sac de toile. Sa mère aussi pleurait, appuyée contre Jo. Impuissante. Personne ne pouvait rien y faire. Même pas ce merveilleux chasseur qui ne l'avait pas encore demandée en mariage. Le père avait le droit de disposer de sa fille. Et il avait décidé de la vendre à l'homme blanc. Jo et sa mère l'ont regardée s'éloigner avec des yeux résignés, comme si elle était déjà dans sa tombe.

L'homme blanc a poussé sa monture au galop jusqu'à une petite clairière. Là, il lui a arraché ses vêtements et lui a fait mal avec son sexe, sa perversité, sa brutalité et son souffle alcoolisé. Tout cela balayait l'avenir qu'elle avait si joliment brodé en observant sa mère coudre des fleurs à sa robe de mariée. Elle avait douze ans, attendait ses premières menstruations et il était un homme. Elle s'est mise à hurler, à pleurer et à maudire son père. Ses cris semblaient l'exciter davantage et il poursuivait de plus belle tandis qu'elle roulait sa tête près du sac de toile. Cela n'aurait pas été ainsi avec Jo, pensait-elle. «Tu vas finir par aimer ça. Tiens, bois.» Il lui avait fait boire du whisky; ça lui brûlait la gorge. Elle s'est couchée sur l'herbe, les jambes fermées sur une autre brûlure qui montait de son ventre à son coeur. Le sol de la prairie s'est mis à bouger tandis qu'elle devenait toute engourdie, loin de la réalité, loin de cette brûlure qui la déchirait en deux, loin, très loin du sac de toile et de la robe de mariée. Le whisky lui faisait oublier. Elle aimait l'engourdissement qu'il lui procurait et avait aussi fini par aimer les approches de l'homme, par les désirer même lorsqu'elle buvait avec lui.

Il l'avait emmenée dans une petite ville, en lui disant qu'elle était la plus jolie, et l'avait prêtée à ses nombreux copains qui lui répétaient aussi qu'elle était la plus jolie. Ce devait être vrai puisqu'ils le disaient tous. L'homme blanc encaissait l'argent, lui payait son whisky et un lit de civilisé pour recevoir les amis. Un jour, elle apprit qu'elle n'était qu'une putain. Et comme elle était bien défraîchie, l'homme blanc s'est lassé et est parti au Yukon chercher de l'or. Il n'est jamais revenu. Alors, elle a fait le tour des postes, gagnant misérablement sa croûte de la seule manière qu'elle connaissait. Et elle a rangé sa belle robe de mariée et n'a jamais voulu retourner dans son village tant elle avait honte et peur de revoir Jo.

C'est le père de Marie-Victorine qui l'a découverte en voulant acheter de l'alcool. Il était de la même tribu qu'elle, avait connu Jo, son père, sa mère, ses frères, ses soeurs, son tee-pee et même la vente à l'homme blanc. Il lui avait raconté comment Jo était mort dans une chasse aux bisons et comment lui et une poignée de Cris étaient à la recherche des bêtes disparues. Il l'avait rapatriée, exigeant qu'elle demeure le lien indispensable avec les traiteurs d'alcool. Elle avait accepté. S'était nichée ici, avec les siens et le souvenir de sa mère cousu à sa robe de mariée.

Manon se traîne à quatre pattes vers un ballot. Avec des gestes imprécis, elle le défait : apparaît le vêtement de daim souple et pâle. Une bordure de fourrure de renard argenté à l'encolure et aux manches rehausse cette pâleur, ainsi que les fleurs de perles bleues, jaunes et rouges. « Ce sont les fleurs de la prairie », disait sa mère en les piquant. Le doigt de Manon tremble sur chacune des petites fleurs de prairie, si bien travaillées. Jamais elle n'a porté la robe. Avant, parce qu'elle avait honte de sa conduite, et maintenant parce qu'elle a trop engraissé. Avec le temps, sa honte s'est atténuée et depuis que le Père lui a parlé de Marie-Madeleine qui exerçait le même métier qu'elle, elle se sent moins fautive face à la robe. Si elle avait épousé Jo, comme elle le désirait, rien de cela ne serait arrivé, et peut-être même que Jo ne serait pas mort. Elle ne serait pas ici, à vendre de l'alcool et à servir de pratique aux trappeurs et aux chasseurs solitaires. Elle ne serait pas si vieille, si usée, si grosse et si grise.

Nicolas ronfle bruyamment. Toute la tribu saura qu'il est ici, à boire et à forniquer. Le Père saura. Demain, elle se confessera. Elle aime bien le Père: il efface ses péchés avec le Grand-Esprit. Il rétablit les comptes, explique le pourquoi de leurs agissements. Paraît qu'il lui a expliqué qu'elle a été vendue à un homme blanc à l'âge de douze ans.

Quelle chance elle a, Marie-Victorine, de vivre avec lui. Jamais il ne la souillera. Jamais il ne laissera un homme l'acheter pour la violer dans une clairière et la revendre à ses copains. Elle grandira dans la pureté la fille de Georges Witaltook, qui tentait de guider un peuple défait à la poursuite des bisons. Elle grandira sous l'oeil protecteur de Kotawinow, le Père. Deviendra belle et en âge de se marier. Une vision s'offre à Manon: elle voit Marie-Victorine dans sa robe. Oh! Qu'elle aimerait que la fille de Georges accepte de porter cette robe le jour de son mariage! C'est un peu elle qu'elle verrait dans la robe, un peu tous ses rêves brodés un à un avec les fleurs de prairie, un peu tous les horizons qu'elle voyait tendus devant elle.

Manon s'essuie les mains sur elle, se sentant sale et indigne, mais s'empare du vêtement avec des gestes délicats et maternels. Les gestes de sa mère, près du feu, usant de mille précautions pour ne pas tacher le daim si pâle. Elle l'approche de son visage, elle, la plus belle de toutes devenue si laide avec l'usure. Elle passe la fourrure sur ses joues. Rit du chatouillement. Se souvient qu'elle imaginait faire rire Jo en lui chatouillant le cou de ses manchons. Sa vue s'embrouille. Une larme tombe sur la peau. Elle la remet aussitôt en place. Non. Il ne faut pas tacher la robe de Marie-Victorine. Elle referme le paquet de toile, le noue solidement et le presse contre elle. Espérons que Marie-Victorine en voudra. Qu'elle se mariera un jour et triomphera du viol perpétré contre toutes les jeunes filles indiennes, vendues par leur père à l'âge où elles se dessinaient un autre avenir avec la complicité de leur mère.

Et la squaw manquée, Manon la couche-toi-là, hoquetant d'ivresse, s'en va ranger son paquet en faisant des prières.

Le jeune homme ronfle sur sa couche. Content d'avoir au moins fait le mal avec elle, à défaut de s'être fait baptiser protestant pour narguer le Père à qui Marie-Victorine voue une trop grande admiration.

Le petit ange

Encore une fois trop crevé pour manger sans se sentir aussitôt étouffé par la nourriture. De plus, le regard hostile de ces hommes en face de lui l'empêche de digérer les sandwiches de Mme Dupuis. Pour y échapper, Clovis ferme les yeux, renverse la tête vers le brûlant soleil. Cela lui rappelle le temps des foins. Même chaleur, même goût salé sur ses lèvres, sauf qu'il se sent vidé de toute énergie, de toute force. La cargaison de bois à décharger le décourage et la fin de la journée lui semble loin. Si loin. Son lit, qui hante continuellement sa pensée, lui semble au bout du monde. Et le bout du monde, c'est le bout de cette journée de labeur.

Quel métier! Quel dur métier! Pour se donner courage et raison, il pense à ses cours à l'université, à cette première année de médecine qu'il a brillamment réussie. Pense comme c'est facile de tenir un livre ouvert et d'apprendre. Pense à son père qui s'use, là-bas. Pense à Sam qui lui a fait comprendre aux fêtes qu'il ne pourra l'aider qu'en cas d'extrême urgence à cause de ses deux enfants. Pense au vingt dollars par mois qu'il gagne en trimbalant de lourdes charges sur son dos. Ah! Son dos! Son pauvre dos! Ce n'est plus un dos mais une masse de douleur. Mme Dupuis a peut-être raison. Ce n'est pas un métier pour lui. Mais il n'en a pas trouvé d'autre. Les premiers jours, il n'avait même pas la force de souper et s'écroulait sur son lit, tout habillé et tout sale. Au réveil, il était plus courbaturé que la veille et ainsi de suite, pendant trois semaines. Peut-il dire qu'il l'est moins, aujourd'hui? Non. Seulement habitué à cette douleur des muscles, éveillée par chaque mouvement.

Et tous ces hommes qui le toisent et l'isolent. Le poids de leur inimitié s'ajoute à ses fardeaux. Pourtant, ce matin, il n'a pas dénoncé Gustave pour le vol de charbon. Il aurait pu, peut-être aurait-il dû. À cause de son silence, le patron a décidé de prélever cinquante cents sur la paye de chaque débardeur. C'est beaucoup plus que ne vaut la quantité de charbon volé.

Pourquoi n'a-t-il rien dit? Parce que le propriétaire le révoltait avec son accent anglais et son regard méprisant. Surtout son regard méprisant. Il les a regardés comme s'ils étaient de la merde. Tous de la merde. Alors, la merde n'a pas dit qu'elle a vu Gustave et ses fils voler des poches de charbon, dimanche après-midi. N'a rien dit. Rien fait. À l'instar de Claude, le gardien de quai, qui avait carrément tourné le dos aux malfaiteurs pour lui refiler l'adresse d'un marchand de peaux brutes avec qui Sam pourrait amorcer des relations d'affaires. Cet homme connaissait tout du commerce qui se pratiquait dans la ville. Étant gardien de quai depuis des années, les exportations et les importations n'avaient plus de secret pour lui et il se faisait un plaisir de divulguer son savoir. Mais les débardeurs n'avaient que faire de ses connaissances et les commerçants le tenaient pour un bon bougre à la parole facile dont les informations s'avéraient pertinentes.

Clovis pense que cette adresse pourra grandement avantager Sam et lui permettre de demeurer avec sa famille cet hiver. En devenant l'intermédiaire entre le marchand et le trappeur, il s'épargnera bien des misères en forêt tout en augmentant ses profits. Le souvenir de cet homme le réconforte et le relie aux belles choses de sa vie. À ce bienheureux grand-père, quelque part dans les arbres, à ses insouciantes gambades derrière Sam qui recueillait la sève d'érable, à l'odeur prenante de son chien mouillé. Le relie à la chaude cuisine d'Honoré qui embaume le pain frais et les beignes saupoudrés de sucre. Qui sent bon l'amitié et la tolérance. Cette cuisine où Rose-Lilas lui a ouvert ses beaux bras roses et dodus pour le couver de sa tendresse toute maternelle. Cette cuisine où il a connu Jérôme, son premier et si loyal ami en ce monde. Cette cuisine où se berce Honoré, l'indispensable et inséparable ami de son père.

Inconsciemment, Clovis sourit, abandonnant son repas entre ses mains et s'appuyant la tête contre une caisse. Il sent qu'il va s'endormir, mais ne peut résister. Les autres le réveilleront-ils? Il en doute. Ils le laisseront plutôt dormir jusqu'à ce que le patron le surprenne et le congédie. Il tente un suprême effort mais sa main lui semble si loin, trop loin pour pouvoir la bouger, et ses paupières sont si lourdes, si bien scellées sur ses yeux, et la caisse, malgré une écharde au niveau de l'occipital... os qui forme la paroi postérieure et inférieure du crâne... ah! la médecine... se réveiller tout de même... le faut... au niveau de l'occipital, lui semble si confortable. Si confortable la caisse. Juste un instant, une minute. Le temps de compter jusqu'à soixante. Un, deux, trois... Si confortable la caisse... malgré l'écharde sur l'occipital... la médecine... à soixante, se réveiller...

— Y dort, chuchote Gustave à Ernest.

— Ouais. T'es sûr qu'y t'a vu, toé?

— Sûr que chus sûr. Y m'a regardé en pleine face avant de se revirer comme Claude.

— Y a rien dit. C'est pas un rapporteur d'abord.

— Non. C'est pas un rapporteur. Faudrait p'tête le réveiller.

— On va le laisser dormir une couple de minutes. Y a du courage: à sa place, y a longtemps que j'aurais démissionné. Fais passer le mot aux autres: y est un des nôtres astheure. Pus de coups bas, pus de charge mal balancée, c'est compris?

— Compris.

Ernest jauge l'homme endormi contre la caisse et constate sa méprise. Parce que le patron l'avait engagé sans demander son avis, parce qu'il portait des gants sur ses jolies mains et titubait sous les fardeaux et, surtout, parce qu'il avait de l'instruction, il l'avait pris pour un rapporteur. Un sans caractère et sans coeur placé intentionnellement pour espionner les ouvriers. Mais s'il avait été ce traître, il y a belle lurette que Gustave et Claude auraient été dénoncés. Serait-il étudiant comme il le prétend? En ce cas, que fait-il ici, à peiner d'une étoile à l'autre comme un forçat? D'où vient-il donc? Fils d'immigré? Peut-être, c'est bien possible. D'où? D'Italie? Non. Il a des cheveux de Chinois et des joues imberbes.

Quelle autre race sommeille en lui? Il les connaît les immigrés. Les a tant de fois vu mettre le pied en sol canadien en pleurant de joie. De blonds et solides Allemands, des petits Chinois imberbes et pressés, des Italiens bruyants et joyeux, des Irlandais fatalistes. Il les connaît les immigrés. Il sait même reconnaître leur langue. Mais cet homme-là dissimule une race dont il ignore les caractéristiques et cela l'intrigue.

Il rote, plie soigneusement son sac de papier, le glisse dans sa poche de salopette puis jette un coup d'oeil laconique à l'horloge de la tour Victoria. Il ferait mieux de le réveiller, maintenant.

Rose-Lilas s'affaire au poêle et Sam berce ses petits avec amour. Tant d'amour pour ses petits de lui. De lui et Rose-Lilas. À lui. À lui et Rose-Lilas. Il les serre contre sa chemise à carreaux, cajole la tête blonde de William et les boucles rousses de bébé Elisabeth. Rose-Lilas fredonne en assaisonnant son ragoût. On le secoue. C'est Jérôme qui lutte avec lui. Mais il est plus fort que Jérôme et se laisse battre. Pourquoi lui verse-t-il de l'eau sur la figure? C'est pour jouer.

— Aïe! Aïe!

La voix rauque d'Ernest le rejoint. Pourquoi veut-il l'empêcher de jouer avec Jérôme? Il a beau être le chef, il n'a pas à se mêler de ses jeux avec Jérôme. Ça ne le regarde pas.

— Laisse-moi.

— Réveille-toé. On est à veuille de recommencer. Envoye, réveille, insiste la voix d'Ernest qui dissout le merveilleux rêve.

Oui, il faut qu'il se réveille. Ernest lui vide une écuelle d'eau sur le front et s'assoit près de lui.

— T'as fait un somme... mais là, y faut recommencer.

— Je vous remercie. J'étais sûr que vous me laisseriez passer tout droit.

Intimidé de se faire vouvoyer, Ernest passe son énorme main calleuse sur son crâne chauve et hausse ses épaules démesurées sans trouver de réponse convenable. Clovis le regarde dans les yeux avec l'assurance de quelqu'un qui se sait dans son bon droit.

— D'où tu viens, toé?

— Un petit village dans la région de Mont-Laurier.

— Connais pas ce bout-là. C'est-i loin?

— Oui.

— C'est-i vrai que t'étudies?

— Oui.

— Quoi?

— La médecine.

— Comprends pas... ton père a pas de sous? Est-ce qu'y t'a puni pour que tu viennes travailler icitte?

— Non. Je suis venu de moi-même. Mon père n'est pas assez riche pour couvrir entièrement les frais de mes études. C'est pauvre là-bas.

— Je te prenais pour un rapporteur. Pourquoi t'as pas dénoncé Gustave pis Claude?

— C'était pas de mes affaires.

— Le cinquante cents, c'était de tes affaires.

Clovis hausse les épaules à son tour.

— Ça va aller mieux, astheure. J'vas te montrer comment forcer. Tu t'y prends mal sans bon sens.

— J'ai mal partout aussi.

— Ça va aller mieux, certifie l'homme en se levant et en lui tendant la main pour l'aider.

Clovis saisit cette main tendue, persuadé que tout ira mieux avec elle. Ernest, le chef des débardeurs, lui enseigne à placer sa charge, à poser le pied comme Gros-Ours l'avait enseigné à sa mère. Clovis enregistre ces conseils qui lui épargneront bien des misères.

— Compris mon petit docteur? termine Ernest en ajustant la courroie sur son front.

Ce surnom lui plaît, et cet hercule aux bras tatoués aussi. Voilà qu'il l'a délesté du fardeau écrasant de la solitude. Désormais, les hommes lui parleront et ne tenteront plus de dangereux crocs-en-jambe. Il peinera comme eux, au même rythme qu'eux, au même poids qu'eux.

— Aïe! Les gars! J'veux pus que vous fassiez des misères au petit docteur, c'est compris? ordonne Ernest aux hommes rassemblés pour le travail.

— Viens-t'en, petit docteur, lance Gustave.

Clovis obéit, oubliant sa douleur et sa fatigue. Ce surnom le stimule, lui donne envie d'accomplir des exploits. Ce surnom lui fait l'effet de l'adrénaline et lui donne cette raison et ce courage qu'il cherchait. Ernest sait-il tout cela? En a-t-il vaguement conscience? Clovis se retourne vers lui. L'homme le regarde aller, ses poings massifs noués à ses hanches. Puis il lui sourit et répète:

— Vas-y, petit docteur.

Oui, il sait cela dans sa sagesse d'illettré. Dans la sagesse de ses muscles, de son entêtement. Dans la sagesse de cette échine qu'il ne fait que semblant de courber. Il sait cela, le hercule aux bras tatoués vêtu de ses salopettes crasseuses. Son admiration s'éveille pour cet homme, plus jeune que lui, plus faible que lui, qui porte des gants pour ne pas abîmer les mains qui un jour sauveront peut-être des vies.

Admiration et aussi sympathie pour sa franchise et sa simplicité. Bien qu'il fréquente l'université et sache parler le latin, il ne lui a pas fait sentir sa supériorité intellectuelle, contrairement au patron qui a fait son *high school.* Il l'a même vouvoyé, lui, un débardeur, et a suivi ses conseils. Oh! Oui! Il l'aime bien le petit docteur et quiconque viendra l'emmerder aura affaire à lui.

Elle est venue parce que son père ne cesse de parler du petit docteur. Elle veut le voir, juste le voir, avec ses gants, sa peau foncée et ses cheveux de Chinois. Son coeur s'emballe en approchant du quai numéro un. Elle se trouve idiote d'être toute excitée à l'idée d'entrevoir cet homme nouveau et pense à rebrousser chemin. Mais il est trop tard : son père attend le lunch que lui apporte habituellement Maxime. Ce soir, elle se fera gronder, et par son père et par Ernest.

Depuis qu'elle est devenue une jeune fille, Ernest lui a interdit l'accès au quai. Paraît qu'elle dérange. Pourtant, elle se trouve maigre, mal habillée et pense que les hommes la considèrent encore comme la petite fille de Gustave. Enfant, c'était toujours elle qui venait porter les beurrées de mélasse. Maintenant, il faut que ce soit son petit frère. L'autorité d'Ernest la paralyse, l'emprisonne dans son quartier, dans sa rue, dans sa maison. S'il le pouvait, il élèverait une barricade tout autour d'elle pour que personne ne la voie et pour qu'elle ne voie personne. Mais elle, elle a envie de voir le petit docteur.

Elle s'avance résolument vers le groupe d'hommes assis à l'ombre des caisses. Elle aperçoit Ernest qui la regarde venir d'un air mécontent, puis cet homme à ses côtés. Il est plus grand qu'elle ne l'imaginait et tellement différent.

— Qu'est-ce que tu fais icitte, mon petit ange? blâme son père.

— Chus venue vous porter à dîner, répond-elle en risquant un regard vers Clovis.

Elle s'approche, mal à l'aise d'être curieusement dévisagée par lui. Ernest a raison: elle le dérange. Désemparée par le trouble évident qu'elle provoque chez cet étranger, elle regrette son audace. Cette façon qu'il a de la fixer, tout comme s'il l'avait connue dans l'intimité et attendait quelque chose d'elle.

— File astheure, ordonne le chef.

Elle obéit. Libérée de ce regard d'homme rivé à elle.

— Ta fille a pas d'affaire icitte.

— A viendra pus.

Ébranlé, Clovis tarde à mordre dans son pain. Cette fille, il l'a déjà vue, l'a déjà aimée. C'est Judith, c'est son sosie. Il l'avait remarquée lorsqu'il visitait le port avec son père et avait eu envie de lui offrir des bananes. Mais en avançant qu'elle était probablement une putain, son père avait contribué à l'effacer de ses pensées. Mais elle n'en est pas une et elle lui rappelle tant Judith. Même délicatesse, même couleur de cheveux, même expression de petit ange égaré sur terre. C'est d'ailleurs ainsi que Gustave l'appelle.

Il revit ses amours, avec douceur, avec douleur. Judith émerge de l'ombre. Se rappelle à lui dans les traits de cette fille. A-t-elle prié Dieu pour qu'Il lui envoie ce sosie en guise de consolation? Le souvenir de sa première passion le perturbe. Le voilà encore sens dessus dessous, l'âme à vif. Se rappelant si crûment ce qu'il avait si bien dissimulé sous des pages d'étude. Qui a mis ce tombeau à jour? Ce petit ange du port qu'il aimerait suivre du regard? La vigilance d'Ernest l'indispose. Alors, il mange comme les autres, adoptant leur mine morose et leur silence reposant, mais l'appétit n'y est pas. Bientôt, les hommes se dispersent, le laissant seul avec Ernest.

— A s'appelle touches-y-pas.

— Ah, bon!

— J'espère que t'as compris. J'ai pas envie qu'il lui arrive un malheur.

— Je n'ai pas envie de lui faire un malheur.

— Un gars comme toé, c'est un malheur pour une fille comme elle. Si y fallait qu'a s'amourache de toé. De toute façon, a viendra pus.

Cette certitude le rassure et l'attriste à la fois. Il ne sait pas s'il désire réellement cette image ressuscitée de Judith, qui dérange et sa chair et son âme. Doit-il se révolter contre Ernest ou se soumettre à sa volonté? Le destin lui a ravi Judith. Cet homme lui ravira-t-il ce reflet d'elle? Il soutient le regard autoritaire du chef qui lui démontre l'étendue de son pouvoir. «A viendra pus.»

Voilà ce que le chef des débardeurs et le chef du faubourg à la mélasse a décidé: elle ne viendra plus. Le petit docteur n'est pas un homme pour elle. Il sait aussi cela dans sa sagesse d'illettré. Et si le petit docteur est tout à l'envers de l'avoir aperçue, c'est qu'il a raison d'interdire l'accès au quai à cette fille de son quartier. Il ne doit rien lui arriver de fâcheux. C'est à lui d'y voir.

L'étudiant rumine. Il ne veut pas se soumettre. Il est jeune et orgueilleux. Et visiblement, Suzelle l'a chaviré.

— Et si moi, je m'amourache d'elle?

— Tu vois mon poing?

— Oui.

— Tu le verrais de très près, très très près, répond calmement Ernest.

Oui, il est préférable que cet homme lui ravisse ce reflet qui le bouleverse. Déjà, il n'a plus toute sa raison juste à l'avoir vue. S'il fallait qu'elle se laisse approcher par lui et lui laisse frôler sa joue contre la sienne, s'il fallait qu'il la prenne dans ses bras et revive les émotions qu'il a connues avec Judith, s'il fallait qu'il tombe amoureux follement et totalement comme il l'a été, s'il fallait qu'elle devienne sa raison de vivre et le centre de son univers, il ne pourrait certes plus poursuivre ses études. Oui. Il est préférable que cet homme lui ravisse l'écho fidèle de celle qu'il avait baptisée « mon soleil ».

— C'est assez convaincant.

— C'est mieux.

— Mais c'est pas à cause de votre poing.

— Ah! Non? À cause de quoi, d'abord?

— Je ne veux être un malheur pour personne, conclut-il en se levant prestement.

Ernest l'imite, intrigué par ce diplomate qui le conteste pour ensuite lui accorder raison. Oh! Il l'aime bien le petit docteur et pour le faire rire, il pose son gros poing sur son nez.

— T'es sûr que c'est pas à cause de ça?

— Ben, faut dire que c'est un argument de taille... mais je me suis déjà battu contre un géant, vous savez?

— Ah! Oui?

— J'en ai encore la preuve sur mon oeil.

— La preuve que c'est lui qui t'a battu.

Le mastodonte éclate d'un rire sonore et débalance Clovis d'un petit coup sur l'épaule.

— C'est rien ça, c'est juste pour jouer.

Et Clovis de frotter son épaule en contemplant le quai par où elle était venue, soudain soulagé d'avoir été arraché aux troubles provoqués par son apparition.

David et Goliath

Il aime bien que Jacques Laflamme l'accompagne pendant ce trajet jusqu'à Longue-Pointe. En fait, il est soulagé d'être en sa présence. Son babillage simple, loin de l'ennuyer, l'arrache à toutes les pensées sordides qui n'ont cessé de le hanter pendant la nuit, et le spectre de la folie perd de sa crédibilité au fur et à mesure que le jour progresse. Déjà, ce matin, il n'avait plus la même intensité qu'à son réveil. Rien qu'à penser à son cauchemar, il en a encore des sueurs froides.

Le recteur de l'université était un grand corbeau, et ce grand corbeau le condamnait à l'asile en disant: « Que fais-tu parmi nous? Ta place est à Longue-Pointe. Tu sais que tu es un peu fou. Mathilde nous a renseignés. Nous savons tout. Il ne sert à rien de te défendre par tes mensonges. Amenez-le. » Ses professeurs lui enfilaient une camisole de force et il criait sans qu'aucun son ne sorte de sa bouche. Il en allait autrement dans la réalité: son cri avait déchiré le silence épais et froid de cette nuit de novembre et fait bondir Mme Dupuis hors de ses couvertures. Inquiète, elle était venue gratter à sa porte pour se renseigner si tout allait bien. Après lui avoir expliqué qu'il avait fait un mauvais rêve, il s'était assis dans son lit. Sa jaquette était mouillée et la sueur ruisselait encore sur son visage. Comme il avait peur de se rendormir, il s'est habillé, a allumé la lampe et s'est mis à étudier, repoussant ses craintes et les souvenirs traumatisants de ses crises d'épilepsie. Ce premier stage à l'asile de Saint-Jean-de-Dieu l'angoissait au point de lui enlever toute concentration. Mais maintenant, le verbiage de Jacques le dégage de cette boue et il l'écoute attentivement, préférant le suivre dans ses petits problèmes que de se rappeler son passé.

— Où c'est l'Institut du radium?

— Là, à gauche, à un demi-mille à peu près. Tu montes vers le nord, par là, tiens! explique Clovis en tendant le bras pour bien montrer le chemin à son compagnon.

— Tu me fais rire avec ton « monte vers le nord ». T'as pas encore appris à parler en rue? taquine Jacques en lui administrant un coup de poing sur l'épaule. Dis donc, mon vieux, t'as élargi des épaules, toi.

— Moi? Non. Tu te fais des idées.

— J'en doute. T'avais pas les bras si durs quand tu jouais au hockey. Où t'as travaillé?

— Chez nous, ment Clovis en rougissant à la vue du port et du quai numéro un que longe la voie ferrée.

Afin de masquer son malaise, il détourne la tête vers l'horloge de la tour Victoria en disant:

— Tiens, il est huit heures pile.

Le souvenir d'Ernest, des débardeurs et des marins lorgnant l'heure à cette horloge le fait rougir davantage et il sent ses oreilles brûlantes. Il appuie son front contre la vitre glacée, observe l'eau lente du fleuve qui bientôt paralysera. Il pense aux gars du bord de l'eau, à Gustave qui doit maintenant brûler son charbon volé, à Ernest et aussi au petit ange qui ressemble tant à Judith.

— T'as fait du travail de ferme, hein? poursuit Jacques en s'appuyant sur lui.

Ce qu'il aime de ce type, c'est cette façon quasi enfantine qu'il a de venir le cueillir à chaque fois qu'il commence à sombrer dans ses idées noires.

— Oui, c'est ça, du travail de ferme.

— Moi aussi. C'est là que j'ai développé mes muscles.

— Pas vrai?

— Mon oncle du côté maternel possède une grosse ferme à Saint-Hilaire. On m'y envoyait tous les étés. J'ai accouché les petits veaux, avec lui, et même un poulain.

— Ma soeur possède un élevage de chevaux.

— Pas vrai! La chanceuse! Combien de bêtes?

— C'est jamais le même nombre. Elle maquignonne. Ça peut facilement aller jusqu'à cinquante bêtes au pâturage avant la vente.

— Ce que j'aimerais ça avoir un élevage, mon vieux! Les soigner, échappe tout à coup Jacques d'un ton rêveur.

— T'aimes les animaux?

— Oui. Je tiens ça du côté de ma mère. Tout petit, j'avais mon hôpital de chats, de chiens et même de grenouilles. C'est justement à cause de cet hôpital que mon père a cru que j'étais doué pour la médecine, comme lui.

— Pourquoi tu ne fais pas un vétérinaire, d'abord?

— Parce que mon père veut que je sois un médecin. Il n'aime pas que j'aie hérité du côté paysan de ma mère. Il est un peu guindé, mon père, avoue Jacques d'un ton penaud.

Clovis le regarde avec curiosité. Voici à ses côtés un bonhomme avec des muscles solides, une santé de fer et une force à faire trembler l'équipe de théologie au complet; et voici ce bonhomme qui se soumet aux caprices d'un père mondain, abandonnant à regret ses rêves et ses ambitions réelles. Un léger chagrin traverse l'âme de Clovis pour les chaînes d'or entravant les aspirations de ce garçon simple et ouvert.

— Et puis, termine Jacques, indisposé par le regard noir qui le sonde avec un étonnement grandissant, vous avez besoin de moi dans l'équipe. À part moi, je ne vois pas qui d'autre pourrait jouer à la défense.

Clovis demeure un instant sidéré.

— Mais c'est ta vie, mon vieux! T'en as qu'une à vivre, sais-tu cela?

— Euh...

— Gâche pas ta vie pour un jeu, voyons! Ni pour les prétentions de ton père. T'as le choix: ou tu fais un excellent vétérinaire, ou tu fais un piètre médecin, ou bien un défenseur à perpétuité dans la ligue inter-facultés. Qu'est-ce que tu choisis?

— Euh... Vétérinaire. Oh! Oui, j'aimerais ça.

— Il est encore temps. T'as juste à changer de faculté. Attends pas d'être rendu en troisième ou en quatrième. T'as déjà perdu assez de temps, mon vieux.

— Mais si mon père me coupe les vivres?

— T'as qu'à le menacer. Tu lui dis que tu t'engages comme garçon de ferme pour défrayer le coût de tes études. Comme ça fait très vilain dans une bonne famille, il préfère le titre de docteur en médecine vétérinaire à celui de garçon de ferme. Tu saisis?

— C'est une idée. Comment ça se fait que je n'y ai jamais pensé? jongle tout haut Jacques en approfondissant la proposition d'un air grave.

Parce que tu es né sur un chemin pavé, répond intérieurement Clovis. Parce que ce chemin était large et éclairé et que ton père t'a guidé dessus. Tu voyais les routes paisibles qui y aboutissaient, les sentiers même, et tu n'osais réfléchir que tu avais également droit à ces routes et à ces sentiers.

Jacques soupire. Son visage débonnaire devient peu à peu sérieux. Clovis se tait avec ses images de rues pavées et de sentiers. Les obstacles qu'il a eu à surmonter paraissent comme des montagnes à côté des petits cailloux de Jacques. Mais il n'a pas envie de le regarder du haut de sa montagne, n'a pas envie de lui faire sentir qu'il n'est qu'un bébé gâté qu'on a toujours guidé par la main, car il sait qu'à cette minute même, se joue l'avenir d'un homme ou d'un éternel fils à papa.

«Changement de voie pour Longue-Pointe», crie le contrôleur.

Les deux étudiants se retrouvent bientôt sur le quai ouvert au vent glacial, attendant le train pour l'asile de Saint-Jean-de-Dieu.

— Peuh! On va attendre. C'est le conservons-nos-retards, dit Jacques en enfilant ses gants.

— Le quoi?

— Le C.N.R.: conservons nos retards. Ils sont toujours en retard, tu savais pas ça?

— Euh! Non.

— C'est connu. Le C.P.R., ça c'est une compagnie fiable. Toujours à l'heure pile. Tous les Canadiens français savent ça.

— Ah?

— Un gouvernement a pas d'affaire à posséder une compagnie de trains. C'est comme ça que ça commence l'anglicisation et le protestantisme.

— Ah! Oui!

— Paraît qu'ils ont essayé pendant la guerre, en enrôlant nos gars dans les armées anglaises... mais ils n'ont pas réussi. On se laissera pas avoir.

— Ah! Non?

— T'es quoi, toi?

— Quoi?

— Libéral? Conservateur? Nationaliste?

— Je sais pas.

— T'es complètement bouché en politique, mon vieux.

— Oui. J'y connais rien, avoue Clovis en remontant le col de son manteau de drap et en enfonçant les mains dans ses poches.

— Je commence à penser que t'as vécu dans le bois, toi.

— Tu sais que si on n'avait pas changé de voie, c'est justement vers le bois qu'on s'en irait.

— Ah! Oui?

— Oui. C'est primordial de changer de voie quand c'est le temps, conclut Clovis, se dandinant d'un pied sur l'autre sur la terre gelée, satisfait de cette réplique qui oblige Jacques à remettre en question sa destinée future.

Celui-ci lui sourit et pose sur lui un regard bleu et candide.

— T'as gagné, peau de fesse. Je change de faculté après les fêtes.

— C'est toi qui as gagné.

— C'est la première fois qu'un gars me parle comme tu le fais. Les autres m'ont tous supplié de rester avec l'équipe. Toi, tu m'as vraiment compris. J'avais besoin que quelqu'un me dise ce que tu m'as dit, et je suis heureux que ça soit toi qui me l'aies dit. T'es le plus doué de la classe. Paraît que si tu continues comme ça, tu vas rafler la médaille Hingston, et le docteur Bernier t'a encore engagé cette année. Je te remercie, Clovis, termine Jacques en lui tendant la main.

Clovis la serre fraternellement, enviant malgré lui les beaux gants et le capot de chat sauvage. Le vent traverse son manteau bon marché et lui glace l'échine. Il traverse également ses poches et lui refroidit les mains. Que de malades il a fait sursauter avec ses doigts glacés! Il grelotte, mais Jacques, trop pris par sa décision, ne s'en aperçoit pas. D'ailleurs, il n'a jamais eu ni froid, ni faim, ni mal, ni peur.

— Je me demande même si je ne peux pas laisser tomber le stage à Saint-Jean-de-Dieu. Les animaux ne souffrent pas de ces maladies.

— Oh! Non! Viens avec moi, rétorque Clovis d'un ton suppliant.

— Tu y tiens vraiment?

— Oui.

— Pourquoi?

— Parce que tu me coupes du vent, réplique Clovis en se mettant à l'abri près de son compagnon.

Ils éclatent de rire tous les deux et Jacques lui entoure les épaules de son long bras de fourrure.

— Qu'est-ce que tu vas faire sans moi, quand je serai en médecine vétérinaire?

— Je mettrai un chandail de laine.

— Dans le style de ce foulard? questionne Jacques en tirant sur un brin de laine battu par le vent.

— Tire pas! ordonne Clovis. C'est le foulard de madame Azalée. Disons qu'elle a le don de sauter des mailles. C'est un cadeau qu'elle m'a fait.

— C'est qui, madame Azalée?

— C'est madame Azalée. Je crois qu'elle a besoin de lunettes. Une fois, elle avait tricoté un chandail pour Firmin, et il l'avait tout défilé dans la classe.

Ce rappel de Firmin amène automatiquement celui de Mathilde que cet imbécile idôlatrait. Mathilde qui sait tout et aurait la possibilité de s'occuper des malades mentaux. Il grelotte de plus belle et Jacques le colle contre lui.

— Mais t'as vraiment froid, mon vieux.

— J'ai si froid que j'ai fret, rectifie Clovis.

— C'est plein de terrains vagues aux alentours. T'es sûr qu'on attend au bon endroit?

— Sûr que je suis sûr. Je l'ai déjà pris, échappe Clovis.

— T'es déjà allé là?

— Euh! Une fois. J'ai une soeur qui travaillait là.

— Ah! Tu sais que j'ai l'air idiot comme ça à te tenir dans mes bras.

— Remarque que c'est toi qui me tiens.

— Essaie de te déprendre, les nouveaux bras forts. On va voir si l'équipe est capable de se passer de Jacques Laflamme.

Une épreuve de force s'ensuit. Quiconque aurait vu les deux hommes rivaliser sur le quai désert les aurait cru enragés l'un contre l'autre. Mais ils jouaient. Libres de se mesurer à leur guise. Dégagés de toute contrainte. Quand le train du conservons-nos-retards arriva, ils étaient essoufflés, heureux et réchauffés.

— Bon. Je vois que l'équipe peut se passer de moi.

— J'en étais sûr.

— Ohé! La médecine vétérinaire, faites une place à Jacques Laflamme. On se reverra sur la glace, Clovis.

— T'as bien fait de ne pas conserver ton retard, hein?

— Et que j'aimerais être finfinaud comme toi. Un vrai renard.

Ce disant, Jacques lui tire son béret jusque sur le nez.

— Ferme tes yeux. J'ai une surprise pour toi. Prêt?

— Oui.

— Et voilà!

— Qu'est-ce qu'il y a?

— Moi. Je me présente: Jacques Laflamme, futur étudiant en médecine vétérinaire.

L'assurance que traduit la voix de Jacques convainc Clovis du changement qui s'est opéré chez ce compagnon, jadis timide et complexé. À force d'essuyer de continuels échecs, le pauvre défenseur des carabins en était venu à porter la tête basse et à se taire avec ses confrères. Il se contentait de rire jaune sur les farces qu'on se permettait à propos de ses difficultés et se donnait corps et âme là où il excellait, c'est-à-dire au jeu de hockey.

— Tu pourrais peut-être t'installer par chez nous.

Il n'y a pas encore de vétérinaire, à ma connaissance.

— J'irai surtout pour vous renseigner sur la politique. Tu sais qu'on a dix minutes de retard, affirme Jacques en consultant son bracelet-montre.

Clovis dodeline de la tête, amusé.

— Nous sommes rendus. De toute façon, l'université doit s'y connaître en politique. Nous ne serons pas blâmés.

— Je vais te confier un secret que mon père m'a appris. Sais-tu quelle compagnie a fait un don de cinquante mille dollars à notre université?

— Le C.P.R., j'imagine.

— Exactement. Tu as donc raison de dire que l'université s'y connaît en politique et que nous ne serons pas blâmés. Remarque que ça ne me dérange plus tellement. Viens.

Et Clovis de suivre, tremblant de froid et de peur, devinant le manque d'intérêt de Jacques et se reprochant d'avoir contribué au changement d'option de son compagnon, au détriment de cette paix simple et solide qu'il lui garantissait.

Pourquoi ne pas s'en tenir à la voix du professeur? Si monocorde et pourtant si rassurante. Ne s'adressant qu'à son cerveau. Pourquoi cette autre voix, quelque part dans un couloir? S'adressant à son âme. Le faisant trembler du coeur et des jambes. Cette autre voix que lui seul perçoit dans les tintements des chariots et les plaintes des malades. Que lui seul capte comme le mouvement de la perdrix dans les feuilles rousses. Si court, le mouvement. Imperceptible à tout autre oeil qu'à celui du chasseur. Pourchasser cette voix. La dépister. La relier à quelqu'un, quelque part dans l'asile. Clovis s'éclipse en douceur du groupe d'étudiants, cherchant cette voix avec appréhension. N'y va pas, lui conseillent les murs jaunes. Sauve-toi, lui suggèrent les minirails du plancher. Malgré l'illogisme de sa démarche, il progresse, rencontrant ces malades qui partent en voyage pour la vingtième fois depuis le déjeuner, qui descendent par les escaliers et remontent en ascenseur. N'y va pas! Retourne avec les autres. Ce sera ta perte. Cette voix, il sait maintenant à qui la relier. Sait pourquoi elle le perturbe à ce point. C'est la voix de Mathilde, celle qui a si bien instruit son enfance, mais qui sait tout de lui. Celle que son père espère dans sa vieillesse et celle qui peut le détruire.

La voix est distincte. Tout près de lui, dans cette pièce étroite où bâille une porte. Il la pousse, se sentant le dernier des imbéciles. Fuis! lui ordonne cette porte. Il en est encore temps. Mais il la pousse et elle s'ouvre sur cette femme.

— Clovis!

Elle n'a pas vieilli. Elle demeure aussi belle que ce premier instant où elle a pris sa main pour la guider entre les deux lignes de son cahier. A-t-elle encore de jolies bottines comme ce jour où il est tombé en crise en voulant sonner la cloche?

— Que fais-tu ici?

— Il... Il vous a cherchée partout...

Ses traits s'altèrent. Quelque chose lui fait mal, en dedans d'elle. La remue jusque dans son visage.

— Comment va-t-il?

— Bien.

— A-t-il eu d'autres attaques?

— Non... Mais... il vous a cherchée partout.

Il ne sait que répéter cette phrase. L'homme dans la chambre, le malade sans doute, se lève d'un pupitre. Clovis remarque son épaisse tignasse et ses yeux rêveurs.

— Que fais-tu ici?

Il ne doit pas s'exposer davantage en répondant à cette question.

— Que fais-tu ici? répète-t-elle avec cette autorité à laquelle il s'est soumis depuis l'âge de six ans.

Va-t-il répondre, se dévoiler, se compromettre?

— Mais madame, intervient le malade. Il vous a cherchée partout. C'est ça, le plus important. Ce jeune homme est venu vous dire que quelqu'un qui vous aime vous a cherchée partout. Moi, personne ne me cherche partout, car je suis ici. Et personne ne vient ici, car c'est un hôpital de fous. Est-ce que je suis un fou?

Mathilde, distraite par cette intervention inattendue, regarde l'homme avec bienveillance.

— Me croyez-vous fou, vous aussi? s'enquiert-il d'un ton larmoyant.

— Non. Vous êtes fatigué... surmené. Vous avez besoin de soins, c'est tout.

Le malade essuie les larmes qui débordent de ses yeux et va s'asseoir sur son lit. Clovis l'observe, intrigué. Il ne sait que penser de lui. N'a-t-il pas détaché l'essentiel de sa démarche? De sa mission, plutôt.

— En quelle année de médecine es-tu?

Voilà: elle sait. Il baisse la tête, condamné par son propre geste.

— Deuxième.

Deuxième et dernière probablement. Elle n'a qu'à rencontrer le recteur, dénoncer le baptistère falsifié et dévoiler ses crises d'épilepsie pour le rayer de la liste des étudiants. Et lui, le dernier des imbéciles, il n'aura plus qu'à fuir. Fuir sur un bateau... loin des yeux déçus de son père et loin de son avenir ruiné. Fuir... avant que l'eau gèle, avant l'hiver. Il ne pourrait supporter les conséquences désastreuses de sa désobéissance.

— Pourquoi n'avez-vous plus le même nom? trouve-t-il à dire, espérant changer le cours de la conversation.

La femme se tait, l'observe en croisant ses bras froidement. La dernière fois qu'elle l'a vu, il chancelait entre la vie et la mort, et elle avait souhaité sa mort. Il le sait: madame docteur le lui a dit. Cela lui a fait une peine terrible, parce qu'il aimait cette mademoiselle Mathilde qui avait remplacé sa mère avec sa main chaude et son dévouement. Parce que son coeur d'enfant faisait toc, toc, lorsqu'elle le félicitait. Parce que son coeur d'enfant débordait de tendresse à son égard. Parce que son coeur d'enfant se crispait en lui lorsqu'elle le réprimandait. Parce que cette mademoiselle Mathilde, qu'il avait identifiée à l'idéal féminin pendant une partie cruciale de sa vie, avait désiré qu'il rejette le sang donné.

— Aurais-je été mieux mort?

Mort? Il l'était pour elle. Ainsi que son père. Elle les avait tués tous les deux, en fuyant le toit paternel. Avait même menti à l'homme dont elle porte le nom, en prétendant qu'elle était orpheline. Pourquoi ressuscitent-ils aujourd'hui? Clovis, arrachant son père des ténèbres où elle l'avait soigneusement camouflé. Pourquoi ce jet de lumière aveuglante sur ce qui ne doit ni se dire, ni même se penser? Il vous a cherchée partout. Quelqu'un qui vous aime...»

Il faut être fou pour le dire, pense Mathilde. Vous a cherchée partout... ça ne se dit pas de son père: c'est un péché... un crime.

— Je suis mariée, c'est pour cela que j'ai changé de nom.

— Ah. Allez-vous revenir?

Revenir! Pourquoi? Pour revivre ce lien de sang impur et ressentir l'humiliante compassion des femmes du village. Non. Jamais. Mathilde se détourne.

— J'ai du travail.

— Je dois savoir.

— Je m'ennuie tant, explique le malade en accrochant la manche de Clovis. Toi, je sais que tu viens de loin. Je ne sais pas qui tu es mais... tu viens de loin, hein?

— Oui, monsieur.

— Crois-tu que je suis fou?

— Non, monsieur.

— Non. Mais je vois loin. Je vois des choses que personne ne voit. Je vois loin. Je vois d'où tu viens. Tu viens de la souffrance et de la solitude. Tu es le fils des nuits sans lune et des loups errants. Je vois cela dans tes yeux. Et je vois que tu as peur de ces murs. Tu as peur de cet hôpital. Tu as peur de cette femme. Cette femme peut-elle t'enfermer entre ces murs?

— Oui, monsieur, admet Clovis en jetant un regard désespéré à sa demi-soeur, ébranlée par son apparition.

— Tu ferais mieux de retourner à tes cours. Tu pourrais y approfondir tes connaissances sur la maladie de l'épilepsie, lance-t-elle avant de sortir précipitamment de la pièce.

Clovis se laisse tomber près de l'homme, abasourdi.

— Si tu savais tout l'ennui que j'ai. Quel temps fait-il?

— Froid.

— Il n'a pas neigé?

— Non.

— Les oiseaux sont partis au sud... envolés.

— Que faites-vous ici?

— Je sais pas. Je suis un poète ou un fou. Je sais pas. Je vois trop de choses. Je sens même le frisson des choses. Faut pas m'écouter.

L'homme ferme son visage. Se replie sur le drame qui l'a conduit à ce lit où il s'étend, face contre mur, dans la position du foetus.

— Je veux être seul... se lamente-t-il. Seul, je suis tout un monde, je suis un vaisseau taillé dans l'or massif. Mais, hélas, il a sombré.

Clovis le quitte, habité par cette image. Sombrera-t-il à son tour, ce vaisseau taillé dans l'or massif? Sombrera-t-il, lui qui voguait si bien, si joyeusement comme le petit navire? Pourquoi s'est-il volontairement échoué sur cet écueil? Descendra-t-il jusqu'au fond des eaux? Les murs le pressent: il court dans le corridor, entendant des complaintes et des turlutes. *Un Canadien errant, banni de ses foyers... Il était un petit navire... J'irai revoir ma Normandie, le beau pays de mes amours.* L'eau va geler bientôt. Il n'y aura plus de bateau, plus d'errance.

Il court, pressé par les murs, pressé de sortir. Hanté par le vaisseau d'or sombrant dans les flots; hanté par la clairvoyance de celui qui recueille l'âme de tout être et de toute chose et sait voir les nuits sans lune et les loups errants.

Il se heurte soudain à un colosse. Un Firmin ressuscité, ce géant débile contre qui il s'était battu pour défendre le nom de sa mère.

— Mais qu'est-ce que t'as, mon vieux? s'inquiète Jacques en le secouant.

— Sors-moi d'ici: je ne me sens pas bien.

— Tu es pâle.

— Sors-moi d'ici, Jacques. Vite.

— Mais le professeur te cherchait justement. Bon, viens prendre l'air.

Jacques lui ouvre une porte. Il s'y précipite pour y prendre de grandes respirations, craignant d'avoir une crise tout en se persuadant qu'il peut se contrôler et n'éprouver que des vertiges. Il ferme les yeux. De toute façon, tout se saura par Mathilde. Le brillant étudiant de deuxième deviendra un imposteur et un malade. Au lieu de la médaille Hingston, c'est la camisole de force que ses professeurs lui remettront. Il ne lui restera plus qu'à partir sur un bateau pour fuir le blâme et le désarroi de son père.

— Clovis? Ça va? questionne Jacques d'une voix amicale.

— Oui. Ça va.

— Le professeur te cherchait. Où étais-tu passé?

Ces questions le forcent à reprendre contact avec la réalité.

— Ça va mieux. Allons-y. Je dois couver quelque chose, c'est tout.

— Tu courais comme un fou dans le corridor.

— Je ne suis pas fou! hurle Clovis en lui décochant un regard agressif et en claquant des dents.

— Ben voyons, mon vieux, je disais ça comme ça, balbutie Jacques, décontenancé par les longs cils angéliques qui se sont subitement ouverts sur des yeux pleins d'éclairs. Je sais bien que t'es pas fou... t'es le plus fort de la classe. Rentre: tu vas prendre froid.

— Excuse-moi, j'ai horreur de cet endroit, répond Clovis en lui obéissant.

— Moi aussi.

— Dire qu'on en a pour une semaine.

— Toi, pas moi. Je n'ai rien à faire ici. Les animaux ne souffrent pas de ces maladies, réplique Jacques d'un ton décidé.

Clovis cache sa crainte irraisonnée de revenir seul pour son stage, en répondant avec un faux calme:

— Tu as raison. La folie, c'est le propre des hommes, non des animaux.

Mathilde attend. Dans cette pièce claire et silencieuse, adjacente au bureau d'admission de l'hôpital. Dehors, une première neige descend lentement du ciel pour la joie des enfants et des idiots. Depuis ce matin, nombre de malades se collent aux fenêtres pour voir tomber les flocons. Ravis, extasiés, heureux. Ils veulent les cueillir sur leurs mains, sur leur langue, et ont les gestes navrants d'ouvrir leur grande bouche baveuse ou de forcer leurs doigts entre les barreaux. Hélas! Il y a tout un monde entre eux et cette première neige. Elle ne fondra ni sur leur langue ni sur leurs mains, mais sur leur coeur plein de souvenirs confus. Elle les laissera tristes ou vindicatifs.

Le poète récite des vers:

Ah! comme la neige a neigé!
Ma vitre est un jardin de givre.

Visionnaire prisonnier de ses images, il se berce sur la frontière, à cheval entre la folie et le génie.

Mais il a raison. La neige a neigé. A recouvert de blanc toutes choses de la terre. Le sol, les arbres et le toit des maisons. Dans la ville, surgissent les souriants bonshommes et les bordures le long des rues. Tout présente une allure de propreté, de pureté, de gaieté enfantine.

Qui est-elle, en cette minute, à contempler les choses blanches de la terre? Qui est-elle à attendre au rendez-vous qu'elle a fixé à Clovis? Et dans quel but cette rencontre, aussi redoutable pour l'un que pour l'autre? La réapparition du fils de son père l'a obligée à confesser ses mensonges à son mari qui, loin de s'ombrager, lui a subtilement suggéré de s'expliquer avec ce frère adoptif. Il croit qu'elle pourra pardonner et même revenir à son père. Il croit en elle, tout simplement. Mais elle... que croit-elle?

Elle échappe un soupir qui remue le rideau de guipure. Des souvenirs remontent à sa mémoire. La neige avait neigé lorsque Clovis se présenta pour la première fois à l'école du village, tenu solidement par la main possessive de Jérôme. Elle avait tout de suite aimé ses yeux éveillés et attentifs et son expression de petit ours ébahi. Elle lui désigna le pupitre près de Judith. Il obéit promptement. Elle prit sa main brune, lui glissa un crayon entre les doigts et lui enseigna la première lettre de l'alphabet. Il comprit vite et s'appliqua avec ardeur. À la fin de la journée, il avait rempli deux pages de A. Comme il apprenait facilement et quelle joie c'était de lui enseigner! Or, pourquoi, hier, n'a-t-elle pas éprouvé de fierté en apprenant qu'il était en deuxième année de médecine à l'université? Sans ce premier A, il n'aurait pu aller si loin. N'est-il pas le fruit de son oeuvre d'éducatrice? Le résultat plus que satisfaisant de ces années de dévouement et de sacrifices envers son père et envers le village, le village et son père. Car comment séparer l'un de l'autre? Et comment séparer Clovis de son père? Et de la sauvagesse? Et de ce noeud en elle? Si enchevêtré. Si lourd à porter.

Avec Hervé, il paraissait si simple à défaire. Elle lui avait livré son âme, au risque de le perdre. Lui avait avoué son amour insensé pour son père, sa fuite, ses mensonges. Il ne s'était ni scandalisé, ni replié sur ce qui aurait pu être son malheur, mais l'avait prise dans ses bras pour lui garantir son amour. « Je t'aime aussi comme ma fille, lui a-t-il chuchoté à l'oreille. Ce pays t'a poussée dans les bras de ton père, il n'y avait que lui avec qui tu pouvais communiquer... nul jeune homme de ta condition à l'horizon, nulle amie de femme, même parmi tes soeurs... nulle consoeur. Où donc aurait pu se diriger ce trop plein d'amour, cette soif d'affection? » Ces paroles simplifiaient tout. « Tu es ma fille et ma femme », redisait-il en la berçant dans ses bras. Et, hors de cette société aux idées préconçues, loin de cette pensée rurale qui condamne les amours déraisonnables, elle s'abandonna à lui, jouissant de voir ses cheveux gris et les rides à son cou. Désirant sa joue râpeuse contre la sienne et le poids des ans sur ses épaules.

La paix revient lentement envahir la maîtresse morale cocufiée par la sauvagesse. Clovis viendra-t-il malgré tout? Jusqu'où ira son sacrifice? Répondra-t-il à son billet? Il était là, hier, sans haine et sans rancune, lui transmettant la volonté de son père de la retrouver. Comme elle l'a jugé inconséquent de s'être aventuré jusqu'à elle! D'avoir poussé la porte et de s'être ainsi dévoilé, lui si vulnérable, si facile à mettre en pièces. Tout de suite, elle s'est attaquée à son point faible, en le menaçant avec le mal de l'épilepsie. Une balle en plein coeur aurait eu le même effet. Il s'est effondré près du malade... puis il s'est mis à courir pour sortir de l'asile, comme s'il y était déjà prisonnier. Elle a été satisfaite de le voir ainsi affolé. S'est sentie supérieure, toute femme qu'elle était. Risquera-t-il aujourd'hui de la rencontrer? Elle croit que oui, confiante en l'ascendant qu'elle possède. Ne lui a-t-il pas toujours obéi? Toujours? Non. À sa première communion, il ne voulait pas avaler l'hostie. Mais si c'était Philippe qui lui avait ordonné de la retrouver? S'il l'aimait au point de risquer l'avenir de son fils pour elle? Son coeur se noue. Sa mâchoire se durcit. Quand donc se libérera-t-elle de ce noeud si difficile à défaire?

Pour ce, elle pense à Hervé, à sa tendresse, à sa présence. Le calme revient. Lui seul la délivre de ses fantasmes. Étant lui-même un fantasme qu'elle a réalisé. Un homme de vingt-cinq ans son aîné. «Qui pourrait être son père», commérait une belle-soeur indignée. «Elle l'a marié pour son argent», susurrait une autre en mordant hypocritement dans le gâteau de noces. Mais le fantasme était qu'elle l'aimait vraiment, surtout à cause de son âge. Pourquoi leur rendre compte de cela? Lui seul avait eu droit à une complète explication. Tout est clair entre eux, maintenant. Tout est vrai. Il lui suffit de penser à eux, si secrètement et véritablement amoureux, en dehors des usages de ce monde, pour retrouver sa paix.

— Je suis là, dit la voix de Clovis.

Elle sursaute. Se retourne vivement, se souvenant qu'il avait toujours eu la curieuse habitude de se déplacer silencieusement. Comme il a l'air défait! Aurait-il eu une crise? Ses traits sont tirés, ses yeux cernés, ses joues pâles. Une mèche noire tombe sur son front, accusant qu'il n'utilise pas de brillantine. Elle lui fait penser aux couettes indisciplinées de son père qu'elle peignait de ses doigts. «Ils ont les mêmes mains, le même menton», admettait sa mère. Elle observe. C'est vrai. Les mêmes mains douces, le même menton volontaire. Sans ressembler à son père, Clovis possède indéniablement quelque chose de lui. Hélas, Biche Pensive triomphe tellement dans la couleur de ses yeux, de ses cheveux et de sa peau qu'elle ne peut la dissocier de son père et, partant, de l'adultère.

— Je suis heureuse que tu sois venu. Assieds-toi.

Il obéit. Elle avait raison: il lui a toujours obéi, sauf à sa première communion. Elle l'examine, si ébranlé par la menace qu'elle a proférée. Elle ne pensait pas frapper si fort. S'en veut un peu, mais ne se hasarde pas à expliquer tout le cheminement de ses réactions. Lui expliquer qu'avant, tout était calme et ordonné dans sa vie, qu'elle aimait secrètement et passionnément jusqu'à ce qu'il surgisse et que les remous habitent son âme.

— Tu sembles fatigué.

— Je n'ai pas dormi de la nuit, répond sèchement Clovis avec une lueur malveillante dans les yeux. M'avez-vous fait venir pour me donner mon verdict?

— Non. Il n'y aura pas de verdict. C'est lui qui t'envoie? demande-t-elle d'une voix étranglée.

Clovis saisit l'émotion chez elle. Les vingt-quatre heures qu'il vient de passer à se morfondre d'inquiétude ont aiguisé son sens de l'observation et il capte aussitôt l'importance de cette question. Par la tension qu'il perçoit dans l'attitude de Mathilde, il devine quelles sont ses attentes et répond en ce sens.

— Oui, c'est lui. Nous sommes venus l'automne dernier. Il vous a cherchée partout, répète-t-il, conscient de l'effet produit par cette phrase.

Mathilde ferme les yeux. Ses cils tremblent. Il insiste sur le point faible.

— Il m'a recommandé de me tenir en alerte. Je n'ai pas encore osé lui faire part de notre rencontre, car je dois savoir si vous allez revenir.

Elle se mord les lèvres. Une larme perle maintenant au bord de ses paupières. Il se déteste de lui avoir menti et se sait prisonnier pour toujours de ces paroles. Jamais son père n'a consenti à ce qu'il la cherche.

Elle se lève, retourne aux légers flocons de la fenêtre et s'essuie les yeux avec son mouchoir. Son orgueuil lui interdit de revenir à ce père qui les a trompées si longtemps.

— Comment va ma mère?

— Elle... elle est morte, mademoi... pardon, madame.

Morte! Sa mère? Elle n'a jamais pensé à cette éventualité, toute préoccupée qu'elle était à maîtriser les tourbillons de son âme.

— Quand?

— Il y a deux ans, à peu près.

Sa mère n'est plus qu'un tas d'os dans la terre. A-t-elle fait la paix avec son mari, avant de mourir?

— Comment était-elle avec toi?

— Bien. Elle m'a demandé de percevoir les honoraires et m'a suggéré de demander la bénédiction paternelle. Elle me respectait.

La traîtresse! Confier à Clovis ces responsabilités qui relevaient d'elle. Uniquement d'elle. La perception des honoraires... la bénédiction.

— Et, avec mon père?

— Il l'appelait « ma petite pâtissière ». Il avait grandement besoin d'elle et... elle l'aimait.

Ainsi, tout était rentré dans l'ordre.

— Qui prend soin de lui, maintenant ?

— Madame Azalée.

— Le pauvre !

Cette vieille folle auprès de son père. Dans la même maison, à la même table. Cette vieille folle a pris la place de sa mère, la sienne en somme.

— Elle lui est très dévouée.

— Je n'en doute pas.

Clovis ne sait à qui il a affaire. Une nouvelle ennemie ou une amie de longue date ? Celle qui a guidé sa main ou celle qui a souhaité sa mort ? La seule certitude à laquelle il s'accroche, c'est l'amour inhabituel qu'elle conserve pour son père. Il jouera de cette corde.

— Après... il a fait une espèce de dépression. Il ne s'en est pas tout à fait remis... Un rien le décourage. Si vous revenez, il ira mieux. Vous êtes beaucoup pour lui. Vous ne l'auriez pas reconnu si vous l'aviez vu, après... Cela lui arrivait de boire.

— Papa ?

— Oui. Un soir, il pleurait sur la table. Il disait qu'il avait perdu ses deux filles pour récupérer son fils. Il disait... il disait qu'il m'avait payé trop cher.

Cette phrase, que Philippe avait malencontreusement échappée sous l'effet de la boisson, l'avait atteint profondément. Longtemps, elle lui avait fait refouler ses larmes en alimentant sa rancune envers Mathilde. Trop cher. Il avait coûté trop cher. Que ça lui avait fait mal ! Que ça fait encore mal ! Qu'avait-elle à partir en apprenant la liaison adultère de son père, dont il était le fruit ? La décision de Judith d'entrer au cloître ne suffisait-elle pas à châtier cet homme d'avoir involontairement favorisé leur amour incestueux ?

C'est la première fois qu'il la prononce à haute voix.

À l'entendre, elle lui paraît encore plus cruelle, plus atroce. Comment a-t-il pu se la répéter tant de fois? L'entendre tant de fois répétée de la bouche de son père qui pleurait sur la table? Qui pleurait d'avoir perdu deux filles. Pleurait d'avoir payé ce prix exorbitant pour son fils.

Et ce prix exorbitant, c'est elle qui l'avait exigé. Elle qui soudain s'apitoie et s'agenouille à sa hauteur pour replacer sa mèche de cheveux.

Il recule pour se soustraire à ce geste maternel, qui jamais n'amoindrira la dette énorme contractée sans son assentiment.

— Je reviendrai.

— Quand?

— Pourquoi pas aux fêtes? (Elle lui parle comme à un écolier.)

— Ce sera le plus beau cadeau du monde pour lui. Je peux lui écrire?

— Oui. J'irai avec mon mari.

— Je vous remercie. Il ira mieux maintenant. Il retrouvera au moins une de ses filles, tranche-t-il en se levant, et je coûterai moitié moins cher. Le reste importe peu.

— Cela t'importe vraiment peu? demande-t-elle, incrédule.

— Non. Mais à vous, cela importe peu.

Un silence. Mathilde déplore cet élan spontané de compassion qui lui a arraché la promesse de revenir à son père. Elle a faibli devant le jeune Small Bear. S'est laissée avoir par sa mine d'enfant abandonné qu'elle avait recueilli dans son coeur. Mais l'homme devant elle ne semble plus croire en sa bonté. Il n'a plus ce regard attaché et attachant, et veut effectivement rayer ce qui les lie l'un à l'autre, ignorant que c'est le seul tremplin dont elle dispose pour le rejoindre.

— Mon mari est un grand ami de M. Montpetit. Tu connais?

— Oui. C'est le secrétaire général de l'université.

— On fonde de grands espoirs sur toi. Tu sembles en bonne voix pour mériter la médaille Hingston.

— Je travaille de mon mieux.

— Comme tu l'as toujours fait. Tantôt, je me rappelais ton premier jour d'école.

Il leur faut retourner à cette école. C'est leur seule base de discussion. Le seul moyen qu'elle a de lui rappeler son autorité.

— C'était la première neige, ce jour-là.

Ce retour dans son enfance le remue. Jérôme écrasait sa main de peur de le perdre et lui enseignait des mots français. Cette femme avait remplacé sa mère au premier contact.

— Je t'avais montré la lettre A.

— J'en avais fait deux pages pour vous... vous satisfaire, avoue-t-il en redevenant un enfant devant son ancienne institutrice.

Il n'aime pas cette situation. Il se sent trop démuni. Il pense à la menace d'hier, à ce qu'elle a fait à son père.

— Je suis fière de toi, Clovis, dit encore Mathilde en le pressant par les épaules. Je suis fière de toi. Je ne parlerai pas du baptistère faussé, ni de tes crises. Étudie en paix.

Doit-il croire en ces paroles, lui, le fils des nuits sans lune? Hier, elle tenait un tout autre langage. Elle parle soudain comme cette ancienne amie, en voulant replacer ses cheveux. L'apprivoiserait-elle pour s'assurer de sa capture, elle qui sait tout, vraiment tout? Elle dont le mari a de si importantes relations. L'aurait-elle épousé dans le but d'être en position de tir pour son arrivée à l'université? Elle est encore plus dangereuse qu'il ne le croyait. Il sait qu'elle peut anéantir d'une parole ce que lui et son père ont eu tant de peine et de mal à édifier. N'a-t-elle pas, sur un coup de tête, anéanti son propre père? Il redoute Mathilde. Ne se fie pas à cette couche de glace, en apparence solide. Se doute que des remous peuvent la gruger hypocritement et les faire sombrer de nouveau. Intérieurement, il résiste à cette mise en confiance qu'il traduit comme une mise en garde. La porte de la petite école se ferme à tout jamais sur le bambin qui alignait amoureusement ses A. Jamais plus il ne l'ouvrira. Elle comporte trop de risques. Facilite l'intrusion de sentiments dangereux. L'affaiblit devant cette femme qui peut le démolir avec sa gentillesse. Il n'a pas l'habitude des femmes, ne comprend rien à leur changement d'attitudes et se retranche dans sa méfiance. Il ne veut pas tomber dans ses bras. Jouer le mélodrame de la grande soeur retrouvée. Ce qu'elle a perdu, c'est elle-même qui se l'est enlevé. Personne ne l'a chassée de la maison paternelle.

Elle le presse davantage. Le dévisage anxieusement.

— Me crois-tu, Clovis? As-tu confiance en moi?

— Bien sûr, voyons.

Mais elle sait qu'il s'est détaché d'elle et de son petit pupitre pour s'emmurer dans sa froideur. Il ne lui a pas toujours obéi. À sa première communion, il ne voulait pas avaler l'hostie. Aujourd'hui, il ne veut pas croire en ses bonnes dispositions. Peut-elle le blâmer? A-t-elle jamais pensé comme il a été trompé, lui aussi? Plus qu'elle encore. À un âge où le coeur languit après tant de tendresse. À ses yeux, elle doit paraître comme une enfant gâtée qui, ayant gaspillé des trésors d'amour, consent à revenir s'enrichir de nouveau.

— Nous irons tous les trois, ensemble, si tu veux bien.

— Les trois?

— Toi, mon mari et moi. Je suis persuadée que tu

t'entendras bien avec Hervé. (Elle sait qu'il lui inspirera confiance.) Nous prendrons le train ensemble.

— Très bien. Nous ferons de papa l'homme le plus heureux du monde.

Sur ce, il la laisse, impatient de rencontrer l'homme capable d'aimer Mathilde sans se laisser détruire par elle.

De prime abord, cet homme a un air de bon génie, avec ses longs favoris gris et bouclés et son toupet à la Louis-Joseph Papineau, de qui il adopte les poses. Ce grand patriote étant son idole, rien ne lui fait plus plaisir que de se faire dire qu'il lui ressemble un tant soit peu.

— Enchanté de faire ta connaissance, Clovis.

— Moi aussi, monsieur Dubuc.

— Hervé. Appelle-moi Hervé, mon jeune, insiste l'homme en secouant amicalement la main.

Clovis ne sait s'il a réussi à masquer sa surprise due à l'âge de son beau-frère. Mais l'homme le saisit familièrement par le bras et l'entraîne vers les voitures, flanqué de Mathilde à sa gauche.

Presque de sa grandeur, la tête haute et le regard altier, Hervé assume les frais de la conversation.

— Au moins, ce n'est pas le conservons-nos-retards.

— Non, c'est l'autre, rétorque Clovis, la compagnie qui sait faire des dons.

— Ah! Mais tu t'y connais.

Pour toute réponse, Clovis sourit, sachant que ce peu qu'il connaît en politique lui vient de Jacques Laflamme.

— Tu es nationaliste?

— Je...

— Pas conservateur, toujours?

— Je...

— Libéral?

— Je ne suis pas tellement instruit en matière de politique, confesse Clovis, acculé au pied du mur.

— À la bonne heure! s'écrie Hervé. Je vais t'instruire, moi, mon jeune. Tu ne pouvais pas mieux tomber. Je te parie que rendu à Mont-Laurier, j'aurai fait de toi un nationaliste convaincu. Ah! Enfin un terrain vierge! Endoctriné ni par l'un ni par l'autre. Ah! Voici notre voiture.

Ils s'y engouffrent tous les trois. S'installent face à face. Mathilde vient furtivement prendre la main d'Hervé; il lui dédie un regard affectueux.

— Tu vas voir, ma colombe, je vais instruire ton frère. (Elle ne réagit pas à ce mot. Lui, oui.) Tu n'y vois pas d'inconvénient?

— Bien sûr que non, répond-elle, rassurée de constater la sympathie qu'a éveillée son mari.

Le train démarre. Hervé aussi. Tout y passe. L'abbé Groulx et son colloque de 1922, nettement séparatiste, intitulé «Notre avenir national», où il proposait au Québec de se retirer de la Confédération. La condamnation des partisans de l'abbé Groulx par Bourassa, le chef national. La proposition de *l'Action française* de faire de la Saint-Jean-Baptiste une fête officielle, la position de fédéralisme modéré d'Édouard Montpetit qui, après avoir institué les facultés des hautes études commerciales et des sciences économiques, s'est évertué à encourager les achats de nos propres produits et à inspirer la confiance en nos institutions financières. Le fléau de l'immigration aux États-Unis, la perte de capital humain causée par la tuberculose, la maladie infantile et la Première Guerre mondiale. Ce sujet amène une vibration dans la voix d'Hervé. Un recueil pour son fils unique, mort à la guerre.

— Il aurait ton âge. Il était jeune, beaucoup trop

jeune. Tu étais bien dans ta campagne, Clovis. Tu n'avais pas à entendre ces discours et à lire ces articles où on faisait peser l'indignité sur le Québec pour enrôler nos jeunes gens. Répondez à l'appel de l'Europe, disait-on. En réalité, c'était une nouvelle manière de se débarrasser des Canadiens. Les bataillons aux accents français n'ont servi que de chair à canon. De nos soldats morts au front, un sur trois seulement est Anglais et rares sont les Canadiens qui ont réussi à obtenir un grade. Les envahisseurs, les Anglais, veulent nous détruire. Ils ont réussi avec l'Acadie puis ils nous ont dépossédés de nos terres, nous ont ensevelis sous des milliers d'immigrants malades qui ont propagé le choléra asiatique parmi nous et, avec la guerre, la grippe espagnole. Ils nous ont abrutis en nous tenant dans l'ignorance et la pauvreté. Ont malmené notre langue et nos coutumes.

Chute aux Iroquois, devenue Labelle. Des rapides autrefois traversés par son grand-père, fuyant lui aussi les envahisseurs. Et quelque chose en Clovis se désole à la vue de ces bouillons que fendait le canot d'écorce de son ancêtre. Et sa mère redit les paroles d'Hervé: « Ils nous ont dépossédés de nos territoires, nous ont apporté des maladies inconnues... nous ont abrutis en nous tenant dans l'ignorance et la pauvreté... Ont malmené notre langue et nos coutumes. »

— Les envahisseurs agissent toujours ainsi, dit calmement Clovis, plus pour lui que pour ses compagnons de voyage.

— Oh! Non! L'Anglais est le plus perfide des envahisseurs.

— Que sont devenues nos peuplades indiennes?

— Je ne sais pas... elles existent quelque part.

— Pauvres, ignorantes et malades.

— Nous leur avons à tout le moins apporté la lumière de notre foi.

— Comme les Anglais veulent nous apporter la lumière de la leur.

Hervé se tait. Réfléchit sur le sujet. Ce garçon lui apporte des arguments auxquels il ne s'était jamais arrêté. Aux dires des autorités universitaires, il est d'une rare intelligence et il impressionne avec ses vues très personnelles et inusitées. Il aime ce garçon. Pense que Rousseau également l'aurait aimé. N'est-il pas une espèce d'Émile non corrompu encore par la politique ? Un terrain vierge, certes, mais non un terrain qui se laisse violer. L'estime grandit.

— Je vais réfléchir à cela, Clovis. J'en parlerai avec l'abbé Groulx. Tu le connais ?

— Il tient la chaire d'histoire. C'est dommage que la médecine accapare tout mon temps. Je vois que j'ai beaucoup à apprendre.

— C'est moi qui t'instruirai en cette matière, offre Hervé d'un ton enthousiaste.

Son regard ardent se pose sur Clovis et le séduit. Comment ne pas s'attacher à sa personnalité vibrante, sa fougue, sa sincérité et sa jeunesse ?

— D'accord, Hervé. Je vous laisse le soin de m'instruire, consent Clovis, sachant que cette docilité lui procurera de sérieux avantages.

Il s'en veut un peu de penser aux relations de cet homme, à son argent et à sa connaissance des rouages de l'administration de la ville, mais il se déculpabilise en ressentant une sympathie réelle à son égard.

Hervé jubile. Mathilde, près de lui, sent son âme se tordre. La main de l'homme qu'elle tient lui semble tout à coup inerte et froide. Elle le regarde s'occuper de Clovis, et le fils mort à la guerre, si inoffensif dans son cadre doré, ressuscite soudain. Clovis accaparera-t-il l'attention de son mari comme il a retenu le sang de son père ? Sa gorge se dessèche. Elle regarde dehors, tenant toujours la main distante et sourde à sa détresse. Le paysage d'épinettes et de neige défile devant ses yeux. Hervé parle, parle, parle. Que fait-elle, ici? Pourquoi ne pas dévoiler les origines de Clovis et expliquer sa méfiance envers la foi catholique et l'histoire qui, par le biais de quelques enfants, l'ont torturé pour se venger des saints martyrs canadiens. Les mots se bousculent près de ses lèvres. Lui ramèneront-ils Hervé? Elle s'accroche à la main. Il bouge les doigts, se penche vers elle, murmure à son oreille: «Ça ira bien, tu verras. Ça ira bien, ma colombe.» Il plonge ses yeux dans les siens et chuchote encore: «Je suis là, je serai toujours là.»

Mathilde étreint sa main. Lui de même. Clovis constate jusqu'à quel point sa demi-soeur a besoin de la tendresse de cet homme. À première vue, il ne comprenait pas leur union à cause de la différence d'âge, croyant que Mathilde s'était mariée à un vieux pour blesser son père, tout en s'assurant un avenir confortable et une position inattaquable où elle pourrait l'écraser sans peine. Mais la réalité était tout autre. Ils s'aimaient tout bonnement, tout simplement, prouvant au monde entier que l'amour n'avait pas d'âge. Et Hervé aussi n'avait pas d'âge lorsqu'il la contemplait amoureusement, en caressant ses doigts. Beaucoup de noblesse et de charme se dégageaient de sa personne, ainsi qu'une sagesse solide et souple, capable d'admettre de nouvelles vues, capable de s'ouvrir, de s'enrichir. Il n'avait pas la sagesse des vieux, trop souvent pétrifiée par l'expérience, mais celle des hommes mûrs, poussée par un souffle puissant.

— As-tu averti ton père, Clovis?

— Oui. Je ne voulais pas qu'il ait une trop grande surprise à cause de son coeur. Il doit nous attendre à la gare.

— Mon dieu! échappe Mathilde en s'agrippant à l'avant-bras d'Hervé.

— Ça va aller. Tu me feras visiter ton village et la petite école, hmm?

— Bien sûr.

Les yeux de Mathilde se noient de larmes et d'épouvante. Elle ne sait comment elle aura la force d'affronter son père pour lui demander pardon. Ses genoux tremblent. En face d'elle, Clovis l'épie d'un regard dur.

Le train entre en gare. Les freins grincent jusqu'au fond de son ventre. Elle cherche par la fenêtre.

— Il est là! indique Clovis.

Un homme au dos voûté guette les fenêtres givrées des voitures. Comme il a vieilli, constate Mathilde, jusqu'à perdre la verdeur de ses gestes et de son regard devenu suppliant. Elle a mal de cela. Elle sent qu'elle a contribué grandement à ce vieillissement prématuré, à cette fatigue, cette lassitude, cette fatalité qui écrase son père. On dirait qu'il quête d'une fenêtre à l'autre. Craignant d'avoir espéré en vain. Elle se lève précipitamment et court dehors.

— Laissons-leur du temps, dit Hervé en s'occupant des bagages.

Le train... qui toujours lui arrache ou lui remet ses enfants. Toujours détache ou rattache ceux qui s'aiment. Bête insensible sur ses rails parallèles à la rencontre des chemins. Mécanique soufflante près de leur coeur souffrant.

Ce pays a tant exigé d'eux. Les a pressés comme des fruits pour en extraire le meilleur. A pressé Mathilde, maintenant sur son épaule. Mathilde qui pleure et demande pardon en pétrissant son habit usé. Petite fille, elle s'y était blottie pour lui déclarer son amour, obligée par ce train qui l'attendait.

Elle l'a toujours aimé. Il le sait aujourd'hui. L'a tant aimée, lui aussi. Il le sait pour avoir tant souffert. Tant attendu. Tant espéré, d'avoir là, sur son épaule, sa tête si logique qui aime de façon insensée. D'avoir là, contre lui, cette passionnée qui veut dominer ses émotions et les engloutit dans les remous de son âme. D'avoir là, tout près de son coeur, cet autre coeur qui bat plus fort à son approche.

Maudit train. Bienheureux train. Maudit pays d'abandon. Pays bienheureux où fleurit l'amour aux fortes racines. L'amour démesuré de cette petite fille, emmurée dans ses bonnes manières. La voilà contre lui, implorant son pardon. À lui qui n'a pas entendu le cri de cet amour démesuré qui l'envahissait comme un cancer. «Je t'aime tant, ma petite fille. Je t'aime tant... si tu savais», bafouille Philippe à l'oreille de Mathilde.

Clovis attache les valises sur le toit de la voiture. La vue de Mathilde dans les bras de son père l'irrite. Elle lui a pourtant fait si mal. Pourquoi pleure-t-il de la retrouver? Lui, il ne lui a jamais fait cet affront, ne le fera jamais. Il l'aime trop pour cela. Et puis, elle a doublé sa dette. À cause d'elle, il a coûté deux fois trop cher.

À la brusquerie de ses gestes, Hervé devine sa jalousie naissante. Tout en l'aidant, il lui confie amicalement:

— Moi aussi, je suis un peu jaloux. Après tout, j'ai l'âge de ton père.

— Elle lui a fait beaucoup de peine.

— Lorsque tu auras des enfants, un jour, Clovis, tu comprendras la réaction de ton père. Il vous aime tous autant mais aujourd'hui, c'est elle qui a besoin de lui. Quand tu auras besoin de lui, il sera là pour toi aussi. Il sera là. Je sais, j'ai des enfants moi aussi.

— Peut-on aimer au point de détruire l'être aimé?

— Même au point de se détruire soi-même, Clovis,

songe tout haut Hervé. Même au point de se détruire soi-même.

Elle a repris sa chambre, sa place à table, la tenue de la maison et l'emprise qu'elle avait sur ses soeurs et son père. Demain, il en est certain, elle voudra demander la bénédiction. Et ça, il ne le veut pas. C'est lui qui la demandera, car c'est grâce à lui que la tradition s'est perpétuée. Pourquoi l'enfant prodigue hériterait-elle de toutes les largesses qu'elle a elle-même balayées du revers de la main? Clovis marche de long en large dans le petit hôpital. Son coeur se démène. Et le rire de Mathilde, dans la cuisine, le transperce comme une lance. On dirait qu'elle fait exprès pour rire fort et faire rire son père en racontant quelques anecdotes sur ses malades. Il n'entend que ces deux rires.

Il se remémore cette nuit où il fut éveillé par les sanglots d'un homme ivre, chancelant sur le coin de la table et tentant d'extirper de son âme cet hameçon enfoncé par sa fille. Mais plus il tirait, plus il souffrait. Plus il se débattait, plus il souffrait. Plus il fuyait, plus il souffrait. L'hameçon s'incrustait dans son coeur. S'intégrait à lui. Lui rappelant qu'il avait payé son fils avec deux de ses filles, qu'il avait déshonoré sa femme et sali sa propre réputation. Lui démontrant que sa victoire sur le curé et le village n'était qu'un lamentable échec familial. Établissant le compte final à son désavantage et lui prouvant que ce qu'il était allé chercher dans la rue, c'était le démantèlement de sa famille. Car c'est elle, Mathilde, qui cimentait cette famille. Elle qui avait délogé la mère et pris en charge l'éducation de ses soeurs. Elle, le bras droit de son père, sa confidente, sa secrétaire, son infirmière. C'était même elle qui dansait avec lui aux noces. Elle, en apparence si solide, si calme et si sûre, comme une froide glace d'hiver. Son père s'y était fié : il n'avait pas soupçonné ce remous causé par la passion secrète. La glace avait cédé : « Vous me dégoûtez! » Ils avaient sombré dans le remous. Croyant en sa jeunesse et en son pardon, son père avait compté sur elle pour se racheter, mais elle lui avait tendu cet hameçon en claquant la porte de la maison. « Vous me dégoûtez! »

Depuis, il n'était jamais redevenu comme auparavant. N'avait plus cette assurance et cette vivacité dans ses gestes, ni cet éclat guerrier dans les yeux.

Il rit aujourd'hui. Près d'elle qui n'y était pas quand il pleurait. Lui, il y était.

Clovis s'arrête devant la porte du cabinet, caresse la poignée d'un doigt ému, pense qu'il voit là son coeur qui chavirait en lui quand cet homme venait l'examiner. Avec des gestes respectueux, il pénètre dans la pièce déserte. D'ici, il n'entend pas leurs rires.

Il promène un regard méditatif autour de lui, puis s'assoit au bureau de son père pour mettre à jour les comptes en souffrance. Il fronce les sourcils. Quoi? Les dossiers sont déjà empilés et quelques honoraires sont transcrits. Il reconnaît l'écriture régulière de Mathilde. Dans un mouvement impulsif, il les déchire. Avec quelle audace et quelle sûreté elle reprend sa place auprès de son père! C'est ainsi qu'elle a dû faire avec sa mère. Petit à petit, en accomplissant ces petites tâches qui n'ont l'air de rien. Il fulmine. S'en veut de l'avoir invitée. D'avoir tant risqué pour qu'elle revienne ainsi l'éclipser, l'établir définitivement comme enfant illégitime adopté. Hier, en sortant la boîte de photos, sur lesquelles il n'apparaît nulle part, elle a facilement démontré à ses soeurs et à son mari qu'il n'a jamais fait partie de leur vie, proposant subtilement qu'il n'avait pas à en faire partie. Jeanne, Marguerite et Marie tourbillonnaient autour d'elle, la pressant dans leurs bras et l'assurant de leur adhésion. À la façon qu'elles avaient de le dévisager, il comprenait qu'elles désiraient être libérées de sa présence encombrante, espérant que la forte Mathilde réussirait à le déloger.

Ce doit être pendant son absence qu'elle est venue travailler dans le cabinet. Pendant qu'il s'entretenait avec Sam, Rose-Lilas, Honoré, Jérôme et Léonnie, qui l'avaient accueilli si chaleureusement. Son regard tombe sur le dernier nom inscrit dans le livre des comptes: Sam Fitzpatrick, accouchement à domicile, un dollar. Il se précipite sur les morceaux de papier, les rassemble et constate que Mathilde avait bel et bien eu l'intention d'envoyer ce compte à Sam. Clovis serre son poing, donne un grand coup sur le bureau et se lève d'un bond, prêt à exiger des explications. À ce moment, la porte s'ouvre sur son père.

— Je savais te trouver ici. (Il referme délicatement la porte derrière lui.) J'ai pu enfin me libérer, glisse-t-il en jetant un regard par-dessus son épaule. Mais qu'est-ce qu'il y a, Clovis?

— Pourquoi l'avez-vous laissée faire?

— Faire quoi?

— Les comptes.

— Ah? Je ne savais pas qu'elle désirait les faire. Elle a dû les commencer ce matin quand je suis parti dans le rang sept. Elle semble reprendre facilement ses vieilles habitudes

Philippe s'approche, met ses lunettes et déchire les morceaux recollés.

— Ah! Je vois. Elle n'a pas d'affaire à envoyer de compte à Sam. C'est évident. Je venais justement pour les faire avec toi et jaser un peu. Nous n'avons pas eu beaucoup de temps, toi et moi, et demain toute la marmaille sera là. Je sais que ça va bien dans tes études: Hervé m'a beaucoup parlé de toi. Tu me fais honneur.

— Que pensez-vous d'Hervé?

— C'est un homme bien. Oui. Vraiment.

— Il dit qu'il est un peu jaloux de vous.

— Ça se comprend: nous sommes du même âge. Moi aussi, je suis jaloux de lui. Me crois-tu sénile?

— Bien sûr que non. Pourquoi?

— Oh! Rien. Il paraît tellement plus jeune que moi, tellement sûr de lui. Il affirme tout ce qu'il dit. C'est un pilier. Et puis, il est séduisant, fier de sa personne. C'est un bon parti, vraiment un bon parti pour elle, conclut Philippe en remettant ses lunettes dans sa poche.

— Elle vous a fait sentir que vous étiez sénile? s'enquiert Clovis d'un ton sec.

— Toi, tu ne le crois pas. C'est toi le futur médecin, pas elle. Mais je t'avoue que j'aimerais être plus riche et plus influent. Tu n'aurais pas à travailler comme débardeur. Regarde-moi ces épaules. Tu vas faire éclater les coutures de ton habit, observe le vieux praticien en touchant les muscles de son fils à travers l'étoffe.

Clovis sourit de contentement. Il aimerait serrer contre lui cet homme qui le palpe avec fierté, ou l'emmener loin, sur ses épaules renforcées, loin des gens qui le font se sentir sénile. Bien sûr qu'il paraît plus vieux qu'Hervé, que ses habits sont usés et son dos voûté, mais la bonté et la largesse d'esprit que son physique exprime le rendent encore plus attachant. Avec le temps, il a acquis cette expérience des gens et des choses. Il a soigné tant de maladies, entendu tant d'absurdités, vu tant de misère, que sa bonne tête de philosophe inspire confiance lorsqu'il se penche sur un malade.

— C'est comme vous que je veux être un jour, avoue-t-il en toute sincérité.

— Comme moi, tu seras pauvre. Aimé, mais pauvre. Aimé, mais aussi abusé. Regarde comme je suis... je n'ai jamais le coeur de mettre de l'ordre dans mes livres. Avant, c'était elle.

— Maintenant, c'est moi, coupe Clovis.

— Oui, maintenant, c'est toi. Nous allons nous occuper de cela immédiatement.

Philippe prend place sur la chaise réservée aux patients et lui désigne son fauteuil.

— Prends mon fauteuil. J'aime à te voir là. C'est ta place. C'est pour cela que nous travaillons, toi et moi.

Cette confirmation émeut Clovis. Il regarde son père. L'interroge du regard.

— Personne ne te délogera d'ici, mon fils, lui promet celui-ci en indiquant son coeur. Personne n'en est capable. Même pas elle.

Mais de la maison, est-ce qu'on le délogera ? Est-ce qu'elle en sera capable ? Clovis ne pose pas la question. Les paroles de son père l'autorisent à se défendre et à défendre ses droits dans cette maison. Cela lui suffit. Il prend une plume, des feuilles, s'installe confortablement.

— Je dois d'abord te dire que ce pays n'a pas tenu ses promesses, explique Philippe en étirant ses jambes.

— Je ne comprends pas.

— Les terres... Ce sont souvent des terres de roches... ou des montagnes. Les gens se sont éreintés à essoucher une terre d'une qualité médiocre. C'est la misère à bien des endroits. Quelques-uns sont partis pour la ville ou pour les États. Il n'y a que les bûcherons qui gagnent un peu d'argent. Presque tout le monde fait chantier. Il y a bien des femmes seules, avec des enfants malades. Qu'est-ce qu'elles feraient de mes honoraires, dis-moi, elles qui apprêtent du lièvre à coeur de jour et à coeur d'année ? Elles me paient avec des petites choses. Je n'ai pas le coeur de leur demander de l'argent. Elles n'en ont pas.

Il pense à ses filles, Jeanne, Marguerite et Marie, qui sont dans cette situation, espérant que le mari revienne au moins pour les fêtes. Elles sont maintenant des filles de ce pays. Mariées aux fils de ce pays. Enracinées sur leur terre de misère et de solitude. Seules, les filles du pays, à tenir maison. Seules, quand se lève la tempête qui enterre la cour et les bâtiments, seules avec leurs petits hommes de douze ans. Seules, avec la jambe cassée du cheval, seules avec le bois à fendre et le bétail à nourrir. Seules entre la maison, l'étable et les inlassables mailles de leur tricot. Seules, quand les hommes sont aux chantiers.

— Combien gagnent les maris?

— Aux chantiers, ils gagnent quinze dollars par mois. Ils ont leur terre à payer, les enfants à habiller et à nourrir. Non. Ce pays n'a pas tenu ses promesses en ce qui a trait à l'agriculture. Je crois qu'il ne sera bon que pour le tourisme.

— Qu'est-ce que les touristes viendront faire ici?

— La chasse, la pêche, regarder le paysage. Tu crois que je suis un rêveur, hein?

— Rêveur ou prophète, c'est l'avenir qui nous le dira. Si on revenait à nos moutons. Nous allons examiner cela ensemble, et vous me direz ceux qui auraient pu vous payer.

— Très bien.

Après les « n'ont pas le sou », « m'ont payé avec une poule », « m'ont fourni le bois de chauffage » et les « se sont achetés une orangeraie en Floride », il ne reste que bien peu de possibilités. Clovis compare son père au docteur Bernier, si riche et reconnu, et l'admiration grandit pour ce fou soignant qui aurait pu faire fortune à la ville.

— Il ne reste que des miettes, hein Clovis?

— En les additionnant, on pourrait peut-être faire une tranche de pain.

— Tu trouves ça drôle?

— Mes larmes ne les feront pas profiter, rétorque Clovis, amusé par le désenchantement de son père.

On dirait qu'il vient de tomber de la lune, constatant subitement que ce pays n'a pas tenu ses promesses face à lui également.

— Mais c'est terrible! Tu ne pourras jamais entreprendre ta troisième année avec ça! C'est la plus coûteuse.

— Si ce n'est qu'une question d'argent, papa, nous trouverons. (Ce matin, Sam lui a garanti de l'épauler financièrement. Grâce à l'adresse qu'il lui a refilée cet été, il prévoit quadrupler facilement ses profits en devenant l'intermédiaire tant attendu entre le marchand de peaux brutes et le trappeur.)

— Le reste t'inquiète, toi aussi? demande Philippe en jetant encore un coup d'oeil derrière son épaule, comme si Mathilde l'épiait.

— Oui.

— C'est très dangereux ce que tu as fait là, Clovis. Je te l'avais interdit.

— J'avoue vous avoir désobéi.

— Je sais que tu as fait ça pour moi. Mais elle est dangereuse, je te l'ai dit. En plus, il y a Hervé qui connaît bien le secrétaire général de l'université. Tu te rends compte dans quelle mauvaise position nous sommes? Autant il peut nous aider, autant il peut nous nuire. Hier, il semblait te chercher dans l'album de photos.

— Il sait que je suis légalement adopté.

— Oui, c'est ainsi que tu es inscrit. Mais il voit bien la réaction de Mathilde. Elle est tellement imprévisible. Si elle était venue d'elle-même, j'aurais plus confiance, mais le fait que ce soit toi qui l'aies invitée m'incite à être prudent dans mes rapports avec elle. Je l'aime et lui pardonne, mais je ne voudrais pas qu'entre vous il y ait la guerre. Vous ne seriez pas de force égale. Tu n'as aucun atout.

L'inquiétude de son père renforce Clovis dans sa détermination à se défendre sous ce toit. Loin d'être sénile, cet homme conserve toute sa lucidité et voit ses enfants tels qu'ils sont et non pas tel qu'il aimerait qu'ils soient. Il redoute Mathilde, sait qu'elle a tendance à vouloir tout dominer; ses années d'enseignement et de soins auprès des malades n'ont fait qu'aggraver cette prédisposition. D'instinct, elle traite les gens comme des écoliers ou des malades, et cela lui réussit la plupart du temps. Avec quelle facilité elle a repris les guides de la maison. Comme si rien ne s'était jamais passé. Comme si elle n'était jamais partie, avec ses valises, pour ne plus le voir. Mais Philippe se souvient. Il sait que la glace a cédé et qu'elle lui a tendu un hameçon. Sait aussi qu'elle n'a qu'à tirer sur le fil pour le faire souffrir à sa guise. Alors, pour ne pas l'irriter, il joue le jeu de la soumission.

— Demain, elle voudra demander la bénédiction, annonce-t-il, n'osant suggérer à son fils de céder sur ce point.

— Vous, que désirez-vous?

— Je désire la paix, Clovis. Je désire que tu poursuives tes études en paix, répond Philippe en se levant lentement de sa chaise.

Clovis, lui, bondit de son fauteuil comme un fauve.

— Je te laisse penser à tout cela.

— C'est déjà pensé. Dites à Mathilde que j'aimerais m'entretenir avec elle.

— Très bien.

Avant que son père touche la poignée de la porte, il lui certifie:

— Vous aurez la paix. Soyez sans crainte, papa, je suis là.

Le regard décidé de Clovis convainc Philippe qu'une certaine puissance existe maintenant en son fils. Est-ce lui qui lui a insufflé cette combativité? Lui, si fatigué, qui n'envisage que la paix du coeur? Les diamants noirs luisent farouchement et lui permettent de croire en la volonté et en la force de cet homme. Il y a une quinzaine d'années, c'est lui qui se tenait à ce bureau, se jurant qu'il parviendrait à déjouer le monde pour permettre à son fils d'y poursuivre ses études. Il avait craint inutilement les gens de la ville. Le danger ne résidait pas à la ville mais ici même, dans cette maison. Et ce danger, il ne sait le cerner. Son fils le sait-il?

— Je vais chercher Mathilde. (Pleine d'armes, elle aussi. David et Goliath. L'illégitime contre la grande dame qui sait tout et qui peut tout.)

Il referme la porte, se retrouve dans cette pièce qui fait tampon entre le cabinet et la cuisine: la chambre de Clovis. Située entre le père et le reste de la famille, symbole de la position de son fils à qui il vient de demander des espérances de paix.

— Tu veux me voir? questionne Mathilde en entrant en coup de vent.

Appuyé contre la table d'opération, les bras croisés et le regard froid, Clovis laisse planer un long silence pour décourager tout futile bavardage.

— Assoyez-vous.

Elle n'aime pas se faire donner des ordres, surtout pas par ce bâtard. Fait-il exprès pour se tenir près de cette table de malheur? Elle s'assoit brusquement et, pour ne pas avoir à le regarder, détaille les enveloppes d'honoraires sur le bureau.

— Est-ce tout ce que vous avez réussi à envoyer?

— Oui. C'est un pays difficile ici.

— Les gens abusent de lui: il se laisse faire. De mon temps, ça ne marchait pas comme ça. Il empire en vieillissant.

— Il sait ce qu'il a à faire.

— Je ne crois pas, moi. Tu as vu la maison? Hmm! C'est vrai que toi, tu n'y as jamais vraiment habité.

Un temps pour bien marquer la justesse de son tir.

— C'est une vraie honte. De la poussière dans tous les coins. En plus, il y a un poulailler dans la cour et un cochon à côté de la voiture, dans le garage. De mon temps...

— Il est passé, ce temps.

— C'est ce que tu crois. Mais je ne laisserai pas mon père dans la misère, Clovis. Je ne le laisserai pas s'user pour que tu joues au monsieur à la ville.

— Je ne joue pas au monsieur; j'étudie.

— Ta pension, les cours, tu sais ce que ça lui coûte? Tu lui as grugé tout son argent. Si au moins tu t'efforçais pour ramasser ce qui lui est dû. Car ça lui est dû. Lorsqu'il se lève en pleine nuit pour aller accoucher Rose-Lilas et qu'il revient au bout de six heures, ça lui est dû. Les gens abusent de lui, tu ne vois pas ça? À la ville, il serait riche.

— C'est lui-même qui a donné ce pli aux gens, vous le savez.

— Oui. Il a toujours été comme ça. C'est pourquoi il faut quelqu'un de ferme pour établir ses honoraires. Je regrette mais tu n'es pas assez ferme, conclut-elle en abandonnant les enveloppes d'un geste dédaigneux.

— Vous voulez tout reprendre comme si rien ne s'était passé, c'est ça?

— Je n'ai pas de compte à te rendre, à toi.

— Vous vous trompez. Vous effacez trop facilement ce qui s'est passé.

— Rien n'a changé. Rien ne change ici. J'ai fait visiter la petite école à Hervé. Ton pupitre y est encore et la petite marque que tu y avais faite avec une pierre, tu te souviens?

Elle doit absolument retourner à cette école pour retrouver son autorité. Clovis lui résiste. Se dérobe. Il a le désir de lui déplaire et de lui désobéir, elle le sait.

Judith aussi lui tenait tête dans cette maison. Judith, maintenant si présente par son absence.

— Et le pupitre de Judith, ajoute-t-elle pour l'ébranler.

Il fronce les sourcils. Sa cicatrice lui donne un air terriblement impressionnant. Trop impressionnant. Elle détourne le regard en chassant les images de la bataille entre le Firmin et Clovis. Avec quelle férocité il s'était défendu! Agressé, il devenait le diable en personne, que ni le péché ni la peur n'arrête. Une violence démesurée couve en cet homme. Une violence qu'il ne parvient pas à contrôler. Une violence sournoise, à fleur de peau, prête à exploser et à détruire.

— Il y a quatre ans, garde, vous aviez sous vos soins un jeune homme blessé par un animal sauvage.

Elle pouffe de rire. C'est nerveux et stupide. Ce volcan, en apparence éteint, risque de faire irruption à tout moment.

— Tu te prends pour un médecin, ma parole.

Il poursuit sans tenir compte de sa remarque.

— Le jeune homme avait perdu beaucoup de sang et le médecin traitant a jugé bon de lui faire une transfusion directe. Vous avez donc préparé les seringues et aidé ce médecin à faire la transfusion. Or donc, vous avez abandonné ce praticien en plein milieu de la transfusion. Vous l'avez abandonné avec les seringues déjà installées, risquant sa vie et celle du blessé. Effectivement, l'homme a donné trop de sang et a été terrassé par une attaque cardiaque.

— Tais-toi. Tu n'as pas à déterrer mon passé.

— Je regrette, c'était ma vie et celle de mon père. Je vous tiens donc responsable de la détérioration du muscle cardiaque du docteur Lafresnière, et de la dépression qui s'ensuivit, due à la trop grande quantité de sang perdu et à l'état de choc auquel vous avez contribué. Par conséquent, nous, du Conseil des infir-

mières, nous vous jugeons coupable d'une faute profes-
sionnelle grave et de négligence criminelle et, dorénavant, inapte à travailler en milieu hospitalier.

— Qu'est-ce que tu dis là? Tu as contacté le Conseil des infirmières?

— Non. Je vous donne un aperçu des possibilités
que j'ai, répond Clovis d'une voix dure.

Mathilde se tourne vers lui, stupéfaite.

— Tu n'oserais pas me faire ça.

— Croyez-vous?

— Oui, tu oserais. Tu es diabolique, Clovis. Diabolique et borné. Tu ne comprends pas tout ce qu'a repré-
senté ce trait de sang pour moi, se défend-elle, les larmes au bord des yeux.

— Pour moi, ce trait de sang, c'était ma vie. En
tant qu'infirmière, vous avez grandement manqué à votre profession en vous octroyant le droit de juger si ma
vie valait la peine d'être sauvée et en risquant celle de
votre père. Vous ne cessez de brandir les armes de mon
illégitimité et de mes crises d'épilepsie, fautes dont je ne
suis en rien responsable. Mais vous, vous êtes responsable des actes que vous avez commis et je veillerai à ce
que justice soit rendue si jamais vous me menacez encore ou ennuyez mon père.

Les larmes coulent sur les joues de Mathilde sans
réussir à l'émouvoir. Il a cadenassé la porte au gamin
amoureux. S'est fermé totalement à cette femme. Ne
veut rien savoir de son amour trouble qui lui a troublé
la raison. D'un ton désobligeant, il poursuit:

— Demain, je demanderai la bénédiction paternelle. Vous vous mettrez à genoux, sans faire d'histoire, et
vous ferez mine d'être satisfaite de notre arrangement.
Mon père sera en paix. Vous l'avez assez fait souffrir
jusqu'à maintenant et je vous interdis de poursuivre vos
manigances pour m'expulser de cette maison. Chaque

année, vous reviendrez et tant que vous serez docile, je me tairai.

Elle se lève, dépitée, furieuse. Il l'effraie et la fascine pourtant. Jamais elle n'aurait cru que l'orphelin épris de sa présence maternelle en vienne à la dominer si totalement. Cet homme s'impose à elle et la soumet à ses volontés. C'est la première fois que ça lui arrive et elle ne peut analyser l'effet que cela produit en elle. Révolte, humiliation et admiration tour à tour la visitent. Elle le hait de lui arracher sa suprématie tout en étant subjuguée par lui. Et elle aimerait qu'il soit amoureux d'elle pour avoir au moins quelque chose à lui refuser. Mais tel n'est pas le cas. Fermé sur lui-même, endurci, discipliné, il lui échappe et n'en fait qu'à sa tête.

— Ne l'aime pas trop, toi non plus, lui conseille-t-elle. Tu veux ma place. Soit. Prends-la, mais je te souhaite de connaître le tourment que j'ai connu. Tu fermes tes portes, Clovis. Personne ne peut te rejoindre pour te faire du mal. Mais un jour, personne ne pourra te rejoindre pour t'aimer. Ce jour-là, tu penseras à moi.

Il garde sur elle ses yeux de feu. Réussit à cacher son agitation. D'un pas lent, elle retourne à la cuisine, s'essuyant les joues avec le plat de la main.

Le voilà seul avec son coeur qui s'agite. Si elle savait toutes les difficultés qu'il a eues à cadenasser cette porte. Si elle savait comme il aurait aimé mieux se blottir contre elle pour lui raconter ses déboires, comme il aurait aimé pleurer au souvenir de Judith et de leur petit pupitre. Si elle savait toute la peine qu'il a eue à chasser le gamin amoureux qui, toujours, revenait avec ses deux pages de A et la main chaude de la maîtresse d'école. Mais un autre gamin l'aidait dans sa mission. Un gamin aux paumes brûlées qui avait prêté serment d'être vaillant et tenace au médecin du village, qu'il ignorait être son père.

Cet enfant veille en lui. Il ne trahira jamais ses espoirs. Ne brisera jamais son serment. Devenu homme et fort, il se doit de le faire respecter et de l'aider à s'accomplir.

Clovis prend une grande respiration, tâte ses pectoraux sous son gilet. Se souvient de ses premières semaines de labeur où son corps entier n'était que souffrance des muscles. Se souvient qu'il était trop fatigué pour manger. À jouer ainsi « au monsieur à la ville », ses muscles s'étaient endurcis. Peut-être est-il en train de fortifier son tempérament, de se muscler l'intérieur. Oui, c'est ça, il est en train de s'endurcir l'âme. Il le faut. Il est un homme maintenant. Un petit gars et un vieil homme comptent sur lui.

Demain, son père les bénira en paix.

Le soleil sombre

Mme Dupuis prend une bonne bouffée d'air tout en serrant son châle sur ses épaules. Elle observe Clovis tourner le coin de la rue, croisant le ponctuel livreur de glace. Un soleil radieux étincelle sur les glaçons tordus du balcon voisin. Comment peut-il certifier qu'il pleuvra aujourd'hui? En sortant, il a reniflé le vent et tendu l'oreille au son des poteaux électriques pour enfin annoncer ce mauvais temps. Pour une fois, elle espère bien qu'il se trompe et que les rayons printaniers démoliront ses théories. Pourtant, ce vent qui siffle lugubrement dans les fils électriques la fait douter.

La voisine vient ramasser ses pintes de lait. Elle regarde, elle aussi, le bon soleil de mars qui dore les joues de ses huit enfants. Dans un ting gue ding de pintes entrechoquées, elle rentre son lait dans le vestibule.

— Aussi ben les laisser icitte, explique-t-elle à Mme Dupuis, j'attends ma glace.

— Moi aussi. C'est fou ce que ça fond vite, vous trouvez pas?

— Me semble que la glace naturelle dure plus longtemps. Chez nous, c'était juste de la glace naturelle.

— Moi, j'aime autant l'autre... à cause des égouts.

— Oui, c'est plus propre faut dire, approuve la voisine en croisant ses bras nus pour les réchauffer. Va faire beau, aujourd'hui.

— Non. Apparence qu'il va mouiller, déclare Mme Dupuis, adhérant subitement aux prévisions de Clovis.

— C'est votre grand qui dit ça? réplique la voisine

en indiquant le coin de la rue de son menton pointu-poilu.

Charmée par le «votre grand», Mme Dupuis acquiesce en dodelinant de la tête.

— À la campagne, on connaît ces choses-là, explique Mme Thiffeault, comme si, tout à coup, elle avait oublié son enfance, sa jeunesse et son mariage dans un rang de Sainte-Scholastique.

Voyant l'étonnement de sa bonne voisine qui, elle, ne l'a pas oublié, elle ajoute:

— C'étaient plutôt les hommes qui se mêlaient de ces affaires-là. Nous autres, les femmes, on travaillait en dedans.

— Vous regrettez pas?

— Pas une miette! Aïe! On a toute à portée de la main: la glace, le charbon, l'électricité, l'eau à la champlure, les toilettes en dedans, le boulanger pis le laitier. Ça c'est plaisant: pas de vaches à tirer, hi, hi, hi. L'épicerie est pas loin, la pharmacie non plus. On a le tramway pour aller travailler pis magasiner. La ville déblaye les rues en hiver, on a le facteur, le service des vidanges, les pompiers, les polices, les égouts... même si y salissent notre glace, termine la récente citadine avec un rire jovial.

— Oui, on a beaucoup de commodités. Son beau-frère, là, le M. Dubuc dont je vous parlais, a trouvé ça effrayant d'aller aux toilettes dehors en hiver.

— Aux bécosses, comme on dit. Surtout si c'est un monsieur de la haute, vous voyez ce que je veux dire.

Elles gloussent toutes les deux, imaginant Dieu seul sait quoi. Quatre enfants sortent en courant, sac au dos.

— Pis, y a l'école.

Mme Thiffeault surveille le cheval attelé à la charrette de glace.

— Attention au joual, les enfants! Vous savez qu'y mord celui-là.

Puis elle dit à l'intention de Mme Dupuis:

— Un joual qui a les oreilles couchées sur la tête, comme ça, c'est mauvais signe. J'aime autant avertir mes petits. Y sont capables de l'approcher pour le fun.

Comme de fait, les enfants s'approchent de la bête et lui font claquer des dents dans le vide.

— Attendez à soir, mes p'tits sacripants! chicane la mère, d'une voix forte capable de se rendre au bout d'une terre.

La condamnation vient de tomber sur les jeunes qui adoptent aussitôt des airs angéliques. Peine perdue: ce soir, lorsque le père rentrera de l'usine de matériel lourd, il s'emparera de sa courroie accrochée derrière la porte de la salle de bains et leur administrera une bonne fessée.

— Me semble que c'est plus difficile d'avoir le contrôle en ville. Sur une terre, y a tant de choses à faire que les enfants ont pas le temps de jongler à des mauvais coups. Regardez l'autre fois, y vous ont cassé une vitre avec leur maudit jeu de moineau. C'est dangereux sans bon sens, ce jeu-là. Je les avais pourtant ben avertis de jouer loin des maisons. En hiver, c'est moins pire, avec le hockey... y a votre grand, là, qui s'en occupe. Y est donc fin, celui-là, hein?

Mme Dupuis ne peut réprimer un sourire de contentement. «Votre grand», tout comme s'il était son fils.

— Y a pas mal plus d'allure que votre maigrichon.

— Ah! Jules.

— Y pensionne pus chez vous, paraît.

— Ça fait déjà un mois, répond Mme Dupuis, se laissant enfin tirer les vers du nez à propos du départ inattendu de Jules.

Étant donné que toute la rue, toute la paroisse, sait qu'il n'habite plus dans sa maison, elle aime autant en finir une fois pour toutes.

— Il n'avait pas la vocation : il a laissé la théologie pour retourner chez lui.

— Ben pour dire ! Y était déjà en quatrième. Quasiment du gaspillage pour ses parents.

— Oui. Avec son instruction, il va s'en aller dans l'enseignement.

— Y a donc pas le tour avec les jeunes, lui. C'est pas comme l'autre. Vous savez que cet hiver, y leur a fait avaler leur huile de foie de morue. Moé, j'ai jamais été capable.

— Ah ! Oui. Il a le tour, renchérit Mme Dupuis, préservant de toute fuite l'irruption sauvage de Jules dans sa chambre dans l'intention de la violer.

Cet assaut impardonnable avait été qualifié de dépression nerveuse, par la suite. La poussée de ce membre durci contre ses hanches (heureusement qu'il n'avait pas l'habitude) lui fit échapper un cri d'horreur. Une ombre avait traversé la pièce et terrassé Jules d'un coup de poing. Elle avait fait de la lumière. L'ombre, c'était Clovis. Jules gisait par terre, sur le dos, à demi conscient, exhibant une superbe érection dans sa jaquette rayée, chose qu'elle n'avait jamais été à même de constater chez feu M. Dupuis, étant donné son grand âge. Clovis l'avait soustrait à son regard scandalisé et impressionné. Il s'était occupé de lui. « Viens-t'en, mon vieux. C'est fini. Suis-moi. » Il lui parlait comme un grand frère. Le consolait. Jules lui obéissait. S'accrochait à lui. Pleurait sur lui.

Elle soupire.

— Il a le tour, c'est vrai.

Auprès d'elle surtout. À se faire aimer. Se faire gâter en battant ses longs cils noirs. Et il en faut si peu pour le contenter. Pas difficile, pas capricieux pour un sou.

— Pis joli garçon à part ça, avance la voisine avec

un court sourire qui en dit long. Est-ce qu'y a une blonde?

— Non. Avec ses études, vous comprenez.

— Me semblait que dimanche dernier...

— Ah! Oui. Figurez-vous donc que son beau-frère, là, le M. Dubuc de la bécosse, hi! hi! lui a présenté sa fille.

— Pis?

— Ça n'a pas marché, pauvre elle. Clovis a jasé de politique avec le père tout l'après-midi. Il ne l'a même pas remarquée. Elle avait l'air de s'ennuyer. De toute façon, ce n'est pas une fille pour lui. Imaginez-vous donc qu'elle fume.

— C'est-i possible? Une femme fumer! On aura tout vu.

— Vous avez vu comment elle était accoutrée?

— Oui, madame. On aurait dit qu'elle portait une poche de pétaques. Pis les cheveux courts, en plus. C'était vraiment pas son genre. Non. Lui, il lui faudrait une femme simple.

Un silence. Mme Dupuis pense à en avantager sa nièce, habitant Sault-au-Récollet, jeune fille douce et réservée. Mme Thiffeault, à sa cousine de Sainte-Scholastique, dont la beauté lui permet d'espérer s'élever d'un cran en épousant un notable ou un professionnel.

— Y va-ti s'en retourner de par chez eux?

— Apparence que oui. Son beau-frère n'a pas réussi à le convaincre, ni le docteur Bernier. Il réussirait mieux en ville. Bien mieux que là-bas. Mais il veut pratiquer avec son père. Il lui est bien attaché: c'est le plus jeune et le seul fils.

— Y aurait juste à faire venir son père icitte. Je pense ben qu'y pourrait se monter une bonne clientèle, hein?

Mme Thiffeault cligne un oeil, l'invitant à des confidences. Mme Dupuis fait mine d'être indifférente à ce dernier propos, rejetant avec force les rêves farfelus qui avaient agité quelques-unes de ses nuits: elle, malade, et le père de Clovis à son chevet. Quelque chose comme au cinéma. Il la transportait dans ses bras, lui faisait des aveux et lui donnait un premier et dernier baiser avant qu'elle ferme les yeux à tout jamais. C'est à ce moment précis que son petit film intérieur prenait une autre tournure: au lieu de mourir, elle l'épousait tout bonnement.

— Ah! Vous avez raison là-dessus, approuve-t-elle d'un ton trop détaché, qui accuse toute l'importance qu'elle avait accordée à cette éventualité. Il vient d'ici de toute façon, et puis il a sa fille, là, qui est bien installée.

— Est donc pas comme son frère, celle-là; je la trouve montée. Me semble qu'a regarde les autres de haut, vous trouvez pas?

— C'est une dame, défend Mme Dupuis, approuvant intérieurement sa voisine.

Elle non plus ne raffole pas des visites de Mathilde et d'Hervé, qui ont le don de la faire se sentir ignorante des grands courants politiques et des grands principes nationaux. Toutes ses petites joies et ses petites idées se révèlent ridicules à leur contact. Espère-t-elle voir un beau char allégorique au jour de la Saint-Jean, pour le jubilé de diamant de la Confédération, qu'Hervé s'enflamme et déroule des théories à n'en plus finir sur les faiblesses de la Constitution. Appuie-t-elle Camillien Houde d'exiger une enquête sur l'incendie du cinéma Laurier où ont péri soixante-dix-huit enfants, que Mathilde dénigre le député de Sainte-Marie en le dépeignant comme un clown tout juste bon à monter la tête du peuple. Paraît qu'il ne fait pas de vraie politique. Et si elle ose avancer qu'il remplacera un jour Médéric Martin à la mairie de Montréal, alors là, elle a droit aux sourires de supériorité et d'assurance qui la font tant rager qu'elle aboutit invariablement dans sa cuisine, pour se calmer, sous prétexte d'aller y chercher du sucre à la crème.

— Avec tout ça, pas surprenant que Clovis manque les vêpres, condamne Mme Dupuis en hochant la tête. Il me semble que le bon Dieu est plus important que la politique.

— Ben sûr.

Woah! ordonne le marchand de glace. Le cheval s'arrête à leurs portes et gratte ses sabots dans la gadoue. Patient, résigné, il obéit à son maître, progressant d'une cinquantaine de pieds à la fois, s'arrêtant à chaque domicile, attendant plus ou moins longtemps selon les sujets de conversation. Une femme le regarde avec des yeux sévères. Elle ne l'aime pas parce qu'il mord ses enfants. Ça lui est égal. Lui non plus ne l'aime pas, parce qu'elle a des enfants agaçants. Pourtant, elle devrait savoir qu'il est vieux et fatigué. Elle vient de la campagne, comme lui. Sait reconnaître l'âge d'un cheval dans le creux de ses reins et l'aspect de sa dentition. Le livreur grimpe les escaliers, le corps débalancé par le bloc de glace solidement tenu par les grosses pinces. Il éparpille des miettes de bran de scie sur son passage. Entre dans la maison. Traverse vite le corridor jusqu'à la glacière. Les femmes sont entrées aussi. La bête entend siffler le vent dans les poteaux d'électricité. Ses os lui font mal. Soudain, un mouvement attire son attention au bout de la rue. Ah! C'est le facteur avec son lourd sac accroché à l'épaule. Flic! Floc! dans la gadoue, lui aussi. Progressant d'une maison à l'autre avec sa charge. En passant près de lui, il lui donne une tape amicale sur l'encolure. Se sent-il lié à la bête par son travail et son âge? Lui aussi est vieux et sent venir la pluie dans ses os. Il grimpe les escaliers de Mme Dupuis avec deux lettres. Une pour son pensionnaire et une pour elle. Des souhaits de Pâques, peut-être. Une invitation, qui sait? D'un geste affable, il les dépose dans la boîte aux lettres de la charmante veuve (ah! si elle voulait de lui, un vieux garçon). Il s'attarde un peu, souhaitant qu'elle vienne faire un brin de causette, l'imagine en train de casser les restants de glace pour ne rien perdre et se persuade qu'il lui vaudrait mieux poursuivre sa tournée du vendredi.

« Chère madame,

C'est votre bonté, votre dévouement envers mon fils Clovis qui me poussent à vous écrire cette lettre. Pour des raisons qu'il serait très long à énumérer, je suis dans l'impossibilité de me rendre à Montréal pour annoncer à Clovis le décès de sa soeur Judith, qui était religieuse cloîtrée. Il était particulièrement attaché à cette soeur, d'un an son aînée, et je sais qu'il aura une peine terrible en apprenant cette nouvelle. Alors, j'ai pensé qu'en le sachant, vous pourriez veiller à ce qu'il accepte la volonté de Dieu et ne garde pas pour lui un si grand chagrin. Clovis est très sensible et a tendance à se replier sur lui-même quand il est affecté. Il peut également avoir des réactions inquiétantes. Si tel est le cas, ne vous alarmez pas et contactez sa soeur, Mme Dubuc. Je suis persuadé que votre bonté et votre bon jugement l'aideront à surmonter cette épreuve. Je vous remercie d'avance du geste que vous allez poser et vous transmets mes salutations les plus reconnaissantes. Il serait préférable que Clovis ignore que j'ai eu recours à votre aide. »

La lettre glisse des mains tremblantes de Mme Dupuis et tombe sur une flaque de neige fondue au pied de la glacière. L'encre déteint. Vivement, elle la reprend, la tamponne avec son tablier qui se tache à son tour. La moitié de la page est illisible. Voilà qu'elle a endommagé la première lettre qu'elle a reçue du docteur Lafresnière. Toutes les folles rêveries qu'elle s'était permises en voyant une enveloppe adressée à son nom se voient écrabouillées par la gravité du service qui lui est demandé. Elle appréhende le retour de Clovis, sa joie coutumière de recevoir des nouvelles de son père, ce long moment qu'il prendra à lire (sa lettre est beaucoup plus épaisse que la sienne), et puis quoi? Des larmes qui couleront sur ses belles joues imberbes, ou quoi? Qu'est-ce qu'une réaction inquiétante? S'il lui faut contacter Mme Dubuc à ce moment-là, pourquoi le médecin n'a-t-il pas jugé bon de demander le soutien de Mathilde au lieu du sien? Aurait-il plus confiance en elle qu'en sa propre fille? Flattée? Non. Il faut être à la hauteur avant, se répète Mme Dupuis en voyant disparaître le rayon de soleil qui étincelait sur sa chantepleure neuve. Elle se penche pour épier le ciel et remarque que quelques nuages se pointent à l'horizon.

De nuage en nuage, d'heure en heure et de prière en prière, Mme Dupuis a vu s'écouler, parfois lentement et parfois rapidement, sa journée. Six heures dix: il rentrera bientôt. Pierre rôde autour de la table, affamé comme à son habitude. Il n'a pas remarqué qu'elle était tout à l'envers. Ça ne paraît donc pas. La lettre de Clovis repose sur le petit guéridon de l'entrée. La maîtresse de pension dore ses filets d'aiglefin, sans les voir, tant la triste missive accapare toute son attention. Elle entend la porte du vestibule à travers le grésillement de sa popote. C'est lui. Elle calcule les pas. Voilà, il l'a vue. Se dépêche d'aller lire dans sa chambre. Pauvre lui! Elle retourne son filet. Elle doit faire comme si elle ne savait pas. Lui laisser le temps de lire au complet. Elle baisse le feu. Étire la durée de cuisson. Attend que le poisson tombe en miettes dans son beurre.

— Va chercher Clovis pour le souper.

Pierre se précipite tant il a hâte de manger. Il revient avec un silencieux compagnon qui s'assoit machinalement à sa place en disant :

— Je n'ai pas très faim.

Bien sûr. Il doit avoir la gorge étranglée. Elle lui sert une petite portion, verse son thé, essaie de voir s'il a pleuré. « Il a tendance à se replier sur lui-même », l'avertissait son père. Elle doit éviter qu'il ne garde pour lui ce malheur. Tantôt, ils diront un chapelet pour sa soeur. Après un pieux bénédicité, elle amorce la conversation.

— Vous avez du courrier, aujourd'hui.

— Oui. Je l'ai lu.

— Des bonnes nouvelles ?

— Non.

Il n'en dit pas plus. Commence à manger. Pierre le dévisage avec curiosité puis, le voyant obstiné dans son silence, dit avec malaise :

— Est-ce qu'on peut t'aider ?

Clovis nie de la tête.

— De la mortalité ? demande Mme Dupuis en posant sa main chaude sur l'avant-bras de Clovis.

Il pousse sa chaise.

— Veuillez m'excuser.

Il regagne sa chambre. Revient au bout de quelques instants avec son paletot et sort.

— Mon Dieu ! Il est parti. J'espère qu'il a un parapluie au moins. Il pleut à boire debout.

— Je vais le suivre, madame Dupuis ; il m'inquiète.

— Oui, fais donc, fais donc, approuve la pauvre femme en se demandant ce qu'est une réaction inquiétante.

Devra-t-elle téléphoner à Mme Dubuc? Peut-être est-ce chez elle qu'il se rend? Pierre le lui dira bientôt. Selon le tramway qu'il prendra.

Pierre est revenu. Lui a certifié que Clovis s'est rendu à la chapelle. «Merci, Seigneur. Ce n'est qu'auprès de Toi qu'il trouvera du réconfort.»

Les larmes ne viennent pas, les prières non plus. Seules des images le hantent. Des images de tresses blondes, mêlées au rire cristallin, des images de joues douces comme des pêches, des images de foulard rouge dans les remous d'une rivière, des images de cheveux épars sur la courtepointe de la jeune institutrice, mêlées soudain à des sensations physiques que lui reproche un amour interdit. Un amour incestueux. C'était sa soeur. Ils ne le savaient ni l'un ni l'autre. S'étaient aimés en toute innocence. Pour l'oublier, elle s'était retirée dans un cloître afin de se consacrer à Dieu uniquement. Et les longues heures de prières dans les froides cellules avaient eu raison de sa santé fragile, de son corps délicat qu'il avait tenu dans ses bras et qui lui donnait la force d'affronter le monde et de réussir. De son cloître, elle continuait à l'encourager par l'intermédiaire de son père qui la renseignait sur les études de médecine auxquelles il se consacrait avec la même ferveur qu'elle se consacrait à Dieu. Ils étaient demeurés fidèles l'un à l'autre. N'avaient cessé de penser, il en est certain, l'un à l'autre. Quel mal y avait-il à cela? Ils étaient parfaitement innocents dans leur amour. C'est le monde autour d'eux qui a péché. C'est Alcide qui a triché, son père qui a faibli. Pauvre père! Que de détours il a pris pour lui annoncer ce décès! Et comme il doit souffrir, lui qui est en partie responsable. Lui, sur qui pèsent les amours gâchées de ses propres enfants. Mais aurait-il pu éviter que la blonde fillette aime le jeune Small Bear qui sentait la fumée et la graisse d'ours? Aurait-il pu éviter que l'enfant des bois tombe en adoration devant les tresses dorées et les yeux d'azur? Aurait-il pu éviter qu'elle devienne son petit soleil?

Cette pensée lui fait mal, le rejette dans les ténèbres gluantes où brillait la présence de cette femme. Il posait sa tête sur ses genoux et lui ouvrait son coeur. Elle caressait ses cheveux en l'écoutant. Elle savait vraiment tout de lui. Des pratiques inusitées d'Alcide jusqu'à l'adoration muette qu'il avait pour son père. Et plus elle savait, plus elle l'aimait. Et plus elle savait, plus il se sentait lié à elle, pour la vie. Il n'aurait jamais pu mettre ainsi son âme à nu devant aucune autre femme. Sa mère peut-être. Si elle avait vécu. Mais ce qui lui reste d'elle se résume à si peu de chose. Des raquettes qui glissent sous sa jupe de daim, des tresses qui chatouillent ses joues, une voix douce, une autre langue, un crac! sur la glace devant la cabane des castors, un délire, une boîte de bois qu'on descend dans la fosse et une pelletée de terre à l'endroit de son visage.

Les tresses blondes viennent remplacer les tresses noires. Magiques, lumineuses. Des tresses blondes et un regard d'or l'ont arraché à la mort qu'il souhaitait. Le regard d'or de son père a tourné au sirop d'érable et les cheveux blonds se sont éparpillés sur le plancher du cloître. Une religieuse les a balayés puis jetés au feu, sans savoir ce qu'ils représentaient pour lui. Pour l'orphelin métis, le bâtard maudit, le sauvage à moitié fou. Sans savoir que cette femme l'avait aimé malgré son ignorance, malgré sa maladie, malgré son illégitimité et la malédiction qui le poursuivait. Nulle autre femme ne saura l'aimer comme elle l'a aimé. Car nulle autre femme ne connaîtra son vrai visage. C'est le carabin qu'elles voient, puis ce sera le médecin. Pourtant, en lui sommeille un homme vêtu de peaux, qui sentait le carcajou et habitait un trou dans la terre. Aucune femme n'aimera cet homme que Judith a aimé. Aucune ne pourra l'éclairer, le réchauffer comme elle a su le faire.

Judith! Judith! Fais-moi savoir que tu m'entends, supplie Clovis intérieurement. Grand silence dans la chapelle. Ses genoux lui font mal. Pendant combien d'heures parvenait-elle à rester agenouillée dans la nuit, à prier pour lui, pour eux?

Il regarde la fresque au-dessus de l'autel. Ou plutôt la biche, à gauche, qu'il a remarquée dès sa première messe parce qu'elle lui faisait penser à sa mère, Biche Pensive. Probablement qu'enfant, il aurait plus facilement embrassé la religion catholique s'il avait retrouvé des êtres connus dans une telle fresque. Curieux qu'ici, en ville, on ait dessiné un animal dans une église. Il la regarde, la biche farouche, belle et pure parmi les humains. Elle était bien jeune quand Il est venu la chercher, et lui, bien vulnérable. Son petit soleil aussi était bien jeune quand Il est venu la chercher. Pourquoi Dieu lui a-t-il ravi les deux femmes qui l'ont aimé vraiment?

Judith, fais-moi un signe. Je dois savoir si je peux communiquer avec toi. Je dois savoir si tu es vraiment morte... si tu m'entends, fais que le lampion rouge s'éteigne.

Clovis fixe le lampion rouge d'un regard désespéré. Il ne vacille même pas. Cette absence de communication l'angoisse profondément et un frisson le parcourt. Dans quel gouffre incommensurable s'est perdu son petit soleil? Dans celui de sa mère qu'on nomme éternité et qui n'a ni fin ni commencement? Plane-t-elle entre les planètes, si loin de la terre, loin de ce lampion qu'elle pourrait éteindre en tant qu'esprit? Ses tourments d'enfance resurgissent. Il n'y a plus de femme pour répondre à ses questions, pour le regarder évoluer. Avant, son père servait de messager entre eux. Mais maintenant, elle n'est plus. N'éteint pas le lampion. Elle n'est que dans la terre. Serait sur les tables de dissection si elle n'avait ni toit ni famille. Il doute de la vie éternelle, exige une preuve qui ne vient pas. Pourquoi me l'as-tu enlevée, demande-t-il à Dieu qui se tait. Ce père de l'au-delà qui refuse de faire le messager entre lui et Judith. Fais-le s'éteindre, Toi, le lampion. Si elle vit encore de ta vie, fais-le s'éteindre le lampion. Tu es tout-puissant.

L'immobile lampion le remplit de cendre et de colère. Tu es injuste. Quel mal t'a-t-elle donc fait? Quel mal t'avait fait ma mère? De m'aimer, sans doute? Pourquoi n'es-tu pas venu chercher Alcide... quand il me soignait? Quand il me battait? Me terrorisait? Pourquoi le laisses-tu vivre, lui? Pourquoi laisses-tu vivre toutes les maudites langues sales de mon village et ceux qui m'ont torturé? Te crois-tu juste à mon égard?

Le lampion brûle. Clovis se lève brusquement et s'assoit dans son banc. Avec effroi, il s'interroge. Se peut-il qu'elle ait prié inutilement? Que sa voix se soit perdue dans ce vide absolu? Il se frotte les genoux. Retourne à l'image de la biche afin de se calmer, espérant naïvement que le lampion s'éteigne pendant qu'il regarde ailleurs. Que la flamme, en mourant dans la cire, lui assure que Judith vit dans l'au-delà. Ne me laisse plus mourir, lui avait-il dit sur l'île. Sans elle, il était un mort-vivant. Elle partie, il se sentait mourir à son tour. Tout redevenait noir comme avant. Les rayons qui traversaient le cloître avaient basculé dans la nuit avec le soleil. Son soleil. Dans ce gouffre sans nom, noir comme l'encre, comme le corbeau qui passait au-dessus de son visage quand il gisait dans la neige, comme la soutane d'Alcide que le vent lui avait rabattue sur la figure. Noir et froid, le gouffre, à étreindre son petit soleil qui ne vivra désormais que dans son coeur.

Le visage d'une femme se superpose à celui de la nonne. C'est Suzelle, le petit ange du port. Elle rit. Lui fait de l'oeil en veillant son frère malade. Lui, il fait mine de ne rien voir devant Ernest. Elle sait qu'elle le chavire, le trouble. Ne sait pas pourquoi cependant. Une fois, il a touché ses cheveux, a fait miroiter les boucles entre ses doigts. «Tu devrais me le dire que chus belle» avait-elle dit en tournant sur place et en faisant virevolter sa jupe rapiécée. «M'sieu O'Neil dit que je ferais une bonne actrice.» Elle croit beaucoup en ce monsieur chez qui elle fait le ménage deux fois la semaine. Un journaliste, paraît-il. «M'sieu O'Neil n'a pas peur d'Ernest... il peut même se l'acheter qu'il m'a dit. C'est un homme, lui. Pis ben mis à part ça: y a un gros diamant au petit doigt.» Il se tait, a envie de la prendre dans ses bras et d'embrasser sa bouche pour y retrouver Judith. Son coeur bat fort. Il ne fait rien. S'occupe de l'enfant malade. Ernest guette un danger inexistant. Il devrait plutôt se rendre à la maison de M. O'Neil qui a promis une place d'actrice à Suzelle. «Tu viendras me voir», lui a-t-elle demandé en laissant une adresse avant de quitter la maison. Il n'a rien promis, a juste tenté de la dissuader de suivre M. O'Neil. «Tu es jaloux et mou. Je deviendrai une grande dame.» Le rêve de la pauvresse: devenir grande dame, du jour au lendemain. Il sait ce à quoi cela l'oblige. Ernest aussi. Il sait avec quoi elle paiera ses parfums et ses toilettes, avec... Oui... elle, c'est à Satan qu'elle s'est consacrée. Quelle différence au fond? Dieu vient chercher qui ça lui plaît, quand ça lui plaît.

Il revient au lampion: il brûle toujours. Judith n'est plus. Ne répondra jamais plus. Avec elle, meurt le garçon ébahi par le givre intérieur que personne n'a connu.

Tu te crois fort, hein? Tu te crois juste? C'est cela ta force, ta justice? Venir chercher cette femme qui t'avait déjà offert sa vie? Et pourquoi t'a-t-elle offert sa vie? Je vais te le dire: parce qu'un homme de Dieu m'a volé à mon père et nous a conduits à l'amour interdit. Il vit, cet homme. C'est ton complice. Tu le protèges. Bien sûr que tu le protèges. Mais je le trouverai et me vengerai. Et je me vengerai de toi, de tes actes stupides. Ne voyais-tu pas qu'elle était la sauvegarde de ma pureté? Ne savais-tu pas que, tant qu'elle existait, j'étais imperméable au plaisir de la chair et des femmes? Je lui aurais été fidèle toute ma vie. Oui, toute ma vie, ses yeux auraient suivi mes actes. Mais maintenant, tu vas voir comme je vais me corrompre. C'est si facile. Et je ferai justice moi-même. Où que soit Alcide, je te jure sur la tête de mon père que je le trouverai et me vengerai. Tu as fermé les yeux quand cela te convenait. Soit, je rendrai justice moi-même.

Il sort un carnet de sa poche, tourne rageusement les pages. Tu vas voir comme je vais me corrompre. Je m'en vais au bordel. Je m'en vais retrouver une femme qui ressemble à Judith. Je vais lui faire l'amour, prendre son corps en imaginant que c'est celui de la jeune institutrice sur le lit de l'école. Je fermerai les yeux et je pécherai cent fois, mille fois, en me disant que je copule avec ma soeur. Tu m'entends? Je m'efforcerai d'imaginer que c'est ma soeur. Voilà pour Toi, voilà pour ton complice. J'aime autant me livrer à Satan dès aujourd'hui.

Il se lève, s'approche des lampions et les allume tous sans payer. Qu'il vienne lui brûler les mains sur les flammes, le curé! Qu'il vienne lui certifier que sa mère et Judith sont en enfer! Il fait tinter la monnaie dans ses poches. Sourit ironiquement à l'oeil dans le triangle et murmure tout bas: cet «argent-là, c'est pour le bordel.»

— Suzelle, demande-t-il d'une voix embarrassée.

— C'est une piastre! répond la grosse femme atrocement maquillée, dont le lourd parfum lui lève le coeur.

Il éparpille sa monnaie sur le comptoir, pendant qu'elle le détaille des pieds à la tête, et parvient à réunir un dollar. Elle fait une moue.

— Laisse ton paletot icitte: y est tout mouillé. C'est la première chambre à gauche, en haut de l'escalier.

— Merci, madame.

Elle se retient pour ne pas rire de sa politesse et de son pucelage évident. Il redevient Small Bear nouvellement introduit dans le monde des Blancs. Naïf et gauche. Ses genoux tremblent. Il monte l'escalier en voulant se donner des airs d'habitué. Le voilà devant la porte. Il toque. Et si c'était une autre Suzelle? Si...

— Entrez.

C'est sa voix. Il pénètre. Elle est dans son lit, à demi nue, et se cache en le reconnaissant. Il ferme la porte et reste là, devant elle.

— T'es tout mouillé, petit docteur, dit-elle amusée. T'es venu pour te sécher?

— Non.

— Enlève ton linge, au moins, pis viens t'asseoir.

— Oui, bien sûr. (Il enlève son veston, son gilet et sa chemise.)

— Ta combinaison aussi est trempe.

— Non, non... presque pas.

Elle rit. Le même rire que Judith quand il posait son stéthoscope-jouet sur elle. Il enlève rapidement son pantalon et vient la rejoindre sous les couvertures.

— Tu veux garder ta combinaison? demande-t-elle en la déboutonnant d'un air espiègle.

Il empêche sa main de progresser. Il y a, sous le vêtement, les horribles cicatrices laissées par le carcajou. Seule Judith en aurait supporté la vue. Il ferme les yeux, l'attire contre lui et l'embrasse. Elle lui répond avec plus de passion que ne l'exige son métier. Judith renaît. Il entrouvre les yeux, voit luire les cheveux blonds.

— J'aime tes cheveux.

Il les hume, y enfouit son visage, s'y perd en mordillant le fin cou blanc, enlace la taille. C'est Judith! Elle est là, toute chaude dans ses bras et non plus dans ce gouffre glacé. Elle revit dans ce corps de femme qui se donne et éveille en lui ses désirs d'homme. C'est lui qui la fait revivre, et tantôt il s'étendra sur elle et accomplira ce péché merveilleux qu'il a imaginé tant de fois dans sa cache humide. C'était au lampion de s'éteindre. Il est trop tard maintenant. Il ne peut plus freiner ses élans. Un délicieux malaise gagne ses membres. Il s'étend au-dessus de la femme. Elle glisse sa main pour le guider. Et cette main, sur son sexe, le ramène aux soins particuliers que lui réservait Alcide. Le ramène à sa première jouissance, celle qui déclencha sa première crise d'épilepsie. La peur explose en lui. Disperse les cheveux blonds de Judith, le péché et l'engourdissement euphorique.

— Calme-toé; t'es trop pressé, lui dit-elle sur un ton consolateur en le voyant cacher sa tête dans l'oreiller. C'est rien, c'est déjà arrivé à d'autres gars. C'est ta première fois?

— Oui.

Sa voix est rude. Le mâle blessé lui tourne le dos. Gentille, elle se colle tout contre lui, comme l'avait fait Judith. Les boucles blondes viennent le toucher. Même à travers le vêtement, il sent la pointe des mamelons se dresser entre ses épaules. Il connaît une seconde érection. S'approche d'elle une deuxième fois.

— Ne me touche pas, demande-t-il.

Mais la peur l'habite. Cette nuit gravée dans ses sens, son âme et son cerveau le paralyse. Il retombe à ses côtés, humilié, serrant le drap dans son poing, en maudissant la main d'Alcide.

Elle ne sait plus quoi dire et se contente de caresser ses cheveux tendrement.

— On ne fait pas l'amour à un fantôme, dit-il pour dire quelque chose.

— C'est pas pour moé que t'es venu icitte?

— Non.

Il a trop honte. Veut lui faire payer un peu la note. Pense ainsi trouver des excuses à son comportement minable.

— Personne vient pour nous autres. Tantôt, j'ai pensé que t'étais pas comme les autres, j'ai pensé que tu m'aimais un peu...

Elle s'éloigne. Il sent un vide immense dans son dos, un vide qui le projette au-delà des étoiles froides où s'est perdu son petit soleil.

— Non. Ne t'en va pas, supplie-t-il en se retournant rapidement pour se réfugier contre ses seins.

Elle l'accepte, cajole sa joue.

— Comment ça se fait que t'as pas de barbe?

— Je sais pas.

— T'as les joues assez douces. Et les cheveux aussi. On dirait de la soie. J'ai déjà eu une robe de soie. J'avais joué à l'actrice pour m'sieu O'Neil. Ça avait fini dans son lit. C'était la première fois. Ernest dit que t'as des cheveux de Chinois.

— Après, tu n'as plus porté de robe de soie?

— Non.

— J'aimerais lui casser la gueule à ton m'sieu O'Neil.

— Ernest aussi, mais...

— Mais quoi?

— Y est pas tout seul, m'sieu O'Neil. C'est une organisation. Me suis fait prendre au piège. C'est quoi l'autre race en toé? Ernest dit qu'y a une autre race en toé.

— Veux-tu retourner avec Ernest? Dans le quartier?

— Je sais pas. Icitte, j'ai pas fret, pas faim. C'est toujours ça de gagné. C'était qui ton fantôme?

— C'était... c'était Judith.

Il retrouve peu à peu la réalité. Émerge d'un mauvais songe. La chambre laide, les draps jaunis, ses habits empilés sur le plancher, tout cela lui confirme qu'il a été impuissant à se damner, impuissant à prendre une femme. Il se sent lamentable et démuni. Est gêné d'être avec cette femme qu'il n'a pu satisfaire. Elle va rire de lui, raconter à ses compagnes qu'il a gardé sa combinaison et n'a pas été capable d'accomplir cet acte que n'importe quel imbécile peut faire. Il voudrait se voir loin tout en demeurant contre les seins réconfortants.

— A t'a laissé tomber?

— Elle est morte.

— Ah! Tu l'aimais?

— Oui.

— Tu l'aurais mariée?

— Oui.

— J'avais pas de chance de toute façon, hein? résume-t-elle sans amertume. Est-ce qu'était belle?

— Comme toi. Elle avait tes cheveux, tes yeux, ton rire, ton corps. Elle te ressemblait beaucoup.

Il se lève sur un coude. La contemple longuement, amoureusement. Puis, du bout des doigts, il vient toucher son front, son nez, ses lèvres. Se penche et frôle sa joue sur la sienne comme il le faisait avec Judith.

Un bruit à la porte fait sursauter Suzelle.

— C'est la patronne. Faut que tu partes.

Il plonge sa main dans les cheveux. Cache son visage, encore une fois, dans la toison lumineuse. Ferme les yeux sur l'éblouissant filtre doré. Tout se rompt en lui, tout se perd.

Il presse la tête de Suzelle contre lui, se retient de pleurer en serrant les mâchoires. Est-ce Dieu qui le poursuit ainsi? Qui le cloître en lui-même? Le barricade à l'intérieur de son propre corps? Façade et muraille s'élèvent autour de lui et l'isolent. Il se sent seul, à la dérive, comme un petit point dans le noir sans fond... le noir sans fin, tout froid. Le noir sans soleil.

— C'est vendredi... on a beaucoup d'ouvrage.

Il l'abandonne sans dire un mot. Remet ses habits mouillés qui le font grelotter tandis qu'elle s'interroge sur la façon de récupérer son argent. Un autre homme attend, le croise en rouspétant. Il descend l'escalier sous l'oeil rapace de la patronne et se retrouve sous la pluie glacée. Misérable, il erre de par les rues, au hasard, jusqu'au port où dérivent des blocs de glace et au marché désert. Son âme n'est qu'une aveugle tempête où se noient ses belles choses. Les bourrasques collent ses vêtements mouillés contre son corps et le glacent. Un froid intense habite son cerveau et son coeur. Il claque des dents. Si sa température s'abaisse trop, il peut mourir d'hypothermie. Mais il ne veut pas mourir. Pas avant d'avoir rendu justice. Quelque part sur terre, il y a un homme qui n'a pas été puni pour les crimes qu'il a commis. Et ce soir, un de ces crimes lui est apparu parmi les plus odieux. L'abus sexuel d'un jeune garçon qui, devenu homme, se voit condamné à l'impuissance. Ce mot l'amoindrit. Impuissant, il est impuissant, lui, le brillant étudiant, lui que les femmes désirent. Tout laideron et étroit d'esprit qu'il était, Jules était en possession de tous ses pouvoirs de mâle. Il l'a bien vu. Pas lui. Il n'est qu'une frime. Un bon à rien. Et tout ça à cause d'Alcide. Et le gâchis de ses amours, également à cause d'Alcide. Et le non-sens de sa vie, également à cause d'Alcide. Oh! Non. Il ne mourra pas avant d'assouvir sa vengeance. Il presse le pas pour revenir à la maison de pension.

Déjà minuit. Il n'est pas rentré. N'est ni à la chapelle, ni chez sa soeur, ni chez le docteur Bernier. Elle se blâme de n'avoir pu prévenir cette réaction inquiétante.

Que dira le docteur Lafresnière en apprenant cela?

Un bruit dans le vestibule. Elle s'y précipite à petits pas. Clovis referme la porte avec précaution et demeure surpris de l'apercevoir dans le corridor.

— Vous n'êtes pas couchée? demande-t-il en tremblant.

— Vous êtes tout trempé. Vite, allez vous changer. Vous allez attraper du mal, semonce-t-elle en lui enlevant son paletot. Si ça a de l'allure! C'est vous-même qui m'avez dit, ce matin, que le soleil ne durera pas longtemps. Ça ne vaut pas la peine d'avoir des dons de prédictions, puis oublier son parapluie.

C'est vrai qu'il n'a pas duré longtemps, le soleil. Encore une fois, on le lui a arraché avant qu'il ne soit sevré. Mme Dupuis le houspille. Le force à se reprendre.

— Allez vous mettre en jaquette et donnez-moi votre linge. Je vous réchauffe une bonne soupe.

Il lui obéit. Se retrouve au bout de quelques minutes enroulé dans une couverture de laine, devant un bol de soupe bouillante. Sa maîtresse de pension tord son linge d'un geste réprobateur et l'étend autour du poêle à charbon.

— J'ai bien peur qu'il ne soit pas sec demain pour votre stage à l'hôpital de la Miséricorde.

Ça lui était complètement sorti de l'idée. Il en avait parlé avec elle la veille. Lui avait dit que ça le peinait de voir tous ces bébés abandonnés. Au moins, lui, il ne pourra jamais abandonner de bébé puisqu'il n'a pas la capacité d'en faire. Cette ironie le blesse.

Elle revient s'asseoir tout près. Pose sa main potelée sur la sienne, transie.

— Vous êtes gelé sans bon sens. Si ça a de l'allure. Je me suis fait du mauvais sang, Clovis.

— Je m'en excuse. Je ne voulais pas vous inquiéter. Je suis désolé, vraiment désolé.

— Où étiez-vous donc passé?

— À la chapelle.

— Toute la soirée?

— Non. Après, j'ai marché dans les rues.

Il avale quelques cuillerées. Elle soupire. Il se sent fautif à son égard. Lui doit au moins quelques explications.

— Pourriez-vous me faufiler un brassard?

— Bien sûr, bien sûr. C'est pour qui?

— Ma soeur... elle était cloîtrée.

— Elle était près de vous?

— Très près.

— N'ayez pas honte de pleurer: cela vous soulagera.

— Pleurer n'arrange rien et puis, j'ai trop de rage au coeur, réplique-t-il en crispant la main sur sa cuillère.

Mon Dieu! Il est bien décidé à garder pour lui ce chagrin et à en rejeter la faute sur Dieu, s'inquiète Mme Dupuis.

— Pourquoi? Mais pourquoi? Nous ne pouvons pas discuter la volonté de Dieu.

— Sa mort est une injustice. Elle a donné à Dieu sa jeunesse et sa beauté et il lui a enlevé la vie.

— Pour lui donner la vie éternelle.

— Si elle existe.

— Oh! Clovis! Ne dites pas ça, malheureux. Je suis certaine que vous ne le pensez pas. C'est la douleur qui vous égare. Nous allons prier ensemble.

— Non, je ne veux plus prier... je ne veux plus prier, répète-t-il en secouant sa tête fatiguée.

— Je vais appeler le curé; vous avez besoin de lui, vous avez besoin de réconfort.

— Non. Pas ce soir. Je dis n'importe quoi, vous avez raison.

Qu'a-t-il dit? Qu'a-t-il fait? La douleur ne doit pas le perdre. C'est tellement important pour elle, la religion, qu'il doit jouer le croyant résigné. Cette façade qu'il s'impose l'isole davantage dans sa détresse. Personne ne doit savoir que Dieu est mort en lui en même temps que Judith. Personne ne doit savoir qu'il est impuissant. Personne ne doit savoir qu'il a aimé sa soeur comme une femme. Personne ne doit connaître sa souffrance parce que cette souffrance n'aurait jamais dû exister. Ni cet amour qui l'a engendrée. Il ne doit même pas se compromettre davantage en étant trop affecté par cette mort.

— C'est que... elle priait... tandis qu'il y a des bandits, des hommes qui abandonnent des petits bébés...

— Je sais, ils sont vivants, ceux-là, mais ils n'auront pas la vie éternelle. Nous allons prier ensemble, Clovis. Je vais prier avec vous. Finissez votre soupe.

Il reprend son rôle d'enfant obéissant.

— Dire des choses pareilles deux semaines avant Pâques. Votre soeur est au ciel, j'en suis sûre. Elle ne doit pas être bien fière de vous.

Comme c'est simple pour elle. Alcide, lui, assurait que sa mère était en enfer.

— J'irai me confesser, promet-il d'un ton repentant, sachant qu'il passera sous silence sa visite au bordel et sa rupture avec Dieu.

Mme Dupuis s'agenouille. Lui de même. Elle sort son chapelet et commence les prières qui lui engourdissent le cerveau. Et la vie de Judith, dans son cloître, l'épouvante. Elle était emmurée, elle aussi. Soustraite à tous regards et à tous visages. Les litanies l'hypnotisaient. Effaçaient ses pas sur la grève où elle venait le rejoindre, pour la laisser chancelante dans sa cellule, frissonnante sous sa rude bure.

Mme Dupuis jette de rapides coups d'oeil à son pensionnaire. Il grelotte encore dans sa couverture. Quelque chose en lui s'est brisé. Il n'est plus comme avant et elle a l'impression d'être avec un étranger. Elle a beau observer les longs cils, les joues imberbes, l'enfant s'est échappé de lui. N'habite plus ce visage. Il ne reste qu'un homme amer. Si amer. Elle se désole, poursuit sa prière avec ferveur, ignorant jusqu'à quel point Clovis déteste maintenant Dieu et son complice.

Mi-juillet 1927

Ce n'est ni la grande bâtisse, ni les bâtiments annexes, ni le costume des élèves, ni celui des religieuses, ni les longues tables où tous ont de quoi manger, ni les paillasses du dortoir, ni les gros poêles qui promettent la chaleur en hiver, ni la chapelle et sa cloche sereine qui l'impressionnent. C'est bien cette cérémonie en plein air où différentes tribus indiennes se fondent en une seule et grande famille: celle des chrétiens. Les voilà tous agenouillés, à réciter le chapelet et à chanter devant l'école-hôpital d'Albany. Demain, après-demain, les parents repartiront à la chasse après avoir laissé un ou deux enfants aux soeurs Grises de la Charité. Kotawinow aussi repartira avec Midas et peut-être Nicolas. Il est venu la mener ici. Elle a quinze ans, sait lire, écrire, prier et chanter. Les religieuses ont été satisfaites de sa formation. Elle travaillera comme domestique à l'hôpital tout en se perfectionnant à l'école adjacente. Et puis, dans quelques années, elle pourra devenir la femme de Dieu et se dévouer pour son peuple, à l'exemple de ces femmes blanches si courageuses et si bonnes.

Notre Père qui êtes aux cieux... Marie-Victorine glisse un regard à Kotawinow, à ses côtés, ce vieillard à la chevelure blanche qui a pagayé et parcouru des milles et des milles sous la morsure du vent et des insectes pour la reconduire. Même qu'il a failli mourir dans la tempête qui a brisé leur canot. N'eût été de Nicolas, il se serait noyé sous leurs yeux. Nicolas n'est donc pas totalement mauvais puisqu'il a sauvé le Père. Et il ne le déteste pas autant qu'il le prétend. «Merci Nicolas. Dieu tout-puissant, donnez-lui la foi», prie la jeune fille du fond de son âme. Cette supplique, intercalée dans le flot des *Je vous salue Marie*, parviendra sûrement à Dieu par l'intermédiaire de cette bonne dame du ciel. Elle demandera à son Fils d'intercéder auprès du Père tout-puissant afin que Nicolas soit éclairé de la lumière de la foi et se fasse baptiser catholique. Alors, ils ne seront plus qu'un en Jésus-Christ. Toute la bande des Cris des Prairies sera totalement intégrée dans cette grande et belle famille.

Pourquoi Nicolas refuse-t-il d'entendre la Parole qu'enseigne le missionnaire? Ne voit-il pas la joie réelle et la paix que la religion leur procure? Ne palpe-t-il pas la bonté et l'abnégation de Kotawinow, qui les a trouvés, si loin au nord du Manitoba? Qui s'est sacrifié, à un âge avancé, pour une poignée d'Indiens, sans chef, sans patrie et sans Dieu? Ne voit-il pas qu'avec lui, ils ont retrouvé leur dignité? Qu'ils ne sont plus comme des animaux affamés qui s'entre-déchirent et s'abrutissent par l'alcool? Ils sont devenus un peuple aimé de Dieu, entendu de Dieu, respecté de Dieu. Ils sont devenus ses enfants, au même titre que tous les croyants, et ils ont droit au paradis autant que les Blancs. Pourquoi Nicolas ferme-t-il les yeux sur tout le bien qu'a amené Kotawinow?

Marie-Victorine contemple le vieillard à ses côtés. Le vent agite sa barbe et ses longs cheveux blancs sans réussir à en chasser les mouches noires qui y pullulent. De fines zébrures de sang coulent derrière ses oreilles, dans son cou, glissent sous le col empesé de sa soutane jusqu'à la blessure sur sa nuque, occasionnée par le portage du canot sur la rivière Hayes. En trébuchant sur des roches mouillées, la barre du canot lui avait écorché la peau. Ce n'est que lorsqu'il s'était dégagé de son fardeau qu'elle avait aperçu cette plaie.

— Vous êtes blessé, mon père.

— Ce n'est rien, mon enfant.

Il souriait, la rassurait, lui disait que c'était peu de chose comparé à la croix du Christ qui, Lui, portait tous les péchés de la terre. Ces paroles raffermissaient sa foi et son courage, tout en l'encourageant à rester auprès de cet homme qu'elle aimait et admirait. Et, de le voir peiner sous les charges et se mouiller jusqu'à la ceinture dans les eaux glacées, de le voir dormir par terre et pagayer à longueur de journée, lui faisait comprendre la grandeur et la pureté de l'amour que Kotawinow lui portait. Le soir, au lieu de se plaindre ou de tempêter contre la pluie, le vent ou les insectes, il priait devant le feu en lui disant combien il était heureux d'aller la mener à la mission d'Albany.

Et voilà qu'ils étaient rendus, après bien des périples et des mésaventures. Avec quelle fierté il l'avait présentée aux religieuses: «Je vous amène ma fille en Jésus-Christ. Elle apprend vite et bien. Elle sait déjà toutes ses prières.» Plus il parlait d'elle et de ses progrès, plus il semblait rajeunir et oublier ce dur voyage inscrit dans ses os et ses muscles fatigués, dans son estomac vide et dans les marques laissées sur sa peau.

Elle s'ennuiera de lui, c'est sûr. S'ennuiera de son regard paternel, de sa patience à lui enseigner, de sa bonté à lui laisser les meilleures parts de nourriture, de sa sagesse, de sa tolérance, de sa miséricorde. Elle s'ennuiera de lui. De ce père en lui. De ses grandes mains qui se nichaient sur ses épaules chétives pour la guider et l'assurer de sa présence. De ses pouces qui traçaient des croix sur son front, de ses sourcils qui s'inquiétaient à l'entendre tousser. «Tu seras bien avec les religieuses: tu auras chaud.» En lui faisant visiter l'école-hôpital, il lui avait fait remarquer les énormes poêles en fonte. La religieuse leur expliquait les corvées de bois de chauffage qui garantissaient le bien-être en hiver, les corvées de pêche à la carpe que les filles apprenaient à saler et à mettre en conserve, les corvées de foin de mer pour les vaches qui donnaient le lait. Kotawinow acquiesçait à tout cela, soulagé d'apprendre qu'elle n'aura ni faim ni froid. « Tu seras bien ici. » Cela lui importait beaucoup. Il se souciait d'elle, de sa santé, de sa maigreur, de sa toux tenace.

— Ce n'est rien comparé à Jésus-Christ, avait-elle répondu en voulant l'imiter.

— Tu n'as pas à souffrir inutilement. Tu n'as pas péché, toi, contre Dieu et les hommes.

Une ombre avait passé sur le visage du missionnaire en éveillant d'anciennes tempêtes.

— Promets-moi de prier pour moi, Marie-Victorine. Tu es près de Dieu, tu es pure.

On aurait dit qu'il voulait se diminuer pour qu'elle n'ait pas à le regretter. Elle lui avait embrassé les mains et il avait voulu les retirer comme si ces mains étaient indignes. Auraient-elles pu pécher contre Dieu et les hommes ?

La jeune fille regarde les mains abîmées de Kotawinow, qu'on dirait liées par le long chapelet d'os que lui a sculpté l'oncle Baptiste. Se peut-il que ces mains aient péché contre Dieu et les hommes ? Ces mains qui ont tenu le Tout-Puissant au-dessus de leurs têtes ? Ces mains qui ont pagayé durement pour la mener dans une communauté chrétienne où sa foi se développera ? Non. Elle aime trop les mains de Kotawinow pour croire qu'elles aient péché. Kotawinow se diminue par humilité. Elle ne peut pas être plus près de Dieu que lui. Ne peut pas prier pour lui comme s'il était un pécheur. Ce serait de l'orgueil de sa part. Ce sont les mains de Kotawinow qui l'ont sauvée. Elle se retient de les embrasser de nouveau, ferme plutôt les yeux et oriente ses prières vers la conversion de Nicolas qui, appuyé contre la table du traité, les observe avec arrogance.

Hier, et ce matin encore, ils ont défilé ici, devant la table du traité. Le médecin du gouvernement leur a donné leurs quatre dollars annuels. Et eux, ils ont donné une partie de cet argent aux religieuses afin qu'elles prennent soin de leurs enfants. Demain, ils retourneront à leur territoire de chasse pour se plaindre qu'il n'y a plus autant de gibier qu'avant, pour se plaindre qu'ils n'obtiennent plus grand-chose lors de l'échange et se plaindre finalement à Dieu quand l'estomac leur fera trop mal. Alors ils consommeront de la nourriture éternelle. À se nourrir ainsi, Marie-Victorine et le Père sont décharnés et il a bien remarqué, lors du trajet, qu'ils n'ont aucune force physique. Rien qu'une endurance maintenue par un continuel murmure de prières. La tribu entière, d'ailleurs, a versé dans l'espérance de l'au-delà, suivant l'exemple du chef, Baptiste, son beau-père, qui a subitement et totalement adhéré à l'enseignement de Kotawinow, lorsqu'il a constaté que celui-ci n'avait aucune vue sur sa femme ni sur aucune autre femme. Ils végètent aux alentours de la chapelle, n'osant s'aventurer trop loin de peur de manquer les offices. Déjà, le territoire qu'ils se sont octroyé marque des signes d'épuisement.

Combien de temps leur reste-t-il pour saigner à blanc ce petit emplacement où même le lièvre se fait rare? Ils sont fous. Maigres et fous. Tout ce pays pourrait leur appartenir. Il sait, lui, où abondent les animaux à fourrure et les caribous. Il connaît les contrées inaccessibles à l'homme blanc, inaccessibles surtout à la chapelle qui cloue l'Indien sur place. C'est là qu'il récolte tant de fourrures. Mais à quoi bon leur dire?

Nicolas hausse les épaules, s'assoit sur la table du traité. Il aimerait avoir l'audace de chier dessus. De laisser sa façon de penser à la civilisation. «Tiens, pour toi, homme blanc, qui vient nous jeter des miettes après nous avoir volé nos richesses.» Il rage d'entendre prier ce peuple soumis. Rage de voir toutes ces nuques ployées. Rage d'y voir Marie-Victorine semblable à toutes les autres. Adoptant déjà les gestes de ces femmes de Dieu qui n'ont ni cheveux, ni hanches, ni seins. Sera-t-elle comme cela un jour ? Elle, la fille de Georges, qui était fils de chef et avait combattu avec les Métis. Deviendra-t-elle si anonyme, elle dont le sang est plus pur que le sien ? Perdra-t-elle son identité de Crie et de femme ? Oui. Elle perdra tout cela... à force de prier et de se détacher de la terre. Elle est folle et ne pense qu'à l'absolu. Comment parvient-elle à l'obséder, lui, si charnel et si matérialiste ? Comment parvient-elle à hanter ses songes ? À s'identifier à son avenir ? C'est elle qu'il voit dans sa future habitation. C'est pour elle qu'il vendra ses peaux. C'est pour elle qu'il ramassera du bois et chassera le caribou. Pour qu'elle n'ait plus faim et plus froid. C'est elle qu'il imagine sur sa couche. Il est fou, lui aussi, de poursuivre cette chimère. Elle n'a d'yeux, d'oreilles, de pensées que pour Kotawinow et pour Dieu.

La jalousie le ronge. Tout ce temps qu'elle leur consacre le rend furieux. Ce temps à prier, à assister à la messe, à prodiguer la bonne parole. Il serait beaucoup plus sage de chasser et d'aller jusqu'à Moose Factory pour avoir de meilleurs prix pour les peaux. Kotawinow n'aime pas que les Indiens fréquentent les ministres de la puissance. Pourtant, l'argent est du côté de la puissance. Il a une consonance anglaise et les quelques mots qu'il connaît de cette langue se sont déjà prouvés fort rentables. Kotawinow et Marie-Victorine hochent toujours la tête lorsqu'il revient des comptoirs de l'Est avec de la boisson et de la farine. Cela le fait rire : ils sont maigres à faire peur et leur Dieu ne se soucie pas plus d'envoyer des lièvres dans leurs collets que dans ceux des protestants. Si Kotawinow n'était pas survenu ce jour où Marie-Victorine mourait littéralement de faim, il aurait pu la rendre sienne. En ce temps-là, elle combattait pour sa survie. Dieu n'était qu'une vague entité supérieure dont elle avait soif, mais il aurait su le remplacer. Il aurait été doux avec elle sur la couche afin qu'elle aime l'acte d'un homme. Il l'aurait nourrie et vêtue comme une reine. La femme de l'impur aurait été la plus belle, la plus heureuse de toutes au lieu d'être famélique, toussoteuse et pieuse. « Regardez comme Il prend soin des petits oiseaux », prêchait Kotawinow. Il n'a jamais vu, lui, les lagopèdes piégés sous une croûte de neige pour avancer de telles choses. Et si l'outarde n'avait pas le courage d'entreprendre son voyage dans le Sud, Dieu n'enverrait pas de rayons spéciaux pour empêcher la glace de prendre autour de ses ailes. Kotawinow raconte souvent des choses insensées. Et Marie-Victorine croit tout ce qu'il dit. Aveuglément. Stupidement. Elle ne vit que pour ce royaume des cieux. Que pour ce rival qui se soucie fort peu d'elle. Elle serait tellement bien avec lui.

Le regard bleu de Nicolas contemple longuement les silhouettes de Marie-Victorine et de Kotawinow. Elle, si jeune, si serviable. Lui, si vieux, si dépendant. Que fera-t-il sans elle? Sans son aide précieuse? Où trouve-t-il la force de la laisser? Si, au moins, il l'avait reconduite pour la marier à un homme tel que lui... Mais la reconduire pour l'abandonner aux mains de l'Être invisible, qui n'a rien fait de remarquable jusqu'à maintenant, devrait jeter une grande frayeur dans son âme. Et pourtant, il semble heureux, soulagé, récompensé. À voir sa physionomie, on serait tenté de croire que l'avenir de Marie-Victorine est assuré à tout jamais. Il ne comprend pas. Le pauvre vieux n'a-t-il pas constaté que Dieu ne leur attache pas plus d'importance qu'à un caillou? Est-ce Dieu qui l'a sauvé lorsque le canot a chaviré? Ou lui, le païen? Dieu venait-il soulager la plaie sur sa nuque? Chassait-il les myriades d'insectes? Que faisait Dieu quand lui, Nicolas, s'ingéniait à maltraiter le Père afin que Marie-Victorine renonce? Rien. Il se taisait. N'existait que sur leurs lèvres et les billes d'os du chapelet. Que fera Dieu s'ils s'égarent au retour? Si Midas et le Père périssent en mer ou dans les rapides? Rien. Il ne tendra ni sa main ni même une branche, et la tribu sera de nouveau déroutée. On le rendra responsable de la mort de Kotawinow et il aura beau dire que c'est la faute de Dieu, ni ses frères ni Marie-Victorine ne croiront en la parole d'un païen. Il lui faut donc se résoudre à les accompagner pour le voyage du retour.

Le jeune homme s'éloigne de la table du traité et du groupe de fidèles agenouillés. Il pousse rageusement un caillou devant lui, puis observe les tentes qu'on roulera demain. Il lui faut abandonner son intention de poursuivre la route jusqu'à Moose Factory: le Père a besoin de lui, et lui, il ne veut pas admettre qu'il aime bien le Père parce qu'il le traite à l'égal de tous. Oui, il l'aime bien et serait probablement baptisé s'il n'avait pas accaparé Marie-Victorine avec son Dieu. De toute façon, les ministres de là-bas commencent à trop insister pour qu'il embrasse leur culte. Il ne pourra pas toujours ruser avec eux et se servir de son indécision pour obtenir quelques avantages. Et tant qu'il sera païen, il sait qu'il sera présent dans l'esprit de Marie-Victorine et dans celui du Père. Son nom sera enregistré tous les jours dans leurs prières. Mais s'il se fait baptiser protestant, ils l'oublieront et il sera complètement exclu de la tribu. De sa mère même qui l'aime profondément, et de Kotawinow qui ne pourra plus poser sa main ridée sur son front et lui dire qu'il l'aime en Jésus-Christ.

Nicolas regarde, au-delà des tentes, l'horizon rouge déchiré par les têtes d'épinettes. C'est par là qu'il habite. Il sait le chemin du retour. C'est là qu'habitent sa mère, ses demi-frères, ses demi-soeurs et les gens de sa tribu. Kotawinow lui a dit un jour que les aimer lui procurerait une grande joie. Il n'a pas encore connu cette grande joie. Sa bouche est amère... il les méprise. Il n'a pas besoin de leur amour. Il sait se suffire à lui-même, mieux qu'aucun d'entre eux. Il est le meilleur chasseur, le meilleur trappeur parce qu'il a l'audace de découvrir de nouveaux territoires et de s'exiler pendant des saisons entières. Il n'a pas besoin qu'on accoure vers lui comme on le fait vers Kotawinow.

Tourné vers ce point où bat le coeur de sa vieille mère, Nicolas se laisse envahir par la certitude que le pays entier lui appartient. Qu'il peut le parcourir à sa guise avec ses mocassins. Un sentiment de liberté germe en lui. Aucune religion ne doit l'attacher à une misère quelconque. C'est peut-être ainsi qu'était son père, libre, aventurier, sans attache. Ni femme, ni enfant, ni même Dieu pour le retenir quelque part. Cette pensée lui donne un sentiment de supériorité. C'est Kotawinow qui a besoin de lui, c'est la tribu qui a besoin de lui et non l'inverse. Lui, il n'a besoin de personne. Surtout pas de l'angélique Marie-Victorine, cette fille de l'absolu qui ne présente aucun point commun avec lui. Et pourtant... pourtant il rage, car il sait qu'elle l'accompagnera sur les territoires lointains. Qu'elle sera là, dans sa pensée solitaire. Toujours là. Malgré lui.

Amère confirmation

Il n'y a plus de fuite possible, plus d'excuse valable, plus d'explication raisonnable. Elle vient de tourner la clef dans la serrure, Oscar est en congé pour la journée et le professeur Bernier est parti jouer au bridge.

Elle s'avance vers lui. Il regarde le joli motif fleuri du tapis. Il a peur de s'écrouler tant ses jambes sont molles, peur de rester muet tant sa bouche est sèche. Elle pose sa main sur sa poitrine, la caresse d'une manière qui lui coupe le souffle.

— Qu'est-ce que c'est?

— Quoi?

— Il y a comme un pli.

— C'est... ce sont des cicatrices... elles ne sont pas belles... je... je peux rester habillé.

— Pauvre enfant. (Qu'il est nigaud!)

La main pleine de bagues caresse sa joue brûlante. Il a honte d'avoir envie qu'elle abuse de lui. Il ferme les yeux.

— Voyons, Clovis! Ne rougissez pas comme ça. C'est la première fois?

Elle lui parle si doucement, si gentiment qu'il désire s'initier aux jeux de l'amour avec elle.

— Euh! Non... oui. Oui.

L'autre première fois ne compte pas puisqu'il a échoué dans le lit de Suzelle. Il y a déjà un an de cela. Un an qu'il s'interroge sur ses capacités. Un an de doute, de crainte et d'incertitude. Ça ne peut plus continuer ainsi. L'éventualité d'être définitivement impuissant l'obsède à un tel point qu'il risque de nuire à son année d'internat. Et depuis qu'un confrère lui a parlé de ses expériences avec Mme Bernier, il ne cesse de penser à elle. Il sait qu'elle le désire depuis toujours. Elle, présente à toutes les joutes de hockey, profitant de la moindre occasion pour lui faire savoir qu'il est attendu dans son lit. Eh bien le voilà, pas dans mais devant son lit, tremblant et rougissant comme une écrevisse lancée dans l'eau bouillante.

— Calmez-vous, Clovis. Calmez-vous. Ça ira bien. J'adore les puceaux.

Elle glisse la main sous sa chemise.

— Il n'est pas question que vous gardiez vos vêtements. Vous êtes si grand et si bien bâti. Je veux vous voir nu. Prenez-moi dans vos bras. C'est ça. Embrassez-moi.

Il obéit, se penche vers sa bouche toute rose. Un parfum délicat lui tourne la tête. Il l'enlace très fort. Oublie qui elle est et où il est et l'embrasse avec passion. Puis il frôle sa joue contre la sienne avec une tendresse infinie.

— C'est bon. Vos joues sont si douces... vos cheveux aussi.

Les doigts de la femme caressent sa tête, sa nuque, son cou. Habilement, enlèvent son gilet et sa chemise. Il se laisse faire. Les doigts de la femme sont partout sur lui. Expérimentés et audacieux.

Il la laisse faire, lui livre sa pureté sans condition. Qu'elle le prenne! Qu'elle le viole! Qu'elle le scandalise! Qu'elle confirme ou infirme son impuissance! Ses vêtements s'entassent sur les fleurs du tapis. Elle palpe ses bras.

— Qu'ils sont durs! Musclés. Vous devez être fort. Soulevez-moi de terre. Ah! Que c'est agréable.

Elle ne pèse rien près des fardeaux qu'il s'est habitué à transporter pendant l'été, quand il travaillait comme débardeur. Elle se presse contre lui; cela l'excite tellement qu'il manque de la laisser tomber.

— Venez vous étendre.

Elle l'entraîne dans le lit, ne lui laissant que sa camisole et son caleçon, et s'assoit espièglement sur le bord.

— C'est à votre tour. Déshabillez-moi. Je vais vous enseigner. D'abord, commencez par dégrafer ma robe.

Il se rend à ses désirs, mais ne peut résister longtemps à la tentation de lui embrasser le cou. Elle cambre la taille, lui prend les mains et les pose sur ses seins.

— Caressez-moi... caressez-moi... je suis à vous. C'est ça. Que vous embrassez bien... vos lèvres sont douces, douces... vos mains sont douces.

Il aime ça. Énormément. Ne sait plus trop ce qu'il fait mais obéit aux pulsations de son corps. Elle s'offre à lui, réclame ses baisers et ses touchers. Se retrouve bientôt nue contre lui, sous les couvertures. Chaude et si douce elle aussi. Offerte et voluptueuse. Il caresse ses hanches, sa taille. L'embrasse en s'étendant au-dessus d'elle. Il va la prendre. Elle échappe soudain un petit rire.

— Si Anatole nous voyait.

Elle cache sa figure dans l'oreiller. Quelle douche froide! Il avait oublié Anatole et la moralité si chère à l'université. Il se couche sur le dos, mains derrière la nuque pour réfléchir. Qu'adviendrait-il si le professeur revenait de sa partie de bridge plus tôt que prévu et le surprenait avec sa femme? Il a honte. Il a peur. Son sexe se ramollit. Elle rigole.

— Mais non, voyons! Il ne rentrera pas avant minuit. Je vous ai fait peur, hein?

— Ce n'est pas bien ce que nous faisons.

— Oh! Vous n'êtes pas le premier. Si ce n'est pas vous, ce sera un autre, c'est tout. Quelle tête vous faites! Détendez-vous. J'ai voulu vous taquiner, c'est tout. Fermez vos beaux yeux. Ah! Voilà, vous êtes obéissant... Je vais vous faire une caresse. Gardez vos yeux fermés. Détendez-vous.

« Si ce n'est pas vous, ce sera un autre. » Elle a de l'expérience. Sait y faire. Et surtout, elle a soif de sa jeunesse, de sa beauté et de sa force. Il commence sérieusement à douter de son impuissance. L'autre première fois, il était sous le choc de la mort de Judith. Ça ne comptait vraiment pas. Cette fois-ci, il désire tellement cette femme, désire tellement cet acte qu'il s'abandonne à elle sans réticence. Elle l'embrasse goulûment, force sa langue dans sa bouche. Une main glisse sur son ventre puis se referme sur son pénis.

— Ne faites pas ça! Ne me touchez pas!

Il cherche à se libérer de cette emprise par laquelle Alcide le soumettait.

— Voyons! Ne soyez pas si pudique.

— Je n'aime pas ça. Je m'en vais si vous continuez.

— Très bien.

Elle abdique, dénoue sa coiffure et laisse cascader ses cheveux devant ses yeux ravis. Il peigne les mèches de ses doigts.

— J'aime la couleur de vos cheveux.

— C'est une couleur rare.

— Votre peau est très pâle.

Il lui cajole la joue.

— La vôtre est plutôt foncée.

— Ça vous dérange?

— J'aime assez... prenez-moi, Clovis. Je ne vous toucherai plus.

Il la renverse. Retrouve en quelques baisers l'ivresse du plaisir charnel. Il ne se pensait pas si vulnérable, si prompt à oublier Anatole et la moralité de l'université: tout ça a basculé par-dessus bord comme le lest d'une montgolfière. Et il monte, monte au septième, et pourquoi pas huitième ciel. Il ne se contrôle plus. Ou si peu.

Elle lui enlève sa camisole, réprime mal une moue d'horreur et détourne la tête.

— Remettez votre linge de corps... je ne pourrai jamais les sentir sur ma peau... C'est affreux.

Il se sent repoussant comme un crapaud galeux. Il s'examine. C'est vrai qu'il est horriblement mutilé. Il ne s'habitue pas, lui non plus, à se voir tel qu'il est rendu. Il remet sa pièce de vêtement. Honoré a beau prôner que des cicatrices ça donne quelque chose à dire, il trouve que les siennes ne suscitent que la répugnance et le rejet.

— C'est mieux, concède la femme. Que vous est-il donc arrivé?

— Un accident. (Un combat, plutôt, entre lui et une bête. Il ne faut pas le dire.)

— Je n'ai jamais rien vu de tel... vous êtes tout recousu... Ça ne fait rien... continuons.

Elle reprend le fil de leurs ébats. L'amène de nouveau jusqu'à l'érection et l'invite à la pénétrer. C'est à ce moment propice que son sexe le trahit. Il se dérobe, débande, se ratatine. Elle pouffe de rire... cambre les reins sous lui pour rire à gorge déployée. Il regarde ce cou qu'il embrassait il y a un instant à peine. Sûrement qu'il va éclater d'entendre ce rire méchant. Elle roule la tête en ricanant. Essuie des larmes au coin de ses yeux.

— Vous êtes tout mou... ah! oh! oh! Vous n'êtes même pas capable. Ah! Que c'est drôle. Je vous croyais bien autrement. Ôtez-vous de là! Laissez-moi m'asseoir: je vais étouffer.

Il aimerait étrangler le rire dans cette gorge. Enserrer ce fin cou blanc de ses mains jusqu'à ce qu'il se taise. Étouffer ce volcan de méchanceté qui vomit sur lui. Il se lève brusquement, s'empêtre dans les draps et se retrouve sur le tapis, le nez dans ses vêtements. Quelle position ridicule! Surtout avec ce rire qui le poignarde.

Tant bien que mal, il réussit à enfiler ses vêtements. Plus il se dépêche de fuir cette femme, ce rire et cette chambre, plus il commet d'erreurs, se boutonnant en jaloux et coinçant son pan de chemise dans sa braguette.

— Vous auriez dû rester habillé, finalement. Ça ne valait vraiment pas la peine de vous mettre nu pour faire ce que vous avez fait... Ah! Ah! Ah! C'est la première fois que je vois ça, ah! ah! ah! J'en pleure. Ah! Vous êtes drôle, mon cher enfant.

Elle lui lance ces boutades avec hauteur et mépris. Jubile de le voir si démuni, si humilié. Elle bafoue sa fierté d'homme, comme la chatte s'amuse avec la souris moribonde. Avec sadisme et cruauté. Le martyrisant. Le ridiculisant.

Elle sait tout le mal qu'elle lui fait. Elle veut tout ce mal.

Il s'enfuit. Ferme la porte. Entend encore ce rire forcé. Il dégringole les escaliers à la course et se retrouve dehors, sur le grand perron. Il s'appuie au mur, replace ses cheveux et tend l'oreille. Règne enfin le silence en cette douce soirée de mai. Une odeur de pluie monte des pelouses et des gouttelettes brillent aux aiguilles des pins. Il fait bon. Il hume le parfum de la terre, de l'herbe, de la pierre mouillée. Pense aux oiseaux revenus qui s'accouplent et pondent des oeufs dans leur nid. Il y en a plein dans tous les arbres de Westmount. Plein d'oeufs et plein d'accouplements. C'est la saison des amours. La terre s'est dévêtue de son lourd manteau de glace et a tendu les bras nus de ses arbres dans les rayons du soleil. Elle s'est laissé réchauffer, s'est laissé dorer, s'est laissé engendrer d'une multitude de vies. Patiente, elle s'est refermée sur les graines des jardins pour les couver.

Et lui... lui, il est là. Privé de cet accomplissement. Banni du cycle normal de la reproduction. Mis à part, au rancart, à l'écart comme un outil défectueux. Une douloureuse scission s'opère entre lui et les lois immuables de cette nature auxquelles il ne peut obéir.

Amoindri, il quitte les lieux de sa défaite sans regarder derrière, la tête basse et les mains dans les poches. De longs vers de terre, presque blancs, s'étirent sur le trottoir. Il les contourne. La pluie les a fait sortir de leurs galeries souterraines. Qu'il aimerait pouvoir se faufiler avec eux, se cacher dans le sol. Parviendrait-il ainsi à ne plus entendre ce rire qui le persécute? Non. Ce rire le suivra partout, toujours. Il veillera à lui rappeler son handicap. À le proscrire de toute liaison.

Ses yeux piquent: il ravale ses sanglots en fermant les poings. Il ne peut confier à personne le malheur qui le frappe sans risquer de faire rire de lui. Ne peut espérer de guérison à cette amputation vitale dont nul ne se doute. Piteux, il retourne à la résidence des internes où l'attend son petit lit raide et glacé.

Et ses pas, dans la nuit tiède de mai, ses pas sous les arbres de Westmount chargés de nids féconds, ses pas résonnent sur le trottoir et scandent sa détresse.

Ne jamais s'accomplir, toujours mentir.
Devenir la pierre froide du désert.
La pierre privée de caresses, privée de tendresse.
La pierre sans descendance et sans racine.
Immobile et stérile.
Muette et dure comme stèle funéraire.
La pierre froide et lourde...
Lourde de tout son poids,
De toute son inertie,
De toute son impuissance.

Ne jamais s'accomplir, toujours mentir.
Devenir la pierre camouflée sous la mousse.
La pierre maquillée, la pierre déguisée.

La pierre de tous les âges et sans âge.
La pierre qui s'enfonce dans son coeur.
Qui tombe dans son ventre et fait éclater ses organes.
La pierre qui germe dans son cerveau.
Petit grain de sable douloureux dans son crâne.
Qui bat et blesse.
Lui fait cligner des yeux sur les vers de terre...
Et rouler des larmes sur les joues douces que nulle
femme...

La pierre qui pleure, morte de ne pouvoir donner vie.
La pierre angulaire de sa solitude.
La pierre du désert, pierre de son enfer.
Ne jamais s'accomplir, toujours mentir.

La médaille

Il a suivi l'homme jusqu'au cimetière. L'homme-diable, vêtu de noir, avec des guêtres de citadin qui font rire. L'homme-diable aux yeux sombres et à la peau brûlée.

Le voilà qui s'assoit, non pas qui s'agenouille, devant la croix de la sauvagesse. Cette croix devant laquelle on cueille tant de fraises sans se soucier des restes qui reposent en dessous. Cette croix qu'il a toujours cru abandonnée et autour de laquelle il s'est amusé avec ses cousins. Même qu'un hiver, il a piégé un lièvre à l'aide d'un de ses bras. Personne ne l'a réprimandé : c'est rien que la sauvagesse, ont expliqué les grandes personnes. C'est curieux qu'un adulte se déplace aujourd'hui pour cette sauvagesse. Rien que cette sauvagesse.

Tapi dans l'herbe, l'enfant espionne l'homme intrigant dont tout le monde parle en sourdine avec une crainte et un rejet non dissimulés. L'homme-diable, auréolé de cauchemars. L'homme désavoué par les parents. Il aimerait dire à cet homme qu'il ne lui fait pas peur mais il tremble de le voir esquisser un mouvement. Effrayé, l'enfant colle sa tête contre le sol chaud et observe les fourmis transporter inlassablement leurs grains de sable. Est-ce la dernière image qu'il emportera de la terre avant que ce diable ne fonde sur lui? Il attend. Pense à William Fitzpatrick qui a serré la main de l'inconnu. Ce William serait-il plus brave que lui? Non. Ce fils d'Irlandais ne peut pas être plus brave que lui, un Canadien français. L'enfant ose relever la tête. L'homme a enlevé son veston aux coudes élimés et délace ses souliers. Avec étonnement, il le voit vider ses chaussures trouées et retient son envie de rire. Ce qu'il faut être fou pour porter des guêtres de gentleman sur des souliers de quêteux! Autant avoir de bons souliers de boeuf comme les siens. Que sa mère sera contente d'avoir cette nouvelle en primeur. Elle fera vite le tour de la famille, puis du village. Ça lui apprendra à se donner de grands airs parce qu'il vient de la ville et à prendre du temps dans le sermon de l'oncle Hercule pour annoncer qu'il est revenu.

Heureux de cette trouvaille, l'enfant s'apprête à partir lorsqu'il voit l'homme sortir un objet de son gilet. Qu'est-ce donc? Cela brille. On dirait une pièce d'or. Il dépose cet objet devant la croix. Parmi les fraises blanches qui rougiront la semaine prochaine. Est-ce la médaille que vantait la vieille Azalée sur le perron de l'église? Oui, ce doit être cela. Mais la vieille servante n'a pas toute sa tête. Ce n'est sûrement pas de l'or véritable. Il paraît que tout est mêlé dans son cerveau. Elle prend le docteur pour son mari et l'homme-diable pour son fils. On raconte que jadis, elle avait une fille méchante et un mari qu'on a trouvé égorgé comme un porc. La fille est emprisonnée à vie et le nom de l'homme-diable trempe dans tout ce sang. Il paraît qu'au moment du meurtre, il se serait battu avec le diable des bois, qu'il lui aurait vendu son âme pour se venger de l'ancien curé du village.

L'enfant avale avec difficulté, paralyse de terreur. Il aimerait crier à cet homme qu'il n'a pas peur de lui tout en songeant à s'éclipser silencieusement. Mais William lui a donné la main et il n'a que sept ans. Il ne doit pas se laisser supplanter par ce fils d'immigré. Il doit faire mieux. Il ne lui reste que la possibilité de lui lancer un caillou. Il le fait vite, mais il rate sa cible et le caillou rebondit sur la croix. L'homme se détourne brusquement, le repère aussitôt de ses yeux aussi noirs que la suie de l'enfer. Épouvanté, l'enfant déguerpit.

La tête blonde s'enfuit dans le champ de marguerites. Il est impossible de rattraper le garnement; il court trop vite, il a trop peur. Clovis s'aperçoit qu'il a serré les poings. S'apprêtait-il à se battre? Contre qui? Contre quoi? Contre cette peur insaisissable? Il a mal en lui, comme ce jour où Biche a reçu une balle de neige en plein visage et où il a été incapable de la défendre. Maintenant qu'il est un homme, il demeure impuissant à empêcher qu'on ne vienne lapider sa croix. Il s'écrase dans l'herbe, sourit tristement à la médaille parmi les plants de fraises.

(C'est la médaille Hingston, maman, c'est pour toi. C'est Lady Hingston elle-même qui me l'a remise. Je suis monté vers elle... on m'applaudissait... et papa pleurait. C'est un prix, maman, un honneur réservé à celui qui a conservé le plus de points pour toutes les matières primaires et finales... et j'ai mon diplôme aussi... je suis médecin, un sorcier comme tu disais. Elle est en or, la médaille. C'est pour toi. Je sais que tu es fière de moi. J'aurais aimé que tu me voies la recevoir. Hercule devait en parler en chaire mais il ne l'a pas fait... il a juste dit que je pratiquerais avec papa dès demain. Ça y est, j'ai réussi. Ton fils a réussi, maman. Je suis devenu médecin, comme papa. Oh! Maman! Si tu les avais entendus!)

Clovis ferme les yeux, se revoit mentalement gravir les escaliers sous les applaudissements. Il revoit les sourires, les poignées de main, les félicitations qui fusent autour de lui. Il réentend les louanges de ses professeurs, leurs invitations à pratiquer avec eux ou leurs encouragements à se perfectionner. Il revoit son père qui n'arrêtait pas d'essuyer ses yeux derrière ses lunettes. Son père, si modeste, près de Mathilde qui s'octroyait une part de son succès en tant que première institutrice. Et ces jeunes femmes qui désiraient danser avec lui, et Pénélope qui...

Il s'arrache à ces souvenirs. Rougit inutilement. (Tu me manques, maman, comme tu me manques. C'est avec toi que j'aurais aimé danser.)

Il ne devait pas rêver jusqu'à cette ombre. Jusqu'à cet accroc. Ne devait pas ternir la médaille par l'incident de cette valse où il a écrabouillé le pied de Mme Bernier. Maintenant, il doit tout dire, se livrer complètement à ce fantôme. Même si c'est à lui qu'il le dit, qu'il le répète et qu'il l'explique.

C'est dans le lit de Mme Bernier qu'il n'aurait pas dû se retrouver. Il n'aurait pas dû confirmer son impuissance auprès d'elle. Pas auprès d'elle. Une autre n'aurait pas ri de lui si fort et si méchamment, à se rompre la gorge. Une autre n'aurait pas fait cette moue répugnante à la vue de ses cicatrices. Une autre ne lui aurait pas dit, dans son heure de gloire: «Vous ne méritez certainement pas de médaille pour vos performances au lit. Si toutes ces jeunes femmes qui vous convoitent savaient que vous n'êtes qu'un impuissant, qu'un incapable...» Elle l'avait grièvement atteint dans sa nature d'homme. Il n'était plus en mesure de danser, ne retrouvait plus le temps de la musique et lui avait écrasé un pied dans son énervement. Elle avait crié et il lui a semblé que tout le monde les regardait. «Souriez, brillant finaliste, susurrait-elle en faisant mine de lui enseigner le pas. Souriez; on nous regarde. Vous ne voudriez pas que le docteur Bernier se doute de quelque chose.» Il se sentait tellement fautif face à cet homme qu'il avait failli tout lui avouer pour se déculpabiliser. «Je pourrais être votre mère, il n'y a pas de quoi être bouleversé, n'est-ce pas?» C'était donc ça: elle se vengeait de cet affront qu'il lui avait fait lorsqu'elle avait voulu le séduire. Elle se mit à rire. De ce même rire qui se moque et détruit. De ce rire qu'il entendra chaque fois qu'il voudra s'approcher d'une femme. Il se sentait tout nu avec son organe flasque comme un drapeau en berne. « Souriez. Ce que vous êtes gauche. » Il piétinait sur sa robe, mouillait sa taille de ses mains nerveuses, se refusant à croire en sa méchanceté persistante. Les baisers avaient été si bons et si excitants. Elle avait été si douce avant qu'il ne flanche. Si passionnément comblée de l'avoir sous ses couvertures. Et puis, tout à coup, si dure. Si impitoyable. Si railleuse. « Je vous conseille de ne pas encombrer une femme de vos maladresses. » La valse achevait. Il savait qu'il n'y en aurait pas d'autres pour lui.

(Oh! Maman! C'est avec toi que j'aurais aimé danser pour le bal de ma promotion. Tu me manques tellement. Je ne me rappelle plus de ton visage, maman. Pardonne-moi.)

Un vide atroce cerne l'homme. Un frisson glace son échine sous le soleil de juin qui rougira bientôt les fraises. Qu'il est petit et démuni devant cette tombe! Un vrai petit garçon prêt à fondre en larmes. Un orphelin mal sevré qui recherche les seins nourriciers et l'haleine chaude sur le front, la voix qui console. Il frissonne. Décide de quitter cet endroit. Avec des gestes respectueux, il reprend sa médaille, la glisse dans la pochette de son gilet, puis s'empare du veston qu'il tient par-dessus son épaule. D'un pas songeur, il se dirige vers la rue principale, prenant garde d'éviter les cailloux qui lui blessent la plante des pieds. Que de chemin parcouru pour en arriver à ces souliers percés!

Il passe devant la maison d'Honoré, où habite également la famille de Sam. Quelle transformation radicale s'est opérée chez cet ami le jour où il a rencontré l'affectueuse Rose-Lilas. Et quelle dette énorme il a contractée envers lui. Il se demande encore comment réunir les cent cinquante dollars empruntés pour terminer sa cinquième année. Bien sûr, il l'a aidé dans son nouveau métier de marchand de peaux brutes, en le mettant en contact avec les juifs de Montréal qui font le négoce de la fourrure. Mais c'est bien peu comparé à ce qu'il doit. Bien peu à partir de cette descente des hauts territoires. C'est grâce à Sam s'il vit aujourd'hui. S'il marche dans cette rue où il l'avait traîné après son combat avec le glouton. S'il tâte dans sa pochette la médaille de Lady Hingston. Sans Sam, il serait mort sur les hauts territoires en écoutant Pica, le pic-bois, creuser pour son ver dans le tronc d'un merisier. Brave Sam. Il jette un coup d'oeil à la maison de bois. Sait qu'elle sent bon en dedans. Que grand-papa y gâte ses deux petits-enfants. Que Rose-Lilas chante en travaillant pendant que Sam goûte son bonheur tranquille. Son bonheur qu'il ne veut pas déranger. Les autres maisons lui sont fermées, hostiles même.

Il entend grincer ses pas. Pense à sa minable retraite quand il avait eu une crise d'épilepsie pendant la messe. Les roues de la calèche grinçaient dans le sable, dans sa tête, dans son coeur. Ce moment s'est inscrit en lui, s'est inscrit en eux aussi. Il ne peut leur extirper ce souvenir, ne peut saisir leur peur pour la mater. Ne peut abattre l'arbre de la haine dont la semence fut fertilisée par Alcide. Et il la palpe cette haine, il la palpe dans leurs yeux, dans leurs gestes et dans leurs silences. Dans ces dos qui lui font face. Dans ce caillou lancé sur la croix de sa mère. Dans tout ce village pétri et pétrifié par Alcide. Dans cette rue où ces gens le meurtrissaient avec leurs *Je vous salue Marie* et leurs accusations. Un sentiment de vengeance l'inonde. Encore une fois, il serre les poings. Constate qu'après toutes ses dettes et ses études, il se retrouve avec des souliers percés, une médaille que personne ne veut reconnaître et du fiel au fond de la gorge. Qu'il se retrouve dans la même rue, avec la même maison blanche, au bout, qui l'attend. Les mêmes nombreuses portes closes, les mêmes rares portes ouvertes.

Quel contraste avec Montréal où il a été acclamé lors de sa promotion et lors des joutes de hockey! Ah! Le hockey! La griserie de faire partie d'une équipe. De connaître ensemble les mêmes victoires, les mêmes défaites, les mêmes fatigues. Jamais il n'oubliera cela. Le grincement de ses pas se transforme en grattement de lames sur la glace. Merveilleuse musique. Merveilleuse solidarité des hommes au jeu. A-t-il rêvé tout cela pour se réveiller seul en plein milieu d'un village qui le renie? A-t-il rêvé qu'il a gravi l'estrade pour aller chercher le prix qu'on lui décernait? Non! Bon sens! Il n'a pas rêvé cela. Il pousse la médaille contre ses côtes jusqu'à ce qu'elle lui fasse un peu mal. Voilà. «Ce n'est pas un rêve, ça! Elle est là, ma médaille, bande de chiens sales! Pourquoi vous ne voulez pas la voir, hein? Pourquoi?» marmonne-t-il entre ses dents serrées, sachant que la pièce marque ses cicatrices et que les villageois ne se rappellent que de la blessure. Il a envie de crier ce qu'il pense de leur étroitesse d'esprit, de leur mesquinerie, de leur rancune tenace. Envie de lancer des cailloux, lui aussi, dans toutes ces fenêtres qui l'épient. Mais un homme le regarde venir sur la galerie de sa grande maison blanche. Il se berce dans sa chaise d'osier en fumant la pipe. Il ne doit pas montrer sa rancoeur et son agressivité à cet homme, ne doit pas montrer sa déception et ses craintes. Clovis adopte une démarche détendue de flâneur, cesse de frotter durement la médaille contre sa peau et déploie des efforts considérables pour refluer cette marée de violence qui s'apprêtait à inonder le village. Son père doit ignorer qu'il a peur de demain, peur de retrouver une salle déserte, peur d'échouer avant même de voguer. Demain, il l'enverra pêcher avec Honoré. Le voilà rendu au pied des trois marches qui montent à la galerie.

L'homme se lève avec les gestes posés de son âge. La chaise geint. Elle geignait aussi quand il berçait l'enfant torturé, au passage des outardes. La bonne odeur de médicament, les bras protecteurs, le menton rêche de la fin de la journée, tout cela n'est pas loin dans la mémoire de Clovis. C'est lui, aujourd'hui, qui pourrait bercer cet homme. Il doit le défendre contre la méchanceté sans tenter de lui faire accroire qu'elle n'existe pas. Tout vulnérable qu'il paraisse, le vieux praticien demeure cependant plus lucide que lui qui n'est qu'un orgueilleux entêté. Pourquoi est-il revenu ici? Pour réaliser son rêve d'enfant de pratiquer avec son père ou pour dompter ce village? Être reconnu de ce village qui se refuse à l'acclamer? Il grimpe les trois marches en se secouant les pieds pour vider ses chaussures. Trois, comme sur l'estrade qui menait à Lady Hingston. Le voilà debout devant l'homme au regard de miel qui dit:

— Je ne comprends pas, j'avais demandé à Hercule d'en parler.

— C'est sans importance. Madame Azalée l'a fait à sa place.

Philippe hoche la tête. Tout le brouhaha qu'a provoqué sa fidèle servante autour de la médaille de Clovis se trouve réduit à des imaginations farfelues puisque le curé n'a pas corroboré ses dires en chaire. Il sait cela. Clovis aussi. Seule Azalée l'ignore.

— Elle est fière de toi, la pauvre. Tu es comme son fils. Elle a tué une poule pour ton retour.

— Ça sent bon jusqu'ici. Si on allait dîner, papa.

— Oui. Allons dîner, répond Philippe en jetant un dernier regard à la rue déserte écrasée de soleil.

Le voyant s'attarder, Clovis pose la main sur son épaule et la presse doucement.

— Venez, papa. Nous verrons demain.

Les enfants reviennent de l'école. Sagement, on peut dire, les garçons occupant un côté du chemin et les filles, l'autre. Il cherche la tête blonde qui s'est enfuie dans le champ après avoir lancé un caillou sur la croix de sa mère. Ce pourrait être elle, ou elle, mais pas celle-là. Clovis remarque le jeune William et est déçu qu'il soit isolé du groupe. Il tient ses cahiers contre lui et marche la tête basse. Small Bear devait être ainsi. Clovis a l'impression de se revoir dans le fils de Sam. Il voudrait bien avoir des bonbons à lui donner ou des messages à lui faire porter. Aimerait l'interpeller et jaser avec lui. Réussir à lui expliquer qu'il connaît le poids de cette solitude et l'injustice du rejet. Mais l'écolier passe, sans accorder un regard à la maison, et rejoint sa petite sœur aussi blonde et pleine de taches de rousseur que lui pour lui prendre la main. Les nattes dorées éveillent immanquablement celles de Judith. Il se détourne de cette fenêtre, chasse ses fantômes. Pense à son père qu'il a envoyé à la pêche comme on envoie un enfant à l'école. Mais tantôt, lorsqu'il reviendra avec sa brochette de truites, il comprendra sans qu'il lui dise un seul mot. Juste à regarder sa mine déconfite, son sarrau impeccable, la salle d'attente déserte. Juste à entendre les soupirs d'Azalée et son leitmotiv éprouvant: «Qu'est-cé qu'y ont à pas venir... Qu'est-cé qu'y ont?»

Il saura, son père, que les rendez-vous ont été annulés. Que personne n'est venu et ne viendra à lui. Il le saura d'autant plus qu'Honoré lui aura transmis le pouls de ce village, cimenté dans la mémoire de la haine. Ce village qui n'a pas vraiment pardonné le péché d'amour de Philippe mais qui s'est assuré de son dévouement à vie. Qui se l'est enchaîné afin qu'il se dépense gratuitement en se contentant de leur tolérance et de leur indulgence. Clovis observe leurs diplômes, côte à côte. Pense à deux jolies fleurs sur un tas de fumier. Ce village ne leur sied pas. Déjà si petit, il refoule sur eux et les étouffe de ses mailles. Il faudrait s'établir ailleurs. À Montréal ou à Saint-Jérôme. Ou même à Mont-Laurier. Ailleurs, là où leur histoire ne les rejoindrait pas, là où la médaille Hingston reprendrait sa valeur, là où leurs deux diplômes, côte à côte, auraient enfin un sens.

Lentement, il va prendre place sur le fauteuil de son père. C'est tout ce qu'il peut faire ici. Jamais les gens ne lui laisseront prendre SA place. « Ils vont l'user jusqu'à la corde et quand il sera trop usé, ils iront à Mont-Laurier se faire soigner, quitte à payer dix fois le prix », lui avait prédit Mathilde au bal de la promotion. Elle avait vu juste et s'était évertuée à les convaincre tous deux de s'installer à Montréal. Philippe hésitait à se séparer de ses quatre filles qui lui avaient donné de nombreux petits-enfants, de son fidèle ami, Honoré, et de sa maison. Et puis, à son âge, il n'envisageait pas de refaire une clientèle. Il n'avait plus d'ambition, se souciait peu d'avoir du linge démodé et une vieille Ford pétaradante. Son côté bohème s'accentuait avec le temps. Il se rapprochait ostensiblement de la nature et du Créateur. Se prenait à admirer les couchers de soleil et les yeux cristallins des petits. Ses cheveux gris, de plus en plus indomptables, lui donnaient un air de canadien errant, plein de charme et de mystère. Clovis désirait pour lui la paix, le repos tant mérité et ne savait comment les lui offrir. Il avait pensé pratiquer au village et prendre la relève. Mais ce projet s'avère irréalisable. Se concrétise utopique en cette fin d'après-midi où personne n'est venu et où personne ne viendra.

« Qu'est-cé qu'y ont à pas venir... mais qu'est-cé qu'y ont donc ? » répète Azalée, en frottant le parquet de la salle d'attente. Heureusement pour elle, elle ne sait plus ce qu'ils ont. Sa mémoire a effacé le sang et la bêtise humaine. Son passé a sombré corps et âme dans son cerveau. Quelle magnifique cicatrisation lui a procurée la nature ! Quelle douce fin elle lui prépare ! Elle ne sait plus qu'elle a une fille en prison, que son mari qui la battait est mort égorgé sur la première neige de novembre et qu'elle a enduré peines et misères sur cette terre arrachée à la forêt. Tout n'est que présent pour elle. Et elle frotte le parquet comme une femme qui attend de la visite et s'inquiète de son retard. L'amnésie devrait frapper tous les gens du village, lui comme les autres, afin qu'il n'y ait ni rancune, ni vengeance. Afin que ce ressentiment partagé tombe dans l'oubli et leur permette de progresser. Afin que se desserrent poings et mâchoires. Mais s'il devenait amnésique, lui, il ne serait plus médecin et oublierait tout ce qu'il a appris.

C'est sa vie, plutôt, qu'il faudrait rebâtir à partir de la mort de sa mère. Normalement, il aurait été adopté par son père et aurait grandi ici, parmi ses soeurs. Puis il aurait étudié, serait devenu médecin et aurait hérité du cabinet de son père, permettant à celui-ci de profiter de sa vieillesse. Mais au lieu de cela, il avait été subtilisé par le curé, grandissant ainsi dans l'ignorance de ses soeurs. Au lieu de cela, il avait versé sang et eau pour défrayer le coût de ses études. Au lieu de cela, son père se démenait toujours à la tâche pour ces gens qui lui refusaient obstinément la possibilité de l'aider. Oh! Non. Il ne veut pas devenir amnésique jusqu'au point d'oublier le responsable de ce désastre qu'est sa vie. Qu'est leur vie. Ne veut pas oublier cet homme qui lui a ravi la vie normale et heureuse à laquelle il avait droit, qui lui a ravi son avenir et l'a paralysé dès son premier élan. Un oiseau aux ailes rognées: voilà ce qu'il est dans ce village. Un savant et magnifique oiseau, alourdi de boue et de pierres, qui jamais ne prendra son vol, jamais ne se dégagera de cette fange, jamais ne sera ivre de liberté. Un magnifique oiseau claustré par son impuissance. Impuissance à prendre une femme, impuissance à défendre la mémoire de sa mère, impuissance à se faire accepter comme praticien. Il n'est qu'un brillant théoricien qui échoue en pratique. Que vienne le jour où cet homme sera sur son chemin. Que vienne ce jour où il se vengera de l'enfant torturé, de l'enfant angoissé, de l'enfant abusé. Ce qu'il est devenu lui accorde le droit de se venger définitivement. De détruire Alcide aussi sauvagement et radicalement que ce prêtre l'a anéanti.

Trois coups timides à la porte du cabinet le réjouissent. Vite, il enfile son sarrau pendu à la patère et ouvre précipitamment. Le visage cramoisi de madame Azalée le soulage tout en le décevant.

— Ah! Je croyais que c'était un patient, avoue-t-il en se déboutonnant.

— Non, non. Enlève pas ça. Chus venue me faire examiner.

— Ah! Bon. Entrez.

La brave femme pénètre, visiblement mal à son aise.

— Comme y avait personne, j'en ai profité, explique-t-elle, ne sachant que faire de ses longs bras veineux.

— Assoyez-vous là. C'est ça. Montez sur le marche-pied. Voilà. Nous allons voir ça.

Il a l'impression de jouer au docteur comme lorsqu'il était jeune. Brave madame Azalée qui, voyant que personne ne voulait se prêter à son jeu, s'est sacrifiée pour entretenir l'illusion.

— Je peux voir la médaille, encore?

Il la dépose dans sa main comme il ferait avec un enfant pour le distraire de l'examen. Puis il accroche le stéthoscope à ses oreilles.

— Faudrait dégrafer votre robe.

— Oh! Non! Jamais de la vie. C'est ben trop gênant. Je serai jamais capable.

— Faites comme si j'étais mon père.

— Ça serait pire avec lui. Aïe! Y est de mon âge. Je

voudrais pas le tenter pour le rien. Ça se fait pas, ça, enlever sa robe devant un homme.

— Je ne suis pas un homme ordinaire mais un médecin, réplique-t-il, déridé par la crainte d'Azalée que son père succombe à ses charmes douteux.

— C'est juste pour mes yeux.

— D'accord. Je vais prendre votre pouls et je vous ferai passer un examen de la vue.

— Ça marche.

Elle se soumet volontiers à ces examens qui ne risquent pas de le séduire.

— Vous avez sérieusement besoin de lunettes. Ça fait longtemps que votre vue est comme ça?

— Oh! Oui!

— Comment réussissez-vous à tricoter?

— En comptant mes mailles avec mes doigts.

— Elles doivent vous jouer des tours, des fois, hein?

— Oh! Oui. J'en perds souvent. Ça arrive que je me trompe aussi dans mes chiffres, ou que je me rappelle pus d'une fois à l'autre. L'important, c'est que ça soit chaud. L'as-tu encore le foulard que je t'ai fait?

— Bien sûr, répond-il, sans préciser qu'il est redevenu balle de laine lorsqu'il l'a suspendu à un crochet, permettant aux mailles échappées de se défaire.

— Y est chaud, hein?

— Oh! Oui. Très chaud. (Firmin, l'orphelin agricole acheté par son mari, avait défilé toute la manche de son chandail lorsque Mathilde avait fait tirer une image. Il avait douze ans à l'époque, en aurait aujourd'hui trente-cinq. Cela fait donc vingt-trois ans qu'elle n'y voit goutte.) Je m'occuperai de vous obtenir des lunettes qui vous conviennent.

— T'es un bon garçon, un ben bon garçon. Je vais attendre de les avoir pour tricoter un chandail à ton père.

Gauchement, elle redescend de la table d'examen.

— Combien ça coûte?

— Il y a longtemps que vous m'avez payé, Azalée. C'est plutôt moi qui vous dois de l'argent.

— Comment ça?

— Avec votre terre.

— Quelle terre?

— Vous ne vous souvenez plus? Vraiment plus?

— J'ai eu une terre? Oui... je me rappelle maintenant, une terre plate comme la main... elle donnait beaucoup, cette terre-là... c'était une vraie terre... je travaillais dans une grande cuisine... y me semble. Qu'est-cé qu'a l'a d'affaire avec mes lunettes?

— Vous avez vendu votre terre pour aider à payer mes études: je ne pourrai jamais vous le rendre.

— Me rappelle pus. En tout cas, ton père est ben fier de toé... Ta belle médaille, hein, c'est quèque chose. De l'or. T'es un ben bon garçon. Bon, si t'as pus besoin de moé, j'vas aller éplucher des pétaques.

— Je n'ai plus besoin de vous.

Elle vient pour emprunter le chemin du petit hôpital pour traverser à la cuisine, se ravise et ressort par la porte capitonnée.

— Voyons! Qu'est-cé que je fais là? C'est par icitte que chus rentrée, non? Mais qu'est-cé qu'y ont à pas venir, donc? s'exclame-t-elle encore en apercevant la salle d'attente déserte. Je l'ai pourtant dit à tout le monde que t'avais eu une belle médaille en or.

Si plein de promesses et si limité. Elle pose sur lui des yeux de mère désolée.

— T'en fais pas, mon petit garçon.

Elle tapote sa joue affectueusement et le laisse mi-amusé, mi-ému de son geste. Visiblement, elle le considère comme son propre enfant. Où et quand l'a-t-elle adopté, il ne sait pas. Elle non plus d'ailleurs. Cela s'est produit dans la confusion de son esprit et dans la marche arrière de son subconscient. Il remplace son enfant mongol, mort à l'âge de deux mois. L'enfant mâle tant espéré que son mari rudoyait dans ses langes. La bêtise et la cruauté s'étant dissipées, elle ne conserve que cette certitude d'avoir engendré un fils qui aurait sensiblement son âge.

Se voyant seul, il s'approche de la porte givrée et la contemple longuement. Curieux comme ces roses de verre dépoli ont su le captiver dès l'instant où il a mis le pied dans cette maison. Cette maison qui aurait dû et pu être la sienne. Judith s'amusait de sa naïve curiosité d'enfant des bois... elle était là, en jaquette... s'était sauvée avec son rire clair qui ne faisait pas mal... qui lui donnait envie de la suivre, de la connaître, elle qui habitait une maison où le givre ne fondait pas et dessinait de jolies fleurs. Son rire qui ne faisait pas mal... pas mal. Clovis appuie son front sur le dessin, ferme les yeux... et se concentre sur ce rire qui ne faisait pas mal. Peine perdue... celui de la femme inassouvie l'emporte et vient le châtier pour son impuissance. Ce rire le flagelle, le déchire, l'amoindrit. Ici plus que nulle part ailleurs. Ce rire, ajouté à ces dos qui lui font face et à ces regards qui se rappellent et lui rappellent, le paralyse complètement et s'acharne à le démolir, lui qui avait si bien réussi en ville. Lui, qu'on a choyé, admiré, acclamé, aimé, dorloté, envié, jalousé. Lui, le récipiendaire du prix Hingston, l'habile joueur de centre de l'équipe des carabins, l'assistant efficace du docteur Bernier, l'interne dévoué et clairvoyant. Il n'aurait jamais dû revenir. Mathilde avait raison de prétendre que les hommes n'oublient que ce qu'ils veulent bien oublier, que ce qui les fait trop souffrir. Comme Azalée qui s'est ainsi imperméabilisée à toute douleur stérile. Lui, il a failli oublier, mais les circonstances l'ont forcé à se souvenir. C'est la mort de Judith qui a déclenché le phénomène et rallumé en lui le désir de la vengeance. Tant qu'il était aux études, ce désir est demeuré en veilleuse. Mais ici, le vent violent de la haine a attisé ce feu qui le consume et lui donne de plus en plus soif de se venger. Et de plus en plus raison de le faire. Et plus le vent souffle, plus son désir le brûle, et plus son désir le brûle, plus il a soif de se venger... de se venger... de se venger... du rire de la femme, du caillou sur la croix de sa mère, des rendez-vous annulés, de la médaille tournée en ridicule.

Un bruit de pas sur la galerie l'éloigne de la jolie porte. Son père entre avec sa brochette de truites. Ses cheveux désordonnés tombent sur son front rougi par le soleil. Il porte une casquette inclinée sur une oreille. On dirait un vagabond. Il le regarde ou, plutôt, le sonde. Ce regard de son père maintenant le gêne, car il ne sait pas s'il lui cache bien les gouffres qui pourraient l'affecter. Qu'il aimerait pouvoir lui offrir de ces journées de dé-tente, de repos bien mérité. Qu'il aimerait lui permettre d'être ce vagabond insouciant, préoccupé à taquiner la truite le long d'un ruisseau. Il le trouve beau. Lui sourit. Est comblé d'être issu de lui. Sait qu'il l'aime profondé-ment et se sent un enfant: son enfant.

— Je vois que vous avez fait bonne pêche.

— Incroyable! J'ai battu Honoré, aujourd'hui. Ah! Le vieux snoreau! Il ne me disait pas tous ses trucs... Mais je les apprendrai.

Quand? pense pour lui Clovis en fuyant le regard de Philippe.

— Tu vas repartir.

— Je vais... me spécialiser en médecine opéra-toire... je vais accepter le poste à l'hôpital Notre-Dame.

— Hmm...

Cet homme voit à travers lui comme un rayon X. Il repousse la tentation de tout lui avouer et remplit de mots et d'explications le vide qui s'installe entre eux. Ce vide qui préservera le vieil homme de la déception d'avoir engendré un fils impuissant et consumé du désir de la vengeance.

— Hervé m'a garanti un poste comme gérant dans ses industries. C'est mieux qu'au port pour mes mains. Je pourrai payer des lunettes à madame Azalée. Elle ne voit presque rien, la pauvre. Et des souliers pour moi. Dans deux ans, je pourrai m'installer comme chirurgien à Mont-Laurier... ce n'est pas loin.

— Non, ce n'est pas loin. C'est sans doute mieux ainsi, conclut Philippe en lui faisant un clin d'oeil.

— Viens, allons donner ça à Azalée pour qu'elle nous prépare un festin.

Il reste tant à dire. Clovis ne bouge pas. Ce qu'il cache à cet homme pour ménager son coeur ne doit pas empiéter sur ce qu'il rêve de lui dire depuis son retour.

— Papa... je...

Il tripote sa médaille dans sa pochette. L'imprime une dernière fois à travers sa chemise pour bien se convaincre qu'il ne rêve pas ce moment unique. Puis il l'offre à son père.

— Je vous la donne... elle vous dira mieux que moi tout ce que je ressens... gardez-la toujours avec vous... elle est pour vous... et maman.

La pièce tombe dans la paume ridée. La belle main se referme dessus.

— Je la ferai percer... et je la porterai à mon cou, Clovis. Comme ça, tu seras toujours avec moi, mon garçon. Même loin, tu seras toujours avec moi, rassure-t-il en serrant très fort la médaille qui s'imprime maintenant dans sa chair.

Il a entendu

Venu de l'Est avec de la farine plein son canot, de l'argent dans ses poches, une bouteille de mauvais alcool et des caresses de femme sur sa peau. Venu de l'Est avec un reste d'arrogance au coin des lèvres et un air de défi dans ses yeux bleus. Venu de l'Est, le corps cambré de fierté, le geste sûr, la voix forte. Venu de l'Est, vers elle, si pieusement heureuse à la mission.

— Je suis de passage, dit-il en reniflant les grands vents qui secouent sa crinière de jais.

Elle regarde la farine.

— Es-tu baptisé protestant?

— Non.

Elle soupire, ose un sourire de soulagement.

— J'ai prié pour toi, Nicolas.

Belle Marie-Victorine. Le coeur de l'homme s'emballe, lui rappelle qu'il a redessiné ce visage dans la froide solitude de ses migrations. Mais voilà qu'elle est encore plus belle que dans son souvenir.

— Si tu reviens au village, je me ferai baptiser dans ta religion.

Elle saute de joie. Alléluia! Dieu a entendu ses prières et leur a répondu. Elle court avertir les religieuses de son départ. Les fronts se plissent, les regards se durcissent. Pauvre enfant qui ne voit pas la perfidie possible, le danger réel de partir ainsi, seule avec un homme. Un païen. Que dirait le père Plamondon de tout cela? Nicolas n'a aucune lettre de sa part. Aucune autorisation lui permettant de ramener Marie-Victorine. Naïve enfant de dix-huit ans dont la grande pureté ignore les bas instincts des hommes. Non. Elle n'ira pas. La porte se ferme au nez de Nicolas. Il hausse les épaules, épie par la fenêtre et lui répète :

— Seulement si tu reviens.

Il s'en va en lorgnant le ciel, comme si là-haut l'Être avait son mot à dire.

Marie-Victorine plonge dans la Bible, feuillette avec ardeur pour retrouver un passage. Il y avait cette histoire d'une brebis égarée et d'un berger qui abandonne les autres pour aller la chercher. Oui. Voilà. Ici, c'est écrit. Dieu l'a écrit pour elle, pour Nicolas. «Il y aura plus de joie dans le ciel pour un pécheur pénitent que pour quatre-vingt-dix-neuf justes qui n'ont pas besoin de repentance.» Voilà sa réponse. Elle y laisse un message : «Je suis partie avec Nicolas.» Les religieuses comprendront en lisant la parole de Dieu.

Partie dans la nuit, avec ses maigres effets dans un sac. Partie en silence, sur la pointe des pieds. Partie sans remords sur l'eau calme piquée d'étoiles. Partie sans l'ombre d'un péché sur l'âme. Partie vers le Père, vers les cloches joyeuses de la conversion, vers la fête du ciel, vers sa tribu.

— Dieu nous guide.

— C'est moi qui guide, rectifie Nicolas en laissant intentionnellement bruire l'eau au bout de son aviron.

— Alors, il nous protège.

Il retient sa réponse, se mord les lèvres. Il n'aime pas qu'elle attribue à Dieu tout ce qui lui revient de droit. Il repousse la tentation de la conduire ailleurs pour lui prouver qu'elle a tort. La conduire en des lieux où il pourra la rendre sienne par le geste de la procréation. Lui prouver que Dieu ne guide ni ne protège personne.

— Je connais les vents et les courants...

Genoux écartés au fond de l'embarcation, il contrôle ce nouveau poids à l'avant. Cette autre poussée d'aviron. Il contemple l'agréable silhouette et se met à rêver comme on se met à boire. En sachant que demain tout sera dissipé, que la nuit ne sera pas plus claire que le jour est sombre. Mais la nuit est claire parce qu'il rêve comme on boit. Il rêve sans boisson. Est ivre de sa présence à la pointe du canot. S'imagine qu'elle est sa femme. Sa compagne de vie qui fait de lui un chef de meute. Qui fait de lui le plus fort. Le plus rusé. Le plus instruit. Il connaît les grands vents, les affluents, les courants, quelques mots d'anglais et les territoires bien pourvus. Comme il se sent maître de lui. Maître du canot. Maître des vagues puissantes. Maître du froid, au fond de l'air. Maître des chemins d'eau à travers les étoiles. Elle l'a suivi, lui a fait confiance, a cru en sa parole. Ainsi, elle ne deviendra pas une femme sans essence : une femme aux pieds fourchus comme prétendent les ministres protestants. Il se fera baptiser. Une religion ou une autre, peu lui importe, du moment qu'elle ne prononce pas ces voeux qui la lui raviront à tout jamais. Il peut même rêver que le Père les unira comme il a uni Midas et Jacinthe. Dans une belle cérémonie où il dirait devant tout le monde qu'il l'aimera et la protégera toute sa vie. Et tout le monde saurait que ses cuisses, ses bras, ses os se dépenseront pour elle. Tout le monde saurait qu'il bravera les tempêtes pour elle, bravera le froid et la solitude. Tout le monde saurait que, la nuit, il la pénétrera de son désir et lui fera un enfant.

Un malaise dans son ventre. Une envie déraisonnable d'accoster cette petite île moussue.

— Tu n'as pas peur d'être seule avec un homme... dans la nuit ?

— J'ai confiance que Dieu t'aidera.

— Je ne suis pas encore baptisé, ne l'oublie pas. Dieu ne m'entend pas encore. Je suis païen, moi. Il n'y a pas de péché pour moi.

— J'ai confiance en toi, Nicolas. Je n'ai pas peur.

Elle est folle. Il devrait la punir d'être toujours accrochée aux nuages. Comment peut-elle accorder sa confiance à l'impur. Jusqu'ici, personne ne la lui a accordée, ni les religieuses, ni Kotawinow, ni son beau-père. La paix réelle qu'elle transmet le touche, le bouleverse. Oui, il la protégera contre le vent, le froid, l'égarement, les loups et contre lui-même. Personne ne la souillera. Personne ne violera cette pureté qui l'enrage et le déroute. Cette pureté qu'il désire et rejette tout à la fois, et qui le fait haïr et aimer. Cette pureté qui la rend inaccessible et par le fait même, désirable. Petite Marie-Victorine qui guide le guide par sa naïve pureté.

Et il rêve comme on boit. Conscient de l'inconscience. De l'irréel. De l'hébétude du réveil. Il rêve à cause de la femme dans son canot, la femme qui n'a pas peur de lui. De la femme-esprit qui l'aime en dehors de la chair et serait capable de l'élever au-dessus des choses terrestres. Il l'aime comme elle est. À cause de ce qu'elle est. Il est fou, lui aussi, et a l'impression d'aimer un oiseau et d'espérer qu'il vienne le cueillir de son aile. Il est fou d'attendre que cet oiseau s'apprivoise jusqu'à manger dans sa main. Il s'en veut de rêver à cela. S'en veut de l'aimer. S'en veut de la respecter.

— C'est dur pour un homme.

La petite île moussue, lentement, dérive vers la droite, comme un petit nid tiède d'amoureux bercé par les eaux. Marie-Victorine la laisse se perdre derrière eux, le coeur battant d'émotion. Est-ce la désobéissance qui lui martèle ainsi les côtes? Est-ce le danger de l'homme? Non. Non, ce qui l'habite est plus fort que tout cela, plus grand que tout cela. Dieu l'a entendue: elle sait lui parler. Grâce à elle, il y aura fête au ciel. Froissement d'ailes, trompettes joyeuses, anges et archanges en liesse, la brebis perdue est retrouvée. C'est elle, Marie-Victorine qui la ramène. Elle, si petite, si ignorante, si quelconque. Il y aura fête au ciel, fête au village. Kotawinow lui ouvrira ses bras, dessinera des croix sur son front et fera une belle cérémonie de baptême. Il y aura des larmes dans ses yeux quand il versera l'eau et ses doigts trembleront, elle le sait. Il agit toujours ainsi lorsqu'il baptise. Nicolas sera des leurs. Nicolas, l'impur, qui a sauvé le Père d'une noyade certaine. Il apprendra à prier avec eux, à s'agenouiller, à baisser son front si orgueilleux. «Merci, Dieu tout-puissant», prie-t-elle devant l'immensité.

Et son coeur palpite d'émotions vives, parce que là-haut, Il l'entend.

L'avenir

Dans l'arrière-cour, Jérôme fend le bois avec acharnement. Il se concentre sur ses bûches, sur sa hache, son mouvement. La sueur coule dans son dos, mouille ses paumes. Son coeur se recroqueville en lui, jusqu'à l'étouffer. Vite! Il se dépêche de faire du bruit pour enterrer les hennissements de Ben que sa femme et son beau-père embarquent dans la boîte du camion. Le camion. Rouge et si beau. Plein de garanties de travail. Si fort. Si utile. Maudit camion qui les a fait sombrés avec les versements mensuels. Maudite machinerie dont il s'est encombré au nom du progrès.

Ses enfants courent autour de lui, pieds nus dans les copeaux. Cela l'attriste. Il commence à faire froid. C'est l'automne. Bientôt les feuilles tomberont sur le sol gelé. Et les petits réchaufferont leurs pieds bleus dans les bouses chaudes. Léonnie a raison de vendre le cheval favori pour acheter des bottes et de la nourriture. Cette vérité lui crève le coeur. Malgré ses efforts, il entend piaffer la bête réticente et revoit le petit Ben, couché dans la paille, près de la jument morte. Et il ressent de nouveau cet attachement fou qu'il avait eu pour le poulain naissant. Il lui rappelait sa propre naissance. Il se voyait en Ben et s'adoptait en l'adoptant. S'acceptait en l'acceptant. Comprenait finalement son destin en comprenant celui de cette vie qui commençait au détriment d'une autre. Avec tendresse, il l'avait nourri au biberon, l'avait brossé, caressé, accompagné lors des promenades au soleil qui feraient de lui un cheval fort. Et il était devenu magnifique. De la race des purs percherons dont il était issu. C'était son champion. Son cheval. Son reproducteur. Celui qui gagnerait des prix aux expositions et qu'on ne vendrait jamais. Qui vieillirait avec eux comme un membre de la famille et qu'il enterrerait lui-même avec respect pour ne pas en faire du savon. Mais il y avait eu l'endettement, puis la crise économique et la rareté de l'argent. Il y avait eu ce fichu camion qui flattait sa vanité et qui, aujourd'hui, le forçait à vendre Ben pour payer des chaussures aux enfants. Petut! Petut! Petut! réplique l'engin en cahotant vers le chemin. Jérôme le regarde aller, lui qui s'était juré de fermer les yeux. Un sac de jute couvre la tête de Ben. On dirait un condamné à mort. Condamné par le progrès, par le camion si beau et si rouge.

Une petite main transie se glisse dans la sienne.

— Môman va ramener des souliers à Julie, hein?

Clignant les yeux pour refouler ses larmes, Jérôme se détourne et hisse sa fillette sur ses épaules, enfermant ses pieds gelés dans sa main.

— Oh! c'est chaud la main!

— Ce sera ben plus chaud avec des souliers. Tu peux pas porter mes mains, hein?

L'enfant rit, donnant mille fois raison à Léonnie d'avoir vendu Ben à un si bon prix et lui donnant mille raisons d'admirer et d'aimer sa femme.

Oh! Elle ne pleure pas. Pas Léonnie. Elle est beaucoup trop orgueilleuse pour cela. Mais elle étrangle tant le volant que ses jointures en sont toutes blanches. Philippe comprend tout ce qui la remue et pose la main sur son épaule.

— C'était la seule solution, Léonnie, t'as bien fait.

Elle prend une grande respiration. Se détend un peu.

— Vous croyez vraiment, papa?

— Oui. Jérôme aussi le croit.

Cette dernière phrase l'apaise. Elle se décontracte. Il se met alors en frais de débarrasser sa veste de laine des poils qui s'y sont accrochés.

— Laissez faire, papa. Je vous les enlèverai en arrivant à Mont-Laurier. Vous ne les voyez même pas sans lunettes.

— J'étais tout de même pas pour apporter mes lunettes pour t'aider à embarquer un cheval, non?

Elle sourit de ce prétexte qu'utilise son père pour oublier ses lunettes.

— Elle est vraiment belle la veste qu'Azalée vous a tricotée.

— C'est depuis que Clovis lui a payé une paire de lunettes. Elle en avait besoin, elle.

— Elle seulement?

— Moi, je n'ai qu'une légère presbytie.

— Ah! Bon.

— Comme ça, est-ce que je suis présentable?

Elle jette un coup d'oeil à la tenue vestimentaire de son père, que la veste d'Azalée rehausse par la délicatesse des tons et la finesse du dessin. L'homme semble compter beaucoup sur son verdict. Pourquoi alors lui dire que son pantalon noir miroite d'usure et que sa casquette accentue son aspect bohème? Il n'en serait que plus mal à l'aise devant le docteur Caron qui lui vole indubitablement sa clientèle.

— Très présentable.

— J'ai pas trop l'air d'un gueux?

— Vous avez l'air d'un médecin en vacances.

— Au rancart, tu veux dire. Au rancart. Si j'étais en vacances, je pourrais au moins me reposer. Mais comment veux-tu que je me repose quand on me dérange toujours la nuit?

— On vous dérange encore la nuit?

— Pas plus tard qu'il y a deux jours, tiens. Pour des niaiseries à part ça.

— Les gens abusent de vous parce que vous ne savez pas dire non.

— C'est vrai. Je suis mou. Ah! Mais le docteur Caron, lui, c'est une autre histoire. Il vient de Montréal et il faut voyager quinze milles sur des mauvais chemins pour le consulter. Alors, lui, on le ménage, on le paie, on le réserve pour les cas sérieux. Moi, je suis juste bon à arracher des dents, soigner des petits bobos et me faire payer avec des oeufs.

Il fulmine, hausse le ton, gesticule.

— Vous m'aviez promis de ne pas vous emporter, papa. Calmez-vous ou je vous dépose ici.

Le ton autoritaire de Léonnie fait merveille. Il se tait. Observe le paysage puis le poitrail de Ben par la vitre arrière.

À l'instar de Jérôme, lui aussi se voit contraint d'abandonner un être dont il s'est senti responsable dès son premier souffle. Lui aussi voyage dans ses souvenirs. Il pense à la fragile Huguette à Duciaulme qui, aujourd'hui, se meurt d'un cancer de la matrice. Un trou dans le chemin lui fait heurter le front contre la vitre.

— Tu imagines ça, Léonnie? Il lui a fait faire ce voyage aller et retour juste pour consulter ce docteur Caron. Comme elle a dû souffrir, pauvre petite Huguette. Je l'avais bien averti de ne pas la faire voyager. Il a aggravé son cas. Pourquoi ne m'écoute-t-il pas?

Il imagine la douleur lancinante, active, vivante, accrochée aux flancs de cette jeune femme. Chaque cahot l'amplifiant, la prolongeant jusqu'aux membres inférieurs et aux reins. À l'intérieur de ce corps rongé par la maladie, il connaît l'aspect des tissus détruits, des organes ravagés.

— Pourquoi ne m'écoute-t-il pas? répète-t-il furieux contre le mari d'Huguette.

— Parce qu'il a espoir de la sauver. Il pensait que

le docteur Caron en saurait plus sur le cancer vu qu'il vient de Montréal.

— Clovis aussi venait de Montréal.

— Olivier n'était pas revenu de Floride lorsque Clovis a voulu s'établir au village. Peut-être qu'il l'aurait consulté.

— J'en doute. Bah! Passons. Pauvre Olivier! Il est bien plus à plaindre que Clovis, aujourd'hui.

— Elle va mourir?

— Je peux te le dire à toi; elle ne verra pas un autre automne.

La voix de Philippe se brise. Ce médecin de Montréal ne pourra pas faire plus que lui, pas plus que Clovis. L'oeuvre de destruction atteindra l'organisme entier, fera de tous les organes un véritable cloaque où aboutiront les matières excrémentielles jusqu'à la péritonite mortelle. Et ce jour-là, il veut être près de la malade, veut éponger son front brûlant, l'accompagner à la frontière de la mort comme il l'a accueillie à celle de la vie. Il regarde ses mains, les premières à toucher Huguette, et se jure qu'elles doivent être le dernier contact.

Pas un autre automne, pense Léonnie dans le silence grave. Quelle richesse que la vie! Quelle richesse que cette pauvreté qui les fait combattre pour cette vie! Sa liste d'épicerie dans la poche de sa salopette, les bottes à acheter et la vente de Ben prennent une dimension nouvelle. Toute amertume s'évanouit. Son père, sans le vouloir, a réajusté ses conceptions en lui laissant entrevoir les misères des autres. Ce pauvre Olivier, par exemple, qui s'est fait rouler avec son orangeraie en Floride. Ah! Le rêve était beau, facile à élaborer, compte tenu du prix des oranges au Canada. Une vraie mine d'or, quoi! Le moyen sûr de se mettre au monde, d'avoir le diamant dans le petit doigt, le cigare au coin de la bouche et l'accent anglais. Mais l'orangeraie promise n'était en réalité qu'un marécage à ensemencer. Il avait misé tout son argent pour une cabane dans les marais où les bébés crocodiles s'agrippaient à la porte du moustiquaire. Et sa femme malade l'avait suivi partout avec ses trois enfants, en y laissant sa santé. Finalement, ils étaient revenus, misérables et défaits. Pauvres, désillusionnés, malades. Comme brisés, désarticulés.

— C'est un cas qui m'appartient, affirme Philippe avec conviction.

— Je suis certaine que vous pourrez discuter avec lui. Il comprendra. Après tout, ce n'est pas lui qui est allé chercher Olivier.

— Non. C'est Olivier qui a suivi la mode. Parce qu'il vient de Montréal. Hum! Il sait pourtant que ce qui vient de Montréal n'est pas toujours bon pour nous. Il s'en plaint assez avec la concurrence du catalogue Eaton.

— Vous veniez de Montréal, vous aussi.

— Ce n'est pas pareil.

C'était un autre temps, une autre époque. Il chevauchait son coursier. Lui-même jeune et intrépide. Tout était à faire au pays de Gros-Ours. Bien sûr qu'il venait de Montréal, mais ils venaient tous d'ailleurs; de Québec, de Sorel, de Sainte-Agathe... C'était la colonisation. Ensemble, ils avaient posé les jalons d'une nouvelle civilisation. D'une forêt, ils avaient créé une ville et des villages. D'un sentier, une voie ferrée. Et voilà qu'aujourd'hui, des gens venaient de Montréal, s'octroyant des qualités et du mérite grâce à leur statut de citadin. Comme aux Anglais, on leur laissait les meilleurs postes, pliant l'échine, se limitant au travail de la terre souvent ingrate et à l'abattage des arbres pour les compagnies ontariennes. Mais lui ne pliera pas l'échine devant ce confrère inconnu.

À sa façon de relever la tête et de tâter la médaille de Clovis qu'il porte au cou, Léonnie devine que son père est décidé à discuter ferme pour conserver le cas d'Huguette Levers. Elle l'en admire davantage et le trouve beau dans sa fierté et son entêtement.

Il la regarde boiter du poêle à la cuve, puis de la cuve à la corde à linge. La regarde user ses mains délicates sur la planche raboteuse, remonter avec lassitude une mèche de son chignon. Elle ne dit mot. Tombée de si haut. Elle qui jamais n'a fait de lessive. Elle, dont les mains jouaient Bach, Chopin et Beethoven sur le clavier. Elle, qui fut courtisée par un notaire pendant deux ans. Elle, élevée dans la soie, la richesse, la vie mondaine. Elle, tombée de si haut, sans un mot, travaille comme une condamnée à longueur de journée. Sans un reproche, elle refoule la musique en elle et renonce aux promesses d'avenir. Ce qu'elle imaginait auparavant dans ce mot ne se réduit plus qu'à demain, qu'à la tâche à accomplir. Cette tâche qu'accomplissaient les bonnes et les femmes de ménage.

Tombée de si haut. Sans piano. Sans servante. Sans fiancé. Presque toute nue, du jour au lendemain, à traîner un pied bot qu'aucune richesse ne camoufle.

Le docteur Caron ferme les yeux pour ne plus voir sa fille dans cet état. Mais une date persiste au fond de son cerveau. En noir tragique sur le blanc d'une robe de mariée. Vingt-neuf octobre 1929. Le krach! Date de l'effondrement de ses actions de pulpe et de papier qui assuraient ses revenus. C'est à partir de ce jour précis qu'ils ont chuté, lui et sa fille. Bien sûr, il peut rattacher sa malchance à d'autres événements. À sa naissance, par exemple, qui l'a dépourvu de beauté mais non d'intelligence. À son mariage, qui s'est basé sur des garanties d'aisance matérielle et non d'amour. À l'alcoolisme, qui lui a fait oublier son humiliante situation de cocu, mais qui a gâché sa réputation de chirurgien. À sa fille, jolie, distinguée, instruite, mais infirme. C'est le vingt-neuf octobre 1929 que tous ces événements se sont soldés en échec. N'ayant plus d'argent pour se procurer des toilettes et des bijoux, sa femme l'a abandonné pour un vieux millionnaire. Le fiancé de Madeleine s'est mis à espacer ses visites jusqu'à ne plus venir du tout. Ils ont renvoyé les bonnes, vendu la résidence, les meubles et le piano. Ils ont changé de logement et tenté de reconstruire une clientèle, mais sa mauvaise réputation l'a suivi partout en milieu hospitalier. On disait qu'il opérait en état d'ébriété, qu'il perdait ses patients et les charcutait inutilement. C'est vrai qu'il avait jadis fait un peu d'argent en enlevant des amygdales aux enfants de familles aisées, mais aucun n'en avait souffert et, quoiqu'il bût beaucoup, il ne se souvient pas d'avoir opéré ivre. Mais une femme était morte sous son scalpel et cela suffisait à faire de lui le coupable.

C'est en juin dernier qu'ils sont partis avec leurs valises et quelque argent. Sont partis de nuit, pour n'avoir pas à payer le loyer dû depuis des mois. Un vol quoi. Madeleine a boité jusqu'à la gare, épargnant ainsi l'argent du taxi, et ils ont échoué à Mont-Laurier, que les gens se plaisent à taxer de ville et qu'ils ne conçoivent en réalité que comme un village.

Et voilà qu'elle lave le linge dans la cuve. Il ne leur reste plus que de beaux vêtements. À les voir le dimanche à la grand-messe, personne ne se douterait de leur misère; il a pris grand soin de donner une impression de luxe à sa salle d'attente et à son cabinet. Il se doit de cacher sa décadence aux yeux de ses nouveaux patients afin de gagner leur confiance.

La sonnette d'entrée le tire de ses sombres réflexions. Madeleine arrête de tordre une chemise et demeure sur le qui-vive. Vite! Il doit endosser son bel habit et fermer la porte de la cuisine, en espérant que les odeurs de lessive ne le relancent pas.

Bien que Léonnie ait débarrassé sa veste des poils de Ben, il se rend à l'évidence qu'elle n'a pu la débarrasser de son odeur. Et cela l'indispose de sentir le cheval dans la salle d'attente luxueuse. Sonnez et entrez, disait le petit papier sur le vitrail de la porte. Et les lettres d'or de l'écriteau affichaient: docteur Caron, m.d., chirurgien. Cela lui a fait un coup. Clovis ne pourra probablement pas s'installer comme chirurgien. Qu'avait-il à déménager ce Caron de malheur? Il aurait dû rester chez lui.

Philippe marche de long en large devant les fauteuils confortables et pense à ses chaises défoncées qu'il a dû remplacer par des bancs de bois. Et puis, il voit son image dans une immense glace et cette image ne le satisfait pas. Il n'a pas du tout l'air d'un médecin. Pas plus en vacances qu'au rancart. Il ne paraît pas ce qu'il est et cela le frustre pour la première fois de sa vie. Il se sent désarmé sans cette façade qu'il s'est toujours efforcé d'abattre. Ne sait plus avec quoi il pourra impressionner ce confrère rival. Il pense à Clovis, à la médaille. Il la met naïvement en évidence, comme un talisman qui lui assurerait quelque supériorité.

Un très petit homme apparaît. Surgi de derrière la porte comme un lutin sérieux. À son bel habit, il devine à qui il a affaire mais il dit quand même:

— Je cherche le docteur Caron.

— C'est moi-même, répond celui-ci en tendant une main minuscule.

— Je suis le docteur Lafresnière.

— Ah! Bon! J'ai entendu parler de vous. Je suis ravi de vous rencontrer. Passez donc dans mon cabinet.

Ce rival le précède. Philippe voit le dessus de sa grosse tête couronnée de rares cheveux gris et remarque sa démarche particulière, semblable à celle des nains. Il se sent tout à coup très supérieur et remet la médaille Hingston à sa place habituelle, sous sa chemise. Ce n'est pas ainsi qu'il imaginait ce praticien. D'abord, il le croyait jeune et non dans la cinquantaine, et puis il le croyait arrogant. Il tire maintenant une grande satisfaction de son image. Il est grand, possède tous ses cheveux et ne porte pas de lunettes. Et puis s'il sent le cheval, cela peut laisser supposer qu'il fait de l'équitation.

— Assoyez-vous, invite le docteur Caron en prenant place en face de lui, derrière son bureau.

Ainsi, il a l'air d'un élève de première année à un pupitre de sixième. Philippe est persuadé que ses pieds battent dans le vide. Il trouve l'homme sympathique.

— Êtes-vous parent avec le médaillé Hingston? C'était un Lafresnière, il y a deux ans. Clovis, je crois. Il était l'assistant du docteur Bernier.

— C'est mon fils, répond fièrement Philippe.

Décidément, cet homme est extrêmement sympathique.

— Le docteur Bernier souhaitait qu'il se lance dans la recherche mais j'ai cru entendre qu'il désirait exercer dans la région.

— Il s'est perfectionné en médecine opératoire. Il devait arriver dans le courant de l'été.

— Devait? A-t-il changé ses plans? Ah! J'y suis. Mon écriteau. Non, je ne désire plus opérer... je me fais vieux... je ne désire vraiment plus. Je me contenterai de médecine générale.

Philippe a envie de le prendre dans ses bras pour le remercier mais se garde bien d'extérioriser ses sentiments.

— Je suis venu pour le cas Levers.

Autant profiter de la suprématie qu'on lui accorde. Veut, veut pas, la médaille de Clovis impressionne. Avec un fils comme lui, il ne peut être ignorant des dernières découvertes de la médecine.

— Qu'en pensez-vous? demande le docteur Caron, vivement intéressé.

— Incurable.

— C'est ce que je crois... Combien de temps lui accordez-vous?

— Un an, sans doute moins. Elle ne doit plus voyager.

— Je suis d'accord. Nous ne pouvons pas grand-chose, n'est-ce pas? Une opération risquerait de généraliser. Il est trop tard. Beaucoup trop tard. Pourquoi ont-ils attendu si longtemps?

— Ils étaient en Floride et n'avaient plus les moyens de revenir.

— Je ne savais pas. Je croyais qu'il était marchand général dans votre village.

— Oh! Il travaille au magasin de son père depuis qu'il est revenu.

— Cela me soulage de vous transférer ce cas. Je suis heureux que vous soyez venu m'en parler. D'ailleurs, je dois vous dire que je suis mal à l'aise: j'ai hérité de beaucoup de vos patients.

— Oui, je sais.

Les autres patients lui importent peu, maintenant. S'ils lui préfèrent le docteur Caron, c'est leur affaire. Dans le fond, il les comprend sans les approuver. L'homme est ouvert, nouveau, simple. Il a l'air d'un lutin magicien, capable de réaliser des miracles. Et, quoique sentant la réussite à plein nez, il demande des honoraires très raisonnables.

— Je vous assure que je n'ai rien fait en ce sens.

— Je sais... c'est une question de mode. Bon! Je ne vous retiendrai pas plus longtemps.

— Oh! J'ai tout mon temps ce matin. Permettez-moi donc de vous présenter ma fille.

Le docteur Caron disparaît, revient après un long moment avec Madeleine qui a changé sa toilette et ajusté sa coiffure. Philippe serre sa main encore humide des longues immersions dans l'eau savonneuse et s'afflige de la voir boiter. Il la trouve charmante. Oublie vite son infirmité quand il regarde ses longs yeux verts et sa peau satinée. Insidieusement, l'idée d'unir cette femme à Clovis germe en lui. Pourquoi pas? Son pied bot contre l'illégitimité de Clovis. C'est grotesque! Il s'en veut pour ce «tare pour tare», conçoit que son fils n'aurait même pas les moyens d'entretenir cette femme élevée dans la soie. Il a soudain envie de s'éclipser, de retrouver Léonnie dans sa salopette de travail et de retourner chez lui. Il s'excuse, les laisse poliment en tournant sa casquette qui lui donne l'air d'un vagabond.

Madeleine éclate en sanglots.

— C'est donc lui le docteur Lafresnière! gémit-elle. Il est aussi pauvre que nous, papa... et cela fait des années qu'il pratique ici. C'est ce qui nous attend. Nous ne nous en sortirons jamais. Jamais! Jamais!

Et la pauvre fille, tombée de si haut, laisse exploser son désespoir. La pauvre fille qui ne disait mot, les accroche soudain sans suite, à son discours décousu. «Jamais s'en sortir... fini le piano... le fiancé... la robe de mariée. Fini! Même à travailler comme une folle... mal aux mains, mal au dos... suis une infirme... jamais s'en sortir... obligée de laver toute ma vie... toute ma vie, toujours dans ma cuisine, toujours, toujours, jamais m'en sortir, plus d'avenir, plus d'avenir... pour moi.»

Attristé, son père s'accroche farouchement au secret espoir que le docteur Lafresnière fils soit touché par les charmes de Madeleine, et lui offre ce qu'elle croit inaccessible à sa condition présente: un avenir.

Le piano

Quinze milles de mauvais chemin. Quel calvaire, pense Madeleine en regardant les bois dénudés. Rien ne l'enchante. Le ciel terne, les arbres gris, la terre gelée, les misérables fermes de-ci, de-là, cernées par les champs labourés; et cette cabane, à l'orée de la forêt, assise dans l'herbe jaunie de novembre achève de lui glacer l'échine et le coeur. Elle serre sa capeline sur elle, redoute l'hiver qui se prépare. Cette même capeline qu'elle portait pour dormir dans son lit tellement il faisait froid. Les interminables nuits à grelotter s'annoncent, ainsi que les matins déprimants à briser la glace dans le bol d'eau et à tenter de rallumer un poêle éteint. Heureusement qu'il y aura le piano en guise de consolation. Pourvu qu'il soit en bon état, souhaite-t-elle en croisant les doigts. Son père conduit adroitement sur la route cahoteuse et les mène justement vers ce piano qu'Olivier Levers a offert pour payer les honoraires.

Avec un piano, elle serait moins seule, moins désespérée. Elle pourrait écouler son ennui et sa tristesse à travers Chopin, à travers Mozart et Beethoven. Elle pourrait s'acharner des heures de temps sur des pièces difficiles pour oublier son sort. Depuis toujours, la musique a su établir l'équilibre qui se rompt présentement en elle. Son père sait cela. Toute petite, elle a trouvé sa revanche à son infirmité en étant une virtuose du clavier. Ne pouvant ni courir ni sauter à la corde, elle a su développer ses aptitudes musicales. Elle a pu jouir pleinement de la musique. Avec un piano, elle s'évaderait de ce lieu, de ce temps, de ce corps infirme. Il n'y aurait ni lieu, ni temps, ni corps; juste son âme vibrante à l'état pur, noyée de musique.

— Voilà, nous sommes arrivés. Le village est là, devant nous, s'exclame Télesphore Caron.

Quelques maisons serrées autour d'une église la déconcertent.

— Que c'est petit!

— Je te l'ai dit... mais c'est très coquet. Attends de voir de près.

— C'est ici qu'ils habitent?

— Oui... Tu comprends, maintenant, qu'il ne peut pas faire ce trajet-là tous les jours. En hiver, surtout, plaide son père qui a offert chambre et pension au fils de son ami, le docteur Lafresnière.

— J'aurais aimé être consultée, papa. Vous savez que je ne sais pas cuisiner et tenir maison. J'ai toutes les misères du monde à allumer le poêle et à faire les lessives.

— Justement, avec l'argent de la pension, tu pourras te payer une blanchisseuse. Cela te laissera du temps pour jouer du piano.

— Et s'il n'aime pas ce que je cuisine?

— D'après Philippe, il n'est pas capricieux pantoute.

— Pantoute! Depuis quand parlez-vous comme ça?

— Excuse-moi, ma chérie. Pas du tout.

Cette façon qu'a son père de s'intégrer à cette nouvelle communauté l'irrite. Le voilà qui parle comme eux au lieu de leur donner le bon exemple. Et puis, il ne cesse de louanger ce Clovis depuis qu'il l'a assisté dans ses interventions chirurgicales. « Il est précis, rapide, habile. Simple malgré tout. Travaillant et honnête. En plus, il a sauvé la vie de Rolland Levers, en opérant son hernie étranglée. » Mon Dieu! Comme elle en a entendu parler de cette opération! Le garçon voyant sa mère à l'agonie, avait décidé de ne plus porter son bandage herniaire et de la suivre probablement dans la tombe. Quelles idées stupides on peut avoir à treize ans! Personne ne s'en était aperçu tant la moribonde monopolisait l'attention de tous et de chacun. Du docteur Lafresnière père, qui tenait à la soutenir jusque dans ses derniers moments; de son mari éperdu de douleur; de sa belle-mère frappée par la malchance de son fils; du curé Thibodeau, tenaillé par son sentiment de culpabilité d'avoir influencé l'achat de l'orangeraie; des deux fillettes plus jeunes qui ne saisissaient pas toute la portée de ce qui leur arrivait. Rolland vomissait dans son coin, avait des nuits agitées et le regard fiévreux. « C'est nerveux », prétendait la grand-mère avec certitude. Clovis, en venant consulter son père, avait remarqué le garçon, plié sur son mal. Il l'avait examiné, opéré d'urgence et sauvé d'une mort certaine. Olivier Levers l'avait payé en argent sonnant et lui avait serré la main sur le perron de l'église. Ce qui fait que la clientèle qui avait échoué à son père, par goût de la nouveauté, était revenue dans le clan des Lafresnière par l'heureux hasard de cette opération. Olivier, faute d'argent liquide, leur avait donc proposé le piano de sa défunte femme pour régler ses dettes.

L'auto s'arrête devant le magasin général. Aussitôt, une ribambelle d'enfants, venus d'on ne sait où tant le village paraît désert, cernent la voiture et les dévisagent avec curiosité. Mains dans le dos, figures barbouillées, pieds nus ou chaussés de souliers de boeuf, mal vêtus et silencieux, ils examinent avec insistance. Ils sont maigres pour la plupart et une petite fille, vêtue d'une poche de farine en guise de robe, lèche la morve pendue à son nez. Écoeurée, Madeleine détourne la tête.

— Mais qu'est-ce qu'ils font là?
— Ils regardent la voiture.

— Ils n'ont jamais vu ça, une voiture? Chassez-les. Je ne descends pas s'ils restent là! exige Madeleine en jetant un regard furieux à ce village qu'elle juge loin d'être coquet. Ce n'est pas la voiture qu'ils regardent, c'est nous.

Elle croise les bras, décidée. Rien ne la fera sortir, son père le sait. Jamais elle ne se résoudra à claudiquer devant ces petits morveux. Et lui, il n'ose pas les chasser bêtement. Ils ne font rien de mal. Il leur sourit. Intimidée, la fillette à la poche de farine se cache derrière un grand garçon coiffé d'une casquette rapiécée. Son frère sans doute.

— Chassez-les! exige Madeleine, les dents serrées. Je ne veux pas qu'ils m'empêchent de voir mon piano. Chassez-les tout de suite.

Télesphore fouille dans sa poche, trouve quelques sous noirs et abaisse sa vitre.

— Tenez, les enfants, allez vous acheter du bonbon. Ne restez pas autour. Séparez-vous ça! Tiens, toi, mon grand, je te fais confiance.

— Merci, m'sieur.

— Mande lui, insiste une petite voix derrière lui.

— Demandes-y toé-même.

— Qu'est-ce qu'elle veut savoir?

— Ben... a pense que c'est la reine, débite le garçon en indiquant Madeleine de son menton.

— Non, ce n'est pas la reine, assure Télesphore avec un sourire amusé. Allez vous sucrer le bec.

Maladroitement accueillante, Mme Levers fait dégager le terrain jusqu'au piano.

— Rolland, ôte-toé de là. Aide mademoiselle, tasse le banc, attention à la patte de chaise.

Tout ce déploiement de bonne volonté pour couvrir la claudication de Madeleine ne fait hélas que la mettre en évidence. Humiliée, celle-ci s'écrase sur le banc, n'en-

visageant que la possession de cet instrument pour allé-
ger son malheur.

— C'est le piano de ma défunte femme, redit Olivier en passant ses doigts nerveux dans sa chevelure
luisante de brillantine. J'espère qu'il vous plaira.

— M'man savait en jouer, nargue Rolland de sa
voix muée d'adolescent.

Elle remarque ce garçon qui s'installe près de ses
soeurs avec arrogance. Il n'aime pas la voir assise à ce
banc. Les jumelles, elles, sont toutes mignonnes, toutes
propres. Avec des rubans bleus dans leurs boudins dorés. Elles sourient gentiment en ballottant leurs pieds,
donnant envie de les caresser. Télesphore succombe, en
invite une sur ses genoux.

— Elles sont identiques, affirme Mme Levers avec
fierté. Celle-là, c'est Margot et l'autre, c'est Juliette. Y a
que moi pour les reconnaître.

— Et m'man, ajoute Rolland.

La grand-mère décoche un regard foudroyant à ce
petit-fils qu'elle catalogue comme de la mauvaise graine
et qui ne cesse de leur rebattre les oreilles avec ce Clovis
de malheur, ce sauvage... ce... ce... bâtard. Puis elle sourit mielleusement à ses invités.

— Évidemment, sa mère aussi savait... cela va de
soi.

Madeleine se lance dans l'*Appassionata* de Beethoven. La sonorité du piano la satisfait. Elle pourrait jouer
des heures et regrette de n'avoir pas apporté ses cahiers.
Tous écoutent poliment et l'applaudissent à la fin de
la savante pièce. Seul Rolland s'en abstient et lui demande:

— Savez-vous *J'irai revoir ma Normandie*?

— Non.

— M'man savait... On pouvait chanter avec elle.

— Rolland! semonce Olivier en fronçant les sourcils. Tu ne sais donc pas la différence entre de la musique d'accompagnement et de la grande musique?

— Je sais pas, la musique d'accompagnement c'est agréable... Tout le monde chante. Moé, je trouve ça plate de la grande musique. J'aurais aimé mieux aller chasser avec le docteur Clovis.

La gifle retentit.

— Monte dans ta chambre, polisson!

Un silence suit. Palpable. Rougissant de honte la famille Levers.

— Excusez-le, bafouille Olivier, depuis la mort de sa mère...

Il a l'air si lamentable, si navré que Madeleine vient à sa rescousse.

— Ce n'est rien... Je le comprends... Il a raison de dire que c'est une musique difficile d'accès... Ne soyez pas trop sévère avec lui... c'est un enfant.

Mme Levers ouvre la bouche, médusée. Que cette jeune femme s'exprime convenablement! Quel vocabulaire! Quelle distinction! Rien qu'à l'entendre, on voit bien qu'elle est issue de la haute. Et cette simplicité, cette clémence ne font que confirmer ses vues sur le choix de sa future brue. Quel atout ce serait pour la famille! Et quelle femme charmante pour Olivier qui ne peut encore la courtiser à cause de son veuvage, mais qui mise sur elle avec raison. Malgré le pied bot.

La sonnerie du téléphone retentit et la remplit de satisfaction. Elle laisse sonner plusieurs fois. Les jumelles rigolent.

— Nous sommes les seuls à avoir le téléphone, ne peut s'empêcher de préciser M. Levers, petit homme gringalet, ayant survécu quarante ans à l'ombre de son imposante épouse.

Astucieux, économe et travaillant, il a réussi à faire payer les poteaux par tout un chacun, moyennant le droit de venir téléphoner à son magasin. Lieu de rendez-vous de la paroisse, après le perron de l'église, bien entendu.

— Je vais répondre, ce doit être pour moi, explique Olivier en se donnant l'air d'un homme qui brasse de grosses affaires.

Il laisse la porte entrouverte afin qu'on l'entende converser en anglais.

— Ah! C'est Mister Freeman de la compagnie McLarens. Pour eux autres, le dimanche c'est pas comme nous autres. Des contrats de bois sans doute, laisse supposer Mme Levers.

Elle invite la petite assemblée à écouter son Olivier, comme tantôt on a consenti à subir l'*Appassionata*. L'appel terminé, elle demande à son fils d'apporter du sucre à la crème.

Un rayon filtre à travers les nuages, vient éclairer les boucles de Margot assise sur les genoux du docteur Caron. Pour la première fois depuis son arrivée, Madeleine éprouve un sentiment de confort, de bien-être, dans cette pièce agréablement chauffée, parmi ces gens qui s'efforcent d'être à sa hauteur. Elle se sent acceptée, admirée. Regarde d'un autre oeil Olivier bien mis et parfumé et sa mère qui articule de mieux en mieux, utilisant à mauvais escient la dernière expression apprise : « Je vous dis que les oranges sont difficiles d'accès ces temps-ci. » Elle retrouve un reflet de Montréal, un reflet de sa vie mondaine et sait qu'elle ne peut que briller et les supplanter dans ce domaine. Et puis, le piano lui convient. Rolland boude dans sa chambre et ne l'encombre plus de sa mine déplaisante. Olivier la courtise sans la courtiser. Sa mère établit des plans sans les avouer, les jumelles se font de plus en plus adorables et la friandise fond sur sa langue en lui rappelant les petites douceurs de la vie d'autrefois. C'est avec appréhension qu'elle voit approcher le moment de partir pour aller souper chez le docteur Lafresnière. Elle condescend donc à baisser d'un échelon pour récompenser ces gens de leur évidente tentative de raffinement, en un lieu si peu civilisé :

— Si vous avez la partition musicale de *J'irai revoir ma Normandie,* je vous accompagnerai volontiers.

— Elle est assez difficile d'accès, cela va de soi, mais on la trouvera, rétorque la grosse dame en lui demandant de se lever pour fouiller dans le banc.

— Je vous donne les cahiers avec le piano, offre Olivier.

— Mais non, voyons, c'est trop.

— Ça me fait plaisir. Vous jouez si bien, vous.

C'est jamais aussi beau que quand maman jouait, juge Rolland en regardant le chemin qui conduit à la forêt. Il a mal. N'a personne à qui dire qu'il perd maintenant l'objet chéri de sa mère. Sa mère qui chantait toujours, même malade. Qui chantait pour lui, le soir. Et lui jouait du piano. Qui, même en Floride, jouait du piano sur la table et mimait de les accompagner. Et parce que c'était elle, il entendait la musique. C'était ça, de la grande musique. Jamais cette pimbêche de la ville ne fera entendre de la musique sur une table. Jamais elle ne remplacera sa mère pour qui il s'est crevé sur une plantation en levant de lourdes caisses.

Un seul homme, dans ce village, le comprend vraiment. Il court les bois avec ses amis à chasser le chevreuil. Tous des mal vus. Fitzpatrick, l'ancien protestant, son fils William qui parle aussi bien l'anglais que le français et le Jérôme à Honoré, dont la femme porte les culottes. Mais c'est lui le plus mal vu de tous, lui qu'on a payé promptement pour n'avoir rien à lui devoir. Lui, à qui il doit la vie et la paix. « Ta maman est au ciel. » Il l'a certifié. Il le sait puisqu'il a étudié très longtemps.

L'orphelin guette le chemin qui se perd à travers les

épineux. Il attend de voir le camion rouge qui ramènera les chasseurs et tente de fermer son coeur à la musique.

— Ils ne devraient pas tarder; le soir tombe vite, assure Philippe en bourrant sa pipe.

— Et vous croyez qu'ils en ont tué? s'intéresse Télesphore en se tortillant d'impatience sur le fauteuil de velours élimé.

— Ah! Si y en ont tué! Avec Clovis et Sam, je m'inquiéterais pas de ça, moé, réplique Honoré avant de lancer un jet de salive dans le crachoir à ses pieds.

Madeleine détourne la tête. Ce vieux lui lève le coeur, avec ses cheveux jaunis, sa grosse bedaine et son crachoir. Et puis, il s'exprime si mal. Le sourire édenté de madame Azalée, à ses côtés, ne vaut guère mieux.

— Encore un morceau de tire?

— Non merci, dit Madeleine en décochant un coup d'oeil outré aux dures papillotes de tire qui, tantôt, lui sont restées prises dans les dents.

Si au moins cette vieille « chose » ne lui avait pas appris qu'elle les avait confectionnées en son honneur, étant donné qu'elle était encore célibataire. De la tire de Sainte-Catherine pour les vieilles filles. Innocente et bonasse, la « chose » sourit, assise sur le bout du fauteuil, les lunettes enfarinées et les cheveux éparpillés comme de la paille autour de sa tête.

— Y va nous ramener de la viande, monologue-t-elle sans que personne ne lui prête attention.

— Te rappelles-tu, Philippe, de la grosse truite que j'ai prise cet été? lance son père en s'écartelant les jambes comme Honoré.

Madeleine fulmine de le voir adopter leurs maniè-res, leur parler, leurs gestes. On dirait un caméléon, ca-pable de se métamorphoser selon toutes les situations. Sociable et gai chez les Levers, rude et plaisantin chez les Lafresnière. Tantôt, un petit homme courtois qui affectionnait une jumelle sur ses genoux et maintenant, un homme gavé d'histoires de chasse et de pêche, qui jouit littéralement à parler de son ver de terre qui a servi à prendre trois poissons sans perdre de sa vitalité. Elle n'aime pas cette facette de son père, n'aime pas ce lieu qui suinte l'isolement et ces gens à l'état brut. Elle s'ennuie déjà de son agréable après-midi et du piano. Du piano surtout. Paraît que c'est le fils d'Honoré qui le transportera avec son camion.

— Les voilà!

— Viens voir, Madeleine, invite son père avec enthousiasme en se collant à la fenêtre du salon.

Ce qu'elle voit l'écoeure. Ces neuf bêtes mortes attachées aux montants, avec leur langue molle pendue à leur gueule, la saisissent. Sept magnifiques chevreuils et deux ours, dont un très petit. Le rouge des cages thoraciques, maintenues ouvertes par des bouts de bois, contraste avec le gris-brun des pelages et la frappe jusqu'à l'étourdir. Ce char allégorique de la mort l'indigne, ainsi que l'injuste fierté de ces hommes qui grimpent près des cadavres pour en prendre possession. Et cette espèce d'animal humain qui porte un bandeau et exhibe les cornes du plus gros cerf doit être le fils du docteur Lafresnière. Il ne ressemble en rien à l'image qu'elle s'était forgée de lui. Elle l'imaginait délicat, raffiné, soigné, un peu dans le genre d'Olivier, et avait même espéré communiquer avec lui, étant donné son degré d'instruction. Mais elle se voit confrontée à une brute, grisée par la mort, le sang et le massacre. Une brute qui frotte amicalement les cheveux de Rolland, accouru pour fêter ce triomphal retour de chasse.

— C'est horrible, juge-t-elle en regagnant son fauteuil.

— Voyons ma chérie.

— C'est de la tuerie... pauvres bêtes.

La porte du salon s'ouvre subitement. L'animal humain apparaît.

— Vous avez vu mon gros, papa? Ah! Docteur Caron, il y a une femelle pour vous comme vous me l'avez demandé. Regardez-moi ces beaux foies.

Il s'immobilise en l'apercevant.

— J'aimerais vous présenter ma fille, bafouille le petit homme dont la complicité au massacre vient d'être dénoncée involontairement.

Madeleine se lève. Regarde cet être sauvage qui tient une grosse masse sanguignolante dans ses mains rougies. Ce sont les organes, arrachés aux ventres chauds de ces bêtes. Ces bêtes pendues, avec leur langue molle sur le côté, et leur corps couleur rouge viande avec des caillots noirs... et des poils brun-gris. Brun-gris, comme les bois, comme le sol gelé... comme la misère de ce pays. Ce pays où elle est condamnée à vivre ces morbides images de tuerie qui lui donnent la nausée.

Des vapeurs chaudes montent à son front. Un voile noir glisse sur ses yeux et lui soustrait l'image répugnante. Elle s'évanouit dans les bras encore solides d'Honoré.

Bien qu'il soit lavé, peigné et vêtu de son habit noir, elle persiste à voir la brute en lui. Ou c'est plutôt la brute qui persiste à se faire voir. Ses épaules fortes, son teint foncé, ses cheveux très noirs et sans brillantine, et la façon qu'il a de s'asseoir avec une jambe repliée sur son genou, lui rappellent sans cesse l'être aux mains rougies de sang. De plus, il n'a guère de conversation et se contente d'écouter et de la regarder. Et elle n'aime pas qu'il la regarde. Cela la glace, l'indispose.

Leurs pères s'entretiennent amicalement et la « chose » s'est endormie dans son coin. Tantôt, Clovis a retiré avec précaution ses lunettes qui s'étaient mises à glisser sur son long nez. Les lampes éclairent douce-ment, et de grands bouts de silence jettent la panique en elle. Surtout lorsqu'elle croit qu'il la regarde... avec ces yeux magnifiques... ces yeux de bête humaine qui décèlent le mouvement du gibier et le mal à exciser dans la chair malade. Ces yeux qui redeviennent civili-sés lorsque l'épaisse frange des cils se baisse sur eux. Ces yeux qui lui prouvent qu'il n'est qu'un bagarreur lorsqu'elle s'attarde à la cicatrice du sourcil gauche.

L'horloge du salon égrène neuf coups. Avec déses-poir, elle voit venir la nuit qu'il leur faudra passer dans cette grande maison qu'on croirait hantée. Elle ne sait pourquoi, elle a la chair de poule et devine que des dra-mes se sont déroulés ici, dans ce salon ou dans ce cabi-net. Des fantômes errent autour de Clovis, autour de son père, font craquer les planches, se glissent sur les murs nus et imprègnent son âme trop sensible.

— Je ne voudrais pas vous importuner, ce n'était pas prévu, argumente-t-elle.

— Les chemins sont mauvais ces temps-ci et vous ne connaissez pas la région. Je pourrais vous accompa-gner sans problème, mais comme je dois aider Jérôme, demain, à charger votre piano, le chevreuil et le bois, il est préférable que vous passiez la nuit ici. La maison est grande; Azalée vous prêtera une jaquette, débite-t-il pour la deuxième fois avec une froide logique qui l'indis-pose.

— Bien sûr.

Elle ne voit pas comment elle pourrait s'en sortir et se résigne, bon gré mal gré, en pensant à son piano. Et s'ils l'endommageaient ou le salissaient avec du sang de chevreuil? Dans son imagination fertile, elle voit des bûches d'érable dégringoler sur le clavier. Quelle idée son père a-t-il eue de combiner ces achats avec celui du piano? De la viande et du bois, côtoyant la nourriture de l'esprit. L'importance qu'il accorde maintenant à ces choses la meurtrit et lui fait bien voir la dégringolade qu'ils ont subie dans la société. Avant, son père jouait à la bourse en ignorant le prix du beurre ou du charbon. Il s'habillait à la mode, se parfumait, était invité à maintes soirées. Aujourd'hui, il marchande le bois, le lait et les oeufs. S'habille pour avoir chaud et côtoie des chasseurs et des pêcheurs. Pire, il s'est décidé, au printemps dernier, à bêcher un jardin et à se pourvoir de quelques poules. La vision des lourdes bûches fracassant l'ivoire du clavier revient à la charge.

— Nous en prendrons grand soin, n'ayez crainte, lui dit Clovis.

Comment a-t-il deviné ce qu'elle pensait? Serait-il le diable pour lire en elle? Ce regard noir qui la dissèque l'épouvante.

— J'aimerais aller me coucher.

— Je vais réveiller Azalée.

— Non, ce n'est pas nécessaire... je me débrouillerai. Où sont les cabinets d'aisance?

— Dehors. Je vais vous accompagner.

Cette réponse qu'elle craignait achève de la démoraliser. Elle appréhendait tant le moment de s'asseoir sur la planche froide et de sentir la puanteur de la fosse à excréments qu'elle s'est retenue jusqu'à la dernière limite. Jamais encore elle n'a eu la malchance de satisfaire ses besoins naturels dans une bécosse.

Clovis allume un fanal tandis qu'elle enfile sa capeline. Elle ne désire vraiment pas sa présence. Serait humiliée qu'il l'entende uriner.

— Je préfère y aller seule.

— Comme vous voulez. C'est au fond de la cour.

La voilà dehors. Avec son fanal que le vent fait ballotter au bout de sa main. La lumière bascule devant elle. De gauche à droite. Elle s'accroche à ce faible îlot de lumière pour se guider. Un mulot s'enfuit, fait bouger l'herbe et la saisit d'effroi. Mon Dieu! On dirait que son coeur s'est arrêté de battre. Un chien hurle; elle croit que c'est un loup et regrette soudain la compagnie de Clovis. La peur la gagne, fait trembler ses jambes. Elle a mal au ventre de s'être tant retenue. Il est trop tard pour rebrousser chemin. Prenant son courage à deux mains, elle progresse, prenant garde à ce qu'aucun accident de terrain ne la fasse trébucher. Mais si un gros ours noir la guettait, là, dans la nuit? N'attendait que ça pour lui déchirer le ventre et la fouiller de son groin? Si le loup qu'elle vient d'entendre en appelait d'autres pour la cerner et se la séparer en morceaux... et si un fantôme... ou le diable sous la forme d'une branche dans cet arbre secoué lui ouvrait le crâne pour la punir de rejeter l'image bestiale de Clovis qui sait lire en elle? Et si la « chose » n'était qu'une vieille sorcière faisant mine de dormir? Elle presse le pas... sent maintenant battre son coeur très fort... à lui faire mal. Elle étreint la poignée du fanal et est saisie une seconde fois devant un obstacle. Elle s'arrête, tente de reprendre souffle et constate que c'est une porte. La bécosse. Enfin, la voilà rendue. Peu lui importe maintenant l'odeur. Elle ouvre. L'ours est là, gueule ouverte, prêt à bondir sur elle qui ne peut courir à cause de son pied. Le cri jaillit de sa poitrine, sa vessie se vide traîtreusement tandis qu'elle hurle sa peur, clouée sur place devant la mort prochaine.

— Qu'est-ce qu'il y a?

Clovis accourt. Instinctivement, elle se réfugie dans ses bras, tenant toujours son fanal.

— L'ours! Il est là! Attention! Tuez-le. Tuez-le. Il est dans la bécosse.

— Mais non, mais non. Donnez-moi le fanal.

Un à un, il défait ses doigts cramponnés à la poignée et éclaire la bête pendue dans le hangar.

— Vous vous êtes trompée de porte. La bécosse est

au fond, là-bas. Ici, c'est le hangar: la viande est à vieillir. Venez, je vais vous accompagner.

— Non! Oh! Non.

Elle éclate en sanglots contre lui, cache sa tête, se fait toute petite. Comment peut-on être si humiliée, descendre si bas jusqu'à faire dans ses culottes devant lui. Lui surtout. Des spasmes la secouent; elle frise le désespoir, la crise d'hystérie. Tendrement, la main de Clovis vient caresser ses cheveux et ses épaules.

— Ce n'est rien, ce n'est pas grave... Ce n'est pas grave... on va aller voir madame Azalée; elle va régler tout ça.

Cette autre femme qui, tantôt, était sorcière, apparaît maintenant comme une bouée de sauvetage.

— N'aie pas peur... je suis là. C'est l'ours que j'ai tué qui t'a fait peur.

Il lui parle comme à une enfant. D'un ton si doux, si compréhensif qu'elle prolonge le moment pour rester contre lui. Goûte d'être tenue dans la nuit obscure et terrifiante. Un gentil malaise s'éveille en elle et la remue de fond en comble. Elle pose sa joue contre la poitrine, entend battre le coeur. Non. Il n'est pas un diable mais un homme. Un homme sans artifice et sans prétention. Capable d'autant de tendresse envers une femme que d'austérité envers lui-même. Un vrai homme. Rude et fort, moulé par ce pays sans pardon. Elle se blottit. Espace ses sanglots et finit par se taire. Que fera-t-il? La repousser gentiment pour la guider à la maison? Pas tout de suite.

Il y a si longtemps qu'une femme ne s'est trouvée là, sur son coeur, dans ses bras. Si fragile femme, si démunie, qui a besoin de lui. Les cheveux de Madeleine lui chatouillent le menton. Il pose son fanal par terre pour l'entourer de ses deux bras et la berce doucement. Très doucement, en se donnant l'illusion qu'il berce Judith ou Suzelle. Il pense à l'embrasser puis se ravise. Ce serait déloyal de lui laisser croire qu'il peut satisfaire une femme. L'embrasser, ce serait justement lui permettre d'espérer une liaison impossible. Alors, il la berce comme un être blessé. À partir de demain, il pensionnera chez elle. Il ne doit pas fausser la base de leurs relations. Demain, le soleil chassera la peur et sa robe séchera près du poêle. Demain, le rêve sera dissipé.

— Rentrons, vous allez prendre froid, invite-t-il en reprenant son fanal et en lui tendant la main.

Elle distingue les dents blanches de fauve qui lui rappellent la brute. Et le «vous» qu'il emploie rétablit la distance qui existait entre eux avant qu'elle ne soit une petite fille dans ses bras. Le charme se rompt.

Elle suit à regret, convaincue qu'il a connu le même désir qu'elle et que, pour une raison obscure, il n'y a pas cédé.

La lettre

La distance qu'il avait commencé à établir ce fameux soir où elle avait eu peur de l'ours pendu dans le hangar n'a fait que s'accroître avec le temps. Elle le sent très loin d'elle. Celui qu'elle taxait d'animal humain se révèle un être énigmatique, mystérieux, imperméable à toute chaleur humaine. À cet homme impassible, froid comme la glace, qui la chavire avec ses yeux pénétrants, elle préfère encore la simple brute, qu'on peut amadouer, raffiner et apprivoiser.

La musique de Beethoven lui fait du bien. Elle poursuit la pièce. À lui, on dirait qu'elle fait du mal. Labourerait-elle un champ de fleurs où, jadis, il aurait été amoureux? Aurait-il pu être amoureux, lui, si austère, si ascétique? Comment peut-il comprendre cette musique? Devine-t-il qu'elle l'aime? Discerne-t-il ses aveux à travers les notes? Il écoute, les yeux clos. Si beau, si civilisé lorsque s'abaisse l'épaisse frange de ses cils. Sa jambe repliée sur son genou lui rappelle qu'il ne connaît toujours pas les bonnes manières. Et ce veston noir, contrastant avec sa chemise immaculée et ses mains raffinées, propres à l'excès, aseptisées, la découragent de toute approche. Un rempart stérile l'isole du reste du monde et il ne se rattache à ce monde que par le biais de la médecine: véritable pont-levis de la rigide forteresse. Il n'y a que ses interventions chirurgicales et les dernières découvertes qui alimentent ses conversations. Mais rien n'a de profondeur et il ne s'attache à aucun malade en particulier, les traitant tous comme des cas. Brr! Un frisson la parcourt, lui fait perdre le tempo. Il sourcille. Qu'il ait remarqué une anomalie dans la musique la gêne énormément et l'humilie. Elle veut être parfaite musicienne à ses yeux. Mais ce frisson entre ses deux épaules, occasionné par la pensée fugitive d'être sous ses soins, l'a distraite. Par cette musique, Clovis s'évade. Il fuit entre et par ses mains douées. Curieux dilemme! Elle lui a offert la musique comme terrain de rencontre et il la délaisse pour y errer avec ses fantômes.

Pourquoi l'a-t-elle toujours imaginé avec des fantômes? Des choses mortes, pas belles à voir, bien camouflées derrière ce visage imperturbable. Cette espèce de masque perpétuel que seuls les yeux animent, exactement comme derrière son masque de chirurgien, ses yeux fouillant la chair d'autrui, toute expression voilée par le blanc. Comment atteindre cet homme? Par où le pénétrer? Par quoi attirer son attention? Son train de vie est si routinier, si sévère. Levé à cinq heures, il entretient les feux, se lave à l'eau froide, fait son lit, étudie jusqu'à l'heure du déjeuner. Puis il se rend à l'hôpital, à pied, pour ne revenir qu'au souper. Il partage ses soirées entre la musique et le bureau. Il n'a ni caprice, ni désir, ni goût vestimentaire. Il ne fume pas, ne s'amuse pas, ne boit pas. Quelquefois, il se permet de jouer au hockey avec Rolland quand son père se rend à Mont-Laurier. Quelle monotone existence! Il aurait dû faire un prêtre... ou un moine. Et puis, non, il n'est pas assez mystique et il lui donne nettement l'impression de se rendre aux offices religieux par obligation. Elle ne sent aucune ferveur chez lui, aucune tendresse pour quoi que ce soit, aucun penchant, aucun péché mignon. Il est tout ce qu'il y a de plus froid, de plus distant. Souvent, elle recherche cet homme qui l'avait tenue dans ses bras et lui avait parlé si doucement. Qu'a-t-il fait de cet homme? Pourquoi le garde-t-il prisonnier dans cette forteresse inébranlable? Qu'a-t-il fait de celui qui caressait tendrement sa chevelure? L'a-t-il tué? Puni de s'être donné? Emmuré à tout jamais?

Le premier matin qu'il s'est occupé des feux, elle a cru qu'il venait la visiter dans son lit. Mais non, il n'avait qu'entrebâillé la porte pour laisser pénétrer la chaleur. Ce que son coeur s'était débattu alors, écartelé par son devoir de le refuser et son désir d'accepter! Ce n'est que lorsqu'elle entendit gémir les gonds de la porte de son père qu'elle comprit qu'il n'avait même pas pensé à la séduire. Dépitée, elle avait voulu se rendormir et le priver de son déjeuner, mais ses pensées la tenaient éveillée. Dès lors, elle sut qu'elle désirait son corps animal près du sien. Elle désirait être conquise par l'homme sans fard. Être soumise à l'homme des bois. Elle désirait toucher ses bras durs et geindre sous sa poitrine en sueur. Elle désirait ses grandes jambes agiles entre les siennes. Désirait qu'il commette l'acte bestial avec elle. Désirait ses cheveux sans brillantine contre sa joue et ses dents de fauve sur son cou. Désirait que sa peau foncée assouvisse la sienne. Désirait son souffle, sa virilité et sa vitalité. Mais il n'avait qu'ouvert la porte, par délicatesse ou par habitude, pour remonter ensuite à sa chambre faire ses ablutions glacées. Et c'est ainsi chaque matin depuis qu'il habite avec eux.

Bien sûr, il lui a enseigné bien des choses. Comme allumer un bon feu et cuire les viandes sauvages. Il va pelleter la galerie, rentre le bois, s'occupe de l'eau des bains. Se rend utile, prévenant, prévoyant, mais tout ça sous le couvert agaçant de la politesse.

La figure renfermée de Rolland dans l'embrasure de la porte la paralyse. Cette bouche dure qui lui reproche de s'asseoir à ce piano, ces gestes brusques, cette voix rauque et instable la choquent et la consternent. Que fait-il là? Qui lui a permis d'entrer?

— Docteur Clovis, le curé Thibodeau m'envoie vous porter cette lettre. Vous venez jouer au hockey?

— Oui, va chercher mes patins dans ma chambre.

L'adolescent déguerpit, grimpe deux à deux les marches qui mènent au repère impeccable de Clovis.

Celui-ci tourne la lettre entre ses doigts. Il fige. Il connaît cette écriture, la reconnaîtrait partout. C'est celle d'Alcide. Son ennemi. Le grand responsable, l'assassin de Small Bear et le démon de Biche Pensive. Son sang se glace. Il blêmit, s'aperçoit que ses mains tremblent. Sa gorge se dessèche. Enfin, cet ennemi se dénonce. Il ne connaîtra de répit que lorsqu'il l'aura terrassé.

Madeleine se lève, mal à l'aise. C'est la première fois qu'elle note une réaction chez Clovis, et cette réaction l'inquiète. Il est si pâle, comme foudroyé dans son fauteuil.

Rolland revient avec les patins.

— Voilà, docteur.

— Quoi? Ah! Oui, les patins... La glace est trop molle, Rolland. On est en mars.

— Mais y fait froid, docteur. La glace est pas molle. J'ai une bonne heure devant moé.

— Va pratiquer sans moi; je suis occupé.

L'homme se lève, reprend distraitement ses patins et regagne sa chambre.

— Ce doit être une lettre de sa fiancée, insinue Madeleine afin d'en connaître davantage.

— Il a pas de fiancée, docteur Clovis. C'est une lettre de notre ancien curé.

— Ah! C'était très gentil à toi de la lui apporter.

— Hmm! Mais avec ça, je perds mon heure de hockey. Tant pis pour lui!

Rolland hausse les épaules et la laisse de plus en plus intriguée. Comment la lettre d'un vieux curé peut-elle tant ébranler un homme? Tant changer sa physionomie, jusqu'à le rendre effroyable? L'éclat dur qu'elle a capté dans ses prunelles l'épouvante. Ce doit être celui du chasseur qui abat un innocent ourson, pleurant sa mère dans les feuilles d'automne.

— Il valait mieux le tuer que de le laisser mourir tout seul. Car il serait mort sans sa mère.

— Qu'en savez-vous?

Il avait souri curieusement avant de la laisser avec cette phrase idiote:

— Je sais, parce que j'ai déjà été un petit ours.

C'était la seule fois qu'elle avait débattu le sujet de la chasse avec lui.

S'était-il moqué d'elle? Comment aurait-il pu être un petit ours jadis? Il y avait de ces moments où elle doutait vraiment de sa lucidité.

Un grand silence répond à son anxiété. Le silence des terres de glace que le vent balaie. Le silence blanc de ce blanc pays encore saisi par le froid. Ce pays d'où est enfin parvenue une voix capable de l'ébranler.

Partiras-tu?

Tant de portes pour arriver à sa chambre! La porte de la maison, donnant sur la salle d'attente, puis la porte capitonnée du cabinet et enfin celle du petit hôpital. Philippe soupire en constatant ce fait. Mais des portes, il y en a beaucoup maintenant entre lui et son fils. Anxieux, il hésite à tourner la poignée pour le rencontrer. Tentera-t-il de le dissuader d'aller soigner au Manitoba? Remâchera-t-il les vieux arguments de son propre père qui s'opposait à son exil en pays de colonisation? Non, il ne peut pas les employer. La raison qui motivait son père diffère de la sienne et s'il appréhende tant la mission de Clovis, c'est qu'elle diffère également de la sienne. Que va-t-il faire là-bas? Soigner les Indiens ou se venger d'Alcide? Il doit en avoir le coeur net.

— Ah! Bonjour papa.

Quelle pièce glaciale! Toute blanche. Sans rideaux, sans tableau, sans même un crucifix ou un roseau. Rien. Un ordre impeccable. Des livres de médecine, bien rangés et régulièrement relus. Sur le lit simple aux montants de métal, un sac à dos, des bas, une tuque, des mitaines, des sous-vêtements, des chemises blanches en quantité et la trousse que Clovis inspecte méticuleusement.

— J'emporte de l'antitoxine diphtérique au cas où, mais... ça me semble être une épidémie d'influenza.

— Ah! Oui. À cause de ces cadavres, j'imagine.

Ces cadavres, trois fois soulignés dans l'appel au secours d'Alcide. Leur rapide et anormale décomposition avait terrorisé la tribu et il craignait visiblement qu'une épidémie ne la ravage. La lecture de ces quelques lignes lui avait permis de constater le changement radical qui s'était opéré chez le prêtre. Clovis, lui, l'avait-il remarqué?

— La teinte verte de ces cadavres et la rapidité de leur décomposition, tout porte à croire que c'est l'influenza, explique le jeune chirurgien en rangeant maintenant son scalpel et ses pinces.

Quel ton! On dirait qu'il tient une chaire à l'université. Non. Il n'a rien perçu. N'a plus la sensibilité requise pour détecter les indiscernables mouvements de l'âme. Voyant luire la lame de l'instrument chirurgical, Philippe frissonne. S'il venait à tuer avec ça? Son regard se porte sur l'homme à l'habit noir qui lui sourit. Ses dents trop blanches le glacent. Il fuit le regard pénétrant de cet inconnu. Ce regard qui le perce sans rien dévoiler de lui-même. Ce regard fermé, qui fouille et dissèque son entourage mais se soustrait à toute pénétration. Il ne peut plus lire dans les diamants noirs de son fils. Depuis la mort de Judith, Clovis s'est emmuré. Le docteur Caron lui en a même fait la remarque. Clovis demeure distant avec eux, impénétrable. La compagnie de Madeleine le laisse indifférent et les discrètes avances d'Olivier n'éveillent ni sa jalousie ni son ardeur. D'ailleurs, il montre si peu d'intérêt pour le beau sexe et est d'une telle maladresse en sa présence! Il suffit de se rappeler la valse avec Mme Bernier pour s'en convaincre. Tant pis pour lui. Rolland ira possiblement y pensionner cet automne. Ainsi, Olivier sera présent dans l'esprit de Madeleine jusqu'au jour où, libéré de son veuvage, il pourra la fréquenter ouvertement. Philippe tourne maintenant le dos à cet homme incompréhensible. Cet homme sur qui l'amour n'a plus de prise. D'ailleurs, outre la médecine, plus rien ne semble avoir de prise. Toutes ses pensées sont canalisées par cette nouvelle religion.

— Paraît-il que les glaces ne déprennent qu'en juin, dit-il pour meubler le silence.

— Dire qu'ici, les outardes passent depuis quinze jours.

Elles passaient, les outardes, quand l'enfant torturé délirait dans ce lit rigide. Il s'en souvient. Clovis avait six ans et ses compagnons de classe s'étaient vengés sur lui des saints martyrs canadiens. Il avait prié Dieu à son chevet. Puis il avait prié sa maîtresse, Biche Pensive, en accrochant son fétiche à son cou : cette chouette aux yeux d'or que Clovis porte toujours maintenant. Oui, les outardes passaient et il pouvait lire dans les yeux de son enfant, à cette époque. Maintenant, il ne peut plus lire, parce que cet enfant s'est enfermé en lui. Il ne peut plus le rejoindre derrière sa carapace ascétique et demeure figé à la porte de cet homme, attendant l'ouverture ou la faille lui facilitant l'accès. Depuis la mort de Judith, il s'est métamorphosé en ce cloîtré laïque, détaché des folies, des joies et des douceurs. Que s'est-il passé lorsqu'il a erré de par les rues de Montréal ? Mme Dupuis n'a cessé de se reprocher cette escapade et pourtant, qu'y pouvait-elle ? « Il n'est plus le même », assurait-elle dans ses lettres. Elle avait vu juste, avait senti une transformation chez lui. Une froideur, un isolement progressif et certain. Il se retirait d'eux, se repliait en lui, profitait du prétexte de ses études pour fortifier ses positions et protéger son âme de toute intrusion. Et s'il la défendait, cette âme, si farouchement, c'est qu'elle avait souffert et souffrait encore. Un événement l'avait profondément blessé pour qu'il mette ainsi son coeur en quarantaine.

Philippe s'attriste. Ce lit ressuscite tant de souvenirs troublants. Distraitement, il passe le plat de sa main sur un pli agaçant qui se reforme sans cesse. Et sans cesse, se reforme dans son cerveau la machination diabolique d'un enfant de neuf ans consumé par le désir de la vengeance. Si jeune, il lui semble, pour calculer sciemment la mort de deux autres enfants: Olivier et Hercule. Si jeune pour rendre sa propre justice. Si jeune pour s'octroyer le droit de vie ou de mort sur lui et sur les autres. Cette glissade dangereuse devant les rapides, que lui seul réussissait avec son toboggan, pouvait entraîner sa propre mort. Mais Clovis n'avait jamais hésité à risquer sa vie. D'ailleurs, qu'était-elle pour lui, cette vie? Qu'était-elle pour Small Bear roué de coups et sali de ses propres excréments? Qu'était la vie pour l'enfant angoissé par la certitude que sa mère brûlait en enfer? Pas grand-chose, sans doute. La perdre en la faisant perdre à ses bourreaux lui semblait juste et naturel. Oeil pour oeil, dent pour dent. Par contre, il l'avait offerte si généreusement pour sauver celle de Judith, tombée dans les rapides.

Qu'est la vie, aujourd'hui, pour lui? Y tient-il beaucoup? Croit-il seulement qu'il a une âme et qu'il peut la perdre? Les événements se bousculent pêle-mêle dans son cerveau fatigué et le broient lentement comme de grosses meules à farine, lui laissant la conviction que Clovis est devenu athée. Il ne croit ni en Dieu, ni au diable, ni à son âme, ni à l'éternité. Avec quel cynisme il s'est moqué d'Hercule lorsque celui-ci lui interdisait d'assurer à Rolland que sa mère était au ciel. Quelle sécheresse et quelle dureté dans les paroles qu'il lançait au curé bègue: «Je ne crois ni en ton enfer ni à ton Dieu. Car si ton Dieu existe, il était dans tes bras qui m'immobilisaient pendant que Firmin me martyrisait. Et ça, ça serait la preuve que ton Dieu est injuste. Et si tu penses m'écarter de la comédie dominicale grâce à cet habit de faux clown qui ne te sied pas plus qu'à un âne, je... te... te... ju...jure que tu... tu... tu vas le regretter. Je ferai connaître ton... ton crime. Je te mettrai tout... tout nu... nu, devant tout, tout le monde.»

Le voilà rendu à exploiter les fautes des autres. On en a tellement commises à son égard, pendant son enfance, qu'il est en possession d'un capital dangereux. D'un capital qu'il utilise habilement pour obtenir ce qu'il veut. De quelle faute s'est-il servi pour soumettre la fière Mathilde qui le craint visiblement? Ce capital l'épouvante. La dette qu'Alcide a contractée est si énorme qu'elle ne semble devoir s'acquitter que par le sang. Cette pensée jette la mort dans son âme. Comment retenir Clovis près de lui? Comment l'empêcher de souiller ses mains dans le sang de la vengeance? A-t-il seulement le courage de lui en parler?

— Ces Indiens ont besoin de toi, commence-t-il par dire d'une voix mal assurée.

— Oui. Il paraît que l'agent du gouvernement ne les visite jamais. Ils sont loin des postes de traite.

— Tu vas sauver des vies.

— Oui, je l'espère.

— Pas en enlever une?

La porte de la cuisine s'ouvre subitement sur Azalée et son dernier tricot.

— Tiens, Clovis; je l'ai fini juste à temps. Je t'ai tricoté un col haut... Avec ça, t'auras pas froid.

— Oh! Merci, Azalée. Vous êtes très gentille.

Il l'embrasse sur les deux joues, enlève son veston et enfile le chandail.

— Il est beau, très beau, et chaud aussi. Je pourrai le mettre pour jouer au hockey quand je serai revenu. Qu'en pensez-vous, papa?

— Azalée tricote de mieux en mieux depuis qu'elle a ses lunettes. Il est magnifique. C'est toi qui as choisi la couleur?

— Oui. J'ai toujours aimé le rouge.

Biche Pensive aussi. Il se remémore ce matin où il lui avait fait l'amour pour la première fois, se rappelle de la blouse de calicot rouge qu'il avait laissée tomber sur l'herbe. Est-ce parce qu'il est vieux que cette couleur l'irrite chez son fils? Avec ses cheveux de jais et sa peau cuivrée, le contraste ne fait que l'embellir comme il embellissait sa mère. Mais elle était tout amour, sa mère. Elle était douce et bonne. Tandis qu'il est habité par la haine. Sur lui, le rouge a l'air du sang. Oh! Il se fait vieux pour se créer de telles images et pourtant... Il a hâte qu'Azalée retourne à sa cuisine. Mais voilà qu'elle tourne autour de Clovis en inspectant soigneusement son ouvrage. Celui-ci sourit et la laisse faire. Cette particularité de Clovis l'émeut. Cette tendresse, cette indulgence dont il fait preuve envers la pauvre vieille lui prouvent que s'il n'oublie pas le mal qu'on lui a fait, il n'oublie cependant pas le bien. Et on ne peut trouver ami plus fidèle que lui, ni fils plus reconnaissant. Ce genre de justice en marge de la religion serait-elle valable? Rendre le bien pour le bien, le mal pour le mal?

— T'es un beau garçon, dit la femme. Faudra prendre soin de toé, hein?

— Promis.

— Faire attention de pas attraper de rhume.

— Pas de danger avec mon chandail.

Visiblement, cela lui coûte de se séparer de lui. Clovis s'en aperçoit et la prend dans ses bras, tente de replacer dans le chignon les cheveux rêches éparpillés autour de sa tête.

— Je vous ramènerai un souvenir, d'accord?

— Attention de pas te perdre. C'est loin, me semble.

L'attitude de son fils le désarme. Ravi, il le regarde consoler madame Azalée. Avec elle, il n'a pas de carapace et redevient facilement un enfant. Peut-être parce qu'elle est une enfant elle-même, n'ayant ni souvenir ni vengeance à assouvir. Pour Azalée, tout n'est que présent et futur et son passé ne l'étrangle plus. Avec elle, il est doux, joyeux et détendu. Les gaffes qu'elle accumule inconsciemment le dérident toujours et son attachement maternel le sécurise. On sent qu'il l'aime vraiment. Philippe retrouve le petit ours de Biche Pensive. L'enfant vigoureux qui fuyait son odeur de médicament mais avalait goulûment son pain. Qu'il était joli, cet enfant! Pur comme l'eau du ruisseau où sa mère le baignait. Qu'il était doux son sourire perlé lorsqu'il glissait sur son âme écorchée! Qu'il était heureux dans les bois, loin de leur société! Loin de son père. Loin d'Alcide. Loin de la religion qui l'oblige à ne pas rendre justice. Obéit-il encore aux commandements? Non. Rien ne le garantit du meurtre puisqu'il ne croit ni en Dieu ni au diable. S'il a à tuer, il tuera. Froidement. Logiquement. Comme il a tué le petit ours orphelin à la chasse. Jérôme lui a raconté la grande colère de Clovis lorsqu'il avait vu la mère abattue et le petit qui se lamentait en la reniflant. Il l'avait longuement visé avant de tirer. Puis il avait caressé le petit museau encore chaud, d'un air désolé. C'était sa propre image qu'il venait d'abattre. Celle du gentil petit ours de l'enfance qui ne renaissait qu'en présence d'Azalée.

Il adore cette facette de son fils. Pourquoi a-t-il pardonné qu'on en fasse un homme secret et blessé? Pour avoir la paix? Parce qu'il est vieux et fatigué? Oui, vieux et fatigué. Il n'a plus la force ni le temps d'être orgueilleux. Lui et Alcide ont été ployés par un être supérieur. Ils ont été cassés, finalement domptés par le Maître. Mais ce Maître viendra-t-il à bout de Clovis, ce cheval sauvage et rétif qui ne croit plus en lui?

Enfin, madame Azalée s'éclipse. Clovis enlève aussitôt son chandail.

— Fiou! Il est chaud!

Le voilà en chemise blanche comme au jour de son baptême. Il s'assoit près de lui.

— Papa. (Son ton est doux. Il pose sa main sur son

épaule. Elle est chaude.) Vous vous inquiétez à cause de lui.

Il sait tout en plus.

— C'est un vieux comme moi. Il a payé, Clovis, il a payé sa faute.

— Ne vous faites pas de mal comme ça.

Philippe contemple l'enfant du baptême près de lui. L'enfant-roi des bois, que le mal n'avait pas encore rejoint. L'enfant de ses amours adultères avec Biche Pensive. L'enfant qu'Alcide lui a volé pour le violer et le violenter. Pour le conduire fatalement près du gouffre de la folie. Son enfant qui devait être beau comme l'amour et que la haine a marqué. Là, sur son sourcil, sur son nez, et là, dans son âme. Son âme qu'il ne peut ni guérir, ni soigner, ni même atteindre. Il se demande tout à coup s'il a réellement pardonné le massacre de son petit ours. Il sent monter en lui une vague de tendresse qui lui mouille les yeux. Comme il se fait vieux! Il voudrait serrer les mâchoires devant son fils, lui montrer qu'il est capable d'être plus retenu que la pauvre Azalée. Mais il larmoie comme un sénile.

Clovis l'attire contre son flanc recousu, tout plein de ces affreuses cicatrices qu'il connaît.

— Promettez-moi de ménager votre coeur.

— Oui, je te le promets.

Qu'il est mou, tout à coup. Incapable de traduire tous ces mots qui éclosent en lui.

— Je ne fais qu'obéir à cette lignée de fous soignants, conclut-il en lui rappelant le dévouement de cet ancêtre auprès des pestiférés irlandais.

Philippe s'accroche à ce dernier argument: cette génération d'hommes insensés qui se sacrifient pour soulager les souffrances humaines. Son fils lui ressemble autant qu'il ressemblait à son grand-père. Il se mire en lui, se reconnaît et capte son enthousiasme apparent. Mais la menace existe, la menace plane. Comment éviter que la victime et le bourreau se rencontrent? Il l'ignore. Sait seulement que les dés sont jetés et qu'il n'y peut rien. Qu'il ne peut retenir Clovis. Qu'adviendra-t-il de lui, d'eux? De ce vieillard là-bas qui a changé? Une faute si lourde les enchaîne. Que feront-ils pour s'en libérer. Que fera ce fils qui ne croit ni en Dieu ni au diable, mais en la justice de la vengeance?

Paralysé par toutes les choses à dire et à ne pas dire, Philippe se tait pendant que Clovis termine ses bagages. En lui, tout n'est que chaos, craintes et questions sans réponses.

Oh! Mon enfant, enfant de mes larmes
De ma passion et de ma déraison.
Iras-tu, si loin de nos souvenirs
Te venger dans le sang et par le sang?
Par le sang?

Oh! Malheureux, tu ne sais plus aimer.
Tu ne connais plus le chant du rossignol.
Rappelle-toi comme il te berçait
Te berçait
Et possédait ton coeur amoureux.

Oh! Toi, l'enfant de ma damnation,
Ne souille jamais mes amours interdites.
Ne maudis pas le nom de ta mère.
Ne renie pas le sang qui est de moi
Est de moi.

Est de moi aussi, cette belle folie
Qui t'appelle au loin, vers les terres bannies.
Vers la misère de tes frères
De tes frères.
Vers les blessures de leur corps.

Tes yeux fermés sont ouverts sur ma faute.
Tu caches en toi le mal qui te détruit.
Il y a longtemps que tu me fuis,
Longtemps que tu ne me parles plus
Parles plus.

Tes mains sont bénies par un grand manitou.
Il veut que tu soignes et non que tu te venges.
Il veut que par elles la haine meurt
La haine meurt.
Veut que par ton coeur la vie l'emporte.

Partiras-tu pour noyer dans le sang
Ma belle histoire, ma belle histoire d'amour?
Enfant que j'ai chéri dans le secret
Devenu prisonnier de la haine
De la haine.

N'éveille pas les souffrances du vieil homme.
Dieu l'a puni de son crime envers toi.
Il ne connaîtra jamais la paix
Jamais la paix
Sans le pardon que tu retiens.

Ce pardon qui t'a fermé à moi.
Fermé à la vie et à toutes les joies.
À l'amour qui pourrait refleurir,
Renaître enfin au fond de ton coeur
De ton coeur.

Je demeure muet et toi tu restes sourd.
Ton destin t'oblige, je sens qu'il gagne sur nous.
Tu reviendras pur, grandi ou fou
Ou fou
Et je serai là pour t'accueillir.

Quoi qu'il en soit, quoi que tu fasses là-bas,
Je tremble pour toi et ne cesse de prier.
Je t'ai déjà mené au bout du monde.
Ne suis plus qu'un vieux cheval fatigué
Fatigué.

Je ne peux t'empêcher d'aller le rejoindre.
Là où les outardes vont faire leur nid.
Iras-tu, toi, y creuser une tombe ?
Une tombe ?
Afin que tout meure avec lui.

Son guide

Nesk, heureux, plane au-dessus de Moosonee. Son cri rauque déchire un instant l'immobile ciel cristallin. Puis, le silence se refait et seul le vent chante dans ses plumes. Il vire sur une aile, s'offre les nombreux îlots de la rivière Moose et le chemin d'acier cousu sur le muskeg* qui mène à l'emplacement des hommes. À cette altitude, il ne craint ni leur fusil ni leur bâton. Si haut dans le ciel, la mort ne peut le harponner. Si loin de la terre, le vol demeure sa liberté et son refuge. Il en profite avant que la mue ne le retienne au sol et ne l'expose ainsi au danger des prédateurs et des hommes. Il boit cet espace, cette lumière, cette paix. En bas, à gauche, dans la toute petite île abritée des vents, tellement petite qu'aucun chasseur ne la visite, ses oeufs viennent d'éclore sous le ventre chaud et patient de sa femelle. Cinq oisillons caquettent dans la mousse. Cinq oisillons qui deviendront outardes. Cela le rend léger, lui fait ouvrir grand ses ailes, ouvrir grand son coeur pour sa progéniture.

Il contemple son bonheur de haut. Contemple son avenir. Béatement, simplement, jusqu'à ce que les ombres se glissent en lui et l'alourdissent. Ces ombres que font naître ces points noirs qui bourdonnent autour des rails étincelants. D'ici, on dirait des guêpes s'activant à leur besogne. D'ici, les bateaux dessinent de charmants crochets blancs sur l'eau bleue, et les canots des In-

---

*Le muskeg est un amoncellement de mousse semblant flotter dans les lagons.

diens, renversés sur la grève, ont l'air de brindilles de roseaux. D'ici, on sent la mer à douze milles au nord. La vaste mer aux glaces flottantes, la baie d'Hudson donnant accès aux postes de traite et aux missions. D'ici à ce nord, partout sur le muskeg, il y a tous ces nids d'outardes et d'oies, tous ces oeufs à éclore, tous ces oisillons à qui enseigner les grandes migrations. Mais en plus de cette leçon des temps immémoriaux, il aura à les mettre en garde contre cette mort nouvelle qui éclate en plein ciel. Nesk tournoie lentement sur ses ailes, presque tristement. Son vol parfait devient un requiem pour les outardes qui furent happées mystérieusement par cette mort.

Ils arrivaient du Mississippi, voyant enfin le terme de leur voyage, avec l'espérance de leur nid enracinée dans leurs os et dans leurs muscles entêtés. Ils s'apprêtaient à amerrir quand, dans les ordres et les commandements du voilier, le bruit a éclaté. Des outardes sont tombées comme de gros fruits lourds sur le sol. Sans vie, elles n'étaient plus qu'un poids de chair et de plumes. Les bipèdes sont venus les ramasser ces petits points noirs vus de haut, capables d'aller cueillir leurs vies là où elles s'étaient toujours crues en sécurité. Trouveront-ils son nid pour y assommer sa femelle et ses petits? Alarmé, Nesk descend des nues, si près qu'il entend le cri des hommes qui vont, viennent et s'agitent. Leur effervescence le rassure: aujourd'hui, ils ne prendront pas le temps d'aller chasser. Un nouveau bruit attire son attention: une chose noire roule lourdement sur les traits qui brillent dans la mousse.

Une clameur monte de la terre. Joyeuse et fière comme son cri qui acclamait l'éclosion de ses oeufs. Nesk regarde ce nouveau-né des hommes, horrible, dur et prisonnier de son chemin. Et les hommes acclament en lui un avenir dont il redoute la portée.

Vite, il retourne à son nid où les oisillons tout neufs

piaillent à travers leurs coquilles brisées, laissant les hommes inaugurer le premier train officiel de Moosonee.

Tant de gens descendent des voitures! Des religieuses, des missionnaires, des journalistes, des gens de la Compagnie de la baie d'Hudson. Comment le reconnaître parmi ces deux cents passagers qui inaugurent le train spécial parti d'Ottawa? Se trouve-t-il seulement parmi eux? A-t-il répondu à l'appel de Kotawinow? Nicolas épie chaque passager ne portant pas le vêtement ecclésiastique. Il lui semble que chacun d'eux pourrait être «celui qui guérit» tant il est impressionné par leur prestance et le sceau de la civilisation, dont leurs gestes et leurs habits sont empreints. Il s'est trompé l'autre fois en abordant Adam, l'Américain, venu avec le premier convoi de fret. Il l'avait pris pour une espèce de dieu qui guérit avec sa taille haute et sa tête blonde toute bouclée. Adam avait ri de sa méprise avec bonhomie, avait passé son bras amicalement autour de ses épaules, faisant ainsi de lui son guide officiel.

Tout était si facile et rapide avec lui. Cet homme lui forçait le cerveau en lui décrivant les villes et les inventions de son pays. Paraît qu'il y avait plein de véhicules qui roulent sans rails où bon leur semble, des maisons qui grattent le ciel, des machines volantes et des bateaux plus gros que les entrepôts de la Compagnie. Il y avait tant de choses à absorber! Tant de choses à apprendre, à comprendre! Comme cette espèce de boîte qui figeait l'image. Adam s'en servait beaucoup. Photographiait tout: les Indiens, les missionnaires, les orignaux, les outardes, la magnifique rivière Moose aux innombrables îles, le comptoir de Moose Factory, les bateaux qui prennent la mer, les canots, tout. Tout suscitait son enthousiasme et le déclic de sa caméra. Ce qu'il aimerait, lui, avoir le portrait de Marie-Victorine. Est-elle encore en vie? Son peuple a-t-il péri sous le fléau de cette maladie qu'il leur a probablement transmise?

Nicolas se sent responsable d'être toujours revenu vers eux après avoir poussé ses frontières aux quatre points cardinaux, car c'est la mort qu'il ramenait avec ses nouveautés et ses récits. Il aurait dû partir une fois pour toutes et faire son deuil de Marie-Victorine. Cette femme n'est pas pour lui: elle aime trop Dieu. Il y en a d'autres. Beaucoup d'autres. Il a copulé avec ces autres, des protestantes en plus, pendant l'hiver qu'il vient de passer. Adam aussi a copulé avec elles: il paraît que les petites Indiennes savent y faire. Cet homme le fascine. Il l'admire, lui est redevable du soulagement de ce poids que le péché exerçait sur son coeur. Avant, quand il buvait ou sortait avec les filles, il se sentait écrasé, sali, paralysé. Mais depuis que cet homme blanc l'accompagne dans tous ses exploits, il se sent libéré, léger, moderne. La notion même de péché perd de son efficacité et ce n'est que le souvenir de Marie-Victorine ou de Kotawinow qui réussit réellement à réveiller ses remords. Les missionnaires, eux, ne font qu'attiser sa sourde colère. Il ne les aime pas et eux non plus ne l'aiment pas. Ils le considèrent comme le fruit pourri qui ferait pourrir les autres. Le plein de péchés qui risque de dépraver leur troupeau bêtement obéissant. Ce regard désapprobateur qu'ils lui réservent lui a maintes fois donné envie de renier sa religion. Mais Marie-Victorine hante trop son coeur pour qu'il lui fasse un tel chagrin. Il est fou: cette femme-là n'est pas pour lui. Il est fou de l'aimer. D'être fou d'inquiétude qu'elle soit morte en son absence. Oui, il est fou. Adam l'a invité aux États. Quel bon temps il aurait, là-bas, avec lui! Mais il n'ira pas. Il doit conduire «celui qui guérit» vers son peuple. Vers Adam auparavant.

Le frère Hébert qui le soigne s'inquiète beaucoup pour lui. Curieusement, le fait qu'il soit d'une religion différente ne semble pas le choquer. Il est gentil avec l'Américain, use toujours d'un ton poli lorsqu'il lui parle en français, langue que l'autre ne comprend pas. Et Adam continue de crâner, même malade, en lui rappelant les jolies Indiennes, les cuites au whisky et leur chasse aux outardes. Paraît qu'il est assez riche pour s'acheter le ciel! Est-ce possible? Une chose est certaine: il est assez riche pour s'acheter l'indulgence des pères. Comme il aimerait avoir son audace, sa boîte à images et le secret pour les faire apparaître sur le papier! Comme il aimerait pouvoir s'acheter la tolérance de ce monde civilisé, tout en continuant d'être un sauvage! Comme il aimerait être Adam et réussir dans tout ce qu'il entreprend: chasse, voyage ou femmes!

À l'affût derrière les matériaux de construction pour l'église d'Attawapiscat, Nicolas observe ce va-et-vient impressionnant. Cela l'étourdit, le décourage. Il n'ose trop s'avancer, de peur de commettre une seconde erreur ou d'être renvoyé comme un malotru. Les pères n'aiment pas que les Indiens flânent autour de la voie ferrée. Ils désapprouvent également qu'ils s'établissent aux alentours de Moosonee, près de Shore Creek, où Indiens protestants et Indiens catholiques se sont choisi chacun une rive pour y ériger leurs cabanes, dans l'espoir de trouver du travail pour l'Ontario Northland Railway. Étant donné qu'ils ont eu droit au défrichement sur les terrains glaiseux et le muskeg, ils s'attendent à faire quelque argent en entretenant la voie ferrée. Mais les missionnaires font tout pour les en dissuader et les exhortent à retourner dans les bois ramasser des fourrures. Ils n'aiment pas que les Indiens entrent en contact avec la civilisation et le progrès, et que les Blancs viennent chasser sur leurs territoires. Il a entendu dire par l'un d'eux que la voie ferrée menait l'Indien directement en enfer. Mais il n'est pas Indien, lui. Il est métis. Peut-être que son père était comme Adam. Cette possibilité l'enchante, lui donne de l'assurance.

Il vient de repérer le frère Hébert. Celui-ci est en compagnie d'un homme à qui il indique l'emplacement de sa tente, derrière la maison Révillon et Frères, la compagnie française du commerce de la fourrure. Il s'en approche.

— Ah! Mais voilà Nicolas, s'exclame-t-il. Il vous conduira à l'Américain et au père Plamondon. Il baragouine un peu de français et un peu d'anglais. C'est lui qui est venu porter la lettre... un excellent guide. Viens Nicolas, approche. Voici le docteur que tu attendais. Emmène-le voir tout de suite M. Green, parce que demain vous monterez à bord du Fort Churchill avec les religieuses. Vous m'excuserez, docteur Lafresnière, j'ai beaucoup à faire pour le moment. Venez au chapelet ce soir, cela nous fera grand plaisir.

Le frère tourne promptement sur ses talons. Il a tant à faire! Tant de gens à loger subitement. Tant de visiteurs! Aujourd'hui, Moosonee est vraiment devenue la ville terminus et la porte d'accès à la baie d'Hudson. C'est la plaque tournante entre le Nord et le Sud, entre la civilisation et les étendues sauvages, entre le paganisme et la foi. Grâce au train, tout le ravitaillement des postes et des missions s'effectue rapidement et sûrement, mettant fin aux périlleux et longs voyages sur les rivières Ottawa et Abitibi. La brèche par où le progrès et la religion s'infiltreront dans les territoires du Grand Nord vient d'être ouverte en ce jour du 15 juin 1932. Il jubile, se déplace rapidement avec un nuage de mouches noires lui auréolant la tête. Son zèle infatigable tend à démontrer que Moosonee mérite bien d'être le siège du vicariat provincial. Qu'il soit également le quartier général des comptoirs de la partie méridionale de la terre de Rupert, ne fait que renforcer sa détermination à évangéliser tous les Indiens de la côte Ouest, Est et de l'intérieur des terres. Peu lui importent les entrepôts de la Compagnie, remplis de fourrures. Il ne travaille pas pour l'argent mais pour Dieu et sait très bien que sa récompense n'est pas de ce monde.

Nicolas lève les yeux sur l'homme qui le considère gravement et leurs regards se rencontrent. Clovis étreint la poignée de sa trousse, touché par cet être manifestement tiraillé par le sang différent de son père et de sa mère. Outre ses pupilles d'un bleu intense, son habillement hétéroclite affiche, sans contredit, qu'il est, comme lui, un métis. Un sang-mêlé. Subissant le rejet d'un peuple, et le rejet de l'autre. N'étant ni l'un ni l'autre et les deux à la fois. Il porte un chapeau melon datant vraisemblablement de la ruée vers l'or, un foulard rouge noué au cou, une croix par-dessus et un gilet de satin fleuri sur sa chemise à carreaux. Un cordon de cuir retient un couteau dans le gousset déchiré de la montre. Son pantalon de lainage s'engouffre dans des bottes mocassins chaussées de caoutchouc. Comment faire abstraction de cet homme qui attend tout de lui? Comment l'éclipser de sa rencontre avec Alcide? Il s'impose à lui, oblige les serrures du souvenir à céder, ressuscite les morts. Son sang indien, qu'il avait voulu renier pour réussir chez les Blancs, revendique sa part. S'il n'avait eu ni instruction ni éducation, il serait aujourd'hui ce Nicolas, cet homme visiblement partagé. Au premier coup d'oeil, on pourrait le classer. Vêtu et instruit comme il l'est, personne ne se doute de la chouette païenne qui veille sous sa chemise. Sourit-il? Il le croit, ou plutôt, il essaie. Cette figure l'afflige et l'attache. Il ne peut rester insensible à l'affinité qui les lie.

— Conduis-moi, je te suis.

Lui a-t-il souri? s'interroge Nicolas en le guidant vers sa tente. De temps à autre, il se retourne pour s'assurer qu'il est toujours derrière lui. Adam lui demande continuellement de ralentir son allure parce qu'il marche vite. Mais le médecin le suit sans difficulté sur le long trottoir de bois construit l'année dernière par la compagnie du train. Ils atteignent le chemin Révillon longeant la rivière. Nicolas ne s'attarde ni aux solides goélettes, ni aux chalands, ni aux nombreux canots, ni au Fort Churchill prêt à appareiller demain tant il est préoccupé maintenant par l'état d'Adam qu'il a laissé seul depuis bon nombre d'heures. Il presse encore le pas. «Celui qui guérit» l'imite comme s'il captait son inquiétude et voulait y mettre un terme. Cet homme a dû lui sourire. Il est le premier Blanc à le regarder sur un pied d'égalité. Ni comme une sale poussière devant Dieu ni comme un guide ignorant et naïf. Un vague sentiment s'ébauche dans l'âme trouble de Nicolas. Il ne sait encore l'identifier mais il diffère de l'admiration sans réserve qu'il voue à Adam. Il se retourne une dernière fois; le vent agite les cheveux de l'homme. Il a l'impression de voir son grand-frère. Sourit-il lui aussi quand il dit: « Ici, Adam, mal au ventre » ?

L'homme halète. Il a soif, il a chaud et, surtout, il a mal. Qu'est-ce qu'il est venu faire dans ce putain de pays? Le vent secoue la toile de la tente sans chasser les maudites mouches noires qui s'engluent dans la sueur de son visage et le piquent malgré tout. Où est passé son guide? Et le frère qui l'épongeait si charitablement? Pourquoi ces barbares le laissent-ils crever tout seul? Non, mais qu'est-ce qu'il est venu faire dans ce putain de pays?

Trente ans, riche à craquer, n'ayant connu d'autre crise que cette crise d'appendicite, Adam Green songe à la résidence de papa, à ses serviteurs, à sa limousine, à son médecin personnel. À tout ce confort et à tout ce luxe sur lesquels il a craché insolemment pour connaître l'aventure. Pour découvrir l'homme en lui. L'homme capable d'avoir faim et peur, capable d'être sale, capable de coucher avec les femmes, capable de chasser l'outarde, capable d'affronter le froid. Mais le mal, ce mal, il n'y a jamais songé. Il va crever, c'est sûr. Ne pourra pas organiser ces voyages de chasse et pêche pour les riches blasés. Son avenir est là-dedans. Il y a de l'argent à faire avec tous ces millionnaires à la recherche de sensations fortes. Son plan était formidable. Avec ses photos, il leur en aurait mis plein les yeux : sa clientèle étant ainsi assurée, il aurait acheté un avion, l'engin merveilleux qui rend accessible l'inaccessible. Quelle tête Nicolas a faite quand il a su qu'il pouvait s'acheter le ciel! Il revoit ses yeux arrondis, sa bouche ouverte, son expression enfantine et comique. Lui raconter l'exploit de Lindbergh aurait été superflu. Sacré Nicolas! Habituellement fidèle comme son ombre, tout à coup disparu depuis qu'il a si mal. Depuis ce hourra de bienvenue entendu de la gare. Délire-t-il? Il reconnaît sa voix aux intonations courtes et saccadées. Ramène-t-il le médecin qu'il attend depuis si longtemps?

Un homme pénètre, dépose sa trousse près de sa couchette. Adam lui sourit avec confiance.

— Hi! Doc! Glad to see you.

Il sait maintenant qu'il ne mourra pas et qu'il pourra réaliser ses projets. L'homme se penche sur lui avec son stéthoscope. Adam enregistre ce visage particulier, dès à présent responsable de sa guérison. Quand il sera rétabli, il le récompensera généreusement.

— We have to operate.

— I'm willing.

Il se plie à toutes ses exigences. S'abandonne volontiers au scalpel de la science qui le délivrera du mal.

Il a bien fait de demander l'assistance de soeur Marie-Elmire avec qui il a lié connaissance à bord du train. Pour être franc, c'est plutôt elle qui l'a approché en voyant sa trousse. Elle s'est assise tout naturellement en face de lui, avec son inséparable compagne et, de but en blanc, l'a interrogé sur les cas médicaux qu'elle croyait avoir à rencontrer à la mission-hôpital d'Albany. Constatant son expérience d'infirmière et d'assistante en salle opératoire, il s'est plu à lui donner un cours de médecine condensée. Elle buvait littéralement ses paroles, prenait des notes dans un petit carnet enfoui dans la poche de son ample robe blanche, puis revenait à la charge avec une autre question, un autre symptôme, une autre thérapie. Son intelligence et son enthousiasme apaisaient son âme écorchée et lui rappelaient que lui aussi s'en allait soigner ses frères malades. C'est pourquoi, devant l'urgence de l'opération, il l'a immédiatement contactée. Avec quelle efficacité elle a déniché cette salle d'opération (la maison de M. Martineau, un Canadien français à l'emploi de la compagnie Révillon) et les draps (ceux destinés à la mission-hôpital d'Albany). Elle s'est chargée également de bouillir l'eau et de préparer le patient. Quant à lui, il a stérilisé ses instruments et les a rangés sur son plateau, dans l'ordre voulu, ainsi que les tampons et les pansements.

Martineau et Nicolas l'observent, bouche bée. Ces profanes devraient sortir maintenant qu'ils sont inutiles.

— Veuillez nous laisser.

À qui l'a-t-il dit pour que Martineau rudoie Nicolas en le poussant dans le dos?

— Envoye, le sauvage; on n'a pas besoin de toé icitte.

— Ne molestez pas mon guide.

— Y est sale.

— Sortez tous les deux et entretenez de la fumée pour éloigner les mouches.

Il donne des ordres précisément à ce Martineau qui se croit supérieur à l'Indien, à cette moitié de son sang, à cette humble croix de bois envahie par les fraises.

Nicolas obéit avec joie, le Canadien français en maugréant.

Voilà. Clovis jauge son équipe: soeur Marie-Elmire et soeur Marie-Joseph. Dévouées, alertes et efficaces, elles se lavent minutieusement les mains. Il fait de même. Une fois, deux fois, trois fois, quatre fois, il lui semble qu'elles ne sont jamais assez propres. Il brosse ses ongles, les rebrosse. Il doit être aseptique. Surtout dans ces conditions difficiles où les insectes peuvent se poser à tout instant sur l'incision. Il inspecte le plafond, les murs, les fenêtres. Nicolas a fait du bon travail en débarrassant la pièce de ces bestioles.

Soeur Marie-Elmire lui présente sa blouse de chirurgien. Il l'enfile, se retourne pour qu'elle l'attache dans le dos. Il se fait penser à Alcide revêtant ses habits sacerdotaux et renverse la tête. Il se revoit, enfant de choeur, en train d'aider le prêtre à se vêtir. Invariablement, il notait chez lui un changement d'attitude et d'expression dans cette étape du transfert entre le profane et le sacré. Ses mains stérilisées, levées vers le ciel, il prend conscience de la gravité du moment et prie, à sa façon, pour que son intervention dans le corps d'un autre homme mette fin à ses souffrances. Ensuite, il se penche pour permettre à l'assistante de le coiffer et d'attacher son masque. S'étant mutuellement vêtues, les deux religieuses attendent maintenant ses ordres. L'équipe est prête à jouer cette joute contre la mort et contre la montre. Elle doit réussir avant que l'inflammation n'aboutisse à une péritonite généralisée avec gangrène et perforation de l'intestin. Le patient garde sur eux des yeux suppliants et leur sourit faiblement.

— I'm afraid, Doc.

Ça se voit: il avale avec difficulté et sa pomme d'Adam semble l'étouffer.

— It won't be long now, lui répond-il en installant le masque anesthésique.

— Faisons-nous une prière? demande soudain soeur Marie-Joseph.

— Faites-la dans votre coeur. Il a déjà très peur. Il pourrait croire que nous prions pour le salut de son âme.

Et puis il ne veut pas mêler Dieu à son travail. Ne veut pas se décharger des complications possibles en les taxant d'avance de volonté divine.

Il laisse tomber les gouttes de chloroforme. Adam résiste un peu, roule sa tête comme si, tout à coup, il allait mourir et devait se débattre. Finalement, il cligne des yeux et ses paupières s'abaissent. Voilà. L'homme qui avait trop bouffé d'outardes vient de le laisser seul à seul avec son défi. Plus rien d'autre n'existe. Il y a lui, ses assistantes et ce ventre gonflé. Il désire son scalpel. Soeur Marie-Elmire le dépose dans sa main gantée sans qu'il le demande. Cette communication muette le frappe. Comme à chaque opération, l'instant ultime précédant l'incision l'arrache à toute chose de la terre, à toute chose de son corps. Il se recueille, se concentre, fait abstraction de tout lieu et de tout temps. Là, sous la peau, siège le mal. Là, précisément là. L'instrument glisse rapidement: la raie apparaît et soeur Marie-Elmire éponge sans qu'il le demande.

Cette femme répond parfaitement à ses désirs. Il s'établit entre elle et lui une communication muette qui lui fait revivre l'esprit qui l'unissait à Arthur lors des joutes de hockey. Sans un mot, sans même un regard, ils élaboraient des tactiques ensemble, devinant leurs intentions mutuelles. Ils ne faisaient qu'un sur la glace. C'est pareil avec elle, aujourd'hui. Ils ne font qu'un devant le patient.

Il ne fait plus cavalier seul. Et ce n'est pas Dieu qui le seconde mais un être humain dont l'esprit se soude au sien, dont les mains deviennent les siennes, dont les yeux voient ce que voient les siens. Il sent cet être très près de lui, comme en lui, et se dédouble à son tour pour être en elle. Ils sont deux et pourtant un seul. Il est seul et pourtant deux. C'est la première fois qu'il connaît une telle intimité en opérant. Il célèbre l'office de sa propre religion, communiant avec son assistante au corps vaste et sacré de la science médicale, conscient que soeur Marie-Joseph en est exclue malgré sa bonne volonté.

Voilà l'appendice. Il le retranche. C'est fini; ils ont gagné, marqué ce but. Il regarde soeur Marie-Elmire. Leurs yeux se félicitent. Il retient l'envie de la serrer contre lui comme faisaient ses coéquipiers pour montrer leur solidarité et leur fierté. Le voile noir de la religieuse le ramène à la réalité, le décroche de cette expérience exaltante. Déjà fini cet assaut commun contre la maladie. Il regarde la robe blanche, aime la robe blanche qui s'apparente à son propre costume. Mais le noir du voile gagne sur l'effort qu'il fait pour retrouver l'état euphorique de l'intervention. *Ite, missa est.* C'est fini! La messe est dite. Il pose les agrafes, éprouve subitement le besoin de lui expliquer les précautions à prendre pour éviter l'infection. A-t-elle vibré, elle aussi, à leur union? Il la regarde: elle baisse les yeux, rougit. Oui, puisqu'elle ressent une sorte de gêne maintenant.

— Merci, mes soeurs. Je le veillerai jusqu'à demain matin. Veuillez avertir le frère Hébert qu'il devra prendre soin du patient après mon départ.

Elles s'éclipsent. Leurs robes blanches caressent le rude plancher. Il les accompagne du regard par le carreau crotté de chiures de mouches. Les deux petites soeurs trottinent sur l'unique trottoir de bois. Si petites toutes les deux, perdues dans leur froc encombrant. Si petites pour ce vaste pays. Elles lui ont laissé les masques, objets du culte nouveau auquel il se livre sans réserve. D'un geste navré, il enlève le sien. *Ite, missa est...* la messe est dite. Mais quelque chose le lie encore à soeur Marie-Elmire... le liera toujours. Leurs esprits se sont possédés. Juste leurs esprits derrière leurs masques blancs. Juste leurs esprits, vraiment? Y aurait-il un autre élément? Le fait qu'elle soit une femme y est-il pour quelque chose?

Il ne le sait pas, n'éprouve ni remords ni désir d'homme. Seulement un profond dégoût à regagner la geôle de la solitude qui se referme sur lui. Ne vient-il pas de rencontrer, au hasard de ces routes incertaines, une âme qui s'apparente à la sienne, poussée par les mêmes aspirations et soutenue par le même esprit?

Nicolas entre en trombe, enlève révérencieusement son chapeau melon.

— Adam guéri, doc?

— Oui, Adam guéri.

Son guide le contemple. Cela l'indispose d'être considéré comme un dieu.

— Nous partirons demain, sur le Fort Churchill.

— Oui, doc.

Nicolas s'empresse d'aller rouler sa tente. Il passera la nuit sur ce plancher que les soeurs ont balayé de leurs costumes. Il savourera son bonheur d'avoir été adopté par un homme qui a pris position pour lui devant les Blancs. MON guide, il a dit. SON guide, il est.

La voix de la vengeance

Un bon vent fait claquer les voiles de la goélette. À droite, la haute mer, parsemée de glaces flottantes. À gauche, la côte frangée d'épinettes rabougries, avec ses longues rives marécageuses.

Que ce vent est froid! Plein de glace en dedans qui lui transit le corps malgré son chandail de laine. Il a mal au dos de frissonner, et mal au coeur de se sentir ainsi ballotté. Encore une fois, Clovis se penche par-dessus bord pour vomir. Jamais il n'aurait cru souffrir un jour du mal de mer. Ayant été débardeur, il s'était mis en tête qu'il avait le pied marin. Naïve déduction! Cela l'agace d'être vu dans un état si lamentable. Surtout par ce guide en parfaite forme que le froid ne semble pas déranger le moins du monde, bien qu'il ait conservé le même accoutrement. Hier, ne le prenait-il pas pour une espèce de dieu qui excise le mal de la chair humaine? De quoi a-t-il l'air, aujourd'hui? D'une pauvre loque, à l'estomac noué par la peur, le froid et les vagues. Il regarde ses mains crispées au bastingage. S'épouvante tout à coup à la vue d'un bloc de glace qui frôle les flancs du bateau. Le *Titanic* éventré traverse son cerveau: une sueur froide couvre aussitôt son front. Nicolas sourit et, pour le rassurer, lui montre toutes les taches blanches à la dérive. Mais cela ne fait qu'empirer son inquiétude: alors il retourne à la côte désertique. Il grelotte tellement que pour se réchauffer, il s'imagine enfiler un manteau de fourrure: castor, loutre, raton, peu importe le poil. Sam l'avait bien mis en garde contre le froid de ce pays et jusqu'à maintenant, ce qu'il lui avait décrit s'avère exact. Mais il croyait que l'expérience de Sam en tant que commis à Moose Factory avait été faussée par le fait qu'il était, à cette époque, un Européen nouvellement arrivé. Autre naïve déduction! Quand Sam disait : « Enfile deux chandails plutôt qu'un », il avait raison.

Deux petits Indiens courent sur le pont : ils s'amusent, rigolent, comptent en anglais les glaces autour du navire. Clovis aimerait apprivoiser ces petits faons : il aurait dû apporter des papermans. Small Bear les aimait bien. Était-il comme eux, enfant? Connaissait-il cette insouciance, cette joie de vivre, cette vitalité? Les enfants lui sourient, repartent à la course se cacher derrière la cabine, mais reviennent. Nicolas l'observe, attendant qu'il montre des signes d'impatience pour chasser les gamins qui gloussent de rire en le pointant du doigt.

— Que disent-ils, Nicolas?
— Homme du traité malade.
— C'est moi, ça, l'homme du traité?
— Oui.
— Quel traité? J'ai fait un traité?

Nicolas lui tourne le dos et porte son regard sur ce vaste territoire que les siens ont cédé pour fin d'exploitation et autres, moyennant une subvention annuelle de quatre dollars par individu et les frais d'instruction des enfants indiens. Comment l'homme qui distribue habituellement l'argent de ce traité peut-il ignorer cela? Vexé, le guide se croise les bras en s'avouant qu'il connaît, lui aussi, bien peu de choses de ces autres régions où les maisons grattent le ciel. La terre est si vaste et lui, si petit. C'est pardonnable, il lui semble. Mais que ce médecin ignore l'existence de ce traité signé par des chefs analphabètes le déçoit et le chagrine. Les Indiens n'existaient pas dans la pensée de cet homme avant qu'il ne mette le pied à Moosonee. Ce n'est pas pour eux qu'il est venu. Là-bas, dans leurs maisons qui touchent le ciel, les Blancs ignorent que les chefs leur ont légué un pays aussi facilement que les enfants ont troqué leurs dents saines pour un morceau de sucre.

Le médecin pose la main sur son épaule. Une main fraternelle.

— Les miens ont signé un traité avec les tiens, j'imagine. Et ce traité ne te convient pas... mais... tu n'as pas plus signé que moi j'ai signé, vrai?

Nicolas acquiesce de la tête, décontenancé. C'est vrai: il n'a pas signé ce traité. Pas plus que le médecin, d'ailleurs. Pourquoi endosseraient-ils cette responsabilité? Cette constatation le rapproche de l'homme. Lui fait pardonner son ignorance et celle de ses chefs.

— Quand je connaîtrai mieux ta langue, tu m'expliqueras ce que tu n'aimes pas?

— Oui.

Un cri de femme. Ils se retournent juste à temps pour voir un des enfants, dangereusement penché par-dessus bord, dans son imitation de l'homme du traité malade. Nicolas le saisit aussitôt par le califourchon et l'envoie sur le pont, au moment où soeur Marie-Joseph trébuche dans sa course salvatrice. Ouille! Elle masse sa cheville.

Clovis s'agenouille, la palpe.

— Vous avez une entorse, je crois. Assoyez-vous ici, sur la caisse. Je vais regarder ça.

— Ah! J'ai cru qu'il passait par-dessus bord. Une chance que vous étiez là.

— C'est Nicolas qui l'a sauvé.

Clovis enlève le soulier. Aussitôt, Nicolas se précipite et vient manipuler le pied de la religieuse. Ouille! Il compte les orteils à travers le bas de laine.

— Mais qu'est-ce qui te prend? s'exclame Clovis,

furieux du peu de ménagement dont fait preuve son guide à l'égard de la blessée.

— Laissez-le faire, docteur. Il compte mes orteils. Tu veux voir l'autre pied, Nicolas? Vas-y. Regarde. Ils ne sont pas fourchus.

Le métis hésite. Soeur Marie-Joseph délace son soulier et lui présente son autre pied.

— Vérifie, vérifie bien, Nicolas.

Il s'exécute puis se lève, honteux. C'était plus fort que lui. Un ministre lui a certifié que ces femmes avaient le pied fourchu. Et ce ministre venait aussi de ces régions où les maisons atteignent le ciel. Qui croire?

— Il a menti... il a menti, répète-t-il en se sauvant, humilié par son geste.

Consterné, Clovis regarde la religieuse.

— C'est le marché aux âmes ici, docteur. Les protestants du Lac-à-la Truite ont dû lui faire accroire que les religieuses avaient les pieds fourchus. Pauvre Nicolas!

— Vous semblez le connaître. Ça fait mal, ça?

— Oui, ça fait mal. Et oui, je le connais. D'ailleurs, qui ne le connaît pas? Tantôt avec les protestants, tantôt avec les catholiques. Il est même venu chercher une de nos filles, il y a deux ans. Elle était justement la pupille du père Plamondon: vous allez sûrement la rencontrer, si elle vit encore, la pauvre enfant. Marie-Victorine qu'elle s'appelait. Très gentille fille. Travaillante, pieuse et obéissante.

— Venez dans la cabine, je vais vous faire un bain de pied. Appuyez-vous sur moi.

Soeur Marie-Elmire vient soutenir sa compagne sans qu'il l'ait demandé, sans même qu'il se soit aperçu de sa présence. Son coeur bat fort. Pour combien de temps cette femme le libérera-t-elle des entraves de la solitude? Il cherche ses yeux mais elle les tient baissés. Ensemble, ils aident soeur Marie-Joseph à regagner la cabine et s'occupent de la soigner. Sans conseil ni commandement comme s'ils n'avaient encore qu'un seul et même esprit.

Et comme s'ils n'avaient qu'un seul et même désir, ils prennent place près de la vieille missionnaire qui revient à Albany après une année de convalescence à Ottawa.

Soeur Marie-Joseph, dans la cinquantaine avancée, les sonde tous deux avec modestie. On dirait une apôtre jaugeant ses disciples. Elle sourit toujours, plus avec ses yeux candides qu'avec sa bouche.

— Ils sont chanceux les Indiens du père Plamondon d'avoir une constance religieuse. En fait, il n'y a que Nicolas qui est divisé ainsi et c'est dû au fait qu'il voyage beaucoup. Ce n'est pas bon pour eux de rencontrer trop de gens. Ils n'y sont pas prêts.

— Vous parlez d'eux comme s'ils étaient des enfants, ma soeur.

— Ils le sont, docteur. Ils ont dix ou douze ans d'âge mental. Vous avez vu l'agissement de Nicolas? C'est un homme et pourtant il agit comme un enfant. Ils aiment être dirigés, qu'on leur dicte ce qu'ils doivent faire. Ils ne sont pas mûrs pour l'autonomie.

Son grand-père était-il ainsi, un éternel enfant de douze ans? Et sa mère, dans les bras de son père? Comme elle a dû l'aimer! Un vrai dieu à ses yeux. L'attitude de Nicolas corrobore les dires de la missionnaire.

— Pourquoi m'appellent-ils l'homme du traité?
Elle rit.

— Parce que, habituellement, c'est le médecin du département des affaires indiennes qui distribue l'argent du traité. Comme il ne vient qu'une fois l'an, ils ont associé le médecin avec le traité.

— Il ne vient qu'une fois l'an? Mais comment peut-il les soigner, une fois l'an?

— C'est nous qui le faisons. Lui, il veille aux mesures de salubrité, comme exiger un pavillon spécial pour les tuberculeux ou réduire le nombre de nos pensionnaires parce qu'il n'y a pas suffisamment d'espace. Il suit les normes, quoi! C'est son travail. Mais ce sera difficile, cette année, de réduire le nombre de nos écoliers. C'est la disette; le petit gibier se fait rare et les animaux à fourrure aussi. Dans ces conditions-là, les parents préfèrent nous laisser leurs enfants.

— Depuis quand règne la disette?

— Depuis 1928, l'année de la grande débâcle qui nous a fait si peur. Ce n'est pas aussi riche en gibier depuis. C'est pourquoi nous demandons que la chasse et la trappe dans ces régions soient réservées aux Indiens exclusivement. Il y en a tout juste assez pour eux.

— Est-ce que toutes les régions sont touchées par cette disette?

— Toute la côte Ouest. Là où vous allez, la débâcle n'a pas eu d'impact. Je ne crois pas qu'il y ait de disette. C'est un vrai petit paradis, d'après ce que nous a raconté le père Plamondon. Ces Indiens sont très privilégiés de l'avoir toujours parmi eux. Et maintenant, vont-ils bénéficier d'un médecin en permanence?

Cette question le surprend. Que dire? Lui-même ne sait plus trop où il en est. À la réception de la lettre d'Alcide, il n'y avait que la vengeance pour le motiver. Peu à peu, le bien qu'il pourrait procurer à ces Indiens a pris racine en lui. Il bafouille.

— Je ne sais pas... je verrai.

Il aimerait répondre dans l'affirmative pour s'identifier davantage à soeur Marie-Elmire, mais il sent qu'il ne peut trahir cet esprit jumeau en mentant.

— Tant qu'à vous installer, vous seriez plus utile à notre hôpital. Là-bas, vous êtes éloigné, isolé. Il n'y aura que cette tribu. Pensez-y. Vous n'y arriverez pas avant le début d'août et vous devrez reprendre la mer vers la mi-septembre au plus tard si vous voulez revenir.

— C'est si loin?

— Nicolas ne vous l'a pas dit?

— Non. Il parle peu et mêle quelquefois l'anglais et l'indien... du cri, je crois?

Clovis s'efforce d'estomper son refus de s'installer à l'hôpital d'Albany. C'est logiquement de ce point central qu'il pourrait soigner le plus grand nombre de malades. Pourquoi s'exile-t-il si loin pour si peu d'Indiens, lui si compétent? Son geste déroute ces missionnaires dévouées à qui la présence d'un médecin chirurgien serait plus qu'utile.

Il glisse un regard vers soeur Marie-Elmire; il ne voit que son voile et son nez en trompette. Sans être jolie, elle est plaisante. Il ne manquerait qu'un pupitre entre elle et lui. Comme le pupitre entre lui et Judith à la petite école.

— Nicolas est un Cri des prairies: sa tribu s'est apparemment exilée à la recherche des bisons. C'est pourquoi il parle un peu de français. Mais les Cris de la côte sont des Maskégongs, ou Cris des marais, et nous leur enseignons l'anglais.

— Pourquoi l'anglais?

— Les postes de traite sont anglais.

— Mais Révillon là-dedans? C'est un poste français.

Soeur Marie-Joseph demeure interloquée. Jamais encore elle n'a osé prendre position dans ces questions politiques. Clovis devine son embarras.

— C'est une question trop profane, n'est-ce pas, ma soeur?

— C'est que... nous sommes les humbles servantes... nous n'avons pas à commenter... Vous êtes assez grand pour constater vous-même... Je ne vous dirai qu'une chose: c'est l'empire de la Compagnie, ici. Et toute mission ne saurait exister sans un poste, de même qu'un poste ne saurait être rentable sans mission. Nous y trouvons tous deux notre profit.

— Je comprends.

— Nous nous occupons du royaume des cieux.

— ...tout en consolidant l'empire de la Compagnie.

Son ton cynique déplaît à ses interlocutrices. Et à lui également. Il vient juste de se dissocier d'elles en définissant leurs points de vue parallèles. Il ne voit plus maintenant que le voile de soeur Marie-Elmire. Tout noir. Le tangage du bateau, qu'il avait fini par oublier, se fait de nouveau sentir. La conversation ne peut se poursuivre. C'est peine perdue de vouloir la réanimer mais il essaie quand même.

— Quelles sont les maladies que vous rencontrez le plus souvent?

— La tuberculose, le scorbut, la scrofule... et les accidents de chasse.

Soeur Marie-Joseph s'intéresse maintenant à son pied.

— Vous lui ferez un massage, indique-t-il à soeur Marie-Elmire.

— Oui, docteur.

C'est la première fois qu'il lui dicte un traitement. Geste inutile puisqu'elle l'aurait fait de toute façon. Pense-t-il la faire souffrir en insistant sur cette brisure? Il l'espère, car lui, il souffre. Déjà, il a froid de s'en retourner dans sa prison.

— Oh! Ils ne supportent pas le sel, aussi. Nous ne savons pas pourquoi. Nous avons perdu six enfants en deux mois à cause du lard salé... Ne leur donnez jamais de sel.

— Ah... Merci.

À regret, il les quitte, gardant pour lui les explications de son comportement asocial. Si Small Bear les avait eues en guise de tutrices au lieu de ce curé détraqué, il ne serait pas devenu l'homme amer qu'il est aujourd'hui.

Il retourne au pont, au bastingage, aux blocs de glace sur lesquels il essaie de dégueuler afin que sa nostalgie et sa nausée se diluent dans le sel de la mer, si fatal à l'Indien, cette portion de lui-même. Et quand son regard longe la côte marécageuse, il s'afflige de la savoir pauvre en gibier. Quelque chose en lui se plaint tandis que des bribes de sa bienheureuse enfance le visitent. Il tâte la chouette à son cou en élaborant des projets pour visiter les différentes tribus avec Nicolas, le grand voyageur. Il y a tant à faire. Pourquoi ne se dévouerait-il pas à son tour, comme les missionnaires? Rien n'est plus facile pour lui que de faire le sacrifice d'une vie sexuelle normale, y étant contraint de toute façon. Ici, sa vie aurait enfin un sens. Est-ce là son destin? Se pencher sur les souffrances de ce peuple?

Il regarde le ciel, très bleu. Entend claquer les voiles. « Est-ce cela, maman, mon destin? » Mais une voix claque encore plus fort que les voiles dans sa mémoire: « Cherche pas ta mère au ciel, elle est en enfer. »

Son poing se noue, sa mâchoire se durcit. « Un vrai petit paradis », disait-elle. Impossible! Alcide ne peut pas avoir créé de paradis et il ne veut pas qu'il ait réussi à en créer un.

— Malade? demande un Nicolas penaud, surgi d'il ne sait où.

Signe que oui. Un silence et le claquement des voiles.

— Comment il est le prêtre?
— Bon.
— Tu l'aimes bien?
— Marie-Victorine l'aime beaucoup.
— Mais toi, tu l'aimes bien?
— Marie-Victorine... elle est pour moé.
— Ah! Je comprends.

Non, il refuse que cet homme qui a créé l'enfer dans lequel il se débat ait créé un petit paradis. Et il écoute religieusement claquer les voiles qui l'encouragent à se venger de cet enfer dans lequel Alcide a précipité son grand-père, sa mère, son père et Small Bear.

« Baie James, 19 juin 1932
Cher papa,
Notre bateau est présentement immobilisé par les glaces à l'embouchure de la rivière Albany. C'est donc dire que les voyages dans la baie sont très imprévisibles. La température également. Depuis trois jours, je grelotte. Mais aujourd'hui, le temps s'est adouci. »

Dira-t-il que des essaims de mouches noires auréolent la tête de tous et de chacun? En voilà une sur son papier. Il l'écrase. Elle tache la feuille que le capitaine a eu la condescendance de lui donner. Aussi bien le dire, à présent.

« Je t'envoie, ci-haut, à droite, le cadavre d'une mouche noire. Elle n'est hélas pas du type solitaire. »

Il passe la main sur sa nuque, agacé. Ces bestioles ont le don de le mettre hors de lui. Il s'aperçoit qu'il écrabouille son crayon dans sa rage inutile. Nicolas, impassible, le regarde écrire. Il ne s'occupe pas des mouches et cette attitude donne l'impression qu'elles ne s'occupent pas de lui.
— Est-ce qu'elles te piquent?
— What?
— Les mouches... bzz... bzz...
Il mime.
— Elles te piquent?

Son guide rigole de le voir se débattre avec ces escadrilles de sanguinaires. Il retourne à sa lettre.

«Pas du type solitaire.» Les chanceuses! Elles font partie d'une tribu, d'un ensemble, d'une collectivité. Comme les Indiens, les employés de la Compagnie et les religieuses. Mais lui, il est seul. Il envie soudain la multiplicité des mouches et leur commune destinée clairement établie. Est-il en train de devenir aliéné pour jalouser les mouches? Pourtant, c'est ainsi qu'il se considère face aux étoiles et à l'univers incommensurable. Il n'est qu'un insecte entre les galaxies. Un insecte qui agace le Tout-Puissant au lieu de le prier. Un insecte qui s'adapte partout mais n'est bien nulle part.

Nicolas attend qu'il écrive. Lui aussi est un insecte qui n'est bien nulle part. Lui qui a tellement voyagé, écouté et regardé qu'il en est tout déréglé. Il ne doit pas écrire cela à son père mais s'en tenir uniquement aux faits pour ménager son coeur.

«J'ai un excellent guide, du nom de Nicolas. C'est un métis: il a les yeux aussi bleus que (non... pas que Judith... ne jamais la réveiller dans sa tombe) Mathilde. Le capitaine m'a parlé de lui, hier. Apparemment qu'il a canoté sur toutes les rivières qui se jettent dans la mer et qu'il connaît la côte et l'intérieur des terres mieux que quiconque. Aucune forêt n'a de secret pour lui et le capitaine m'a conseillé de lui accorder toute ma confiance. C'est un curieux personnage fort sympathique. Il est jeune, rusé, alerte et je ne cours aucun danger avec lui.»

Son regard se porte sur l'homme en question, fasciné par son écriture. Il a l'expression d'un enfant émerveillé. Cela lui plaît et le chagrine. Il y a tout un océan de civilisation entre eux. Se rejoindront-ils un jour, lui, le médaillé Hingston et l'autre, le guide analphabète ? Lui si amer et l'autre si impressionnable ? Clovis le souhaite et poursuit sa lettre pour ne pas rompre le charme de cette admiration béate.

> « C'est lui qui me conduira au paradis d'Alcide : c'est ainsi que l'on nomme son petit village. Tous les missionnaires ne m'ont dit que du bien de lui. »

Oui, il ne doit parler que de ce paradis et taire les voiles qui criaient vengeance pour lui.

> « J'ai également appris que ce voyage risque d'être plus long que prévu et je ne sais pas quelles maladies m'attendent là-bas. Une chose est certaine, je resterai le temps qu'il faudra pour les soigner. »

Il est déterminé à faire ce bien. Boum ! Une secousse.

— Qu'est-ce que c'est ?

— Glace, répond Nicolas, imperturbable.

— La glace se déprend ?

Signe que oui. Boum ! Boum ! Les glaces assaillent le navire. Il a peur. Pense toujours à ce foutu *Titanic* éventré. Pourtant, il doit s'y faire. Doit se raisonner, car il ne peut vivre dans la crainte jusqu'à York Factory. Il copie l'attitude calme de son guide. Tente de faire abstraction des chocs et des grincements de la goélette qui se libère de l'étau blanc en utilisant son moteur.

> « Le bateau est en train de se dégager. On a fait démarrer le moteur. Ce ne sera pas tellement long maintenant jusqu'à Fort Albany. Le capitaine m'a expliqué qu'à partir d'ici, le chenal était balisé à

cause des récifs et qu'il y avait environ une douzaine de milles entre l'embouchure et le poste. Je laisserai cette lettre à une religieuse avec qui j'ai réalisé une appendicectomie lors de mon arrivée. »

Comme cela a l'air banal, dit de cette façon. Avec qui j'ai réalisé une appendicectomie. Pourtant, il a vécu un moment inoubliable. Son esprit s'est vraiment uni à un autre et l'a momentanément extrait de sa geôle.

Son coeur bat fort. Est-il en train de se convaincre qu'il est tombé amoureux d'une femme qui ne pourra jamais lui livrer son corps? Est-ce le voeu de chasteté de soeur Marie-Elmire qui le dégage de toute obligation charnelle? Aimerait-il l'embrasser? Il repousse l'image de sa réponse, car elle le dérange. C'est stupide! Il est stupide de s'attarder sur ce qui n'a jamais eu lieu et n'aura jamais lieu.

Quelque chose pèse sur son coeur, lui donne la sensation de manquer d'air. Oui, il aimerait l'embrasser, ou opérer avec elle ou encore se confesser à elle. Il aimerait s'asseoir à ses genoux pour lui avouer sa déchéance. Aimerait qu'elle passe ses doigts dans ses cheveux comme le faisait sa mère, comme le faisait Judith en écoutant ses confidences. Aimerait qu'elle s'occupe de lui. Se préoccupe de lui. Il a tellement besoin d'un être humain sur cette planète. Lui, la petite mouche solitaire. Il ne savait pas cela avant de connaître ce pays. Il doit terminer maintenant. Nicolas s'agite, le bateau avance librement.

« Si je ne reviens pas avant la prise des glaces, elle vous l'expédiera afin que vous ne vous inquiétiez pas. Je ne reviendrai alors que l'été prochain. Je vous embrasse bien fort. Prenez soin de vous et de madame Azalée. Transmettez mes salutations au docteur Caron et à Madeleine. »

Il aurait pu la courtiser. Aurait peut-être dû, puisqu'il communiait à sa musique. Était-ce elle la compagne de toujours qu'il n'a jamais remarquée? Olivier l'a remarquée, lui. Une fois de plus, il l'a devancé dans ses conquêtes puisqu'il avait goûté à la bouche de Judith avant lui. Pourquoi perd-il son temps à s'interroger sur des sentiments inavoués et à jamais inavouables?

«J'embrasse aussi mes soeurs, Honoré, Sam, Rose-Lilas, Jérôme et Azalée. Je vous aime bien.»

Comme il se sent seul pour écrire cela. Pour s'ennuyer d'eux à un tel point et regretter son départ.

«Votre fils affectionné, Clovis.»

Il sourit. Cela le fait toujours sourire d'écrire cette vérité. Il n'a que dix ans, le coeur gonflé de fierté d'être son fils.

Nicolas penche la tête, intrigué.

— Femme?

— Non... père.

— Ah! Pas femme, toé?

Le guide cherche l'alliance à son doigt.

— Non, pas femme.

— Prêtre... ministre?

— Non... pas prêtre, pas ministre. Toi, femme?

— Marie-Victorine.

Ah! Oui, cette petite qu'il a enlevée en pleine nuit chez les religieuses d'Albany. Quel culot il a ce Nicolas! Pourtant, il ne porte pas d'alliance lui non plus. Il le lui fait remarquer.

— Veut être femme de Dieu.

Il est donc aussi insensé que lui, cet homme-là, pour s'amouracher d'une jeune femme qui désire embrasser la vie religieuse. Ce second point commun le frappe et le désir de s'unir à Nicolas se renforce en lui. Il espère qu'un jour quelque chose les liera l'un à l'autre, comme l'intervention chirurgicale a su le lier à soeur Marie-Elmire.

— Bon, je vais aller porter ça à soeur Marie-Elmire.

— Femme de Dieu aussi.

Pourquoi dit-il cela? A-t-il remarqué son trouble face à la religieuse? Si lui l'a remarqué, tout le monde doit se douter de ses sentiments.

Perplexe, il rejoint les missionnaires sur le pont.

— C'est ici que nous prenons le foin de mer, indique soeur Marie-Joseph en pointant des marécages au bout de l'île. C'est une corvée éreintante mais grâce au tracteur, la tâche des frères est facilitée. Ah! Bonjour, docteur. Que pouvons-nous faire pour vous?

— J'ai une lettre pour ma famille. Si je ne revenais pas d'ici les glaces, j'aimerais pouvoir compter sur vous pour l'expédier.

— Vous pourrez compter sur nous.

Soeur Marie-Joseph intercepte sa lettre. Ce geste lui interdit formellement l'accès à soeur Marie-Elmire. Le voilà démasqué. Il devrait faire demi-tour et les quitter avec désinvolture pour leur prouver qu'elles font erreur, mais malgré le ridicule de la situation, il ne se résoud pas à se laisser priver de soeur Marie-Elmire. Il baisse ses longs cils pour amadouer soeur Marie-Joseph. Cette tactique réussissait toujours avec Mme Dupuis et parvenait immanquablement à déclencher sa clémence maternelle.

— Je vais aller m'asseoir un peu, ma soeur, ma cheville me fait souffrir.

Voilà. Qu'a compris la vieille? Il ne le saura jamais mais elle lui donne l'impression d'une mère qui laisse un peu de corde à sa fille. Contrairement à ce qu'il avait imaginé, soeur Marie-Elmire ne fuit plus son regard mais le soutient avec audace. Il se sent fautif et repentant de toutes les pensées qu'il a eues à son égard. Pourtant, si elle lui demandait de l'embrasser, il le ferait volontiers.

— Vous n'avez pas prié, n'est-ce pas, lorsque nous avons opéré?

— Non, je n'ai pas prié.

— J'ai vu un talisman à votre cou mais pas de médaille.

— C'est exact. J'ai un talisman à mon cou et si j'avais à porter une médaille, ce serait la médaille Hingston que j'ai méritée.

Autant lui dévoiler qu'il est en guerre contre son Dieu. Sa réponse affecte la religieuse. Cela se voit. Veut-il lui faire du mal pour qu'elle se préoccupe de lui? Pour qu'elle se souvienne de lui, parce que lui se souviendra toujours d'un moment avec elle. Est-ce Alcide qu'il persécute en elle, en son habit, en sa foi? En tout ce qu'elle représente de similaire avec son ancien bourreau?

Les rives filent de chaque côté. Il aimerait avoir le temps de s'expliquer. Peut-être finirait-il par oublier ce que claquent les voiles. Elle s'apprête à retourner vers sa compagne.

— Ma soeur...

Il la saisit par le coude. Si petit coude. Que lui dire maintenant?

— Je prierai pour vous, docteur.

Est-ce un aveu? Autant lui dire qu'il est inscrit en elle, d'une manière indéfinissable mais sûre.

— Je penserai à vous.

— Vous ne priez donc jamais?

— Non, jamais.

— Vous devez être bien seul, loin de votre Créateur.

— Oui, je suis bien seul.

— Que Dieu vous garde. Je prierai, promet-elle en se libérant.

Encore une fois, il ne voit que son voile noir. Puis il entend claquer la blanche voile tendue dans le ciel. Remué, il s'appuie au bastingage pour examiner ces marécages d'où l'on tire le foin de mer.

Albany apparaît enfin et le surprend. L'église, le presbytère et l'école-hôpital ont des dimensions imposantes, voire déconcertantes pour celui qui avait imaginé de primitives constructions de rondins. Le fronton du presbytère, de style gothique, donne à la mission ce cachet de berceau de la civilisation en un lieu si sauvage. Impressionné, Clovis compte les fenêtres, les étages, les marches des escaliers, les chalands amarrés et les wagons à la queue leu leu sur des rails de bois.

— Ici, Marie-Victorine, indique Nicolas en pointant l'école-hôpital.

— C'est ici que tu es venu la chercher?

— Oui. Femmes de Dieu.

Des missionnaires s'avancent sur la berge. Soeur Marie-Joseph et soeur Marie-Elmire prennent place dans un chaland qu'on charge de vivres. Nicolas se cache: il a mauvaise réputation ici. Clovis surveille les hommes empiler des caisses et constate qu'ils n'ont pas le savoir-faire des débardeurs. Ils lui font penser au petit docteur chancelant sous les marchandises. Il pense à les aider, puis se ravise en apercevant le chaland de la Compagnie chargé de ballots de fourrures. Il ne tient pas à consolider cet empire. Quelque chose en lui y résiste. Une fibre de son grand-père, peut-être. Tandis que l'embarcation de la Compagnie accoste la goélette, celle de la mission touche la grève où prennent pied les deux passagères. À quel accueil chaleureux elles ont droit! On soutient soeur Marie-Joseph, transporte les bagages de soeur Marie-Elmire. Se retournera-t-elle? Il l'espère stupidement.

Elle grimpe la pente en jasant avec volubilité. Tantôt, son petit coude était dans sa main; maintenant, il est dans celle de sa supérieure. Elle priera pour lui. Judith aussi priait pour lui, pour eux, et elle est morte. Clovis couvre d'un regard sévère ce vaste et rude pays. Viendra-t-il à bout du courage de soeur Marie-Elmire? Elle lui paraît bien fragile pour un tel endroit. Heureusement qu'il y a les bâtisses et la mission Sainte-Anne, à quelques milles de là, plus grande encore et plus moderne. Mais tout de même.

Se retournera-t-elle? Non. Elle a retrouvé les siennes. Elle s'empressera de faire de lui une intention à ajouter au début des dizaines de chapelet, en le noyant sans doute dans le flot des pécheurs, effaçant ainsi ce moment ultime qu'ils ont vécu en opérant.

Un essaim de mouches bourdonne à ses oreilles, soulignant l'ampleur de sa solitude. Et les voiles claquent pour lui. Pour lui seul.

York Factory

York Factory, trente-sept jours en mer, des images plein la tête, des impressions sens dessus dessous, emmêlées comme les algues battues par les vagues contre le quai.

York Factory, entrepôt à fourrures de cet immense et puissant empire depuis 1835. Également usine des *York boats*, ces bateaux de trente pieds à voile unique et carrée et à fond plat, servant au déchargement des long-courriers venus d'Angleterre.

Trente-sept jours en mer, à s'habituer aux tempêtes, aux taons, aux mouches, aux brûlots, au froid, à la chaleur soudaine, aux glaces, à la saleté, à la vermine, aux poux et à la peur. Aux jours de plus en plus longs, aux nuits de plus en plus courtes. À cette lueur toujours existante au bout de l'horizon.

Des images plein la tête, de ces missions et de ces postes, entourés des miséreuses tentes dressées par les Indiens venus pour la traite et les offices religieux. La grande église d'Attawapiscat rivalisant avec les solides bâtiments rouge et blanc de la Compagnie, en face de l'île Agamaski où l'on a dû importer, en 1931, quatre couples de castors reproducteurs pour repeupler cette région. Qui eut dit qu'un jour, ce célèbre rongeur viendrait près de l'extinction? Vient ensuite Nakitawasaki, où Révillon tenta de s'allier les faveurs du clergé en offrant son assistance pour la construction d'une chapelle, qui fut finalement bâtie avec l'aide de la Compagnie. Puis c'est le cap Henriette, la pointe dangereuse tant redoutée des Indiens et des navigateurs. Ses interminables battures hérissées de rochers, ses vagues énormes gonflées par les vents violents du nord. L'arrêt derrière les îles, l'attente du calme relatif pour doubler la pointe et joindre Winisk, et enfin Severn, la colonie païenne et protestante que le père Langlois tentera de remettre dans le droit chemin en élevant une humble construction catholique près de l'église anglicane établie depuis 1872.

Et toujours cette côte, à sa gauche. Marécageuse, rocheuse ou hachurée par les silhouettes des épinettes noires. Cette côte, vide et vidée, pauvre et appauvrie, sauvage et civilisée. Cette côte saignée de ses fourrures, saignée de sa fierté. Cette côte et ces terres où les races s'éteignent, où les coutumes se perdent et où les épidémies ravagent.

Et toujours à sa droite, la mer d'Hudson, domaine de la Compagnie par où s'écoulent les richesses et d'où arrivent les microbes de la civilisation. Cette mer et ces ports stratégiques où s'échangent, comme aux temps des colonies, vivres, armes et fourrures.

Tant d'impressions bouillonnent en lui. Des impressions mal digérées comme ses repas vomis pardessus bord. L'impression d'être, tour à tour, une mouche et un dieu, un bon et un méchant, un doux et un violent, un brave et un peureux, un enfant et un homme. D'être vieux, d'être jeune, d'être fou, d'être attendu, d'être rejeté. De détester Dieu et de le glorifier dans la majestueuse mer. L'impression d'être Anglais, Français, Indien, protestant et catholique. De prendre pour Révillon en mémoire d'Iberville et de la France, puis d'approuver la Compagnie de la baie d'Hudson de tirer profit des Indiens et des missions en s'établissant là où il y a possibilité de commerce. D'être révolté par la perte de tous ces ballots de fourrures qui vogueront vers l'Angleterre, pendant que les Indiens contempleront leurs pacotilles d'échange en écoutant les prêtres plaider la cause de l'empire et leur assurer que le royaume des cieux leur appartiendra un jour.

Ce voyage lui a fait éclater le cerveau et l'âme. Tout flotte en lui, plus rien n'est stable. Ni la haine ni l'amour, le passé devançant l'avenir. Il met pied à terre, se sent tout étourdi comme si cette terre s'enfonçait mollement sous ses pas. Il suit Nicolas, devenu maître de la situation. Nicolas, tout à coup sûr de lui, énergique, responsable et autoritaire. Il donne des ordres, non plus des conseils ou des indications; il a perdu son expression naïve pour prendre celle d'un meneur d'hommes. Il met le canot à l'eau, lui explique le trajet sur le sable, ignorant qu'il renouvelle le parcours des gens de Selkirk venus coloniser la rivière Rouge et mettre fin au règne des bisons que le père de Marie-Victorine a poursuivis dans son rêve dément. Ils chargent la frêle embarcation. Clovis attache la trousse à sa taille, de peur de la perdre en chavirant.

Ils s'engagent sur la rivière Hayes. Clovis note qu'il sent la sueur. Quel contraste avec le chirurgien aseptisé de Moosonee! Soeur Marie-Elmire ne le reconnaîtrait pas avec ses vêtements de chasseur, sa crasse et les poux que Nicolas lui a transmis. Il pagaie facilement, retrouve le rythme, le coup, la force.

— Toé bien faire, commente Nicolas.

Clovis se retourne, lui fait un clin d'oeil.

— Tu savais pas ça, hein, que je savais avironner?

Nicolas fait signe que non.

— Aller plus vite.

Clovis reprend l'aviron, espérant que ce voyage l'unira à Nicolas. Que ce même but fixé, ces mêmes gestes, cette même fatigue, cette même faim, cette même appréhension et cette même hâte les lieront solidement l'un à l'autre. Comme deux frères.

Deux hommes de même sang mêlé

Demain, il rencontrera Alcide pour établir le diagnostic de ces Indiens. La rivière coule paisiblement à cet endroit où Nicolas a dressé la tente. Un feu crépite, souvent étouffé par de la mousse humide pour éloigner les mouches et les taons avec la fumée ainsi engendrée.

Un ciel rose à n'en plus finir se tend derrière les épinettes, dans son mystère, dans sa lumière tenace.

Clovis cherche son savon au fond de son sac. Sa profession l'oblige à être propre pour rencontrer ses patients. Ses habitudes de voyageur arrivent à leur terme : celles du médecin reprennent leur place. Nicolas l'observe, médusé, en préparant les truites qu'ils ont pêchées.

— Quoi faire ? demande-t-il en le voyant ranger des vêtements propres et enlever les siens.

— Je me lave.

— Cold.

— Je sais.

Oui, glacial même à cette latitude, bien que le mercure ait grimpé jusqu'à 75°F en cette journée de fin juillet. Mais il doit à ces malades d'être professionnel. Si loin, si pauvres, si démunis soient-ils, il leur offrira les mêmes soins et les mêmes attentions qu'aux biennantis.

— Laver pour Adam, laver pour Indiens ?

— Oui.

Cette marque de respect touche le guide. Il termine son ouvrage, essuie ses mains gluantes sur son pantalon et vient tourner le savon entre ses doigts noircis de gomme d'épinette. Il le hume puis grimace en concluant :

— Attirer mouches.

— Je sais. Mais je ne veux pas leur communiquer d'autres maladies.

Cette réponse semble faire réfléchir Nicolas. Il inspecte encore le pain de savon puis les vêtements sales entassés et finalement la rivière aux eaux d'hiver.

— Moé to, laver.

En un rien de temps, il se dévêt et vient le rejoindre sur le galet de roches. Ensemble, ils reluquent le fond de sable, à quatre pieds de profondeur environ, et hésitent avant de sauter.

— Cold.

— Je sais... mais il le faut. Il faut subir cette épreuve, Nicolas.

Qu'il a le don de s'encourager tout en stimulant son compagnon! Floush! Les voilà à l'eau, saisis, le souffle coupé, les bras en l'air. Nicolas échappe un rire saccadé. Lui aussi. Déjà, il a des crampes aux mollets. Il faut faire vite pour éviter l'hypothermie. Il s'immerge complètement. Les tourbillons froids lui rappellent le foulard rouge de Judith qu'il poursuivait lorsqu'elle était tombée dans les remous. Nicolas l'imite. Sourit encore sous l'eau comme un enfant excité. De peur qu'il ne s'étouffe, Clovis sort aussitôt la tête et se met à la frotter avec le savon. Nicolas fait de même puis grimpe sur la roche avec lui afin de se savonner complètement. Ils grelottent, se dandinent d'un pied sur l'autre, remarquent leur sexe tout rétréci en riant comme des gamins.

— Première fois, savon, déclare Nicolas en riant de plus belle comme s'il confessait un mauvais tour joué à la civilisation.

— Toi rincer maintenant, rétorque Clovis en tentant de le basculer dans la rivière.

Nicolas l'entraîne avec lui. Ils sont de force égale et

se débattent amicalement dans les flots jusqu'à ce que Clovis sente qu'il devient légèrement engourdi.

— C'est assez, Nicolas, il ne faut pas prendre mal. Viens près du feu.

Nicolas tarde à lui obéir et veut prolonger cette amusante baignade. Il rit toujours. Heureux comme un poisson dans l'eau. Mais quelle eau. Brr! Tandis qu'il se hâte de rejoindre le feu, Nicolas en profite pour s'éclabousser en lançant des cris pointus de bébé. «Ils sont comme des enfants», disait soeur Marie-Joseph.

— Viens près du feu, Nicolas. (À regret, son guide quitte la rivière.) Cold? demande-t-il en le voyant claquer des mâchoires.

Sûr qu'il a froid. Tellement froid que le feu lui semble minuscule. On dirait une petite boule rouge dans une ceinture de pierres. Une simple boule de couleur, incapable de pénétrer sa peau frigorifiée, devenue insensible aux piqûres de mouches tant elle est gelée. Mais il se sent bien. Se sent neuf. Comme lavé et purifié de sa rancoeur. Il est prêt pour demain. Prêt pour ce premier contact avec ce peuple qu'il aime déjà. Les voiles ne claquent plus dans sa mémoire et il écoute ce feu, si loin et tout proche.

Il se sent observé, glisse un regard vers Nicolas, intrigué par les cicatrices de son flanc et de sa cuisse.

— Quoi ça?

À lui, il dira la vérité. S'il est un homme sur terre capable d'évaluer son combat avec le glouton, c'est bien lui.

— C'est le glouton... wolverine... je l'ai tué avec mon couteau.

Il lui montre aussi son bras où les crocs de la bête ont laissé leurs marques.

— Qui-Qui-Hatch!

Oui, les Athapascans lui ont parlé de cette bête terrifiante qu'ils ont baptisée l'invulnérable, ou Qui-Qui-

Hatch. Nicolas passe lentement son doigt sur la peau boursouflée. Il suit l'empreinte des griffes et des crocs, juge de la profondeur de l'entaille, calcule la quantité de sang perdu... d'énergie perdue lors de la lutte. Son regard admiratif contemple le corps du vainqueur. Avec le plat de sa main, il tâte les pectoraux, les épaules, les muscles du cou et des bras. Quoi donc! Ce Blanc qui rouspétait à cause des mouches et passait la majeure partie de son temps à vomir tant il avait peur des glaces, a remporté le combat avec l'invulnérable?

Il lève les yeux sur lui. Ne se sent pas diminué pour autant. Ni écrasé par cette victoire. Un talisman attire son attention:

— Lui, protéger?

— Non, non... moi tout seul.

— Toé, prier Jésus?

— Non. Moi tout seul.

Il fouille hâtivement dans son sac de voyage et en sort un couteau. Celui qui a tué la bête. À le voir comme ça, c'est un simple couteau de trappeur servant à dépiauter. Mais pour lui, il représente tellement plus. Pourquoi a-t-il pris soin de l'emporter? Veut-il exterminer une autre bête avec lui? C'est enfantin et primitif d'oser penser que cette arme recèle des pouvoirs surnaturels. Et pourtant, il ose. Nicolas, lui, y pense tout bonnement... mais il est enfantin et primitif. Tant de respect sur son visage.

Un long moment à idolâtrer cette arme, à laisser s'évaporer l'océan de civilisation entre eux.

Clovis regarde cet homme. S'attarde à sa charpente solide, à ses muscles souples, à sa peau dont la teinte s'apparente à la sienne et aux zébrures de sang qu'occasionnent les mouches. Les gros taons bourdonnent, menaçants. Il était une fois la terre, pense-t-il, et deux hommes de même sang mêlé. Ils avaient pérégriné longtemps et partout, chacun tout seul parmi les autres. Ils s'étaient battus tout seuls et sans prière. Jusqu'au jour où, dans une rivière du Nord, ils subirent ensemble l'épreuve du froid et de l'endurance. Jusqu'au jour où ils furent nus, l'un devant l'autre. L'un marqué par l'ignorance, l'autre par la bêtise. Et à partir de ce jour nouveau...

— Toé, pas tout seul, moé guide, assure Nicolas en prenant ses avant-bras dans ses mains.

— Moi avec toi, toi avec moi, répond Clovis.

La rivière coule, paisiblement glaciale. À sa façon, elle a baptisé ces deux hommes bénis de la main d'Alcide et a ensemencé leur âme solitaire du germe de la fraternité.

La terre de Caïn

Personne en ce paradis de l'abandon qui tient lieu de village. Il s'attendait à les voir groupés à son arrivée, le dévisageant avec curiosité comme les Indiens de Moosonee et d'ailleurs. S'attendait à la bizarrerie de leur costume et à leur naïf accueil. Mais il n'y a que ces tentes délabrées, piquées ici et là autour de deux cabanes en rondins, et ce chien squelettique qui découvre ses dents en les considérant comme de la nourriture ambulante. L'inquiétude apparaît sur le visage de son guide qui se presse vers la première tente. Il le suit, appréhendant de macabres découvertes en cet endroit désert. Serait-il arrivé trop tard? Ils pénètrent.

Une odeur d'urine et de charogne le saisit à la gorge. Nicolas s'arrête, interdit, et lui indique un corps d'enfant étendu sur le plancher parmi des tas d'immondices: plumes, poils, tripes de petits gibiers et pattes de lièvres.

Il s'agenouille pour l'examiner. Le garçonnet respire encore faiblement. Les mouches pullulent sur son visage et derrière ses oreilles. Maudites mouches! Ses gencives pourries, d'où pend mollement sa dernière incisive, et ses membres gonflés lui indiquent qu'il est gravement atteint du scorbut.

— C'est le scorbut, Nicolas. Qui est-il?

— Garçon de Josué.

Celui-ci cligne des yeux. Il n'a même plus la force de montrer de l'étonnement. Clovis éloigne les mouches de son visage avec douceur, les écrase à la dizaine sur la nuque et caresse les cheveux encore soyeux, semblables aux siens. Nicolas l'interroge. Le petit moribond répond dans un souffle. Son haleine putride lève le coeur.

— Viens doc... cimetière.

— Je vais rester avec lui.

— Non. Viens.

Nicolas tire sur son veston pour l'arracher au garçon qui le retient par le doigt.

— Viens!

L'inquiétude grandit dans la voix de Nicolas. Il remarque un chapelet près de la couche et l'offre à l'enfant qui s'y agrippe fébrilement.

Nicolas court. Il cède à la panique. Qui donc est mort? Qui enterre-t-on cette fois-ci? Celle qu'il aime? Déjà, de faibles murmures de prières les rejoignent. Ils viennent de cette colline où repose Georges Witaltook, le visionnaire qui les a égarés. Les cailloux roulent sous ses caoutchoucs. Les murmures s'intensifient. Apparaissent alors les croix. Nombreuses. Trop nombreuses. Simples bouts de bois liés par des tendons et plantés hâtivement en terre. Des gens faméliques, qui tiennent à peine debout, se taisent à leur apparition. Au milieu d'eux, un vieil homme à la longue barbe jaunie préside aux obsèques dans sa chasuble sale et rapiécée. Devant lui, une fosse. Près de la fosse, un cadavre enroulé dans une couverture trouée. Et partout, tout autour, les mouches infernales, piquant et bourdonnant sans cesse.

— Viens, Nicolas... viens prier pour ta mère, invite le missionnaire d'une voix consolante.

Clovis ne reconnaît ni cette voix ni cet homme et le dévisage sans répit, cherchant le bourreau dans ce martyr.

— Viens prier pour ta mère.

Nicolas nie de la tête, s'approche du cadavre et s'arrête un instant avant de dévoiler le visage de sa mère. Son poing se crispe dans la couverture. Son coeur a dû faire la même chose en lui. Le coeur d'un homme est de la grosseur approximative de son poing, prétendent les livres de médecine. Il constate aujourd'hui qu'il est aussi à son image. Un vieillard hirsute se détache du groupe en chicanant son guide. Nicolas l'ignore, enlève son chapeau melon et en sort un collier de faux diamants qu'il passe respectueusement au cou de la défunte. Le fanatique brandit toujours ses bras décharnés en vociférant en cette langue inconnue. De quel droit viole-t-il la douleur de Nicolas? La conduite de cet homme l'offense.

— Tais-toi, Baptiste, commande le prêtre.

Enfin, il vient de reconnaître l'intonation autoritaire d'Alcide. Il s'exprime en français, probablement à cause de lui.

— Par respect pour ta femme, n'insulte pas son fils. Tu sais qu'elle toussait depuis longtemps et tu as eu la chance de lui pardonner. Prie pour qu'on te pardonne, à toi aussi, un jour.

Il reprend la suite de l'oraison. Baptiste, repentant, vient serrer le bras de Nicolas par sympathie et demeure près de lui pour répondre aux prières. Mais Nicolas ne sait pas ses prières et il remue les lèvres, le regard fixé sur une jeune personne près d'Alcide. Un regard qui espère d'elle des garanties pour son avenir et de l'indulgence pour son passé. Marie-Victorine, intimidée par cette démonstration évidente, baisse la tête. Serait-elle femme de Dieu? Elle se met à tousser et recueille un crachat au fond de son mouchoir. Tuberculose! Elle a la tuberculose. À quel stade? Le deuxième probablement. Nicolas ne se doute pas du danger qui la menace. Pauvre Nicolas! Dieu peut la lui ravir aussi. Non! Pas tant que je serai là, se convainc le médecin en élaborant déjà un traitement adéquat. Comme il y a à faire parmi ces gens! Son regard parcourt l'assemblée. Il ne lui vient qu'un mot: misère. La vraie misère. Il en conclut qu'il n'a jamais eu faim, que les habitants du faubourg à la mélasse non plus, encore moins les colons. Jamais il n'a vu des gens si maigres, si faibles. Ils sont tous malades et affamés. Des enfants rachitiques se pendent aux guenilles de leur mère en le fixant de leurs yeux fiévreux.

Il décèle d'autres cas de scorbut, plusieurs de tuberculose et une scrofule générale, due à la malnutrition, au manque d'hygiène et au froid. L'ennemi qu'il est venu rencontrer, ce n'était pas Alcide mais la maladie. C'est elle qui le défie dans ces crève-la-faim. Elle qui désire les anéantir. Elle qui triomphe dans ce cimetière surpeuplé de croix. Elle qui les a tous atteints à divers degrés, même Alcide qui tremble des mains et plisse les yeux comme un aveugle. Elle qui ronge les poumons de la frêle enfant à ses côtés. Comment a-t-elle pu rester belle avec ce mal qui la mine? La délicatesse de ses traits le ravit. Elle est si petite qu'il voudrait la prendre dans ses bras et la mener très loin de ce lieu insalubre pour qu'elle guérisse et devienne la femme de Nicolas. Un silence solennel le tire de ses réflexions. On descend le corps. Nicolas s'en détourne et fait le tour des croix en y lisant les noms. Baptiste le talonne, soudain plein d'excuses et d'explications. Que lui radote-t-il en cette langue qui ressemble au latin? Alcide s'avance vers lui, appuyé sur Marie-Victorine. Est-ce là son ennemi? Peut-il s'en prendre à ce vieillard maladif soutenu par une jeune femme phtisique? Ce n'est pas cet homme qu'il est venu rencontrer. Quelle vengeance peut-il assouvir avec lui? Devant ces miséreux? Où est l'Alcide qu'il a connu, lui? Il a envie de le demander à ce prêtre qui lève vers lui sa tête branlante.

— Tu es venu, dit-il en tendant les mains.

Ce vieux déguenillé le peine. Pire, le remue de fond en comble en l'accueillant comme un sauveur. Les gens l'entourent. Leurs expressions pleines d'admiration et de respect lui font comprendre qu'il était espéré. Que sa venue relève d'un miracle et que leurs prières quotidiennes ont été exaucées.

Pourtant, il lui répugne de toucher ces mains. Quelque chose en lui y résiste farouchement en demeurant fidèle à l'enfant traumatisé. Alcide en a conscience et les laisse tomber.

— Je veux tous les examiner, du premier au dernier.

— Oui... Marie-Victorine te servira d'interprète.

Il vient pour refuser cette aide quand Alcide se met à leur parler en cette langue qu'il aimerait connaître.

— Il leur dit que vous êtes celui qui guérit, que vous êtes venu de loin et que vous savez bien des choses. Il leur dit de vous obéir, traduit-elle dans un français convenable sans oser le regarder.

— J'ai vu un petit garçon dans une tente. Y en a-t-il beaucoup dans cet état ?

— Oui. Ils sont restés dans les tentes... trop faibles pour venir au cimetière. Kotawinow les visite tous les jours pour leur mener le bon Dieu.

— Kotawinow ?

— Ça veut dire notre père.

Elle désigne Alcide.

— Va, va avec lui, indique celui-ci.

Vite, il veut revoir ce garçon auquel Nicolas l'a arraché. Sa jeune interprète court derrière lui. Il l'entend souffler péniblement et ralentit son allure.

— Comment s'appelle cet enfant ?

— Raphaël.

La puanteur du lieu le saisit encore. Son petit malade dort, la croix du chapelet reposant sur son coeur, les mouches revenues sur sa figure. À ses côtés, une femme berce un nourrisson sur sa poitrine tarie. Cette mère le regarde avec tant d'espoir et de confiance qu'il se sent soudain mal désigné pour mériter cette confiance et permettre cet espoir.

— Montre-moi ton bébé.

Un nourrisson trop léger échoue dans ses mains. Sa poitrine déformée par les côtes affaissées lui indique qu'il est atteint du même mal.

— Mon Dieu, papa, si tu voyais ça, échappe-t-il.

Comme il aimerait que cet homme soit à ses côtés présentement pour l'aider dans cette tâche colossale. Son ancêtre s'est-il senti comme lui lorsqu'il soignait les immigrants du typhus? S'est-il senti très petit devant l'ampleur des souffrances et désarmé devant l'assaut de la maladie? À quoi lui sert sa médaille Hingston? Elle ne brillera jamais pour cette mère qui va perdre ses enfants. Comme elles sont loin et tout à coup inutiles, ces estrades de l'honneur! Elles l'ont mené vers ce peuple indigent où il ne peut combattre ni la faim, ni le sol froid, ni la saleté, ni l'ignorance.

— Pardon? dit Marie-Victorine.

— A-t-elle un mari?

— Il est mort l'année passée. Beaucoup de chasseurs sont morts à cause du mal.

— L'épidémie?

— Oui.

— Avez-vous mangé du salé?

— Oui. Kotawinow a acheté des provisions de la Compagnie. Il en a donné à celles qui n'avaient plus de maris pour chasser.

— Combien de femmes sont comme elle?

— Huit.

— Et combien reste-t-il de chasseurs?

— Cinq.

— Tu vas me faire visiter toutes les veuves en premier.

— Oui.

— Elle n'a plus de lait, n'est-ce pas?

— Non.

Et lui, rien pour suppléer à ce manque de vitamine C

qu'on trouve dans les agrumes et les légumes frais. Ils sont loin les citrons pour frotter les gencives des malades, loin les jardins et les arbres fruitiers! Il lui faut compenser avec les produits qu'il a sous la main.

— Dis-lui de cueillir de la mousse, de la réchauffer sans la bouillir et d'en faire manger aux enfants. Dis-lui d'en manger elle aussi. Et plus de provisions salées: c'est interdit.

— Mais nous n'avons rien d'autre.

— C'est le sel qui fait ça. (Il désigne Raphaël).

— Très bien, je dirai.

— Après tu viens me rejoindre chez Kotawinow.

Il se surprend lui-même à prononcer parfaitement ce mot et se dirige rapidement vers le presbytère, une des cabanes en rondins, l'autre étant la chapelle. En pénétrant, un parfum suave le transporte dans son enfance et il pose respectueusement le pied sur un plancher d'épinette, doux et dense comme savait le réussir sa mère. Ce lieu ressemble à un paradis comparé à l'enfer puant qu'il vient de quitter. Alcide, assis sur une chaise rudimentaire, pose son bréviaire sur ses genoux. Ses plissements d'yeux ne seraient-ils qu'une comédie pour attirer sa compassion?

— Tu vois assez pour lire?

— Je le sais par coeur.

Il lui arrache le livre d'entre les mains.

— C'est vrai: tu le tenais à l'envers, Kotawinow.

Son ton cinglant et impoli le satisfait. Ses gestes brusques aussi. Il contient mal la rage qui soudain l'envahit. Cette montée de violence qui gagne son être.

— Montre-moi les provisions.

— Là, dans le coin.

Il se dirige vers les quelques conserves demeurées sur les tablettes et lit les étiquettes: boeuf salé, lard salé, boeuf salé, lard salé... Il les lance contre le mur, furieux. Cela le calme un peu de lancer de toutes ses forces la cause de tout ce mal. Deux boîtes éclatent sous l'impact. Et voilà pour Raphaël, et le nourrisson, et pour ces huit veuves et leurs enfants! Effrayé, Alcide l'observe en sursautant à chaque boîte qui frappe le mur.

— C'est tout ce que nous avons. Veux-tu nous faire mourir de faim? objecte-t-il craintivement.

— Mourir! Elle est là-dedans la mort. Dans ce sel. Toi, si averti, ne sais-tu pas que le sel est fatal à l'Indien?

— Non.

— Les soeurs d'Albany le savent, elles. Elles sont de vraies missionnaires, elles. Elles se renseignent.

Lui aussi aurait dû se renseigner et emporter les médicaments nécessaires. Mais sa mission était voilée par la vengeance et il a failli en manquant de prévoyance. C'est contre lui aussi qu'il rage. Contre ce stupide couteau qu'il a pris soin de cacher au fond de son sac.

— Depuis quand gaves-tu Raphaël de ce poison?

— ...

Le vieux prêtre larmoie, incapable de répondre.

— Il en a eu plus que les autres, lui?

Alcide admet d'un mouvement de la tête.

— Bien sûr qu'il en a eu plus que les autres, le bel enfant. C'était une bonne manière de te l'acheter. J'imagine aussi que tu lui as donné des soins particuliers, en lui expliquant que tu pouvais faire sortir le mal de ses parties.

Qu'il sache au moins, ce bon vieillard, qu'il n'a pas oublié ce péché qui les lie.

— Non! Non! Jamais!

La voix de Kotawinow se brise et il éclate en sanglots. Cette attitude déroute Clovis. Jamais il n'a vu pleurer Alcide. Il doit se faire vieux, très vieux. Marie-Victorine pénètre sur ces entrefaites. Elle s'accroupit près du missionnaire et prend ses mains dans les sien-

nes. Si elle savait, pauvre enfant, que ces mains-là...
dans la nuit... ont abusé... et martyrisé. Pourquoi ne pas
le lui dire ? Ne pas lui apprendre qui est réellement ce
père qu'elle regarde avec tant de vénération alors
qu'elle n'ose même pas porter les yeux sur lui ?

— Le sel... vous tue... je ne savais pas...

— Personne ne savait, Kotawinow, vous avez fait
pour le mieux. Ça vous a coûté si cher, cette année.

Sa voix clémente et affectueuse se change tout à
coup en une toux opiniâtre. Non ! Il ne le lui dira pas. Il
ne faut pas qu'elle soit perturbée. Il ramasse les conserves éparpillées sur le plancher et les replace.

— Tu peux les manger, toi, tu es Blanc, explique-
t-il, sans penser que lui aussi était Blanc aux yeux de
Marie-Victorine.

Était Blanc jusqu'à cette phrase qui permet qu'elle
le regarde enfin. Mais il ne peut concevoir ce qui se
passe en elle. Ne peut concevoir qu'il réincarne ce métis
qui hantait les songes de son père. Ce métis, vêtu de
blanc et de noir, qui priait les bras en croix pour le peuple indien. Ce métis sacrifié, qui connaissait les lois et
parlait pour eux. Qui parlait au Dieu et à la Puissance.
Ce mystique, ce prophète, ce martyr dont la tête a basculé sous le noeud de la potence. Celui qu'elle a toujours
aimé, toujours regretté et qu'elle a remplacé par la religion. Non, il ne peut concevoir tout cela et s'explique
mal l'adoration subite dans le regard de Marie-Victorine, enfin levé sur lui.

Les veuves, les enfants, les chasseurs, les vieux, il a
passé toute la tribu, sauf elle. Maintenant, c'est à son
tour. Elle attend, assise sur la table de fortune, comme il
le lui a demandé. Elle regarde par terre, gênée ; ses joues
creuses se colorent. La pièce est silencieuse, tandis que
des prières leur parviennent de la chapelle.

— C'est toi qui as fait le plancher ?

— Oui.

— Il est beau.

Elle sourit de contentement en inclinant la tête de côté. Une natte se balance un moment puis s'immobilise. Il s'approche, saisit cette natte, puis l'autre, plus sage, et les ramène derrière les épaules. Ce geste le trouble, éveille en lui des désirs mystérieux qu'il essaie de combattre en accrochant le stéthoscope à ses oreilles. Il doit s'en tenir au geste médical et, pourtant, ses doigts tremblent sur les boutons de la blouse. Il revit l'examen qu'il avait fait à Judith avec son stéthoscope-jouet. Revit le même émoi et le même embarras et attribue cela à la fatigue de la journée. Il se penche un peu pour bien écouter. Éprouve beaucoup de difficultés à se concentrer, tant la proximité de ce visage le dérange. Il n'aurait qu'à se pencher un tout petit peu plus pour toucher sa joue avec la sienne. Comme il est fatigué pour penser à cela! Lui, l'impuissant. Et avec la femme que Nicolas convoite en plus. Si jeune femme.

— Quel âge as-tu?

— Vingt ans.

Il en a trente-deux. Pourquoi calculer cette différence? C'est indécent et déloyal envers Nicolas. Pourtant, il remarque un trouble chez elle à chaque fois qu'il la regarde ou lui parle.

— Tu es fiévreuse.

Elle pousse son front sous sa main. Le lui offre. Il est tout petit, tout chaud dans sa paume. Comme un fruit éphémère. Dans ses bras, elle lui ferait revivre ses amours avec Judith.

Elle tousse, crache et l'arrache brutalement à ses rêves déplacés.

— Montre.

Il redevient médecin. Analyse la masse opaque au fond du mouchoir. Deuxième phase. Il est encore temps pour elle, comme pour les autres, moyennant une ali-

mentation saine et des conditions de vie plus hygiéni-
ques.

— Je l'ai?

— Oui, tu l'as.

Pourquoi lui mentir? Cela fait longtemps qu'elle se
sait atteinte de la tuberculose puisque c'est elle, lors des
visites, qui supposait les diagnostics en posant les questions se rattachant à l'une ou à l'autre des maladies
détectées.

— J'aurai le temps de vous aider à les soigner?

Est-ce là, sa seule inquiétude, à savoir si elle aura le
temps de se dévouer près de lui? Comme son âme doit
être en paix! Il lui sourit.

— Tu auras même le temps de te marier et d'avoir
des enfants et des petits-enfants.

Cette phrase lui ramène les pieds sur terre. Qu'il est
vulnérable devant elle! Vulnérable aussi devant soeur
Marie-Elmire et vulnérable encore quand Madeleine
s'était réfugiée dans ses bras. Il a une telle soif d'une
présence, d'une chaleur, d'un contact. Et un tel devoir
de s'en priver qu'il se sent devenir un éternel inassouvi,
rêvant de boire à l'eau des sources alors que ses lèvres
sont scellées à tout jamais et que son corps s'est fermé
sur sa semence. Il se sent devenir vieux et frustré. Ce
n'est plus douze ans de différence qu'il y a entre lui et sa
jeune patiente, mais toute sa vie et celle d'Alcide, de sa
mère et de son père. Il est vieux de toutes leurs erreurs.
Épuisé de toutes les maladies qu'il a repérées aujour-
d'hui.

Il range ses instruments. Elle se reboutonne. *Ite,
missa est.* Encore une fois, la messe est dite. Il ne veut
plus qu'elle l'accompagne sous les tentes: cela la fatigue
et elle propage son mal. Demain, ce sera la vieille Manon qui viendra. Il sait que Manon ne sera jamais son
prolongement comme cette jeune fille a su l'être. Elle
aussi a pu le libérer de sa geôle.

— Tu as bien fait ça, aujourd'hui. Mais tu es malade et je veux que tu te reposes, c'est compris?

— Oui.

— Tu iras cueillir de la mousse avec les autres. Ce sera mieux pour toi. Ainsi, tu pourras continuer à m'aider.

— Je donne la maladie?

— Oui.

— Je peux la donner à Kotawinow?

— Oui. À tout le monde. Vous vous l'êtes tous transmise, mais elle vous vient des Blancs. Kotawinow risque moins de l'attraper.

— C'est un vieux.

— Mais un Blanc. Pourquoi n'as-tu pas mangé de conserves salées?

— Pour les laisser aux autres.

— Ton sacrifice t'a sauvée. Tu n'as pas le scorbut mais tu es très affaiblie. Il va falloir trouver de la viande fraîche.

— Vous allez examiner Kotawinow?

Cet attachement l'agace. Si elle savait que ce vieux tyran... mais elle ne doit pas savoir, car ce chagrin la minerait plus que la maladie.

La porte s'ouvre brusquement. Nicolas apparaît, une banique sous le bras et un flacon de mauvais alcool dans sa poche. Il devrait lui apprendre qu'on frappe avant d'entrer.

— Tiens, de Manon.

Il lui offre la galette de pain. Qu'il a faim tout à coup! C'est bien normal: il n'a pas mangé de la journée tant il était pris par ses malades. Marie-Victorine se dirige vers la porte demeurée ouverte. Où va-t-elle donc? Elle non plus n'a pas mangé.

— Où vas-tu?

— Au chapelet.

— Non. Tu restes ici et tu manges de la banique. Tu n'as rien avalé de la journée.

— Je n'ai pas faim et la prière me fait du bien.

— Ton corps n'a pas besoin de prière mais de banique. Manges-en avec moi.

— Vous allez prier après?

— Non. Je vais dormir après. Et toi aussi.

Il s'installe à la table qu'il utilisait pour faire les examens. Elle lui obéit, visiblement déçue que le métis ne prie plus les bras en croix pour les Indiens. Pire, il ne remercie même pas Dieu du pain quotidien. Elle se signe.

— Whisky? offre Nicolas en prenant place entre eux.

Marie-Victorine décoche un regard oblique à l'eau de feu et s'arrache un tout petit morceau de banique. Nicolas devrait comprendre que cette bouteille la dérange.

— Ce n'est pas le temps des réjouissances, Nicolas. Et je ne bois pas. Toi non plus, tu ne devrais pas boire.

Il pense à ce poing crispé dans la couverture et au collier de faux diamants.

— Je suis désolé pour ta mère. J'ai appris que ton frère et aussi ta jeune soeur étaient morts pendant l'hiver.

— Demi. Baptiste, pas mon père, spécifie Nicolas d'un ton agressif.

— Je sais.

— Mon père, était comme Adam? Hmm? Maybe?

— Oui... peut-être.

— Pas un habit rouge!

C'est à Marie-Victorine qu'il crie cela. Elle arrête de mastiquer. Clovis ne comprend rien à cette histoire d'habit rouge qui semble symboliser la honte, mais il refuse que Nicolas la bouleverse ainsi.

— Pourquoi es-tu venu ici?

— Porter banique... de Manon.

Une moue de dégoût sur les lèvres de Marie-Victorine. Manon, la débauchée, a fait de la banique pour toute la tribu avec la farine que Nicolas a ramenée des postes de traite.

— On frappe avant d'entrer... je venais juste de terminer mon examen.

Interloqué, Nicolas replace la bouteille dans sa poche. Ce reproche l'atteint. Fait de lui un enfant fautif et rétablit le palier de maître et d'esclave. Telle n'était pas son intention. C'était hier, dans l'eau glacée de la rivière, qu'ils se sont reconnus égaux. Hier, aussi primitifs l'un que l'autre en présence du couteau.

— Tu ne peux pas être avec moi quand j'examine, tout de même.

Cette réplique regagne l'homme dont il a besoin pour l'épauler.

— Écoute, Nicolas. Marie-Victorine est atteinte de tuberculose: la même maladie qui a emporté ta mère.

— Guéris, docteur! Je vais chasser mouches comme pour Adam.

— On n'opère pas pour cette maladie. Elle est longue à soigner. Beaucoup l'ont ici et beaucoup ont la maladie de Raphaël. Il leur faut de la viande fraîche et du poisson. Mais les cinq chasseurs qui restent ne chassent que pour leur famille. Ils doivent chasser maintenant pour toute la tribu et ils ont besoin d'un chef pour les guider. Tu es le meilleur chasseur et le meilleur trappeur. C'est toi qui seras le chef.

— Pas vouloir écouter l'impur.

— Pourquoi?

— Kotawinow veut pas: je parle avec ministres de la puissance.

— Je parlerai à Kotawinow: ils t'écouteront.

Cela dit, il mord voracement dans la banique. Nicolas l'observe, fasciné et jaloux.

— Marie-Victorine écoute toé... et Kotawinow to?

— Toi, vas-tu m'aider?

— Oui. Ramener viande pour Marie-Victorine. Manger, Marie-Victorine. Lui, vient de loin, là où maisons touchent ciel, hein doc?

— Oui.

— Moé préparer chasse.

Il déguerpit, enthousiaste, après avoir abandonné sa bouteille sur la table.

Marie-Victorine dort. Appuyé contre la porte du presbytère, il observe ce fragile nid d'humains qui présente l'aspect abandonné qu'il avait à son arrivée. L'absence de mouvement, de bruit et de vie corrobore le sombre diagnostic qu'il a établi aujourd'hui.

Seules les mouches s'activent tout autour de lui. Il les entend, les sent sur sa peau, les voit danser devant ses yeux. Ces tas de points noirs qui virevoltent sur la lueur rose à l'horizon l'exaspèrent. Attisent cette colère en lui, cette violence incontrôlable. Que cette journée est longue! Longue! Quelle heure est-il? Onze heures sur sa montre. Il la remonte. Désormais, il devra s'assurer d'accomplir ce geste régulièrement afin de ne pas perdre l'heure, dernier dénominateur commun avec la civilisation. Le dernier et le seul. Tout le reste a sombré et il a l'impression d'avoir voyagé dans le temps autant que dans l'espace. N'est-il pas au Moyen Âge, avec la peste, l'ignorance, la saleté et les croyances enfantines? Ce peuple, qu'il imaginait autrement, le déroute et le décourage. Son grand-père n'était pas ainsi. Qu'est-il arrivé à cette tribu? A-t-elle été tant foulée et refoulée qu'elle a perdu toute consistance et toute combativité? À quoi sert cet holocauste dont lui seul est témoin?

Alcide l'a-t-il invité aux premières loges de l'anéantissement d'un peuple dont il tire la moitié de son sang? Veut-il lui montrer la déchéance de ses origines?

Des filets de fumée montent droit au ciel par les ouvertures des tentes. Est-ce l'offrande d'Abel ou de Caïn? Pourquoi ce doute? C'est ici la terre de Caïn. Abel immolait des agneaux et Caïn offrait les fruits de la terre. Mais la terre n'a pas de fruits ici. Ou si peu. C'est la terre de l'exil. Celle des roches et des glaces. Et là, c'est Caïn qui pérégrine d'une tente à l'autre pour inciter les chasseurs à suivre Nicolas. Oui, Kotawinow l'écoute. Il sait qu'à ses yeux, il n'est pas Kotawinow mais le Caïn qui a assassiné un enfant de ce peuple et le peuple dans cet enfant. Il sait qu'il vengera cet enfant et reprendra ces gens en main. Abel des terres stériles, il leur fera manger de la mousse et des rameaux d'épinettes jusqu'à ce que Nicolas et ses hommes fournissent de la venaison fraîche. C'est le seul remède, la seule solution, mais hélas! à long terme. Il n'a pas le temps de retourner chez lui avant les glaces et doit se faire à l'idée que chez lui, c'est désormais ici. Dans ce noyau de société, faible et mal structuré.

Le paysage qui s'offre à lui étreint son coeur. À quoi peuvent servir ces tentes quand souffle le vent d'hiver et s'amoncelle la neige? Pourquoi n'ont-ils pas appris à se construire des cabanes en rondins, comme la chapelle et le presbytère? De frêles mélèzes à l'aspect maladif et des épinettes malingres cernent l'enclos de mousse où s'échelonnent ces tentes en une forme circulaire plus ou moins réussie. Ce soir, il peut dire quelles maladies habitent chacune d'elles. Ici, deux scorbuts, là, trois tuberculoses et un scorbut. Le cercle de vie devient bientôt un cercle de maladie. Il totalise treize cas de scorbut et dix de tuberculose. Presque les deux tiers de la tribu qui ne compte plus que trente-neuf personnes. Combien étaient-ils l'année passée? Il lui suffirait d'additionner les croix du cimetière. Et avant qu'ils n'aboutissent ici, combien étaient-ils? Comment étaient-ils? Que sont devenus ces habiles chasseurs, chevauchant la prairie à la poursuite des bisons? Que sont devenues les femmes astucieuses, préparant le pemmican et cousant les habits?

Des loques humaines. Sans fierté ni ingéniosité. Sans force et sans espoir. Les yeux déjà tournés vers le paradis tant la terre leur apparaît comme l'enfer. Et ce vieux fou qui les guide, exilé par lui-même et par sa propre faute. Ce vieux fou qui leur assure le royaume des cieux, en échange de la terre des bisons. Le voilà qui revient avec sa soutane en lambeaux, son dos voûté, sa main tremblante accrochée à son bâton et sa longue barbe jaunie où nichent les insectes. Comment a-t-il pu permettre cela? Dans la pénombre, les tentes prennent l'allure de triangles blancs. Et dans chaque triangle, il voit cet oeil de Dieu, qu'il avait baptisé Oeil méchant dans son enfance. Cet oeil vengeur et impitoyable, toujours ouvert sur les fautes humaines et jamais fermé sur les larmes de la compassion. Cet oeil qui regarde pourrir Raphaël et regarde s'éteindre la race. Qui regarde les croix et les os blanchis des bisons. Qui regarde ce vieux fou: son complice.

— Il est beau ton paradis!

Alcide baisse la tête devant cette accusation, conscient de l'ampleur des dégâts. Il n'a pas créé de paradis, n'a pu en créer. Tout ce qu'il a touché a pourri. Clovis pense à toutes ces gencives qu'il a vues et senties. À ces dents déchaussées, ces membres gonflés, ces haleines putrides. À ces relents de mort à chaque tente visitée. À ces poux, cette vermine, ce pus. À ces mères désemparées près de leurs petits en décomposition. À cet espoir qu'elles reportent sur ses épaules. Si lourd à porter. À ces débris de poumons, ramassés au fond des mouchoirs ou crachés sur le plancher de la tente, foyer infectieux où gisent les malades. Et tout ça lui monte à la gorge et le justifie dans son accusation. Tout ça l'oblige à user de son bilan comme une preuve à l'appui.

— Parmi les enfants des chasseurs, un seul a le scorbut. Tous ceux des veuves l'ont et deux ont la tuberculose en plus.

— J'ai fait pour le mieux... Je voulais les aider.

— Trois chasseurs ont la tuberculose, cinq femmes et Marie-Victorine.

— Est-elle... incurable?

La voix d'Alcide trahit son anxiété. Serait-il concerné par cette jeune femme?

— Il est encore temps de la soigner. Les autres aussi.

— Dieu soit loué.

— Ne mêle pas Dieu à nos affaires. J'aurais pu envoyer Nicolas chercher des médicaments, mais j'ai besoin de lui ici, et ces gens n'ont pas la force de faire le voyage. Il ira chasser demain. Les hommes le suivront-ils?

— Oui, ils le suivront. Il n'y a que Baptiste qui rouspétait... ça se comprend.

— Pourquoi?

— Il est chef.

— Ah... du moment qu'il suive.

— Il suivra.

— Tu as du vin de messe?

— Oui.

— Je le réquisitionne. Nous en distribuerons une cuillerée à chaque enfant, chaque jour.

— Mais... ma messe...

— Tu feras ton théâtre avec de l'eau. C'est toi-même qui le distribueras aux enfants... afin que tu voies bien ton oeuvre. Et qu'ils se soient confessés ou non, tu les feras communier avec la banique que Manon préparera.

— Manon n'est qu'une vieille putain, rétorque le prêtre, insulté.

Il l'accroche par la soutane. Est tout à coup excédé par cette repartie et ces mouches qui bourdonnent dans ses cheveux. Que fait-il, en enfer, à supporter le poids de tous ces espoirs et à se sentir minuscule devant les ravages que cet homme a occasionnés?

— Elle est saine, elle. Qui es-tu, vieux fou, pour lui jeter des pierres?

— J'ai payé ma faute.

Ces nuées de moustiques entre eux, autour d'eux, sur eux, rappellent au vieux missionnaire la pénitence qu'il s'était imposée en se laissant dévorer par les insectes. Clovis avait subi sa première crise d'épilepsie alors qu'il abusait de son innocence. Et il avait châtié sa chair indigne en la livrant à ces bestioles enragées.

— Non, tu ne l'as pas payée. Moi, je te la ferai payer. Tous les matins, tu visiteras les enfants malades pour leur donner du vin et du pain. Je veux que tu les regardes, que tu touches la mort sur leur peau et que tu la sentes dans leur bouche, car c'est ça ton oeuvre. C'est ça que tu as réussi à faire parmi eux. Ça que tu as réussi à semer: la destruction et la désolation. Ta main détruit tout, Alcide.

Accablé, le prêtre tente de se dégager. Il le retient. Tord la soutane éventée dans son poing. Elle cède mollement, faiblement. Il a envie d'étrangler ce Caïn exilé venu semer la mort chez ce peuple d'enfants.

— Et quand tu enterreras Raphaël, je veux que tu écoutes pleurer sa mère. Et je veux que tu supportes sa douleur quand le nourrisson le suivra dans la fosse.

— ... pauvres petits anges...

— Oui... C'est tout ce que tu peux faire de bon: les aider à mourir, en leur faisant croire qu'ils auront des ailes blanches sur le dos.

— Ne t'attaque pas à Dieu ni à la sainte Église!

— Avec quoi défendras-tu ton Dieu et ta sainte Église? Avec toutes les croix du cimetière? Avec ces souffrances atroces et ces chagrins sans fin? C'est moi qui prends charge de ce village maintenant, moi et Nicolas.

— Attention de ne pas le détruire à ton tour.

— Tu n'es qu'un Caïn!

Il le repousse avec dégoût. Alcide replace son col romain.

— Je suis censé t'examiner. Qu'as-tu, en plus des cataractes aux yeux?

— Rien... sinon mon passé... Quelle maison veux-tu réquisitionner pour dormir?

— La tienne, voyons.

— J'habite ici, avec Marie-Victorine.

— Tiens? Les petits garçons ne t'amusent plus?

Quel ton ironique!

— Tu veux mon lit?

— Non. Je préfère dormir par terre, sur le plancher d'épinette qui ressemble à celui de ma mère. Tu n'as pas répondu: les petits garçons ne t'amusent plus?

L'ironie triomphe. Alcide se tait, penche la tête d'un air coupable.

— Payé? Tu crois vraiment avoir payé parce que tu as eu faim et froid comme eux... Mais eux, dis-moi, que payent-ils?

— Je... Je ne sais pas.

— Ah! tu ne sais pas? C'est curieux; tu savais tout avant. Tu savais même où était ma mère, tu te rappelles?

— ...

— Elle est en enfer, ma mère, et je suis le fils de Satan. Ça te revient? Je ne te lâcherai pas, car je sais que tu te caches dans ce bon vieux missionnaire. Oui, tu te caches dans ce bon vieux missionnaire. Je finirai bien par t'en faire sortir.

L'expression apeurée d'Alcide le comble. Que de nuits il a tremblé à cause de lui! Que de moments pénibles il a passés en sa présence avec des frissons dans le dos et des envies d'uriner! Que d'heures épouvantables au-dessus du gouffre de la folie!

— Tu as peur. C'est bien. Va te coucher maintenant.

Il le dit comme à son chien. En éprouve une satisfaction mêlée de remords. Caïn le laisse seul avec les nuages de moustiques et cette lumière tenace, accrochée à l'horizon. Il pense à son père, à son village, à la maison du docteur Caron. Au piano de Madeleine d'où s'envolaient les grandes musiques de l'âme. Il n'y retournera pas avant un an. N'entendra d'autre musique que les plaintes, les lamentations et les bourdonnements d'insectes. Il ne peut se libérer du fardeau total de tous ces espoirs, ne peut échapper à son rôle de sauveur, dans lequel Alcide l'a ancré malgré lui. Pris au piège de sa vocation et de son amour naissant pour ces Cris des prairies égarés, il restera parmi eux, avec eux.

Il regarde le ciel. Imagine mal que sous les mêmes étoiles, les tramways de Montréal circulent dans les rues illuminées et que la croix du mont Royal brille dans la nuit. Imagine mal les trottoirs, les autos, les avions, l'électricité, l'eau courante et les toilettes intérieures. Les cinémas et les mannequins bien habillés des vitrines. Et les transatlantiques du port, et les bananes... Et les pique-niques amusants sur l'île Sainte-Hélène... Et Mme Bernier dans son château. Son rire méchant retentit. Quoi donc! Il l'a suivi jusqu'ici. Il serre le poing. Ce rire raffermit sa décision. Tantôt, devant la mine pitoyable d'Alcide, il avait faibli légèrement. S'était demandé à quoi rimait sa dureté. Ce rire vient de le justifier. Sa dureté rime avec ce rire méchant qu'il entendra partout et à chaque fois qu'il s'approchera d'une femme.

La bête s'abat sur lui. L'écrase de son odeur de charogne et le pousse sur les cailloux. Il a beau tenter de se rouler sous elle, de se débattre, elle l'écrase de plus en plus contre le sol, collant sa peau infecte à la sienne, mêlant sa fourrure galeuse et puante à ses cheveux.

Elle gronde la bête, sa queue bat furieusement. Elle veut sa gorge, elle veut son sang. Elle attaque. Il se protège de son bras et les crocs s'y enfoncent, et ses os craquent, et son sang chaud lui dégoutte sur le visage. Excitée, la bête secoue son bras dans sa gueule puissante. Son bras qui n'a plus de force. Et lui qui n'a plus de voix pour appeler au secours. La bête tourne maintenant avec son membre; elle veut le lui arracher pour atteindre sa gorge. Il cherche le couteau. Il le trouve au fond de son sac. Sa main de plomb a toutes les misères du monde à se fermer sur le manche. Maintenant, il doit lever son bras et transpercer le coeur du monstre. Il a l'impression de soulever la terre entière avec son arme, tant elle est lourde. Il rassemble son énergie dans ce bras libre, frappe les flancs de l'animal. Son coup émet un faible bruit mat, comme une fraise tombant au fond d'un casseau. La bête grogne et grossit. Il n'est plus qu'un insecte portant des coups inefficaces. Mais il frappe, et frappe, et frappe. Paniqué par ces petits sons de fraises atteignant le fond d'un casseau. Et plus il frappe, plus la bête grogne et grossit. Et plus elle pue. Et plus il a mal à son bras prisonnier dans la gueule. Mal à en vomir. À chaque coup porté, la vermine délogée tombe sur lui. Rampe partout sous ses vêtements, dans ses narines, dans ses cheveux. Il neige de la vermine et des poux. Et cette neige le recouvre et l'englue, tandis que la bête grossit jusqu'à devenir ce ciel menaçant d'où neige la pourriture qui va l'ensevelir. Déjà, sa bouche se remplit. Non! Il ne doit pas se laisser engloutir. Il va crier, crier pour qu'on vienne le libérer. Sa voix s'éteint dans son gosier, les vers raclent la luette pour le faire vomir. Non! Il va crier! Crier! Comment fait-on pour crier? Il hurle sa détresse muette. Lui seul s'entend crier sur cette terre qui enfonce ses pierres dans son dos. Hélas, le son reste en lui. Personne n'a d'oreille pour son appel. Nicolas passe tout près avec un groupe de chasseurs et n'entend rien. Personne ne l'entend. Il s'égosille en vain, se voit mourir. Enfin, Marie-Victorine le découvre, dégage son visage de la gluante pourriture. Il s'accroche à elle.

— Docteur... docteur!

Elle est là, tout près. Il la tient par les épaules. Elle l'a vu, l'a entendu.

— Tu m'as entendu?

— Oui. Vous avez crié.

— Tu m'as entendu, toi?

— Oui. Avez-vous fait un songe?

— Un songe? Ah... oui, un songe... cette bête.

Il tâte son bras intact qui pourtant lui fait mal et sent grouiller sur sa peau. Il a fait un cauchemar. Il se frotte, réalise que le froid humide du plancher a réveillé les rhumatismes dans son ancienne blessure et que les insectes l'ont envahi. La réalité se reconstitue. Marie-Victorine, agenouillée près de lui, l'observe avec curiosité. Elle est si près de lui qu'une natte vient toucher son visage. Il la prend, la fait tourner entre ses doigts. Elle est noire comme celle de sa mère qui chatouillait ses joues lorsqu'il dormait avec elle, enfant.

— C'était une bête terrible et immense... explique-t-il, désolé de l'avoir réveillée de si bonne heure.

— Vous avez mal dormi à cause des cailloux. Aujourd'hui, je vous ferai une couche.

Elle les ramasse entre les branches, d'un air confus.

— Ce n'est pas grave.

— Je vais chercher de la graisse d'ours pour les mouches.

Elle disparaît derrière le rideau de sa chambre. Il

s'assoit, étire son bras, se gratte la nuque puis touche ses oreilles, qu'il sent grosses et chaudes contrairement à ses yeux qu'il sent petits. Si petits. Il porte l'index à ses paupières et constate qu'elles sont gonflées par le venin des mouches. Nicolas avait raison: le savon les attire. Il aurait dû l'imiter et s'enduire de graisse, lui aussi, au lieu d'arriver ici propre et quasi aseptique.

Marie-Victorine revient près de lui. D'un geste doux, elle lui applique de la graisse sur le visage et dans le cou. Ses tresses le frôlent quelquefois et éveillent en lui des échos lointains. Il ne peut détacher son regard d'elle. Son coeur bat fort. Très fort. Plus fort qu'avec soeur Marie-Elmire. Il aimerait se convaincre que ces gestes de mère rejoignent le petit garçon en lui. Qu'il n'a plus trente-deux ans, mais six. Qu'un enfant ne peut trahir un homme et que Nicolas peut partir à la chasse, car Small Bear ne lui volera pas Marie-Victorine. Mais les tresses font frémir cette eau qu'il croyait morte. Elles vont puiser à ce puits qu'il a condamné à la mort de Judith, vont tranquillement y troubler l'onde. Et il ne veut pas résister à cette intrusion. Il goûte le trouble qu'elle engendre.

Elle avance une main timide vers la chouette.

— Sacré... médecine?

Il ne comprend pas ce qu'elle veut dire par ces deux mots. Que la médecine pour lui est sacrée? Que c'est sa nouvelle religion? Il répond dans l'affirmative.

Elle abandonne le talisman comme s'il lui avait brûlé les doigts et referme son récipient de fer blanc.

— Tu as peur?

— C'est païen. Dieu n'aime pas ça. Il n'y a qu'un Dieu.

— Oui, il n'y a qu'un Dieu.

Il ne laissera pas la croyance la séparer de lui. Il ajoute:

— C'est un souvenir de ma mère. (Elle ose un regard aux yeux hypnotiques du fétiche.) Ça me rappelle qu'elle était comme toi.

Du bout des doigts, il caresse sa joue. Vite, elle se relève et retourne porter son onguent. Il l'accompagne du regard en écoutant chanter la source en lui. Et malgré la menace qui pèse, malgré le sentiment de culpabilité qui grandit face à Nicolas, malgré l'interdiction qu'il s'est imposée, malgré son incapacité à atteindre la femme, il laisse éclore l'amour qu'une tresse est venue réveiller à travers les barreaux de son invincible forteresse. L'amour qui un jour lui a fait si mal et qui, probablement, lui fera aussi mal demain. Il n'y peut rien et n'a pas envie de le combattre. N'a pas envie d'étouffer la jolie plante. Ni de la couper pour la mettre dans un vase. Il la laisse grandir en lui, quitte à être anéanti par ses racines. Il n'y peut rien. Ne peut rien contre ce qui naît et grandit en cet endroit où tout pourrit et meurt.

La prairie de Baptiste

Que sont ces cris furieux et affolés? Peut-on qualifier cette clameur de prière? Que se passe-t-il dans la chapelle pour que ce tumulte l'ait attiré jusqu'à la porte de l'humble temple? Il écoute ce ton mécontent et menaçant. Se souvient de ce village entier qui se pressait sur lui pour l'anéantir. Se souvient qu'il rampait par terre et qu'Alcide, de haut, lui crachait son regard dur. Que se passe-t-il donc? Il pousse brusquement la porte. Silence. Tous se taisent, étonnés de le voir pénétrer pour la première fois en ce lieu sacré. Manon Nakoutchi est là, au milieu de la pièce. Désemparée, elle tient un paquet serré contre elle. À ses pieds, ses effets personnels entassés dans une couverture. À sa droite, Alcide et Marie-Victorine, l'air défait. À sa gauche, Baptiste, triomphant, soutenant une fillette malade.

Clovis s'approche de celle-ci, touche son front brûlant et tâte son pouls.

— C'est le mal... il revient, lui apprend Marie-Victorine.

— Y en a-t-il d'autres?

— Oui.

— C'est l'influenza.

La maladie récidive. Probablement que le virus a voyagé avec leurs bagages et que ces gens étaient trop affaiblis pour le combattre. Heureusement, il a les médicaments qu'il lui faut. Cette épidémie-là, il l'attendait. Il est prêt à l'affronter.

Baptiste vocifère quelque chose en rudoyant Manon. La vieille étreint son paquet. La clameur reprend de plus belle, déferle comme une marée sur la femme qui ramasse maintenant sa couverture. Des injures fusent, des poings indiquent la porte, d'autres la poussent dans le dos. Alcide hoche la tête. Marie-Victorine, immobile et silencieuse, garde les yeux bas. Pourquoi expulse-t-on cette femme ? Il n'en sait rien, car, dans la panique, ils utilisent tous la langue crie. Instinctivement, il se place devant elle, ouvre les bras pour la protéger. Il se cambre, s'aperçoit qu'il impressionne. Baptiste harangue encore, mais sans effet. Il profite de cette trêve pour se renseigner.

— Qu'est-ce qui se passe, Marie-Victorine ?

— Baptiste dit que c'est Manon qui a donné la maladie en distribuant de la banique. Il veut la chasser. Elle nous apporte le mal.

Le vieux fanatique s'égosille de nouveau en exhibant la fillette malade, preuve irréfutable de ses accusations.

— Il dit qu'elle n'a qu'à retourner aux postes de traite servir de chienne aux Blancs. Elle sait le chemin.

Alimentée par la peur, la colère se traduit par des menaces et des injures que la voix de Marie-Victorine surmonte à grand-peine.

Baptiste dit que nous allons tous mourir... qu'il y a plus de croix que de vivants... nous allons tous mourir à cause d'elle.

Ces phrases éclatent comme des bombes et ébranlent le groupe qui s'avance sur lui et Manon. Ça, il ne l'admet pas. Jamais plus on ne se ruera sur lui pour le broyer. Quelles que soient les circonstances. Il n'admet pas qu'une société s'acharne sur un être seul. Quel que soit l'être et quoi qu'il ait fait. Cette femme pourrait être sa mère. Il est assez grand pour la défendre, aujourd'hui. Ses genoux tremblent et son coeur cogne violemment contre ses côtes. Une force surhumaine monte dans ses bras, dans ses poings. N'est-il pas Samson, prêt à ébranler les colonnes du temple de l'ignorance? Il lance un regard foudroyant à Baptiste, l'agitateur. Il le saisit par le cou et par le fond de sa culotte et le lance dehors. Celui-ci roule dans la mousse. Se relève, éberlué, maté. Silence dans la foule. C'est à lui, maintenant, de la faire sienne. Il grimpe sur un banc, parcourt d'un regard autoritaire ces innocents qui, alarmés par la maladie, se réfugient près du prêtre au lieu du médecin. C'est tout de suite ou jamais qu'il doit s'imposer à eux.

— Le mal est dans la banique, c'est vrai.

On l'écoute. Marie-Victorine ne traduit pas. Ils savent assez de français pour le comprendre.

— Mais pas à cause de Manon, à cause de la farine. C'est dans la farine qu'il est le mal. Dans tout ce qui vient du Blanc. Dans le sel qui fait pourrir vos enfants.

Baptiste réintègre la tribu, les yeux levés vers lui.

— Je ne suis pas l'homme du traité. Je suis celui qui guérit et je suis en colère parce que vous ne m'emmenez pas vos malades. C'est à moi qu'il faut emmener les malades, pas à Kotawinow. Il ne peut rien faire contre le mal; moi, je peux. Vous les emmènerez à Kotawinow lorsqu'ils seront morts. Mais si vous me les emmenez à moi en premier, ils ne mourront pas. Je les guérirai. J'ai ce pouvoir. Je suis venu ici parce que je ne veux plus d'autres croix dans le cimetière. Et il n'y aura pas d'autres croix au cimetière, sauf deux.

Celles de Raphaël et de son frère. Quel risque il prend de garantir qu'il n'y en aura pas d'autres! Il est fou. Joue le tout pour le tout. Et d'une façon si théâtrale en faisant de grands gestes et en tonnant comme un curé en chaire. Pourtant, cette manière semble les convaincre et ils sont suspendus à ses lèvres. Il doit continuer dans la même veine.

— Toi, femme, tes deux fils mourront. Le sel du Blanc les a tués. Je suis arrivé trop tard.

Résignée, la mère approuve d'un hochement de tête. Elle savait que ses petits ne survivraient pas.

— Toé, Blanc. Toé aussi donne le mal, réplique Baptiste, sceptique.

— Je ne suis pas Blanc. Regardez ma peau, mes cheveux, mes yeux, vous verrez que je ne suis pas Blanc. Ma mère était comme vous. Je tiens cela d'elle.

Il leur exhibe son fétiche. Baptiste ouvre la bouche, sidéré, et tend sa main décharnée vers l'objet. Veut-il le lui arracher du cou?

— Montre.

Il hésite avant de se pencher pour le laisser examiner.

— Médecine, bafouille le vieil homme, médecine. Toé, sorcier?

Son ton admiratif indique à Clovis le chemin à suivre.

— Oui, je suis sorcier et je guéris. J'ai des pouvoirs sur les maladies des Blancs. Obéissez-moi et il n'y aura pas d'autres croix au cimetière. Emmenez-moi vos malades ici.

— Mais c'est la maison de Dieu ici, objecte faiblement Alcide en se détachant du groupe.

— Dieu n'a pas besoin de maison, car il n'est pas malade. Et puis, il est partout. Un esprit n'a pas besoin de maison. Emmène les saintes espèces dans ton presbytère. Ici, c'est désormais un hôpital. Allez, allez chercher vos malades et emmenez-les moi.

Ils se dispersent, obéissants, rassurés.

De son pas fatigué, Alcide se dirige vers l'autel, suivi de Marie-Victorine. Que pense-t-elle de ce théâtre burlesque mais nécessaire? Comment savoir? Elle n'ose même pas un regard dans sa direction. Il aimerait lui faire comprendre qu'il se sent inapte à jouer ce rôle de messie qu'il vient de réclamer à grands coups d'éclat. Lui expliquer qu'il n'y avait pas d'autre moyen pour gagner la confiance de la tribu. Mais elle aide Alcide, l'ignorant complètement.

Manon attend, étreignant toujours son paquet contre sa poitrine populaire. La fillette s'est étendue par terre. Il descend de son banc.

— Aide-moi, Manon. Nous allons nous servir de cela pour faire des lits avec ces bancs.

D'un coup, il ébranle la sainte table. Un craquement sinistre fait sursauter Alcide devant le tabernacle. Il se retourne vivement vers lui. Enfin, il retrouve les yeux d'aigle qui ont guetté son enfance. Voilà Alcide. Il n'est pas mort dans le vieil homme. Voilà son courroux dans ses prunelles presque aveugles. Voilà son autorité bafouée, son oeuvre détruite, son apostolat tourné en ridicule. Clovis secoue la balustrade, la fait geindre de plus belle et jouit des coups ainsi portés au prêtre. Jouit de voir la lèvre inférieure grimper par-dessus la lèvre supérieure, jouit de voir cette main ridée se former en un poing impuissant, jouit de ce regard blessé et humilié. Jouit de rencontrer enfin l'ennemi qu'il recherchait. Non, Alcide n'est pas mort. Il rage dans ce vieux missionnaire qui assiste à la démolition de sa chapelle. Il interdit, dans ce vieux missionnaire, la prise en main de la tribu qu'il croyait sienne. Il jalouse, dans ce vieux missionnaire, son ascendant sur les Indiens. Non, il n'est pas mort. Mais hélas, à ses côtés, Marie-Victorine semble si triste qu'il ne peut donner libre cours à sa vengeance.

Le meuble cède, tombe sur le plancher d'épinette auquel ont travaillé les femmes. Il est si dense, si parfait. Un vrai tapis. Les malades seront mieux ici que sur le sol couvert de poils et de tripailles. Alcide passe avec le saint sacrement. Manon se jette à genoux. Marie-Victorine conserve son attitude pieuse. Le prêtre s'arrête et lui ordonne d'un regard impérieux de s'agenouiller. Il ne s'agenouillera pas devant ce Dieu qui lui a ravi Judith.

Rien, ici, ne l'oblige à jouer la comédie du fidèle croyant. Il déteste Dieu, déteste son complice qui fait ployer tout le monde sur son passage. Lui, il ne ploiera pas, ne s'agenouillera pas. Il défie le regard du prêtre, profitant de ce que Marie-Victorine ne puisse voir ni son entêtement ni la chouette païenne qui triomphe à son cou. Que de fierté il éprouve à être issu de Gros-Ours qui a sculpté la chouette! Cet ancêtre l'envahit de son souvenir tenace, qu'il a maintes fois tenté d'effacer. Cet ancêtre, non baptisé, couché dans un arbre à sa mort selon ses croyances, afin que son esprit erre dans la forêt. Est-ce lui qui l'a fait monter sur le banc, pour reprendre le peuple? Est-ce son esprit qui parlait par sa bouche? La race ne veut pas s'éteindre en lui. Comme un feu qu'on croyait mort, elle attendait le souffle qui ferait jaillir les flammes. Le souffle est venu. La race revenue. Et Alcide est parti avec ses saintes espèces.

Il ne lui reste plus qu'à aller chercher sa trousse et à s'installer en ce nouveau temple de sa religion. Ne lui reste plus qu'à être ce sorcier qui guérit. Sa mère disait sorcier pour médecin. Il se souvient quand elle souffrait de cette pneumonie qui allait l'emporter. «Va chercher le sorcier des Blancs», suppliait-elle. Mais le sorcier des Blancs n'avait pu rien faire contre la mort, même s'il était son amant. Que pourra-t-il, lui, contre la mort? Que fera-t-il si d'autres croix s'ajoutent à celles déjà prédites? Il n'ose y penser. Qu'il a été ridicule d'être monté sur le banc pour jouer au messie. Ridicule et au-dacieux. Un peu plus et il disait: «Venez à moi, les ma-lades.» Qu'est-ce qui lui a pris? À quoi a-t-il donc obéi pour agir ainsi? Ça ne lui ressemble pas. Les estrades de l'honneur l'ont-elles conduit à ce banc d'illuminé? Qu'aurait pensé le docteur Bernier de ce cinéma, lui qui, dans l'ombre et l'anonymat, poursuit ses recherches la-borieuses?

La porte s'ouvre sur Nicolas soutenant un de ses

chasseurs. L'homme titube, en proie à une grande fièvre. Nicolas lui désigne la chouette. Le malade acquiesce, tend aussitôt son poignet afin qu'il prenne le pouls.
La confiance qu'il démontre lui donne alors raison
d'être monté sur ce banc. Ils sont comme des enfants,
pense-t-il.

— Baptiste dit toé sorcier.

Il y a du dépit dans la voix de son guide, comme s'il
était vexé de n'avoir pas été mis au courant.

— Oui, je suis sorcier. Tu t'en doutais. Je pense
même que tu le savais depuis longtemps, hein?

Nicolas hésite à mentir mais ne peut refuser cette
version par laquelle il devancerait les affirmations de
Baptiste.

— Oui, moé savais. Chasseur malade. Tué un moose.
Retourner chasser...piste de caribous...many, many.

— Oui, ramène-nous de la viande. Je guérirai ton
chasseur. Va.

Toutes ces garanties qu'il dispense vont finir par
l'engloutir. Il en demande beaucoup au médecin. Beaucoup trop. À la médecine aussi. Il en est conscient et
mise sur la confiance extrême qu'on lui voue. Elle seule
peut le seconder dans sa tâche. Et tout compte fait, il a
plus de chances de s'en sortir en soignant des gens per-
suadés de guérir que des gens convaincus de leur propre
extermination.

Il sort avec Nicolas pour chercher sa trousse. Voit
affluer ses malades.

— Manon, va chercher ma trousse. Je vais installer
des lits.

Des lits à installer, jusqu'aux médicaments à distribuer et aux excréments à nettoyer, il a passé cinq jours
et cinq nuits. Sans relâche, ne dormant que deux heures
à l'aube. Ses mains brûlent d'avoir tâté tant de fronts

fiévreux et ses oreilles bourdonnent d'avoir ausculté tant de poumons congestionnés. Il en est tout étourdi. Se sent emporté par tous ces délires et toutes ces plaintes. Mais il va de l'un à l'autre, les épongeant, les lavant et les nourissant. Depuis deux jours, Manon ne le seconde plus puisqu'elle est là, étendue près de Baptiste, victime à son tour de l'épidémie. Elle souffle difficilement. Il s'assoit près d'elle. Elle ouvre les yeux et lui sourit aussitôt.

— Médecine... laisse-moé toucher médecine.

Il se penche pour lui permettre de toucher au talisman comme il le fait pour les autres. Seule cette sorcellerie leur donne force et courage depuis qu'il a interdit au prêtre de venir distribuer le bon Dieu tout en ramassant des microbes pour les autres. Mais les mains de Manon caressent son cou, puis le derrière de ses oreilles.

— Toé piqué beaucoup.

Elle caresse ses joues et ses cheveux. Il la laisse se contenter.

— Toé beau... oh! oui, beau. Tu as femme?

— Non.

— Comme Kotawinow? Pas de femme?

— Pas trouvé femme, répond-il en se dégageant des mains qui essaient de se poser sous sa chemise.

— Si toé envie, moé peux toujours pour toé... rien demander.

Ça, il le sait. L'offre était flagrante, mais non alléchante depuis qu'elle est devenue officiellement son bras droit.

— Sorcier couche pas avec femme comme toé... faut femme vierge pour lui, sanctionne Baptiste du lit voisin.

Manon tourne la tête dans sa direction, nullement offensée, et dit d'une voix à peine audible:

— Oui, faut femme vierge.

— Fille à moé, vierge. Moé, te donner, offre Baptiste en avançant à son tour la main vers le fétiche.

— Médecine... sacrée.

Les doigts du malade tremblent et ses yeux lar-
moient.

— Indiens mourir quand bisons mourir... Plus de
bisons, encore Indiens... pas morts... encore médecine et
sorcier. Toé, venu de loin. Tu as vu bisons?

— Non.

— Pourquoi Indiens pas morts?

— Parce que forts.

— Non... pas forts. Tu sais, toé... dans la bataille...
habits rouges... beaucoup d'habits rouges contre Indiens
et le métis... tu sais, toé...

Dans son délire, l'homme s'accroche à ses épaules.
Il éponge son front, le recouche doucement.

— Tu sais, toé...

Pour qui le prend-il donc?

— Moé donner vierge... pour sorcier... pour métis...
donner vierge... Toé, revenu... revenu.

Il prend sa température: cent cinq. Il redoute une
transe. Hier, il en a fait une et a été atteint de convul-
sions. Il n'aime pas ces manifestations de la fièvre. Ça
lui rappelle son épilepsie. Il lui fait des compresses aux
mollets et aux poignets et le dénude complètement.
Quatre impressionnants stigmates apparaissent sur la
poitrine de l'homme. Cela l'intrigue. Aurait-il été blessé
lors d'un combat, lui aussi? Il les palpe avec attention et
curiosité.

— Danse du soleil... moé faire danse du soleil, explique Baptiste en posant ses doigts sur les cicatrices.
Avant combat... pour devenir guerrier.

Un chant plaintif s'échappe de sa gorge. Une psalmodie à la résonance ancestrale plus qu'un chant. Ryth-
mée comme un battement de coeur.

Épuisé, Clovis ferme les yeux et laisse ce langage

bêcher son cerveau. Des images se forment, s'ajustent au son. Un monde se recrée en lui. Il voit le soleil omniprésent, qui brûle ses yeux fatigués. Il tourne autour en le regardant... tourne autour d'une douleur en tirant sur une lanière et en regardant l'astre dans le ciel. Tourne autour en dansant... Il y a un crâne d'animal aux naseaux pleins d'herbe. Il tire sur la lanière... s'inflige la douleur... pour être brave... et conserver la terre où broute l'animal. C'est notre mère, la terre, elle donne de l'herbe... Grand-Esprit, fait qu'il pleuve sur la prairie et que l'herbe soit haute... fait que tes enfants n'aient pas froid en hiver... Soleil tout-puissant, terre généreuse... Il voit la prairie et des milliers de bêtes... et des ennemis qu'il faut vaincre... Et puis encore le soleil... et il danse en s'infligeant de la douleur.

— Qu'est-ce qui fait mal?

Il ouvre les yeux, abasourdi par cette question qu'il vient de poser en algonquin. Manon le reprend avec quelques variantes.

— Toé faire partie de grande tribu... toé parler langue de grande tribu.

Il goûte un bonheur indéfinissable à retrouver ce langage banni. À prononcer ces mots qui le rattachent à Small Bear, à sa mère, à son grand-père et à cette grande tribu. Il renoue avec ses racines, enfoncées dans les sources primitives de son identité. Les pièces s'ajustent en lui. Il n'est plus cette moitié de rien... d'un peuple inexistant qu'on cherche à éteindre... mais une partie de la grande tribu à qui appartenait jadis ce pays. Qu'en reste-t-il? Que reste-t-il d'essence en cette vieille carcasse stigmatisée qui geint sur les temps anciens? Il s'approche de l'oreille de Baptiste, se surprend tout à coup à regretter de l'avoir jeté hors de la chapelle. C'est un vieux. Il y a tant de luttes, d'errances et de défaites derrière son front ridé. Il pourrait être son grand-père. Il regarde ciller les paupières sur les visions du passé.

— Qu'est-ce qui fait mal, Baptiste? redemande-t-il en employant le dialecte que Manon vient de lui enseigner.

— Cheville de bois dans peau... soleil me regarde... je regarde soleil... je tire... lanière arrache peau... je danse, je saigne... soleil me voit... je vois soleil. Fais de moi un grand guerrier.

Qu'est-ce que ce sacrifice auquel s'est livré Baptiste? Effectivement, les cicatrices démontrent clairement que la peau a été arrachée.

Manon se soulève sur un coude et s'appuie contre son dos. Il sent ses seins entre ses omoplates. D'un geste maternel, elle lui caresse la nuque et lui explique:

— Lui faire danse du soleil... à dix-sept ans. Avant combat du métis...

— Quel combat? Quel métis?

— Dernier combat.. Métis a prié pour nous mais cheval de fer a chassé bisons... a volé nos terres. Métis est revenu en toé.

— Explique-moi la danse du soleil.

— Ici, on enfonce cheville de bois attachée à lanière. Lanière, elle, attachée à poteaux de tente médecine... Pendant quatre jours, quatre nuits... on danse en regardant soleil... On danse, on tire sur lanière... on tire, on danse... pour remercier terre, pour demander aide du soleil. Qu'il fasse pousser l'herbe... Vieille coutume... Plus personne ne fait danse du soleil. Baptiste est dernier.

Des larmes lui montent aux yeux. Il les refoule. Avec respect, il porte l'index sur cette poitrine qui s'est offerte en sacrifice pour que survive un peuple. Qui s'est labourée elle-même pour assurer la fertilité de la prairie. Qui s'est mutilée pour préserver la continuité de la race.

Bien sûr, tout cela est illogique aux yeux de l'homme instruit qu'il est. Illogique et tout à fait inutile... car le soleil est un astre et l'astre ne voit pas saigner l'Indien attaché à son poteau de torture. Il ne l'entend pas prier. Pas plus qu'il n'entendait Jésus, cloué sur la croix. Ces suppliciés volontaires ne deviennent des élus que lorsque leurs souffrances ont porté fruits. Celles de Baptiste ayant conduit à la défaite et à l'exil... il s'est jeté corps et âme dans la religion du supplicié que prêchent les vainqueurs. Il comprend son fanatisme, engendré par cette volonté féroce de recourir aux puissances intemporelles pour venir à bout de ses luttes terrestres.

Pauvre Baptiste qu'il a maintenant envie de serrer sur son coeur! Et pauvre Manon, trop attentionnée à masser ses épaules lasses!

Est-ce en eux que subsiste l'essence du peuple?

— Tes enfants ont faim et froid... il n'y a plus de soleil... geint Baptiste.

Il le rafraîchit en humidifiant son visage, ses tempes, son cou, ses épaules. Il change les compresses, lui administre encore de la quinine.

À demi conscient, le malade s'accroche encore à ses épaules.

— Toé revenu?

— Oui.

Il n'hésite pas une seconde à tendre cette bouée à son patient. Elle seule saura lui donner une raison de vivre.

— Toé revenu... trop d'habits rouges... pour nous.

— Je sais cela.

— Frère blessé. Moé emmener loin.

— Oui. Tu es encore un grand guerrier... tu vas combattre le mal en toi.

— Oui, parce que toé revenu.

Le vieil homme s'endort avec cet espoir. Clovis considère ses flancs maigres où on voit son squelette à chaque respiration et ces vestiges de torture qu'on dirait collés à même ses os. Il a du mal à imaginer un jeune guerrier de dix-sept ans, enfourchant un cheval et se lançant à l'attaque en bandant son arc contre le cheval d'acier. Ce jeune guerrier devait être beau à l'époque. Avec ses muscles souples, sa peinture de guerre et ses plaies toutes fraîches sur son thorax. Il devait être fier, sûr de lui, arrogant et méprisant pour l'ennemi. Un panache de plumes lui donnant l'aspect d'un aigle combatif.

Que reste-t-il de lui? De sa foi? Une vieille loque humaine, charriée de-ci, de-là, malmenée et humiliée, n'ayant ni frontière ni destination. Une âme en lambeaux, une religion en morceaux. Et sur sa peau, des preuves sans valeur d'une croyance morte et enterrée.

— Lui, fils de chef... comme Georges, père de Marie-Victorine. (Il sourcille.) Elle aussi, vierge.

Qu'insinue-t-elle avec ce chatouillement derrière ses oreilles? Elle se fait collante, voire embêtante. Il s'en dégage, la prend patiemment par les poignets et la recouche.

— Dors, toi aussi.

Il parle en algonquin. Elle reprend en dialecte cri. Il répète.

— Si toé envie... rien demander.

— Dors.

Oui, dors vieille femme sur le rêve étiolé de ta robe de mariée. Dors sur le souvenir des fleurs de cette prairie que Baptiste n'a pu sauver avec son sacrifice.

L'homme seul sous les étoiles

Déserts. Tous les lits sont déserts. Et aucune croix ne s'est ajoutée au cimetière, sauf les deux qu'il avait prévues. Il se promène dans son hôpital, les mains nouées dans le dos et savoure sa victoire. Une grande fatigue pèse sur ses épaules et lui donne envie de s'étendre sur l'ancienne couche de Baptiste. En un rien de temps, il sombrerait dans les songes du soleil et du crâne de bison. Il repousse la tentation en pensant qu'il doit remettre la chapelle en état. Mais cette obligation ne le préoccupe pas outre mesure. Il replacera la sainte table quand il en aura envie. Rien ne presse plus en ce domaine. Il vient de supplanter Alcide en ce qui a trait au spirituel. Aux yeux des Indiens, il est dorénavant consacré comme un intermédiaire de l'au-delà plus puissant et plus efficace que le prêtre. Et ça, Alcide le sait. Tantôt, il est venu le supplier de lui redonner au moins sa chapelle. Il veut bien lui remettre le bâtiment, maintenant qu'il a ravi l'âme du peuple. «Tiens, prends, je n'en ai plus besoin», lui a-t-il dit, comme s'il gardait la banane et lui jetait la pelure. Et il l'a observé s'éloigner avec sa pelure, d'un pas déprimé, sachant qu'il était brisé de l'intérieur. Brisé comme lui, enfant, quand il passait ses nuits à pleurer sa mère aux enfers, hanté par son beau visage devenu bouillie informe d'où s'échappait l'horrible cri de la souffrance éternelle. Qu'il souffre à son tour, maintenant!

Pourquoi doit-il sans cesse se rappeler les méfaits d'Alcide pour parvenir à savourer sa vengeance? Cette justification est-elle nécessaire? Oui, car sans elle, il conserve un goût de cendre et un sentiment de culpabilité face au vieux missionnaire en qui s'est réfugié son ennemi. Il sait que sans sa mémoire, il aurait travaillé en étroite collaboration avec lui et ne se serait pas servi de la médecine pour lui ravir la confiance et l'admiration des Indiens. Mais son passé le force à le déloger de son piédestal. Ce faisant, c'est aussi à Dieu qu'il s'attaque. Dieu qui décide de l'instant et rappelle à Lui au moment qu'il choisit. Dieu, caché dans la maladie, caché dans l'accident, caché dans la mort. C'est Lui qu'il vient d'affronter pendant ces dernières semaines. Il lorgne la croix d'épinette au mur. Non. Ce n'est pas ce supplicié volontaire qu'il défie, mais l'autre, le Père. L'oeil méchant du triangle. Est-ce pour se mesurer à Lui qu'il a toujours rêvé d'être médecin et d'être plus fort que la mort? Plus fort que Lui. «Tu ne les as pas eus, ceux-là... Non! Ton complice les aurait laissés mourir en traçant des croix sur eux; moi, je les ai guéris. Tu ne les as pas eus.»

Il est vraiment à bout de forces pour s'en prendre ainsi à Dieu et se prendre pour un messie. Il ne doit pas tomber dans ce piège. Il est trop évident, et lui, il est trop fatigué. C'est tellement facile de se laisser aller à croire qu'il a été conçu pour ce rôle. Qu'il est celui qui réalise les paroles que son grand-père avait prophétisées à sa mère: «Un jour, un des nôtres parlera pour nous, agira pour nous.» Est-il celui-là? Il aimerait tellement croire que l'esprit du métis est revenu l'habiter comme le prêche Baptiste. Tellement croire en la justice divine qui le libérerait de sa vengeance. Tellement croire que Judith et sa mère sont autre chose que des os dans la terre. Mais il ne croit pas plus à cela qu'il croit qu'il est un messie. Sa logique le protège de la superstition et de la sorcellerie. Et quoiqu'il aime se faire appeler sorcier, il ne croit pas en des pouvoirs occultes que lui auraient transmis d'obscures générations de chamans. Il croit à la connaissance et à la science. Il a vu le bacille de Koch, isolé sous son microscope. C'est lui qui engendre la tuberculose. Et parce qu'il l'a vu, il ne peut croire en d'autres mystérieuses causes de la maladie.

Il ne peut croire également en cette justice que Dieu rendra quelque part dans les nues, en un temps indéfini et indéfinissable. C'est à lui seul de la rendre. À lui seul de poursuivre sa vengeance si bien entamée. Elle sera parfaite et il ne versera pas une seule goutte de sang, car c'est à l'âme qu'il s'attaquera. Il détruira Alcide de l'intérieur, sans même toucher à sa fragile coquille. D'ailleurs, cette oeuvre destructrice a déjà commencé à porter fruits. Alcide a perdu du crédit ces derniers temps, tandis que lui a acquis un pouvoir. C'est lui maintenant qu'on vient voir pour régler les problèmes. C'est à son hôpital qu'on se rend quotidiennement pour la visite préventive. C'est sa main que les mères réclament sur le front de leurs enfants. Il n'aurait qu'à blâmer Alcide de la mauvaise santé de la tribu pour que ses membres l'en expulsent aussitôt. Mais il ne le fera pas, car Alcide doit être témoin de sa montée. Et plus il va monter, plus Alcide va descendre, et bientôt ce petit peuple lui vouera une telle admiration que Kotawinow sera contraint de s'éclipser de lui-même. Alors, il gagnera. Oui, il gagnera sans une goutte de sang sur son couteau.

Que fera-t-il d'eux, après? Il ne pourra pas les abandonner à son tour. Et il ne pourra pas demeurer parmi eux. Non, il ne veut pas se servir de ses frères. Ils ont déjà servi à trop de causes, hors de leur portée et de leur entendement. Non. Cela ne se passera pas ainsi. Il ne se servira pas de ses frères. Il fera le bien, et si ce bien sert sa cause, tant mieux. Il lui reste tant à faire. Il pense aux tuberculeux et à ses malades atteints du scorbut. Ces cas chroniques méritent toute son attention et son dévouement. Il avait pensé les transférer à l'hôpital d'Albany. Mais ils sont trop affaiblis pour entreprendre ce voyage. Peut-être qu'au printemps, moyennant un hiver clément, il pourra les embarquer sur le bateau de la Compagnie. Mais qui paiera leur passage? Et quelle sorte d'hiver les attend? Nicolas a-t-il tué des bêtes? Pourquoi tarde-t-il? L'influenza les aurait-elle terrassés quelque part en forêt? Demain, s'ils ne reviennent pas, il ira à leur recherche. Mais où? Personne ne sait exactement où Nicolas les a conduits. Alors, il ira à la chasse. La provision de viande d'orignal tire à sa fin. Il faut de la nourriture à ces gens et tous les hommes qui ne sont pas malades accompagnent Nicolas. Il reste tant à faire. Que le diable emporte ce diable d'Alcide!

Son regard tombe sur sa trousse. Il s'en approche. En caresse le cuir. Celle de son père le fascinait. La sienne le comble. Il l'ouvre, en sort son stéthoscope, le compare au jouet qu'il s'était fabriqué et avec lequel il avait examiné Judith. Il aime être médecin. Ici plus qu'ailleurs. Avec eux plus qu'avec les autres. Est-ce parce que le défi est plus grand? Ont-ils plus besoin de lui? Oh! Oui, ils ont tellement besoin de sa science qu'ils appellent magie. Et... il les aime tellement. C'est fou, il n'a jamais vraiment aimé une société, sauf à Montréal, avec son équipe de hockey et les enfants de sa paroisse. Tant de temps à se sentir marqué du sceau diffamant de ses origines sans jamais s'arrêter à penser que d'autres comme lui existaient. Ici, il n'est pas différent. Personne ne passe de remarque parce qu'il est imberbe, car seul Kotawinow traîne une longue barbe jaune. Il en était même venu à penser que son impuissance était la cause de ses joues douces. Il les touche. Elles sont creuses. Il palpe ses côtes et se rend à l'évidence qu'il a passablement maigri. Il touche ses yeux: ils sont cernés. Ces trois semaines de surmenage ont eu raison de son corps. Et de sa raison? A-t-il encore toute sa raison?

Des acclamations joyeuses l'attirent dehors. Il y court. Nicolas le rejoint, l'air victorieux.

— Onze caribous, doc. Viens.

Un groupe de femmes surexcitées les entoure. Elles rient et échappent des cris pointus. Nicolas tend le cou pour voir dans la chapelle.

— Il n'y a plus personne.

— Combien de croix?

— Deux: les enfants de Marie-Anne.

— Toé sorcier, oui, sorcier.

— Sorcier a faim, prononce-t-il en cri, fier de l'enseignement que lui a prodigué Manon.

Ravi, Nicolas se tourne vers le rassemblement qui grossit rapidement. Femmes, enfants, vieillards accourent de partout, tous ensemble, comme s'ils avaient senti cette viande. Ils ont faim, si faim. Ça se voit dans leurs yeux qu'ils promènent, tantôt avec convoitise, tantôt avec admiration, entre les caribous et Nicolas. Même Alcide s'approche, appuyé sur Marie-Victorine.

— Venez au festin. La chasse a été bonne et le sorcier a guéri tous nos malades. Venez préparer le festin. Nous avons de la viande. Sorcier a faim. Venez manger avec lui.

— C'est vendredi, Nicolas, intervient Kotawinow. Nous devons faire abstinence.

— Toé, sorcier, que dis-tu?

Tous les regards se portent sur lui. C'est de lui qu'ils attendent une réponse. Il les passe en revue, si maigres et affaiblis. Il s'arrête à Baptiste, littéralement gagné à tout ce qui sortira de sa bouche.

— Le Grand-Esprit a envoyé le caribou devant les chasseurs. Il veut que son peuple mange. Il aurait pu remplir vos filets de poissons. Mais il a envoyé le caribou. Les choses doivent s'accomplir comme le veut le Grand-Esprit. Le bison a disparu, mais il a envoyé le caribou pour le remplacer.

Oui! Oui! Oui! crie-t-on en salivant d'avance, les yeux maintenant rivés à cette nourriture qu'un commandement de l'Église a voulu leur interdire. Même Marie-Victorine succombe.

Battu, Alcide s'en retourne, seul, au presbytère. Le regard de Marie-Victorine lui va droit au coeur. Qu'elle lui plaît! Comment parvient-elle à demeurer si attirante avec ce bacille qui ronge ses poumons? Il lui sourit mais elle voit quelqu'un d'autre en lui. Quelqu'un de très loin et de très haut. Cela l'indispose.

— Venez les femmes, nous allons préparer le festin, ordonne Manon en retroussant ses manches.

Le feu crépite joyeusement en rôtissant les lanières de viande suspendues aux perches. Sur les pierres chaudes, les baniques achèvent leur cuisson et quatre chaudières de thé conservent chaleur et saveur près des tisons. Manon et Marie-Victorine achèvent de préparer la moelle crue, les foies, les coeurs et les langues. Ces mets de choix lui sont réservés. Il s'en doute. Juste à leurs gestes attentionnés de petites filles préparant des surprises. Cela le touche et plaît à son guide. Enfin, sa tribu lui rend hommage et reconnaît sa valeur. Ne vient-il pas de les sauver de la famine et de leur garantir un hiver décent? Mieux, il vient de les réhabiliter en entraînant les hommes à cette chasse nouvelle. Vient de les extirper au souvenir du bison disparu pour les adapter à la latitude à laquelle ils se trouvent. Désormais, ils ne doivent plus penser en Indiens des plaines mais en Indiens du Nord. Ils ne doivent plus s'entêter à demeurer des éternels égarés à la recherche de ce qui n'est plus. C'est aujourd'hui qu'ils rompent avec le passé.

Et lui, quand rompra-t-il? Quand pardonnera-t-il à Alcide, demeuré seul dans son presbytère? Si le passé a failli anéantir ce peuple, que fera-t-il de lui?

Il se compare à Nicolas. Si fier, si heureux, acceptant les hommages rendus et appréciant que Baptiste, son beau-père et le chef de la tribu, lui fasse l'honneur d'être à ses côtés. Baptiste qui pourtant n'a pas été juste à son égard. Il jalouse cette âme simple d'enfant que la rancune n'a pas ternie.

Une paix nouvelle règne sur ces gens. Une paix tranquille, avec des promesses de lendemains. Dans l'attente du banquet qu'ils présideront, Nicolas et lui, il discerne un je-ne-sais-quoi de solennel qui creuse l'estomac en même temps que la faim. C'est plus que la nourriture que les gens attendent. C'est... Il n'ose se l'avouer. N'ose reconnaître toute l'affection et l'admiration qu'on lui porte. N'ose admettre qu'on s'offre à lui, ce soir. Cela le gêne énormément et lui remémore les aveux qu'il avait faits à Judith. Il se sentait tout ainsi, avec l'envie de fuir pour n'avoir pas à dire je t'aime, et l'envie de dire je t'aime quitte à mourir sur place. Ces regards qui se dérobent au sien, ces femmes qui rougissent, ces enfants qui gloussent nerveusement, corroborent ses réflexions. Ces gens-là veulent lui offrir leur amour.

Voilà. C'est prêt. Grand silence que seul le feu meuble de ses crépitements rassurants. L'arôme de la banique et de la viande grillée ne réussit pas à le mettre en appétit, tant il est touché par ce moment. Baptiste se lève, parcourt de son regard d'halluciné sa petite tribu accroupie en cercle. Trente-sept personnes en tout. À l'instar du chef, Clovis passe en revue ces êtres humains qu'il a touchés, examinés, soignés. Qu'il a aimés à travers et par sa science. Il connaît tous leurs noms et toutes leurs maladies. Aucun corps n'a de secret pour lui. Il connaît chacun d'eux comme Alcide connaît chacune de leurs âmes. Cet homme doit être témoin de ce moment. D'un geste, il invite Marie-Victorine. Elle s'approche, se penche. Encore une fois, sa tresse vient lui remuer l'âme.

— Va chercher Kotawinow.

Elle s'exécute.

— Il ne mange pas de viande, lui, intervient Baptiste d'un ton cassant.

Inexplicablement, autant il était voué corps et âme au prêtre, autant il lui est aujourd'hui hostile.

— Il mangera de la banique. Le Grand-Esprit veut que nous prenions soin des vieux.

— Il a fait manger du sel. Il ne sait pas ce qui est bon pour mon peuple, rétorque le chef en cette langue qu'il comprend maintenant. Toi, tu sais. C'est à toi que le Grand-Esprit parle, pas à lui.

Alcide est là. Il a tout entendu. Ses mains tremblent. Ses yeux éteints pleurent. Marie-Victorine l'a visiblement tiré d'une douloureuse méditation. Kotawinow, le père, ne cache pas la peine qu'occasionne ce bris entre lui et ses enfants. Ni celle provoquée par cette première désobéissance de sa pupille.

— Assieds-toi ici.

Il désigne la place près de lui. Aidé de Marie-Victorine, le prêtre s'accroupit à ses côtés pour subir les regards accusateurs du peuple et de Baptiste.

— Le Grand-Esprit te parle. Tu es un sorcier et l'esprit du métis t'habite. Tu nous guideras. Que ta vie soit bonne et longue. Que le ventre de la femme que tu auras engendre beaucoup d'enfants. Nicolas est un grand chasseur mais sans toi, il aurait chassé pour des morts. Il n'y a pas eu de croix comme tu l'avais promis. Et Nicolas a trouvé le gibier. Les temps sont meilleurs. Je vois le jour où nous serons sauvés. C'est à toi que nous le devons.

D'un geste, il ordonne à sa fille de lui présenter un plat. Tout dans l'attitude de celle-ci démontre qu'elle est la vierge promise. Il ressent un étrange malaise dans le bas-ventre en se figurant l'acte qu'il aimerait perpétrer devant le crucifix pour offenser Dieu. Dans l'ancien temple d'Alcide pour le blesser davantage. S'il n'était impuissant, c'est là qu'il aimerait percer l'hymen de cette femme. Ce serait pour lui un geste de profanation envers Dieu et son complice et, pour elle, un grand honneur. Il chasse vite ces pensées malsaines, prend un morceau de banique et le présente.

— C'est à Kotawinow que j'offre de la banique.

Officiellement, il devient le bienfaiteur d'Alcide, exactement comme celui-ci fut reconnu comme son bienfaiteur, jadis. Aux yeux du village, il était l'enfant privilégié à qui le prêtre offrait le toit, la nourriture et l'instruction. Aux yeux de la tribu, Alcide devient ce vieillard à qui il garantit le toit, la nourriture et le respect dû à son âge. Mais dans la nuit, quand les yeux étaient clos, le bienfaiteur s'octroyait son âme et son corps. Lui, que fera-t-il quand les yeux seront clos?

Le vieillard demande:

— Qui l'offre à Kotawinow?

— Moi.

— Celui que l'esprit du métis habite?

Le ton sarcastique du prêtre l'inquiète mais il ne peut dérouter la tribu par une négation formelle.

— Oui.

— Kotawinow accepte, mais Alcide va te dire qui était le métis.

Voilà qu'il reconnaît les deux personnages en lui. Le bon et le méchant. Tous deux vivants. Kotawinow et Alcide. L'un camouflant l'autre. Il suffisait de gratter un peu.

Un éclair malicieux traverse les yeux de son ancien bourreau. Il appréhende maintenant de connaître le nom de ce métis dont l'esprit est censé l'habiter.

— C'était Louis Riel.

Son père lui avait parlé de cet homme qui pimentait les conversations politiques des étudiants de son époque. C'était donc Louis Riel que Baptiste avait connu quand il était jeune guerrier. Il se trouve bien insignifiant près du personnage et ne s'explique pas l'arrogance soudaine d'Alcide.

— Et après?

— Il a été pendu comme un criminel.

La malencontreuse prise de position du missionnaire contre le martyr de la nation métisse et indienne irrite les autochtones et les écarte davantage de lui.

— Il parlait pour son peuple, lui! Il ne donnait pas de sel. Tu ne mérites pas notre banique. Tu es comme les habits rouges, rétorque Baptiste en voulant lui arracher son morceau.

— Non! Laisse-le manger. J'ai dit qu'il n'y aurait pas d'autre croix au cimetière.

Conscient que sa bévue n'a fait qu'aggraver son impopularité, Alcide ajoute entre ses dents serrées:

— Il a été à Longue-Pointe. Longue-Pointe, ça te dit quelque chose, hein? Ses avocats ont plaidé la démence. C'est l'esprit d'un dément qui t'habite, l'esprit d'un pauvre fou qui s'est levé contre la Confédération, contre la puissance.

Jamais il n'aurait pu prévoir qu'Alcide était en mesure de lui porter un coup si fatal. Cet homme l'a vu en état de crise, se tordant et bavant par terre. Décontenancé, il ne trouve rien à répliquer et constate que sa réussite a été facile et sans valeur. Bien sûr qu'ici, on le considère comme un dieu, mais quel mérite peut-il retirer d'être ainsi perçu par un peuple d'enfants? Là-bas, dans son village, ne le tient-on pas encore pour un proscrit? Un moitié fou, moitié génial.

Un silence lourd le paralyse. Il se revoit courant comme un aliéné dans les couloirs de l'asile et piétinant la robe de Mme Bernier au bal de sa promotion. On attend de lui une réponse mais elle ne vient pas.

— C'est toi qui es fou. Toi qui as donné du sel et multiplié nos croix. Ton Grand-Esprit à toi, il a besoin d'une maison. Le sien est partout. Il a guidé les caribous jusqu'à nous. Tu es un Blanc et comme eux, tu penses que l'Indien est fou, harangue Nicolas insulté. Mais il n'est pas fou, seulement différent.

On l'approuve par des cris et des hurlements. Sidéré, le prêtre assiste à la manifestation évidente de ce changement d'allégeance.

— Maintenant, mangeons, ordonne Nicolas en choisissant une langue bien apprêtée.

— Tiens, sorcier, elle est pour toi.

— Tu es un grand chasseur, Nicolas. Je te remercie et je remercie tes hommes. Permets-moi de donner ce cadeau au plus malade.

— Oui.

Il invite Xénon, scrofuleux à l'excès et tuberculeux. L'adolescent s'avance vers lui, s'agenouille pour recevoir son présent. Il le lui donne, caresse sa tête et le renvoie. Puis il invite un autre enfant, puis une mère, puis encore d'autres malades tous considérés comme des cas chroniques. Vient le tour de Marie-Victorine. Comme les autres, elle réclame, elle aussi, qu'il lui caresse la tête en un geste qui ressemble fort à celui de la bénédiction. Il le fait et lui offre un coeur.

— Elle, c'est moi qui donne, intervient Nicolas.

La jeune femme, interdite, lorgne cet autre coeur au fond de son plat puis, désemparée, cherche le regard de Kotawinow qui grignote son morceau, les yeux fermés. Elle semble horrifiée à la vue de cette offrande. Comment peut-il comprendre sa panique, sa détresse, lui qui ignore que Nicolas a un jour voulu l'acheter avec une marmotte et que ce jour-là, Kotawinow arrivait parmi eux. Mais aujourd'hui, le prêtre s'est réfugié dans ses prières, la laissant seule avec son dilemme.

— Tu ne me devras rien, promet Nicolas.

Elle hésite encore. Lance à Clovis un regard implorant comme si elle reportait sur lui toute la gravité de la décision. D'un geste de la tête, il lui conseille d'accepter. Ce qu'elle fait aussitôt. Nicolas fronce les sourcils, vexé.

Que Marie-Victorine ait obéi publiquement au sorcier confirme son autorité grandissante auprès des Indiens, au préjudice de l'autorité déclinante d'Alcide. Qu'elle, la pupille préférée, la servante, la future femme de Dieu, ait demandé son assentiment et y ait obéi, le consacre définitivement comme meneur spirituel.

Alcide, en prières, n'a rien vu. Il aurait beau l'obliger à ouvrir ses paupières glauques, il n'y verrait guère plus. N'en saurait pas plus sur la fin de son règne.

— Vieux fou, tu viens de te pendre toi-même avec la corde que tu me réservais, lui glisse-t-il avec satisfaction, regardant ces affamés se délecter de la viande de caribou.

Ils avalent goulûment, voracement. Bientôt, les femmes remplissent à nouveau les perches et distribuent des lanières de viande crue qui sont rapidement englouties dans ces ventres creux. Les baniques font le tour, chacun s'en taillant un morceau. De même pour la chaudière à thé où tout un chacun y plonge sa tasse.

— Y a longtemps que j'ai bu du thé, dit Baptiste. Le thé est bon. Nicolas nous a ramené le thé et la farine, il a trouvé le gibier et a donné à ses frères.

Des yeux reconnaissants se posent sur le chasseur. Baptiste exulte, recueillant les parcelles de gloire qui jaillissent sur lui. N'a-t-il pas adopté cet enfant de sa femme malgré l'impureté que trahissaient ses yeux bleus? Et s'il a été dur avec lui, n'en a-t-il pas moins formé l'homme robuste et rusé qui vient de redonner le souffle de vie à ce qui reste de la grande tribu? L'excitation de Baptiste est dénuée de tout sentiment un tant soit peu paternel. Il reconnaît Nicolas à grands cris après que tous l'ont reconnu. Il palabre, discourt avec force, gestes et exclamations, s'élance dans de longues comparaisons incompréhensibles, trouve le moyen de rattacher la danse du soleil à la réussite de cette chasse et se perd finalement dans ses idées décousues.

— Ça suffit!

Nicolas vient d'y mettre un terme. Tous l'observent. Il est beau à voir sous son éternel chapeau melon, avec ses yeux pâles contrastant avec sa peau brûlée par les saisons et ses longs cheveux noirs touchant ses épaules. Tout chez lui, depuis la forme de son visage jusqu'à ses moindres gestes, inspire la ruse, le courage et l'habileté. Aux temps des guerres, on lui aurait confié une troupe d'élite. C'est un meneur qui, faute d'hommes, s'est dirigé lui-même aux quatre points cardinaux. En lui, domine l'homme d'action fort peu préoccupé par les questions d'outre-tombe. Devant la piste du gibier, il ne s'arrête pas à louanger le Grand-Esprit mais cherche plutôt à la suivre. C'est de lui qu'ont besoin ces Indiens gavés de nourriture céleste. De lui qu'ils ont besoin pour survivre et pour apprendre à vivre. Et envisager l'avenir autrement que dans la mort et le paradis. Lui, si différent et si triomphant en ce soir de festin.

— Manon, tu feras du pemmican avec la viande. Tu montreras aux femmes et aux filles. Tu connais, toi. Il nous faut des provisions. Beaucoup de provisions. Quand nous retournerons à la chasse, les femmes en bonne santé suivront pour préparer le pemmican sur place.

— Comme au temps du bison, chante Baptiste en aparté.

— Vous tannerez les onze peaux pour les donner à ceux qui ont froid. Vous travaillerez ensemble. Nous n'avons pas besoin des conserves du Blanc. Nous ferons nos provisions. Crois-tu, doc, qu'avec un bon hiver, nous serons tous guéris?

Il redoutait cette question. Cette fois-ci, il ne peut offrir des garanties pour les cas sérieux qui doivent relever d'Albany. Son regard se porte automatiquement sur

Marie-Victorine qui grelotte maintenant que le soleil s'est couché. Connaissant l'état de ses poumons, il enlève son chandail et le lui offre.

— Mets-le.

Elle obéit. Nicolas se lève d'un bond, visiblement contrarié. Le sorcier a vraiment trop d'emprise sur elle.

— Tu ne réponds pas à ma question.

— Regarde : elle avait froid. Pourras-tu empêcher le froid cet hiver ?

— Je peux donner des peaux.

— Mais tu ne peux empêcher le froid, tu ne peux empêcher l'humidité, tu ne peux empêcher la fumée. Parmi vous, il y en a qui doivent être transférés dans un hôpital.

— Combien ?

— Autant que tu as tué de caribous.

— Tu dis que nous avons besoin des Blancs pour guérir ?

Nicolas s'avance vers lui, offusqué.

— Oui, c'est une maladie de Blanc.

— Bon. Je te crois, doc. Tu n'as jamais menti. Cela coûtera cher de payer le passage sur les bateaux.

— Oui.

— Nous trouverons. Je veux que tout le monde soit guéri. Nous ferons la trappe en commun. Je connais des territoires. Avec de bonnes provisions, nous pourrons trapper loin et en paix.

— J'irai avec vous. Je sais trapper.

— Et les malades ?

— Ils n'ont qu'à faire ce que je leur ai dit. Pour ce qui est du grand mal, il est passé.

Il capte un soulagement dans l'attitude de Nicolas, qui voyait d'un mauvais oeil sa présence constante auprès de Marie-Victorine. Curieusement, il se sent dégagé, lui aussi, d'un sentiment de culpabilité à son égard.

Ils sont face à face. Comme au baptême des eaux

glacées. Deux hommes de même sang mêlé que le destin a réunis pour sauver un peuple égaré. Ils le savent. Ravivent ce serment qu'eux seuls connaissent en étreignant spontanément leurs avant-bras avec leurs mains.

Le tam-tam retentit soudain. Baptiste l'a déniché parmi les objets païens et le fait résonner en chantant. Les femmes commencent à danser. « Merci, notre mère la terre, merci pour le caribou. » Elles forment un cercle, entraînent chasseurs, enfants et malades au son de ce tambour ressuscité. Au-dessus de leurs têtes, se déploient les fascinantes aurores boréales, toutes mauves, jaunes et vertes. Ne restent que ces deux hommes, face à face, et Kotawinow qui trébuche dans sa hâte de quitter le lieu de sa défaite. Nicolas l'accompagne d'un regard mi-victorieux, mi-affligé jusqu'à son presbytère. Puis, les yeux bleus reviennent sur lui et le détaillent longuement. Découvriront-ils que les tresses de Marie-Victorine ont le pouvoir de le troubler ? Il cache si mal ses émotions vis-à-vis des femmes. C'est un rival que Nicolas essaie de dépister depuis que le prêtre ne canalise plus les pensées de celle qu'il aime. Les dressera-t-elle l'un contre l'autre un jour, l'obligeant à confesser son impuissance pour conserver l'amitié de Nicolas ? Son guide lui prend la main.
— Viens.
Il le suit. Trouve inconvenant de tenir ainsi la main d'un autre homme. Pourtant, enfant, il tenait si solidement celle de Jérôme. Nicolas a l'âme d'un enfant, et lui, il rêve d'en être un pour retrouver les joies simples et les amitiés sans péché. Il s'insère dans le groupe. Excité comme un gamin se fusionnant dans une ronde joyeuse. Nicolas lui enseigne le pas. Toujours le même. Il l'accomplit en écoutant le tam-tam, fermant les yeux sous les étoiles et laissant ce rythme l'envahir. Il a cons-

cience de prendre le pouls de la tribu entière, d'être le sang de ce pouls qu'il bat contre la terre nourricière avec ses pieds.

Merci, notre mère la terre. Merci de mon pouls, de mon sang, de ma vie.

Ses semelles bondissent sur la mousse. Le rythme l'habite. Dans sa grande fatigue, il devient ce battement régulier, touchant la terre de la plante de ses pieds, la tête perdue dans les étoiles. Son pas est le pas de ce peuple. Son sang est leur sang. Le sang des ancêtres accrochés aux branches d'arbres, le sang de Baptiste jaillissant de sa poitrine, le sang du métis, le sang des bisons et des caribous, le sang des viandes crues coulant sur leurs mentons. Son sang est tout ce sang, son pas est tous ces pas sur la prairie et tous ces pas de l'exil. Il danse sur sa mère la terre. Lui tambourine le ventre de ses pieds comme il le faisait dans le ventre de Biche Pensive. Il se rappelle à sa mère la terre, lui rappelle sa vie.

La sueur inonde son visage, colle ses cheveux à son front, à ses joues amaigries. Il perçoit son pouls dans sa carotide et dans ses tempes. Sent le voyage de son sang jusqu'à la plante de ses pieds. Ils dansent, non pas seulement lui, mais eux tous. Tous les enfants de cette étrange planète perdue dans l'infini. Ils ne sont que les poussières du néant soudés en un tout par le coeur du tam-tam et la peur de l'inconnu. Il vibre.

Écoute-moi, la terre. Écoute battre mon coeur, battre mes pieds. Je suis là. Nous sommes là... vivants... dansant près des morts couchés dans tes entrailles. Nous sommes hors de tes entrailles... vivants, dansant sous les étoiles incompréhensibles. Je suis là, la terre. Nous sommes tous là. Écoute nos coeurs, écoute nos pas, écoute notre vie pleine de mystères. Écoute-moi, ma mère la terre. Prends soin de moi, prends soin de tes enfants qui dansent sur ton ventre. Aime-les, protègeles du gouffre des étoiles. Sens nos pieds chauds contre ta peau de mousse. Écoute chanter les ruisseaux de nos veines. Recueille l'ondée de nos sueurs. Écoute-moi, ma mère la terre, je suis homme, je suis femme, je suis enfant, je suis vieillard, je suis là, moi, petite fourmi des galaxies. Je danse sur toi qui roule dans l'espace sans me donner le vertige. Sur toi, je repose la nuit; sur toi, je fais l'amour; sur toi, j'accouche; sur toi, j'apprends à marcher puis à mourir. Tu es la masse stable de mon existence. Dans l'eau, je me noie. Sur toi, je suis sauvé. Et sur toi, je danse, sauvé. Nous sommes sauvés. Vivants. Rassasiés de caribou. Il était une fois tant d'eau sur la terre et une tortue sur laquelle un rat musqué avait déposé un grain de sable: c'était le commencement. Ainsi lui racontait sa mère dans cette langue de la grande tribu. Il était une fois une tortue tatouée sur la poitrine de son grand-père. Symbole de la terre, gravé sur la peau de son coeur qui battait comme un tam-tam.

Où est-il? Qui est-il? Un cerveau et du sang. Et des masses d'images et de légendes transmises de génération en génération. Au commencement, racontait sa mère, en ajoutant que c'était une histoire. Chaque homme a son histoire pour s'expliquer l'inexplicable et pour donner un sens à sa peur. Mais l'homme seul a peur... tellement peur... et tellement froid. Il n'est plus seul. Il n'a plus peur. Il n'a plus froid. La petite mouche a retrouvé son peuple, a renoué avec lui en dehors de toute logique. Il goûte le sel de sa sueur sur ses lèvres. Ce sel, il l'a déjà goûté lors des joutes de hockey. Oui, il a déjà goûté cette euphorie de «faire partie de», mais avec moins d'intensité, moins de profondeur. Son corps se dépassait, ses muscles se surpassaient. La griserie de «faire partie de» lui permettait d'aller au-delà de ses capacités physiques. Mais présentement, il irait au-delà de sa propre vie. La donnerait volontiers. S'arracherait des lambeaux de chair comme Baptiste pour sauver sa race. Tout est possible quand on danse sous les étoiles, sur sa mère la terre, uni à ses frères.

— Je vous le remets.

Une voix le rejoint. Elle veut l'arracher à son extase. Il lui résiste. Ne veut pas être extrait de cet ensemble. Ne veut pas d'*Ite, missa est* à cette messe. Pourquoi insiste-t-elle, cette voix? Ne sait-elle pas comme il a froid et peur à l'écart? Devrait-il lui apprendre qu'il a grandi à l'écart, aimé à l'écart et pleuré à l'écart?

Une main chaude touche son avant-bras. Écoute bien, main qui me tire du ventre de ma mère, là où sont tes doigts, la bête a posé ses crocs. Il obéit, docile malgré lui. La voix le retire du groupe. Il ouvre les yeux sur le ciel balayé par l'aurore boréale, et sur Marie-Victorine. Il émerge d'un merveilleux rêve. Elle était là, lorsqu'il s'est réveillé après son terrible cauchemar. Elle est encore là après ce merveilleux rêve. Ses tresses viendront-elles le remuer?

— Je vous remets le chandail.

De quoi lui parle-t-elle donc?

— Je vais me reposer pour guérir.

— Oui. Je vais t'accompagner.

Il agit en somnambule, comme si elle l'avait tiré d'un sommeil léthargique. Une rigole de sueur chatouille sa tempe où bat son sang. Non. Il ne dormait pas mais dansait. Le tam-tam continue de plus belle. Il cherche Nicolas. Pourquoi? Pour l'avertir qu'il a été décroché par elle? Non, qu'il danse avec les siens. Lui aussi a longtemps été mis à l'écart.

— Garde-le. Tu en as plus besoin que moi.

Elle s'enroule dans le chandail, croise les bras de laine devant sa poitrine. On dirait que c'est lui qui la tient dans ses bras. Quelle pensée stupide!

— Je veux guérir.

— Obéis-moi et tu vas guérir.

— J'irai à l'hôpital?

— Oui. Tu connais Albany, toi, tu sais comme c'est confortable et comme les religieuses sont bonnes.

— Oui, elles sont bonnes. Je crois qu'elles sont fâchées contre moi.

— Pourquoi?

— Parce que je suis partie.

— Ne crains rien… je serai là.

Ils s'éloignent lentement de la fête. Elle marche à ses côtés. Comme il aimerait la prendre par les épaules et l'appuyer tout contre lui! Un homme devrait agir ainsi quand il marche sous les étoiles avec une femme. Ou, plutôt, c'est ainsi qu'il aimerait agir. Mais il n'ose ni un geste ni une parole et se concentre sur le tam-tam qui exige sa loyauté envers Nicolas. Et puis, il ne peut pas; ce serait des gestes et des paroles sans suite… comme des graines pourries mises inutilement en terre. Et terre inutilement labourée et déchirée.

Les voilà rendus. Il l'arrête sur le pas de la porte.

— Nicolas te veut pour femme.

Autant mettre les cartes sur table. Se refuser définitivement à elle pour laisser une chance à Nicolas. Elle baisse la tête. Qu'elle est belle par cette nuit claire! Il prend son petit menton pointu pour le relever. Une larme tombe sur son pouce.

— Tu n'es pas obligée.

Alors, elle lève son fin visage vers lui. Il ressent un choc en retrouvant l'expression amoureuse de Judith. Son coeur se démène, lui fait mal sans bon sens. Sa gorge se dessèche. Il désire ardemment se pencher vers ce visage pour le frôler de sa joue, de ses lèvres. Timidement, il cajole le menton du bout des doigts, puis les cheveux, en ce geste qui ressemble fort à celui de la bénédiction. C'est tout ce qu'il peut se permettre. Ce sont les seuls gestes qu'il s'autorise à poser pour ne pas la perturber. Un merveilleux chatouillement grandit dans son corps, l'avertit qu'il la désire. Cette femme-là, il aimerait la prendre, ni pour offenser Dieu ni pour blesser Alcide. Seulement la prendre pour se prolonger en elle. Pour être en elle comme il était en sa mère. Ses jambes s'amollissent. À quoi l'engagerait un baiser? Un seul baiser? À quoi ressemblerait un baiser sur sa bouche? Il se l'imagine, éprouve des sensations de plus en plus fortes qu'il contient difficilement. Ses doigts tremblent sur la petite tête bien nattée. Il n'a qu'à cueillir la tendresse sur ce visage levé vers lui. Il respire irrégulièrement. Son sexe se durcit. Son corps le trahit. Cette jeune femme a vaincu toutes ses défenses et a pénétré son invincible forteresse. Sans aucune tactique, sans aucune manoeuvre, elle a percé le mur avec ses tresses soyeuses. Il en prend une, la soupèse, la balance doucement. Le bout de la natte touche un sein et l'incommode sérieusement.

— Je n'ai jamais vu de si longues tresses, dit-il pour camoufler ses aspirations profondes en amusante curiosité.

Que faire d'elle maintenant? La chasser ou la garder? Pourquoi la chasser? Elle est là et elle lui plaît. Qu'adviendrait-il s'il se penchait et posait ses lèvres sur les siennes? Il n'entend plus le tam-tam, seulement son souffle irrégulier.

Soudain, le rire méchant retentit dans son cerveau. Il se revoit, impuissant, dans le lit de Mme Bernier qui le ridiculise. Puis il visualise une crise d'épilepsie. «C'est l'esprit d'un dément qui t'habite, d'un dément.» Il éclate en mille morceaux à l'intérieur de lui, devient un casse-tête pêle-mêle que nul ne peut remonter. Voilà ce qui arriverait s'il parvenait à la jouissance: une explosion de terrible démence qui la chasserait définitivement. Il contrôle son souffle, se fait violence en pensant à ce rire de femme insatisfaite.

— Va te coucher, maintenant.

Elle obéit, sans exiger d'explications. Il lui en est

reconnaissant. Elle le laisse seul sous les étoiles qui le terrorisent. Et seul, loin du groupe qui danse. Elle l'a retiré de l'ensemble et il n'a pu faire partie d'elle. Il a froid. Il a mal. Une douleur subite traverse son crâne. L'assomme presque. Que lui arrive-t-il? Chancelant, il regagne la chapelle, se jette sur le premier lit venu. Le rire remplit sa tête. Lui remémore qu'il ne peut ni offenser Dieu ni aimer une femme. L'esprit d'un dément l'habite. Le rire le martyrise de plus en plus. Un étau se ferme sur ses tempes, sur sa nuque, sur son coeur. Il étouffe, a des nausées et commence à grelotter. Son organe redevient flasque. Qu'il est seul! Qu'il a peur et mal! Et honte, honte des mains qui le possédaient quand les yeux étaient clos, qui le touchaient là pour le conduire au péché et à la folie. La douleur se fait violente, omniprésente; elle l'immobilise sur sa couche.

Souffrira-t-il ainsi l'horrible corbeau qui lui a dévoré le coeur? Oui. Il le faut. Il faut une justice sous les étoiles, fût-elle difficile à exécuter. Jusqu'ici, elle s'est rendue d'elle-même, mais viendra le temps où il devra se faire violence pour châtier comme il s'est fait violence pour ne pas aimer. Et s'il faiblit lorsque ce temps viendra, il se fortifiera en pensant à cette nuit, à ce baiser retenu qui l'a brisé en mille éclats par en dedans, à son corps d'homme qui ne lui obéit plus, à cette femme à qui il renonce, à cette douleur qui bat dans sa tête... comme un tam-tam. Qui bat dans sa tête d'homme seul sous les étoiles.

La femme seule

Après avoir accepté la pipe que lui présente Baptiste, Nicolas parcourt d'un oeil grave son conseil. Il tire une longue bouffée en fermant les yeux à demi. La fumée monte devant son visage, dessine des volutes près du rebord de son chapeau melon, et s'enroule finalement à la longue plume d'aigle qu'il y a fichée depuis l'élection qui a fait de lui le chef de la tribu. Son accoutrement n'a pas changé depuis leur première rencontre. Malgré le froid, la pluie et la neige, il a conservé ses mocassins chaussés de caoutchouc, sa veste fleurie, son foulard rouge, sa chemise à carreaux et sa culotte de lainage. Mais depuis hier, la plume d'aigle s'est ajoutée. C'est un élément nouveau. Elle symbolise la puissance, l'autorité, la clairvoyance, la justice et le courage, enfin toutes les qualités qui doivent caractériser un chef.

Il passe la pipe à Baptiste. Celui-ci lorgne avec agacement cette plume avant de fermer les yeux pour aspirer la fumée, en faisant beaucoup de gestes cérémonieux. Quelle déception s'est lue sur son visage quand il a offert son panache au nouvel élu, et que Nicolas en a arraché la plus belle plume pour la mettre sur son chapeau! Lui arracher un ongle lui aurait sûrement fait moins mal. «Pourquoi? Pourquoi? balbutiait-il, c'est le panache des chefs... des fils de l'aigle. Il me vient de mon grand-père. Pourquoi?» Nicolas trouvait le panache trop encombrant. Par ce geste, il balayait les coutumes ancestrales, propres aux fils de l'aigle. Pauvre Baptiste chez qui on devinait le regret d'avoir amorcé des élections prématurées pour laisser sa place à son fils adoptif! Le voilà qui murmure des prières inaudibles, lève ses grandes mains décharnées vers l'Être invisible et passe la pipe sans ouvrir les yeux.

Manon, qui représente la voix des femmes, la saisit voracement comme un brochet. Ses yeux trahissent un plaisir terre à terre. Elle caresse l'objet de ses paumes qui reprennent peu à peu leur coussinet de chair, le porte à ses lèvres avec gourmandise et s'enivre du goût et de l'odeur du tabac. Presque à regret, elle passe la pipe à Oscar, la voix des chasseurs. Gonflé d'orgueil depuis que son fils Michel-Ange, âgé de quinze ans, a tué un ours, il fume en se donnant de grands airs. N'a-t-il pas engendré ce garçon étonnamment habile et précoce? Après avoir déposé la pipe au centre du cercle qu'ils forment, il prend la parole.

— Michel-Ange est un homme maintenant. Hier, il a eu droit de vote. Je juge qu'il a droit à une femme. Kotawinow le défend et lui prédit l'enfer. Kotawinow n'a plus d'affaire parmi nous. C'est un Blanc. Il ne fait pas partie de la tribu.

Sur ce, il lui glisse un regard pour confirmer que le sorcier est le seul qu'ils acceptent en tant qu'étranger. N'a-t-on pas insisté pour qu'il assiste aux débats de ce premier conseil, risible et malhabile à ses yeux de médecin chirurgien? Ils lui font penser à des enfants devenus maîtres de la petite école. Avec Nicolas jouant au président, et Baptiste qui croit dur comme fer au geste sacré du passage de la pipe. Et cet Oscar, aveuglé par la réussite des chasseurs devenus des héros nationaux, et la Manon, profitant grassement de la tournure des événements.

Mais il n'a pas un mot à dire. Il n'est que spectateur. Ce privilège représente énormément pour lui. D'être ici, sous la tente de Baptiste, témoin oculaire des délibérations de la bande Une Flèche des Cris des prairies égarés, et d'être plus que toléré, mais invité, alors qu'Alcide arrive à son déclin, lui procure une joie sauvage. Une joie qui le fait ricaner intérieurement. Cette joie des rictus et des sourires victorieux. « Voilà pour toi, Alcide. Voilà que je crache sur toi, comme tu as craché sur moi. Pteuh! Comme ça! Avec dédain. Pteuh! Je me rappelle. Tu as craché sur moi. À mon tour, maintenant. Où que tu sois dans ce bon vieillard... »

Les paroles d'Oscar amplifient sa satisfaction. On ne veut plus de son ennemi. On le rejette, on l'isole, on l'écarte tout comme lui a été chassé du village d'Alcide. « Va-t'en! C'est mon village! disait-il. Je te détruirai, ne viens pas pourrir mon village! — Va-t'en, toi aussi. Cette tribu ne veut plus de toi. Va-t'en! »

— Kotawinow devra apprendre à se taire, poursuit Manon. Les chasseurs sont des hommes. Ils doivent voir des femmes. Kotawinow n'a pas à décider qui doit aller avec qui. Mais c'est un vieillard et nous lui devons le respect. Si nous le maltraitons aujourd'hui, nos enfants nous maltraiteront quand nous serons vieux.

Elle peut bien parler, la Manon! Elle qui engraisse grâce aux cadeaux de luxe que lui offrent les chasseurs en échange de ses services spéciaux. Mais il ne lui en tient pas rigueur, ne la blâme pas, ni elle ni les chasseurs. Peut-être ferait-il de même s'il était conçu autrement. Et peut-être serait-il éperdument fier s'il avait un fils comme Michel-Ange, et gravement offensé par l'homme blanc qui se permettrait de le réprimander comme un gamin.

Qu'importent, au fond, les causes qui motivent le rejet d'Alcide. N'atteint-il pas le but qu'il s'était fixé? Le détruire de l'intérieur, sans une goutte de sang. Bien sûr qu'il n'a pas agi honnêtement en se servant de la science pour s'allier les Indiens. Mais Alcide ne s'est-il pas servi de la religion pour s'allier les colons? Oeil pour oeil, dent pour dent. Il devrait être en paix... et pourtant... pourtant. Il déplore ce conseil, déplore les mères qui poussent le front de leurs enfants sous ses mains, déplore la magie de son fétiche, déplore l'anarchie qui sournoisement s'installe et permet la fornication. Ira-t-elle jusqu'à la loi du plus fort? Si oui, qu'adviendra-t-il des cas chroniques? Qu'adviendra-t-il de Xénon, qui a le même âge que Michel-Ange et qu'on tient déjà pour un déchet humain? Perdra-t-il le contrôle de cette roue qu'il a lui-même mise en branle pour écraser Alcide? Elle tourne vite, maintenant, cette broyeuse. Trop vite. Et ce conseil ne sait ni l'arrêter, ni la maîtriser, ni la diriger. Il le voit bien. Ce conseil n'a pas la maturité nécessaire pour être autonome. L'aura-t-il ce printemps quand il devra partir? Les laissera-t-il avec un nouveau mal en échange des maladies qu'il a guéries? Leur léguera-t-il le germe de l'autodestruction?

C'est au tour de Baptiste, l'égaré des égarés. Les yeux toujours clos depuis le début de la séance, il va prendre la parole. Qu'ajoutera-t-il pour anéantir ce prêtre auquel il ne croit plus? Optera-t-il pour les moyens radicaux? Le chassera-t-il carrément du paradis terrestre? Il imagine ce bras osseux pointé en direction du sud et disant: «Retourne chez les Blancs. Quelle ultime concrétisation de sa vengeance ce sera!»

L'ancien chef tarde à parler et marmonne des prières incompréhensibles. Finalement, sa voix rauque plane sur leurs âmes comme le croa-croa du corbeau à la recherche des choses mortes.

— Nous sommes les fils de l'aigle... nous avons suivi Georges Witaltook, mon frère, jusqu'ici, à la recherche des bisons. Quand mon frère a été blessé lors du combat avec le métis (un regard pour lui), il a eu une vision qui nous a menés en ces terres. Mais sa vision l'a trompé et il a pris l'eau de feu du Blanc pour oublier. Quand il est mort, sa fille, Marie-Victorine, a été recueillie par Kotawinow. Il l'a nourrie, vêtue, aimée comme un père. Il a remplacé mon frère auprès de ma nièce. Nous ne devons pas le chasser, car ce serait chasser comme son père et mon frère.

La pauvre enfant! Il la voit pleurant contre Alcide, s'accrochant désespérément à lui.

— Ton frère s'est lui-même enfoncé un couteau dans le coeur. Il n'avait pas le courage de vivre, rétorque Nicolas.

Nicolas se remémore l'antipathie de Georges à son égard. En le surnommant l'impur, il avait détourné les sentiments de Marie-Victorine et la tolérance de la tribu.

— Ton frère était un fou, Baptiste. Il nous a menés ici, et s'est tué quand il a vu qu'il s'était trompé. Il n'a pas pensé à sa fille.

— Quand il buvait de l'eau-de-vie, il était fou, c'est vrai. Il a enlevé sa propre vie et notre conseil n'a rien à décider à son égard. Mais quand Marie-Victorine a vu son père mort, Kotawinow l'a consolée et adoptée. Nous avons à décider à propos de Kotawinow. Nous avons tous parlé. Tu es le chef, maintenant. C'est toi qui décides. Entends nos voix, encore une fois, avant de donner ta décision.

Silence. Un feu, une pipe. Trois hommes et une femme, assis sur de vieilles peaux de bison étendues sur un plancher de branches d'épinette. Une tente conique qui ressemble au triangle où veille Oeil méchant, ou encore à des mains en prière, implorant la justice éternelle. Dehors, le vent froid d'octobre pousse de juteux flocons de neige contre la toile et les peaux de l'habitation. Et tout autour, la toundra, sauvage, inhabitée, indomptable. Et lui, témoin oculaire mais muet. Lui, assis à l'indienne près de la porte battue par la rafale. Lui, tout plein d'images bouleversantes. Celle d'un homme couché sur cette toundra impitoyable, d'une enfant en pleurs près de lui, horrifiée par le couteau planté dans sa poitrine. Elle pleure. Ne sait à qui dire sa douleur et sa peur. Un prêtre l'approche, la recueille, lui laisse poser sa petite tête sur sa soutane usée. Il caresse ses cheveux en lui offrant son coeur à lui en échange. Il n'a que cela comme richesse. Qu'il aime ce prêtre! Qu'il le bénit, fut-il maudit par son passé!

Oscar reprend la pipe. Le parfum de celle-ci ravive ses plus beaux souvenirs alors que son père le berçait sur la galerie en fumant. Que c'était bon d'être sur ses genoux! De sentir ses bras protecteurs et d'écouter battre son coeur avec ravissement. Il a hâte de revoir cet homme, s'inquiète tout à coup de sa santé. Le mot père reprend toute sa signification et toute sa force. Quand Marie-Victorine dit Kotawinow, notre père, elle ressent les mêmes émotions que lui lorsqu'il s'agenouille pour recevoir la bénédiction paternelle. Pourquoi ne lui a-t-on pas raconté cette histoire avant ce soir? Avant qu'il ne soit trop tard? Avant qu'il ne soit condamné au silence? Avant qu'il ait détruit Alcide aux yeux du peuple? Pourquoi? Pourquoi ne s'est-il pas aperçu que l'attachement de la jeune femme envers le vieillard allait au-delà des devoirs de la religion? Ses yeux étaient-ils si obstrués par la haine qu'il n'a pas vu cette enfant sur le coeur de son ennemi?

— Il doit partir, condamne Oscar.

Qu'il est difficile de se taire! De retenir son cri! Le voilà de nouveau paralysé par l'impuissance. Il s'agite. Nicolas lui lance un regard sévère. Oscar a-t-il envisagé le sort qu'il réserve à Marie-Victorine, si Kotawinow devait être exclu de cette communauté? Non, il n'a rien envisagé de tel. C'est un chasseur qui pense en chasseur et ne tire sa fierté que dans ses exploits et ceux de son fils.

— Il pourrait partir ce printemps, avec les malades, poursuit Manon en dégustant sa pipée. Ainsi, nous ne l'aurons pas maltraité et il pourra retourner chez les siens.

En a-t-il seulement des siens? Non. Ils étaient ici, les siens.

— Il doit rester près de sa fille. Quand elle a eu besoin de lui, il était là. Elle doit être là quand il aura besoin d'elle. Et sa fille est l'une des nôtres, résume Baptiste.

Voilà. Ils ont parlé. Le chef doit prendre sa décision. Le sort de Marie-Victorine est entre les mains de Nicolas.

— Sorcier, va me chercher la fille.

Ce ton et cette arrogance lui déplaisent. Nicolas se laisse facilement pourrir par le pouvoir. Clovis lui préfère l'homme nu qui riait comme un gosse dans l'eau glacée et ne tenait pas dans ses mains les destinées des autres. Cet ordre l'irrite, le déconcerte. Pourquoi la fille? C'est d'Alcide qu'il s'agit.

— Et Kotawinow?

— Non, seulement la fille. Va me chercher la fille.

Ce détachement qu'il réussit à feindre, en disant le mot fille comme s'il s'agissait d'une pure inconnue. Qui croit-il leurrer? Tout le monde connaît ses sentiments envers Marie-Victorine. Est-ce pour lui tout ce théâtre?

Il s'exécute, impatient de connaître la sanction définitive. Trouve Marie-Victorine au presbytère, en train de lire le feuillet *Tapewin*. Avant de partir, elle couvre Kotawinow, assoupi sur sa chaise, les doigts noués à son chapelet. Il ressemble à un bon grand-père endormi sur les histoires de sa vie. Comment le dissocier de ce prêtre répondant à la détresse d'une enfant face au suicide de son père? Il y a tant d'amour dans le geste de Marie-Victorine. Tant d'amour qu'il voudrait tout à coup fuir avec elle pour lui épargner la rencontre avec le conseil. Mais elle y est résolue et le précède en se couvrant d'une vieille peau de loup.

Elle marche près de lui. Rapidement. Il l'entend s'essouffler, pose la main sur son avant-bras pour la ralentir. Elle lui obéit.

— C'est à propos de Kotawinow? demande-t-elle avec une pointe de colère.

— Oui.

— Ils veulent le chasser?

— La décision finale revient à Nicolas.

— Et vous?

— Je n'ai pas un mot à dire. Je ne suis, hélas, qu'un témoin.

— Vous n'aimez pas Kotawinow.

— Je ne l'aime pas, c'est vrai. J'ai mes raisons pour cela. Mais je ne veux pas qu'il parte.

— Pourquoi?

— Parce qu'il représente trop pour toi.

— S'il part, je le suivrai. Et si ça continue comme ça, il n'attendra pas vos décisions pour partir.

Cette fière réplique lui plaît. Il apprécie qu'elle lui tienne tête et aimerait croire en cette vitalité surprenante. Mais il connaît l'état de ses poumons. Contrairement aux autres, sa santé se détériore indubitablement. Il l'oblige à se calmer en marchant à reculons devant elle; et ainsi, il lui sert d'écran pour la protéger du vent. Les gros flocons de neige fondent sur les joues rouges de Marie-Victorine, formant des larmes qui roulent jusqu'à ses lèvres. Ses lèvres qu'il aimerait tant embrasser.

— Pourquoi partirait-il?

— Ce village n'est plus un village de chrétiens. Plus personne ne vient à la messe depuis votre arrivée. Plus personne n'observe les sacrements. Plus personne ne prie. Même le jour du Seigneur n'est pas respecté. Vous êtes content de cela? C'est ça que vous vouliez? Nous sommes redevenus comme avant. Pourquoi resterait-il dans un village de païens?

Elle est furieuse. Elle a raison. Raison d'être furieuse et raison tout court. Il se sent fautif, lui si en santé, si instruit. Fautif d'avoir manipulé des gens malades et ignorants pour arriver à ses fins. Il lui est reconnaissant de sa lucidité, de sa franchise. Ne l'en aime que davantage et se désole de la voir épuiser ses réserves d'énergie pour cette cause. Garde tes forces pour guérir, belle enfant, aimerait-il lui dire.

— Ne t'emporte pas comme ça. Tu as raison. Pourquoi resterait-il? Il n'a qu'à venir avec les malades.

Elle s'arrête, consternée.

— Ah! Docteur, vous ne savez donc pas?

— Quoi?

— Qu'il n'a pas d'argent pour payer son passage. Tout ce qu'il avait, il l'a donné pour les conserves.

— Je paierai son passage. Je piégerai les peaux qu'il lui faudra.

— Si vous ne l'aimez pas, pourquoi faites-vous cela pour lui?

— Ce n'est pas pour lui que je le fais.

— Et qu'est-ce que je vous devrai en échange?

— Rien, absolument rien, garantit-il en fuyant ce regard qui lit en lui et le fait se sentir minable.

Les voilà rendus. Le ciel s'assombrit vite avec les nuages de tempête qui s'accumulent à l'horizon de ce petit jour d'automne. Les nuages de tempête s'accumulent en lui aussi. Périra-t-elle dans cet ouragan qu'il a déclenché?

— Non. J'ai menti. Tu me devras de guérir. Je veux que tu guérisses, toi.

— Quand Dieu me rappellera à Lui, vous ne pourrez rien.

— Ne parle pas comme ça.

Sa voix s'étrangle. Ils savent tous les deux ce qui la guette. Il retient son désir de la prendre dans ses bras pour la réchauffer de son corps et remplacer Kotawinow auprès d'elle. Pourquoi ne croit-elle pas aux pouvoirs mystérieux que des divinités occultes lui auraient transmis? Pourquoi sait-elle qu'il est médecin et non sorcier? Il fut un temps où elle voyait quelqu'un d'autre en lui. Qu'est-ce qui l'a fait changer d'idée? Kotawinow?

— J'ai cru que tout allait changer pour le mieux quand vous avez parlé dans la chapelle. Nos corps vont mieux, c'est vrai, mais vous avez négligé nos âmes en empêchant Kotawinow de s'en occuper. Pourquoi?

Il ne peut lui répondre. Elle seule constate les dégâts qu'il a causés en se vengeant d'Alcide. Elle seule est demeurée fidèle à ses devoirs de catholique alors que tous ont abandonné les cérémonies du culte. Elle seule devra affronter le conseil. Elle, seule. Sans lui, ni Kotawinow pour la soutenir. C'est lui qui l'a menée à la tente des délibérations. Qui l'a menée, seule. Se pardonnera-t-il de nè pas avoir vu cette enfant sur le coeur de Kotawinow?

— L'esprit du métis ne vous habite pas. Il priait, lui, pour son peuple. Vous ne savez pas prier. Ce n'est pas pour nous que vous êtes venu, conclut-elle avant de pénétrer dans la tente où l'attend son verdict.

Penaud et misérable, il la suit, en s'efforçant de penser aux souffrances que lui a provoquées le renoncement à cette femme. Mais il a beau exhumer le rire de Mme Bernier, il ne se pardonne pas d'avoir mené Marie-Victorine, seule, jusque devant Nicolas.

L'amertume le gagne. Il se sent vieux et méchant, et il goûte la cendre des incendies qu'il a allumés.

Nicolas la regarde venir à lui. Elle s'immobilise devant le conseil. Il ne lui offre pas de s'asseoir et laisse planer un long silence pour donner plus de poids à ses paroles. Le pouvoir ne lui sied réellement pas. Il ressemble à un méchant garnement, assis sur le bureau du directeur, s'accordant la liberté de gronder l'enfant sage de l'école. Son sourire devient rictus, lui aussi. Qu'est-il advenu de l'homme qui riait dans l'eau glacée?

— Kotawinow nous a fait croire que son Dieu prendra soin de nous comme il prend soin des petits oiseaux. Avons-nous prié son Dieu?

Il soupèse ses membres du regard, s'arrête à Marie-Victorine.

— Oui. Nous avons prié son Dieu. Tous les jours. Nous avons mangé son corps. Tous les jours. Mais son Dieu a-t-il pris soin de nous?

Sa voix s'amplifie, devient presque enragée.

— Non! Il nous a laissés mourir, nous a laissés pourrir vivants! Il n'a pas pris soin de nous, pas plus qu'il ne prend soin de l'outarde blessée. Il nous a laissés crever. Mais moi, moi et mes chasseurs, nous avons pris soin des Indiens. Nous avons donné de la viande et des peaux. Et de la fierté. Ce n'est pas à Dieu de prendre soin de l'Indien: c'est à l'Indien de prendre soin de lui. Ce n'est pas plus au Blanc, c'est à l'Indien de prendre soin de lui. Ni Dieu ni les Blancs ne se soucient de nous.

Une pause permet d'entendre l'infatigable vent de ce pays.

— Quand le sorcier est arrivé, les tentes étaient sales et elles sentaient mauvais. Aujourd'hui, les femmes ont la force de faire leur plancher et les tentes sont propres. Nos malades guérissent, le nombre de ceux qui doivent aller à Albany diminue. Il n'en reste plus que neuf. Grâce à nos chasses, les femmes ont fait des provisions de pemmican. Nous irons trapper pour ramasser l'argent nécessaire au passage des personnes qui devront nous quitter et de celles qui les accompagneront. Kotawinow sera du voyage. Il partira ce printemps. Je me charge de payer son passage.

— Il n'a pas besoin de ton argent, rétorque aussitôt Marie-Victorine en soutenant le regard bleu du chef avec audace.

— Kotawinow n'a plus d'argent.

— Je paierai son passage.

— Toi? Tu n'as pas plus d'argent que lui. À moins que...

Nicolas sourit malicieusement, la détaillant des pieds à la tête.

— Tu es un peu maigre... mais tu me plais. Ce serait peut-être suffisant pour payer le passage de Kotawinow.

Cette insinuation révolte Clovis. Assistera-t-il, impassible, au projet de ce viol? Personne ne réagit. Marie-Victorine se tourne vers lui, désemparée. La sueur perle déjà à son front. Non! Il ne laissera pas Nicolas se servir de sa vengeance pour contenter ses désirs bestiaux. Il se lève, même s'il n'en a pas le droit. Ose prendre la parole. Nicolas le toise durement. Ce regard de rival n'éveille ni sa honte ni sa culpabilité depuis qu'il sait que Marie-Victorine ne l'a jamais aimé.

— C'est moi qui paie le passage de Kotawinow.

— Pourquoi? Tu n'aimes pas Kotawinow.

— Quand ma mère est morte, c'est Kotawinow qui m'a adopté. Je lui dois, comme toi tu dois à Baptiste.

Marie-Victorine n'a d'yeux que pour lui. Elle et Kotawinow dépendent de lui. Il vient d'en prendre officiellement la charge.

— Tu veux la fille, toi aussi, sorcier. C'est cette vierge que tu désires. Mon père t'a offert ma soeur et tu ne l'as pas prise. Tu n'as pris aucune femme, pourquoi?

— Marie-Victorine ne me devra rien. Je le fais parce que je dois.

Sur ce, il termine son intervention et reprend sa place. Baptiste, sans ouvrir les yeux, acquiesce de la tête. Quant à Nicolas, il fulmine d'être contredit publiquement par le sorcier.

— Pourquoi les enfants ne viennent plus à l'école? risque alors Marie-Victorine, profitant de cette confusion.

— Explique-lui, Baptiste, trouve à dire le chef décontenancé qui fixe obstinément Clovis.

— Lire et écrire ne donne pas à manger. Vois, les filles apprennent à travailler le cuir et à préparer la viande et le poisson. Les garçons apprennent à chasser et à trapper. Pourquoi apprendre la langue du Blanc et la religion du Blanc? Nous redevenons des Indiens. Regarde les jolies bottes! Ce sont nos filles, avec l'aide de Manon et des vieilles, qui les ont tannées, cousues et décorées. Tiens, celles-ci sont pour le sorcier. Viens voir l'ouvrage, ma fille.

Baptiste a consenti à ouvrir les yeux. Son ton paternel calme l'assemblée. Il exhibe les travaux des femmes. Quatre vestes et six paires de bottes, dont une magnifiquement brodée et garnie de fourrure: celle du sorcier. Marie-Victorine s'en approche pour les examiner de plus près. Elle tourne les vestes, examine les coutures, plonge sa main dans les bottes fourrées de peaux de lièvre.

— Vois, tandis que tu priais, les autres travaillaient pour vêtir la tribu. Tu es des nôtres... nous avons besoin de tes mains.

Le vieux se fait persuasif.

— Tiens, cette paire est pour Kotawinow. Nous avons pensé à lui. Cette veste est pour toi... Prends. Le sorcier dit que tu en as besoin. Celle-là est pour Xénon. Tu nous dois d'être des nôtres, Marie-Victorine. Seulement d'être des nôtres.

La jeune femme écoute respectueusement.

— Ce que nous faisions avec le bison, nous le faisons avec le caribou. Rien ne se perd, ni la panse, ni les cornes, ni les os, ni la vessie.

Baptiste poursuit son rêve d'un retour au passé, si dangereux pour l'avenir.

— Nous avons brûlé le calendrier des Blancs. Il ne nous convient pas. L'Indien suit les saisons et les migrations du gibier. Quand nous serons tous en santé, nous

ferons comme aux temps anciens et nos tentes voyage-
ront. À quoi nous servent un numéro et un nom de
jour ?

— À respecter le jour du Seigneur.

— Tous les jours sont les jours du Grand-Esprit.

Clovis regarde sa montre, quotidiennement remon-
tée. Elle seule le rattache au temps des autres et lui
rappelle sans cesse qu'ailleurs, il y a les lumières, les
tramways, les cinémas et les rayons X qui permettent
de voir les os du corps et les poumons. La solution de
Baptiste ne fait qu'accentuer le décalage entre ces deux
mondes de la même planète. L'un doit inévitablement
s'adapter à l'autre. Et lui aussi, il a accentué le décalage
en se faisant passer pour un véritable sorcier.

— Mais, mon oncle, nous ne pouvons pas toujours
fuir.

— Nous ne fuyons pas... nous nous cherchons.
Maintenant que nous avons trouvé, nous marchons vers
ce que nous devons être. Et nous devons être nous-
mêmes.

— Nous vivons dans un monde de Blancs.

— Ici ? Un monde de Blancs ? Où as-tu vu un
Blanc à part Kotawinow ? Le Blanc n'endurerait pas
nos hivers et nos mouches. Non. Ici, c'est notre monde.
C'est ce que le Blanc nous a laissé parce que lui ne
pouvait y vivre.

— Mais pour l'échange des fourrures ?

— Les enfants n'iront pas à ton école. Ils iront à la
mienne.

Baptiste porte son regard vers Nicolas, attendant
son approbation. Celui-ci jongle un long moment.

— Tu tiens beaucoup à enseigner ?

— Oui. Les enfants doivent savoir lire, écrire et
compter.

— Nous y penserons, nous y penserons. En attendant, cette tribu est encore la tienne. Ton travail serait

bienvenu. Il aidera à payer les bottes et la veste. Kota-winow et toi, avec vos prières, n'êtes pas très utiles. J'aimerais que ça change.

Marie-Victorine baisse la tête. Elle abdique. Ne combat plus inutilement. Elle a compris que ni ses paroles ni son attitude ne feront fléchir Nicolas et le conseil.

— Tu avertiras Kotawinow qu'il déménage son Dieu lorsque nous reviendrons de la trappe. Nous ferons de la chapelle un entrepôt à fourrures.

Nicolas lui avait touché mot de la nécessité d'un entrepôt commun pour les fourrures de la tribu, mais jamais il n'aurait pu croire qu'il envisageait de se servir de son ancien hôpital. Cette décision l'outrage et lui fait comprendre l'ampleur de la blessure qu'il a infligée à Alcide en lui ravissant sa chapelle.

Marie-Victorine accuse le coup. Elle semble lasse, découragée, exclue. Elle lui paraît toute petite et si vulnérable. Dehors, le vent grossit et siffle dans les épinettes. Dedans, on l'accable. Où reposera-t-elle sa tête? Sur le coeur de Kotawinow? Oui, sur le coeur de Kotawinow, car le sien est devenu dur comme une pierre et lourd comme du fer. Son coeur l'engloutit en aimant follement et désespérément la belle enfant chagrinée. Prends-la! Emmène-la loin, dans un bon hôpital. Sauve-la, lui dicte une voix qu'il ne sait taire. Qu'il ne veut taire.

— Rentre chez toi, maintenant.

Elle obéit. Prend le temps de le regarder au fond des yeux avant de sortir. Pourquoi? questionnent ses pupilles fiévreuses.

Muet et désolé, il reprend son rôle de spectateur. Son rôle d'impuissant. Il voit passer la pipe et se fermer les yeux de Baptiste sur le présent. Se fermer les yeux de Manon sur la fornication. Les yeux d'Oscar sur les frasques de son fils Michel-Ange. Puis les yeux de Nicolas sur la bigamie naissante et le laisser-aller général de la moralité. Tout n'est que désordre et chaos, après la tempête qu'il a déclenchée. N'est restée que cette jeune femme debout. Maladive et clairvoyante. Cette jeune femme dont les jours sont comptés et qui deviendra la femme de Dieu lorsqu'il la rappellera à Lui. Elle ne résistera pas à la mort puisque cette vie n'a plus d'attrait pour elle. Il faut qu'il en parle à Nicolas, car ni l'un ni l'autre ne pourront la garder sur leur coeur dans l'état actuel des choses. Elle leur glissera entre les mains pour aller vers Dieu. Il faut qu'il en parle à Nicolas, mais pas maintenant. Son orgueil de chef a été bafoué et la jalousie le ronge. Il lui en parlera à la trappe, lorsqu'ils seront seuls dans un même abri de neige. Lorsqu'ils redeviendront deux frères qu'aucune société ne corrompt.

D'ici là, il s'enferme en lui comme la tortue dans sa carapace. S'enferme avec le goût de cendre qui lui reste de sa vengeance, avec l'image de cette femme seule, debout devant tous. Son coeur saigne de sa maladresse. De cette victime innocente qu'il a involontairement touchée dans sa fureur dévastatrice. Cette victime qu'il aime autant qu'il déteste son ancien bourreau.

Pourquoi tiens-tu cette enfant sur ton coeur?
De quel chant la berces-tu donc pour la garder
près de toi?
Connaitrais-tu les mots d'amour,
Toi qui m'as élevé dans la haine?
Pourquoi la gardes-tu sur ton coeur
Que je veux percer d'une flèche vengeresse?
Comment t'atteindre sans la toucher?
Comment te tuer sans la blesser?
Que fait la belle enfant que j'aime
Contre ton coeur à toi?
C'est sur le mien qu'elle devrait poser sa joue.

Mais le mien, tu l'as dévoré, méchant corbeau.
Elle pose sa joue sur ce qui en reste dans ta
poitrine.
Tandis que je veille.
L'arc bandé et la pointe aiguisée,
Attendant de voir ton coeur sans sa tête posée
dessus.

La flèche fait son oeuvre

Chargé de fourrures, Nicolas pousse la porte de la chapelle avec son pied.

— Venez! (Les trappeurs le suivent avec leurs ballots). Mettez-les là, dans le coin.

Le chef fronce les sourcils en apercevant la crèche. Quoi? Kotawinow n'a pas encore évacué les lieux, tel qu'il le lui avait ordonné! Les hommes s'agglomèrent autour de lui, attendant ses ordres.

— Allez vous reposer. Nous repartirons dans une dizaine de jours, tout au plus. Allez voir les femmes.

Oscar, Michel-Ange, Pierre et Isidore déguerpissent comme des lièvres. Nicolas s'approche de la crèche d'un air contrarié.

— C'est quand Noël, doc?

— Je ne sais pas. Baptiste a brûlé les calendriers et je n'ai pas compté les jours, là-bas.

Le jeune chef lui sourit timidement et pose sur lui ses yeux d'un bleu lumineux. Ses yeux surprenants où filtre une certaine nostalgie. Ont-ils retrouvé cette frontière où prend fin leur amitié? Là-bas, dans les grandes solitudes, ils étaient frères, écoutant leurs mutuels délires engendrés par les vents et le silence. Engendrés par la mort et par la vie, à peine séparées d'un grain de neige. Là-bas, ils s'ouvraient l'âme l'un à l'autre comme des hommes qui, le lendemain, auraient peut-être à mourir. Ils se léguaient des héritages de confidences liées au même nom de femme. Là-bas, dans un même trou de neige. Si loin de cette femme et si près l'un de l'autre. Leur vie dépendant d'un îlot de feu sur la glace.

Avaient-ils monologué l'un près de l'autre? Rêvé tout haut pour enterrer les hurlements du vent et des loups? Nicolas comprenait-il jusqu'à quel point l'état de santé de Marie-Victorine laissait à désirer? Ou persistait-il à croire qu'il exagérait son diagnostic pour la garder sous ses soins? Et lui, que retenait-il de cet amour de Nicolas? Cet amour de longue date, tantôt indissociable de l'acte charnel et tantôt sublime. Nicolas le déroutait. En tout et partout. Il ne pouvait le saisir. Que de fois le rival jaloux se métamorphosait en enfant attachant! Que de fois le chef corrompu par le pouvoir devenait un Moïse plein de projets pour son peuple! Que de fois l'homme bestial atteignait les sommets de l'âme! Il ne saurait le dire, mais tout cela faisait qu'il aimait Nicolas comme son jeune frère. Il le voyait se débattre avec son image, tantôt grande, tantôt vile, tantôt loyale, tantôt fourbe, tantôt haineuse et tantôt amoureuse. Nicolas cherchait la solution pour lui et son peuple. Jour après jour, nuit après nuit, dans ses songes et dans ses actes, il cherchait obstinément la porte de sortie. Il voyait grand, voyait beau. Voulait grand. Voulait beau. Il accumulait les erreurs, piaffait dans les chimères anciennes, envisageait d'autres mondes que le sien. «Raconte-moi d'où tu viens. Dis-moi comment c'est là-bas», demandait-il souvent. Contrairement à Baptiste, il ne fermait pas les yeux sur ce qui existait ailleurs, mais tentait d'en tirer profit. Il misait beaucoup sur Adam et sa promesse de revenir avec des gens pour la chasse et la pêche. Il calculait faire travailler les femmes pour vendre leurs articles. Puisque l'Américain avait échangé son gilet fleuri contre sa veste de cuir, il ne doutait pas un instant qu'il soit également preneur des mocassins, des vestes et des mitaines en cuir de caribou.

Il élaborait des projets, tantôt farfelus, tantôt réalisables. Il cherchait à concilier le passé et l'avenir et à

rattacher les siens aux autres, sans qu'ils n'aient à souffrir ou à mourir. C'était une tâche de géant, mais sa
volonté tenace l'autorisait à la considérer sienne.

— Marie-Victorine a toujours monté la crèche,
pense tout haut Nicolas, avec un accent de tendresse et
une lueur d'espoir dans les yeux. C'est Baptiste qui a
sculpté le petit Jésus.

Cette crèche de naïve piété les remue. Rejoint en
eux la chair tendre de leur âme que cette histoire émerveille encore. Et ce petit Jésus, taillé par le couteau de
Baptiste dans le tronc d'une épinette, ce petit Jésus, si
humble, si mal réussi en somme, mais si attachant,
repose sur un lit de mousse que Marie-Victorine est allée chercher sous la neige. Tous deux se l'imaginent, à
genoux, arrachant de ses mains minuscules la neige durcie par le vent pour cueillir ce rien de mousse. Ce rien
de mousse pour ce petit Jésus de bois qui l'attendrit
enfin et qui lui parle. « J'ai eu froid et vous m'avez réchauffé. J'ai eu faim et vous m'avez nourri. »

Nicolas décroche les six peaux de renard blanc pendues à ses épaules.

— Elle n'aura pas froid avec ça. Ce sera bon pour
elle, hein, doc?

Que de fois il a répété cette phrase, là-bas! « Ce sera
bon pour elle. » Que de fois il a rêvé d'emmitoufler
Marie-Victorine dans la fourrure soyeuse et immaculée
des bêtes rusées qu'il a déjouées. « Elle sera belle, elle
aura chaud, ce sera bon pour elle. » Entêté et intelligent,
il posait ses pièges dans le manteau glacé de la toundra
pour qu'elle n'ait pas froid.

— Oui, ce sera bon pour elle.

— Je vais lui donner les peaux et...

Nicolas regarde la crèche, hausse les épaules avec
indifférence pour montrer qu'il passe sous silence cet
acte d'insubordination.

— Profite de Noël, c'est une bonne occasion. Vas-y.

Acceptera-t-elle ce présent? Le refus qu'il anticipe le désole. Il n'a su expliquer à Nicolas que Marie-Victorine ne l'aime pas du même amour que le sien. Il n'a su trouver les mots, n'a su trouver le bon moment. Nicolas était habité tout entier par cet amour et trop aveuglé par la jalousie pour écouter celui à qui obéit Marie-Victorine. Celui qui a retenu son âme sans exiger son corps. Celui qui prétend ne pas vouloir de ce corps tout en l'aimant.

Quel jour sont-ils? Noël est-il à venir ou est-il passé? Il ne le sait pas. Cette idée de brûler les calendriers sur le bûcher moyenâgeux de Baptiste! Il sort sa montre, la contemple. Elle indique trois heures. Ce matin, ils ont levé le camp à cinq heures, en pleine noirceur. Ont marché toute la journée. Quel guide stupéfiant que ce Nicolas! Il possède une boussole dans la tête et dans les os. N'a qu'à voir un paysage une seule fois pour l'enregistrer à tout jamais dans son cerveau. Sans lui, il se serait perdu dans ces déserts de neige. Quel fin observateur! Cette faculté le tracasse grandement depuis que Nicolas l'a informé de la préférence de Marie-Victorine. Rien ne lui a donc échappé: ni l'attitude de la jeune femme ni son trouble à lui.

Un cri l'arrache à ses pensées. Aussitôt, il court vers le presbytère, pousse brusquement la porte et tombe sur une scène déplorable: Nicolas forçant Marie-Victorine à l'embrasser. Clovis l'accroche par l'épaule pour le dégager. Nicolas grogne, résiste. Clovis le saisit alors par la gorge et serre. L'homme finit par laisser sa victime.

— Tu n'as pas à te mêler de ça! rage-t-il. Laisse-moi!

— Oui. Je te laisse. Tiens!

Il lâche prise. Nicolas se tourne vers lui, serrant la mâchoire et les poings. Il souffle fort, blessé dans son orgueil et dans son amour.

— Elle sera ma femme. Je la veux à moi. Va-t'en!

Laisse-moi la prendre pour femme. Tu m'as dit que tu n'en voulais pas.

— Tu ne peux pas la forcer.

— Oui, je peux. Si je la force, elle sera à moi. Elle devra m'épouser. Là-bas, tu m'as menti, tu m'as menti. Tu la veux pour toi.

— Non.

— Oui, tu la veux pour toi. Elle n'est pas autant malade que tu dis. Regarde comme elle se défend. Elle ne veut pas de mes peaux. Je les donnerai à Manon les peaux, mais je te prendrai quand même, Marie-Victorine. Tu seras ma femme, tu m'entends, ma femme, jure Nicolas en la terrorisant de son regard dément.

Clovis le saisit de nouveau à la gorge.

— Je t'interdis de la prendre! Elle ne peut avoir de relations avec aucun homme. Elle n'a pas la force voulue pour être enceinte. Si tu lui fais un enfant, Nicolas, ce sera la mort que tu déposeras en elle... la mort... uniquement la mort. Penses-y, Nicolas. C'est ça que tu veux? Qu'est-ce qui te prend? Tu es devenu fou?

— Oui! Je suis fou à cause d'elle. Et toi, tu arrives. Toi, tu es là. Laisse-moi, je m'en vais. J'ai soif.

— Ne fais pas ça.

— Tu n'as rien à dicter. C'est moi le chef. Je donnerai mes peaux à qui je veux. Et j'ouvrirai mes bouteilles quand je le voudrai. Tu n'as rien à me dire. Laisse-moi, maintenant. Et toi, dis à Kotawinow de débarrasser mon entrepôt.

Clovis le laisse partir, traînant ses peaux immaculées sur le plancher. Marie-Victorine lui tourne le dos. Des spasmes la secouent. Il s'approche d'elle, pose doucement la main sur son épaule.

— Il est parti.

— Oh! Docteur! Docteur!

En un rien de temps, la voilà blottie contre lui, inondant son chandail de ses larmes. Il l'entoure de ses bras. La trouve tellement semblable à Judith. Elle pousse son visage dans la laine, cherchant sa protection et sa consolation.

— Ne pleure plus, c'est fini.

Il lui caresse la tête, l'embrasse sans qu'elle ne s'en aperçoive et presse contre le sien ce corps fragile que la mort épie. Que pourra la science quant elle glissera définitivement entre ses bras? Il la retient farouchement.

— Je suis là, c'est fini, je suis là, répète-t-il, incapable de maîtriser le tremblement de ses mains, puis de son corps entier.

Pourquoi tremble-t-il autant? «Calme-toi», lui disait Mme Bernier en caressant ses pectoraux. Mais il tremblait, incontrôlable, dans ses bras parfumés. Et il tremble encore, incontrôlable, avec cette belle enfant qu'il a longtemps désirée sur son coeur.

Elle subit une quinte de toux. Elle n'a pu résister à l'assaut de Nicolas qu'en gaspillant ses dernières ressources. «Regarde comme elle se défend», disait-il. Pauvre imbécile! Il ne voyait pas qu'elle épuisait littéralement sa réserve d'énergie. Cette toux pénible rejettera une parcelle de ses poumons. Il a mal en lui, mal pour elle. Du plat des mains, il lui caresse le dos. Elle lève vers lui son visage bouleversé. Ses yeux fiévreux et ses tempes perlées de sueur l'inquiètent grandement.

— Viens t'étendre.

Elle s'affaiblit, épuisée par sa résistance, sa toux et ses pleurs. Il la soulève de terre. Une plume. Elle pèse une plume, comme Judith à qui il faisait ainsi traverser les ruisseaux. Elle se laisse porter jusqu'à son lit, à demi consciente.

Il prend son pouls, pose l'oreille sur sa poitrine. Les râlements qu'il entend l'affligent.

— C'est fini, calme-toi. Il ne viendra plus. Je suis là, dit-il en s'assoyant sur le bord du lit.

— J'ai piégé autant de peaux que Nicolas. Kotawi-now viendra avec nous. Tu verras, ça ira bien.

Un sourire vacille sur ses lèvres, puis une larme roule sur sa joue maigre.

— Ne pleure pas, je t'en prie, demande-t-il en l'essuyant d'un doigt. Où est Kotawinow?

— Il ramasse du bois.

Sa voix se brise. Elle se mord les lèvres pour ne plus pleurer mais les larmes roulent silencieusement, malgré elle.

— Qu'y a-t-il, Marie-Victorine? Qu'est-ce qui te fait pleurer?

— C'est Noël, ce soir. Il ramasse du bois pour la messe de minuit... mais... il n'y aura pas de messe... vous êtes revenu.

Il se sent monstrueux. Évalue l'ampleur de sa destruction. Parce qu'il est revenu, il n'y aura pas de messe.

— J'irai, moi, ramasser du bois. Kotawinow ne voit plus rien. Je réchaufferai la chapelle... pour votre messe, ce soir.

— Nicolas ne voudra pas: il est chef maintenant. Il est dans une grande colère. Il va boire.

— J'en fais mon affaire de Nicolas. Repose-toi si tu veux aller à la messe. Tu ne peux y assister dans cet état.

Elle se calme, essuie ses joues du revers de ses mains, puis vient chercher les siennes. Il frémit qu'elle le touche.

— Vous étiez jeune quand votre mère est morte?

— J'avais six ans.

— Kotawinow ne vous a pas élevé comme il m'a élevée. Il a été injuste envers vous, il me l'a dit. C'est pour ça que vous ne l'aimez pas?

Pour ça, et pour tellement d'autres choses, pense-t-il en laissant les doigts de Marie-Victorine caresser les siens. Mais il se tait, surpris que ce soit elle qui lève le voile sur son passé. Surpris et reconnaissant qu'elle ait cherché une explication à son comportement inadmissible.

— Vous n'aimez pas Dieu, non plus?

— Non.

— Vous ne le priez jamais?

— Non. Jamais.

— Moi, je prie pour vous.

Une autre femme a prié pour lui et elle est morte sur les dalles froides de son monastère. Celle-ci priera-t-elle aussi pour lui jusqu'à sa mort, en ce froid pays? Est-ce Dieu qui exige le sacrifice de ces vierges pour regagner son âme? Il étreint les doigts de Marie-Victorine.

— Non. Si tu veux faire quelque chose pour moi, guéris. Guéris, supplie-t-il.

— Je deviendrai la femme de Dieu. S'il me veut tout de suite, je lui obéirai. Nous sommes comme frère et soeur: nous avons été élevés par le même père.

— Non! Nous ne sommes pas comme frère et soeur.

Une fois suffit dans sa vie, cette histoire de frère et soeur et de Dieu qui finit par tout avoir! Ce perpétuel et puissant rival le met hors de lui sans qu'il puisse jamais l'affronter pour le battre de ses poings.

— Ce n'est pas le même homme qui nous a élevés. Ce n'est pas Kotawinow qui m'a élevé... c'est un autre que lui. Ne prie pas pour moi, une autre que toi l'a fait et...

Il se tait. Non. Il ne veut pas parler de cette tragédie avec elle. Pas en ce moment. Il relâche l'étreinte de ses doigts et caresse son front en faisant mine d'évaluer sa fièvre. Elle le laisse faire, ferme les yeux.

— Repose-toi pour ce soir. Je veux que tu te reposes. La seule personne qui pourra t'empêcher d'y aller, c'est toi-même.

Il lui brode un rêve comme à une enfant malade. Fait luire l'espoir pour lui donner raison de lutter.

— La chapelle sera très chaude. J'ai vu ta crèche : elle est jolie. Tu as eu du mal à ramasser de la mousse ?

— Oui. Xénon m'a aidée.

— Xénon ! Il viendra ?

— Ils devaient tous venir sauf Baptiste... mais avec les chasseurs et Nicolas, plusieurs femmes ne pourront pas.

— Mes malades, ils viendront ?

— Oui... j'en suis sûre... Vous, est-ce que vous viendrez ?

— Je veillerai à ce que vous n'ayez pas froid.

— Est-ce que vous viendrez... pour ce soir ? Pour Noël ?

Elle ouvre les yeux. Le supplie. Comment lui refuser ? Il s'imagine déjà, près d'elle, sur le banc rugueux, à la regarder prier. À voir ses paupières baissées sur des prières où il ne serait pas exclu.

La porte s'ouvre. Laisse entrer un courant d'air qui la fait frissonner. Il va vite dans la pièce où Kotawinow, malhabile et lent, dépose quelques pauvres morceaux de bois.

— Ferme la porte, bon sens !

— Ah ! C'est toi ! sursaute le vieil homme. Quand êtes-vous revenus ?

— Tantôt.

Alcide lorgne d'un oeil résigné sa récolte inutile. Ses épaules s'affaissent. Adieu messe et réjouissances de Noël ! Pauvre Marie-Victorine qui se faisait une telle fête d'avoir rapatrié les infidèles !

— Comment va-t-elle ?

— Elle se repose pour ce soir. C'est tout ce que tu as ramassé ?

— Oui. Je... je pourrai dire ma messe dans la chapelle ?

— Oui. Je vais aller chercher du bois... Je ne veux pas que mes malades gèlent. Prends soin d'elle. Je veux qu'elle se repose jusqu'à ce soir et qu'elle mange même si elle n'a pas tellement faim. Ne l'écoute pas. Fais-la manger et dormir.

Il pose la main sur la poignée de bois.

— Clovis?

Seuls ses proches l'appellent par son nom. Particulièrement son père. Il réagit curieusement d'être interpellé de cette façon par Alcide. Considère déplacé ce rappel d'une intimité jadis redoutée. Clovis. C'est à lui qu'il parle. Lui, non le docteur ou le sorcier. Mais lui, l'enfant adopté, l'enfant abusé, l'enfant maltraité. Lui, Clovis... écartelé entre la vie et la mort, le bien et le mal, le génie et la folie. Écartelé, sans raison, par un curé maniaque sous le couvert de sa générosité. Traumatisé dans la chambre du presbytère... sur le petit lit de fer... là-haut... quand les yeux étaient clos et que la lampe découvrait un corps rude et poilu qui le battait puis l'embrassait... et le battait et l'embrassait... et le touchait et le violait... quand les yeux étaient clos... sous le couvert de la générosité. Là-haut, ligoté au montant de fer... sous le fouet de chapelet. Là-haut... paralysé par la peur... et prisonnier de sa main indécente. Clovis... c'est lui... c'est cela. L'amour et la dictature dans le timbre de cette voix réveille ce Clovis de l'amour et de l'emprise... Un bec de corbeau qui ne peut embrasser qu'en blessant... une serre de corbeau sur son âme, sur son coeur qui ne peut toucher sans déchirer... Tout cela revit dans ce nom qu'Alcide risque de prononcer.

Il virevolte vers le vieillard. «C'est l'esprit d'un dément qui t'habite», disait-il.

— Viendras-tu, ce soir?

— Non!

C'est catégorique. Final. Tchac! En plein coeur.

Mais sur le coeur du vieil homme... la flèche fait son oeuvre.

Nicolas est si soûl qu'il ignore la célébration de la messe. C'est à peine s'il réalise où il est et ce qu'il a fait avec Manon. Elle aussi est ivre. Elle s'offre à lui afin qu'il rassasie ses instincts d'homme. Il la laisse à ses hoquets et à ses audaces. La laisse se rouler et s'enrouler dans les peaux blanches du renard.

Avec grand soulagement, Clovis s'échappe de cette tente aux relents de sexe et d'alcool. Dehors, le froid règne. Immobile dans sa neige. Comme un étau invisible, il se resserre sur les êtres et les choses. Sur la chapelle en rondins qui craque dans la nuit. Si modeste chapelle, semblable à l'étable. Un chant le rejoint, humble, naïf et pur. Il croirait entendre des anges. Qu'il est seul en cette nuit! À mi-chemin entre les anges et les démons. Entre la chapelle et la tente de Manon. Écoutant les souffles du péché et la musique de la piété. Qu'il est seul, avec ses seuls souvenirs des Noël de son enfance. Il pense à son père, à la bénédiction du Jour de l'an, à Mathilde qui reprendra ses droits d'aînesse. Qu'importe! C'est de la main de son père qu'il s'ennuie. De son amour. Il tâte sa montre. Retourne à ce temps des autres. Visualise l'église de son village où, à cette minute même, l'harmonium de mademoiselle Ernestine fait entendre ses soufflets. Il voit le banc des Lafresnière et sa place vide près de son père. Un peu plus loin, Honoré avec Sam, Rose-Lilas et ses enfants. Et Jérôme, son ami d'enfance. Et le curé Thibodeau, bégayant son sermon ennuyeux devant des fidèles travaillés par les savoureuses tourtières et les ragoûts de pattes. Et encore sa place vide à table. Vide, comme la place de Judith, près de son père... comme s'il était mort alors qu'il est ici. Que fait-il ici, seul, dans le coeur de l'hiver?

Il marche résolument vers la chapelle. Sans obéir aux contraintes de son orgueil. Il ira vérifier le feu... puis s'assoira près d'elle.

Une psalmodie l'arrête. Elle provient de la tente de Baptiste. Après un coup d'oeil à l'épais panache de fumée accroché au tuyau de la chapelle, il rejoint le vieil homme, assis devant son feu, les yeux mi-clos sur ses songes.

— Ah! Sorcier. Viens fumer avec moi.

Baptiste lui présente la pipe. C'est un geste sacré. Une invitation à partager son souffle qui est le souffle de la terre et le souffle de l'Être.

— Celui qui a fait les étoiles et les mouches, est le même qui m'a fait, moi. Mon souffle se mêle à tous les souffles de l'Être et à tous les souffles de l'univers, chan-te-t-il. Fume avec moi. Que ton souffle ait une odeur et une chaleur. Qu'il se mêle au mien, sous ma tente.

Il fume. Les yeux mi-clos, lui aussi, désirant communier à cet homme qui touche les fibres de son âme. Désirant rejoindre ce peuple de jadis, son grand-père et sa mère... et Small Bear.

— Tu es seul, sorcier?

— Oui.

— Moi aussi... ma fille est partie célébrer l'office. Je ne voulais pas mais elle est partie. Les autres ont bu... ce n'est pas bien : cette eau-de-vie, c'est notre mort. Toi, tu es seul... comme moi. Et je sais que les étoiles te font peur. Avant que tu reviennes... j'avais peur moi aussi... maintenant, tu as le poids de ces étoiles sur tes épaules. Moi, je suis trop vieux, métis. Je ne connais pas ces autres mondes où brillent les mêmes étoiles.

— Je ne suis pas ce métis. Parle à celui qui fume avec toi.

— Je serais aveugle que je te reconnaîtrais, métis. Je serais sourd que je t'entendrais. C'est ton esprit que je reconnais. J'aurais donné ma vie pour toi, pour ce pays. Toi aussi, tu priais pour la terre des bisons. Dieu te parlait... et Dieu parlait à ce pays. Manitoba, voilà comment tu l'as baptisé : l'esprit qui parle. Tu l'as donnée, ta vie... les habits rouges l'ont prise.

Ce n'est pas à Clovis Lafresnière que parle Baptiste mais à Louis Riel. C'est avec lui qu'il fume la pipe. C'est avec son passé qu'il s'entretient.

— Cinq veuves sont enceintes, dit Clovis pour le ramener à la réalité.

— C'est bien. Les enfants remplaceront les croix.

— Trois d'entre elles ont le même homme.

— C'est l'Esprit qui a décidé ça... Il ne veut pas que nous mourions. Comment sont les malades ?

— Il n'en reste plus que huit pour l'hôpital mais ta nièce est très malade.

— Personne n'ira à l'hôpital. Tu les guériras tous, sorcier. Nous n'avons pas besoin des Blancs.

— Non, Baptiste, nous en avons besoin.

— Les Blancs nous ont détruits. Ils ne peuvent nous guérir.

— Ce sont leurs maladies et nous avons besoin de leurs remèdes.

— Tu nous les donneras, leurs remèdes, métis.

Peine perdue. Baptiste s'ancre de plus en plus dans ses convictions et l'isole de plus en plus. Son raisonnement n'est qu'un délire. Cela l'affecte. Ce n'est pas seulement Marie-Victorine que sa flèche a touchée, mais tous ces enfants de la prairie qui errent, coupés de leurs racines. Ces enfants dans des corps d'hommes et de femmes, écartelés à leur tour entre la chapelle, la tente de Baptiste et celle de Manon. Cès enfants, capables de grande ferveur et de facile dégradation. Attachés frénétiquement à leur passé et inconscients de leur avenir.

Baptiste fume sa pipe avec un fantôme, tandis que les étoiles de cette nuit de Noël pèsent sur les épaules de Clovis.

Le désert blanc

Il marche. Depuis cette première lueur qui s'est faufilée entre les nuages, à l'est. Il marche vers elle. Vers le jour naissant. Vers le campement principal, marqué sur la plaine par un gros rocher incongru, espèce de caillou tombé de la poche de Windigo lorsqu'il balisait son chemin dans ce désert blanc. Est-ce ce point noir à l'horizon? Il plisse les yeux pour former un écran de ses cils, mais le vent glacé réussit quand même à irriter sa cornée et deux larmes coulent, aussitôt balayées sur ses tempes. Oui, ce petit point, là-bas, c'est bien la roche de Windigo, l'indice du point de ralliement. Il a réussi. Il s'est retrouvé malgré les conseils avares de Nicolas. Il a réussi à s'orienter. Satisfait et soulagé, il presse le pas, ne sentant plus le vent qui lui râpe la figure et l'énorme ballot de fourrures qu'il transporte. Ne sentant plus l'usure de la courroie sur son front et l'engourdissement de ses doigts. Bientôt, il reverra ses compagnons de trappe: Isidore, Michel-Ange, Damien, Oscar et Nicolas. Qu'il a hâte de retrouver d'autres hommes, d'entendre d'autres voix que celles du vent et du silence! Après quinze jours de solitude, même le regard en coin de Nicolas le réconforterait.

De la sueur mouille sa combinaison entre ses omoplates. Il ne doit pas s'échauffer ainsi. C'est dangereux pour les refroidissements. Et il ne doit ni se refroidir ni se fatiguer, car un long, très long trajet l'attend. Les attend. Lorsqu'ils seront tous réunis, ils chargeront les deux traîneaux de leurs fourrures pour retourner chez eux. Tous ensemble. Finalement, la décision de Nicolas d'éparpiller ses hommes afin de couvrir un plus grand territoire s'est montrée efficace. Risquée mais efficace. Et combien rentable! Clovis espère que la vue de toutes ses fourrures amènera une expression sur le visage imperturbable du jeune chef. Cette hâte de retrouver les autres et de voir apparaître le sourire de Nicolas le rend imprudent et, au lieu de ralentir, il augmente son allure, malgré la sueur qui trempe ses vêtements. Ce n'est pas grave, se dit-il. Rendu au rocher, je me sécherai près du feu. Il se voit déjà, serrant ses compagnons et réunissant leur fructueuse récolte. Il court presque. Le point noir grossit à l'horizon. Ses compagnons sont là... et l'attendent pour s'en retourner chez eux. Nicolas aussi est là. Sera-t-il fier de lui? Content de le revoir? Comment savoir? Depuis qu'il a protégé Marie-Victorine, la veille de Noël, Nicolas s'est fermé à lui. Véritablement fermé. Ils ne se sont plus jamais retrouvés dans un même abri de neige. Ne se sont plus jamais rien dit, rien confié, rien reproché. Un grand et lourd silence règne entre eux. Tout est gelé, dur et froid. Jusqu'au visage de Nicolas où plus rien ne transperce, sauf ce regard en coin qui l'épie.

La tache a maintenant l'apparence d'un rocher. Il devrait distinguer des silhouettes, à cette distance... à moins... Ah! oui, c'est ça, elles sont de l'autre côté. Mais que font-elles de l'autre côté, face au vent? C'est insensé de s'exposer ainsi.

À moins qu'il ne soit le premier arrivé. Pourtant, Nicolas a bien dit d'attendre quinze lunes en lui donnant quinze allumettes. Et comme il n'a plus d'allumettes et qu'il en a brûlé une par jour, il ne peut être en avance. Sauf si les territoires des autres étaient plus éloignés. Oui, c'est sans doute cela. Il est le premier. Il devrait ralentir... mais s'aperçoit qu'il court de plus en plus vite. Imprudemment. Contre ce vent et contre sa logique qui ne cesse de lui répéter qu'il ne sert à rien de se presser puisqu'il devra les attendre. Qui ne cesse de lui répéter de ne pas s'échauffer inutilement. À chaque pas, il sent maintenant ses ballots l'écraser. C'est comme s'il trimbalait ce rocher de plus en plus gros. La courroie imprime les mailles de sa tuque sur son front. Voilà! Il est rendu. La paroi rocheuse se dresse devant lui et le protège un peu du vent. Essoufflé, il la contemple.

Son regard tombe soudain sur un morceau d'étoffe accroché intentionnellement dans une saillie. Il provient du gilet de Nicolas. Comme il vient pour s'en emparer, il met le pied sur quelque chose de dur. Une branche noircie perce la fine couche de neige. Il se penche, gratte: l'emplacement d'un feu lui glace le coeur. Consterné, il voit des empreintes de pas, tout autour. Il pose sa main dans les cendres encore tièdes. Analyse les pistes qu'il distingue clairement sous la mince pellicule blanche... Voilà les lisses des traîneaux... et leurs pas... en direction du sud. Ils sont partis... Sans lui... Ils l'ont abandonné.

Ses vêtements mouillés le glacent subitement. « Nicolas! Nicolas! » crie-t-il. Silence. Non. Pas silence: le vent hurle autour de ce rocher où bat le morceau d'étoffe. Le vent emporte sa voix désespérée. L'emporte vers l'ouest d'où il vient. « Nicolas! Nicolas! » Le vent lui rentre dans la bouche, veut lui faire ravaler son cri. « Nicolas! Nicolas! » Le vent traverse ses vêtements, raidit sa combinaison mouillée, le vêt d'un habit de glace. Il plonge ses mains dans la cendre tiède. Et grelotte, les yeux fixés à ces pistes que le vent use et remplit patiemment de neige. Abandonné... il a été abandonné. Il ne peut se rendre à cette évidence. Elle lui fait trop mal. Que veut lui dire le morceau d'étoffe? C'est ici que nous t'abandonnons, ou rejoins-nous, tu en es capable?

Il se relève difficilement. Rajuste sa courroie. Les

yeux toujours fixés sur ces pistes. « Les enfants avaient laissé des croûtes de pain pour marquer leur chemin, racontait son père aux petits dans sa berceuse, mais les oiseaux avaient mangé les croûtes. » Il regarde ces pistes que le vent mange. Il les suit. Les perd bientôt. Voilà... elles ne sont plus. La seule balise qui subsiste est ce gros caillou du géant Windigo. Le cœur serré, il le regarde, hésitant à s'éloigner de lui, de peur de se perdre. Puis son regard revient à cette piste effacée. Ils sont partis par là. Par là. Il cherche le soleil, hélas caché derrière les nuages, cherche un point de repère sur cette vaste plaine qui précède le plateau. Cette vaste plaine durcie par le vent de la mer d'Hudson. Nicolas et les autres se dirigent franc sud, pour atteindre ce plateau. De là, ils obliqueront un peu vers l'est, traverseront la rivière Nelson et la voie ferrée de Churchill. Il doit tenter de les rejoindre. Rejoins-nous, tu en es capable. Oui, Nicolas lui fait sûrement confiance. Et il n'est pas très loin puisque les cendres sont tièdes. Oui, il est là, en avant, quelque part.

Il fouille intensément l'immensité blanche et informe, à la recherche d'indice. Ne voit que les stries parallèles des courants de neige poudreuse poussée par le vent. On dirait la page vierge d'un cahier ligné. Il trace une droite imaginaire de ses pieds à ce sud indiqué par les pistes de Nicolas, et remarque qu'elle est perpendiculaire à ces sillons de neige. Voilà ce qui l'orientera : le vent. Oui, ce vent qu'il sent très bien sur son côté gauche. Il n'a qu'à marcher avec ce vent à sa gauche et les sillons de neige à quatre-vingt-dix degrés pour maintenir le bon cap. Pourvu qu'il souffle toujours d'est en ouest. C'est sa seule chance. Quelle heure est-il? Il se tourne, dos au vent, enlève sa mitaine et fouille sous son parka, à la recherche de sa montre. Ses doigts engourdis réussissent à la sortir du gousset. C'est à peine s'il sent la chaîne. Il appuie sur le bouton qui actionne le couvercle du boîtier et le cadran rassurant lui apparaît.

Voilà, la civilisation condensée dans ce coeur mécanique. Fasciné, il regarde trotter l'aiguille des secondes, puis s'attarde aux chiffres romains. Huit heures trente. Il est huit heures trente ; l'heure à laquelle il aime opérer. Il ouvre et ferme difficilement la main. Il se hâte de remettre sa montre en place pour enfiler sa mitaine. Il doit protéger ses mains. Il a besoin de leur sensibilité et de leur dextérité pour opérer, et cette saison de trappe les lui a passablement endommagées. Il bouge les doigts de sa main gauche, ressent une vive douleur à l'index qu'il s'est tailladé accidentellement en dépiautant un vison gelé. Il bouge les doigts des deux mains, s'imagine être Madeleine à son clavier. Il fredonne mentalement les airs qu'il préfère. Cet *Appassionata* de Beethoven, par exemple. Il grelotte, victime du refroidissement. Il doit marcher, faire circuler son sang, créer sa propre chaleur. Il avance avec son lourd bagage, l'*Appassionata* se mêlant au sifflement continu du vent. Ses doigts pianotant dans ses mitaines pour leur éviter de geler. Il pense à ce temps des autres, à la maison de son père, à l'hôpital, à l'université et à la ville de Montréal. Il lui semble que tout cela n'existe plus. Que tout cela a été recouvert de neige et pétrifié de glace. Qu'il erre à la recherche de tout cela que l'hiver a enseveli.

Plus que jamais, il est seul. Seul, sur la plaine désolée. Encore une fois, les autres sont ensemble, et lui à l'écart. La musique se transforme en bruit de foule l'encourageant au hockey, en applaudissements devant l'estrade d'honneur et en tam-tam de danse. Puis le vent reprend, enterrant la musique, glaçant son oreille à travers sa tuque, glaçant tout le côté gauche de son corps. Il a mal aux narines et les frotte. Il a l'impression d'avoir un gros nez dur. Il frotte avec de la neige. L'impression subsiste. Ses mains lui répondent mal. Il ne doit pas cesser de les bouger. Depuis quand ne pianote-t-il plus dans ses mitaines? Il résiste à la tentation de regarder l'heure et se contente de tâter la montre à travers ses vêtements. Il se retourne, regarde d'où il vient. Note un point noir loin derrière. C'est le caillou de Windigo. Encore quelques pas et il le perdra pour de bon. Il reprend sa route, reprend sa musique, s'abreuvant d'images chaleureuses pour s'encourager. Mais, peu à peu, se glisse en lui le regard en coin de Nicolas. Que disait ce regard? Que mijotait cet homme au visage d'asiatique que rien ne trahissait? Était-ce sa mort qu'il calculait? Lui disparu, plus personne ne pourrait lui interdire Marie-Victorine. Qu'elle le veuille ou non, il la prendra. Déposera en son ventre le germe de la mort. Non! Non! marmonne-t-il. Non! Et il presse de nouveau le pas... comme si Marie-Victorine l'appelait à son secours, quelque part en avant. Il doit la sauver.

Ses ballots de fourrures l'encombrent. Il n'a qu'à s'en débarrasser. Non! Il ne doit pas céder à la panique, succomber à ce cauchemar de Marie-Victorine se débattant sous Nicolas. Il se fait violence pour ralentir, pour contenir sa rage et son désir fou de voler au secours de cette femme. Il reprend sa musique, reprend sa route, se condamnant d'avoir pensé à laisser les peaux. Scandalisé du geste inconscient qu'il s'apprêtait à faire. Ce pays ne laisse pas facilement ses fruits. Chaque bête, fût-elle petite comme l'hermine, a un prix élevé de risque et de misère. En ce pays si froid, si impitoyable, manquer de feu est synonyme de mort. En ce pays si froid, si impitoyable, la blessure d'un homme seul est également synonyme de mort. Voilà pour les risques. Et les misères... il y en a tout un chapelet. À commencer par ces abris de neige, où ne vacille souvent que la flamme d'une mèche trempée dans du gras animal, et cette cohabitation avec des cadavres gelés afin de les ramollir pour venir à bout de les dépiauter, et ces longues distances à parcourir d'un piège à l'autre, et ce froid qui saisit rapidement et voracement les doigts, et ces loups qui rôdent autour des carcasses, et cette solitude qui rend fou... Tant de misères qu'il s'apprêtait à balancer pour répondre à l'appel d'un cauchemar.

Il se calme. Pianote dans ses mitaines. Il tâte sa montre. Il doit protéger ses mains de chirurgien. Quand ce mauvais rêve sera terminé, il sera de nouveau chirurgien et Marie-Victorine pourra guérir à l'Institut Bruchési, grâce à la valeur de ces peaux. Il pianote dans ses mitaines, tandis que le vent lui glace la moitié du corps. Tam de da dam... C'est de plus en plus difficile. Seule la musique existe maintenant. Le mouvement n'est plus. Il s'arrête, alarmé. Regarde à ses pieds ce courant de neige parallèle à sa course. Sans s'en apercevoir, il s'est mis dos au vent et marche donc vers l'ouest. Depuis quand? Il se retourne. Ne discerne même plus ses propres pistes. Tout ce blanc chavire autour de lui. Lui donne le vertige. Un poids insoutenable pèse sur sa nuque et sur ses épaules, comme si on avait déchargé tout un bateau sur lui seul. Il tombe à genoux. Sur la neige dure qui résonne comme une peau de tam-tam. Sur sa mère la terre... qui lui répond par ce son creux et terrifiant. S'aidant de sa main gauche, il plie sa main droite et inversement, jusqu'à ce qu'il puisse les ouvrir et les fermer. Puis il s'accroupit, enfouit ses mains sous ses aisselles, dans son parka, et se met à le réchauffer de son haleine. Plus d'allumettes. Il n'a plus d'allumettes. Synonyme de mort. Ce son creux et terrifiant de sa mère la terre, comme si elle voulait le ravoir en son sein. « C'est ta place ici, écoute, il y a un vide. »

Un lointain souvenir émerge. Il avait plongé dans l'eau glaciale pour sauver Judith, et Alcide s'occupait de lui. Il avait été tendre, cette fois-là, et lui avait permis de glisser ses mains sous ses aisselles pour les réchauffer. Il avait été paternel, bon... il avait été Kotawinow. Pour un bref instant. Pourquoi a-t-il rayé ce souvenir, ne retenant que ceux qui le faisaient souffrir en incriminant Alcide? Pourquoi avoir oublié qu'Alcide aussi l'avait bercé avec tendresse? Une fois au moins. Cette fois-là. Pourquoi ne pas s'arrêter sur ce souvenir? Figé avec lui dans la blanche et cruelle solitude. Mourir avec lui... avec le dernier souffle de son haleine, tiède, comme les cendres du feu. Fils mort gelé, dirait un télégramme à son père. Lentement, son cerveau paralyse. Il pense à s'étendre, dos au vent, roulé en boule comme un foetus derrière ses bagages. Est fortement tenté de s'étendre, de n'avoir plus mal à la nuque, au dos, aux mollets. De laisser l'hiver le prendre. Roulé en boule, avec ses mains de chirurgien cachées sous ses aisselles, et son visage enfoui dans le parka réchauffé de son haleine d'homme. Tenté de s'endormir, les yeux entrouverts sur le chandail que madame Azalée lui a tricoté et sur lequel Marie-Victorine a pleuré. S'endormir dans ces bras de laine qu'elle croisait devant elle comme s'il l'enlaçait. S'endormir en écoutant Azalée lui dire: «Attention de pas te perdre. C'est loin, me semble.»

Pas te perdre. Il n'en peut plus. Il est perdu. Il va s'étendre. Le coeur mécanique de sa montre survivra quelques heures au sien, puis connaîtra la dernière seconde à son tour, puisque les mains pétrifiées ne pourront plus le remonter... À quelle heure? Huit heures trente, peut-être, l'heure à laquelle il aime opérer. Il ne sera plus, c'est tout. N'aura plus de vengeance à assouvir. Il connaîtra le repos éternel... et Nicolas... avec son regard en coin... forcera Marie-Victorine à devenir sa femme. Docteur! Docteur! appellera-t-elle en vain, en se débattant. Docteur! Docteur! ce cri le fouette. Il lui parvient de cet horizon tout gris vers où rampent les serpents de neige poudreuse. Impossible. La voix de

Marie-Victorine ne peut parvenir de l'ouest, car elle est au sud.

Il tourne la tête... éveille la douleur dans sa nuque... et subit le soufflet brutal du vent sur sa joue. Des points noirs... sur la page vierge de son cahier ligné. Des taches d'encre sans doute... Elles bougent, les taches... c'est peut-être lui qui chancelle avant de tomber pour ne plus se relever. Docteur! Docteur! Marie-Victorine l'appelle... elle ne veut pas que Nicolas dépose la mort dans son ventre, elle ne veut pas de Nicolas et il la force. Voilà ce que voulait dire le regard en coin. «Je l'aurai malgré toi.» Oui... il se rappelle maintenant. «Tu seras ma femme! a-t-il juré à Marie-Victorine. Je l'aurai malgré toi.» Il cligne des yeux, s'accroche à une pruche rabougrie qu'il vient juste de remarquer près de lui. Regarde sa main accrochée au tronc. Docteur! Docteur! Il étrangle Nicolas... étrangle l'arbre. Sa main droite lui répond. Il ouvre de nouveau les yeux sur la page blanche de son cahier ligné. Quelle grosse tache d'encre! Mademoiselle Mathilde ne sera pas contente... Elle tient sa petite main dans la sienne pour la guider sur les lignes. Elle pense que c'est sa petite main, mais c'est son coeur qu'elle tient. Son coeur de petit garçon amoureux de l'institutrice. Et puis, un jour, elle veut que son coeur s'arrête et elle le force à fermer pour toujours la porte de l'école. Voilà, c'est fait; la porte est fermée. Mais la tache subsiste et grossit.

Il cligne toujours des yeux et le vent lui arrache des larmes qui gèlent sur ses tempes... Est-ce le rocher de Windigo... à l'horizon? Possible... Les autres y sont peut-être... Non! Ils n'y sont pas... Il a été abandonné. C'est Nicolas qui l'a abandonné pour ravir Marie-Victorine. Docteur! Docteur! crie-t-elle. Il se sert de la pruche comme d'une canne et se relève. Il note les branches insolites toutes orientées vers le sud, vers le soleil, vers la vie. Vers Marie-Victorine qui a besoin de lui. Il rajuste ses ballots : à eux seuls, ils paieront sa guérison. Va par là, lui indique le chétif conifère. Il obéit. Progresse difficilement en tâtant sa montre de ses mains dégourdies, angoissé par ce point qui grossit...Ce rocher de Windigo qui lui indiquerait qu'il a tourné en rond et certifierait qu'il ne pourra jamais sauver Marie-Victorine. Des bras et des jambes se détachent du point noir. Il se presse vers cet homme, oubliant de nouveau sa fatigue et sa douleur. Obéit-il à un mirage ? S'invente-t-il cet homme dans son dernier délire ? Court-il vers une hallucination ? Non... Non... Il ne rêve pas... C'est Nicolas, Nicolas. Il est devant lui. Avec ses yeux si bleus. Il n'a pas froid, lui, n'a jamais froid. La plume d'aigle fichée dans son chapeau melon tremble au vent. Comme lui. Des injures et des accusations se pressent à sa bouche gelée mais il n'en profère aucune. Nicolas s'avance pour le soulager de ses ballots.

— Tu as beaucoup de fourrures, doc.

Il ne répond rien, furieux, blessé, ahuri. Nicolas l'a-t-il abandonné ou lui a-t-il fait confiance ?

— Viens, nous sommes rendus au plateau.

Il suit. Complètement retourné. Les yeux accrochés aux mocassins chaussés de caoutchouc qui ont fendu au froid. Bientôt, il retrouve les autres, les traîneaux et le feu... On l'accueille, on l'étreint fraternellement comme si de rien n'était. Il lorgne une dernière fois la plaine glacée et déserte qui sonnait creux sous ses pas, comme le couvercle de son propre tombeau. Ouvre et ferme ses mains que le froid a failli lui dévorer.

Nicolas le regarde... et pour la première fois depuis longtemps, lui sourit avec fierté, comme s'il avait été grandi par l'initiation qu'il avait décidé de lui faire subir.

Il ne sait plus que penser et tente d'effacer tout cela en lui, comme le vent a déjà effacé son chemin dans le désert blanc.

Aux enfers, avec moi

« *Ô Manitou des vengeances*
Prenez avec vous la peur,
Le noir remords et les transes
Et rendez-leur les souffrances
Qui me déchirent le coeur. »
(A. Guindon, *Légende de Cogomis.*)

Les étoiles qui tombent du ciel deviennent des démons malfaisants sur la terre, radote Baptiste. Combien
de ces étoiles sont tombées sur la terre de Caïn? En est-
il une? Quel démon a gangrené ce petit peuple? Lui?
Nicolas? Alcide? C'était commode de jeter la pierre à
Alcide en constatant la pourriture de leurs corps. Rien
n'était plus évident, plus flagrant. Ah! La facile condamnation et le châtiment aveugle qui donne l'illusion
que les choses sont réglées. Mais rien n'est réglé. Sauf sa
montre, qui lui rappelle ce temps des autres. Ce temps
dans la belle maison blanche que l'horloge égrène solen-
nellement à chaque heure. Ce temps à l'hôpital où il
pourrait opérer, ce temps dans les laboratoires et à
l'université. Ce temps précis des conducteurs de tramway et des ouvriers d'usine. Ce temps des mères, cuisi-
nant leur repas, des prêtres se préparant pour leur messe. Ce temps qui ne compte plus ici. Ces jours qui
n'existent plus. Tous semblables les uns aux autres
comme au commencement, quand les hommes se grou-
paient autour du feu et mangeaient de la viande crue,
terrorisés par la nuit et la mort. Ce temps mesuré, fêté,

béni, n'existe que pour Kotawinow et Marie-Victorine qui ont tenu le décompte des jours sur une feuille de papier. Seront-ils brûlés comme les sorciers, de s'être reliés clandestinement à la civilisation du Blanc?

Quelle étoile, tombée en lui ou sur la terre, est devenue ce démon malfaisant? Quelle étoile a saupoudré d'un soupçon d'éternité ces jours de vent et de soleil froid? Ces jours d'hiver sans fin, d'hiver tenace jusqu'en avril. Là-bas, au sud, les érables coulent et les rigoles se creusent le long des chemins. Là-bas, les corneilles croassent au-dessus des lacs tout gris, prêts à s'enfoncer. Là-bas, on chante dans la cabane à sucre. Sam fait bouillir la sève avec Jérôme, son ami d'enfance. Les femmes cuisent des grillades et des crêpes, Honoré surveille sa tire, entouré des enfants près du récipient de neige où elle figera. Ça sent le bon sucre et la fumée. Et le lard et le tabac fort des vieux. Et le médicament autour de ce médecin de campagne à l'aspect bohème. Cet homme aux yeux de sirop clair posés sur son enfance et sur sa vie. Que penserait-il de l'oeuvre de cette flèche malhabile? De ces gens divisés, tiraillés et instables? Tantôt adeptes des théories communistes de Nicolas, tantôt obsédés par celles de Baptiste, qui fait marche arrière vers le passé. Que penserait-il de la bigamie voisinant l'interprétation des songes? Des fêtes de la fécondation et de cette vierge qui lui est réservée? Que penserait-il des beuveries du clan des chasseurs, rachetées par les jeûnes sévères du vieux guerrier? « Parce que mon peuple n'a plus faim, il s'éloigne des choses de l'esprit. Parce qu'il n'a plus faim, il n'écoute plus ma voix. »

Qui l'écoute encore? Lui. Habitant maintenant sa tente et dormant près de ses songes. Lui, forcément, puisque Nicolas l'a confiné dans cet abri de peaux que le vieux recoud inlassablement avec une alène d'os et des nerfs de caribou. « Tu n'as pas à vivre sous le même toit que Marie-Victorine, si tu es un homme », avait conclu Nicolas à la suite du combat qui les avait opposés. Il revoit la scène. Chacun d'eux, avec du sang sur le nez et sur les jointures. Chacun d'eux, épuisé, essoufflé... encadré de ce petit peuple qui prenait pour l'un, prenait pour l'autre et s'excitait du son mat des coups portés. De ce petit peuple désormais divisé par leurs poings brandis l'un contre l'autre. Il revoit la mine terrifiée de Marie-Victorine qui perdait le gardien qu'il était devenu, fidèlement couché à la porte de sa virginité. Elle chancelait au bras de Kotawinow qui les exhortait à ne pas se battre. Mais comment aurait-il pu laisser sans réplique cette insulte suprême ?

C'était lors de la fête de la fécondation. Presque toutes les femmes ayant été engrossées, Nicolas avait décidé de la substituer à celle de Pâques et s'était cru en droit d'y obliger Marie-Victorine et Kotawinow. Encore une fois, il avait pris leur défense, en faisant voir qu'ils n'avaient rien à voir avec cette fête. « Ni toi, avait dit Nicolas. Tu n'as touché à aucune femme depuis ton arrivée. Préférerais-tu les hommes ou les petits garçons comme les commis de la Compagnie ? »

Clovis avait frappé en plein visage. Enfin, il se battait contre quelque chose de palpable. Contre cette pensée exprimée par la bouche de Nicolas. Et c'est sur la bouche qu'il avait frappé. Nicolas avait perdu une dent. Tant pis pour lui !

Ce triste combat avait formé deux clans. Celui de Nicolas et celui du sorcier. Mais ces clans n'étaient en rien définis et aucun n'y appartenait exclusivement. C'était des mouvements vagues, portés tantôt vers l'un, tantôt vers l'autre, mais jamais directement contre l'un ou contre l'autre. La tribu était redevable à Nicolas de l'avoir sortie de la misère et à Clovis d'avoir vaincu la maladie. Autant elle craignait avoir faim et froid, autant elle craignait les souffrances. Seul, comme le prophète du désert, Baptiste s'était levé contre le chef, ce qui lui avait valu d'être exclu du conseil et relégué à ses jeûnes. Il divaguait souvent. Du moins, ses oreilles d'homme logique et scientifique le concevaient ainsi. Mais il lui fallait subir ce méli-mélo de légendes et de faits réels, de manitous et de sortilèges. Il lui fallait fumer la mousse noire des épinettes en écoutant cette voix de corneille qui n'annonçait aucun printemps. Dans l'avalanche de ces légendes, une seule s'était ancrée en lui et parvenait à le faire frémir. Il n'aimait pas l'entendre et pourtant, il la demandait souvent.

— Parle-moi de Lilino.

— Lilino est celle qui aime un esprit... elle va le rencontrer dans la forêt. Un jour, sa mère la suit et voit qu'elle s'entretient avec quelqu'un d'invisible. Elle devrait sévir, mais elle laisse sa fille s'amouracher de l'esprit. Quand celle-ci est en âge de se marier, on lui propose le fils du chef. Elle s'enfuit dans la forêt et n'en revient que le soir, souriante. «Très bien, je vais me marier cet automne», dit-elle. Elle aide sa mère à coudre une belle robe de daim et à la broder joliment. Le matin des noces, elle tresse des fleurs dans ses nattes, enfile sa robe et des colliers de coquillages et se sauve dans les bois. «Elle va revenir bientôt», dit le père. Mais elle ne reviendra pas, car elle a décidé de mourir pour s'unir à cet esprit.

Décidé de mourir. De se perdre dans les étoiles comme Judith. Qu'il déteste cette histoire! Il voit toujours Marie-Victorine dans les traits de Lilino. Marie-Victorine qui veut devenir la femme de Dieu et qui, aujourd'hui, a vomi du sang en travaillant avec les autres femmes. Ce sang coule en lui, qui est plus esprit que chair, et l'épouvante.

— Marie-Victorine a vomi du sang, Baptiste. Ce n'est pas bon signe.

— Le Grand-Esprit n'aime pas que son père ait bu l'eau de feu.

C'est parce qu'il a bu de l'eau de feu qu'il a mal interprété ses visions et nous a menés ici. Elle n'écoute pas plus le Grand-Esprit que son père... Maintenant, je sais ce que veut le Grand-Esprit. Il veut que nous redevenions des hommes.

— Vous ne pouvez redevenir ce que vous étiez.

— C'est toi qui dis ça, métis? Toi qui nous as menés au combat?

Quand tu nous as parlé dans la chapelle, l'esprit t'habitait. Maintenant, tu as peur de tes propres croyances. Pourquoi?

— Parce qu'elle a vomi du sang.

— Tu négocies avec le manitou de la mort. C'est pour cela qu'elle s'attache à toi. Mais toi, ne t'attache pas à elle. Tu ne pourras rien quand le manitou décidera de l'épouser. Et il te faudra pleurer sa perte comme les parents de Lilino. Prends plutôt une femme, dépose en elle ton essence afin que tu te poursuives sur cette terre.

Odette se colle contre lui et caresse son visage. Cette pauvre vieille fille lui réitère ses invitations. Doucement, il prend sa main et l'écarte pour lui démontrer qu'il ne désire pas s'accoupler. Baptiste hoche la tête, déçu, tandis qu'elle s'attriste et baisse le front, marquée par le sceau de l'échec.

— Ne sois pas triste. Va avec un autre homme.

— Non. Elle est pour toi. Il te faut une vierge. Quand tu désireras une femme, c'est elle que tu prendras. Il ne reste qu'elle et Marie-Victorine... Elle n'est pas jolie, je sais, mais je l'ai gardée pour toi. Quand tu entreras dans son ventre, aucun autre homme ne l'aura fait.

Cette image crue éveille des désirs qu'il combat. Baptiste le remarque.

— La nuit, je vois que tu as des désirs d'homme. Un jour ou l'autre, il te faudra les satisfaire, alors elle sera là.

Un jour ou l'autre, je partirai, pense-t-il en fermant les yeux. Avant même de satisfaire mes désirs. Ou peut-être que j'accomplirai cet acte jusqu'à la folie avant de les quitter.

— Était-il fou, Baptiste?

— Qui?

— Le métis?

Un silence. Le feu craque. Le vent agite la tente et l'étourdit de sa plainte continue.

— Oui... il faut être fou pour nous aimer.

Il fera cet acte, les laissera avec la conviction qu'il était le métis et partira pour tenter d'oublier son oeuvre.

Qu'il aimerait n'avoir jamais connu ces gens, ce lieu! N'être jamais monté sur le banc pour proclamer qu'il était celui qui guérit. N'avoir jamais laissé toucher son talisman pour aider à la guérison. N'avoir jamais tenté de détruire Dieu, en ce lieu, parmi ces gens. N'avoir jamais aimé les yeux de Marie-Victorine et goûté l'amitié de Nicolas. N'avoir jamais eu de vierge attachée à ses pas et à ses nuits. N'avoir jamais fumé la pipe et écouté l'histoire de Lilino. N'avoir jamais dansé sous les aurores boréales avec les autres. N'avoir jamais senti le poids des étoiles sans les autres. N'avoir jamais assisté au conseil. N'avoir jamais bandé l'arc de sa vengeance et visé ce coeur où reposait la tête de Lilino. N'avoir jamais vu son sang dans la neige... là où il s'est battu avec Nicolas. Le sang de celle qu'il aime, mêlé au sien et à celui de Nicolas, dans ce trou glacé où les vestiges de la civilisation sont tenus secrets comme au temps de l'Inquisition. Ce trou glacé où s'ébattent hommes et femmes, leurs souffles et leurs gémissements se mêlant au souffle des tempêtes. Ce trou glacé, inondé de leur sperme et de leur sang. Inondé de la sueur de Baptiste en transe.

Comme il aimerait n'avoir jamais été ébranlé par les images directes de l'acte génital... N'avoir jamais été torturé dans sa chair... N'être jamais sorti de cette carapace où, léthargique, il comptait écouler ses jours, en adaptant ses tourments à la musique de Madeleine. Si abstraite, si souhaitable. Complètement détachée de ce corps habité de désirs de plus en plus concrets et irréalisables. Ce corps qui le retient prisonnier dans les griffes de l'impuissance et de la folie.

Il regarde la fumée monter vers l'ouverture. Il aimerait s'envoler avec elle, s'échapper de lui-même comme elle s'échappe de cette tente. Mais il n'a pas d'ouverture: il est scellé en lui-même. Prisonnier de tous ses actes et de toutes ses pensées. Paralysé chaque jour davantage par l'oeuvre de sa flèche et tenu d'assister à la destruction du petit peuple qu'il était venu aider.

— Je suis fou.

Lui, le récipiendaire du prix Hingston. Il est fou. La médaille d'or ne contrebalance plus le poids des étoiles. L'estrade de l'honneur n'est qu'un échafaud sur lequel il se pend.

— Oui... car tu nous aimes. Pourquoi tu ne pries plus, métis?

Encore ce martyr qui priait les bras en croix pour son peuple et entendait le Grand-Esprit. Pauvre Baptiste! Ne voit-il pas qu'il ne présente aucun trait commun avec ce métis, si ce n'est son sang mêlé?

Lilino aussi prie. Elle jette l'épouvante dans son âme avec sa chair malade. Judith aussi priait.

— La prière n'est qu'un verbiage inutile.

— Non. La prière, la vraie, est silencieuse. Oui, silencieuse, parce que toute parole est imparfaite. Elle est solitaire aussi pour que la créature soit seule avec son créateur, et elle n'accepte aucun marchandage: on ne marchande pas avec son créateur. La prière de l'homme blanc est un jacassement de canard, pas celle de l'Indien... pas celle de l'homme. Moi, je prie, métis.

— Alors, prie pour moi.

— Non. Personne ne peut prier à la place d'un autre. Le Grand-Esprit n'a pas besoin d'interprète. C'est à toi de t'arranger avec lui, pas à moi.

— Pourquoi pries-tu, alors?

— Pour trouver la voie, la bonne voie. Je regarde faire Nicolas. Il nous mène à des tentes de cirque, comme l'autre.

— Quel autre?

— L'autre qui était avec toi. J'ai appris qu'il travaillait dans un cirque, faisant semblant de chasser le bison pour amuser les Blancs. Notre vie et nos coutumes ne doivent pas aboutir dans un cirque. Nous ne devons pas vendre nos ancêtres, vendre notre esprit. Qui se vend, se perd. Qui se vend, ne s'appartient plus. Nicolas fait travailler les femmes pour le profit du Blanc. Elles cousent des mitaines, des mocassins et des vestes dont nous n'avons plus besoin. Il parle d'emmener toute la tribu près du cheval de fer qui a chassé nos bisons. Le cheval de fer nous mangera tous; il roulera sur nous. Nicolas nous mène à notre mort... Il va vendre les caribous aux Blancs. Il va vendre nos outardes et nos femmes... Je sais que sa voie n'est pas la bonne. Le cheval de fer nous engloutira. Nous ne devons pas écouter Nicolas. Nous avons tellement de peaux, maintenant, que nous pouvons nous procurer du thé et de la farine pour deux hivers au moins. Seuls les malades devraient partir. Pas toute la tribu.

En effet, Nicolas et son conseil ont décidé de s'établir à Shore Creek, la banlieue indienne de Moosonee. De là, ils espèrent servir de guides et vendre des souvenirs aux touristes qu'Adam a promis d'amener. C'est très hasardeux. Advenant l'absence de l'Américain, les

Cris des prairies se trouveraient réduits à l'état de mendicité, vivant d'oboles jetées dédaigneusement à la porte de leurs taudis.

— Nicolas est le fils d'un habit rouge. Il poursuit l'oeuvre de son père qui tirait sur nous avec son fusil, alors que nous n'avions plus de balles pour nos armes et avions repris nos arcs et nos flèches. Il poursuit l'oeuvre de son père et toi, celle de ta mère. Le Grand-Esprit a préparé ton chemin avec Kotawinow. C'est lui qui t'a appelé. Il savait que toi seul pouvais nous sauver. Avec tes pouvoirs, tu nous a tirés des mains du manitou de la mort, car nous ne voulions pas mourir. Maintenant, le Grand-Esprit juge que son peuple a assez souffert et il me met en garde contre Nicolas... Il te veut du mal. Il ne faut pas écouter Nicolas... il ne faut pas le suivre. Il a profané le panache des fils de l'aigle. Le panache de mon père et de mon grand-père... il l'a profané. L'habit rouge en lui prend le dessus. L'habit rouge en lui nous détruit avec son eau de feu. Il veut maintenant enseigner la langue de cet ennemi à nos enfants. La langue de la puissance qui t'a pendu, qui a emprisonné nos chefs, qui a pris nos terres pour les donner à ceux qui avaient traversé la mer, qui a détruit la prairie et a enfermé les tribus sur des réserves pour qu'elles crèvent de faim, de froid, de leurs maladies et de leurs vices. Il ne faut pas écouter Nicolas... il veut maintenant vendre notre nouvelle patrie, ce pays tellement froid en hiver et tellement détestable en été avec ses mouches, que l'homme blanc dédaigne y mettre le pied. Il ne faut pas écouter Nicolas. Il ne faut pas quitter ce lieu. Nous pouvons en faire une terre sacrée... devenir nous-mêmes puissance et cracher sur le traité de nos pères. Redoute Nicolas. Il te veut du mal. Il t'a insulté et t'a abandonné à la trappe alors que tu aurais pu te perdre. Il te veut du mal. Le Grand-Esprit me l'a dit.

— Pourquoi parles-tu ainsi de ton fils?

— Ce n'est pas mon fils. C'est celui de l'habit rouge. Mes deux fils me respectent encore, mais Nicolas les détruit avec sa boisson. Il a voulu t'égarer dans la neige. Damien me l'a dit.

Ce souvenir lui broie le coeur. Était-ce concevable que Nicolas ait voulu se débarrasser de lui, de cette façon? Sa jalousie l'avait-elle rendu si cruel? Non. C'est impossible. Il se réfère à l'homme qui l'attendait à la gare de Moosonee et qui, plus tard, se baignait avec lui dans une rivière glacée.

— Damien fait erreur. Nicolas savait que je retrouverais ma route. Il me faisait confiance.

Croire en une autre version lui fait trop mal. L'isole totalement dans son trou glacé. Étendu sur la couche qu'Odette entretient près de la sienne, il ferme les yeux sur la fumée qui s'échappe librement. Il réfléchit. Comment, en étant si scellé, réussit-on à le blesser si facilement? Est-il cette tortue tatouée sur la poitrine de son grand-père? Cet animal enfermé dans une carapace qu'il suffit de jeter sur le feu pour que son armure devienne son tombeau?

De nouveau, la main de la femme se glisse sur sa poitrine.

— J'aimerais attendre un enfant, comme les autres.

Il pose la main sur la sienne, imagine que c'est celle de Marie-Victorine capable de s'introduire sous la carapace pour rejoindre son coeur. Mais il ne voit que du sang sur la neige.

— Tu l'as vue vomir, toi, Odette?

— Oui, elle est sortie et s'est mise à vomir.

— Nicolas l'a vue?

— Non, C'est Manon qui lui a dit. Nicolas dit qu'elle brode si bien, qu'elle doit terminer son ouvrage pour payer son passage.

— Il est payé, son passage. De quoi se mêle-t-il encore?

Il se lève subitement. Nicolas commence à lui taper sur les nerfs avec sa dictature de mauvais garnement. Va pour la chapelle qu'il a réquisitionnée, va encore pour la cuisine du presbytère qu'il a transformée en salle de travail pour les femmes. Qu'il organise comme il le voudra les fêtes et les activités! Qu'il décide des territoires de trappe et surveille la production d'artisanat à son aise, mais qu'il ne s'en prenne jamais à la santé de ses patients. Doit-il considérer comme un défi cet abus de pouvoir? Il n'approfondit pas la question et décide d'aller le rejoindre dans la tente de Manon pour exiger que Marie-Victorine ne travaille plus aux travaux d'aiguille. Et s'ils en viennent encore aux poings, cela le soulagera de se mesurer à quelque chose de palpable et d'écouler cette rage en lui.

Il enfile son chandail, une veste et ses superbes mocassins. Odette aussi s'habille. De toute la tribu, Nicolas est le seul dont l'habit ne diffère guère d'une saison à l'autre. « Quand j'étais bébé, Baptiste me laissait dans la neige. J'ai dû m'habituer », donnait-il comme explication.

— Le laissais-tu dans la neige, Baptiste?

— Oui. J'aurais aimé qu'il meure à l'époque mais il s'est endurci, comme Machémanitou* dans la caverne aux rebuts. Toi aussi, il t'a laissé dans la neige. Ne l'oublie pas.

C'était pour le mesurer, pour éprouver sa résistance. Vraiment? Le regard en coin confirme cette autre version de l'abandon pour accéder au ventre de Marie-Victorine. Se cache-t-il la vérité parce qu'elle lui est insupportable?

---

*Légende du mauvais esprit jeté dans la cave aux rebuts par le Grand-Esprit, et qui, au lieu de dépérir, s'est développé et affermi.

Il sort, talonné de près par cette vierge promise qui le suit dans ses moindres déplacements.

Des chuchotements, des rires et des exclamations. Ils sont plusieurs dans la tente de Manon. Il s'arrête. Odette bute sur lui tellement elle se concentre à poser les pieds dans ses pistes. Elle n'a guère de génie, la pauvre femme. Juste un ventre assoiffé qui ne demande qu'à boire, et un honneur qu'elle ne comprend pas trop d'être encore vierge à son âge. Elle s'excuse, attend une punition quelconque en rentrant la tête entre ses épaules. Il lui sourit.

— Tu suis de trop près.

Elle est au bord des larmes.

— Mais non, ce n'est rien.

Il la console en lui caressant la tête. Il considère la tente.

— Curieux que ton père te laisse venir ici! Un vrai bordel! dit-il en français.

Souvent, il emploie cette langue inconnue d'elle. J'y suis allé au bordel... j'ai perdu ma piastre. Tu sais pourquoi? J'ai pas été capable. Je suis un impuissant, pauvre fille. Ton père radote que je suis plus esprit que chair mais en réalité, je suis la chair punie par l'esprit.

Cet aveu le soulage. D'autant plus qu'elle n'y comprend rien. Et le son de sa voix permettra aux habitants de cette tente de se couvrir avant qu'il entre.

Il attend un peu pour être certain de ne pas tomber sur une nudité quelconque. Sa pensée vole vers Marie-Victorine. Que ses chastes oreilles ont dû frémir en entendant les conversations des femmes autour de la table de travail. Pauvre enfant! Si pure. Si différente. Il lorgne le presbytère devenu usine, puis le ciel encore rose à cette heure. Quelle heure donc? Il fouille dans le gousset de son gilet... se rassure au contact du métal comme s'il touchait une île après une nage épuisante. Depuis quelque temps, il éprouve le besoin irrésistible de consulter cette montre ou simplement de la tâter pour s'assurer de sa présence. Lorsqu'il était perdu dans la neige, il la palpait souvent avec ses mains ankylosées. C'est elle, maintenant, qui lui assure qu'un autre monde existe. Un monde réglé. Un monde auquel il s'accroche, car rien ici n'est réglé. Tout est à la dérive après le déluge. Ils attendent encore le rat musqué qui viendra poser un grain de sable sur la tortue. Mais la tortue, blessée dans sa forteresse, s'agrippe au tic-tac régulier d'un coeur mécanique.

(Sept heures, l'heure du chapelet. Chez Honoré, on se met à genoux pour jacasser comme des canards. Non, Honoré prie, il ne jacasse pas. Les jours allongent... je partirai bientôt.)

Il pénètre. Manon, Damien, Oscar, Michel-Ange, Agathe et Nicolas le dévisagent avec surprise. C'est la première fois qu'il les rejoint dans cet antre. Leurs regards troubles lui indiquent qu'ils ont bu de cet alcool que Nicolas troque en même temps que les perles et les aiguilles. Il toise le chef, cocasse avec cette plume d'aigle plantée dans son chapeau melon et ses mocassins chaussés de caoutchouc déchiré.

— Que vient faire l'esprit parmi nous?

— C'est toi que je suis venu voir.

— Que me veux-tu?

— Je viens te dire que Marie-Victorine ne travaillera plus avec les autres.

Nicolas se lève, rejette les épaules en arrière et enlève son chapeau.

— C'est moi le chef, doc, pas toi. C'est moi qui décide.

— Alors, décide ce que je viens de te dire, rétorque-t-il en remettant sa montre à Odette pour ne pas l'abîmer advenant une lutte.

— L'autre fois, c'est toi qui as frappé en premier.

— Et toi, tu as voulu me perdre dans la neige.

— Non, j'ai voulu te mesurer... voir si tu me valais.

— Alors?

Pour toute réponse, Nicolas sourit en dévoilant sa dent perdue.

— Tu t'es mesuré à moi dans l'eau glacée.

— Si tu veux.

— Moi, je t'ai mesuré dans la neige... ensuite, tu t'es mesuré en me frappant... il te reste maintenant à te mesurer dans l'eau de feu. (Il lui tend la bouteille d'alcool.) Mesure-toi à moi et je laisserai Marie-Victorine tranquille.

Nicolas te veut du mal. Le Grand-Esprit me l'a dit, prévient une voix intérieure.

— Je n'ai pas à me mesurer à toi pour que tu laisses Marie-Victorine. Tu es le chef, c'est vrai, mais je ne te laisserai pas empiéter sur mon domaine. Ni toi, ni Kotawinow, ni personne. Je suis celui qui guérit et quand je décide d'une chose pour un malade, personne ne doit s'opposer. Pas même le chef.

Déconcerté par cette réponse, Nicolas baisse son bras tendu avec la bouteille et consulte ses acolytes qui, par leur expression, lui rappellent le pouvoir indispensable du sorcier.

— Bon. Elle ne travaillera plus... mais toi, tu restes dans la tente de Baptiste et je garde le presbytère pour travailler et la chapelle comme entrepôt.

— Je ne veux que la guérir. Fais ce que tu voudras des bâtisses: je ne les soigne pas.

Un sourire fugitif sur les lèvres de Nicolas. Une expression d'adolescent repentant des mauvaises décisions qu'il a prises. Il reprend son chapeau pour montrer toute sa bonne volonté. Lui, il reprend sa montre. Nicolas fuit son regard, visiblement mal à l'aise.

— Je t'aurais retrouvé, moi, si tu t'étais perdu. Je t'aurais montré comme je suis bon.

Cette confession le touche ainsi que la réaction enfantine de cet homme qui tente de lui prouver sa valeur. Il pense à la rivière et aux deux hommes de même sang mêlé en qui elle avait déposé le germe de la fraternité. Se rappelle qu'ils s'étreignaient les bras en se jurant d'être fidèles l'un à l'autre. Qu'était-il arrivé? Est-ce Marie-Victorine qui les avait désunis?

— Je suis avec toi, bafouille finalement Nicolas.

— Moi aussi, je suis avec toi.

Les yeux bleus se lèvent sur lui. Clairs comme la rivière glacée. Et taisent la voix intérieure qui le met en garde contre cet homme. Ils se regardent longuement, sans un mot. Cherchant à se pénétrer, à se retrouver, à se réunir. Cet été, ils étaient nus sur le galet de roche. Tant de choses aujourd'hui les cachent l'un à l'autre. Toute cette neige tachée du sang des bêtes, du sang de leur combat et du sang de Marie-Victorine les sépare et les isole. Lui, dans son trou glacé; Nicolas, dans sa recherche de la bonne solution pour son peuple. Lui, poursuivi par le remords des méfaits de sa vengeance; Nicolas, écrasé par le lourd fardeau de ses responsabilités. Et entre eux, Kotawinow, Baptiste, Marie-Victorine et tout ce petit peuple qui dépend de l'un et de l'autre et souhaite intérieurement leur union.

Il va chercher la bouteille dans la main de Nicolas. Ce fluide serait-il capable de les rapprocher en brisant leur ridicule et orgueilleuse façade? Il avait vingt ans quand son père lui a interdit d'en consommer. Quel enfant obéissant il a été! À part le vin de bébites d'Honoré, il n'a goûté aucun alcool, à cause de son sang indien et de son épilepsie. Il hésite. Risquera-t-il d'en prendre pour retrouver Nicolas? Son père n'a-t-il pas amorcé ses amitiés avec Honoré en se soûlant avec lui, dans sa grange? N'est-ce pas sous l'effet de l'alcool qu'il s'est délivré du secret qui l'étouffait, en avouant qu'il était le père de ce petit métis bâtard que Biche Pensive promenait sur son dos? SON père. Et s'il parvenait à se défaire, lui aussi, de son terrible secret? S'il renseignait Nicolas sur son impuissance et l'impossibilité de prendre Marie-Victorine pour femme?

— Mesurons-nous, dit-il en dévissant le bouchon.

Tous les regards se concentrent sur lui. Qu'adviendra-t-il si le sorcier s'enivre? Il avale une grosse gorgée. Elle lui brûle la bouche, le gosier, l'estomac. Il la sent descendre en lui et l'incendier. Des larmes lui montent automatiquement aux yeux.

— Est-ce comme ça que tu en as pris?

— Plus.

Il avale une autre gorgée.

— Comme ça?

— Oui, comme ça.

Nicolas reprend la bouteille, se sert généreusement et la lui offre de nouveau. Bien qu'il ait l'impression d'avoir l'estomac en feu, Clovis l'imite. De l'un à l'autre, la bouteille passe. Qui tombera le premier? Clovis se sent mal. La tête lui tourne. Déjà, ses gestes sont incertains. Mais il relève le défi en chancelant et en larmoyant. Nicolas, plus habitué, rigole de le voir dans cet état. Et lui, il rigole de voir le trou laissé par la dent perdue.

— Ça fait comique, ta dent.

— Oui, comique.

Les voilà encore comme deux gosses pris d'un fou rire.

— C'est à ton tour, doc. Finis-la.

— Oui... je la finis... Tu m'aurais retrouvé?

— Oui, certain. Je suis ton guide... Tu aurais vu comme je suis bon.

Il est vraiment sur sa mère la terre. Et elle tourne vraiment. Il le sent. Il tangue en tentant de réfléchir à ses réponses. Il va tomber. Sera-ce pour se rouler par terre en hurlant comme un démon? Il s'accroche à Nicolas, appuie la tête sur son épaule.

— J'ai peur...

Il s'agrippe à lui. N'est plus qu'une tortue sans carapace. Facile à blesser, facile à tuer. Les bras du chef le retiennent, l'empêchent de tomber. Ses jambes se dérobent sous lui. Son corps lourd chute, tandis que sa tête légère demeure sur l'épaule. Est-on en train de le pendre? Oui. Il est monté sur l'échafaud du métis et la trappe s'est ouverte. Son corps balance dans le vide... lourd et impuissant... tandis que sa tête engourdie flotte dans l'air. Il ne sent ni ses doigts ni ses pieds, juste ce flottement et ce tiraillement entre sa tête et son corps.

— Tu es trop pesant, doc. Nous allons tomber.

Que dit Nicolas, étranglé par la même corde qui soudain cède et les laisse choir sur un plancher odorant? Pourquoi rit-on de sa pendaison? Est-ce les habits rouges ou les ministres de la puissance qui se sont payé cette pauvre tête partagée entre la folie et le génie? Qui rit? Qui prend sa tête tombée par terre pour la caresser et chasser le parfum d'épinette avec le souffle du whisky? Qui pose ses lèvres sur les siennes?

Il ouvre les yeux, éloigne la tête d'Odette près de la sienne.

— J'ai peur.

L'a-t-elle entendu? Lui, il ne capte qu'un murmure lointain. Est-ce le vent perdu dans la neige comme lui? Pourquoi Nicolas l'a-t-il abandonné ici? Il crie.

— Nicolas!

— Je suis là, doc. Tu n'as pas l'habitude... ça se voit.

— Tu m'as retrouvé?

— Bien sûr, je suis le meilleur guide... je suis ton guide.

— J'ai... j'ai besoin... de toi.

— Je suis là, n'aie plus peur.

— Je veux... m'asseoir... la terre tourne trop... tu sais qu'elle tourne, la terre ?

— Non, c'est ta tête qui tourne.

— Non... elle tourne dans l'espace... c'est la terre... elle n'est qu'une étoile.

— Tu parles comme Baptiste, maintenant. Je te trouverai une autre tente, mais pas le presbytère... à cause d'elle.

— Elle... ah! elle... oui, elle... je veux te dire... j'ai à te dire...attends, où sommes-nous ? Si on m'a pendu... comment puis-je te parler encore ?

— Personne ne t'a pendu : tu es soûl.

— Moi ? Ah! Oui, l'eau de feu... Aide-moi à m'asseoir... Sommes-nous seuls ?

— Non. Il y a les chasseurs, Odette et Manon. Regarde.

Il ouvre des yeux hébétés sur ces visages tendus vers lui, puis sur l'ouverture du tee-pee par où s'échappe la fumée. Il rit.

— Moi aussi... je me suis échappé... hi! hi! S'il m'avait enfermé à Longue-Pointe... j'aurais trouvé moyen de m'échapper aussi.

Il cligne des yeux, remarque Odette qui prend une nouvelle bouteille et tente d'ingurgiter autant d'alcool que lui. Bientôt, leurs têtes rouleront toutes par terre avec la sienne. Il ne sera plus seul. Et la terre tournera avec leurs têtes roulant d'un bord à l'autre de la tente, dans l'odeur des épinettes et du whisky. Il étreint Nicolas près de lui. Est heureux de le toucher, de le serrer. Appuyé contre lui, plutôt qu'assis, il regarde son oreille sur laquelle s'appuie le rebord du chapeau melon. En elle, il déposera son secret.

— Je ne suis pas seul ? demande-t-il, éberlué.

— Non.

Il entend maintenant ces voix lointaines. Ces voix

du bout du monde. Le monde de chacune des têtes dé-
capitées... roulant dans l'espace, comme la terre qui
n'est qu'une étoile... devenue démon malfaisant. Des
mains le touchent, le palpent, le vénèrent.

— Il a vaincu l'invulnérable, entend-il dire par Nicolas. Montre-leur, doc.

— Quoi?

— Sur ton corps, montre-leur les marques de Qui-
Qui-Hatch.

— Ah! Oui... c'était facile... de le tuer, lui. Il n'y
avait personne sur son coeur. Tu comprends? Personne.
C'était un combat loyal... un beau combat. Je respecte
Qui-Qui-Hatch: il n'avait personne sur son coeur.

— Montre, doc. Montre-leur.

Nicolas lui fait lever les bras pour enlever sa veste
et son chandail. Puis il déboutonne le haut de sa combinaison. Il se laisse dévêtir. La main de Manon est la
première à toucher ses cicatrices... La seule autre femme qui les a vues a grimacé d'horreur et s'est mise à rire
de son impuissance. Faudra le dire à Nicolas. Des lèvres
se posent sur les marques de son combat. Il frissonne.
S'aperçoit qu'il caresse la tête sans trembler des doigts.
Odette fait de même et les chasseurs viennent vérifier
en commentant l'exploit. Ces touchers le perturbent.
Doit-il les repousser ou les encourager, lui, la tortue
sans carapace?

— Vos touchers me brûlent... je suis sans armure.
Nicolas... je veux te dire... un secret... à toi, à toi seul.

À quatre pattes, il se retire du groupe. Nicolas le
rejoint. Il regarde l'oreille et a soudain peur qu'elle fasse
écho à ses confidences et que les autres entendent ce
qu'il ne veut dire qu'à cet homme.

— Viens dehors... je suis malade.

C'est vrai. Il se sent mal. Nicolas le traîne à l'extérieur où ne subsiste qu'une ligne rose à l'horizon.

— Quelle heure est-il?

Il tâtonne, s'aperçoit qu'il est torse nu et touche la peau boursouflée sur ses côtes. Curieux qu'il n'ait pas froid. C'est encore l'hiver ici. Là-bas, dans le Sud, on chante dans la cabane à sucre. *Prendre un p'tit coup, c'est bon,* chantonne-t-il en hoquetant. Il distingue vaguement une silhouette venant du presbytère mais ne s'y attarde pas.

— Nicolas! crie-t-il.

— Je suis là, docteur.

— Tu m'aurais retrouvé, hein?

— Oui.

— J'ai eu mal... j'ai cru... j'ai cru... que tu voulais me tuer... pour la prendre.

Nicolas regarde par-dessus son épaule. Il se retourne. C'est Marie-Victorine. Que fait-elle là, alors qu'il s'apprête à dévoiler son impuissance? Aussi bien qu'elle le sache elle aussi.

— Vous allez bien, docteur?

— Très bien...je ne suis que soûl... Je me suis mesuré à mon guide et il m'a battu... hi! hi! Sacré Nicolas.

— Vous allez prendre froid, termine-t-elle en reculant.

— Non, attends. J'ai quelque chose à te dire.

Elle s'enfuit. Il fait quelques pas dans sa direction, trébuche et rencontre la neige sur laquelle il s'étend. Froide comme son ventre.

— Viens doc. Rentre.

— Non... Je veux te dire... c'est à toi que je le dirai.

Sa tête tourne de plus en plus. Il étouffe, hoquette puis se met à vomir. Nicolas le soulève par les bras. Pourvu qu'elle ne le voit pas dans cet état. Il ne tient même pas debout. Encore une fois, il appuie la tête sur l'épaule de son guide.

— Écoute-moi bien... je ne prendrai... jamais Marie-Victorine pour femme... parce que je suis... je suis incapable de satisfaire une femme. Je l'aime... mais ne pourrai jamais la satisfaire. Tu comprends?

— C'est pour cela que tu n'as jamais pris de femme?

— Oui... pas parce que j'aime les hommes ou les petits garçons. Non! Jamais, ça! Si tu savais... comme ces petits garçons... font des hommes malheureux.

— C'est Kotawinow qui t'a touché?

Comment l'a-t-il deviné? Autant tout avouer.

— Oui... il m'a touché.

— Tu aimerais prendre une femme?

— Bien sûr... j'ai essayé... Ça n'a pas marché. N'en parle à personne... personne. Promets-le-moi. Tu es... tu es comme mon frère, Nicolas. Tu m'as fait.. de la peine. Je n'ai pas... pas voulu casser ta dent, mais tu m'as insulté.

— Toi aussi... tu m'as fait de la peine. C'est toi qu'elle aime, doc... et moi, moi, je l'aime depuis toujours.

— C'est un esprit qu'elle aime.

— Toi, tu l'aimes, tu ne peux la prendre... Moi je peux, mais elle aime ton esprit. Ni toi ni moi ne l'aura.

— J'ai peur qu'elle fasse comme Lilino.

Les deux hommes s'étreignent, épouvantés par cette éventualité. Des bras viennent les séparer pour les faire rentrer. Ils se retrouvent côte à côte. Le feu dessine des ombres sur les peaux tendues. Nicolas, tout près, presse son épaule contre la sienne.

— Veux-tu être mon... frère?

— Je me sens... comme ton grand frère, Nicolas.

— Deviens mon frère par le sang. Alors, aucune femme ne pourra nous séparer... rien... ne pourra nous séparer. Donne-moi de ton sang, je te donnerai du mien. Personne ne pourra enlever le sang dans nos corps. Quand tu souffriras, je souffrirai. Tu seras un peu moi, je serai un peu toi.

Tout illogique qu'elle soit, cette proposition le séduit. Il a toujours désiré qu'on vienne démolir les murs de sa solitude. S'il avait un frère, sur cette terre. Un homme à son image et à sa ressemblance. Dieu se sentait-il seul à ce point pour avoir créé l'homme ? S'il avait un frère, il ne serait plus complètement seul. Ne serait plus à part, nulle part sur cette terre. Il lui suffirait de penser à cet être du même sexe que lui et tiré des mêmes origines. Cet être rejeté à cause de son sang mêlé... n'étant ni Indien ni Blanc, et étant les deux à la fois. Ce Nicolas, si près de lui dans les étendues sauvages.

— Oui, je le veux.

— Donne ton couteau. Celui qui a tué Qui-Qui-Hatch.

Il le sort de l'étui pendu à sa ceinture. Le tourne entre ses doigts. À quoi servira-t-il maintenant ? Il lui destinait une autre mission. Il le présente à Oscar qui le plonge aussitôt dans les tisons.

— Nous deviendrons frères de sang, poursuit Nicolas en prenant le poignet de Clovis pour le tendre à Oscar avec le sien.

Il écarquille les yeux. Tous se taisent, impressionnés par les gestes de ce rite qu'il ignore. Devra-t-il se torturer comme Baptiste ? Qu'adviendra-t-il de lui, sous l'oeil impassible de ces Indiens ? L'attitude de ses compagnons lui fait comprendre qu'il vit un moment unique. Un genre de messe dont Nicolas et lui sont les initiés. Ceci est mon sang, ceci est ton sang, le sang de notre alliance. Nicolas l'observe en répétant : « Tu seras mon frère de sang. »

Son sang pénétrera cet autre corps. Et le sang de Nicolas pénétrera le sien. Les fluides vitaux s'uniront en un seul qui sera les deux à la fois. Il pense à la transfusion que lui a faite son père. À ce lien de sang qui a ébranlé si profondément Mathilde. Il comprend aujourd'hui tout ce que représente le sang. Encore plus que le sperme, il symbolise l'amour. Le don de ce précieux liquide est un don de vie et son échange, un échange pour la vie.

Oscar noue une courroie au-dessus de leur coude. Puis il prend le couteau rougi et le refroidit en faisant de grands mouvements.

— Désormais, vous serez frères, car la même mère la terre vous porte et le même père le ciel vous regarde. Vous ne lèverez plus vos poings l'un contre l'autre mais vous vous aiderez et vous vous protégerez l'un l'autre. Tant que dureront vos vies, vous serez frères par le sang. Tous deux de même valeur devant le Grand-Esprit. Si l'un d'entre vous trahit son frère, l'autre aura le droit de le tuer, car vous êtes frères de sang et de volonté. Personne ne vous oblige à l'être. Aucun parent ne vous y force. Vous serez responsables du sang de votre frère. Êtes-vous prêts?

— Oui, répond-il avec Nicolas, cédant à l'extase qui le gagne.

Oscar entaille leurs avant-bras et les lie aussitôt l'un contre l'autre.

— Je suis ton frère.

— Je suis ton frère.

Nicolas empoigne son coude dans sa main. Lui, celui de Nicolas. Jamais plus ils ne s'élèveront l'un contre l'autre. Ce que la rivière a ensemencé vient d'éclore.

Longtemps, ils restent ainsi, fusionnant leur sang. La chair et l'esprit ne faisant plus qu'un. Il n'y aura pas d'*Ite, missa est* à cette messe. Elle ne s'achèvera qu'avec la mort ou la trahison de l'un ou de l'autre. Il étreint le coude de son frère. Il n'est plus seul sur sa mère la terre. Plus seul sous son père le ciel.

Il a froid, réprime ses frissons. Après avoir délié les courroies, on l'installe plus près du feu. Il tremble. Des bras maternels le couvrent d'une natte en peaux de lièvres et le bercent. Il appuie sa tête sur les seins de Manon. Elle ne cesse de le dorloter depuis que Nicolas lui a chuchoté quelque chose. Ses frissons s'espacent. Alcide aussi, une fois, l'a tenu contre lui, pour le réchauffer... il se rappelle avoir été bercé par lui et tenu serré contre son corps brutal qui le terrifiait. Se rappelle qu'il aimait cela... en se demandant s'il péchait... aimait aussi les sensations qu'éveillait sa main dans la nuit... malgré la peur, la gêne et le sentiment de culpabilité qui le rongeait. Les mains se font douces dans ses cheveux, sur sa joue imberbe, dans son cou et sur ses épaules. La main se fait chaude et protectrice. Il aimerait se réfugier en elle, s'y blottir comme une souris. Il se colle contre le corps sécurisant de la vieille femme qui le berce toujours en lui cajolant la tête. Des voix le rejoignent... elles parlent de lui ces voix, mais il n'a pas à répondre. Il n'est qu'un enfant qui s'endort contre sa mère. C'est elle, maintenant, qui a le poids des étoiles.

— Je te le laisse, Manon. Tu sais... ce que tu as à faire.

Qu'a-t-elle à faire, sa mère? Où va son frère? pas de réponse. Elle l'étend sur la couche moelleuse, enlève ses mocassins. Il rit de sentir ses jambes tomber lourdement. Ainsi faisait Biche Pensive quand Small Bear s'endormait sur le plancher. Il riait toujours en se laissant faire. Maintenant, elle détache son pantalon et le lui enlève aussi. Tour à tour, ses jambes tombent mollement. Que c'est amusant d'être un enfant et d'avoir un frère sur cette terre. Combien d'étoiles pèsent sur les épaules de sa mère? Celle de son blason de carabin y figure-t-elle? Voilà qu'elle désire enlever son sous-vêtement. Pourquoi? Ça, jamais elle ne l'a fait. Il replie ses jambes, grogne un peu pour montrer son désaccord. Elle abandonne aussitôt et le rejoint sous la natte. Il retrouve les seins nus... aimerait les téter dans la chaleur de ses bras. Alcide lui a appris qu'il faisait des péchés en dormant avec sa mère. Mais c'est lui, Alcide, qui a fait des péchés. Il se blottit contre la femme, effrayé. Où est mon frère? Il dort. Shh! Coulent les doigts dans ses cheveux. Il ferme les yeux, s'abandonne et dort comme son frère... sur sa mère la terre qui supporte les étoiles de son père le ciel.

Bruit. Panique. Douleur. On crie, on court.

— Quoi? Qu'est-ce qu'il y a? hurle-t-il, chassant l'intrus d'un geste du bras.

— Docteur! Vite! Docteur!

La voix de Marie-Victorine le rejoint dans ce brouillard épais où il flotte.

— Docteur! C'est Nicolas, Vite!

Son frère de sang? Il tâte la coupure sur son avant-bras. Il n'a pas rêvé: il a vraiment un frère. On le secoue comme un pommier, éveillant dans son crâne une douleur intolérable. Sorcier! Sorcier!

— Laissez-moi! J'arrive, j'arrive...

Que fait Small Bear, pieds nus devant la porte givrée du salon? Qui lui a enlevé ses mocassins? Et pourquoi n'est-il pas alité alors qu'il a si mal à la tête?

Des mains impitoyables l'arrachent brutalement au sommeil. Il ouvre les yeux... les referme. Une image insolite le force à les rouvrir. C'est le visage ridé de Manon, penché sur lui. Que fait-elle sur la même couche que lui? Tantôt, il lui a semblé reconnaître la voix de Marie-Victorine.

— Vite, docteur! C'est Nicolas!

Effectivement, c'est elle. Il se retourne vers la voix et aperçoit la jeune femme accroupie à la porte de la tente. Que fait-il ici dans les bras de cette vieille?

— Baptiste a tiré sur Nicolas... Vite. Il perd du sang.

— Quoi? Quoi?

Il se lève d'un bond, s'empêtre dans sa combinaison, se relève, cédant à l'affolement général qu'il perçoit à l'extérieur.

— Ma trousse. Va chercher ma trousse.

— Où?

— Dans la tente de Baptiste.

— Je ne peux pas. Mon oncle a encore sa carabine. Venez vite.

Il sort aussitôt et court devant elle, retenant son sous-vêtement pour éviter de trébucher de nouveau.

À vingt pas de la tente de Baptiste, un corps gît sur la neige rougie. C'est Nicolas. La plume de son chapeau s'est brisée en touchant le sol. Elle pend lamentablement dans le léger vent humide.

— Ne l'approche pas, sorcier, ordonne Baptiste en levant le chien de son arme.

Que fait ce vieux fou entre lui et Nicolas? Il regarde ce sang dont il est responsable, sur cette terre... ce nouveau petit frère que sa mère lui a donné hier... et qui est là, immobile... peut-être mort, prononçant l'*Ite, missa est* de leur si courte messe.

— Pourquoi as-tu fait cela, Baptiste?

— Parce qu'il t'a corrompu et a déshonoré ma fille. Il t'a fait boire l'eau de feu, toi qui ne buvais pas. Ma fille en a bu et a perdu sa virginité avec Michel-Ange qui pourrait être son fils. Machémanitou l'habite. Il veut mener mon peuple à l'abattoir du Blanc. Comme il n'a pu se débarrasser de toi en te perdant dans la neige... il a décidé de te corrompre pour te perdre.

— C'est moi qui négocie avec le manitou de la mort. Pas toi. Il ne sera pas content lorsqu'il apprendra que tu veux voler mes pouvoirs.

Cette réponse ébranle Baptiste. Il reluque le talisman à son cou puis les cicatrices qu'il n'avait jamais vues auparavant.

— Toi aussi, tu as fait la danse du soleil?

Il doit saisir cette occasion pour confondre l'illuminé et l'amener à abandonner son arme.

— Non. Je me suis battu avec Machémanitou. Regarde. Il a sauté sur moi et m'a ouvert avec ses griffes. Il m'a mordu et moi, je l'ai tué avec mon couteau. Si Machémanitou était en Nicolas, je l'aurais reconnu et tué pour qu'il ne fasse pas de mal à ton peuple. Mais je connais Machémanitou et ce n'est pas lui qui est en Nicolas. C'est une étoile tombée sur la terre. Rends-moi ton arme avant que le manitou de la mort ne devienne trop furieux.

— Pourquoi as-tu bu?

À son tour d'être confondu. Le dangereux vieillard enjambe le corps de son frère et se poste devant lui, comme un guerrier devant le prisonnier qu'il peut abattre ou libérer.

— Pourquoi as-tu bu? redemande-t-il, hystérique.

Que répondre? Il remarque Michel-Ange qui se faufile sournoisement, comme une loutre sur le sol. Il doit divertir Baptiste pour permettre à l'adolescent de le surprendre. Doit inventer une réponse, fût-elle absurde.

— J'ai bu... pour retrouver les visions de ton frère, voir où il s'était trompé. Moi aussi, je cherche la voie, et maintenant, je sais pourquoi Georges a mal interprété les songes.

Michel-Ange rampe toujours. Et Nicolas perd toujours du sang. Il poursuit sa plaidoirie, se fait intrigant, convaincant, menaçant. Joue à merveille le puissant sorcier que craint Baptiste.

Michel-Ange n'est plus qu'à quelques pas. Personne ne bouge, personne n'ose même regarder dans sa direction de peur de compromettre son plan. Ainsi s'approchait le chasseur du gibier lorsqu'il n'avait qu'une lance pour l'abattre.

— Les étoiles se heurtent dans la tête de l'homme

qui boit, invente-t-il en haussant le ton pour couvrir le déplacement de l'adolescent.

Michel-Ange saisit bientôt les chevilles de Baptiste et le fait basculer. Aussitôt, les chasseurs le maîtrisent, tandis qu'il accourt près de Nicolas. Il le retourne délicatement. Le chapeau melon roule sur lui-même et s'arrête. Pourvu que le coeur ne se soit pas arrêté lui aussi. Il touche la carotide : une pulsation met fin à ses angoisses. Il est encore temps de discuter avec ce manitou de la mort. Nicolas ouvre les yeux et sourit en geignant.

— Ça brûle, doc. Ça brûle.

— Je vais t'arranger ça.

Le blessé porte la main à son côté droit. La balle doit avoir touché le foie, ou la rate, ou les deux.

— Je vais t'opérer. Aidez-moi à le transporter au presbytère. Marie-Victorine, va dégager la table. Vite! Trouve un drap ou prends la nappe de l'autel. Vite! Odette, va chercher ma trousse.

Avec précaution, il soulève Nicolas par les aisselles, laissant les jambes aux autres.

— Sorcier, qu'est-ce qu'on fait de Baptiste?

— Ligotez-le dans la chapelle. Qu'il ne nuise plus à personne.

C'est en mettant, encore une fois, le pied sur la manche de son sous-vêtement qu'il se rappelle avoir été surpris par Marie-Victorine dans cet accoutrement rudimentaire. Des pensées virevoltent dans sa tête, tandis qu'il tente de se figurer le trajet et l'emplacement de la balle. S'est-il accouplé avec Manon? Il ne se souvient pas. Ne peut même pas expliquer comment il s'est retrouvé sur sa couche. Il a du mal à rassembler ses idées et ce trou de mémoire confirme qu'il n'est pas en état d'opérer. Il a trop bu et les effets de l'alcool ne se sont pas complètement dissipés. Pourtant, il doit le faire. Lui seul possède cette compétence.

Voilà Nicolas étendu sur la table où, hier encore,

Marie-Victorine brodait si joliment. Clovis découpe les vêtements avec des ciseaux de couturière. Met à jour cette blessure occasionnée par un projectile qui n'a pas traversé le corps. Où s'est logé le plomb de la vieille carabine de Baptiste, cette carabine qui lui servait à tuer les bisons et probablement les habits rouges? Combien de débris d'os et de morceaux d'étoffe encrassés a-t-il entraînés dans son trajet meurtrier?

Odette arrive avec la trousse. Il fait immédiatement une injection intraveineuse pour combattre l'infection, et il avale des cachets pour se débarrasser de son mal de tête.

— Tu vas m'ouvrir comme Adam, doc?

— Oui, je vais aller chercher le plomb. Ça va bien aller.

La voix de Nicolas est faible, son souffle pénible. Il se met subitement à claquer des dents.

— Va chercher une couverture, Marie-Victorine. Il est en état de choc.

Cette réaction l'inquiète. Cet homme, que nul froid ne semblait en mesure d'atteindre, tremble de tout son corps sur la table du presbytère chauffé. Chaque secousse éveille en lui des douleurs atroces qui se lisent sur son visage. Il réchauffe le stéthoscope de son haleine avant de le poser sur le coeur qui se débat.

— Ça ira bien, répète-t-il pour rassurer son frère et pour se rassurer lui-même.

Si seulement il était en état.

— Qui... t'aide?

En effet, qui peut l'assister ici? Kotawinow n'y voit goutte et nul autre n'a de formation adéquate.

— Moi, j'ai déjà assisté à Albany, offre Marie-Victorine en étendant la couverture.

— Non. Tu es trop malade pour cela. Il est faible. Tu risquerais de le contaminer.

La main de Nicolas s'agrippe à la sienne.

— Elle, doc.

— C'est dangereux, Nicolas. Elle est contagieuse.

— Elle.

Nicolas saisit la tresse de Marie-Victorine penchée au-dessus de lui. Son amour crève les yeux, crève le coeur. Elle enferme avec sollicitude la main du blessé dans les siennes. Les doigts rougis de sang s'accrochent farouchement à la natte de cheveux. C'est tout son coeur, toute sa vie, toute sa peur que Nicolas noue à ce lien de rien qu'il s'invente. Il n'est plus qu'un enfant effrayé par la douleur et la mort.

— Tu crois qu'il voudra de moi dans son paradis? s'enquiert-il.

Cette phrase, sur les lèvres tremblantes de Nicolas... Lui qui ne craignait ni le froid ni l'enfer... Cette phrase le renseigne sur l'état physique et moral dans lequel il se trouve.

Il regarde cet homme, accroché à la vie par la tresse de cette femme et comprend qu'il ne peut le priver de ce lien de rien inventé par sa peur.

— Très bien, elle m'assistera.

— Dieu est miséricorde, Nicolas. Aujourd'hui même tu seras avec moi dans mon paradis, a-t-il dit au bon larron.

Kotawinow, qui jusqu'à maintenant faisait bouillir de l'eau, s'avance près de la table, la main déjà levée pour absoudre les nombreux péchés de Nicolas.

— Je veux pas mourir, doc. Je veux pas. Ça brûle en dedans, ça brûle... c'est l'enfer.

— Non, c'est le plomb. Je vais aller le chercher et ça ne brûlera plus. Tu sais que je suis celui qui guérit.

— Oui... je sais. Dis au manitou de la mort que je ne veux pas... pas tout de suite.

— Voyons Nicolas, ressaisis-toi! Il n'y a pas de manitou de la mort. Confesse-toi, repens-toi, rétablis la paix avec le Seigneur, intervient le prêtre à qui Marie-

Victorine cède la place. Ce que le docteur sait, il l'a appris dans les livres des Blancs. Il peut te guérir parce qu'il a étudié longtemps, pas parce qu'il a un pouvoir. N'offense pas Dieu à cet instant, Nicolas. Repens-toi de tes fautes. Repens-toi sincèrement. Juste une parole et ton âme sera guérie.

Le regard traqué de Nicolas se promène de l'un à l'autre. En qui devrait-il croire en cet instant ultime? Au sorcier ou au prêtre? Lequel des deux ment? «C'est le marché aux âmes», disait la vieille missionnaire. Elle avait raison. Que de cultes différents se sont disputé l'âme naïve de ces enfants! Que de traités ont abusé de leur ignorance! Que d'enseignements ont profité de leur crédulité!

Nicolas fixe intensément le talisman attaché à son cou.

— Repens-toi, Nicolas. N'offense plus Dieu avec des pratiques païennes, ne cesse de répéter Kotawinow, alarmé.

Déchiré par le doute, son frère attend de lui une certitude. Comment l'opérer dans ces conditions? Comment arrêter cette roue qu'il a lancée sans perdre la confiance de Nicolas? Il ne peut prendre le risque de confesser qu'il n'est pas sorcier. Ce serait le livrer à la résignation, à la mort. Toutes ces croix dans le cimetière le confirment. Non. Il ne peut pas. Ne veut pas perdre ce nouveau petit frère que sa mère la terre lui a donné. Il en est responsable. Il se lèvera contre la logique pour le sauver, contre la volonté du prêtre, l'espoir de Marie-Victorine et contre Dieu lui-même. Plus que jamais, il doit être ce sorcier tout-puissant.

Il détache la chouette et la dépose dans la main de Nicolas. Il referme aussitôt sa main dessus.

— Tu ne mourras pas, Nicolas.

— Rejette ça, Nicolas. Ne fais pas ça! interdit Kotawinow en tentant d'ouvrir sa main.

— Ne me touche pas, Kotawinow. Tes mains ont touché mon frère et il ne peut se satisfaire avec une femme. Ne me touche pas!

Alcide lâche prise et le darde d'un regard indigné.

— Pourquoi détruis-tu Dieu par mes fautes? Tu vas nous perdre, Clovis. Nous tous ici. Ta folie vengeresse va nous perdre. Tous nous perdre.

Il recule vers la porte et disparaît.

— Je vais me préparer, dit alors Clovis en remarquant les yeux déçus de Marie-Victorine.

Il s'est lavé, relavé, aseptisé. A vêtu ses habits immaculés, ganté ses mains, masqué sa bouche qui sentait l'alcool et coiffé sa tête où glissaient les doigts de Manon. De geste en geste, il s'est senti devenir un autre homme. Peu à peu, s'est détaché de son frère pour ne considérer que cette partie blessée. N'être concerné que par le trajet de cette balle et les dégâts qu'elle a causés. Il a oublié la chouette et le prêtre en colère. Oublié son mal de tête et sa nuit dégradante.

— Fais pas comme Lilino... pas comme Lilino, implore Nicolas d'une voix d'enfant malade. Pas comme Lilino, sans détacher les yeux de Marie-Victorine qui le prépare.

— Tais-toi, mon frère. Garde tes forces.

— Tu aurais vu comme je suis bon, doc. Je t'aurais retrouvé... retrouvé n'importe où... Tu es beau comme ça.

— C'est mon habit de grand sorcier. Je vais aller chercher le mal en toi comme j'ai fait avec Adam. Je vais t'endormir maintenant.

— Comme Adam... Adam, murmure fièrement Nicolas en l'observant poser le masque anesthésiant.

— Il t'aime, Victorine... comme moi... il t'aime, lui aussi.

Tombent les gouttes de chloroforme. Silence. Marie-Victorine attend, gantée et masquée, faisant mine de n'avoir rien entendu des aveux de Nicolas.

Clovis ouvre et ferme ses mains rescapées du gel. Il est à peu près huit heures, l'heure à laquelle il aime opérer. Il saisit le scalpel sans trembler. Le voilà redevenu l'excellent chirurgien qu'il a toujours été.

Marie-Victorine, attentive à ses moindres désirs, l'assiste efficacement. Encore une fois, il goûte cette étroite collaboration qui l'arrache à sa solitude et lui donne la certitude de réussir l'intervention. Il n'est plus seul pour négocier avec le manitou de la mort. Il est avec Marie-Victorine qu'il aime. Leurs esprits ne font plus qu'un pour soigner cette plaie due à l'ignorance de l'homme et à sa folie vengeresse. Ne font plus qu'un, mystérieusement unis par la chair menacée de Nicolas.

Il fait nuit. La lampe éclaire faiblement la petite pièce encombrée de vêtements de cuir. Sur la table, le patient repose dans un état plus que satisfaisant. La résistance de son organisme lui permettra de cicatriser promptement et de combattre l'infection. La balle n'a fait qu'effleurer le foie.

Il contemple cet homme dont la respiration régulière le satisfait. Cet enfant des neiges, abandonné dans la caverne aux rebuts comme Machémanitou. Quel être résistant et combatif! Quelle volonté de vivre et de vaincre!

Je suis fier de toi, mon frère, pense-t-il en caressant le front tiède et les cheveux doux. Puis, sa main glisse sur le poignet pour prendre encore ce pouls rassurant. Quelque chose l'irrite cependant: c'est ce talisman au creux de la main. Nicolas croit que sa force lui vient de la chouette alors qu'en réalité, elle ne provient que de son courage et de sa détermination. Il regarde la main brune, refermée sur l'objet. Qu'a-t-il fait à son frère? À sa tribu? Il a gravement accentué le décalage entre ce peuple et le progrès en lui faisant croire qu'il était sorcier et pouvait communiquer avec le manitou de la mort. À lui seul, il les a fait régresser dans le temps jusqu'à ce que les légendes de Baptiste collent à la réalité. Il les a fait régresser, lui qui s'accroche à sa montre et eux, à son fétiche. Les a fait reculer vers le nord en préparant le voyage vers le sud. Les a aidés à ramasser des fourrures pour payer leur passage sur les bateaux, tout en paralysant leur cerveau avec sa sorcellerie. Il a fermé les yeux sur la fornication, la bigamie et la boisson pour anéantir complètement l'oeuvre d'Alcide. Mais en l'anéantissant, il a permis que l'anarchie et l'absence de loi aboutissent à la tentative de meurtre. Coupable, il mordille sa lèvre. Une toux sèche lui provient de la chambre de Marie-Victorine. Pas comme Lilino, implorait Nicolas.

Assis sur la chaise branlante, près de la table, il appuie son front sur la main de Nicolas. Cette main fermée sur son fétiche. De la grosseur approximative du coeur. À son image aussi. Ayant pour centre cette croyance d'homme primitif qu'il a encouragée. Qu'a-t-il à dire pour sa défense? Rien. Il est coupable. Oh! Combien coupable envers son frère et son peuple!

Une main se pose sur son épaule. Si douce, si légère soit-elle, elle lui pèse.

— Allez vous reposer, docteur. Je le veillerai.

— Tu ne dors pas, toi?

— Je m'inquiète pour Kotawinow: il n'est pas rentré.

— Ne t'inquiète pas pour lui.

Elle s'avance près de Nicolas, le considère longuement. Il fait de même, remarque la beauté sereine de cet homme au repos. Il y a chez lui une telle simplicité, une telle franchise, une telle pureté. Autant dans les traits du visage que dans ceux du caractère. Nicolas est limpide comme la rivière glacée qui les a unis. Il ne camoufle rien. Ni son amour, ni ses imperfections, ni sa volonté d'aider sa tribu, ni ses faiblesses. Il est foncièrement pur malgré les apparences, contrairement à lui qui n'est qu'une eau trouble et visqueuse. Quel mari merveilleux il ferait à Marie-Victorine! Mieux que lui, c'est sûr.

— Il a l'air de bien aller.

— Oui, très bien. Je n'ai jamais vu un homme d'une aussi forte constitution. Heureusement que cette balle n'a pas fait de gros dommages. Il s'en tirera très bien.

— Je suis heureuse pour lui.

— Son fond est bon, Marie-Victorine... Il n'est pas si mauvais qu'il en a l'air. Il veut du bien pour sa tribu. Il t'aime.

Étonnée, elle se retourne vers lui. Cela l'intimide. Devant elle, il se sent fautif. Il ne peut supporter son regard et appuie de nouveau son front sur le poing de Nicolas. Le fait qu'elle l'ait surpris dans le lit de Manon le tracasse moins que la destruction de l'oeuvre d'Alcide qu'elle lui reproche. Pourquoi? questionnent toujours ses yeux veloutés. Pourquoi avoir détruit Dieu parmi nous? Voyez où cela nous a menés.

— Moi, j'ai amené le mal parmi vous. J'en suis conscient. Je suis à blâmer plus que Baptiste: il n'est qu'un pauvre vieux attardé à son passé, tandis que moi...

Tant d'années d'études! Tant de diplômes pour grimper sur un banc et proclamer qu'il est un sorcier! Tant de messes servies et suivies, pour ne plus y assister et influencer ces nouveaux convertis jusqu'à l'abandon de la religion! Sa faute le recouvre. La femme se tait, le voit tel qu'il est.

Il regarde de nouveau ce poing. Il l'ouvre, doigt par doigt. Les yeux d'or de la chouette le fixent. « Un médecin doit conserver la vie et non penser à la détruire », lui disait son père lorsqu'il avait voulu tuer Olivier et Hercule, à l'âge de neuf ans. Quel méchant enfant il était déjà! Il a l'impression que son père voit son oeuvre par les yeux dorés du fétiche et le condamne. «Vous ne m'aimez plus?» avait-il demandé, désespéré. C'était la fin de son monde de n'être plus aimé de cet homme. L'écroulement de l'univers intérieur qui lui permetttait de vivre ou, plutôt, de survivre. Mais l'homme l'avait pris sur ses genoux pour lui expliquer l'inutilité de la vengeance. Il faut croire que cette leçon n'avait pas porté ses fruits. C'était Judith, à l'époque, qui avait failli y laisser sa peau; aujourd'hui, c'est Nicolas.

— Tu ne m'aimes plus.

Cette phrase lui a échappé. Son univers croule dans le silence de la femme. Il extrait le fétiche de la main de Nicolas. C'est facile! C'était facile aussi d'extraire la balle et les débris d'os. Il suffisait d'être précis et calme. Mais ce mal qu'il a infligé, comment peut-il l'extraire?

Il laisse tomber le talisman au fond de la poche de son veston accroché à la chaise. La présence de Marie-Victorine l'étouffe.

— Je vais aller chercher Kotawinow.

Il sort, vêtu seulement de sa chemise blanche et de son pantalon. La pluie le surprend. De grosses gouttes glaciales tombent sur son dos.

Est-ce là un signe de printemps? Cet hiver finira-t-il enfin par fondre pour le laisser retourner chez lui? Il respire profondément. Note un adoucissement dans l'air. Comme si, à bout de forces, le froid avait cédé aux instances des vents tempérés. Mais pourra-t-il partir en paix en les laissant sur cette fausse idée de métis et de sorcier? Non. Il doit réduire au maximum le décalage dont il est la cause. Comment? Il ne le sait pas encore. Peut-être qu'Alcide pourrait l'éclairer. Ensemble, ils réussiraient à régénérer ce petit peuple, quittes à faire officiellement la paix pour les convaincre. Tout est noir devant lui. Il entend tomber la pluie qui le presse de s'amender. Tous dorment sous les tentes. Il verra Alcide demain, quand ses idées seront plus claires.

Et Baptiste? Pauvre Baptiste emprisonné. Il décide d'aller lui parler et se dirige au pas de course vers l'entrepôt. Plus il approche, plus il perçoit une odeur désagréable qui lève le coeur. Un coup de vent rabat la fumée de la cheminée. Ça sent le cochon grillé. Que se passe-t-il là-dedans? Intrigué, il pousse la porte sans faire de bruit.

Un spectacle ahurissant le saisit. Il y a là Kotawinow et Baptiste, tendant une peau au-dessus du poêle. Les flammes, échappées par le rond ouvert, lèchent le poil d'une superbe peau de castor. Un grésillement, une odeur poignante, du gras qui fond et finalement un trou qui s'agrandit vite pour laisser traverser une longue gerbe rouge. Baptiste jette la peau ruinée, la piétine pour l'éteindre et en prend une autre pour lui faire subir le même sort. Peaux de vison, de martre, de renard, de loutre, de castor et d'hermine entremêlent leurs poils grillés et leur cuir ravagé. C'est fini! Elles ne valent plus rien. Il ne peut croire en ce qu'il voit. Pourtant, elles sont bien là les peaux détériorées. Alcide aussi est bien là, anéantissant le fruit de tout cet hiver de misère.

Clovis ouvre et ferme les mains. Rageur. Sentant monter en lui cette marée incontrôlable de violence. Dire qu'il a failli perdre ses mains pour voir celles d'Alcide s'en prendre à leurs fourrures! Dire qu'il a failli mourir de froid pour voir naître ce petit trou dans le cuir! Dire qu'il s'est égaré entre les serpents de poudrerie pour voir ces longues mèches de feu dévorer les ballots qu'il a transportés sur sa nuque douloureuse!

Ses mains demeurent fermées. Dures comme des roches. Prêtes à pulvériser cet homme qui a gâché sa vie aussi facilement qu'il gâche maintenant les fourrures.

C'est sa vie, cette peau qu'il maintient au-dessus de l'enfer. C'est sa vie qui brûle. C'est ce trou dans son âme. Ce gâchis qui l'écarte des autres et le prive de la femme qu'il aime. C'est sa vie qu'il maintient au-dessus du gouffre. C'est son âme. C'est son peuple.

Il est enfin là, ce bourreau. En pleine action. Accomplissant sa machiavélique destruction pendant que les yeux sont clos.

Clovis bondit devant lui tel un animal sauvage.

— Arrêtez ça!

Terrorisé, Kotawinow lâche le bout de la peau qu'il tenait et s'éloigne du poêle. Mais Baptiste enfourne la peau et lui réplique:

— Nos tentes ne deviendront pas des tentes de cirque. Personne n'ira au Sud.

Alcide, acculé au tas de rebuts, le seconde craintivement.

— Ce voyage sera votre perte. Qu'est-ce qui les empêchera de boire, de se vendre et de vendre les femmes?

— Nicolas veut tout vendre. Nos caribous. Nos vêtements, nos coutumes. Même mes cicatrices de la danse du soleil. Il veut tout vendre. Tout! Tout! hurle Baptiste en tournant la peau afin qu'elle s'enflamme de partout.

— Laisse ça, Baptiste.

Il ne veut pas de cet innocent entre lui et son bourreau. Ne veut pas de témoin à sa vengeance.

— Non, sorcier. Mon peuple ne doit pas aller au Sud... mais rester ici et vivre selon ses coutumes.

— Nous avons vu d'autres voies ferrées, Baptiste. Elles vont jusqu'à Churchill, au Nord. Elles vont partout. À quatre jours de marche d'ici, vers l'ouest, il y a cette voie ferrée. Le cheval de métal va partout, Baptiste. Mieux vaut l'affronter que le fuir. Tu n'agis plus en guerrier mais en lâche.

— C'est toi le lâche... tu as corrompu ton sang avec celui d'un habit rouge.

— Non, c'est toi. Tu fuis... tu fuis le temps, tu fuis le cheval de métal, tu fuis l'homme blanc... Et c'est ce que tu as toujours fait.

— Non!

— Oui. Tu as fui quand tu as vu ton frère blessé... tu as fui le combat.

L'entêtement de Baptiste l'oblige à cette grave et fausse accusation. Inévitablement, sa violence incontrôlable éclabousse le vieux guerrier de sa hargne.

— Tais-toi! Tais-toi! J'ai fait la danse du soleil. J'étais un bon guerrier. Tu mens.

— Un bon guerrier ne fuit pas. Laisse cette peau.

— La voilà, ta peau.

Baptiste la lance par terre avant de s'enfuir en courant. Aussitôt, la peau enflamme le plancher d'épinette séchée que plus personne n'entretenait. Le feu se propage vite, rejoint les pieds de Clovis. Il grimpe sur un tas de fourrures tandis qu'Alcide s'écarte des flammes en relevant sa soutane, les piétinant autant qu'il peut puis lançant d'autres peaux dessus pour étouffer l'incendie. Mais le feu grille la fourrure qui dégage une épaisse fumée nauséabonde. Aveuglé, le vieillard trébuche et fait basculer le poêle. Ça y est! Les bûches incandescentes et les tisons tombent sur le tas de rebuts. Une immense flamme grimpe jusqu'au plafond... atteint le toit. Vite, il faut sauver ce qui reste des fourrures. Il se rue sur la porte que Baptiste a barricadée, la seule issue possible. Il se recule, fonce avec son épaule à plusieurs reprises jusqu'à ce qu'elle cède. Hélas, le courant d'air attise l'incendie qui s'en prend aux murs calfeutrés de mousse. Affolé, Clovis lance les ballots dehors pendant qu'Alcide en alimente le feu, en scandant: «Vous n'irez pas, vous n'irez pas.» Clovis lui saisit les poignets et l'immobilise.

— Laisse-moi, Clovis.

— Non! Je te tiens. Je te tiens enfin. Juste toi et moi et personne sur ton coeur.

Clovis tousse. Ses yeux brûlent. Ses yeux pleurent. Les lumières rouges, les seules de ce trou noir qu'est la nuit, donnent au visage du vieillard l'aspect terrifiant qu'il avait, lorsque enfant, il allumait des lampions pour guider sa mère dans l'éternité.

Il est là, le bourreau, tordant ses poignets dans ses mains. Il est là, le bourreau, sans personne sur son coeur.

— Où est ma mère?

Le feu gronde.

— Où est ma mère?

Il secoue l'homme violemment. A l'impression qu'il en ébranle tous les os.

— Dis-le! Elle est en enfer. Oui, tu l'as dit. Elle est en enfer. Elle brûle par où elle a péché... c'est ça, hein?

— ...

— Dis-le! Elle brûle par le ventre! Le ventre qui m'a conçu. C'est moi son péché, hein? C'est par le ventre qu'elle brûle ma mère? hurle-t-il en secouant de plus belle ce vieillard qui s'obstine dans son silence.

— Et toi, tes mains... est-ce qu'elles te brûlent? Hein? Elles te brûlent tes mains? Nous sommes en enfer, m'sieur l'curé. Ça sent la chair grillée. Ce sont tes doigts qui brûlent de m'avoir touché dans la nuit.

Il étend les doigts d'Alcide sur les flammes du brasier principal.

— Clovis, laisse-moi: tu vas le regretter... ne fais pas ça... ne deviens pas comme moi.

Cette supplique du bourreau envenime la colère de Clovis. Il maintient les mains qui se tordent dans les flammes.

— Tu m'as brûlé les mains pour tes foutus lampions. Je devrais te brûler en entier pour toutes les peaux que tu viens de gaspiller. Sais-tu ce que ça représente pour nous au moins?

Il le libère de cette prise. Alcide se lamente et tousse. De denses nuages les enveloppent tous les deux. Il tousse lui aussi. Ne trouve son souffle que dans cette fumée mortelle. C'est cela l'enfer. C'est comme cela. Alcide tente de s'enfuir. Clovis le retient fermement. Jouit de le sentir trembler entre ses mains, comme il tremblait, enfant, quand grinçait la porte de la chambre.

— Autant en finir, toi et moi.

— Sauve-toi. Ne deviens pas comme moi... n'aime pas en châtiant.

— Tu as fait de moi... un impuissant... un impuissant. Je ne pourrai jamais aimer. Jamais!

— Pardonne-moi.

— Non. Oh! Non. Tu n'iras pas au ciel... et moi non plus. C'est l'enfer pour nous, Alcide... l'enfer. Nous finirons ensemble dans le même brasier et les mêmes souffrances. Nous avons péché ensemble.

— Non. C'est moi qui ai le poids de cette faute... pas toi... pas l'enfant du baptême.

— Tu as réussi à m'avoir... je me suis abandonné... abandonné à toi.

Sa voix s'étrangle. Il suffoque. Alcide ne tient plus debout et râle contre lui.

Oui, autant mettre un terme à cette perpétuelle solitude qu'est sa vie. Autant en finir ainsi, avec le seul être qui a pu extirper une jouissance de son ventre et qui, l'ayant fait, l'a isolé si parfaitement. Autant brûler son corps frigide avec celui d'Alcide, également cloîtré, dans cet immense brasier de haine. Autant mourir avec lui. Se damner avec lui. Lui qui s'est châtié de l'aimer et ne l'a aimé qu'en le châtiant. Lui à qui il ressemble finalement, autant par son corps frustré que par sa méchanceté. Autant par le don total que chacun fait de lui-même à sa religion que par leur manière destructive d'aimer. Oui... il lui ressemble... est devenu comme lui et non comme ce médecin de campagne aux doux yeux de miel. Est devenu comme lui. Va partir avec lui. Libérer la terre de leurs âmes troublées, de leurs corps stériles. Autant mettre un terme à ce tourment qu'il ne sait plus qualifier de haine ou d'amour.

— Ma soutane... le feu... j'ai peur.

Il étreint le vieillard contre lui, le soutient. C'est avec lui qu'il quittera cette terre.

— Goûte à l'enfer, Alcide. Je suis là.

— Pourquoi... fais-tu cela ?

La fumée obscurcit la pièce, remplit leurs poumons. Clovis inspire de grandes bouffées chaudes qui le font tousser. Il ferme les yeux. Il n'y a plus rien à voir. Alcide s'affaiblit entre ses bras en bredouillant : « Pourquoi ? Pourquoi ? » Ils vont s'asphyxier.

— Pour mon père... pour ma mère... et pour Small Bear.

C'est en leurs noms qu'ils vont mourir ainsi.

KOTAWINOW ! Ce cri désespéré provient de Marie-Victorine. Elle appelle son père. Son père qui est aux enfers dans ses bras. Elle appelle son père sous la pluie froide... la même pluie qui soulageait ses paumes brûlées quand il appelait sa mère. « Cherche pas ta mère au ciel, elle est en enfer. » Ne cherche pas ton père, il est aux enfers, avec moi.

KOTAWINOW ! Cet appel lui traverse le coeur où glisse la tête molle du vieillard. Il s'empare du prêtre inconscient et le traîne vers la sortie. Vers Marie-Victorine à genoux dans la neige, les joues mouillées de pluie et de pleurs. Il le dépose devant elle. Elle se penche sur lui, embrasse son front en le suppliant d'ouvrir les yeux.

Pauvre vieux ! Pauvre lui ! Il a beau chercher, il ne retrouve plus le bourreau en ce vieil homme que Marie-Victorine secourt. Il le regarde, tout petit dans la neige, tout chétif, tout ridé, avec sa longue barbe que le feu a commencé à roussir. Il regarde ses cheveux blancs et sa soutane rapiécée qu'il relevait pour éviter de devenir une torche humaine. Puis cette femme éplorée... et le ciel noir... et la pluie froide sur leurs brûlures. Sa vengeance retombe sur lui comme la cendre dangereuse d'un volcan. Elle étouffe son âme, traduit ses motifs en justice. Il cherche l'image d'Alcide brûlant les fourrures pour se donner raison, plaide sa cause en invoquant la cruauté mentale et physique dont il a été victime, mais les pleurs de la femme le condamnent. Autant en finir, lui tout seul. Alcide ne quittera pas la terre avec lui. Il l'entend revenir à lui. Bourreau ou victime, qu'importe, il vivra.

Il regarde l'enfer, maintenant, qui gronde et craque dans la nuit. Est attiré par le feu qui mettra fin à ses souffrances... fin à cette cendre en lui, à son impuissance... à ses fautes... Il avance. Sachant ce que souffrira son corps avant la délivrance. Des bribes de sa vie l'assaillent. Alcide tenant ses mains au-dessus des lampions. « Tu aimes ça allumer sans payer, hein, petit sauvage ? » Et le grand Firmin, le maintenant pieds nus sur les tisons.

Non ! Deux bras s'enroulent à sa taille et le retiennent. Si fragiles bras, si faibles. Il les palpe : on dirait des bras d'enfant. Ce sont ceux de Marie-Victorine. Il s'arrête, chancelle. Si petits soient-ils, ces bras savent le retenir. Il renverse la tête sous la pluie... et voit pleurer les yeux d'or de son père. « Voyons mon garçon, qu'est-ce que tu fais là ? » lui reproche-t-il doucement. Qu'est-ce qu'il fait là ? La femme l'immobilise contre elle.

— Non, Clovis, non.

Clovis. Elle prononce son nom. Son nom. On dirait Judith, ou sa mère, ou quelqu'un qui l'aime malgré tout. Clovis... elle a retenu ce nom, l'a peut-être prononcé maintes fois dans sa pensée. Elle le tient, le retient.

Tient à lui malgré tout. À lui, Clovis. Pas le docteur, le sorcier ou le métis mais lui, Clovis.

Il caresse les avant-bras de Marie-Victorine.

Je resterai
Tant que tes bras
A ma taille s'enrouleront,
Si petits soient-ils, je resterai.

Je resterai, pour voir tes yeux sourire.
Je resterai, pour voir tes doigts natter tes
cheveux.
Je resterai, pour entendre ta voix et connaître
ton pas
Et porter ton bois et ton eau.

Si petits soient-ils,
Tes bras me retiennent
À la porte des étoiles qui m'effraient.
Et si tu veux,
Je fermerai cette porte sur l'éternité
Et je resterai.

Les Indiens accourent, découvrent avec consternation les quelques ballots récupérés. Un grand silence règne, meublé par la pluie et le feu.

Revenu à lui, Alcide écoute crouler les murs de sa chapelle. Clovis, ceux de son hôpital. Leur temple brûle.

La dernière danse

Ce trou noir dans la neige, se nuançant jusqu'au gris clair à la périphérie. De la suie sur la face des tentes faisant cercle autour du lieu du sinistre. On dirait le trou calciné d'une étoile tombée sur la terre. En plein milieu de ces fragiles habitations de peaux et de toile. Un tronc noirci fume encore, tandis que le reste des décombres se recouvre d'une fine couche de verglas. Un étroit filet de fumée monte droit au ciel par ce matin sans vent. Communique-t-il avec le Grand-Esprit comme la croix d'épinette demeurée intacte sur une portion de mur enfumé ? Là, le poêle, sur un sombre amas puant. L'odeur lève tellement le coeur qu'on s'attend à voir des os carbonisés. N'eût été de Marie-Victorine, il y aurait eu les siens et ceux d'Alcide, pêle-mêle sur le sol; et n'eût été des bras de Marie-Victorine, il n'y aurait eu que les siens.

Macabre, il imagine ses os dans la cendre... son crâne vidé de son cerveau, ses orbites creuses qui ne verraient pas le soleil pâle se lever sur le jour, sa cage thoracique où ne souffrirait plus son coeur, sa fosse iliaque où ses organes génitaux n'auraient plus à subir le fardeau de leur défaite. Mais surtout, son crâne vide et vidé de son cerveau, de son passé, de sa peur et de son remords.

Il se sent l'intérieur en cendres. À l'image même de son temple détruit. Il pense que dans les cendres des terres brûlées poussent habituellement des plants de bleuets. Germeront-ils en lui ? Marie-Victorine, en le retenant dans cette vie, ensemencera-t-elle son âme de quelques fleurs?

Il l'entend tousser d'ici. Hoche la tête. Que les gouttes d'eau étaient froides, hier, entre ses omoplates! Elle a pris mal, grand mal et la fièvre la retient au lit. Pourquoi s'est-elle interposée entre le coeur et la flèche?

Il a mal aux poumons de l'entendre. Hier, quand il s'asphyxiait avec Alcide contre lui, sa toux ne lui faisait jamais aussi mal que celle de Marie-Victorine présentement. Qu'il est dur de voir se lever le soleil pâle sur son oeuvre!

De compter les rares peaux épargnées et de biffer le nom des malades sur la liste des cas chroniques. Il y avait toute cette tribu sur le coeur d'Alcide... et sa flèche les a tous atteints. Tous, chacun à sa façon.

Un silence inhabituel l'accable. Il regarde ce fragile nid d'humains qu'une étoile incandescente a failli exterminer. C'est lui, cette étoile. Si brillante et venue de si loin. Du gouffre de la nuit et de l'éternité où s'est perdue sa mère. C'est lui, cette étoile... Lui qui a fait ce trou noir dans la neige, lui qui fait tousser Marie-Victorine, lui qui a blessé son frère, lui qui a brûlé les doigts d'Alcide, lui qui a rayé des malades de la liste. Quoi d'autre encore? Lui qui a laissé Baptiste s'engluer dans son passé d'Indien fier. Baptiste, enfui on ne sait où.

Il frissonne. Plonge les mains dans ses poches. Ses doigts touchent un objet dur. Il le palpe. C'est son fétiche. Il le sort, le regarde pensivement. Entre-temps, Oscar, qui a fouillé la tente du vieux mystique, le rejoint.

— Il n'a pas d'arme, sorcier. Ni couteau, ni fusil, ni hache. Tout est là. Nous le suivrons à la trace. J'ai vu ses traces là-bas, à l'ouest.

— Je ne suis pas sorcier.

— Quoi? Hein?

— Je suis un homme ordinaire qui a longtemps

étudié chez les Blancs, et ceci n'est pas une médecine et n'a pas plus de pouvoir qu'un bout de bois.

— Non! Tu as vu comme Nicolas est bien. Il a fait des pas, ce matin. C'est parce qu'il a tenu ta médecine dans sa main. Et avec elle, tu nous as tous guéris.

— C'est avec la science que je vous ai guéris, pas avec ça; c'est un bout de bois, je te dis. Viens, allons chercher Baptiste. On ne doit pas le laisser seul.

Il veut éviter l'autopunition à ce vieux sage insensé qui n'est pas réellement responsable de la perte des peaux.

Il remet la chouette dans sa poche.

— Tu ne la portes pas au cou?

— Non, c'est un bout de bois.

Les pistes aboutissent à une grande épinette élancée vers le ciel comme une flèche. Une lanière pend mollement du tronc.

— Oh! Non! Non, Baptiste! Pourquoi tu as fait ça?

Au bout de la lanière, deux chevilles de bois, tachées de sang. Assis au pied de l'arbre, le vieil homme, les yeux ouverts sur le soleil, la poitrine ensanglantée.

— Il a fait la danse du soleil, chuchote respectueusement Oscar.

— Pourquoi?

Il s'approche du cadavre encore chaud, l'examine et conclut que la perte de sang n'a pu provoquer la mort. C'est probablement son coeur qui a flanché par la souffrance. Pourtant, les traits de Baptiste n'expriment qu'une grande fierté et ses yeux fixes semblent apercevoir enfin quelque chose d'attendu à l'horizon. La terre des bisons peut-être... Il hésite à fermer ces yeux-là, braqués sur un passé glorieux.

— Il s'est percé avec ceci.

Oscar lui montre l'alêne qu'il avait patiemment sculptée d'un bois de caribou dans sa volonté d'indépendance envers les Blancs. Ainsi, jusqu'à sa mort, il se sera passé d'eux.

— Il a dansé longtemps, sorcier. Regarde les pistes.

Il aperçoit le sillon battu en cercle, dont le centre est l'épinette.

— Il devait regarder tomber la pluie... Le ciel était noir, hier, pense-t-il tout haut.

— Il a vu le soleil se lever. Regarde : ici, il est tombé à genoux. Regarde sa main. Il s'est traîné pour voir le soleil se lever .

— Oui, je vois.

Tout est écrit dans la neige. Tout. Sa bravoure, sa foi et sa valeur.

Il envie sa mort, tout en la lui reprochant, sans pourtant s'en sentir responsable. Comme bien des Indiens, Baptiste est mort avec le dernier des bisons. Et il a survécu à cette mort, étranger parmi les vaincus. Son sang toujours en guerre contre les vainqueurs.

Oui. La dernière danse du dernier des guerriers est écrite sur cette neige que le soleil boira au printemps. Les traces de sa souffrance et de son combat s'évaporeront en juin. Ne restera que le poteau de torture et la lanière aux chevilles de bois, tachées de sang. Vent du sud, vent du nord, tour à tour, la valseront en mémoire de lui, le dernier des guerriers. Le dernier vrai, le dernier pur. Et si, un jour, les Blancs découvrent du nickel, de l'or ou du fer dans les racines de l'épinette, ils l'abattront et creuseront le muskeg pour s'enrichir.

Et plus rien ne rappellera la souffrance et le combat du dernier des Kenistenoags.

Il noue la chouette au cou de Baptiste.

— Pourquoi tu fais ça ?

— Parce que pour lui, c'était plus qu'un bout de bois. Mon grand-père et ma mère me pardonnent, j'en suis sûr.

Sorcellerie, magie et pouvoir occulte doivent mourir avec Baptiste.

— Rentrons.

Clovis soulève le corps de Baptiste dans ses bras. Si léger mais si lourd de cette parfaite évasion. C'est la pure nation indienne qu'il tient contre lui. C'est sa mère, son grand-père et toute cette grande tribu qui, jadis, possédait ce grand pays. Si dispersée aujourd'hui, la grande tribu. Si ignorée.

Le sang tache sa chemise blanche. Il fait quelques pas, se retourne une dernière fois vers l'épinette dressée comme une flèche. Un vent doux s'est levé et fait battre les chevilles contre le tronc. Cliquetis d'os des temps éternels. Qui se souviendra de ce cercle imprimé par la foi de la race? Si petit poteau... dans ce vaste pays. Une écharde dans la main d'un géant... qui n'est qu'une fourmi devant le soleil. Qui se souviendra? Qui respectera la valeur du fils de l'aigle?

— Tu ne fermes pas ses yeux?

— Non. Il est mort les yeux ouverts. Laissons-le ainsi.

Le vent chasse les nuages devant la face du soleil. Il étincelle soudain dans chaque brin de neige et fait naître des milliers d'étoiles pour saluer le passage de Baptiste.

Vêtu de noir et de blanc, comme le métis à qui le Grand-Esprit parlait, il ramène le fils de l'aigle.

Écoutez, frères de mon père,
Dont la peau est blanche comme neige.
Regardez ce fils de l'aigle
Qui n'a plus de prairie, plus de bison,
Ni de pays ni de combat à vaincre ou à perdre.

Au nom de ma mère,
Dont le sang de la grande tribu

Coule en mes veines,
Souvenez-vous de lui,
Si différent de vous
Avec son coeur d'enfant des plaines,
Ses visions, ses manitous et ses esprits cachés dans
les fleurs.

Rappelez-vous qu'il tuait l'impressionnant bison
avec sa lance.
Que la nuit, il dansait sur sa mère la terre.
Rappelez-vous qu'il a brandi son arc inoffensif
Contre le terrifiant cheval d'acier qui le pourchas-
sait.
Rappelez-vous qu'il s'est levé contre la puissance
Pour défendre ses droits et son honneur.

Écoutez son chant de mort.
Écoutez la plainte de ses enfants égarés.
Souvenez-vous de lui comme l'homme qu'il était
Et non comme l'indigent que vous en avez fait.

Ne riez pas de ses croyances
Qui l'ont soutenu au long des temps.
Ne riez pas de son Grand-Esprit
Qui habite l'étoile et le grain de neige.
Ne riez pas de son chant, de sa danse.
C'est celui de l'homme sur cette terre.

Souvenez-vous, frères de mon père
À la peau blanche.
Souvenez-vous de cette nation
Dévorée par le monstre noir.
Souvenez-vous d'elle, à la peau cuivrée.
Souvenez-vous de son errance.
Surtout vous, les Canadiens errants,
N'ayant de pays nulle part

Depuis qu'on vous a conquis.
Souvenez-vous de la poitrine labourée
Du dernier des guerriers.
Vous qui avez tiré le blé des os des bisons,
Que tirez-vous des siens?

Rappelez-vous ce poteau de torture sur le muskeg.
Respectez-le, le jour où vous fouillerez le sol à la
recherche des métaux.
Rappelez-vous qu'il était là,
Bien avant vous.
Qu'il était là, au commencement,
Après que le rat musqué eut formé la terre
Avec ses grains de sable cherchés au fond des eaux.
Qu'il était là avec sa religion,
Avec sa bravoure et son sacrifice.
Et sa fierté et sa liberté
De chasser sans rencontrer de clôtures ou de rails,
Ses frontières n'étant que des rivières
Le séparant des Athapascans et des Inuit.
Qu'il était là avant qu'on divise ses terres,
Qu'on les mesure et qu'on les vende.
Avant, bien avant que vos bateaux
Ne traversent la grande eau.

Frères de mon père à la peau blanche,
Respectez le sang de ma mère à la peau cuivrée.
Ayez pour elle un moment de recueillement.
Souvenez-vous de la libre biche, mise en enclos.
Souvenez-vous de ses petits qu'elle a défendus de
ses maigres moyens.
Souvenez-vous de son enfant que je lui ramène,
Déchiré par l'absurde dernier combat
Où il n'a trouvé sa victoire que dans sa mort.

Coiffé de son panache et vêtu de ses plus beaux ornements, le fils de l'aigle repose au centre de la place, les yeux toujours ouverts sur l'astre du jour.

Groupés silencieusement autour de lui, les égarés le contemplent. Qu'il est beau, dans son costume de chef, tenant son vieux bouclier en peau de bison dans la main gauche et sa pipe sacrée dans la main droite! Qu'il est noble et saisissant, habillé du cuir, des fourrures et des plumes que lui a fournis sa mère la terre!

Une luminosité sans pareille les éblouit, fait cligner les yeux après le long et sombre hiver. Les rayons d'or baignent ce corps qui, lentement, se refroidit. On dirait qu'ils vont l'absorber d'ici la fin du jour. Partout ailleurs, sur la neige et les gouttes d'eau, ils se reflètent, se multiplient à l'infini et font fondre le verglas sur les ruines. Il sent une chaleur entre ses omoplates, là où la pluie glacée tombait, hier. Et pourtant, il a froid en dedans de lui.

Un grincement dans ce pieux silence. La porte du presbytère s'ouvre sur Nicolas. Il s'avance lentement, masquant les efforts que lui demande cette marche. La plume cassée de son chapeau melon accentue sa claudication par un mouvement irrégulier de pendule. Profanera-t-il le cadavre de Baptiste qui a voulu l'éliminer et qui a brûlé leurs fourrures? Qu'attendre de lui? Le blessé s'arrête tout près du mort et l'examine gravement.

— S'est-il enlevé la vie? demande-t-il, incapable de détacher son regard de la dépouille du dernier des guerriers.

— Non. Il est mort en dansant. Son coeur a cessé de battre.

— Bien.

Nicolas enlève son chapeau, en arrache la plume d'aigle et la replace respectueusement dans le panache des pères.

— Il mérite mon respect: il a eu le courage de vivre

et de souffrir. Il mérite notre respect à tous. C'est un homme fidèle... mais... qu'est-ce que c'est? Pourquoi lui as-tu donné ta médecine?

Tous les regards se tournent vers lui, sauf celui d'Oscar qui préfère baisser la tête en bêchant nerveusement la neige du bout de son pied, comme s'il était partiellement responsable de cette dérobade à son rôle de sauveur.

Clovis regarde les taches rouges sur le blanc de sa chemise. En a assez de tout cela. De cette comédie de faux sorcier qui a donné de la crédibilité aux pratiques de Baptiste. Il se fait penser à Pica, l'oiseau noir et blanc, taché du sang de la vengeance. Encore une fois, n'est-il pas l'image de cette ancienne légende racontée par sa mère? Il est temps pour lui de se laver de ce sang.

— Je lui ai donné ce souvenir de ma mère. Je veux qu'avec lui, elle et mon grand-père retrouvent la grande tribu. Ce n'est qu'un souvenir de bois sans pouvoir. Ce n'est pas avec lui que je vous ai guéris mais avec la science.

Un silence encore plus profond accueille ces paroles. Cette fois-ci, il n'a pas à élever la voix ou à monter sur un banc pour se faire entendre. La vérité n'exige ni emphase, ni effets théâtraux. Il n'aurait qu'à la chuchoter pour qu'on l'entende jusqu'au bout de l'horizon.

— Je ne suis pas un sorcier non plus, mais un médecin. J'ai étudié longtemps chez les Blancs, très longtemps. Enfant, je croyais comme vous que les médecins avaient un pouvoir et je tenais mon père pour un dieu... Quand j'ai grandi parmi les Blancs, j'ai compris qu'il n'était qu'un homme plus instruit que les autres... Je ne suis pas un sorcier.

Les convaincra-t-il une seconde fois? Il jauge tous ces regards tournés vers lui, particulièrement celui de Nicolas qui ne semble pas vouloir accepter ce qu'il confesse.

— Baptiste croyait que j'étais l'esprit du métis. Il a fait la danse du soleil pour gagner une guerre qui n'existe plus entre Blancs et Indiens. L'homme blanc ignore votre existence et je l'ignorais aussi avant de venir ici. Je n'ai pas l'esprit du métis... Je n'ai jamais prié pour vous, jamais parlé au Grand-Esprit. Pour me venger de cet homme (il pointe Alcide aux mains pansées), je vous ai laissés croire que j'étais sorcier et que l'esprit du métis m'habitait, mais il n'en est rien.

Il se sent dépouillé, libéré d'un fardeau tout en étant odieux.

— Tu mens, accuse Nicolas.

— Non... Je vous ai menti pour prendre la place de Kotawinow... Je n'ai rien d'un sorcier et rien du métis.

— Tu m'as laissé ta médecine quand tu m'as ouvert: elle a permis que je guérisse vite. Regarde, je marche.

— C'est parce que tu es fort. C'est ta propre volonté qui t'a guéri, pas la médecine. Tu sais, toi, Nicolas, que les maisons de l'homme blanc touchent presque le ciel. Adam t'en a parlé, il a pris ton image dans une boîte. Tu l'as vue ton image?

— Oui.

— Là où j'ai étudié, il existe une boîte qui peut prendre l'image de tes os sans te faire aucun mal. Là où j'ai étudié, j'ai vu des êtres habiter une poussière. Et au moyen d'un appareil, on peut voir la lune et les étoiles de très près. Elles sont immenses, les étoiles, beaucoup plus grandes que la terre, mais tellement loin qu'elles nous paraissent petites. J'ai étudié longtemps. Je sais exactement comment sont formés vos corps, le nombre de vos os, l'emplacement de vos organes, le trajet de votre sang... Je sais tout cela parce que je l'ai vu... je l'ai appris chez les Blancs. Je n'ai pas donné ma médecine à Adam et pourtant il a guéri.

— C'est vrai... il a guéri, réalise Nicolas en fronçant les sourcils.

D'un geste navré, le chef remet son chapeau. Une grande déception se lit sur son visage concentré.

— Tu dis... que tu es venu ici... pour te venger de Kotawinow. Tu dis que tu n'es ni sorcier... ni le métis... que tu as voulu qu'on y croie et que maintenant... tu ne le veux plus... Baptiste t'a cru, moi aussi et nous tous. Tous les Blancs nous ont menti. Toi aussi, tu nous as menti. Tu nous as trahis. Tu m'as trahi, mon frère. C'est ça que tu me dis. Tu me dis que tu m'as trahi, mon frère, résume Nicolas d'une voix cassée.

Son jeune frère lève sur lui son regard limpide. Il ne lui cache ni ses reproches, ni son immense chagrin, ni son désabusement, ni sa colère.

Il se sent fautif, minable, misérable comme devant un enfant qu'on a puni et battu injustement. Les yeux de Nicolas lui montrent clairement tout le mal qu'il a pu faire et lui font souhaiter l'ultime condamnation.

— Oui... je t'ai trahi et tu peux me tuer si tu veux.

— Je veux que tu reprennes ta médecine une dernière fois.

— Non.

— Je te l'ordonne! Prends-la.

— Non. C'est un bout de bois, Nicolas.

— Prends-la! C'est pour Marie-Victorine. Elle fait comme Lilino. Attache ta médecine à son cou... je t'en prie...

La voix de Nicolas s'étrangle dans un sanglot.

— Non! Non!

À reculons, il s'éloigne de ce talisman maudit et de l'effroi de Nicolas. Sa flèche a-t-elle atteint mortellement la belle enfant sur le coeur de son ennemi? Trouvera-t-il la force de voir son oeuvre jusqu'au bout? Ses jambes se dérobent et son coeur se débat sauvagement, tandis qu'il approche du presbytère. Il y pénètre. Ses yeux prennent quelque temps à s'habituer à la pénombre, l'habitation ne comprenant aucune fenêtre. Les battements de son propre coeur l'étourdissent. Comment pourra-t-il parvenir à ausculter Marie-Victorine avec tout ce vacarme dans son crâne?

— Non, Clovis, non, délire une faible voix qui lui glace l'âme.

Il se précipite au chevet de Marie-Victorine. Elle est brûlante, agitée, gravement atteinte.

— Ne fais pas comme Lilino... je t'en prie... Reste avec moi.

Il s'empare des mains chaudes et molles de la malade, les embrasse puis glisse sa tête dessous comme il avait fait avec celles de sa mère décédée. «Reste avec moi», supplie-t-il.

Et longtemps, il se fait violence pour ne pas aller chercher la médecine au cou de Baptiste. Avec ce qui lui reste de logique, de raison, il combat sa peur et son impuissance à vaincre la mort qui s'introduit dans le corps de celle qu'il aime plus que sa propre vie.

La prière

À l'est, la lune ponctuelle monte au-dessus de la ligne hachurée des épinettes et des mélèzes. Il observe cette grosse boule blanche grimper dans le ciel en dessinant des ombres noires, au fur et à mesure de son ascension. La lumière de la planète touche les tentes: de longs triangles s'étirent sur le sol en direction du temple détruit. À l'orée du bois, l'ombre des conifères, semblables à des pointes de harpons, indique le même endroit. Le coupable est ici, accusent ces ombres. Est ici, agenouillé dans les décombres, une seule phrase battant son cerveau fatigué: «Je ne peux plus rien faire.» Il l'a dite à haute voix, tantôt, devant Alcide et Nicolas. A finalement avoué qu'il n'était pas plus fort que la mort. Depuis, il s'entend la dire et la redire à chaque souffle, à chaque battement de son coeur... Et la lune monte toujours, le marque soudain des bras de cette croix préservée de l'incendie. Là-bas, sur le muskeg, l'épinette-flèche projette également son ombre sur le cadran piétiné par les pieds de Baptiste. Ces suppliciés volontaires lui donneront-ils le courage d'accepter la mort probable de Marie-Victorine? Il le voudrait tant. «Je ne peux plus rien faire.» Il s'acharne à regarder la croix, espérant que lui vienne d'elle une consolation ou, à tout le moins, une compréhension de sa destinée. Mais il reste sans réponse. Serait-il sourd à toute autre phrase que celle qui le torture? «Je ne peux plus rien faire.»

Pour elle, il ne peut être plus fort que la mort. Elle le savait, le lui avait même prédit: «Vous ne pourrez rien faire.»

La lune libère son front de l'ombre de la croix et lui offre le jardin d'étoiles. L'univers se prolonge au-dessus de sa tête. Est-ce là que reposent sa mère et Judith? Où ira Marie-Victorine qu'il a laissée à l'ultime frontière? Un cheveu la séparant de cet espace, une seconde la séparant de cette éternité. Le mystère s'impose à lui et l'angoisse. Pourtant, il ne cesse de contempler ces petits points lumineux en pensant qu'ils sont des planètes. Sous la lentille d'un microscope, le bacille de la tuberculose n'est aussi qu'un petit trait grêle qui, à son tour, devient un monde, un être organisé. Il imagine le professeur Koch isolant l'insidieux bacille et se demande si, pour quelque être supérieur, il ne serait pas à son tour un insidieux bacille isolé. Lui qui est planète devant les particules et particule devant les planètes. C'est plus fort que moi, pense-t-il vaguement. Plus fort que moi.

La lune passe derrière, lui offre son ombre d'homme agenouillé. Voilà sa mesure dans l'univers... contenant des millions de grains de neige et n'étant qu'une poussière de l'espace. Voilà sa mesure dessinée sur le visage de sa mère la terre. Voilà sa tête, ses épaules, son corps. Est-il vraiment plus grand debout? Hier, il le croyait. Refusant de reconnaître qu'il y a un être plus fort que lui. Plus grand que lui... Voilà, sur la terre, un animal orgueilleux qui se dresse et se croit maître du monde: c'est l'homme. C'est lui. Si fanfaron, si sûr et si arrogant. Et voilà qu'un être minuscule l'affronte et lui livre un combat dans le corps de celle qu'il aime. Ce corpuscule qui fait partie du grand ensemble n'existe-t-il que pour lui montrer sa petitesse et sa folle vanité?

Plus fort que moi. Il reprend sa place dans la création, entre l'atome et la galaxie. Se soumet à sa destinée de créature, sur laquelle il ne se reconnaît guère de pouvoir. C'était plus fort que lui d'aimer Marie-Victorine. Plus fort que lui de détester Alcide... Qu'a-t-il pu faire devant l'amour et la haine? Devant la vie et la mort, lui, simple mortel? Sans la mort, y aurait-il la vie? Et sans la haine, y aurait-il l'amour qui engendre la vie dans le ventre des humains? Qui leur accorde la faveur de procréer à leur tour, donnant image et ressemblance à des êtres qui les prolongent?

Il s'attarde à cette vie que contient son corps. À cette semence humaine qu'il lui est impossible de déposer dans le ventre d'une femme. À cette exigence de l'amour qu'il ne peut rencontrer. Partout, sur la terre, les créatures se multiplient, obéissant à l'instinct, à l'amour et à la vie. Même les plantes, passant de la fleur au fruit et du fruit à la graine. Pourquoi est-il retenu prisonnier dans la haine et la mort? Hermétiquement fermé sur sa semence? Serait-il un mauvais microbe aux yeux du Grand-Esprit? Servirait-il à gangrener son entourage? Pourquoi demeure-t-il, lui, dans cette vie? Probablement pour les mêmes raisons que ce bacille de Koch... qui triomphe dans les fibres de Marie-Victorine. Ce pourquoi demeure sans réponse. Il pense. Incapable de raisonner avec sa froide logique. Son être entier pense à ce Grand-Esprit, à ce souffle présent dans le petit et le grand, dans le bon et le mauvais, dans la plante et la bête. Présent dans son souffle à lui, dans la goutte d'eau et dans chacune des gouttes d'eau qui le composent, comme en chacune des planètes qui composent l'univers. À cette essence même de l'existence... de son existence.

C'est plus fort que moi. Il ploie la tête. Étire en tous sens les muscles endoloris de son cou. Les rayons de lune frappent son épaule gauche. Ça fait déjà si longtemps qu'il est sous les étoiles! Il masse sa nuque, se rend compte que ses doigts sont glacés. Les ombres sont maintenant projetées vers la droite. L'infaillible horlogerie céleste le fascine. Il demeure tête baissée devant ce qui le dépasse, se soumet à cette volonté plus forte que lui. Il ferme les yeux, analyse son amertume et son combat, engendré par l'impossibilité d'être procréateur. Ne pouvant l'être, lui, petit homme orgueilleux dressé sur sa mère la terre, il s'est retiré du grand ensemble pour ne croire qu'en sa logique. Mais les étoiles l'effrayaient toujours. Maintenant, il en fait partie. Quoique stériles, elles existent comme lui.

Aucune phrase, aucune parole n'habite maintenant son cerveau. Un grand silence l'unit à l'existence.

Il prie. Sans marchandage et sans formule... avec sa vie, avec son souffle... avec son statut de simple créature, avec sa mesure de millions de grains de neige et d'infime poussière. Il prie... longtemps seul... jusqu'à ce que les étoiles pâlissent... et qu'une main le touche.

— Clovis!

C'est la voix de Kotawinow. Est-il prêt à entendre ce qu'il va lui dire? Non. La nuit écourtée du solstice d'été ne lui a pas laissé le temps de trouver réponse et courage. Non. Il n'est pas prêt à accepter qu'elle ait franchi cette frontière sans lui, malgré lui.

Il lève la tête, remarque le soleil derrière les épinettes, à la place de la lune. Céleste et infaillible horlogerie. Il se retourne. Le vieil homme tremblant le sonde.

— Viens, sa fièvre est tombée.

Il n'en croit pas ses oreilles.

— Quoi?

— Viens, sa fièvre est tombée.

Qui a agi alors que lui ne pouvait plus rien faire? Il veut se relever rapidement et courir auprès d'elle mais s'aperçoit qu'il est ankylosé et engourdi par le froid... Il frotte ses mollets, ses cuisses, bouge ses pieds. Kotawinow lui tend la main pour l'aider. Il regarde cette main pansée qui l'a détruit et qu'il a voulu détruire en revanche. Puis, cette autre créature stérile, qui fut impuissante, elle aussi, à aimer et à haïr. Ce corpuscule et cette planète qui lui ressemble.

Il accepte son aide, se relève et découvre les Indiens, à genoux, en demi-cercle derrière lui.

— Depuis quand sont-ils là?

— La nuit appartient à tous, explique le prêtre.

Il s'avance vers eux, chancelant comme un homme ivre. À mesure qu'il s'approche, il comprend, par leurs expressions, qu'ils lui ont pardonné.

— Va vite, lui conseille Manon en secouant sa jupe enneigée, elle a ouvert les yeux.

Il court. Malhabile et désarticulé, comme un pantin aux ficelles emmêlées. Rencontre Nicolas devant le rideau.

— C'est toi qu'elle veut voir, dit-il seulement en s'écartant de son passage.

La voilà bien vivante qui sourit. Il n'ose l'approcher de peur de la refroidir et reste debout à la contempler.

— Venez.

Elle l'invite à s'asseoir sur le bord de sa couchette.

— Je suis froid: tu vas prendre mal.

— Je vais me couvrir comme il faut.

Elle s'enfonce sous la natte, ne laissant pointer que sa frimousse adorable réchappée du gouffre des étoiles. Il obéit. Se rassasie de ces yeux magnifiques qui voient et le voient, et il pense qu'il aurait été incapable de les fermer avec ses pouces. Il se met à trembler. Et de froid et d'émoi, serrant bien fort ses doigts qui n'auraient pu éteindre la lumière de ces yeux-là.

— Vous avez prié.

— Oui... je crois.

Elle ne sourit plus mais le considère gravement.

— Vous tremblez.

Elle pose sa main sur les siennes pour les réchauffer. C'est comme si elle touchait directement son coeur. Elle presse ses doigts. Son coeur va flancher, éclater sur cette paume tiède. Il tremble de tout son corps, de toute son âme, les yeux rivés à ce visage de femme qui le trouble et l'attire. C'est plus fort que lui. Il se penche, lui embrasse le front puis frôle sa joue contre la sienne. Des doigts chauds se posent sur sa tête, glissent entre ses cheveux glacés et massent sa nuque endolorie, tandis que son coeur se débat toujours dans la main tendre posée sur les siennes.

— Je t'aime, chuchote-t-il.

Le mot a jailli de son être comme un hymne à la vie. Il n'y peut rien. Ne peut rien contre le trouble qui l'envahit et contre les larmes qui mouillent leurs joues réunies.

Les mains de la femme se joignent alors sur sa tête, formant un nid pour son tourment et sa folle passion.

— Je ne suis ni un dieu... ni un sorcier, ni le métis, confesse-t-il. Je suis petit, Marie-Victorine... si petit. Saurai-je seulement être un homme?

— Moi, je saurai être votre femme.

Les si petits bras de Marie-Victorine s'enroulent à ses épaules pour le retenir contre elle. Cette nuit, ils étaient inertes et mous comme des chiffons... maintenant, ils ont retrouvé leur pouvoir sur lui. Il se soumet à leur volonté d'unir leurs destinées. Qui retient qui dans cette vie? Lilino le retenant à la porte des étoiles, ou lui, retenant Lilino?

Est-ce un esprit qu'elle désire épouser ou un homme? Et lui, est-il capable d'aimer autrement qu'en esprit?

Qu'importe. Ils se doivent d'accepter la chair essentielle à leur existence dans ce grand ensemble.

— Je t'épouserai, promet-il en la prenant soudain dans ses bras pour l'étreindre farouchement. Je t'épouserai, je t'épouserai.

Il l'enlace dans ses bras de chair impuissante
L'esprit troublé et le ventre douloureux de sa
condamnation.

Pure folie à laquelle il obéit.
C'est plus fort que lui.

Il ne peut résister et se plie aux désirs de Lilino
Sachant qu'il souffrira de cette mort
Qui lui creuse déjà les reins et lui torture le ventre.
Sachant qu'il risque de perdre ce qui lui reste
de raison.
Il obéit, malgré le lourd tribut qu'il aura à payer.
Obstinément, aveuglément, sourdement, il obéit
Comme le bourdon qui monte aux nues s'accoupler
Et retombe mort sur la terre.
De façon insensée, il obéit.

Les yeux clos, le corps entier vibrant
De tenir contre lui la femme qu'il aime.
Le coeur battant fort dans sa poitrine
Sa joue pressée à cette autre joue où roulent
ses larmes
Il obéit.
Serrant Lilino sur son coeur amoureux
Arrachée aux étoiles où errent les fantômes qu'il
a tant aimés.

Ce que Dieu a uni

Qu'elle est belle! Est-ce que j'aurais été ainsi, pense Manon, en contemplant Marie-Victorine dans sa robe de mariée. Est-ce que j'aurais été si belle, moi, dans cette robe?

Elle renifle, elle, la grosse truie des Blancs, et se diminue en comparant ce qu'elle est devenue à cette fiancée au pied de l'autel. Mais la robe de daim pâle et souple qu'elle a donnée à Marie-Victorine lui assure qu'elle n'a pas toujours été ainsi. C'est à peine si elle a eu à retoucher le vêtement afin qu'il convienne à la frêle enfant. Donc, physiquement, elle n'a pas toujours été grosse et laide. Fut un temps où elle était svelte et jolie. Une princesse des prairies comme annonçait celui qui la revendait, ignorant qu'elle fut princesse des prairies bien avant qu'il en décide ainsi pour son profit. Aux yeux de Jo Notaway, elle sait qu'elle fut cette plus belle, cette plus douce, cette plus ingénieuse. Cette unique pour qui son coeur battait. Et son coeur à elle aussi battait follement quand sa mère, penchée sur l'ouvrage, achevait de broder une fleur et lui permettait de la toucher de son doigt le plus propre. Battait plus follement ce coeur quand elle allait jusqu'à se chatouiller la joue avec les manchons de fourrure, comme elle l'aurait fait à Jo pour l'inviter à la prendre.

Elle observe les mains délicates de Marie-Victorine à travers les poils soyeux, et sourit. Chatouillera-t-elle la joue du docteur qu'il ne faut plus appeler sorcier?

Son regard tombe sur l'homme. Beau dans toute

son émotion et son sentiment profond. L'amour rayonne sur son visage, comme sur celui de Marie-Victorine. À cause d'elle, il est tombé à genoux et s'est dépouillé de la gloire. Faut-il qu'il l'aime! « Et vous, maris, aimez vos femmes comme Jésus a aimé l'Église et s'est livré lui-même à la mort pour elle », récite Kotawinow. Que c'est beau et grand ce qu'il dit! Que c'est vrai! Elle frémit de tout son être. Pense au serment qu'a fait le médecin, hier, à son frère de sang. « Si je la rends malheureuse, je reviendrai vers toi pour que tu prennes ma vie. Je ne mériterai pas mieux, car je t'aurai trahi encore une fois. » C'est seulement à cette condition que Nicolas a accepté de lui servir de père. Seuls les témoins, c'est-à-dire Nicolas et Odette pour le fiancé, Manon et Oscar pour la fiancée, sont au courant de l'enjeu élevé de cette union. Elle en informera secrètement Marie-Victorine, avant qu'elle parte avec lui vers ce monde nouveau où elle ne pourra s'appuyer que sur cet amour véritable et illimité. Son rôle de mère l'y oblige. Elle doit poursuivre l'instruction de sa fille, éduquée par un prêtre. Elle doit lui transmettre ses secrets de femme et les pouvoirs insoupçonnés de son sexe. Elle, la mère choisie par la pure enfant.

Manon se frotte les yeux. Cette idée qu'ils ont de piquer! Elle renifle encore et retourne à la contemplation béate de Marie-Victorine, se félicitant de la coiffure confectionnée avec les peaux de renard blanc pour remplacer le voile. Ce qu'elle peut être belle, se répète-t-elle avec fierté. C'est un peu elle qui se marie. Un peu tous ses rêves brodés un à un avec les fleurs des prairies. Un peu toute sa pureté d'adolescente, un peu tous ses espoirs.

C'est aujourd'hui que Marie-Victorine rachète toutes les filles du pays vendues ou données en échange. Aujourd'hui qu'elle rachète leur viol et leur déchéance.

Aujourd'hui qu'elle revalorise la femme indienne et l'établit sur un pied d'égalité avec la femme blanche.

Aujourd'hui, dans cette robe cousue par sa mère dans l'intimité du tee-pee, elle affirme devant tous: «Tu n'es pas une grosse truie.» Elle l'affirme devant le prêtre, devant le médecin, devant le peuple et surtout devant Dieu.

Les larmes montent aux yeux de Manon. Voyons! Qu'est-ce qui lui prend? Va-t-elle pleurer alors qu'elle n'a aucun chagrin? Qu'est-ce qui se passe en elle? Qu'est-ce qui la remue ainsi? Ça ne lui est jamais arrivé de pleurer lors d'un événement heureux. Voilà que même la pensée du festin qui suivra ne réussit pas à la libérer de ce serrement de coeur. Qu'est-ce qui écrabouille comme ça l'intérieur de son être en amenant de l'eau dans ses yeux? Est-ce le soleil, qui déjà réchauffe et rebondit sur les plaques de neige? Est-ce Kotawinow, aux gestes sacrés et à l'expression divine? Est-ce Nicolas, aux yeux tristes et à la mâchoire serrée? Est-ce l'attitude de ces femmes enceintes, rêvant d'union publique? Est-ce la croix épargnée devant laquelle se déroule la cérémonie? Est-ce les cendres du temple que Baptiste a incendié? Pauvre Baptiste! Aurait-il pu survivre à ce qui se prépare, lui qui n'avait qu'un passé et pas d'avenir? Aurait-il pu envisager que sa nièce épouse un métis et aille vivre avec lui dans son pays? Qu'elle élève ses enfants dans une autre langue, une autre religion, d'autres coutumes, d'autres habits? Non. Sa voie était la voie du passé et de la bataille perdue. Elle menait nécessairement à la mort. C'est mieux ainsi. Mieux pour lui et pour eux, à qui il a légué par le douloureux testament de son sang la fierté de la race. Oui, la fierté d'appartenir à un peuple possédant son histoire, ses grands hommes, sa langue et sa religion. Un peuple qui a vaincu, non pas les habits rouges, mais le froid, la faim, la distance, la solitude et la peur.

C'est lorsqu'il reposait avec son panache et son bouclier en peau de bison qu'il leur a transmis les leçons du passé. Par sa chair sacrifiée, les Cris des prairies égarés ont retrouvé leur identité. Ils ont compris que ce pays n'aurait jamais été ce qu'il est sans eux. Que leurs longues racines, perdues dans la nuit des légendes, les attachaient solidement à ce sol de leurs pères qu'il leur faut reconquérir en s'adaptant au progrès.

Oui, il était beau le fils de l'aigle dans ses habits, comme est belle aujourd'hui cette fille des prairies dans sa robe de peaux. L'un symbolisant leur passé et l'autre, leur avenir. Est-ce tout cela qui la chavire comme un canot dans les remous?

— Joseph-Clovis Lafresnière, voulez-vous prendre Marie-Victorine Witaltook, ici présente, pour votre femme et légitime épouse, selon la loi de notre sainte mère l'Église?

Kotawinow voit au-delà de l'homme devant lui, déjà uni à cette femme par des liens mystérieux et indissolubles.

Grand silence. On entend fondre la neige, fondre l'hiver. Fondre tout le mal qu'ils ont fait.

— Oui, je le veux.

— Marie-Victorine Witaltook, voulez-vous prendre Joseph-Clovis Lafresnière, ici présent, pour votre mari et légitime époux, selon la loi de notre sainte mère l'Église?

Il voit au-delà d'elle aussi, conquise depuis toujours par cette image d'homme.

— Oui, je le veux.

Les fiancés se donnent la main. Le missionnaire lève la sienne, fraîchement cicatrisée, pour les bénir. Les yeux de Manon débordent et lui brouillent la vue.

«Je vous unis en mariage, au nom du Père, du Fils (Kotawinow s'arrête. Aura-t-il la force de terminer la cérémonie?) et du Saint-Esprit. Ainsi soit-il.»

Manon essuie ses joues et renifle bruyamment. Qu'est-ce qui lui prend? C'est la faute de Kotawinow. Jamais elle ne l'a vu ému au point de pleurer en récitant ses prières.

« Bénissez, Seigneur, cet anneau que nous bénissons en votre nom afin que celle qui le portera garde à son mari une fidélité parfaite; qu'établie dans votre paix et soumise à votre volonté, elle vive toujours avec lui, dans un même amour. »

Le médecin passe le jonc au doigt de Marie-Victorine, la faisant sienne devant tous, pour la vie. Qu'importe que cette alliance de cuivre, fournie par le missionnaire, n'ait aucune valeur marchande! Ce n'est ni l'or ni l'argent qui unit les hommes aux femmes mais bien l'amour. Et cet amour-là est si puissant, si total, si absolu qu'il touche et trouble les assistants.

Quand vient le tour de Marie-Victorine, Nicolas détourne la tête. Il ne veut pas être témoin de cette scène, ne veut pas voir ce regard épris et pur de celle qu'il a toujours aimée levé vers cet autre homme. Ne veut pas voir glisser nerveusement le jonc au doigt de son frère de sang. Malheureux, il ferme les yeux, subissant l'oraison du prêtre.

« L'homme abandonnera son père et sa mère et s'attachera à sa femme, et ils seront tous deux une même chair. »

Ils seront maladroits, pense Manon. Autant l'un que l'autre. Elle envie cette gaucherie, cette gêne qu'ils connaîtront, se disant qu'elle aurait aimé apprendre le langage de son corps avec Jo Notaway. Se disant que l'amour y gagne à perdre le contrôle de la respiration et des gestes. Se disant que leur première et probablement infructueuse tentative les unira encore plus solidement que d'impressionnantes performances que n'importe quel animal est en mesure de réussir. Cette inexpérience en la matière qu'ils partageront, lorsque viendra le temps des touchers et des baisers, la remplit de nostalgie tout en la fascinant. Avec elle, il fera ce qu'il n'a fait avec aucune femme. À elle uniquement, il fera don de sa virilité et de sa descendance. À elle uniquement, il montrera sa tendresse et son désir. Et par elle, il deviendra un homme, laissant dormir pour toujours dans les bras de la vieille Manon le petit garçon pudique qui délirait son amour. Car c'est ce qu'il fut, cette nuit-là, blotti sur ses seins comme un enfant malheureux. Et c'est ce qu'elle a dit à Marie-Victorine.

« Puissiez-vous voir les enfants de vos enfants. » C'en est trop. Ça déborde malgré elle. Les sanglots éclatent dans sa gorge en ce moment d'allégresse. Elle pleure pour de bon, se convainquant inutilement qu'elle pleure pour rien. Sa vue brouillée va de cet homme, qui est un peu son fils, à cette mariée, qui est un peu sa fille. Ils deviennent bien vite deux taches dans l'éblouissante et chaude lumière. Celle noire de l'homme dans son complet, celle pâle de la mariée dans sa robe. Dansent alors des petits points de couleur jaune, bleu et rouge. Des petits points gais et imprécis. Elle écarquille les yeux et, dans cet ensemble flou de noir et de blanc, elle distingue les fleurs des prairies en écoutant une voix prêcher: « Que l'homme ne sépare point ce que Dieu a uni. »

Why not?

— Hey! Doc! Welcome ashore! s'écrit un géant blond et souriant en tendant une large main chaude

Oui, c'est bien Adam Green en compagnie de Nicolas, Oscar et Michel-Ange qui les ont précédés en canot. L'Américain lui écrabouille littéralement les doigts.

— Ah! Doc! I'm so glad to see you. I owe you so much.

La dernière fois qu'il a vu cet homme, il avait peur sur la table d'opération improvisée pour son appendicectomie. Aujourd'hui, il est remis, parfaitement remis à ce qu'il voit.

— You did a fine job. My doctor said so and he knows what he's talking about.

Bien sûr qu'il a fait du bon travail. Il a toujours été un excellent chirurgien. Précis et froid. Froid surtout. L'homme n'arrête pas de secouer sa main et de lui palper l'épaule, bloquant la circulation sur la passerelle du fort Charles, sans remarquer Marie-Victorine cachée derrière lui.

Un marin rouspète.

— Come on! invite l'Américain, posant le pied à terre. Oh! Who is that nice lady with you?

— She's my wife, Marie-Victorine. (Il aime la présenter, dire: c'est ma femme. Surtout à un autre homme.)

— Ah! Just married, hey? Lucky one!

Adam lui administre un coup amical sur l'épaule, le sourire plein de convoitise.

— Very nice, commente-t-il, very nice.

Le nouveau marié jette un coup d'oeil à Nicolas qui sait tout. En sa présence, il se sent mal à l'aise dans ce rôle d'époux qui, jusqu'à maintenant, a parfaitement camouflé, aux yeux de la société, son handicap sexuel. Face au capitaine du bateau qui leur a accordé un coin intime, face aux matelots et aux commis, face à soeur Marie-Elmire et à sa communauté, face aux missionnaires, il est celui qui peut la prendre la nuit, sans qu'il y ait maintenant de péché. Il a décelé une certaine complicité et une curiosité dans tous les regards posés sur eux. Ainsi que du désir de la part des hommes. Et bien qu'il sût n'être qu'un semblant de mari, il s'est plu à laisser croire aux autres qu'elle était sienne la nuit, quand, en réalité, il se comportait comme un frère avec elle et devait le faire jusqu'à ce qu'elle soit guérie. Ce laps de temps que nécessitait le rétablissement de Marie-Victorine lui accordait un sursis et le dégageait momentanément de ses devoirs conjugaux. Mais en présence de Nicolas qui sait tout et détient son serment, il perd son assurance et n'ose trop élaborer sur cette présumée et légitime satisfaction de nouveau marié.

C'est pourquoi il se contente d'offrir son bras à Marie-Victorine, sans s'arrêter aux propos flatteurs d'Adam Green. Elle le suit, fragile et légère. C'est à peine s'il sent ses doigts à travers son veston. Elle baisse la tête, très intimidée par cet homme au timbre haut et aux gestes familiers.

— Il dit que tu es belle.

Une faible pression sur son avant-bras. Nicolas a compris cette phrase et les observe, la tête curieusement inclinée.

— Il y a longtemps que tu es arrivé, Nicolas?

— Cinq jours. Ça vous a pris du temps.

— Nous avons eu des glaces.

— Adam m'attendait.

— Oui, je vois. Il est seul?

— Non. Nous allons servir de guide à trois hommes. Nous avons vendu tout le travail des femmes.

Cette conversation oblige le jeune chef à détacher son regard de Marie-Victorine. Cette tentative d'effacer une fois pour toutes son visage de sa mémoire échoue, car il y revient maintes fois, attendant d'elle des félicitations pour la tâche qu'il a accomplie.

— Regarde.

C'est à elle qu'il exhibe les billets américains. À elle qu'il veut montrer qu'il a de l'argent. À elle qu'il veut prouver qu'elle aurait été en sûreté avec lui, qu'elle n'aurait manqué de rien, alors qu'avec le médecin, elle risque de connaître des jours difficiles. N'a-t-il pas payé leur passage en vendant sa montre?

— Adam s'est acheté le ciel, dit encore Nicolas en indiquant l'avion amarré au quai. (Regarde comme mon ami est riche et puissant, exprime son attitude.)

Le groupe observe l'engin doucement balloté par les vagues. Personne ne parle. Chacun à sa façon apprivoise cette image de l'oiseau de métal. Près des bateaux, il est petit, encore imparfait comme l'était la première automobile mais il promet tant! Hormis les oiseaux, il est le seul ici à pouvoir s'arracher de cette terre. Le seul à pouvoir survoler les montagnes et les cours d'eau. Il promet tant!

— It's my baby, it's a Fleetkanok, a very good airplane on floats, débite Adam en croisant les bras, l'oeil empreint d'une fierté toute parternelle.

Comment tant de richesses peuvent-elles échouer à un seul homme, pense Clovis, alors qu'il n'a plus rien en poche, même pas sa montre? Alors que la crise économique sévit partout et que le commerce des céréales a périclité de façon dramatique? Alors que Jérôme a vendu son cheval Ben pour acheter des souliers aux enfants et que le docteur Caron s'est établi modestement à Mont-Laurier? Alors que les cales des navires de Churchill sont à demi remplies du blé d'exportation comme le déplore le capitaine. Comment tant de richesses peuvent-elles s'accumuler entre les mains d'un seul homme? Est-ce à lui que la crise profite? Combien sont-ils à ignorer cet état de prostration qu'engendre la misère? Sont-ils tous ici à payer le gros prix pour se mesurer aux étendues sauvages? Est-ce cela la richesse? Dépenser une fortune pour se retrouver tapi dans la mousse, à guetter les outardes?

Il soupire, touche d'un geste automatique le gousset vide de sa montre. Plus rien. Il n'a plus rien. Ni un sou ni une fourrure. Il n'a plus rien et une femme accrochée à son bras.

— You can ask me anything, doctor. I owe you my life, déclare Adam.

— I didn't do it for money.

— Why then?

— Because I'm a doctor.

— And because you're a doctor, you passed a year with those Indians without being paid. It's foolish! I'll pay you and I'll give a present to your wife.

L'idée d'être secouru par cet étranger l'humilie légèrement. Mais il s'y résout, se convainquant qu'aux États-Unis l'opération qu'il a pratiquée aurait exigé des honoraires élevés.

— Is that enough?

Il lui offre trois billets de dix dollars. C'est amplement suffisant pour payer le voyage.

— Yes, thank you.

— And now, for your wife.

— Il veut te faire un présent.

Elle recule devant l'argent tendu.

— Je n'en veux pas, je ne veux pas de son argent, insiste-t-elle en se cachant de l'homme comme s'il voulait payer les regards déplacés qu'il s'est permis.

— Take it. Take it.

— Non.

Il insiste. Elle aussi. Adam fronce les sourcils, vexé. Visiblement, il n'aime pas qu'on lui refuse et, surtout, il ne le comprend pas. D'ailleurs, comment pourrait-il comprendre que Marie-Victorine voit dans son geste celui de l'homme blanc qui avait jadis acheté Manon?

— She doesn't want money for her, explique-t-il en pensant à la tribu laissée derrière.

— For who?

— For her tribe.

— Her tribe? What for?

— To come here and in the hospital. Some are very sick. They will die there.

— O.K. It will be my gift. I'll go with the airplane.

— Je lui ai dit que tu acceptais qu'il fasse venir la tribu ici et qu'il veille à faire soigner les malades.

— Et Kotawinow?

— Kotawinow suivra la tribu.

Elle éclate en sanglots et cache son visage dans le bras de Clovis. Il caresse sa tête tendrement. Adam les considère avec hébétude, surpris de cette réaction hors de son entendement. Lui qui est né dans l'opulence et a grandi en constatant son pouvoir sur les gens se trouve confronté à cette jeune femme qui pleure de joie pour son peuple, refusant les belles toilettes ou le beau logis qu'elle aurait pu s'offrir. Pour lui, c'est à n'y rien comprendre. Il hausse les épaules.

— Funny people! Come on, Nick, let's prepare that trip.

L'Américain s'éloigne, flanqué de Nicolas et d'Oscar. Michel-Ange, pour sa part, s'amuse à marcher dans ses traces, écartant démesurément ses jambes trapues et musclées.

Marie-Victorine se calme.

— Ils vont tous venir ici?

— Sauf Xénon et les autres malades qui resteront à Albany.

— C'est une chance qu'il soit là.

Oui. Une chance à laquelle il ne croyait pas, il veut bien se l'admettre. Seul Nicolas persévérait à espérer le retour d'Adam. Il avait eu raison envers et contre tous. Contre Kotawinow qui craignait la fréquentation des protestants, contre Baptiste attaché à sa bataille perdue et contre son scepticisme. Le jeune chef avait eu raison. Avait vu juste et osé l'espérance. Aujourd'hui, il se voit récompensé.

En un sens, il ressemble à cet Adam Green par la confiance qu'il a en l'avenir et en l'argent. Et il devine que, dans son coeur d'enfant, Nicolas croit encore être le fils d'un Adam Green qui aurait visité ce pays il y a vingt-huit ans. Toute son attitude le dénote clairement. Surtout quand il emprunte les gestes et le maintien du riche étranger. Il lui fait penser à ce jeune Clovis qui empruntait les gestes et le langage du docteur Lafresnière, sans savoir qu'il était son père tout en l'espérant naïvement. Il regarde s'éloigner son frère à côté de l'Américain. Il n'a plus besoin de lui, maintenant. Il est assez grand et, bien qu'il lui reste beaucoup à apprendre de ce monde civilisé, il possède l'essentiel, c'est-à-dire de l'assurance et de bons contacts. Sans aller loin, Nicolas sera toujours à l'abri du besoin et veillera sur les siens.

Quant à lui, il n'a plus à se soucier des malades. Ils auront de bonnes chances de guérison à l'hôpital d'Albany où il a renseigné soeur Marie-Elmire sur leur cas. Non, il n'a plus à se soucier. L'Américain vient de réparer les torts qu'il a causés à la tribu. Pourtant, il se sent sale, encore recouvert de la cendre de cet incendie où rien ne s'est réglé entre lui et Alcide. Sa vengeance a fini en queue de poisson. Rien n'a été tranché. Il n'y a eu ni pardon ni exécution. Finalement, sa haine est à l'image de son amour, comme sa vengeance non assouvie est à l'image de son mariage non consommé.

L'avion glisse lentement sur l'eau, en pétaradant. Ce bruit de moteur lui plaît maintenant. Tantôt, lorsque Adam a ouvert les gaz, la vibration qu'il a sentie sous son coeur l'a effrayé. Mais il s'est vite habitué à ce bercement viril et brutal de l'oiseau de métal.

Il enregistre tout comme s'il devait refaire les gestes d'Adam dans un proche avenir. Il sait de quelle manette il s'est servi pour faire démarrer le moteur, où s'est arrêtée l'aiguille sur le cadran ainsi que les différentes variations de bruit. Un jour, il aimerait piloter un avion. Ce ne doit pas être tellement plus difficile que le hors-bord que l'Américain lui a fait essayer. La mécanique le fascine. Cet automne, il apprendra ses chiffres afin d'interpréter les cadrans. Maintenant que toute la tribu va s'établir près de Shore Creek, il ne doute plus un instant de pouvoir entreprendre les études nécessaires à l'obtention de son brevet de pilote. «Why not?», a dit l'Américain. Ça veut dire que rien n'est impossible, paraît-il. Maintenant que Baptiste est mort, il apprendra également cette langue des vainqueurs. «Why not?», dit tout haut Michel-Ange.

L'Américain éclate de rire.

— Yes, why not? I'll bring you to the States.

Et l'homme de lui frotter amicalement les cheveux. On sent dans ses gestes et dans ses regards qu'il l'a adopté et qu'il désire lui enseigner bien des choses. Hier, il a démonté le hors-bord juste pour lui en expliquer le fonctionnement. Tout un monde de pièces et d'engrenages s'est offert à lui. Il a encore l'image au fond de la tête... comme il a l'image du pays à parcourir et l'image des pistes à suivre. Tout est là, dans sa tête de non instruit.

— It's easy, dit Adam, en poussant à fond la manette des gaz.

Le moteur gronde de plus belle, fait vibrer le tableau de bord et sa fenêtre. Il y appuie son front et observe le flotteur rencontrer de petites vagues qui l'éclaboussent au passage, puis, au fur et à mesure qu'il prend de la vitesse, il voit se former une magnifique aile blanche qui se déploie un court instant et retourne ensuite en gouttelettes dans la rivière Moose. Dommage que Nicolas ne soit pas avec lui pour découvrir cela. Peu à peu, cette aile d'eau se déplace vers l'arrière, tandis que le bruit se modifie.

Il regarde sur la berge. Nicolas, Oscar, le médecin et Marie-Victorine assistent à son départ d'un air solennel. Ils ont tous les yeux rivés sur lui ou, plutôt, sur l'avion. Vue d'ici, Marie-Victorine semble terrifiée. Si elle savait, la pauvre, comme ça lui est agréable d'être assis sur ce banc et de servir de guide à Adam. Par contre, son père est très fier de lui. Ça se voit à la façon qu'il met les mains dans ses poches. Il avait cette mimique lorsqu'il a tué son premier ours et baisé sa première femme. Oui, son père est très fier de lui. Quant à Nicolas, il décèle un rien d'inquiétude dans ses sourcils. Il aimerait bien le rassurer et lui répéter qu'il n'a pas oublié ses conseils et qu'il mènera Adam jusqu'à la tribu. De toute façon, il verra bien lorsqu'ils reviendront après avoir embarqué tout le monde sur le bateau. Mais le plus nerveux de tous est sans contredit le médecin qui mise tous ses espoirs dans ce voyage. Le long discours qu'il lui a servi, hier, l'a laissé sur l'impression qu'il se sentait fautif face à eux, et que ce déménagement allait tout effacer de l'étrange comportement qu'il a eu cet hiver. Il est un peu fou cet homme. Quelque chose dans ses yeux sombres l'indispose. Pourquoi Marie-Victorine l'a-t-elle préféré à Nicolas?

Yahou! lance Adam au moment où l'avion se détache du plan d'eau. «Airborne! We're airborne!» C'est vrai. Ils sont dans l'air... Ils volent. Quelques gouttes s'égrènent encore dans le vide puis s'arrêtent. Ils volent... comme l'outarde. C'est incroyable. Là-bas, sur la berge, il voit des mains qui le saluent... et le fort Charles sur l'eau... et les canots renversés sur le sable... et leur tente, pas loin du long trottoir de bois... et Shore Creek où ils s'établiront... et les rails... et le train. Oh! Le train, lourd et sombre, prisonnier à tout jamais de sa voie. Si lourd, si sombre. On dirait une grosse roche noire, incapable de se mouvoir. Pourtant, c'est elle qui a écrasé Baptiste et sa bande Une Flèche. Mais lui, jamais elle ne l'écrasera car il vole au-dessus d'elle. Pauvre Marie-Victorine qui entrera dans le ventre de ce monstre pour suivre son mystérieux mari!

Ils s'élèvent de plus en plus... Toucheront-ils les nuages? La rivière Moose et ses nombreuses îles s'étend devant lui. À douze milles au nord, c'est la mer et ses blocs de glace qui font si peur aux bateaux et dont ils riront en les survolant. Et ils riront de la marée et des puissantes vagues du cap Henriette.

Sous lui, Moosonee rapetisse. La voie ferrée luit au soleil et se faufile comme une couleuvre sur le muskeg.

Cet emplacement des hommes perd de son importance. Il a l'impression d'être un géant capable de saisir ces petites choses dans sa main: ce petit bateau qui ne lui en impose plus, ce petit train qui ne l'effraie plus, ce comique trottoir de bois, ces habitations carrées et les minuscules taches blanches des tentes. Il sourit, puis il rit. Quelle magnifique machine lui permet d'être ce géant, ce Windigo qui surveille les hommes! Il regarde, au loin, cette ligne bleue de l'eau touchant le ciel. Voilà la vision de Nesk, l'outarde. Il est aussi un oiseau.

Michel-Ange sent monter en lui un sentiment qui lui ouvre grand le coeur et l'esprit. Grand comme ce pays, comme ce ciel trop bleu, comme cette mer étendue à ses pieds. Il a conscience de vivre le moment le plus intense de son existence. Incomparable au premier ours tué ou à la première femme baisée. Son exaltation ressemble à celle de Kotawinow, ou à celle de ce fou de médecin par la foi nouvelle qui l'inonde.

Il observe le pilote. Un jour, il tiendra entre ses mains les commandes de ce merveilleux oiseau. Un jour, il inclinera ses ailes et grimpera dans l'azur. Il sait en être capable en travaillant assidûment pour apprendre les choses de l'homme blanc.

Adam se tourne vers lui, radieux. Il inspire un bonheur qu'il a hâte de goûter, une joie profonde et une paix quasi religieuse. Le soleil inonde la cabine.

Et comme s'il avait lu dans ses pensées, l'Américain lui frotte encore les cheveux en disant: «Why not?»

Montréal, 1933

Deux vagabonds flânent sur le quai d'embarquement. Visiblement, ils n'attendent personne et ne vont nulle part. Leur présence ne le surprend pas: depuis qu'ils ont emprunté la ligne transcontinentale, ces hommes sans but et sans argent pullulent. Il y en avait jusque sur le toit des wagons. Ils revenaient de l'Ouest, ou venaient de l'Ouest dans le but de trouver du travail à l'Est. Et ceux de l'Est montaient clandestinement dans les trains pour aller dans l'Ouest travailler sur les terres. Mais la sécheresse sévissait dans la prairie de Baptiste et le vent tenace érodait la terre des bisons, emportant le précieux humus accumulé au cours des siècles. Alarmés, les experts s'accordaient à dire qu'on n'aurait jamais dû labourer cette terre de pâturage qu'ils avaient baptisée triangle de Pallisser. Il était trop tard. Elle disparaissait maintenant sous les yeux ahuris des cultivateurs, s'élevait en nuages de poussière qui obscurcissaient le ciel. Les vagabonds racontaient que les clôtures disparaissaient, enfouies par les rafales. Exagéraient-ils en parlant de l'épidémie de sauterelles et du jus de leurs corps broyés qui enrayaient les roues des trains?

Marie-Victorine se presse contre lui, effrayée par le bruit de la ville. Depuis leur départ de Moosonee, elle se blottit ainsi comme un petit animal effarouché. Il ne l'en aime que davantage.

— Je vais te montrer une belle église, lui offre-t-il pour l'inciter à le suivre.

Elle acquiesce, lui laisse prendre leurs maigres bagages et sa trousse.

— Attends.

Il se penche pour vérifier cette substance gluante sous le ventre du train.

— C'est du jus de sauterelles, affirme un des vagabonds.

Le vagabond s'arrête, avec son compagnon, et lorgne effrontément Marie-Victorine.

T'as déjà vu ça, toé, une sauvagesse qui voyage dans les wagons? observe-t-il méchamment.

— Non. Leur place, c'est en dessous avec le jus de sauterelles.

— Je vous prierais de respecter ma femme! ordonne Clovis en empoignant le premier par le col de ce qui ressemble vaguement à une chemise.

— Pour qui tu te prends, le sauvage? Retourne donc chez vous. Frappe, envoye, frappe! La police va venir. Moé, ça me fait rien de faire un temps en prison. Au moins là, on mange. Envoye, frappe!

Lui, un sauvage? Voilà que ça recommence. Pourtant, il est à Montréal et non dans son village. Quelle opinion se fera Marie-Victorine de cet accueil?

— Tu sais ce qu'il te dit, le sauvage? C'est toi qui est chez nous.

— Entendez-vous ça.

Un sifflet retentit. Un policier accourt, les sépare. « Papiers! »

Avec empressement, il les tend à l'agent, tandis que les vagabonds s'apprêtent à être amenés au poste avec une docilité par trop évidente.

— Très bien, docteur. Cette femme vous accompagne-t-elle?

— Oui, c'est ma femme.

— Bon, très bien. Au poste vous deux.

— Non. Sans blague! Ça, un docteur? Je l'ai pris pour un sauvage, poursuit le vagabond en s'éloignant.

Oui, c'est vrai, il est un sauvage. Il en était si fier là-bas. Il se regarde dans la vitre sale du train. Que sa peau est foncée et ses cheveux longs! Il inspecte ses habits poussiéreux, déformés, usés, déchirés, sa chemise blanche aux teintes grises, ses pieds chaussés des mocassins que Manon lui a donnés. Il est vite redevenu ce qu'il était quand le village voulait l'anéantir de sa haine. Et la haine refait vite surface dès que l'apparence varie. Je suis le récipiendaire du prix Hingston, aimerait-il crier dans cette gare. Je suis le fils naturel du docteur Lafresnière et je suis médecin. À quoi cela lui servirait-il? Il pourrait s'égosiller pendant des heures qu'il ne réussirait qu'à se faire passer pour un fou.

Marie-Victorine l'observe tristement. Sa lèvre inférieure tremble. Elle a le coeur gros d'être si mal reçue et de le voir rejeté, lui aussi. Il s'approche d'elle, lui ouvre ses bras pour la laisser pleurer.

— Ne me laissez pas ici, supplie-t-elle.

Comment le pourrait-il? Il avait espéré la laisser à l'Institut Bruchési, mais signer son admission à cet hôpital équivaudrait à signer son arrêt de mort. Elle est trop dépaysée pour envisager cela. Elle se laisserait mourir, il le sait, loin de tout ce qu'elle aime et de tout ce qu'elle connaît. Au lieu de la rétablir, le sanatorium l'achèverait. Il sait ce qu'elle ressent. À la mort de sa mère, Small Bear regardait tristement par la fenêtre du presbytère et rien de ce monde nouveau ne lui semblait beau. Il se languissait en regardant tomber les feuilles d'un chêne et la mort ne l'effrayait point. Pas plus que la vie ne l'intéressait, jusqu'au jour où un homme merveilleux était venu lui remettre le fétiche de sa mère.

— Je ne te laisserai pas ici, je te le promets. Mon père te guérira, affirme-t-il en caressant la tête soigneusement nattée de sa femme.

Qu'il a hâte de retrouver cet homme merveilleux et de lui présenter Marie-Victorine! Cet homme qui connaît sa valeur et son courage. Qui sait tout ou presque du chemin qui l'a mené jusqu'ici.

— Demain nous irons chez nous. Viens. Je vais te présenter mon ancienne maîtresse de pension.

Il l'entraîne d'un pas décidé pour lui montrer qu'il ne doute pas un seul instant qu'il sera bien accueilli. Mais il en est tout autrement et, bien qu'il adopte les manières franches et confiantes d'Adam Green, il se sent de plus en plus devenir une nullité face à ces gens qui les reluquent. Les femmes se détournent au passage de Marie-Victorine, dénigrant sa robe de couventine d'Albany et sa coiffure amérindienne. Des hommes le toisent avec hostilité. Son pas décidé se transforme en pas pressé. Et sa nervosité presque en agressivité lorsqu'on bouscule Marie-Victorine dans le tramway. La pauvre enfant est au bord des larmes. Tous ces regards qui la mitraillent ne font qu'empirer sa gêne. Il lui sourit, incarne l'homme calme et fiable sur qui elle peut compter. Mais l'atmosphère lui pèse, à lui aussi. Il étouffe dans ce tramway, accroché à la poignée de cuir qui lui glisse continuellement des doigts tant sa main est humide. Fut un temps où il voyageait avec son sac de hockey et bénéficiait de l'indulgence des passagers. Que s'est-il passé? La crise économique sévit-elle jusqu'ici? Jusque dans les habitudes de ces gens?

Sa femme, assise devant lui, ferme les yeux avec lassitude. Il la fait descendre au carré Viger avant qu'elle ne s'évanouisse avec cette chaleur et ce vacarme.

— Regarde comme les tourelles de cet édifice sont jolies, Marie-Victorine. Et là, tu vois les autos. Tiens, ça, c'est un cheval. Il traîne un voyage de charbon.

Il y a tant de choses à lui montrer. Et malheureusement, déjà des choses à lui faire oublier.

— C'est haut, c'est beau. Il fait chaud. Si chaud.

— Là-bas, les glaces se promènent sur la mer, lui rappelle-t-il.

Elle regarde partout, s'émerveille progressivement de ce qui l'entoure.

— Les arbres sont grands... ils ont tant de feuilles.

Elle caresse leur rude écorce et les contemple, la tête renversée. Il fait de même. C'est vrai qu'ils sont majestueux, ces grands feuillus des parcs, surtout pour celle qui n'a vu que des épinettes rabougries et de frêles bouleaux.

— À l'automne, les arbres viennent de toutes les couleurs. Tu verras comme c'est beau.

Il lui pose des jalons pour l'encourager.

— Qui c'est? demande-t-elle devant la statue de Chénier.

— C'est un patriote.

— Il va à la chasse avec son fusil?

— Non. À la guerre. C'était un des nôtres: un Canadien français.

— Contre qui la guerre?

— Les habits rouges.

— Vous avez gagné?

— Non.

— Où est le métis?

— Je ne sais pas. Je crois qu'on ne lui a pas élevé de monument.

— Pourquoi?

— Je ne sais pas; probablement parce qu'il a perdu.

— Lui aussi, il a perdu.

— Oui, en effet... lui aussi, il a perdu.

Un temps.

— Il avait de notre sang, c'est pour cela, dit-elle en prenant place sur un banc.

Son visage s'assombrit et ses épaules s'affaissent comme si elle avait à défendre son peuple contre la ville entière et contre cette moitié de lui qui est blanche. Elle a l'air si seule, si désemparée, qu'il s'empresse de la rejoindre et de lui prendre les mains. Elles sont glacées, tandis que la sueur perle déjà à son front.

— Ne te tracasse pas, Marie-Victorine. Tout ira bien chez nous. Ici, ils ont changé. Je ne sais pas ce qui se passe. C'est la crise, sans doute.

Lui aussi, il a changé. Il affiche cette autre race dont il est issu. S'il était vêtu de neuf et elle selon les critères de la mode, ils pourraient manger du spaghetti tous les deux chez le père Roncelli sans être remarqués. Est-ce parce qu'il a changé, lui, que les gens ont changé? Quelle réaction aura Mme Dupuis?

Un pleur d'enfant les surprend. Une blonde petite bonne femme s'avance vers eux, en versant toutes les larmes de son corps. Dans sa détresse immense, elle ne les voit pas et finit par s'accroupir au pied d'un arbre, recroquevillant ses jambes maigres sous sa robe rapiécée.

— Pourquoi pleures-tu? demande-t-il.

— Suis perdue.

Elle essuie hâtivement ses joues, y dessinant de grandes coulisses avec ses doigts sales.

— Où demeures-tu?

— Sais pas.

Elle recommence à pleurer, désespérée.

— Maman t'a envoyée faire des commissions?

— Non. J'ai suivi les pompiers.

Quelle joie! Quelle excitation! Quelle aventure pour une enfant de son âge de courir derrière le camion rouge qui fait tinter sa cloche, et de pouvoir admirer les pompiers accrochés aux échelles, achevant de se vêtir sans se départir de leur réputation de héros légendaires!

Marie-Victorine les rejoint et, avec douceur, touche la tête de la fillette.

— C'est beau, commente-t-elle en faisant luire les mèches pâles au soleil.

— C'est la première fois que tu vois une enfant blonde?

— Oui.

— Adam Green aussi est blond.

— Pas comme elle, pas si pâle.

En effet, la chevelure platine de l'enfant sort de l'ordinaire et Marie-Victorine ne cesse de la contempler.

— Comment t'appelles-tu?

— Joséphine.

— Joséphine qui?

— Maillé.

— Jules Maillé, c'est ton frère?

— Oui.

— Alors, je sais où tu restes. Viens.

Il la prend dans ses bras. Elle s'accroche à son cou et pose sur lui ses yeux cristallins. Ajouté à la couleur de ses cheveux, ce regard lui rappelle Judith et le fait rougir. Il s'attarde à cette lumière qui auréole la petite tête décoiffée et expérimente aussitôt la désagréable sensation de tromper sa femme.

— Allons-y. Tu n'es pas très loin de chez toi.

Ils arpentent le trottoir. De bons souvenirs refont surface. Il était aimé, ici. Et des enfants et des parents. Derrière les rideaux des salons, il sait que plus d'une jeune fille l'épiait en rêvant d'être invitée au bal de sa promotion. Chaque maison lui rappelle une anecdote amusante, ou un des garçons qui jouaient au hockey avec des crottes gelées. Ici, Ti-Louis et ses lames de bois, là, Baquet dans ses catalogues Eaton, ici, les petits Maillé qui avaient attrapé les oreillons en série. À son grand désarroi, il découvre bon nombre de ces maisons placardées d'écriteaux à vendre ou à louer. Mme Dupuis aurait-elle déménagé comme tant d'autres?

Un jeune homme s'avance vers eux, l'air mécontent.

— Descends de là! ordonne-t-il à Joséphine.

— C'est mon frère.

Oui. C'est bien Jules Maillé. Celui qui collectionnait les pommes de route au passage du laitier.

— Elle a suivi les pompiers.

— M'man veut pas qu'elle parle aux étrangers.

— Tu ne me reconnais pas?

— Non.

— Je suis Clovis; celui qui jouait au hockey. Je restais chez Mme Dupuis.

Sceptique, le jeune homme l'examine brièvement.

— Ça me surprendrait. Clovis, c'était un monsieur.

Incrédule, il se détourne avec indifférence, pinçant le bras osseux de la petite qui recommence à pleurer.

— Il a dû oublier.

Marie-Victorine se rapproche de lui.

— Viens. C'est à deux maisons d'ici. Tu vois, là-bas, le grand escalier: c'est là que je restais quand j'étudiais.

L'absence d'écriteau le soulage. Il grimpe lentement afin de ne pas essouffler Marie-Victorine et appuie sur la clochette. Un long moment d'attente bombarde son cerveau fatigué de questions futiles. La sonnette est-elle défectueuse? Ai-je pressé à fond? Est-elle devenue sourde? Qu'est-ce que je fais si c'est quelqu'un d'autre? Me reconnaîtra-t-elle? Oh! s'il fallait qu'elle me ferme la porte au nez!

Il sourit à sa femme, conscient de n'avoir pu lui cacher son anxiété.

Un pas lourd se fait entendre. Se serait-elle mariée? Il tente de discerner une silhouette derrière le rideau de guipure. Oui. Voilà. C'est une femme. La porte s'ouvre, lui fait mal au ventre tant il craint d'être désappointé. Heureusement, c'est elle. Beaucoup plus grosse, mais c'est elle.

— Oui?

— Madame Dupuis?

Elle réagit au son de sa voix et plisse les yeux.

— Attendez un instant. Je vous connais. Parlez encore.

— J'ai été votre pensionnaire.

— Clovis! Clovis Lafresnière. Est-ce possible? Mais que vous est-il arrivé, pauvre enfant? Je vous ai pris pour un guenillou. Entrez.

— Je vous présente ma femme, Marie-Victorine.

— Ah! Ah, bon! Enchantée.

Elle lui tend une main molle et sans chaleur. N'insiste plus pour les faire entrer. Effectivement, quelque chose la contrarie. Est-ce le fait qu'il soit marié ou que sa femme soit une Indienne? Il ne connaît d'autre ressource que de baisser ses longs cils pour l'amadouer. Encore une fois, cela lui réussit, même s'il a trente-trois ans, et la dame se ravise.

— Mais entrez. Entrez donc, madame. Laissez vos bagages ici, dans le vestibule. Je n'ai pas de pensionnaire. C'est l'été, vous comprenez?

Elle les invite au salon, prend place sous le portrait du pape Pie XI en leur laissant le divan. Le silence est si grand qu'on entend gémir le fauteuil sous son poids.

— Vous allez bien?

— Oui. J'ai heureusement des pensionnaires. Mais les temps sont durs, Clovis, si vous saviez...

— J'ai vu beaucoup d'écriteaux à vendre et à louer.

— C'est la crise. Heureusement, ma maison m'appartient. C'est un héritage de feu M. Dupuis, mais même à ça, c'est dur, très dur de joindre les deux bouts. Savez-vous ce que les Maillé ont fait l'hiver dernier?

— Non.

— Ils ont chauffé le poêle avec les portes d'armoires, les plinthes, les cadres, enfin tout ce qui était en bois... si ça a de l'allure!

— Vraiment?

— Apparence aussi que des sans-gêne ont brûlé les trottoirs de la ville. Vous imaginez? Moi je chauffe au charbon, comme de raison. C'est le clos de bois Nantel qui me fournit. Du bon charbon, pas trop cher et livré où je le veux. Faut encourager les nôtres. Je vous dis que quand Camillien Houde va reprendre la mairie, ça va aller mieux. Lui, il pense à nous autres.

— Ah!

Le peu qu'il connaît en politique, il le tient d'Hervé, le mari de Mathilde, alors il laisse parler son ancienne maîtresse de pension devenue volubile et intarissable. C'est à peine si elle prend le temps de respirer entre les sujets qu'elle accroche les uns aux autres, enterrant les plaintes de sa chaise.

— Oh! Faut encourager les nôtres. Pourquoi donner notre argent aux Anglais. Il est assez dur à gagner. Le linge chez Dupuis est aussi bon que celui d'Eaton et puis, au moins, on nous sert en français. Ouais, y a trop des nôtres qui vont dépenser leur argent ailleurs. À part ça que les belles jobs, c'est tous des Anglais qui les ont. Des Anglais ou des juifs. C'est pas mieux, les juifs: ils ont presque tous les petits commerces. Qui c'est qui fait les ouvrages pas payants? Nous autres, les Canadiens. Qui c'est qui a les gros commerces? Les Anglais. Quelqu'un qui parle pas anglais a pas de chance d'avancement. Parlez-vous anglais?

— Oui.

— Alors, je ne comprends pas. Vous m'avez l'air plus pauvre que Job. C'est vrai que quand on est né pour un p'tit pain...

La sentence tombe, met fin à ce qu'on pourrait appeler toute tentative d'espoir. C'est écrit quelque part, inscrit dans la tradition québécoise, transmis de génération en génération avec la langue et la religion, appris par coeur et invariablement servi à chaque échec d'une entreprise quelconque. Cette phrase pèse sur sa nuque, l'écrase de la soumission de ce peuple de vaincus devenus les esclaves blancs du pays qu'ils ont pris aux sauvages. Il étouffe soudain, a l'impression d'être un minus et envie l'assurance du jeune Michel-Ange et de Nicolas. Ayant été exclus de cette civilisation du «né pour un p'tit pain», ils peuvent envisager l'avenir avec confiance. Qu'il aimerait être comme eux! Être attiré par l'avenir plutôt qu'attaché au passé!

— Pourtant, vous aviez eu une si belle médaille.

Oui. Et il devait se la frotter sur les côtes pour y croire.

— C'est à ce moment que vous auriez dû vous installer à Montréal. Vous n'auriez pas eu de misère. Mais aujourd'hui... Vous savez que mes pensionnaires ont bien du mal à se placer de nos jours? Eh, oui! Vous n'avez aucune chance ici.

— Je ne suis que de passage... je ne désire pas m'installer. Demain, je retourne chez moi.

— Mais d'où venez-vous donc?

— Du nord du Manitoba. J'ai été nommé agent par le gouvernement.

Il est fier de ce mensonge qui amène enfin une expression d'ébahissement sur le visage jusqu'ici compatissant de Mme Dupuis. Le mot gouvernement évoque pour elle une espèce de bon Dieu, capable de magnanimité ou de surdité à leurs requêtes. Et le fait d'avoir été désigné par ce gouvernement lui octroie beaucoup de prestige.

— Il me semblait aussi, un homme sérieux comme vous. Dire que je vous ai pris pour un guenillou.

Marie-Victorine se tait mais l'observe, déroutée en l'écoutant inventer cette histoire d'agent.

Il ne rougit même pas en poursuivant :

— Je suis responsable de tout le secteur nord du Canada.

— Du Canada! Aïe! C'est grand ça!

— Je supervise les hôpitaux et tout le tra la la.

— Votre femme vous suit toujours?

— Non. Je la ramène chez moi... nous nous sommes mariés ce printemps.

— Ah! Bon.

Encore le petit sourire sous-entendant les expériences exaltantes des premières relations, destiné cette fois-ci à Marie-Victorine. Quelle pensée traverse l'esprit de la dame raidie sous le portrait du pape pour qu'elle demeure momentanément distraite et silencieuse?

— Votre père va bien?

— Oui, la dernière fois que je l'ai vu, il allait bien. J'ai l'intention de lui téléphoner, tantôt.

— S'est-il... enfin... s'est-il remarié?

— Non.

— Ah!

Satisfaite par cette réponse, elle bondit soudain.

— J'oubliais de vous offrir des rafraîchissements. Vous devez avoir la gorge sèche, vous aussi, depuis le temps que nous parlons. (Ce nous est superflu, pense Clovis.) Imaginez-vous que j'ai fait de la petite bière. Demain, toute la paroisse s'en va en pique-nique sur le chemin neuf. Ça va être une vraie fête. Dommage que vous ne puissiez venir. Je vous en sers tout de suite. Et j'ai des « mains » à la mélasse aussi : j'en avais achetées pour les jeunes de la rue. Attendez-moi.

Elle se précipite, revient avec trois grands verres de bière d'épinette sur son plateau. Marie-Victorine refuse poliment.

— C'est de la bière d'épinette, Marie-Victorine. Ce n'est pas de la boisson. Même les enfants en boivent.

— Ah! Elle n'en a jamais bu?

— Non. Ce n'est pas courant dans sa province.

— Goûtez-y, madame. Vous m'en donnerez des nouvelles.

La jeune femme y trempe ses lèvres et finit par avaler une bonne gorgée.

— C'est bon.

— Prenez un biscuit. Tout le monde aime ça des p'tites mains à la mélasse, hein? Je vous garde à coucher ce soir, c'est entendu. Vous êtes mes invités. Aïe! Venir de si loin... et un agent du gouvernement en plus. De tout le Canada. Quand Mme Thiffeault va apprendre ça! Aïe! Un des miens, nommé par le gouvernement.

— Marie-Victorine aimerait bien visiter une église, renchérit-il, connaissant le côté dévot de Mme Dupuis.

— Oh! Nous irons tous les trois à la chapelle Notre-Dame-de-Lourdes pour le chapelet. Qu'en pensez-vous?

— D'accord.

Aucune prière ne pouvait plus approcher ce qu'il avait vécu sous les étoiles. Aucune formule, apprise et répétée, ne ressemblait de près ou de loin à la communion intense et silencieuse qu'il avait eue avec le Grand-Esprit. Bien qu'il soit étendu avec Marie-Victorine, il entend encore l'assemblée réciter le chapelet et le rythme de toutes ces voix bat méthodiquement en lui, comme des vagues inlassables sur la grève, lui rappelant les gens de son village qui le broyaient en récitant des *Je vous salue Marie*. Instinctivement, il entoure Marie-Victorine avec son bras. Il la sent tendue, déçue. Sera-t-elle broyée à son tour? Jusqu'à maintenant, elle n'a rencontré qu'hostilité et froideur. Heureusement que son père sera là, demain pour lui souhaiter la bienvenue.

Quel soulagement et quelle joie c'était d'entendre sa voix au téléphone! Étant sans nouvelle de lui depuis un an, il avait envisagé le pire. Mais de l'entendre lui répondre et s'exclamer à l'annonce de son retour n'a fait que l'exciter davantage, et il sait qu'il ne trouvera pas le sommeil tant il a hâte de le revoir. «Je vous amène une surprise», a-t-il promis. Elle est là, sa surprise, toute raide et bouleversée. Il lui frotte le dos, les épaules.

— Calme-toi. Il faut que tu dormes. Elle était jolie l'église. Tu as vu la biche dessinée au plafond?

— Oui, c'était beau, mais...

— Quoi?

— Vous avez menti pour qu'elle nous garde. Vous n'êtes pas agent ou si vous l'êtes, c'est à nous que vous avez menti.

— C'est un pieux mensonge sans importance. C'est à elle que j'ai menti. Je n'ai jamais été agent.

Un pieux mensonge. Elle ne comprend pas cette expression. Comment un mensonge peut-il être pieux à ses yeux? La civilisation excelle vraiment dans l'art de mentir pour avoir associé ces termes contradictoires.

— J'ai menti, confesse-t-il simplement en lui caressant le cou. Mais je veux devenir agent pour continuer à m'occuper d'eux. Tu dois dormir. C'est demain le grand jour. Mon père viendra nous chercher à la gare. Je suis sûr qu'il va t'aimer, et toi aussi tu vas l'aimer.

Il se lève sur un coude. Dans la pénombre, il devine ses traits et cajole tendrement sa joue un peu maigre. La main de sa femme coule langoureusement dans ses cheveux et l'attire presque imperceptiblement à elle. Il obéit, rencontre sa bouche au risque d'être contaminé. Le contact des lèvres douces l'électrise. Il ferme les yeux, goûte ce délice enivrant qui envahit son corps. Qu'il aimerait, tout à coup, mettre à exécution ce que tout le monde sous-entend en apprenant qu'ils sont fraîchement mariés! Son sexe se durcit et ses mains tremblent sur elle. C'est la première fois qu'elle s'offre à lui et qu'elle le sollicite à la prendre.

— Il faut être raisonnable.

Il se doit de lui résister. Elle est trop malade pour supporter une grossesse éventuelle. Mais pourtant, ce soir, il ne trouve pas la force nécessaire. Depuis le temps qu'il se comporte en homme marié devant tout le monde, pourquoi ne le ferait-il pas une fois avec elle? Il faudrait être vraiment malchanceux pour que cette fois, la seule, parvienne à la mettre enceinte. Et puis, son corps semble enfin réagir normalement.

Elle glisse la main le long de sa poitrine et le fait frissonner malgré la chaleur accablante de son ancienne chambre. Non. Il doit trouver la force de s'arracher à elle. C'est facile. Il n'a qu'à imaginer la réaction de Mme Dupuis et la panique de sa femme s'il venait à faire une crise d'épilepsie dans ce lit.

— Sois raisonnable, dit-il en se soustrayant aux caresses de Marie-Victorine.

Il s'étend sur le dos, contrôle sa respiration et finit par se calmer. Voilà: il a réussi. Libéré de son désir, son sexe ramollit.

Il se sent très las, très faible, comme au réveil d'une crise. Un mal sournois s'infiltre dans son crâne.

— Qu'est-ce que j'ai fait? demande-t-il.

— Rien, répond la douce voix de Marie-Victorine, penchée sur lui.

— Sois raisonnable, supplie-t-il alors qu'elle lui embrasse le front. Il faut guérir avant. Couche-toi ici, contre moi. Là... Je ne t'abandonnerai pas. N'aie pas peur. Demain, tu verras mon père. Je suis certain qu'il va t'aimer. Oh, oui! il va t'aimer.

Sa tête s'enfonce dans l'oreiller, lourde et déjà douloureuse. Cette résistance l'a épuisé. Il a combattu les gestes de l'amour avec tout son amour et s'en trouve complètement vidé. Il emporte une image dans sa nuit pour le distraire de son mal. Celle de son père criant dans le téléphone du magasin général: « J'ai hâte de voir ta surprise. »

Retour

Philippe s'est tant exclamé au téléphone qu'il semble avoir ameuté la paroisse entière. En voilà qui n'ont pas coutume d'être ses amis, venus ouvertement écornifler par ce dimanche après-midi inondé de soleil. Il repère le docteur Caron, sa fille et Olivier sur son trente-six. Un peu en retrait, Rolland avec sa moue renfermée. Les freins hurlent: le train continue sur son air d'aller, sa formidable inertie l'entraîne.

— C'est lui!

Mais oui, il est là, avec Jérôme, Léonnie, madame Azalée, Sam et Rose-Lilas. Il est là, le cou tendu vers les fenêtres des voitures. Ils se sont vus, il en est sûr.

— Vite, Marie-Victorine. Viens, il est là.

Le train s'arrête finalement à quelques centaines de pieds de ce groupe. Il se lève, s'empresse de ramasser les bagages. Tous font de même et piétinent bientôt les uns derrière les autres vers la porte de sortie. Quelle lenteur! Il a envie de pousser la grosse femme devant lui qui bloque l'allée avec son postérieur et ses valises. Patiente, Marie-Victorine lui sourit. Qu'elle est belle! C'est elle que son père verra après cette dame plantureuse. Quel contraste ce sera! «Oh donc, avance!», marmonne-t-il tout bas. Il n'est plus qu'un gamin survolté que sa surprise rend effronté.

— Vous n'avez plus mal à la tête? s'informe Marie-Victorine.

— Je suis trop énervé; je ne le sens plus.

Mais il est là, en veilleuse, prêt à l'empoigner. Là,

au fond de sa tête. Il n'a guère parlé tout au long du trajet, tant il souffrait. Marie-Victorine s'en est aperçue et lui a conseillé de dormir un peu. Ce qu'il a fait. Elle semble très surprise de le voir maintenant si agité.

— Tu vas le voir en premier.

Péniblement, l'énorme voyageuse descend les marches. Une, deux. Elle souffle, accrochée à la rampe. S'arrête pour reprendre ses forces. Enfin, ouf! Elle pose le pied par terre. Son tout petit mari se précipite vers elle en ouvrant des bras minces comme des cordes. Ah! ma chérie! Il se charge de tous les bagages, comment, Dieu seul le sait, et il accompagne d'un pas énergique son imposante douce moitié. Et voilà que son père découvre Marie-Victorine d'un oeil attendri. Par l'éclat de son regard, il sait qu'elle lui plaît. Philippe tend galamment la main pour l'aider à descendre. Elle hésite.

— C'est mon père, allez, prends.

Elle obéit, émue par cette gentillesse et cette cordialité toute simple. Remarquant l'anneau à son doigt, Philippe lui couvre aussitôt la main des siennes.

— Bienvenue, ma fille, bienvenue.

— Papa, je te présente ma femme, Marie-Victorine.

— C'est une belle, une très belle surprise. Permets que je l'embrasse.

Marie-Victorine est embarrassée. Philippe l'attire aussitôt contre lui, en tapotant légèrement ses épaules d'un geste paternel.

— Bienvenue, Marie-Victorine, bienvenue.

Il n'aurait pu lui faire une plus belle surprise. Il le sait. Et le constate, juste à la façon dont son père l'entoure de prévenances. Tant d'affection, de satisfaction, d'hospitalité se dégagent de sa personne qu'il en est un peu jaloux. Mais les yeux de miel de cet homme se posent maintenant sur lui et le font se sentir ridicule.

Comment ne pas déceler tout l'amour qu'il lui porte? Ce serait plutôt à Léonnie d'envier cette préférence.

— Viens, mon fils, viens ici, invite Philippe en l'entourant d'un bras, gardant l'autre autour des épaules de Marie-Victorine.

— Bienvenue mes enfants. Dieu fasse que vous ne repartiez jamais.

Sa voix chancelle tandis qu'il les presse tous deux contre lui.

— Je ne partirai plus, papa. Plus maintenant, promet-il à cet homme merveilleux qui cache mal son émotion.

— Bon. Si on faisait les présentations. Tout ce beau monde qui est venu vous attendre, hein? Beaucoup ont pensé que tu ramenais notre ancien curé.

— Ah! C'est donc pour ça qu'ils sont là!

— Oui. Moi aussi, j'ai pensé ça. Jamais je n'aurais cru que tu t'étais marié là-bas. C'est le père Plamondon qui vous a unis?

Cette question, apparemment anodine, fait froncer les sourcils de Philippe et amène une grande angoisse sur son visage. De quel crime s'est rendu coupable cet enfant de l'amour qui lui revient de si loin?

— Oui. C'est même lui qui nous a fourni les anneaux.

Philippe échappe un soupir de soulagement.

— Dieu soit loué.

Jamais il ne lui racontera ce qui s'est réellement passé là-bas.

— Il va très bien. C'est le père adoptif de Marie-Victorine.

La preuve qu'il n'a pas été trop méchant avec Alcide, puisqu'il lui a accordé la main de sa pupille. Il faut qu'il le rassure complètement. L'inquiétude a trop longtemps oppressé son père. C'est avec joie qu'il le voit se décontracter.

— Pour une surprise, mon fils, c'est toute une surprise. Une belle surprise.

— Où la surprise? Où m'sieu Clovis? intervient
soudain la voix rouillée d'Azalée.

— Je suis ici. C'est moi, Clovis.

Elle l'analyse d'un oeil incrédule.

— Toé, t'es un sauvage pis elle aussi. M'sieu Clovis
est supposé ramener une surprise. Où il est, docteur?

— C'est vraiment lui, Azalée. Vous ne le reconnais-
sez pas parce qu'il a maigri et que ses cheveux sont
longs. Vous verrez, dans quelque temps vous le replace-
rez, explique patiemment Philippe à sa servante amnésique.

— Ah! Oui! Ah! Oui! Oui, c'est votre petit gars.
Oui, ben sûr; c'est lui, c'est m'sieu Clovis. Je le replace.
Elle aussi, je la replace astheure. Oh! Oui, je la replace.

Elle prend une natte avec précaution.

— Elle avait toujours des tresses. Me rappelle. Oh!
Oui.

Tous devinent que dans son cerveau embrouillé,
elle confond Marie-Victorine avec Biche Pensive, la
mère de Clovis. Un regard entre Sam et Philippe. Un
regard qui corrobore les divagations d'Azalée à l'effet
que Marie-Victorine ressemble à cette femme qu'ils ont
aimée tous les deux. Une légère pointe d'amertume
perce chez Sam. Encore une fois, c'est Philippe qui
monopolise l'attention de la jeune Indienne et s'accapare de Small Bear. Mais Small Bear se souvient de lui.
Small Bear comprend son dépit mal camouflé et vient
l'étreindre avec affection.

— Good to see you, Sam.

— Small Bear. You're back.

Le trappeur ne s'est jamais départi de ce prénom
de Small Bear dont il l'a baptisé. Et à chaque fois qu'il
le prononce avec son accent chantant d'Irlandais, il fait
revivre sa bienheureuse enfance au sein de la forêt et le

rattache invariablement à grand-papa Gros-Ours. Aujourd'hui, avec tout ce qu'il a appris, c'est à la grande tribu qu'il le rattache.

— She's as nice as your mother, lui confie encore Sam dans sa langue maternelle pour ne pas froisser Rose-Lilas.

Aussi belle que sa mère. Il songe. Regarde sa femme déjà gagnée par le charme de son père. Comment sa mère aurait-elle pu lui résister?

Sous la croix de bois reposait donc un visage ressemblant à celui de Marie-Victorine. Un visage qu'il ne se pardonnait pas d'avoir oublié et qui, aujourd'hui, ressuscitait une vieille rivalité entre deux hommes.

— Oui, c'est vrai qu'elle lui ressemble, confirme Rose-Lilas en se hissant sur la pointe des pieds pour qu'il lui embrasse les joues.

Il la serre très fort sur lui pour lui prouver qu'elle ne sera jamais éclipsée par un fantôme.

— Ma bonne Rose-Lilas. Vous n'avez pas maigri d'une once.

— Je peux pas en dire autant de toé: t'es rendu maigre sans bon sens. Regardez-moé ça!

Elle le palpe de sa main potelée, mijotant mentalement les petits plats qui le remplumeront. Jérôme et Léonnie l'entourent pour le féliciter. Qu'il est bien ici! Qu'il aime ces gens chauds et confortables comme la laine.

— Où est Honoré?

Un silence subit l'informe du deuil qui les frappe.

— Depuis quand?

— Cet hiver.

— Je suis désolé, vraiment désolé. Je l'aimais beaucoup. C'était un brave homme.

Il s'adresse à Rose-Lilas, à Jérôme et à son père qui a perdu son ami. Honoré! Ce qu'il pouvait l'aimer celui-là, avec sa bonhomie et sa largesse d'esprit. Honoré, le premier colon qui a osé prendre la part de Gros-Ours, celui qui a acheté un chapeau à sa mère et qui lui a offert son premier paperman. Ah! Ce qu'il l'aimait celui-là et ce qu'il lui manque aujourd'hui.

Un petit homme fend la foule compacte et surgit soudain devant lui.

— Ah! Docteur Caron. Je vous ai aperçu tantôt.

— Bienvenue, Clovis. Nous avons toujours besoin d'un chirurgien à l'hôpital.

— Tant mieux, tant mieux.

Madeleine et Olivier le rejoignent, suivis à rebrousse-poil par Rolland.

— Permettez-moi de vous présenter ma femme, Marie-Victorine.

L'enchanté de Madeleine est d'une telle froideur qu'il en a lui-même la chair de poule, et le regard hautain que laisse tomber Olivier sur sa femme l'irrite au plus haut point. Rien qu'une sauvagesse, condamne l'attitude du commerçant parfumé. Quant à Rolland, il ne cache pas sa jalousie et préfère maintenant s'éloigner, sachant qu'il ne bénéficiera plus comme auparavant de ses attentions.

— All aboard! annonce Philippe en se dirigeant vers sa T-Ford, épargnant ainsi à Marie-Victorine d'ennuyeuses et fausses conversations.

— Je peux la conduire, papa?

— Non. Elle commence à avoir de petits bobos. J'ai la main avec elle. Il faudra que je t'explique tout ça. Montez, montez.

Fier de son doigté pour se concilier les caprices de sa vieille auto, Philippe la fait démarrer après quelques menues opérations et parvient même à doubler Olivier dans sa voiture de l'année.

Parviendra-t-il à se laver un jour de cette cendre omniprésente? Il ferme les yeux, revoit le temple en ruines sur la neige et Baptiste, accroché à son poteau de torture. Qu'il était léger, dans ses bras, le fils de l'aigle, et pourtant si lourd! Il promène un doigt distrait sur le bras satiné de son fauteuil. Oui. Il est bien chez lui, dans la grande maison blanche. Tant de confort, qui paraîtrait rudimentaire à Adam Green, dépasse cependant les attentes de Marie-Victorine. Qu'elle était émerveillée, elle aussi, par les fleurs givrées de la porte du salon! Son père a souri en la voyant étudier le dessin et lui a gentiment caressé la tête avec cet air doux et désolé qu'il avait pour ses malades. La toux de Marie-Victorine n'avait pas échappé au vieux praticien qu'il était. Il savait.

Ayant déniché la malle de Judith au grenier, Philippe la lui avait léguée. Lorsqu'il a vu Marie-Victorine dans les vêtements de la défunte, il a eu peur et mal, comme si la mort commençait déjà à revendiquer ses droits sur sa femme. Son père l'observait du coin de l'oeil au cours du repas et a finalement proposé de les examiner tous les deux.

Présentement, il est dans son cabinet avec elle. Il pose son stéthoscope sur sa poitrine et entend. Oh! Il sait ce qu'il entend... Ce poumon droit qui geint et se lamente. Oh! Comme il sait ce qu'entend le médecin. «Tousse», dit-il. Elle tousse et c'est terrible ce qu'il entend alors. Terrible. Lilino... Serais-je ce manitou de la mort que tu as consenti à épouser? Est-il déjà trop tard pour qu'il puisse faire quelque chose?

Une douleur violente traverse son crâne comme un éclair. Il s'immobilise, appuie la tête sur le dossier rembourré. Le mal se transforme. Un étau se resserre sur ses tempes et la lumière du couchant, reflétée dans le miroir, lui fait mal aux yeux.

— Azalée, appelle-t-il tout bas.

Elle accourt.

— Fermez les rideaux, s'il vous plaît.

— Si tu veux. Le couchant est tout rouge. Va faire encore chaud demain. Ça va pas?

— J'ai mal à la tête. C'est la fatigue. Je suis très fatigué.

— Ça se voit. Veux-tu autre chose?

— Non, merci.

— Bon. Je vais aller faire les lits.

Elle disparaît en traînant ses pantoufles. Le laisse seul dans la pénombre, inquiet, tourmenté. Les fenêtres ouvertes laissent entendre le coassement des grenouilles et une faible brise embaume la maison du parfum de foin coupé. Cette odeur lui rappelle son stage à la ferme d'Auguste où son père l'avait placé pour soigner son épilepsie. C'était l'époque où il était le protégé du docteur et, certains soirs, il restait de longues heures dans la grange, à humer la récolte nouvelle. Il avait alors l'impression de respirer la vie. Mais ce soir, cette odeur de vie le fait tressaillir, lui rappelant sans cesse sa fragilité.

Au bout de quelques minutes, la porte du cabinet grince. Il remarque une silhouette derrière le verre dépoli: Marie-Victorine s'attarde aux fleurs. Comme il l'aime! Enfin, elle lui apparaît dans la chemise de nuit de Judith.

— C'est à votre tour.

Elle se laisse tomber sur le premier fauteuil venu et cache son visage rouge de honte. Cet examen l'a sans doute fort intimidée. Il s'agenouille devant elle, tente de dégager son visage mais elle se détourne, étouffant un spasme qui se termine en toux.

— Pourquoi pleures-tu?

— Je ne veux pas aller à Montréal... je ne veux pas.

Les larmes se mêlent vite à la sueur sur son visage et ses pleurs se terminent en crachats.

— Tu n'iras pas... je te le promets. Tu n'iras pas. Calme-toi, maintenant. Attends-moi ici.

Il pénètre dans le cabinet. Ferme bien la porte afin qu'elle n'entende pas leur conversation.

Philippe demeure immobile à son entrée. Mains dans le dos, il regarde par la fenêtre cette longue rue qui a tant d'histoires pour lui. Il porte ses lunettes, pour une fois, et sa couette indisciplinée lui tombe toujours sur le front, lui conférant un air un peu gavroche. Il a revêtu son sarrau blanc et son stéthoscope pend à son cou. Voilà le médecin à qui il confie sa femme.

Démonté par ce silence, il attend, debout, comme un vulgaire profane, osant même espérer contre sa logique et sa connaissance. Son père abandonne enfin ce poste d'observation et fait quelques pas vers la table d'examen, contre laquelle il s'appuie en croisant les bras. Bien que cette attitude cherche à lui donner contenance pour annoncer son diagnostic, son air grave et compatissant parle déjà pour lui.

— Assieds-toi, Clovis.

Bien sûr. Ce qu'il va apprendre va le terrasser. Non. Il n'apprendra rien, en fait. Ce collègue ne fera que confirmer ce qu'il sait déjà. Mais il prend place quand même.

Philippe pétrit affectueusement son épaule. On dirait qu'il lui offre déjà ses sympathies.

— Son poumon droit est très atteint.

— Je sais.

— Il faudrait la faire admettre dans un sanatorium ou à Bruchési.

— C'est impossible, papa. Elle se laisserait mourir.

— Comme Small Bear?

— Oui... comme Small Bear.

— C'est qu'elle est contagieuse. Tu es en danger autant qu'elle. Je ne serais pas surpris que tu aies contracté cette maladie. Tu as tellement maigri. Tu n'as pas l'air bien du tout.

— Ça a été très dur, là-bas, et je suis très fatigué.

C'est tout. Mes poumons n'ont rien, du moins je n'ai rien noté d'anormal.

— Je t'ausculterai tantôt. Quelle solution propos-ses-tu ?

— J'avais pensé... enfin... qu'elle pourrait rester ici, sous vos soins.

— Autrement dit, faire de mon cabinet un sanato-rium pour elle seule.

— Eh! Oui.

— Je perdrais le peu de patients qui me sont restés fidèles.

En effet, la présence d'une pestiférée telle que Marie-Victorine éloignerait à coup sûr la mince clientè-le de son père. Il sait qu'un climat de panique règne autour de la tuberculose: l'affolement dramatique de Mme Dupuis en a fait preuve lorsqu'il lui a dévoilé l'état de santé de Marie-Victorine.

— Au moins, ils ne vous dérangeront plus pour des riens. Et moi, j'ai confiance en vous. Est-ce la raison qui vous fait hésiter?

Philippe s'assoit sur son bureau, face à lui, et le regarde droit dans les yeux.

— Non. J'hésite parce que je ne me sens pas la force d'accomplir ce miracle. Car c'est presque un mira-cle que tu me demandes. Je suis vieux, Clovis, et si j'échoue... si j'échoue, tu seras le premier atteint... et je ne me pardonnerai pas de ne pas l'avoir placée dans un vrai sanatorium. Tu comprends?

— Oui, je comprends.

Bien sûr qu'il comprend. Lui-même ne se pardon-nerait pas d'avoir pris la mauvaise décision.

— J'ai pensé à la chirurgie thoracique, avance-t-il.

— Un pneumothorax?

— Oui. Le docteur Béthune a subi cette interven-tion en 1926 et il s'en est très bien remis. Nous en par-lions beaucoup à l'université.

— Oui. Nous pourrions envisager cela, approuve Philippe. Où trouverons-nous les fonds? Les temps sont tellement durs.

— Je travaillerai à Mont-Laurier.

— Les temps sont aussi durs là qu'ailleurs. Il n'y a qu'Olivier qui semble faire fortune ces temps-ci. À cause de son anglais, il s'est bien placé les pieds à la compagnie de bois. En plus de son commerce, ça lui rapporte. Si je comprends bien, en attendant la détérioration ou l'amélioration, tu souhaiterais qu'elle soit sous mes soins particuliers.

— Oui.

— Je suis très flatté de voir jusqu'à quel point tu as confiance en moi, Clovis, mais j'ai bien peur de ne pas être à la hauteur.

— Je vous en prie. Elle a confiance en vous, elle aussi. Je lui ai tellement parlé de vous. Vous ne pouvez pas imaginer les pouvoirs de la confiance sur la maladie. J'en ai fait l'expérience là-bas. Je lui ai affirmé que vous la guéririez et elle l'a cru. Maintenant, elle pleure parce qu'elle pense que vous allez la renvoyer.

— Oh! Non! La pauvre... non, il ne faut pas qu'elle pleure pour ça, voyons, s'alarme Philippe en sortant en trombe de son cabinet.

Il la trouve derrière les rideaux, à contempler le soleil couchant.

— Marie-Victorine, dit-il, très doucement.

La jeune femme penche la tête et renifle.

— Voyons, ma fille, il ne faut pas pleurer comme ça. Ça ne t'aidera pas à guérir.

Il la retourne vers lui et la laisse se réfugier contre son épaule.

— Là, c'est fini, c'est fini, console sa main en caressant les cheveux soyeux.

Marie-Victorine redouble ses sanglots.

— Tu dois m'obéir maintenant, parce que c'est moi

qui vais prendre soin de toi. Seulement moi. Ici. Dans ta maison, car c'est ta maison. Calme-toi, ma fille. Tu resteras ici à condition que tu me promettes de m'obéir, hein? Tu me le promets?

Elle acquiesce.

— Bon! On va commencer par essuyer ces larmes-là.

Il s'empare du rideau pour lui éponger le visage.

— Vous avez pris vos jolis rideaux, remarque-t-elle, mi-étonnée, mi-amusée.

— Ma foi, oui.

Il les laisse tomber, fouille hâtivement dans sa poche.

— Tiens, mouche-toi un bon coup.

Cette distraction la fait sourire. Il la contemple avec un plaisir évident, un amour évident.

— À partir de maintenant, tu dois m'obéir en tout sans poser de questions. Même si je te dis de te moucher avec mes jolis rideaux, compris?

Exténuée, elle trouve cette dernière exigence hilarante. Elle éclate d'un rire communicatif. Philippe lui emboîte le pas, suivi de Clovis, bien qu'il sente que sa tête va exploser. Mais c'est si bon de l'entendre rire. Si réconfortant de savoir que son père s'occupera d'elle, qu'il accepte volontiers d'en payer le prix.

Le vaisseau sombre

À part son linge sale, il a peu d'effets à emporter. Il ferme son sac puis s'assoit sur le lit pour inspecter d'un regard sa chambre de pensionnaire, histoire de ne rien oublier.

Ce soir, il la verra. Plus belle, plus souriante encore que la semaine dernière. Il aura beau chercher, il ne retrouvera plus cette Lilino attirée par la tombe. Elle lui fera l'exposé de ses nouvelles connaissances et de la nappe qu'elle brode si joliment. Philippe, pour sa part, exigera qu'il écoute ses poumons et se rende compte par lui-même de la lente mais indéniable cicatrisation des tubercules. Jusqu'en février, ni l'un ni l'autre n'a voulu croire en l'amélioration de l'état de santé de Marie-Victorine, sachant que cette maladie évolue par poussées successives, laissant souvent espérer une guérison lors des intervalles. Et ce n'est que lorsque la jeune femme a commencé à reprendre du poids que Philippe a laissé filtrer le mot espoir dans le compte rendu, jusque-là fidèle et froid, du traitement appliqué. Depuis, rien ne l'enchante plus que de se rendre dans la maison paternelle pour constater de ses yeux et de ses oreilles la guérison de sa femme, et bénir intérieurement la complicité établie entre son père et Marie-Victorine. Ce lien tacite, essentiel entre la malade et le praticien, les aide tous les deux à vaincre cette ennemie implacable : la phtisie.

Malheureusement, ses demi-soeurs enviaient ce lien père-fille, soignant-patiente. Il s'en était aperçu au

Jour de l'an, lorsque Philippe avait eu la malencontreuse sincérité de souhaiter la guérison de sa bru afin qu'elle assure la continuation du nom des Lafresnière. Ce désir avait éveillé les vieilles blessures infligées aux femmes depuis des siècles. Il percevait chez ses demi-soeurs une révolte mal dissimulée à l'égard de cette nouvelle venue qui, seule, pouvait perpétuer la lignée. La malédiction de leur mère, supplantée par cette maîtresse amérindienne qui avait donné un fils à son mari, ressuscitait dans leur coeur. « Rien que des filles, vous n'êtes rien que des filles », disait-elle constamment. Et bien que Marie-Victorine ne soit rien qu'une fille elle aussi, il lui suffisait de donner naissance à un garçon pour s'affranchir de cette tare.

Mathilde avait bien tenté, dans son aveugle et possessif amour, de semer en lui la graine de la jalousie en avançant que Philippe n'avait d'yeux que pour cette bru qui ressemblait à son ancienne maîtresse, insinuant habilement qu'il était amoureux de cette ressemblance. Mais bien qu'elle eût en partie raison, elle avait échoué, car il tenait trop à ce lien pour tenter quoi que ce soit qui put le rompre ou l'affaiblir. En fait, c'était la bouée de sauvetage de Marie-Victorine et elle exigeait que le praticien et la malade passent de longues heures ensemble. Philippe lui faisait la lecture, l'emmenait en pique-nique et causait avec elle sur la galerie lorsqu'elle y prenait du soleil. Il lui avait cueilli des noix, s'était blessé les doigts avec un marteau pour les écaler et entretenait des branches de sapinage toujours fraîches dans sa chambre. Le décès d'Honoré et l'abandon régulier de sa clientèle lui laissaient bien du temps. Et tout ce temps, il le vouait à la guérison et à l'instruction de Marie-Victorine. Il lui enseignait l'accord des verbes, le calcul, la poésie, le chant. Passait de longues heures à lui lire et relire *Maria Chapdelaine* de Louis Hémon, ainsi que *Chez nos gens*, d'Adjutor Rivard. Et il l'écoutait d'aussi longues heures, lorsqu'elle racontait les souvenirs de son père et de Baptiste qui avaient combattu avec Louis Riel. Ayant remarqué ses dons de couturière lors d'une réparation, il lui avait procuré une nappe de lin qu'elle s'appliquait à broder au coin du feu. Tout compte fait, son père passait plus de temps avec sa femme que lui-même. Loin de l'inquiéter, cela le rassurait, car ainsi elle guérissait. À sa manière, il avait contribué à leur bien-être, accumulant les fonds nécessaires pour leur assurer une bonne nutrition et un confort relatif. Il avait fait installer les toilettes intérieures et le téléphone.

Une sonnerie dans la maison silencieuse du docteur Caron le tire de ses réflexions. C'est peut-être pour lui. Il dégringole aussitôt les escaliers. Madeleine, qui l'a devancé, hurle dans l'appareil. « Un instant, je vous le passe. »

— C'est votre femme.

Sa femme ? Surprenant. Elle qui avait jusqu'à maintenant évité d'utiliser cette invention à cause d'il ne sait quelle peur enfantine. Madeleine demeure dans le couloir, à faire mine d'admirer un tableau.

— Oui... allô !

— Clovis ! Tu ne peux pas venir. Les chemins sont défoncés.

Oui, maintenant, elle le tutoie. Une autre initiative de son père. Que sa voix est forte dans l'appareil. Juste à l'entendre, cela le réconforte.

— Les chemins sont défoncés, tu dis ?

— Oui. Ça ne passe passe. Trop d'eau.

En effet, il pleut encore et ce, depuis une semaine. Ajoutée à la fonte des neiges et des glaces du mois d'avril, la crue a sûrement inondé les chemins et les terres.

— Bon. Je n'irai pas. Ça va bien, toi ?

— Oui, très bien.

— J'irai la semaine prochaine. Tu me passes papa ?

Ah! Il n'est pas là... C'est lui qui t'a dit de téléphoner. Bon, c'est très bien, très bien.

Ce n'est pas tout à fait ça qu'il veut lui dire, mais la présence de Madeleine l'indispose. En fait, il aimerait bien la taquiner au sujet de cette première expérience au téléphone, provoquée par un stratagème de Philippe.

Il l'entend rire. Savoure ce symptôme de guérison. Un petit silence... oh, très court. Madeleine époussette le cadre.

— Tu es là, Clovis?

— Oui, je suis là... je... prends bien soin de toi.

— Oui.

— Tu m'appelleras la semaine prochaine pour me dire l'état des chemins. Je veux que ce soit toi qui téléphones, tu comprends?

Madeleine hausse les épaules avec exaspération. Elle a facilement interprété qu'il veut l'habituer au progrès.

— Je t'appellerai, certifie la voix fraîche de Marie-Victorine.

— Bien. Très bien. Je compte sur toi.

— Clovis... eh, bonne fête.

— Ah! Merci. J'avais oublié... mais qui t'a dit ça? Ah! C'est papa, bien sûr, il est bien placé pour savoir à quelle date je suis né... Ah? il t'a raconté ça?

Qu'il aime entendre sa voix jeune et forte. Dire qu'avant, rien que parler l'épuisait. Il a tant de choses à lui dire. Je t'aime, entre autres. Mais Madeleine est là, semblant s'intéresser aux propos qu'il tient. Sans doute espère-t-elle des nouvelles d'Olivier, retenu lui aussi par les chemins inondés.

— Au revoir.

Clic. Il raccroche. S'apprête à monter.

— J'aurais pu vous le dire que les chemins étaient impraticables. Olivier m'a téléphoné ce midi.

Déplaisante, elle est fort déplaisante depuis qu'elle

emploie ce ton d'ironie hautaine. Dire qu'il lui faut passer la soirée en sa compagnie, le docteur Caron étant parti jaser de politique avec le docteur Paquette, et Rolland faisant sa retraite fermée annuelle. Mieux vaut aller rejoindre les politicailleurs et se laisser rebattre les oreilles avec un certain Duplessis que de supporter cette femme irritante.

— Vous auriez dû me le dire; ça m'aurait évité de faire mes bagages.

— M'auriez-vous crue?

— Oui, bien sûr.

— De toute façon, cet oubli a permis à votre femme de se risquer à téléphoner. Ça doit faire partie de son éducation, je présume. C'est aujourd'hui votre anniversaire?

— Oui.

— Permettez-moi de vous souhaiter bon anniversaire.

Elle lui saute au cou et l'embrasse sur la bouche.

— Voyons, Madeleine! Vous n'avez plus peur des microbes, maintenant!

— Je sais que vous ne l'embrassez pas, elle.

Il se dégage avec difficulté des mains attachées à sa nuque. Vexée, elle le fixe d'un regard glacial. Mais vraiment glacial.

— Ça vous arrange énormément ce mariage.

— Que voulez-vous dire?

— Ça crève les yeux. La maladie de votre femme vous libère d'une tâche dont vous n'êtes pas trop friand. C'est un merveilleux abri que cet anneau. Dommage pour votre gamine quand elle sera guérie.

Elle virevolte avec arrogance et retourne à sa chambre.

Cette insulte l'atteint. Cette intrusion dans sa vie conjugale le choque énormément. De quoi se mêle-t-elle donc? Et de quel droit traite-t-elle toujours Marie-

Victorine comme une petite fille sans intérêt? Elle ne lui arrive même pas à la cheville. Et puis, elle insinue des choses à son sujet, des choses graves et imprécises. Il doit élucider cette phrase ambiguë: «Dommage pour votre gamine quand elle sera guérie.» Aurait-elle deviné son handicap et sa peur incontrôlable du sexe? Cette possibilité le tyrannise. Il ne peut rester dans le doute. C'est le temps ou jamais d'éclaircir la situation entre eux. De son pas silencieux et rapide, il rejoint la chambre, entre sans frapper et la trouve étendue sur le lit.

— Que voulez-vous dire par là?

— ...

— Ne faites pas mine de dormir! Répondez! Qu'est-ce que ça veut dire: «C'est dommage quand elle sera guérie»? Et puis, ce n'est pas une gamine; elle a vingt-deux ans.

Elle rit dans l'oreiller. Ce qu'elle peut être déplaisante avec ce rire forcé qui attise sa colère. Il s'assoit sur le bord du lit et la retourne un peu brusquement.

— Cessez de rire et expliquez-vous.

— Que vous êtes brute. Aïe! Vous me faites mal!

— Excusez-moi.

— Sauvage! C'est vrai ce qu'Olivier raconte? Que vous êtes né dans la forêt? Ah! Mon Dieu! J'ai des palpitations! Ah! Mon coeur! Sentez comme il se démène. Sentez. C'est votre faute.

Elle lui prend la main et la pose sur son sein plutôt que sur son coeur. Cette invitation sans équivoque le fait rougir jusqu'aux oreilles. Il veut retirer sa main mais elle la garde prisonnière des siennes.

— Regardez-vous. Vous êtes tout rouge. Un homme normal profiterait de la situation. Nous sommes seuls, vous êtes sans relation parce que votre femme est malade... et je suis là... et vous savez que je vous aime, oui... vous le savez. Prenez-moi.

Oui, il le savait mais se le cachait.

— Vous êtes fiancée, Madeleine, et moi, je suis marié.

— Si peu marié. C'est commode, hein, ce petit anneau? Quant à Olivier, vous le détestez autant qu'il vous déteste. Je suis persuadée que vous n'aurez aucun scrupule à le tromper. Ce serait même une belle vengeance pour tout ce qu'il vous a fait.

— Que vous a-t-il donc raconté?

— Tout. Je sais tout de vous: votre illégitimité et les crises de folie que vous faisiez dans l'église. C'était de l'épilepsie?

Ce coup le paralyse. Immobile, il l'écoute, tandis qu'elle caresse le dos de sa main demeurée inerte sur son sein.

— Je sais aussi que vous avez aimé votre soeur... demi-soeur, je veux dire, et qu'à part cette... gamine, nulle autre femme n'a réussi à vous approcher. Vous devriez être très gentil avec moi pour tout ce que je sais.

— Méchante, vous êtes méchante.

— Pas autant que vous! Vous ne vous êtes jamais intéressé à moi. À ma musique, oui, mais à moi, jamais. Vous avez toujours fermé vos yeux sur moi. Vous m'avez toujours préféré Rolland. C'est vrai que je ne suscite pas les mêmes intérêts que lui.

— Qu'insinuez-vous encore?

— Rien. Je n'insinue rien, mais Olivier en a par-dessus la tête de voir son fils se tenir avec... un fifi.

L'affront est d'une telle ampleur qu'il lui écrase inconsciemment le sein.

— Je ne suis pas un fifi.

Nicolas a perdu une dent pour une telle insulte. Il la foudroie du regard. L'étincelle de la peur s'allume dans les yeux de la femme en même temps qu'un désir inexplicable. Il sait qu'il est terrible à voir en colère, surtout depuis que son sourcil gauche demeure relevé.

— Si, vous en êtes un.

Elle le défie en tremblant, un sourire nerveux dansant sur ses lèvres. Elle s'assoit, arrive à la hauteur de ses épaules pour le narguer de plus près et répète lentement :

— Fi...fi.

Veut-elle qu'il la batte ou qu'il la prenne? Il ne sait plus. Les deux sembleraient la satisfaire.

— Menteuse.

— Prouvez-le ! Allez, prouvez-le !

Elle noue ses mains derrière sa tête et l'attire à elle en s'étendant sur le lit. Aussitôt, elle colle sa bouche sur la sienne, déboutonne sa chemise de dentelle et glisse son sein dans sa main. Il est excité. Oh ! Oui ! Il va lui prouver qu'il n'est pas un fifi ! Il va lui enfoncer son pénis dans le ventre sans ménagement et sans précaution. Tant pis pour elle, tant pis pour Olivier qui a goûté aux lèvres de Judith avant lui. Ce sera bien fait pour cette méchante femme. Après, il lui dira: « Merci pour la pratique. » Oh ! Oui, il le lui dira ! Ce sera un bon moyen de lui faire savoir qu'elle n'est qu'une putain. Et il ajoutera que la gamine est pure, elle. Insulte pour insulte. Oeil pour oeil, dent pour dent. C'était à elle de ne pas le provoquer.

Il glisse sa bouche sur le fin cou blanc et vient poser ses dents au creux de l'épaule. Elle cambre les reins et roule la tête. Il sent son sexe brandi contre elle, comme une arme. C'est avec lui qu'il va agresser cette femme qui lui fait si mal. Qu'il va lui déchirer l'hymen et souiller son honneur. Qu'il va la descendre de son piédestal et l'amoindrir devant la gamine. Soudain, une main chaude et osée touche à son organe.

— Ne me touchez pas ! Ne me touchez pas!

Alcide, dans les nuits troubles de sa puberté, ressuscite ainsi que le remords et la honte. Qu'allait-il faire ? Oh ! Si Marie-Victorine ou son père pouvaient le voir. Essoufflé, il regarde Madeleine qui se cramponne à lui.

— Je ne vous toucherai plus... je vous le promets, je vous le promets. Je ne vous toucherai plus, Clovis. Je vous aime, je vous aime.

Elle lui tend sa bouche, son ventre, ses seins.

— Prenez-moi ! Prenez-moi !

Il se dégoûte. Qu'allait-il faire ?

— J'espère que ça vous a permis de constater que j'étais normal, conclut-il en se détachant d'elle.

Qu'elle paye, elle aussi.

— Méchant ! Vous êtes méchant ! hurle-t-elle, hystérique, en battant des pieds.

Il la quitte mais elle le poursuit jusque dans les escaliers en se pendant à ses vêtements.

— Vous ne pouvez pas me faire ça.

Les larmes roulent sur ses joues poudrées et sa coiffure, si savamment échafaudée, tombe lamentablement sur le côté. Elle crie, hoquette de fureur et de douleur en l'agrippant comme elle peut.

— Vous ne pouvez pas me faire ça ! Méchant ! Sauvage ! Vous n'êtes qu'un sauvage ! Je vous hais, Clovis, je vous hais. Sale sauvage !

Elle le bat de ses poings minuscules. Il lui saisit les poignets.

— Calmez-vous : vous avez l'air d'une folle. Commencez par vous reboutonner.

— C'est vous le fou. Je le dirai à mon père. Tout le monde le saura, ici. Vous ne pourrez même plus opérer.

— Vraiment ? Et moi, je raconterai vos tentatives de séduction à Rolland. Lui, il se chargera de vous.

Elle blanchit. Il la libère de sa poigne et rejoint sa chambre. Elle le suit comme une somnambule. Il ne sait pourquoi sa claudication l'exaspère soudain. Veut-elle faire pitié tout à coup ? Jouer le jeu de l'infirme incomprise ? Avec soulagement, il lui claque la porte au nez.

— Clovis...

Elle gratte le bois de la porte avec son ongle.

— Ouvrez-moi... pardonnez-moi...

La voix est douce, conciliante. Elle change de tactique. Veut reprendre par la douceur ce qu'elle avait gagné par le défi et perdu par son ambition. Il regarde la clé dans la serrure. Et la tourne sèchement.

— Pardonnez-moi, continue Madeleine.

Il entend un froissement de tissu le long de la porte puis des pleurs, à la hauteur de ses genoux.

— Vous êtes infirme autant que moi, je le sais. Vous êtes anormal. Vous êtes un fifi, oui, un fifi. Je vous hais, Clovis. Vous allez me le payer. Anormal, anormal, vous êtes anormal.

Il se laisse tomber sur le lit, près de ses bagages et se bouche les oreilles. Mais c'est dans sa tête que bat maintenant ce mot : anormal, anormal. Alors, il étreint son sac de linge sale que madame Azalée devait laver. Qu'il aimerait confier son tourment à quelqu'un. Il a si mal en lui, si mal dans sa pauvre tête. Et personne, personne à qui le dire. C'était pareil lors de ses premières crises. Alcide venait éveiller les obsessions de son ventre quand les yeux étaient clos. Malgré lui, il s'y abandonnait, laissait la jouissance le gagner et le terrasser. Et il n'avait personne à qui avouer son péché, personne à qui confesser qu'il s'était abandonné malgré la peur et l'anomalie de cet acte. Personne. Personne. Et son corps le punissait sévèrement par des crises d'épilepsie et d'affreux maux de tête.

Et personne, même pas son père ou son confesseur, n'a connu l'ampleur de son sentiment de culpabilité. Personne ? Sauf Alcide... Oui, Alcide a entrevu le gouffre dans lequel il se débattait. Il a constaté l'ampleur des dégâts que sa main a causés. Oui, il l'a constaté dans ce feu où ils auraient dû périr ensemble pour se punir.

Il étreint son sac tandis que la douleur, encore une

fois, envahit sa tête. Et il sombre, sombre, alourdi de sa faute et de sa condition. Sombre dans le noir et le froid de la solitude incommensurable. Car personne sur cette terre ne peut imaginer sa peur et son tourment, et nulle oreille n'est en mesure de recevoir ses confidences.

Pour ajouter à sa torture, Madeleine exécute maintenant l'*Appassionata,* sa pièce préférée. Cette musique de douloureuse révolte et de tendresse traduit le chaos de son âme. Elle lui martèle le crâne et le coeur, y incrustant son impuissance. Instinctivement, il ouvre et ferme les mains sur son sac comme un chaton mal sevré. Et il sombre. Au son de cette musique qui lui parvient du salon.

Il sombre comme ce vaisseau taillé dans l'or massif, dont les mâts touchaient l'azur. Le traître écueil l'a éventré, le regarde couler vers l'abîme. Et personne, et rien, pas une main, pas une île pour le maintenir à la surface. Il sombre avec son corps scellé sur ses désirs, communiant à ce musicien sourd, scellé sur sa musique.

Le rat

Le voilà seul avec elle. Vraiment seul avec elle, qui attend ses commentaires en mordillant sa lèvre où se dessine un sourire enfantin. Il déplie la nappe de lin patiemment ouvragée. Marie-Victorine, fébrile, prend une grande respiration. Il revoit mentalement les radiographies de ses poumons maintenant cicatrisés et lui sourit.

— C'est merveilleux, vraiment très bien exécuté.

Elle ne tient plus en place dans son fauteuil.

— C'est le premier morceau de mon trousseau.

Cette phrase lui fait mal mais il faut le lui cacher. Pour l'instant, du moins. Elle est si jolie. Et la fierté lui sied tellement bien. Ce n'est pas le temps de lui expliquer que le mot trousseau signifie mariage, signifie devoir conjugal, combinant en lui la peur et la honte. Il examine le dessin: des petits garçons et des petites filles se tenant la main dans une ronde joyeuse, parmi des fleurs et des étoiles. Quelle minutie! Quelle fraîcheur! Il est un de ces petits garçons tenant la main de Marie-Victorine. Que c'est simple d'aimer lorsqu'on est enfant! Mais ce soir, le petit garçon doit accomplir un acte d'homme, un acte dont il est incapable et il regrette de ne pouvoir s'intégrer par magie dans les personnages brodés.

— C'est toi qui as inventé le dessin?

— Oui.

— Je l'aime beaucoup.

Elle ferme les yeux, porte les mains croisées à ses

lèvres comme si son plus cher désir venait de s'accomplir. Qu'elle est belle, sa femme! Et si femme depuis qu'elle remonte ses cheveux en un chignon tressé. Il ne reconnaît plus la gamine en elle et cela le terrifie. La guérison aidant, elle n'a fait qu'embellir et s'épanouir, et il a beau la contempler sous tous les angles, il lui semble maintenant qu'elle est trop pour lui. Trop belle, trop femme, trop pure. Il ne peut plus rien lui apporter. L'enfant malade qui dépendait de lui est devenue une femme. La métamorphose s'est opérée graduellement. À chaque petit coup d'aiguille, chaque lecture, chaque apprentissage que lui proposait son père. Sa volonté d'apprendre et de guérir a eu pour résultat cet amalgame de maturité et de candeur.

— Va l'étendre sur la table, veux-tu?

Elle s'exécute avec des gestes attentionnés, comme si elle préparait la visite d'un invité de grande marque. Il la rejoint pour contempler l'oeuvre.

— C'est très joli.

Dit-il cela pour la nappe ou pour cette femme près de lui, dont l'élégance le charme et le désarme? Il promène son doigt sur le col de dentelle de la blouse blanche ayant appartenu à Judith, glisse sur le fin cou ambré puis sur le lourd chignon.

— C'est très joli.

Elle se retourne vers lui avec un sourire plein d'attente qui l'indispose. Il retraite gauchement jusqu'à son fauteuil, tandis qu'elle plie la nappe avec précaution pour la ranger dans le bahut. Le froissement de sa jupe le séduit. Il la regarde s'asseoir en face de lui. Le voilà encore plus seul avec elle. Sans nappe pour détourner l'attention du but réel de ce tête-à-tête. Elle roule l'anneau de cuivre à son doigt, pensant sans doute au lit double de la grande chambre que leur a léguée son père avant d'aller visiter ses filles. Prétexte qu'il a trouvé pour leur accorder l'intimité que réclamait leur première nuit de noces. Lui aussi, il pense à ce grand lit où il échouera. Il éloigne le dénouement de son rôle de mari qu'il tient depuis plus d'un an. Ce soir, il n'a plus de public à qui faire croire qu'il est normal. À elle et devant elle, il ne pourra mentir.

Une tristesse sans fin monte dans sa gorge. Il pense à la joie complice de son père, à sa résistance aux commérages infiltrés dans le village par la langue sale d'Olivier, le taxant de fifi. « Ça va leur clouer le bec, quand Marie-Victorine sera enceinte », a-t-il déclaré en fermant le coffre de sa voiture sur ses bagages.

Comment ébranler cette ferme conviction, cette assurance inébranlable en ses capacités de mâle reproducteur ? « Je sais qu'ils se trompent », avait-il ajouté en lui faisant un clin d'oeil. Cette phrase mettait fin à tout espoir de confidence. La terrible déception que connaîtrait son père s'il venait à apprendre son impuissance risquerait de nuire à sa santé.

Qu'il se sent seul avec elle ! Inexorablement poussé vers l'abandon de ce masque confortable derrière lequel il a connu une paix relative.

La panique le gagne. Déjà, ses mains sont moites et il espère naïvement qu'un patient fasse irruption pour l'avertir d'une urgence. Mais, hélas, un calme plat règne sur le village. Par les fenêtres grandes ouvertes pénètrent à nouveau la faible brise et le chant des batraciens. Peut-être qu'en faisant les foins, quelqu'un tombera sur la faucheuse. C'est fou d'espérer cela. Sordide, surtout.

Ce qu'elle peut être belle, ce soir. Et ce qu'il peut la désirer ! Est-ce faux de prétendre cela ? Non. Son coeur bat si fort quand il la regarde et il n'a qu'à penser à la prendre pour qu'un étrange chatouillement s'éveille dans son ventre. Son corps impuissant connaît le désir aussi sûrement que les oreilles sourdes de Beethoven entendaient des musiques. Mais son corps s'est fermé sur le désir qui le gruge comme un rat. Qui, lentement, le dévore dans sa geôle de solitude. Tourné contre lui avec toute sa passion retenue, ce désir inassouvi s'acharne à le démolir, à faire exploser le mal dans son crâne, exploitant la santé vulnérable de son père et les légitimes aspirations de sa femme. Qui ou quoi pourra le retenir d'aller vers son frère de sang pour qu'il loge une balle dans sa pauvre tête et mette fin à son tourment? Il se rappelle les yeux bleus de Nicolas. Il les regardera jusqu'à ce que la détonation fasse éclater sa cervelle. Alors, la mort le libérera de cette prison où un rat le traque.

— Oh! J'ai reçu une lettre de Kotawinow, annonce-t-il en la sortant de sa poche.

Marie-Victorine s'est levée, vivement intéressée. Il lui tend l'enveloppe.

— Elle t'est adressée.

— Tu peux la lire; tu es ma femme.

De toute façon, elle ne comporte rien de personnel. N'importe qui serait en mesure de la lire. C'est une lettre de surface, une lettre sociale qui l'informe d'un changement d'adresse.

— Ce n'est pas son écriture, remarque la jeune femme.

— Ah! C'est bien possible. (Il avait bien noté une irrégularité, sans toutefois l'identifier.)

Elle lit.

— Il est à Montréal?

— Oui. Il était trop malade pour rester à Moosonee. C'est une bonne chose, nous irons le visiter.

— Quand?

— Quand je t'aurai acheté une belle robe. J'aurai bientôt assez d'argent. En attendant, tu peux lui écrire.

Ainsi, avec Kotawinow comme confident, il détournera ses maladresses conjugales de l'oreille de son père.

— Oh! Oui, oui, Kotawinow sera content. Nous irons avant les noces de mademoiselle Madeleine?

— Non, après, au début de septembre, tiens. Comme ça, tu pourras porter ta belle robe pour les deux occasions. Ce ne sera pas juste, tu seras plus belle que la mariée.

— Oh! Ne dis pas ça: mademoiselle Madeleine est très jolie.

— Pas autant que toi.

Ma gamine devenue femme, pense-t-il avec une pointe d'amertume au souvenir de la pénible scène entre lui et Madeleine. Il sait de quoi retourne cette invitation. Ce ne sont ni les convenances, ni la cordiale amitié de leurs pères qui ont motivé Madeleine, mais bien l'occasion de le provoquer encore une fois en comparant sa virilité à celle d'Olivier qui l'avait mise enceinte. L'occasion rêvée de souligner le mot anormal désormais entre eux.

N'importe qui est capable de faire ça! N'importe quel imbécile. Gadouas le faisait. Firmin le faisait. Et les animaux le font. Alors pourquoi pas moi? rumine-t-il, tandis que sa femme relit la lettre de Kotawinow. Il a du mal à lui sourire lorsqu'elle veut la lui remettre.

— Non, garde-la. L'adresse y est écrite. Tu en auras besoin lorsque tu lui écriras.

Un silence insupportable grandit maintenant entre eux. Mieux vaut mettre fin à ce calvaire. Il se lève, tend la main.

— Viens.

Ensemble, ils montent vers leur chambre, criant le bonsoir à madame Azalée, absorbée par ses confitures de framboises. Chaque pas le rapprochant de l'inévitable.

Marie-Victorine hésite à se changer devant lui. Voilà plus d'un an qu'ils vivent comme frère et soeur. Chacun son lit, chacun sa chambre. Ils sont mariés sans l'être et devraient consommer leur union en ce beau jour de juillet où les radiographies de Marie-Victorine l'ont assuré de sa guérison. Elle détache son chignon, laisse tomber la masse lourde et soyeuse de ses cheveux. Ce qu'elle peut être jolie cette femme qu'il ne peut atteindre!

Maintenant, elle délace ses souliers avec lenteur. Il comprend, sort pour lui laisser le temps d'enfiler sa robe de nuit. Voilà, c'est fait. Elle l'attend dans le lit, ses cheveux étalés autour de son visage adorable. Il ferme la porte. Clic! Il est seul... avec elle. Si seul avec ce rat qui le traque, le mène vers les yeux bleus de Nicolas. Voilà: c'est fini. C'est maintenant qu'il rend les armes. C'est devant elle qu'il dépose sa façade de mari exemplaire. Pudique, elle regarde ailleurs tandis qu'il se dévêt, et demeure surprise lorsqu'il s'assoit sur le bord du lit.

— Marie-Victorine...

Il rejoint sa joue du bout des doigts. La caresse tristement. Il éprouve de la difficulté à avaler. Se demande s'il pourra réussir à parler. Elle le regarde intensément, amoureusement. Pour lui, elle a quitté son pays et son père, pour lui, elle a guéri, pour lui, elle s'est instruite. Pour lui, elle a banni Lilino et s'est tournée vers la vie et ses promesses. Mais lui, il trahira les promesses en refusant les premiers balbutiements de leur chair.

— N'attends rien de moi... je ne suis pas capable.

Il ne peut supporter son regard et prend place dans le lit en lui tournant le dos.

Tendue, elle étouffe ses sanglots dans l'oreiller. Ce n'est pas ce à quoi elle s'attendait pour sa première nuit de noces. Il le sait, mais il n'y peut rien.

Les petits garçons et les petites filles se tenant la main dans une ronde joyeuse d'étoiles et de fleurs habitent maintenant sa geôle où le rat furieux s'attaque à lui. Une toute petite ouverture lui permet d'entrevoir le bleu du ciel. Il lui accorde toute son attention, toute sa détresse, laissant tomber de ses mains impuissantes la nappe de lin sur le sol. Il n'y a plus maintenant que ce bleu pur de la délivrance. Ce bleu brillant, léger, aérien. Ce bleu des yeux de Nicolas... Il n'aura rien à lui dire ; sa présence suffira à faire lever le chien de son arme. Comme il n'aura rien à dire à Kotawinow en lui remettant les alliances lors de leur visite à Montréal. Plus rien à dire.

Il ferme les yeux, écoute pleurer sa femme près de lui. Il tâte la cicatrice de son avant-bras. Bénie soit sa mère la terre qui lui a donné un frère pour mettre fin à sa disgrâce. Il imagine Nicolas, jambes écartées sur le muskeg de son pays. Solide et bien planté, avec son éternel chapeau melon et ses habits toutes saisons. Nicolas, endurci par le froid et le rejet, façonnant habilement l'avenir de son petit peuple. Nicolas, l'homme de bonne volonté et de grand courage, digne d'appuyer sur la gâchette qui pulvérisera sa matière grise défaillante.

Et tandis qu'elle pleure, il s'attache à ce bleu qui illumine son donjon, ignorant le rat qui siffle sa rage.

Aimer au point de se détruire

— C'est vraiment chic de la part de Madeleine de conseiller Marie-Victorine, commente Philippe en prenant place dans la voiture d'un air dégagé.

Désireux de se faire pardonner ses réticences à se rendre chez le dentiste, il amène habilement ce nouveau centre d'intérêt.

— Alors, il vous a fait mal?

— Non, pas trop. C'est un jeune dentiste mais un bon dentiste.

Son élocution est normale et outre un peu de sang à la commissure des lèvres, nul ne peut deviner qu'il vient de se faire extraire la dent qui le faisait tempêter depuis trop longtemps.

— Je lui ai parlé de tes maux de tête: ça pourrait avoir un rapport avec tes dents.

L'acharnement de son père à découvrir la cause de son mal l'oblige à lui concéder une part de la vérité.

— Non, ce ne sont pas mes dents, papa, j'en suis sûr. Regardez.

Il lui sourit, découvrant sa dentition blanche et parfaite.

— À mon tour d'insister pour que tu passes une radiographie. Je t'ai écouté pour venir ici, pas vrai?

— Oui, mais vous y avez mis le temps.

— C'est parce que tu aurais pu me l'arracher toi-même.

— C'est vrai. Mais lui, c'est sa spécialité. Pourquoi ne pas recourir à un dentiste quand c'est possible? Il faut donner l'exemple à la population. Que les dentistes s'occupent des dents, nous du reste.

— Bon, très bien. J'avoue qu'il fait bien ça... mais je veux que tu passes une radiographie. Ce ne serait pas à conseiller, Clovis, d'entreprendre tes nouvelles fonctions d'agent dans ces conditions. Tu le sais autant que moi. Tu as dit toi-même que c'était très astreignant.

— Oui, ça l'est.

— Ce n'est pas le fait que tu partes qui me pousse à exiger cela, mais bien ton état de santé. Je comprends, je comprends très bien ton attachement envers ces Indiens et j'approuve ta mission. Mais je ne pourrais te laisser partir dans cet état.

— Quand j'irai à Montréal avec Marie-Victorine, j'en profiterai pour consulter un neurologue.

Philippe lui tapote le genou d'un geste paternel.

— C'est bien, ça, mon garçon. Nous verrons bien ce qui ne va pas.

Il sent la main tâter subtilement sa cuisse et capte son inquiétude à la trouver si maigre. Depuis qu'il a aménagé dans la grande chambre avec sa femme, ses migraines répétées et ses fréquentes nausées l'ont visiblement amaigri. « Je m'attendais à ce que Marie-Victorine ait des nausées le matin, pas toi », lui avait glissé son père d'un ton mi-badin, mi-sérieux, cherchant à amorcer ses confidences. Étant donné que Marie-Victorine ne s'était pas épanchée sur son épaule, il nageait en plein mystère. C'était mieux que de connaître les lamentables performances de son fils. Cependant, il flairait une discordance dans ce couple de jeunes mariés, une souffrance dans leurs regards qu'il voulait justifier en analysant les symptômes et les causes des migraines. Gentil et rusé comme un vieux renard, son père persévérait à trouver la faille. C'est pourquoi il se dérobait à lui, attribuant ses malaises au surplus de travail et à la fatigue occasionnée par ses nombreux déplacements du village à Mont-Laurier. Il savait qu'à titre de médecin, Philippe redoutait une tumeur au cerveau, et qu'à titre de père, il se gardait d'en prononcer le mot, tout en exigeant des radiographies pour établir son diagnostic. Il se prêtait à ce jeu pour gagner du temps jusqu'en septembre, comptant bien mettre un terme à cette comédie grotesque qui les minait tous les trois.

— J'ai hâte de voir ce qu'elle a choisi, poursuit Philippe, tendant une oreille attentive aux toussotements de sa capricieuse voiture.

Tantôt, ils ont déposé Marie-Victorine devant la devanture de la mercerie afin qu'elle s'achète une robe à son goût. Sa première robe. Et Madeleine s'est gracieusement offerte à l'accompagner. Cette soudaine gentillesse de sa part ne l'a pas surpris, étant donné les efforts évidents que déploie cette dernière pour se réconcilier avec lui. Pour effacer ce mot entre eux, dur et durci comme du ciment.

— Donne un coup de pédale... attends, laisse-moi faire... tu n'as pas encore le tour avec Madame. Tiens, comme ça. Elle fait toujours mine de s'évanouir lorsqu'on demeure trop longtemps sur le neutre. Mets-moi ça en vitesse qu'on aille voir cette robe.

L'enthousiasme de son père le gagne. Il remonte la rue principale, ralentit devant le Château Laurier où doivent les attendre Madeleine et Marie-Victorine.

— Elles doivent être entrées depuis longtemps, quoique les femmes... sous-entend Philippe en lorgnant de-ci, de-là, le long des trottoirs de bois.

— Je parie qu'elle a pris la bleu pâle. Oh! Elle sera jolie là-dedans, hein?

L'exubérance juvénile de Philippe lui fait oublier ses sombres pensées et lui communique une conscience de vivre qu'il ne se connaissait pas. C'est vrai qu'elle sera belle dans le bleu pâle avec son chignon tressé sur la nuque. Elle aura l'air d'une vraie dame.

Le soleil lui réchauffe les mains et le visage. Il s'attarde à le voir filtrer comme une énorme araignée de lumière à travers les lourds feuillages du mois d'août.

Il se sent un mort en sursis, en visite au pays des vivants. Trouve jolies les maisons du jeune village et apprécie de participer à cette joie simple de l'achat d'une première toilette. Si c'était toujours ainsi, la vie. Sans son échec et sans la douleur enracinée dans son crâne... il n'irait pas mourir dans ses premières fonctions d'agent du gouvernement à Moosonee et le bleu du ciel ne lui rappellerait pas sans cesse son serment. Si c'était toujours aussi doux que le sourire de Marie-Victorine devant la devanture du magasin... il n'envisagerait pas ce voyage sans retour vers les étoiles.

— Tu as l'air bien, aujourd'hui, remarque Philippe.

— Oui, je suis bien.

Pour faire changement, il n'a ni mal ni peur. Sans doute parce qu'il n'est pas seul avec elle. Tout ce monde qui gravite autour d'eux le dispense de son devoir de mâle et lui procure un grand bien. Presque une paix.

— Qu'elle ait pris la bleue ou la brune, tout lui va à ravir.

— Oui, elle a beaucoup de classe ma petite fille des bois, conclut Philippe en lui indiquant de se garer devant la résidence du docteur Caron. Va la chercher, je t'attends ici.

Léger, il grimpe rapidement les escaliers. Bien qu'il se sente davantage un comédien, et qu'un mur invisible s'épaississe sans cesse autour de lui, il goûte ce bonheur qu'il joue si bien. Ce bonheur tranquille, à la périphérie de son mur invisible qui, doucement, rejoint le centre de son coeur et fait de lui le gamin joyeux brodé sur la nappe de lin.

Il sonne. Entend râler le moteur de Madame qui renaît aussitôt sous les soins de Philippe. Madeleine ouvre la porte. Son visage froid le surprend.

— Où est Marie-Victorine?

— Je ne sais pas... elle est partie.

— Partie? Comment ça? Où? Vous deviez l'accompagner pour ses achats.

— C'est ce que j'ai voulu faire.

— A-t-elle acheté sa robe?

— Non... elle n'est pas entrée dans le magasin.

— Et elle n'est pas revenue avec vous? Où est-elle, alors?

— Je ne sais pas... elle est partie dans une autre direction... J'ai essayé de la suivre mais elle marchait trop vite... En fait, elle courait; et moi, avec mon pied...

— Comment ça, elle courait?

— J'ai essayé de la retenir mais je n'ai pas pu.

— Où courait-elle comme ça?

— Par là. Vers la gare, je crois.

— La gare! Comment ça?

— Je crois qu'elle voulait prendre le train... Elle ne me l'a pas dit mais elle courait.

— Que lui avez-vous fait pour qu'elle se sauve comme ça?

— Rien, rien. Je vous le jure. C'est une vraie sauvagesse. Tant pis pour vous si elle vous a laissé tomber en empochant votre argent.

Il n'a pas le temps d'investiguer ces déclarations, dégringole les escaliers et se précipite dans la voiture. Comme il vient pour passer en première vitesse, le moteur s'étouffe.

— Qu'est-ce qui se passe? Où est ta femme?

— À la gare, vite. Prenez ma place. Vite papa. Je vais tourner la manivelle.

Il s'exécute jusqu'à ce que la vieille Ford consente à redémarrer.

— Vite! Dépêchez-vous! Elle va prendre le train.

Soulevant un nuage de poussière derrière eux, ils se

dirigent vers la gare. Puis, sans même attendre que l'auto soit complètement arrêtée, il se rue au guichet.

— Y a-t-il un train aujourd'hui?

— Il vient de partir, monsieur.

— Vous avez vendu un billet à une jeune femme, assez petite avec des cheveux noirs?

— Oui, elle est à bord.

À bord. Elle est à bord. Et lui, il est là. Près des rails. À les regarder luire sur les dormants goudronnés et les cailloux. Il reste là, immobile, le coeur noué, la tête pleine de vertiges. Il renverse la tête: son regard se noie dans le bleu immense où dorment les étoiles de la nuit. Il pense à Nicolas, jambes écartées sur le muskeg de son pays. Pourquoi lui faut-il vivre la fuite de Marie-Victorine plutôt que cette détonation libératrice? Comme il l'a rendue malheureuse pour qu'elle s'arrache à lui d'une façon si brutale et inattendue.

Tantôt, ce sourire candide devant la devanture du magasin. Était-ce un mensonge? Un mensonge aussi cette patience qu'elle démontrait envers son comportement anormal? Mensonge que les caresses maternelles qu'elle lui prodiguait lorsqu'il était souffrant? Sa gorge se dessèche. Il étouffe. Incapable de détacher son regard des rails d'acier sur les dormants goudronnés et les cailloux. Ils ont quelque chose d'inhumain, de dur, de sec. Quelque chose qui répond à ce qu'il ressent en lui. Nulle fleur, nulle douceur, nulle tiédeur. Acier, caillou et bois goudronné. Froide symétrie. Absolue stérilité. Dessous cette voix du progrès étouffe sa mère la terre. Il le sent. Elle étouffe, comme lui, comme son coeur. Prisonnière des hommes. De ce chemin de l'avenir par où s'est enfuie sa femme. Et lui, il est là, perdu dans ce grand vide qu'elle a créé. Accroché désespérément à l'émotion qu'il ressentait lorsqu'elle lui caressait la tête et le faisait se sentir comme un petit garçon prêt à tout avouer à sa mère. Mensonge? Où était le mensonge? En lui? Ou en elle? Était-il aveugle? A-t-il inventé ce sourire devant la jolie robe? Étourdi, il ferme les yeux. Mais les rails subsistent, le brûlent de leur image obsédante. Un pas craque. Quel grincement atroce! Son. coeur n'est plus que ce grain de sable broyé entre la semelle de son père et le bitume du quai désert. Une main se pose sur son épaule et le fait frissonner sous le soleil. Qu'elle a du chemin à faire pour le rejoindre! Pour retrouver ce coeur broyé. Elle le secoue cette main. Tente de le rescaper du naufrage.

— Va la chercher. C'est ta femme.

— ... (Pourtant non, elle ne l'a jamais été dans le grand lit.)

— Ne reste pas là! Tu as le temps de te rendre à Labelle. Marie-Victorine ne peut pas te faire ça. Pas elle. Je la connais trop pour cela.

— Mieux que moi?

Il émerge de son cauchemar, ouvre les yeux. De nouveau, les dormants et les rails lui brûlent les yeux, tandis qu'il écoute ce père alarmé dont il devrait être jaloux. Ce père qui connaît plus profondément sa femme que lui-même. Ce père qui l'a réchappée de la mort et n'admet pas qu'il la perde de cette façon.

— Oui, mieux que toi. Je la connais mieux que toi. Elle ne te laisserait pas tomber à cause de ça.

— Quoi ça?

Il virevolte brusquement. Est-il démasqué ou, plutôt, dénudé aux yeux de cet homme qui n'aura pas de quoi être fier de lui? Va-t-il subir cette humiliation totale?

— Tu es... impuissant, c'est ça?

Le mot est lâché. Comme le lourd couperet de la guillotine, il tombe sur lui. Pourquoi lui faut-il subir d'être perçu comme tel par lui? Surtout lui. Cet autre homme qui l'a engendré et espérait de lui une continuité. Il n'est plus un homme. Même plus en apparence.

Même plus dans la pensée de son père. Ce mot l'a décapité. A tué l'homme que son père persistait à voir en lui.

— Elle vous l'a dit.

— Non. Je viens de le deviner. Va, va la chercher, Clovis. C'est ta femme. Ne vous laissez pas comme ça. Fais-le pour elle.

Le faire pour elle. Aller jusqu'au bout de ce calvaire. Pour elle. Lui, il n'existe plus.

Il remarque la belle voiture d'Olivier venu ramasser les commandes d'Eaton pour le magasin général: elle fera l'affaire. Il la fait démarrer facilement et passe sous les yeux ahuris de son propriétaire encombré de paquets.

— Mais! Mais! Aïe! Aïe! Au voleur! Ma voiture! Ne restez pas planté là, docteur, vous voyez bien qu'il vient de prendre ma voiture.

— Tu lui as prêtée, il me semble.

— Jamais! Jamais!

— Mais si. Mais si.

— Jamais, vous m'entendez? Je vais le rattraper, moi. Où va-t-il?

— À Labelle.

Il passe ses colis à Philippe pour se lancer à la poursuite de Clovis. Hélas, Madame refuse obstinément de le servir.

— Venez, vous! Venez me partir cette... cette chose, ordonne-t-il à Philippe, immobilisé sous les paquets.

— Qu'est-ce que je fais de ça?

— Mettez-les par terre, bon sang! On ne le rattrapera jamais comme ça.

Usant de mille et une précautions, le médecin empile les boîtes, prenant soin de déposer les plus lourdes en premier. Puis, ayant édifié une parfaite pyramide, il se frotte les mains avec satisfaction avant de prendre place derrière le volant.

— Bon. Voyons ce qui ne va pas. Va tourner la manivelle, Olivier.

Le marchand obéit, furieux. Rien ne se produit.

— Bon, ça se complique, on dirait, annonce Philippe en levant le capot pour examiner le moteur.

— Vous le faites exprès, docteur. Je sais que vous êtes capable de faire démarrer cette voiture.

— Pardon, cette chose.

— Il est trop tard, maintenant. Je vous accuserai, vous et votre fils: c'est un vol. Vous avez fait exprès pour perdre du temps.

— Oh! Mais je n'en perdrai pas quand Madeleine accouchera prématurément de son bébé... ne t'inquiète pas pour cela.

Olivier paralyse sous l'oeil astucieux du vieux praticien qui poursuit:

— Et même s'il sera beau et gros comme un bébé de neuf mois... je pourrai peut-être affirmer qu'il n'en a que sept... peut-être... mais évidemment, si je suis en prison pour vol... là... Bon. Tourne encore la manivelle, je vais essayer de nouveau.

Philippe reprend sa place et réussit la manoeuvre.

— Voilà! Elle vient de partir. Monte.

— Attendez.

Résigné, Olivier range ses livraisons sur la banquette arrière.

— Étant donné que j'ai prêté ma voiture, soupire-t-il, autant profiter de la vôtre.

Le voilà à bord, lui aussi. L'auto d'Olivier, qu'il a abandonnée à la gare de Labelle, apparaît, vision fugitive dans la fenêtre. Tant pis pour lui! Il lui doit bien plus que cette ferraille de l'année. Sa réputation, entre autres, et celle de Marie-Victorine. Où est-elle donc? Le train ralentit, repart, se secoue trois à quatre fois avant d'adopter sa vitesse de parcours. Il bute sur les bancs, s'agrippe aux dossiers. Mais où est-elle? Serait-elle descendue pendant qu'il montait? Possible, tout est possible. Il se presse. Les gens le toisent curieusement. Il arrache au passage une fleur plantée dans le chapeau d'une dame. Elle s'offusque. Il n'a pas le temps de s'excuser convenablement. Bientôt, il se retrouve entre deux voitures, évitant de regarder le sol où défilent rapidement les dormants sur leur lit de cailloux. Le bruit assourdissant et rythmé du train l'envahit tout entier. On dirait les battements de son coeur amplifiés mille fois. Tchi que tac, tchi que tac... Son coeur ou le train? Il ne sait plus. Il pénètre dans la seconde voiture, ferme la porte sur ce bruit d'enfer. Tchi que tac, tchi que tac, maintenant amorti mais toujours présent. Son coeur et le train. Au même rythme.

Soudain, il aperçoit Marie-Victorine, à l'arrière, les yeux rivés à la fenêtre, la mine bouleversée. À grandes enjambées, il se dirige vers elle. Contrairement au sens de ce train qui va vers la ville. Il court vers elle, dans ce train qui s'enfuit de lui. C'est absurbe. Tchi que tac, tchic tchic tac... Son coeur contre le train maintenant. Sa direction d'homme contre celle de l'engin. Ces quelques pas contre les milles parcourus. Elle est au bout du monde, sa femme. Au bout du train. Dans son lit aussi, elle était au bout du monde. Il n'a rien fait pour la rejoindre. Aujourd'hui, il agit mais c'est trop tard. Elle sursaute lorsqu'il l'interpelle. Évite malhabilement de lui laisser voir ses yeux rougis. Un voyageur de commerce étire son cou plissé par-dessus la banquette. Embarrassée, Marie-Victorine penche la tête et se tasse contre la fenêtre.

— Cet homme vous dérange, madame?
— Non... C'est mon mari.

L'étranger retourne à son journal en exprimant son mécontentement. Il s'assoit.

Tchi que tac. Tchi que tac. Maintenant dans le même sens que le train. Le même sens que tout le monde.

— Je... je n'ai pas été un très bon mari.

Elle tripote nerveusement ses gants sans répondre. Il s'en veut d'aller dans ce sens. Aimait mieux remonter le courant comme tantôt. Malgré l'absurdité du geste. Il est vraiment vaincu de se soumettre à cette direction et de se laisser déposséder de la sorte.

— Nous irons voir Kotawinow. Il annulera notre mariage.

Que ça fait mal de dire cela! Il y a à peine une minute, il a ressenti de la fierté lorsqu'elle a dit: «C'est mon mari.» Il s'est senti lié à elle mais, bientôt, même ce lien ne subsistera plus.

Une larme roule sur la joue de sa femme et elle se met à tousser. Il s'inquiète, lui offre son mouchoir. Elle y cache son visage.

— Tu seras libérée de moi. Je veillerai à ce que tu aies ce que tu désires. Si tu veux devenir religieuse, je paierai ta dot. Je réglerai tout avec Kotawinow.

Il lui offre de s'effacer complètement de sa vie. Elle a déjà tant souffert à cause de lui, pour lui. Tchi que tac. Tchi que tac. Le temps presse.

— Tu expliqueras à ton père? demande-t-elle d'une voix à peine audible.

— Je ne retournerai pas chez mon père. J'en profiterai pour aller à Moosonee voir ce qu'il en retourne de mon poste d'agent.

— Non! crie-t-elle, non! Ne va pas voir Nicolas!

Elle abandonne son mouchoir et les convenances et s'agrippe à son avant-bras. Le voyageur étire de nouveau son cou plissé. Elle l'ignore.

— Non! Clovis! N'y va pas. Nicolas va te tuer.

— Mais non, voyons. Je vais aller les aider, les soigner. Il ne tuerait pas l'homme du traité.

— Non, mais son frère de sang qui l'a trahi. Manon m'a tout dit. Je connais ton serment. N'y va pas.

Elle pétrit son bras avec anxiété. Il baisse le ton pour l'inciter à faire de même.

— Je ne mérite que ça. Après tout, je t'ai rendue malheureuse parce que je... je suis incapable.

— Oh! Clovis! Clovis! Elle m'a mentie! Elle m'a mentie!

— Manon n'a pas menti.

— Non. Mademoiselle Madeleine... elle... elle...

Marie-Victorine cache de nouveau son visage dans le mouchoir. Il l'attire doucement contre lui. Elle y pleure longuement, tandis que le passager exacerbé plie bagage pour s'installer ailleurs.

— Que t'a dit Madeleine?

— Elle a dit... que... que... Oh! Je n'aurais pas dû y croire... mais... elle... a dit que tu m'as épousée par pitié, pour mieux me guérir et que tu le regrettais... et qu'elle... qu'elle attendait un enfant de toi... que c'est pour cela qu'elle se mariait.

— La vache! (Cette soudaine gentillesse cachait donc l'arme fatale!)

— Pardonne-moi, Clovis. Pardonne-moi d'y avoir cru.

— Tu ne pouvais faire autrement: tu n'as pas l'usage du mensonge. Et mon agissement lui donnait raison. La vache! La sale putain!

— Ne parle pas comme ça: tu me fais peur.

Il se calme. La presse contre lui et accueille sa main moite dans la sienne. Leurs joncs brillent, l'un près de l'autre, sur la peau douce et ambrée de leurs mains. Il pense aux rails sur les cailloux. Pense comme cela aurait été beau sans ce rat en colère qui le traque. Pense à la continuité de leurs sentiments qui se seraient concrétisés dans la chair.

— Retourne chez ton père. Retournons à la maison.

Vers ce grand lit de ses multiples échecs.

— Il est trop tard, Marie-Victorine. Je ne serai jamais en mesure. Allons voir Kotawinow.

— Il est déjà au courant. Je lui ai écrit.

— Pour le serment aussi?

— Oui.

— Alors, nous n'aurons rien à expliquer. Il comprendra.

C'est pire que ce qu'il redoutait. Cette annulation s'accomplira facilement. Il n'aura qu'à remettre les alliances pour être officiellement détaché d'elle. Pour rompre ce lien qui n'aurait jamais dû s'établir. Ce lien pourtant indissoluble dans son âme. Jamais, il le sait, il ne sera détaché d'elle. Libéré d'elle, de son visage, de sa voix et de son âme. Jamais il ne sera libéré de ce regard posé sur lui. Marie-Victorine l'aime. Il le voit si clairement aujourd'hui, dans ses yeux. Elle l'aime aussi douloureusement qu'il l'aime. C'est fou! Le temps manque. Le train va si vite. Tchi que tac! Tchi que tac! Tchi que tac! De plus en plus vite. Trop vite. Le paysage défile. Elle non plus ne sera jamais détachée de lui. Ça aussi, il le sait. Jamais ils n'ont été si près l'un de l'autre qu'en cette minute même où le train file vers leur séparation. Il essaie de lui sourire. Peine perdue. Il n'a plus cette force. Ni cette adresse. Il n'a plus que cet amour impossible enraciné dans son être. Cet amour qui l'a miné parce qu'il n'a su rencontrer les conditions inhérentes à son statut de mâle. Il la contemple, pense à la jolie robe et se console à l'idée que le sourire devant la devanture n'était pas un mensonge.

— Laquelle des robes te plaisait le plus, la brune ou la bleue?

— La bleue.

— C'est ce que je pensais.

Il l'imagine dans cette toilette. Elle n'aurait pu être plus belle qu'en cet instant même où il va la perdre.

Tchi que tac! Tchi que tac! Saint-Sauveur. Saint-Jérôme. Sault-au-Récollet. Les gares se succèdent. Ils se taisent, les mains liées, assis sur la dernière banquette. Les freins hurlent et lui font penser à des porcs qu'on mène à l'abattoir, et à son âme qui hurle silencieusement devant sa mort prochaine. Terminus! Déjà! Enfin! soupirent les autres voyageurs.

Il roule le jonc à son doigt. Voilà. C'est fini. Ils sont rendus à destination. C'est ici que s'achève l'illusion, que prend fin cette pièce machiavélique que fut leur mariage. Il n'aura plus à jouer le mari heureux et elle, la femme comblée. C'est mieux ainsi. Il lui prend la main et, doucement, retire l'alliance de cuivre. « Joseph-Clovis Lafresnière, prenez-vous Marie-Victorine Witaltook pour votre femme et légitime épouse? », demandait Kotawinow d'une voix mal contenue. Il se revoit lui passant l'alliance au doigt. La petite main tremble tant sur la sienne. Tout à coup si froide. Privée des caresses à donner. Il devine qu'elle n'a pas le courage de lui retirer son jonc et le fait lui-même. « Que l'homme ne sépare point ce que Dieu a uni. »

Où se situe son sacrilège? Lorsqu'il s'est marié ou présentement?

« All ashore! Terminus! »

Le contrôleur inspecte les porte-bagages et le dessous des bancs.

— Allons voir Kotawinow, dit-il enfin en laissant tomber les joncs dans sa poche de veston.

Délivre-le du mal

Comment croire qu'ils sont en ville, le long de cette allée bordée d'arbres centenaires? Comment croire au bitume devant cette immense pelouse étendue à leurs pieds, telle une couverture de velours vert? Qu'est-il advenu du bruit de la circulation pour qu'ils entendent s'affairer les gras écureuils? Pour que le chant des oiseaux prime dans le silence ouaté de cette retraite? Ça et là, le long des sentiers entretenus, glissent les silhouettes paisibles des religieuses. Leur costume masquant les efforts de leur déplacement. Souffrent-elles de la chaleur accablante de cette fin d'après-midi? À les voir passer si indifféremment près de l'étang artificiel où bruit une fontaine, on croirait que non. Elles poursuivent leur route en chuchotant des choses.

Marie-Victorine les accompagne du regard et s'arrête devant le bassin. Il fait de même. L'observe suivre les femmes de Dieu en s'interrogeant sur ce qu'elle peut ressentir à cette minute même. Les envie-t-elle? Pense-t-elle qu'elle aurait connu cette paix si le destin l'avait favorisée? Il n'y a plus qu'une tristesse insupportable sur le visage de sa femme. Il se tourne vers l'étang où flottent quelques feuilles jaunies sur le reflet des feuillages fatigués du mois d'août. Il sent poindre l'automne malgré la chaleur torride. Constate manifestement son échec. Il a eu tout l'été pour prendre sa femme. Quelle longue et infructueuse lune de miel! Il plonge son mouchoir dans l'eau. Elle est tiède, fatiguée elle aussi de toujours monter et jaillir de la fontaine. Il éponge son visage, sa nuque et ses tempes. Cela le rafraîchit et lui donne envie de s'ébattre une dernière fois dans des éclaboussures d'eau.

— Quelle chaleur!

Marie-Victorine le regarde. Il éponge les perles de sueur au-dessus de sa lèvre, puis sur ses joues et son front. Elle le regarde toujours.

— Retournons chez ton père, supplie-t-elle de cette voix toute petite.

— Nous souffrons trop, Marie-Victorine.

— Alors, ne va pas là-bas. Ne va pas à Moosonee.

Elle pose ses mains froides sur sa chemise imbibée de sueur. Il les recouvre des siennes, les presse contre sa poitrine où se débat son coeur.

— Soyons courageux. Viens.

Il lui offre son bras, remet négligemment son mouchoir mouillé dans sa poche. Il l'entraîne vers la maison mère, tout au bout de l'allée, là où Alcide exerçait son sacerdoce à titre d'aumônier. Ils marchent lentement vers l'échafaud de leur amour. Lui, la soutenant et repoussant la tentation de remettre les alliances et de s'enfuir. Elle, le suivant comme une fillette qu'on mène au pensionnat malgré elle. Ils se taisent. N'ont rien à dire, tant leur âme chavire. Ici, un amour platonique serait possible. Ici, à l'écart des hommes liés à leur chair, à l'écart des couples et de leur progéniture. Ici, en ce lieu idyllique où l'âme a triomphé du corps. Oui, ici, un amour platonique serait une solution au lieu d'être une risée. Mais ce n'est pas ici qu'ils vivent. C'est ailleurs. C'est là-bas. Avec les hommes assujettis aux lois de la reproduction.

L'imposante bâtisse de pierres se dresse devant eux. Elle lui rappelle son université. Comme il aimait grimper deux à deux les marches de l'escalier central de ce bâtiment avec ses livres sous le bras, son béret de carabin et son blason cousu à son costume! Quelle paix il connaissait alors ! Si semblable à celle de ces êtres qui glissent sur le gazon sans montrer leur inconfort. Il contemple la façade et les volets blancs impeccables. Propreté, calme, sérénité transpirent de ce lieu dont il a soudain soif. Y retrouvera-t-il un état d'âme qui lui permettra de vivre ou, du moins, de survivre ?

Il monte la première marche, s'aperçoit que Marie-Victorine pèse à son bras. Elle s'attarde aux pigeons. Il l'encourage. Elle s'accroche à lui, se détourne subitement vers les oiseaux lorsqu'il appuie sur la sonnette. Elle avale avec difficulté, appuie son front contre son épaule jusqu'à ce que la porte s'ouvre.

— Oui ? demande poliment la portière âgée.

— Je suis venu voir le père Plamondon.

— Oh ! Il est souffrant. Il ne peut recevoir personne.

— Je suis le docteur Clovis Lafresnière.

— Ah ! Bon. Je vais vous annoncer. Entrez.

Elle les abandonne dans le parloir aux parquets cirés. Marie-Victorine prend place sur une chaise. Il lui prête son mouchoir mouillé qu'elle passe sur son visage.

— Il peut vous recevoir, suivez-moi.

Marie-Victorine refuse et s'obstine à demeurer dans cette pièce en compagnie d'une vierge de plâtre sur son socle. Il n'insiste pas et suit la religieuse dans le dédale des couloirs paisibles. Comme il envie la tranquillité de cette femme, le calme de ses gestes et la sérénité de son regard ! Il souhaite que Marie-Victorine en vienne, un jour, à posséder cette paix et cette plénitude qu'il n'a su lui procurer. Nerveusement, il joue avec les alliances au fond de sa poche.

— Vous n'êtes pas raisonnable, gronde patiemment une religieuse infirmière dans l'entrebâillement d'une porte. (Elle se tourne vers lui et l'observe curieusement.) Vous êtes le docteur Clovis Lafresnière, c'est bien ça ?

— Oui.

Un silence fait comprendre à la portière qu'il serait temps qu'elle regagne son poste.

— Je suis soeur Sainte-Clothilde.

Elle lui tend une main sèche et énergique.

— Il parle beaucoup de vous.

— Il m'a élevé.

— C'est ce qu'il m'a dit.

Encore un temps et un silence. Que sait-elle d'autre ? Tout peut-être. Il commence à rougir. Elle n'arrête pas de l'étudier de pied en cap. Avec un intérêt soutenu.

— Vous ne ressemblez pas à mon frère.

— Pardon ?

— Il ne vous a pas parlé de moi ? Je suis la soeur de Philippe Lafresnière.

Elle sourit. Lui n'en est plus capable. Vaguement, son père l'avait mis au courant de ses frères et soeurs dans différentes communautés mais sans plus. Il capte son expression bienveillante.

— Vous, vous lui ressemblez.

— Comment va-t-il ?

— Bien.

— Son coeur ?

— Je fais tout pour le ménager.

— Oui, il m'a écrit que vous étiez très affectueux. Il vous aime beaucoup, Clovis.

— Je sais.

— Il a sacrifié bien des choses pour vous.

Ça aussi, il le sait. Il le subit surtout. Par sa vulnérabilité, son père a scellé son âme. Et lui, il a pris soin de colmater les fuites pour éviter toute confidence. Si bien colmaté son âme qu'il se voit confronté à nouveau à l'ultime évasion : la mort.

— Ne le fatiguez pas, demande-t-elle en désignant

la chambre d'Alcide. Il n'est vraiment pas en état de recevoir.

Elle l'abandonne devant la porte entrouverte. Il hésite, s'attarde à cette froide silhouette qui n'est ni femme ni homme. Presque abstraite en soi. Complètement dégagée de sa carcasse. Il imagine mal que sous le costume, il y ait un corps. Imagine encore plus mal le corps de Marie-Victorine revêtu de ce costume au lieu de la jolie robe bleue.

Le cliquetis des joncs au bout de ses doigts le force à pénétrer dans cette chambre silencieuse où l'attend Alcide. Il aimerait retrouver en lui son désir de vengeance et sa violence pour tenir le vieillard responsable de son mariage raté. Mais aux yeux de qui aurait-il raison de l'accabler ? De son père ? De sa mère ? De Small Bear ? Il en doute. N'éprouve que cette grande soif de paix qui le dégage de toute agressivité. Il pousse la porte. Elle ne grince pas. Il la referme derrière lui, sans enclencher, et avance à pas feutrés comme s'il tenait à protéger le sommeil improbable d'Alcide.

— Ferme la porte, lui conseille une voix éteinte venant d'un coin de la chambre.

Il n'ose regarder dans sa direction et lui obéit. Puis il revient, piteux, les yeux au plancher.

— C'est curieux comme j'entends bien maintenant. Avant, tu me surprenais toujours. Je disais que tu marchais sans bruit. Je ne t'entendais pas, c'est tout. Aujourd'hui, j'entends même les alliances que tu remues au fond de ta poche.

Il stoppe le mouvement nerveux de ses doigts et retire aussitôt sa main.

— J'entends aussi, tiens, là... là, c'est une feuille qui vient de tomber sur le pavé... et au fond... là, c'est la fontaine et les bonnes petites soeurs qui se promènent deux par deux, et au fond, au fond, c'est la ville, les voitures. On m'a dit que la circulation était dense au-jourd'hui à cause de la fête.

— Quelle fête?

— La commémoration du quatrième centenaire de l'arrivée de Jacques Cartier. Mais ce n'est pas pour ça que tu es ici. J'entends, Clovis, j'entends bien depuis que mes yeux sont éteints. Et je vois clair, tellement clair.

Cette voix pleine de sagesse et de douce autorité le force à regarder cet homme qui ne voit plus. Ce n'est pas Alcide... ce n'est plus Alcide. Et pourtant, c'est lui. Tout blanc, tout petit, tout ridé. Les yeux fixes et ter-nes, installé dans un fauteuil roulant. Il ne porte même pas son habit religieux mais une robe de nuit blanche et des pantoufles. En tant que médecin, il constate immé-diatement que ce vieillard n'en a plus pour très long-temps sur cette terre. Comme lui, il est à la frontière de l'éternité. Il s'en approche. Mystérieusement uni à lui par ce peu de temps sur terre qu'il leur reste. Ce peu de temps des dernières confidences.

— Dieu m'a fait la grâce d'éteindre mes yeux pour que je puisse enfin te voir et t'entendre.

L'aveugle le dépiste aisément dans ses ténèbres. Rien ne lui échappe. Aucun son, aucun soupir, aucun mouvement. Il voit. Il le voit. Non pas de pied en cap, mais de fond en comble.

— Je pense beaucoup à Nicolas ces temps-ci. Il ne mérite pas de porter le fardeau du crime. Ne fais pas un assassin de ton frère.

Jamais il n'a envisagé la question sous cet angle. Qu'il a été égoïste de ne penser qu'à sa délivrance sans concevoir qu'elle aurait enchaîné Nicolas à un meurtre! Il a honte. Baisse la tête. Ferme les yeux. Kotawinow a raison: il ne doit pas écraser un autre homme de son tourment.

— Je n'irai pas à Moosonee, s'entend-il promettre d'une voix blanche.

— Et je n'annulerai pas ton mariage.

Cette phrase l'accule vers le rat en colère. Il se laisse tomber sur une chaise près du gros calorifère. Vidé de toute réplique, de toute objection, il écoute parler celui qui voit.

— Soeur Sainte-Clothilde m'a lu la lettre de Marie-Victorine.

Il lui semblait aussi: elle le toisait d'une bien étrange manière. Il imagine les bonnes petites soeurs se chuchoter son impuissance dans les sentiers ombragés.

— Elle ne t'a pas trahi.

Mais il entend même sa pensée! Cela le glace.

— J'ai dû lire entre les lignes pour comprendre ou, plutôt, entendre entre les lignes. Marie-Victorine t'aime comme jamais elle n'a aimé un homme.

— Je sais.

Il se remémore les petits bras enroulés à sa taille.

— Oui, cela, tu le sais. Tu le sais.

Un temps se passe. Lui aussi, maintenant, il entend bruire la fontaine où il aurait aimé s'ébattre avant de mourir.

— Crois-tu avoir trouvé la bonne solution? Que réglera ta mort?

Tout, pense-t-il. Tout. Il n'aura ni mal ni honte. Plus personne ne souffrira de son handicap. Ce sera la grande paix. Le grand rien.

— Tu ne réponds pas. Tu t'imagines que je veux te priver de cette paix que je connaîtrai bientôt. Tu n'as pas changé, Clovis. Tu agis comme ce petit sauvage qui refusait toute nourriture et attendait résolument que la mort vienne le délivrer.

Kotawinow a raison. Il agit comme Small Bear en détresse, attiré par cette porte qui s'ouvre sur l'éternité.

— Et tu crois naïvement que tu donneras ainsi une dernière preuve d'amour à Marie-Victorine. Tu te leurres! Tu te leurres grossièrement! Tu ne donneras en fait qu'une preuve d'égoïsme et d'orgueil. Car tu ne songes qu'à toi, qu'à ton image. Je vais te dire pourquoi tu ne te résous pas à consommer ton union. Tu as peur de la jouissance... voilà pourquoi. Tu as peur que la jouissance déclenche une crise d'épilepsie.

Le prêtre vient de mettre le doigt sur son bobo. Voilà le siège de la souffrance. Cela le soulage et l'effraie d'avoir l'âme à nu devant lui.

— Voilà la limite de ton amour envers Marie-Victorine. Tu crois qu'elle ne t'aimera plus si tu tombais devant elle. Alors, tu préfères t'arracher à elle plutôt que de connaître sa limite. Comme ça, en mourant, elle pourra te pleurer toujours et voir jusqu'à quel point, toi, tu l'aimais. La démence est une limite au-delà de la mort, parce qu'elle risque de te faire mourir dans son âme à elle.

Cet homme le dévoile méthodiquement. L'épluche comme un oignon de ses enveloppes protectrices. Comme un cerveau de ses méninges pour rejoindre le battement de son sang dans sa matière grise. Oui, il a peur de mourir dans l'âme de Marie-Victorine.

— Il te faut l'aimer jusqu'à la démence, comme moi je t'ai aimé jusqu'au péché.

Le mot péché remue de la boue et de la cendre en lui. Il lui fait mal, lui fait honte. Plus que le mot démence. Il mordille sa lèvre inférieure. Se sent coupable, sale, faible.

— C'est MON péché: pas le tien. Tu l'as pris sur ta conscience, Clovis, ou plutôt, tu l'as chargé sur la conscience de Small Bear. Dans l'incendie, j'ai compris que tes crises d'épilepsie n'étaient que des punitions que tu infligeais à Small Bear pour s'être abandonné.

Il a froid. Soudain très froid d'être dépouillé.

— Small Bear était un enfant. Comme tous les enfants, il avait en lui cette pureté, cette innocence, cette
candeur que conservent peu d'homme. Il n'était pas
sale... mais il a été sali. C'est moi qui l'ai sali. Avec mes
mains. (Alcide lui présente ses mains, devenues noueu-
ses, ridées et tremblantes.) Mes mains ont péché... car
elles ont sali l'enfant-roi des bois. Et mes mains ont
péché parce que j'aimais cet enfant... Oui, je t'ai aimé,
Clovis. Dès le premier jour, je t'ai aimé. Tu ne l'as jamais su, évidemment. J'étais trop orgueilleux pour me
l'admettre à moi-même. Mais le jour de ton baptême,
mes mains ont tremblé quand tu as levé tes yeux sur
moi et j'ai renversé l'eau sur ton visage.

— Je me souviens de cela.

— Tu me faisais penser au petit Jésus. J'enviais ta
mère de te prendre dans ses bras pour te bercer... J'enviais ton père de t'avoir procréé. Ton regard m'a longtemps hanté. Il était sans peur et sans reproche. Je t'ai
aimé, Clovis, je t'ai aimé jusqu'au péché. Jusqu'à mourir
complètement dans ton coeur. Et quand ce fut peine
perdue de ressusciter quelque part en toi, je me suis
acharné à te battre et à te détruire pour te punir de cet
attachement que j'éprouvais envers toi. Te punir de la
faiblesse de ma chair. Voilà ce que j'ai fait à l'enfant-roi
des bois. Je l'ai sali et l'ai laissé se couvrir de mon péché. Je n'implore pas ton pardon, Clovis. Non. Je n'implore pas ton pardon. Je demande simplement que tu
cesses de condamner Small Bear. Ne t'entête pas dans
ton orgueil: accepte que j'étais plus fort que lui. Ne sois
pas plus exigeant envers lui que ton père ne l'a été envers toi. T'a-t-il déjà blâmé de t'être abandonné?

— Non.

— Pourquoi le fais-tu?

— Parce que j'aurais dû vous résister... parce que...

— Je t'ai trompé, Clovis. J'ai abusé de ton innocence.

— Je m'en doutais... je... je...

— Tu aimais cela.

Il en perd le souffle. Cet aveugle le transperce de son regard, voit tout en lui. Tout. Même ce qu'il n'ose pas se confesser. Ce qu'il n'a jamais osé envisager.

— Évidemment, je voulais que tu aimes cela. C'était mon but. Je voulais te posséder, t'avoir pour moi tout seul. Avoir le contrôle de tes réactions. Je n'avais pas d'autre solution. Tu me préférais déjà ton père. Pour lui, tu avais toujours des yeux sans peur et sans reproche... Mais pas pour moi. Tu me fermais toutes tes portes. Il ne me restait que cette issue. Te soumettre par la chair. Mais tu m'as résisté à ta façon. Tu m'as fui par ta première crise d'épilepsie. Mais en même temps, tu as condamné Small Bear. Et tu le persécutes depuis. Comme moi, tu l'as poussé jusqu'à la frontière de la vie. Tu me ressembles lorsque tu persécutes Small Bear... tu ressembles à l'homme aveuglé par l'orgueil que j'étais.

Alcide s'agite soudain. Cette confession l'épuise. Il tremble de partout, de la tête, des lèvres, des mains et des genoux. Il halète, cherche son souffle.

— Calmez-vous. Calmez-vous, voyons.

Clovis tâte son pouls. S'inquiète de le percevoir si irrégulier.

— Calmez-vous. Calmez-vous.

Le vieillard suffoque maintenant. Se pend à ses vêtements. Va-t-il mourir ainsi, après avoir extirpé toutes ces vérités de son être? Il pose l'oreille contre sa poitrine pour l'ausculter. Les mains coupables se nouent dans ses cheveux.

— Délivre-le du mal... délivre l'enfant du mal comme je l'absous de ce péché qui est mien, au nom du Père, du Fils et du Saint-Esprit.

De son pouce, le prêtre dessine une croix sur son front et retient sa tête contre lui.

Il ferme les yeux. Descend tout au fond de lui comme au fond d'un puits, à la recherche de l'enfant tourné vers la mort. Qu'est-ce que tu fais là, mon garçon? Ainsi parlait son père au petit sauvage. L'enfant le regarde, la conscience alourdie par la faute d'un homme. Puis il lorgne la porte ouverte sur les étoiles et soupire comme un condamné, attendant que sa main le retienne dans cette vie. Attendant que sa main l'absolve, attendant que sa main le libère de la terrible autopunition. Que sa main le retienne comme l'ont retenu les bras de Marie-Victorine.

— Je lui pardonne.

L'enfant ferme la porte du silence absolu. Revient lentement en lui en baignant son âme d'une paix totale. Les doigts caressent ses cheveux. Doucement. Tendrement. Ce sont les doigts du berger retrouvant la brebis égarée. Les caresses du berger dans sa toison salie. Il a l'impression que Kotawinow recueille dans ses paumes tout ce mal gangrené qui rongeait son cerveau et son âme. C'est bien une tumeur qu'il avait, une tumeur de haine, de rancune et d'orgueil.

— Je vous pardonne.

Les mains l'étreignent avec tout l'amour du berger retrouvant sa brebis préférée.

— Va en paix, mon fils.

Le coeur s'arrête. Puis les mains glissent sur son épaule, inertes. Il les prend dans les siennes. Les considère longuement. Ces mains qui l'ont précipité en enfer. Ces mains qui l'ont sali et béni. Meurtri et caressé. Emprisonné et libéré. Ces mains qui ont semé puis déraciné le mal en lui. Il s'attarde à ces yeux, les seuls à avoir vu leur péché, ces yeux maintenant ouverts sur le mystère de l'au-delà. Religieusement, il les ferme avec ses pouces. Effleure les fins cheveux blancs de l'homme qui fut son bourreau et son sauveur.

Tiraillé par le repentir et le souvenir, il ne se résout pas à le quitter et s'agenouille devant lui. Encore une fois, il cherche les traits du bourreau dans ceux du sauveur. Ceux d'Alcide en Kotawinow. L'enfant en lui ne voit plus qu'un grand-père à la tête auréolée de fins cheveux blancs. Un grand-père qui a semoncé l'homme pour qu'il s'occupe de lui. Un vrai grand-père. Avec tant d'histoires dans ses rides, dans ses mains. Des histoires qu'il n'a racontées qu'une fois avant de partir pour le grand voyage. Et d'autres histoires qu'il emporte avec lui. Celles du froid pays où s'égaraient les enfants de la prairie, celle de cette petite fille qui a racheté le Caïn qu'il était en se laissant aimer de lui.

Il se relève, quitte sur la pointe des pieds la chambre où repose Kotawinow pour l'éternité.

L'homme du merveilleux jardin

D'ici, ils voient la ville, ces milliers de points noirs groupés au parc Lafontaine dans l'attente d'un feu d'artifice, et ces autos engorgeant les rues Sherbrooke et Rachel.

Ils voient le fleuve. Comme une large brèche par où s'infiltre le vaste monde. Une large brèche d'où sont arrivés les envahisseurs.

— Que fêtent-ils? demande-t-elle pour se distraire de son chagrin.

Il lui raconte les grandes voiles blanches pénétrant ce pays inconnu. Lui raconte les peuplades iroquoises, installées au pied de la montagne, avec leurs wigwams, leurs palissades, leur culture et leurs coutumes. Ensemble, ils essaient de recréer cette vie paisible, imaginent le chasseur apercevant les voiliers du haut de cette montagne. À ses pieds, tout n'est que forêts, champs de maïs et eau pure. Il étreint ses perdrix dans sa main inquiète. Prêt à se défendre et à accueillir. Fasciné par le vaisseau combien de fois plus gros que son canot d'écorce, et méfiant de son apparition insolite. D'où viennent ces inconnus? Cherchent-ils la paix ou la guerre? Pourquoi longent-ils son île dans un silence sournois? Son île giboyeuse et verte, déposée pour eux par le Grand-Esprit dans les eaux de la grande rivière. Il descend vers son peuple en toute hâte. Vers sa femme, vers sa mère, vers sa fille, vers son père, vers son frère et son fils. Vite. Il court. Conscient que plus rien ne sera pareil après.

Oui, plus rien n'est pareil. D'ici, ils voient encore le

fleuve enjambé par le pont Victoria que le couchant ro-
sit. Et là, ils voient le port : ses quais, ses bateaux, ses
grues et ses trains. Ce va-et-vient perpétuel causé par
ces vaisseaux combien de fois plus gros que le canot
d'écorce ? Il lui raconte la vie des gars du bord de l'eau.
Les fardeaux lourds à porter qui peuvent vous briser
advenant une chute. Les caisses de bananes venues des
pays du soleil et les boisseaux de blé en partance pour
l'Angleterre. Il lui raconte le déchargement du charbon
et le chargement du bois. Importation. Exportation.
Tout va, tout vient maintenant sur la grande rivière.
Plus rien n'est pareil. L'innocent village d'Hochelaga
n'est plus. Il gît quelque part sous l'asphalte. Là, sous
les rues, jadis poussait le maïs. Et là, où des enfants
s'amusent à jouer au hockey, une mère indienne cuisait
ses baniques près du feu. Non. Plus rien n'est pareil.
Maintenant, l'angélus plane paisiblement d'un clocher à
l'autre. Tant d'églises dans cette ville ! Marie-Victorine
se recueille. Elle s'unit à Kotawinow. Il ne mourra jamais dans son coeur.

— C'est notre père, dit-il seulement en se collant
sur elle.

Il épouse sa peine, sa vénération pour ce même
père adoptif. Partage les mêmes sentiments. Subit le
même deuil. Elle prie. Lui, il écoute. Le son des cloches
l'a toujours remué. C'est doux et divin, venu des profon-
deurs du silence en toute tranquillité et y retournant
sans faire une ride. Oui, il aime entendre sonner les cloches : elles lui rappellent qu'il n'est qu'un homme sous
les étoiles. Un homme éperdument amoureux de la femme près de lui.

Il contemple cette ville. Dans ses entrailles, dort un
village iroquois. Plein d'esprits errent sur les rues, errent sur la montagne et sur le fleuve. Esprits de tout âge
et de toute race. Esprit de Cartier faisant sa découverte,
esprit de l'Iroquois au sommet de la montagne, étrei-

gnant ses perdrix dans sa main inquiète. Esprit des Irlandais soignés par son ancêtre. Esprit des Indiens en guerre et des patriotes.

Aujourd'hui, maintenant que tout est changé et que le passé est pardonné, ces esprits se fondent en lui.

Il retrouve, au pied d'un rocher, un petit garçon avec sa luge qui contemple lui aussi ce pays, et s'amuse à voir très loin. Plus loin que l'horizon. C'est son père sur la montagne. Montagne de son blason où Marguerite Bourgeoys enseignait aux petits sauvages. Petit sauvage à qui mademoiselle Mathilde prenait la main pour la guider entre les deux lignes. Les deux lignes parallèles de la voie ferrée traversant la prairie. Prairie de Baptiste, du métis, des bisons et des jolies fleurs brodées sur la robe de la mariée. La mariée près de lui, pour lui.

Il plonge la main dans sa poche et touche les alliances avec soulagement. Les voilà au creux de sa main. Sans grande valeur marchande mais si précieuses. Marie-Victorine a pour lui un regard où tout son être parle et espère. Elle regarde tout ce qu'il est: sa force et sa faiblesse, son génie et sa déraison, son amour et son égoïsme. Elle lui offre sa main; il lui remet son alliance. Oui, il la veut pour femme. Oui, il posera ce jalon au-delà de la mort. Si elle le veut, si elle accepte qu'il dépasse les limites imposées par l'orgueil. Le veut-elle pour homme? Elle s'empare de l'alliance et la lui passe au doigt. «Que l'homme ne sépare point ce que Dieu a uni.» Il se penche vers elle et l'embrasse passionnément. Yeux clos sur son bonheur, l'image de son blason lui revient en mémoire pour l'avoir tant de fois admirée. Cette montagne, ces deux étoiles, le fort à deux tourelles, feuille d'érable et feuille de chêne les encadrant.

Qu'il aime cette femme dans ses bras! Sa femme. Les cloches retournent au silence, emmenant l'image du blason que sa mère aurait cousu avec des larmes d'émotion, et laissent entendre le battement de leurs coeurs.

— Viens.

Il l'entraîne dans le boisé. Loin de cette fête, du fleuve ouvert sur le monde, du pont de fer, des rues, des tramways, des parcs tout verts dans la mosaïque grise et beige des bâtisses. Il l'entraîne plus loin que l'imposante croix du Mont-Royal. Plus loin que toute rumeur, que toute présence humaine. Ils sont tous en bas, dans le parc, à attendre que naissent les étoiles artificielles.

Voilà. D'ici, ils ne voient que ces pins, cette mousse et cet écureuil affairé à décortiquer les cocottes. Ils regardent autour d'eux. Ce lieu ressemble à ce merveilleux jardin où vivaient un homme et une femme avant qu'ils ne croquent une pomme.

Il enlève son veston, l'étend sur les aiguilles de pins. Il enlève sa chemise et sa camisole qu'il étale tour à tour pour former une couche. Marie-Victorine pose la main sur ses cicatrices. Ce toucher le saisit. Ce n'est pas très beau à voir. Surtout depuis qu'il a perdu du poids. Ne ressemble-t-il pas à Baptiste avec ses stigmates presque collés à ses os? Sauf qu'il n'a pas exécuté la danse du soleil mais celle du diable. Avec le diable. Elle les embrasse. Lui montre qu'elle l'accepte tel qu'il est, comme il est. Avec les marques de son combat inscrites dans sa chair et dans la chair de son âme. Tel qu'il est. Il se dévêt comlètement. Qu'elle le voie enfin. Elle le regarde sans pruderie et sans perversité. Se laisse docilement dévêtir. Il la regarde à son tour. Si belle, si invitante. Il s'approche, frôle sa joue contre la sienne, contre les cheveux qu'il dénoue puis contre les seins chauds. Le contact de ce corps qui s'abandonne au sien l'excite. Sa femme lui offre ses lèvres, sa taille, son ventre. Il l'embrasse longuement, à en avoir le souffle coupé. Oui... il va franchir cette limite au-delà de la mort. Oui, il va faire ce grand plongeon interdit par l'orgueil.

Il se laisse tomber à genoux avec elle, uni à elle qui

s'étend sur la couche. Le parfum sucré de sa mère la terre l'enivre.

Il la pénètre, sent l'hymen lui résister. Il pousse. Le voile cède, lui livre le ventre chaud dans lequel il s'enfonce avec volupté. Comme une racine qui renoue enfin avec la source souterraine, capable de lui redonner vie. Le voilà en sa femme, lui, l'homme. Dans le ventre de la Femme dont il est issu. Elle roule la tête, l'enlace de ses bras délicats. Un chatouillement vertigineux gagne son ventre et se propage tout le long de la colonne vertébrale comme un courant électrique. Tout son être est gagné par cette sensation délicieuse qui précipite son souffle et l'arrache à cette montagne, à cette ville, à ce fleuve et à ces clochers. Plus rien de cela n'existe. Il n'y a que ce ventre fermé sur son sexe, avec tout son désir. Il n'y a que cette femme au souffle incontrôlé, et ce parfum sucré de sa mère la terre qui l'oblige à s'accomplir. À se livrer totalement, sans marchandage. Comme une prière.

Il est l'homme du merveilleux jardin, avant qu'il ait croqué la pomme de l'orgueil. Il n'a plus d'âge, plus de passé. Plus de donjon et de rat en colère. La lumière dore les aiguilles de pins et une douce chaleur monte de la terre et de sa femme. Il halète. Se livre corps et âme. S'abandonne tout entier en elle. Tout ce qui est femme se rencontre dans ce ventre. La terre, la mer, la forêt, Judith et Biche Pensive. Tout ce qui est femme s'unit au mâle en lui. L'épouse finalement. Le complète.

La femme du merveilleux jardin geint doucement en lui griffant les reins. Cette plainte amoureuse, languissante à son oreille le précipite vers la jouissance. Il ne peut ni se retirer ni s'arrêter, et se laisse aller en fermant les yeux, en fermant les bras autour des épaules de Marie-Victorine. Se laisse posséder, mener, entraîner par ce bien et ce mal noués à son ventre. Voilà, il tombe.

Il tombe et pourtant il s'envole. Léger, libéré, accompli.

Sa propre plainte le surprend. Il ouvre les yeux dans la soie des cheveux noirs. Marie-Victorine lui caresse la nuque. Il n'a pas eu de crise. N'en aura jamais à lui faire l'amour. Il rit. Comme un enfant qui a eu très peur pour rien. Puis il pleure... appuyé sur ses coudes. Il pleure toute sa vie, toute sa peur et toute sa honte. Il pleure Kotawinow. Il pleure sa délivrance. Pleure d'être l'homme du merveilleux jardin. Pleure de joie. De si grande joie. Il pleure d'avoir posé ce jalon au-delà de la mort. Ce jalon qui vient d'engendrer une vie nouvelle. Il pleure d'être enfin l'arbre qui donne des fruits et ses larmes tombent sur le visage de Marie-Victorine.

Il lève la tête vers le ciel peuplé de nuages, imagine le créateur quelque part parmi ses étoiles qu'on ne voit que la nuit. Le créateur des atomes et des planètes. Des spermatozoïdes et des ovules. Le créateur en lui, en la femme, en l'être nouveau qu'ils viennent de concevoir. En cette terre, ces arbres, ces bêtes, ce fleuve là-bas. Partout. En ce merveilleux jardin. Sauf en cette pomme.

Le Grand-Esprit est partout. Dans tous les souffles des hommes et des animaux. Dans la vapeur et l'humus. Dans la fourmi et la lune. Partout en lui. Par milliards de cellules. Il n'est qu'une créature obéissant à sa condition.

Le Grand-Esprit est dans la femme étendue sous son corps. Dans le miracle qui se développera dans son utérus. Dans ses yeux qui aiment, comprennent et pardonnent. Dans ses mains qui flattent sa poitrine.

Il se penche. Appuie sa joue contre la sienne. Elle est chaude. Humide de ses larmes. Il hume les cheveux mêlés aux aiguilles rousses des pins, ce parfum de sa femme et de sa mère la terre.

Est-ce du plus profond de son être ou du plus profond de l'univers? Est-ce des étoiles ou des atomes qu'il entend une voix lui dire: « Va en paix, mon fils. »

TABLE DES MATIÈRES

FRANCINE OUELLETTE
par elle-même

Je suis née le 11 mars 1947 à Montréal, d'une mère allemande et d'un père québécois natif de Mont-Laurier. Mon enfance a été nourrie des histoires de deux petits villages: l'un dans la douce Bavière et l'autre dans le rude pays de la colonisation des Hautes-Laurentides. Enfant silencieuse et sauvage, l'école a été un enfer pour moi jusqu'au jour où, en sixième année, j'ai rencontré une amie qui aimait lire mes écritures. Ce fut ma première lectrice, et mon premier roman, je le lui présentai à raison de quatre ou cinq pages par semaine. J'avais 12 ans.

Sans jamais cesser d'écrire pour ma lectrice, j'ai entrepris mes études secondaires chez les Dames de la Congrégation où mon professeur de littérature m'encouragea fortement à devenir écrivain. Comme il n'y a pas d'école d'écrivains proprement dite, je m'inscrivis à l'École des Beaux-Arts de Montréal en vue de devenir professeur d'arts plastiques. Ce que je devins effectivement à la polyvalente Saint-Joseph de Mont-Laurier. Je revins donc habiter la ville natale de mon père.

J'ai enseigné durant cinq années tout en continuant d'écrire et de sculpter. Comme je n'aimais pas faire la discipline à coeur de jour, je finis par donner ma démission. Je me tournai alors vers l'aviation. Dès lors, ma vie aventureuse débuta. Je rencontrai mon compagnon de vie, qui était pilote de brousse, et le suivis partout avec notre enfant. De Mont-Laurier à Schefferville et de Schefferville à Mont-Laurier, nous fîmes le voyage plusieurs fois. Chasseurs, Indiens, pilotes, animaux ont alimenté mes contes de l'époque. Comme je poursuivais mes études de pilote, on m'offrit la possibilité d'être copilote sur un *Otter DHC 3* avec mon mari pour la compagnie Airgava. J'acceptai et connus des moments très exaltants.

Après trois années de pérégrinations, je me fixai près du grand lac des Îles et me mis à écrire plus assidûment. Passionnée d'histoire, j'entrepris des recherches sur les débuts de ma région et, surtout, j'écoutai parler les vieilles gens. Tranquillement, à travers mes recherches, germèrent les romans *Au nom du père et du fils* et *Le Sorcier*.

La composition de ce volume
a été réalisée par
les Ateliers de La Presse, Ltée

Lithographié au Canada
sur les presses de
Métropole Litho Inc.